Irène Frain · Nabob

Irène Frain

NABOB

Ein Roman

Die Originalausgabe erschien 1982 unter dem Titel »Le Nabab«
bei Éditions Jean-Claude LATTÈS, Paris
Aus dem Französischen: Nürnberger Übersetzerteam

Lizenzausgabe mit Genehmigung der
Meyster Verlag GmbH, München
für die Deutsche Buch-Gemeinschaft
C. A. Koch's Verlag Nachf., Berlin · Darmstadt · Wien
Diese Lizenz gilt auch für
die Bertelsmann Club GmbH, Gütersloh
die Europäische Bildungsgemeinschaft Verlags-GmbH, Stuttgart
die Buchgemeinschaft Donauland Kremayr & Scheriau, Wien
und die Buch- und Schallplattenfreunde GmbH, Zug/Schweiz

Schutzumschlag: Günter Hädeler
Gesamtherstellung: Mohndruck Graphische Betriebe GmbH, Gütersloh
Printed in Germany · Buch-Nr. 03545 1

Inhalt

Dritter Teil: CHANDERNAGORE

Anhang

Für François

Wer wie das Meer, in das die Wasser strömen,
Das sich füllt und dennoch ruhig festbleibt –
In wen so die Wünsche alle eintreten,
Der erlangt Frieden, nicht, wer Begierden frönt.

Bhagavadgita II, 70

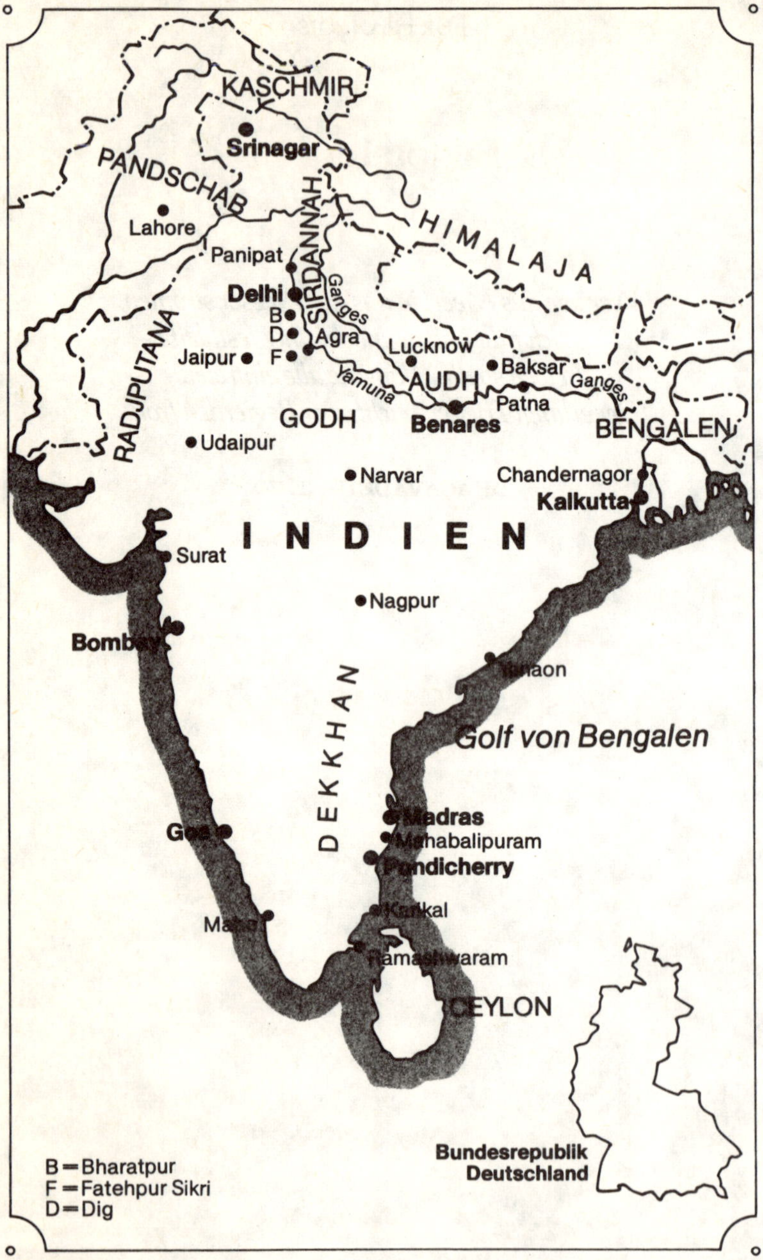

KASCHMIR
Srinagar
PANDSCHAB
Lahore
SIRDANNAH
HIMALAJA
Panipat
Delhi
B
D
F
Agra
Jaipur
Ganges
RADJPUTANA
Lucknow
Baksar
AUDH
Yamuna
Ganges
Patna
GODH
Benares
BENGALEN
Udaipur
Narvar
Chandernagor
Kalkutta
INDIEN
Surat
Nagpur
DEKKHAN
Golf von Bengalen
Madras
CEYLON
Bundesrepublik
Deutschland
B = Bharatpur
F = Fatehpur Sikri
D = Dig

Erster Teil

Die Faktorei der Lüste

1. Kapitel

An Bord der Duc de Bourgogne nach Pondicherry
Juni 1754

Die etwas schwerfälligen Schiffe, die einst übers Meer nach Osten fuhren, hatten von Zeit zu Zeit auch vor Erwartung fiebernde junge Mädchen und vor Fernweh kranke Jungen an Bord, die, ohne es sich einzugestehen und meist auch ohne etwas voneinander zu ahnen, demselben lockenden Ruf ferner Gestade folgten, deren Namen sie wie eine Zauberformel wiederholten, um sich Mut zu machen, wenn die Nachmittagsflaute schwer über dem Meer lag oder des Abends ein Sturm aufkam. Dieses Zauberwort hieß für sie Indien, und sie zweifelten nicht, daß sie dort wahre Wunder erwarteten.

So befanden sich auch im Juni 1754, als Passagiere und Mannschaft unter der Hitze stöhnten, zwei junge Menschen an Bord der *Duc de Bourgogne,* die, von ihren Hoffnungen getragen, alle Unannehmlichkeiten gleichmütig in Kauf nahmen: Marian de Chapuset, ein Mädchen von knapp siebzehn Jahren, das vor einem Jahr, verführt und verlassen, sich dem galanten Gewerbe zugewandt hatte. Bei einer Zwischenlandung auf der Insel Mauritius hatte sich ein Offizier, nicht jung, nicht alt, in sie vernarrt und ihr angeboten, was sie so dringend brauchte: einen Unterschlupf in Pondicherry bei einer Bekannten, Jeanne Carvalho, deren Reichtum angeblich noch den der in der Stadt tonangebenden Dupleix übertreffen sollte. Binnen weniger Wochen waren die beiden Liebenden bei ihr verabredet, um ein Leben in Lustbarkeit zu führen. In Wirklichkeit jedoch dachte Marian de Chapuset kaum noch an ihren alten Militär. Sie erhoffte sich von Indien ganz im Gegenteil unerhörte neue Wonnen, schien doch dort die ganze Luft von Lust erfüllt. Außerdem gab es die kostbarsten Stoffe, die berauschendsten Parfüme und sogar Diamanten in Hülle und Fülle. Mit einem Wort, Indien mußte das Paradies auf Erden sein. Seit zwei Tagen, seit der Umrundung der Malediven, schaute sie sich die Augen aus nach dem ersten Streifen Land am Horizont.

Der Nachmittag schleppte sich träge dahin wie alle anderen vor ihm auch. Der Wind legte sich. Und so wenig Marian von den Gesetzen der See verstand, am Killen der Segel erriet sie, daß das Schiff bald still läge und, wie die Tage zuvor, in der rüttelnden Takelage das schauerliche Konzert klatschender Segel und kreischender Blöcke einsetzte. Zu allem Überfluß löste die Unbeweglichkeit so dicht vor dem Ziel unter den Passagieren eine nie dagewesene Spannung aus, die sich in Streitlust Luft machte, während das Schiff, von einer Seite zur anderen rollend, stets in Gefahr schien, mit Getöse in den brennenden Wassern des Indischen Ozeans unterzugehen.

Marian schwenkte ihren Sonnenschirm, um einen Blick zur Kapitänskajüte zu werfen. Dann lächelte sie. Wie erwartet, winkte ihr vor der Tür eine vertraute Gestalt: Godeheu, ein hoher Beamter der *Compagnies des Indes,* ihr neuer Geliebter, anscheinend Träger einer schwierigen Mission in Pondicherry, von der er jedoch kaum sprach und die sie auch nicht weiter interessierte. Nur einmal hatte er angedeutet, er habe wohl gleich nach der Ankunft viel zu tun, worauf sie nur obenhin freundlich gelächelt hatte – ganz zu seiner Zufriedenheit, sah er darin doch ein Unterpfand für ein echtes Vergnügen, für ein Vergnügen ohne Morgen. So trafen sie sich nun seit einer Woche immer, wenn sich eine Flaute ankündigte und sich Langeweile oder Streitsucht aufs Schiff senkte, wenn der Geruch von verdorbenem Fleisch und brackigem Wasser von den Fässern aus dem Schiffsbauch aufstieg, um auf der schmierigen Matratze einer Seemannskoje alles zu vergessen, selbst ihre Indienpläne.

Marian kletterte die Fallreeptreppe hinunter. Die Offiziersmesse war, wie ihr Geliebter vorhergesehen hatte, leer. Die anderen standen ohne Zweifel auf der Brücke, um nach der Küste Ausschau zu halten, oder zechten in der Kapitänskajüte beim Kartenspiel. Sie hob das Segeltuch, das ihre Kabine abschloß, und streckte sich auf der Koje aus.

Godeheus schwere Schritte näherten sich, und sie schloß die Augen. Sie liebte ihn nicht. Er war in der Liebe nicht gerade ungeschickt, aber doch ein bißchen brutal. Er verstand sich nicht darauf, einer Frau Worte ins Ohr zu flüstern, die die Lust entflammten, wie er auch die kleinen raffinierten Zärtlichkeiten nicht beherrschte, die den Mann von Stand vor dem Bauernlümmel und den echten Verführer vor dem Parvenü auszeichnen. »Aber bald«, sagte sie sich zum hunderttausendsten Mal, »bald werde ich in Indien sein.« Und so spürte sie, in ihre Träumereien versunken, nicht, wie ihr Liebhaber sie umschlang, und ließ sich willig von ihm entkleiden.

Im gleichen Augenblick erhielt am anderen Ende des Schiffes René-François Madec, ein achtzehnjähriger Steuermannsjunge aus Quimper-Corentin, bekannt für seine außergewöhnliche Unfähigkeit zu gehorchen – eine sonderbare Schwäche bei einem, der sich von der Marine hat anheuern lassen – Order, das Achterdeck, vornehmlich die Offiziersmesse, das Quartier der Offiziere und der Leute von Stand, mit Essigwasser zu schrubben, da Skorbut und Ruhr wieder aufzuflackern drohten. Zur Verwunderung aller sträubte sich der Steuermannsjunge Madec diesmal nicht, sondern machte bereitwillig sein Gemisch zurecht und zog mit Schwamm und Eimer los, die Krankheitserreger zu bekämpfen. Wozu auch hätte er sich so kurz vor Pondicherry noch Prügel einhandeln sollen? Eine Woche noch auf dem verdammten Kahn, dann konnte er die Seefahrt an den Nagel hängen.

Seine Desertion war längst beschlossene Sache, wenn auch der Weg noch nicht feststand. Er brauchte etwas Geld und Leute an Land, die ihn versteckten. Im Augenblick hatte er zwar weder noch, doch was tat's. Seine Abscheu vor dem Meer war unüberwindlich geworden. Er mußte in Indien von Bord. Und ohne einen Gedanken daran zu verschwenden, wie er es schaffen und seine Träume von Ruhm und Ehre verwirklichen sollte, kletterte er die Treppe zur Offiziersmesse hinunter und begann gemächlich zu schrubben. Er glaubte in einer der Kabinen ein Rumoren zu hören, schrieb es aber dem Schaukeln des Schiffes zu und fuhr mit seiner Arbeit fort, bis er mit der Offiziersmesse fertig war. Dann wandte er sich den Kabinen zu und hob das Segeltuch der ersten.

Was er da sah, ließ ihm den Atem stocken: ein offener Koffer, in dem aus einem Haufen Spitzen und Pergament aufblitzte, was sein Herz seit langem begehrte: zwei Pistolen mit Silbergriff. Ohne zu überlegen, was er tat, schob er beide unters Hemd; im Laderaum kannte er hinter dem Verschlag mit den Fässern und dem modrigen Segeltuch ein ausgezeichnetes Versteck. Aber als er sich zu seinem Eimer hinunterbeugte, wurde das Segeltuch einer der Kabinen vom Schatten eines großen, schweren Mannes beiseite geschoben, der im nächsten Augenblick auf der Fallreeptreppe verschwunden war. Dann kam, etwas abgespannt, ein junges Mädchen hinter der Stoffwand zum Vorschein, offensichtlich aus guter Familie, mit anmutigen Gebärden und einem eleganten Kleid, aber keine Schönheit, zu dünn und mit einem zu langen Hals. Plötzlich zuckte sie, seine Gegenwart spürend, zusammen, drehte sich um und entdeckte ihn.

Ihre Blicke kreuzten sich. Madec erkannte sie wieder. Es war die junge Dame, der er bei den Segelmanövern schon ein paarmal über den Weg gelaufen war. Mit einem halb schuldbewußten Ausdruck biß sie sich auf die Lippen, fing sich aber sofort wieder und begann, ohne den Blick aus seinem zu lösen, das zu ihren grünen Augen passende Mieder in Ordnung zu bringen und ihre roten Locken eine um die andere fein säuberlich an ihren Platz zu drapieren. Er versuchte zu lächeln. Plötzlich aber, von Entsetzen gepackt bei der Vorstellung, sie könne unter seinem Hemd die Pistolen blitzen sehen, riß er den Eimer an sich und lief so schnell er konnte in Richtung Laderaum davon. Hatte sie die Waffen schon entdeckt? Zehn Minuten später beschloß Madec, die ganze Sache zu vergessen. Er unterdrückte das Zittern und mischte sich auf dem Vorschiff unter seine Gefährten, wo der Erzähler seine tausend-und-einste Geschichte von Sirenen und verborgenen Schätzen zum Besten gab. In kleinen Stößen setzte der Wind wieder ein, die Segel blähten ihre gewaltigen Flügel, als wollten sie Luft holen, und jeder Hauch, der sie mächtiger schwellen ließ, erfüllte Madec mit Freude, brachte er ihn Indien doch unaufhaltsam näher.

Marian schaute angestrengt den dunklen Gang hinunter, in dem der Seemann verschwunden war. Das war das erste Mal, daß sie ertappt worden war, zumindest auf dem Schiff; an Land hatte es, seit sie ihre hugenottische Familie verlassen hatte, an heimlichen Rendezvous, Tapetentüren und flüchtigen Abschieden im Morgengrauen nicht gefehlt. Einen Augenblick lang erwog sie, ebenfalls den Gang hinunter zum Vorschiff zu gehen. Doch dann ließ sie den Gedanken fallen; es war zu heiß, und außerdem führte er vermutlich durch die verseuchten Quartiere der Mannschaft, des »Matrosengezüchts«, wie Godeheu die Seeleute nannte. Schmutzige, stinkende Kerle, die ständig fluchten ... Dort hatte sie nichts verloren. Das Schaukeln hatte nachgelassen. Das Knirschen und Kreischen wurde schwächer. Das Schiff setzte sich in Bewegung. Indien war schon so nah. Die vertrauten Träume nahmen wieder ihren Verlauf, und um sich ihnen besser hingeben zu können, kehrte Marian in ihre Kajüte zurück, wo sie sich bis zum Abendessen auf dem Bett ausstrecken wollte.

Sie mußte eingeschlafen sein. Etwa eine Stunde später wurde sie durch Schreien, Schimpfen und Fluchen unsanft aus einem wohligen Schlummer gerissen. In dem Stimmengewirr erkannte sie zu ihrer Überraschung auch Godeheus Stimme. Es kam von der Hütte auf der Manöverbrücke. »Wie aufregend«, sagte sie sich. »Das muß ich mir anschauen.« Sie zupfte die Falten ihres Kleides zurecht, überzeugte sich vom Sitz ihres Haars und stieg zur Brücke hinauf. Noch nicht ganz oben, erkannte sie Godeheu und den zweiten Kapitän. Sie blieb auf der Treppe stehen, um besser beobachten zu können. Ihr Geliebter hatte sich Kapitän du Quesnoy zugewandt, einem alten, etwas müde wirkenden Mann, dem diese Müdigkeit aber gerade jetzt nicht anzumerken war:

»Hundsfott!« brüllte er den zweiten Kapitän an. »Ihr seid ein Hundsfott, ein Schuft, La Bouchardière, ein Hurensohn! Ihr habt kein Recht, einen Seemann zu schlagen. Die königlichen Verordnungen verbieten, den Stock gegen Matrosen zu erheben! Das habe ich Euch erst vor vierzehn Tagen gesagt!« Bei diesen Worten deutete er auf einen auf der Brücke zusammengekauerten, zerlumpten jungen Mann, der sich das Blut von der Stirn wischte.

La Bouchardière setzte eine spöttische Miene auf: »Aber das ist doch Madec, Kapitän, das ist Madec!«

»Madec«, brummte der andere, offensichtlich aus der Fassung gebracht.

»Ja«, mischte sich Godeheu nun ein. »Er hat meine Pistolen gestohlen!«

»Pistolen, Pistolen«, knurrte du Quesnoy, ohne zu begreifen. »Gebt mir Euren Stock, La Bouchardière, ich verbiete Euch, die Männer zu schlagen.«

Und mit einer Geste, die nach guter französischer Offiziersmanier Autorität und Theatralik miteinander verband, riß er den Stock an sich, um ihn ins Meer zu werfen. Doch in diesem Augenblick pflanzte sich Godeheu vor ihm auf, ganz Mitdirektor der Handelskompanie: »*Meine* Pistolen, Kapitän, versteht Ihr?«

Der andere erbleichte, legte den Stock beiseite und wandte sich an den zweiten Kapitän: »Laßt die Back durchsuchen!«

La Bouchardière traf die erforderlichen Anordnungen.

»Gestattet mir ein Wort zur Verteidigung Eures zweiten«, fuhr Godeheu fort, »hat doch dieser Wurm«, und er zeigte auf Madec, »sich hartnäckig geweigert anzugeben, wo er die Waffen versteckt hält. Da hat La Bouchardière die Beherrschung verloren und ihn geschlagen.«

»Seid Ihr sicher, daß er es wirklich war? Habt Ihr Eure Pistolen vielleicht nicht nur verlegt?«

»Aber du Quesnoy, ich bitte Euch! Ihr vergeßt, daß ein Mann wie ich wissen muß, was er tut. Die Kompanie leiten ist keine Kleinigkeit ...«

»Gewiß, gewiß ...«

»Und diesen Morgen hatte ich die Pistolen noch, das wißt Ihr selbst, da ich Euch, als wir die Insel kreuzten, um Erlaubnis bat, ein paar Vögel zu schießen. Ihr erinnert Euch doch. Dann habe ich sie in den Koffer gelegt. Und als ich nun hinunterging, um die letzte Pinte Bordeaux zu holen, die ich mir für das Ende der Reise aufgehoben hatte, waren sie weg.«

»Hattet Ihr den Koffer verschlossen?«

»Ich vertraue den Passagieren, Monsieur du Quesnoy. Und von den Offizieren nimmt bestimmt keiner Waffen. Außerdem verbringt Mlle. de Chapuset den größten Teil des Tages in der Offiziersmesse ...«

Er brach ab und lachte kurz.

»Nun, wir sind unter Seeleuten. Jedenfalls versichert La Bouchardière, Madec mit dem Desinfizieren der Offiziersmesse beauftragt zu haben. Und als dieser dann den offenen Koffer sah, hat er die Pistolen gestohlen.«

Der Kapitän wischte sich die Stirn. Offensichtlich fühlte er sich unbehaglich; zu gern hätte er die Perücke abgenommen. Er seufzte. Er hatte das Schiffskommando satt. Nach der nächsten Reise würde er aber bestimmt seinen Abschied nehmen. Sein Blick fiel auf Madec, der noch immer zusammengekauert dahockte, die Hände über dem Kopf gefaltet, und schwieg. Wie alt mochte der Bursche sein? Siebzehn, achtzehn, und doch schon eine richtige Kanaille. In alle Zwischenfälle verwickelt, die seit dem Auslaufen aus Lorient vorgefallen waren. Und bei der Äquatortaufe hatte er sein Kostüm als gehörnter Teufel mit Dreispieß genutzt, um im Zeichen des heiligen Waffenstillstands am Äquator ungestraft Rache zu nehmen und einen Offizier so lange in einen Kübel mit Meerwasser getunkt, bis dieser halb ertrunken war. Dafür war er, als er bei der Zwischenlandung auf Mauritius stockbetrunken an Bord gekommen war, vor versammelter Mannschaft ausgepeitscht worden. Und diesmal? Was sollte man diesmal mit ihm machen? Ihn wieder züchtigen? Du Quesnoy hoffte, die Pistolen würden sich nicht auffinden lassen. Neben ihm tobte Godeheu:

»Da gehört hart durchgegriffen, du Quesnoy! Kein Wunder, daß uns die Engländer im Handel schlagen! Auf den Schiffen der Kompanie muß äußerste Zucht und Ordnung herrschen. Sonst glauben diese elenden Kreaturen, diese abergläubischen Dummköpfe und Trunkenbolde, ein Leben wie die Domherren führen und den ganzen Tag nur essen, trinken und schlafen zu können . . .« Er brach ab. La Bouchardière kehrte zurück.

»Wir haben die ganze Back durchsucht«, verkündete er. »Nirgends eine Spur, weder im Gepäck noch in den Hängematten.«

Bis jetzt hatte sich Marian nicht näher gewagt, aus Angst, von ihrem Liebhaber entdeckt und fortgeschickt zu werden, und sie wollte doch alles sehen. Die Szene war zu reizvoll und der gedemütigte Matrose ausgesprochen schön. Gut herausmodellierte, nicht zu stark ausgebildete Muskeln, herrliche Schenkel und Schultern und Arme wie für die Liebe geschaffen. Dazu ein gleichzeitig träumerischer und jetzt, da er die Augen auf den zweiten Kapitän richtete, unnahbarer Ausdruck. Feingeschnittene Züge, ein klarer Blick – eigentlich zu viel Anmut für einen Seemann. Im Augenblick aber war sein Gesicht vom Schmerz gezeichnet. Die strenge Falte im Mundwinkel grub sich in der wachsenden Aufregung immer tiefer ein. Eine heftige Spannung schien sich seiner zu bemächtigen, seine ganze Kraft sich zum Sprung zu sammeln. Sein Blick verdunkelte sich: Beschämung, Wut, Rache – vielleicht alles zusammen. Kurzum, es war ein einzigartiges Schauspiel.

»Wo sind Godeheus Pistolen?« versuchte es der Kommandant ein letztes Mal.

Aber Madec antwortete nicht. Er krampfte sich nur noch mehr zusammen.

»Schmutziges Matrosenpack«, schrie Godeheu. »Lump, antworte oder . . .«

Marian machte einen Schritt. Sie stand nun auf der Hütte, umtost von Schreien, aufgeregt wogenden Perücken und schweißbedeckten Gesichtern. Godeheu hatte Madec am Kragen gepackt und trampelte unter einer Flut von Schimpfwörtern auf dessen nackten Füßen herum. Er hob den Arm, da – ein bizarrer Augenblick – brach das Geschrei schlagartig ab. Nur das Rascheln von Stoff war noch zu hören, und aller Augen richteten sich auf Marian, die, gleichsam als grüne, verschwommene Musselinwolke, langsam näher schwebte und lächelnd ihren Sonnenschirm aufspannte. Godeheu stürzte auf sie zu, um sie fortzuführen. Aber er hatte noch keine drei Schritte gemacht, als – alles ging sehr schnell und kein Mensch begriff, wie es geschah – der Kodirektor der *Compagnie des Indes* der Länge nach auf der Hütte lag, halb erschlagen, Blut vor dem Mund. Vor ihm stand, die Faust noch immer erhoben, Madec, der selbst verblüfft schien. Er zitterte am ganzen Leib. Zwei Offiziere ergriffen ihn, ohne daß er Widerstand leistete. Alle Kraft schien aus ihm gewichen. Plötzlich nahm der Wind zu. Die junge Frau schauerte, klappte ihren Sonnenschirm zu und kehrte, ohne sich umzublicken, in die Offiziersmesse zurück.

Entgegen den Gewohnheiten an Bord der *Duc de Bourgogne* wurde erst lange nach Sonnenuntergang zu Abend gegessen. Marian hatte Hunger, beschwerte sich aber nicht. Sie kannte den Grund der Verzögerung: Der starrköpfige schöne Seemann hatte bestraft werden müssen. Du Quesnoy und Godeheu hatten es sich nicht nehmen lassen, der Exekution beizuwohnen, und das Ganze hatte seine Zeit gedauert.

Gedeckt war in der Kapitänskajüte. Das Kerzen- und Laternenlicht nahm dem Raum etwas von seiner Strenge; er wirkte intimer, aber auch fremder. Während sie den Rest ihres halben Kapauns verzehrte, betrachtete Marian verstohlen Godeheu. Sein massiges Gesicht war rot angelaufen; er hatte mehr getrunken als gewöhnlich, zweifelsohne um den Vorfall vom Nachmittag hinunterzuspülen, was ihm anscheinend auch gelungen war. Er schlang das Essen ohne viel zu kauen hinunter, seine Augen glänzten und von Zeit zu Zeit lachte er sogar über die Scherze der Offiziere, während seine mürrische Stimmung sonst wie Reif über der ganzen Tafel lag. Einen solchen Wandel konnte nur der Wein vollbracht haben. Ein Matrose deckte ab und servierte Arrak zum Nachtisch.

»Achtet darauf, wenn Ihr von Pondicherry auslauft, Kapitän, daß dieser kleine Dieb auch wirklich in Ketten gelegt wird.«

»Aber Monsieur«, wandte du Quesnoy erstaunt ein. »Eure Waffen haben sich ja noch gar nicht gefunden! Fürs erste lasse ich den Kerl unten im Laderaum bis zum Hafen. Danach vierzehn Tage Bordarrest und dann . . .«

»Dann habe ich, wie Ihr wohl wißt, andere Sorgen als meine Pistolen, du Quesnoy. Aber Ihr deucht mir doch allzu nachsichtig. Werft den Wurm bis zu Eurer Rückkehr nach Lorient zu den Ratten.«

»Das wäre sein sicherer Tod, und ein gesunder Seemann findet sich nicht alle Tage. Ihr wißt selbst, wie schwer es ist, welche aufzutreiben.«

Godeheu schenkte sich noch ein Glas Arrak ein. Und du Quesnoy, überdrüssig, sich wie ein Untergebener abkanzeln zu lassen, wandte sich Marian zu:

»Zum Glück werden wir bald in Indien sein, wo wir uns freilich von Euch trennen müssen, Mademoiselle de Chapuset.«

»Ja, leider M. du Quesnoy.«

»Ihr habt Euch recht geheimnisvoll gegeben. Bis zum heutigen Tag wissen wir nicht, was Ihr in Indien vorhabt.«

Der Alkohol löste die Zungen. Diese Frage beschäftigte die Offiziere ohne Zweifel schon seit dem Auslaufen des Schiffs aus Lorient vor einem halben Jahr, nur daß sie angesichts ihrer abwesenden, träumerischen Miene und ihrer langen Siestas in der Offiziersmesse nicht den Mut aufgebracht hatten, sie Marian zu stellen. Nun aber ließ sich eine Antwort nicht länger umgehen.

»Ich habe . . . eine Verwandte in Pondicherry, Mme. Carvalho. Sie hat mir eine gute Partie in Aussicht gestellt. Zwar habe ich so meine Zweifel, aber als Waise muß ich mich den Anordnungen meines Bruders fügen.«

»Bei der Landung am Kap«, erwiderte du Quesnoy erstaunt, »habt Ihr mir aber doch gesagt, Ihr führet zu Eurem Vater. Und dasselbe hat mir auch Euer Bruder gesagt, als er mich bat, Euch an Bord zu nehmen.«

Marian lächelte. »Es ist schon spät, M. du Quesnoy, Ihr verwechselt mich mit einer anderen.«

»Gewiß nicht, Madame. Schöne Passagiere haben wir selten an Bord.«

»Mit einer anderen auf einer anderen Fahrt«, fuhr Marian abwesend fort, als hätte sie seine Worte nicht gehört.

Du Quesnoy insistierte nicht. Nach so vielen Fahrten traute er seinem Gedächtnis selbst nicht mehr so recht.

»Das indische Klima«, hob er wieder an, »bekommt nicht jedermann.«

»In der Tat nicht«, mischte sich unvermittelt Godeheu ein. »Außer vielleicht den Engländern, diesen Schweinen!«

»Mit denen wir dennoch kurzen Prozeß machen sollten«, meinte du Quesnoy. »Der Krieg muß ein Ende nehmen! Frankreich muß da unten einmal festen Fuß fassen, und zwar nicht nur in den Handelsniederlassungen. Das Land ist reich und das Volk liebenswert und fleißig; es läßt sich von den Naturgesetzen leiten, und seine Weisen . . .«

»Man merkt, daß Ihr kaum über den Kai von Pondicherry hinausgekommen seid, Kommandant«, unterbrach ihn Godeheu, »und unsere Philosophen eifrig studiert habt. Glaubt mir, wir haben in

Indien nichts zu suchen, außer Diamanten, Gewürzen und Musselin um billiges Geld. Festen Fuß fassen, hieße den Krieg fortsetzen. Und wer sollte das bezahlen außer der Kompanie? Der aber geht es ohnehin schon schlecht.«

»Aber Dupleix führt doch Krieg.«

»Dupleix ist ein Narr.«

»Ich dachte«, erwiderte du Quesnoy verblüfft, »er sei Euer Freund. Habt Ihr nicht ganze Jahre in Indien zugebracht?«

»Doch«, entgegnete Godeheu leicht verlegen. »Ich habe jahrelang dort unten gelebt und weiß, wovon ich rede. Ich kenne die Märkte und Banken von Pondicherry und Chandernagore und die Geschäfte in den Hinterzimmern und auf den Straßen. Dazu Yanam, Kārikāl, Mahé – alles in allem fünf Handelsniederlassungen: glaubt mir, das genügt, damit sich sämtliche Damen Frankreichs ihre Nase pudern können!«

»Dupleix . . .«, murmelte du Quesnoy. »Aber der Kaiser von Indien soll doch seine Tochter zur Schwiegertochter auserwählt haben.«

»Schon möglich. Doch die Zeiten ändern sich, du Quesnoy, und wir wissen heute genug über dieses Land. Es ist nicht das Paradies, das Euch vorschwebt. Gleich hinter Pondicherry fängt der Dschungel an. Der Dschungel und die Wilden.«

»Aber wie«, mischte sich nun ausnahmsweise Marian ein, »sollten denn Wilde imstande sein, Seidenstoffe und Gewürze herzustellen?«

»Wilde ist noch ein viel zu schmeichelhaftes Wort, Madame! Diese Menschen sind Ungeheuer!«

Marian schien entsetzt, sehr zur Freude Godeheus, der fortfuhr: »Sie verstümmeln ihre Kinder, um sie betteln zu schicken, verbrennen die Witwen mit dem Leichnam ihres Mannes auf dem Scheiterhaufen und verkaufen die Jungfräulichkeit ihrer Töchter an reiche Männer! Dazu sind sie Götzenanbeter, die, sofern sie nicht Mohammed verehren, Götter mit Elefanten- oder Wildschweinköpfen, Schlangen, Kühe und was weiß ich noch alles anbeten – die Zahl ihrer Gottheiten ist Legion –, ihre Geilheit nicht zu vergessen. Die Zustände hier sind schlimmer als im alten Rom!«

Marian fühlte sich zutiefst enttäuscht. Ohne zu zögern, hatte sie den Vorschlag ihres früheren Galans, eines hübschen Schlitzohrs, dem sie die dem Generalpächter gestohlenen Juwelen überlassen hatte, akzeptiert, sich der Verhaftung oder Deportation durch die

Einschiffung nach Indien zu entziehen und sich das Land unterwegs nach europäischen Vorstellungen in den leuchtendsten Farben ausgemalt: blumengeschmückte Paläste, nackte, wie Lakaien gepuderte Sklaven, Tänze und Wohlgerüche, kurzum, sie hatte vom *galanten Indien* geträumt, und nun erzählte Godeheu solche Sachen.

Er hatte viel getrunken und war nicht aufzuhalten.

»Dort unten gibt es auch keine Schlachtreihen, keine Kriegserklärungen, keine Soldaten wie bei uns, sondern Mord und Verrat, Tänzerinnen, die den Feind verführen, um ihn auszuhorchen und ihn im Augenblick der Liebesekstase mit einem Dolch zu durchbohren ... Horden von Armen, die sich auf Horden anderer Armer stürzen, von Mohammedanern, die gegen die Anhänger der Kuh und des Affen losgehen, Nabobs, die gegen Radschas zu Felde ziehen. Niemals gibt es Frieden, stets nur Intrigen bis in den innersten Kern der Harems. Und ganz innen glimmt immer und überall ein Feuer, das Indien verzehrt und sich bald zu einem großen Brand ausweiten wird!«

Plötzlich fiel er in sich zusammen und an du Quesnoy gewandt, flüsterte er, als handelte es sich um ein Geheimnis: »Glaubt mir, Dupleix irrt. Indien taugt für uns nur für Geschäfte. Er sollte seinen Eroberungskrieg aufgeben.«

Marian sah ihre Träume von künftigem Glück schon wie Seifenblasen zerplatzen. Sie legte ihre Hand auf Godeheus Manschette, der, peinlich berührt über dieses Zeichen von Vertraulichkeit in aller Öffentlichkeit, aufschreckte.

»Und Pondicherry, Monsieur Godeheu, wird auch Pondicherry von diesem Brand erfaßt?«

»Aber nicht doch, Madame, nicht doch! Pondicherry, das ist Französisch-Indien, die Ruhe und Wohlhabenheit selbst. Vorausgesetzt natürlich, Ihr verlaßt es nicht. Sagtet Ihr nicht, Eure Verwandte heiße Jeanne Carvalho?«

»Die nämliche.«

»So könnt Ihr Euch glücklich preisen. Sie ist die reichste und erfahrenste Frau der Stadt, und ihre Feste sind weithin berühmt. Ihr werdet dort schnell eine Partie nach Eurem Geschmack finden.«

Marian schöpfte neue Hoffnung. Godeheu goß ein letztes Glas Arrak hinunter und beendete seine Ausführungen:

»Indien ... und seine Frauen! Ein wahres Wunder trotz ihrer dunklen Haut und des Schmucks in der Nase, das einzige Wunder in diesem sengend heißen Land. Wahre Fürstinnen! Und wie sie sich auf die Liebe verstehen! Wer sie kennt, brennt hinfort in einem unstillbaren Verlangen. Ich habe lange Zeit in Chandernagore auf Dupleix' Landsitz gelebt und kann selbst auf die Gefahr hin, als Aufschneider zu gelten, nur sagen, an manchen Tagen liegt die Lust so in der Luft, daß man sie mit dem Duft der Blumen einzuatmen glaubt.«

»Chandernagore«, wiederholte Marian. »Chandernagore . . .«

»Ein wohlklingender Name«, sagte Godeheu sich erhebend. »Aber der Ort taugt nicht viel. Zu abgelegen für den Handel und zu nah bei Kalkutta, wo die Engländer zu Hause sind. Außerdem genügt uns Pondicherry.«

Er schwankte, und ohne ein Wort des Grußes ging sie an ihm vorbei zur Tür.

»Chandernagore«, murmelte sie und trat hinaus auf die Hütte.

Der Himmel war klar. Der Wind blähte die Segel. An diesem Abend gelobte sie sich, den indischen Wohlgeruch der Lust kennenzulernen, ob in Pondicherry oder in Chandernagore oder – dem Sieur Godeheu zum Trotz – bei den allerbarbarischsten Radschas.

Der Schiffsarzt war nicht zum Essen erschienen; nach einer halbstündigen Auseinandersetzung hatte er den Kapitän schließlich zu überreden vermocht, den Bestraften nicht sofort in die tiefsten Tiefen des Laderaums zu werfen. »Ich möchte ihn noch etwas im Auge behalten, Kapitän, er ist noch immer nicht bei Bewußtsein.«

»Aber«, hatte du Quesnoy, der es eilig hatte, endlich zu Tisch zu kommen, schließlich eingewilligt, »macht schnell!« und war brummend gegangen.

»Nun?« fragte ein großer, rothaariger Seemann neben dem Arzt.

Ohne zu antworten, beugte sich dieser über Madec, der auf den Planken der Back lag, strich das braune Haar auseinander und untersuchte die Wunde, die der Stockhieb verursacht hatte. Keine gefährliche Verletzung, und dennoch atmete der Patient kaum.

»Für den Augenblick, mein armer Dieu«, sagte Visage mit einem Seufzer, »können wir nichts tun als warten.«

»Warten«, wiederholte Dieu und nahm seine Feierabendbeschäftigung wieder auf, mit der er sich die Zeit immer vertrieb, wenn er nicht zur Wache eingeteilt war: Er schnitzte kleine Heiligenfigürchen. Daher auch sein Spitzname, den ihm freilich auch sein bigottes Wesen eingetragen hatte, denn er war stets pünktlich bei der Beichte und der Kommunion. Allerdings lebte er als Kanonier auch in der Nachbarschaft von Mörsern und Musketen, neben Pulverfässern,

Kanonen und Zündstöcken und hatte häufig genug gesehen, wie Menschen von einer einzigen Kugel in zwei Stücke gerissen wurden, die Brücke vor Blut troff und die Luft von Holzsplittern schwirrte, die sich in die Wunden bohrten. Der Tod an Bord eines Schiffes in all seinen Gestalten war ihm wohl vertraut. Aber er hatte sich mit all dem Entsetzlichen abgefunden und sah für sich kein anderes Schicksal, keinen anderen »Planeten«, wie er als Bretone sagte. Seine einzige Freude war die Freundschaft. Und so suchte er, auch wenn er, wie die meisten Seeleute, nicht viel sprach, doch immer die Nähe seiner beiden Kameraden, für die er ohne Zweifel sein Leben gegeben hätte: des Schiffsarztes Visage, der ihn von einer lebensgefährlichen Verbrennung geheilt hatte, und des *kleinen Madec,* wie er ihn nannte, obwohl er nur vier Jahre älter war, und für den er eine geradezu brüderliche Zuneigung empfand. Dazu kam allerdings noch etwas anderes: Die Streiche des Jungen hatten ihn beeindruckt und in ihm ein Gefühl geweckt, das er für seinen Teil immer unterdrückt hatte: Zorn auf das Meer und das von ihm verursachte Elend. Diesmal jedoch war er mit seinem Leidensgefährten nicht einig. Pistolen stehlen! Wozu zum Teufel? Denn er war von Madecs Schuld überzeugt; sein wild aufleuchtender Blick, als er an die Segelstangen gebunden und ein-, zwei-, dreimal ins Meer getaucht worden war, ehe man ihn ohnmächtig, totenbleich und halbertrunken an Deck liegen ließ, hatte ihn verraten.

Dieu ließ das Messer sinken. Visage hatte sich erneut über Madec gebeugt und schob das schmutzige, vor Feuchtigkeit halb verrottete Hemd auseinander.

»Mir scheint«, konstatierte er und erhob sich, »er atmet wieder.« Als er den beunruhigten Blick des Kanoniers auffing, fügte er hinzu: »Wirst sehen, in Pondicherry läuft er den Töchtern des Landes nach genau wie wir anderen auch!«

»Den Töchtern des Landes!« platzte Dieu heraus. »Du weißt so gut wie ich, daß es ihm um das Land zu tun ist, nicht um seine Töchter! Aber wer einmal in der Marine ist, kommt nicht mehr heraus, es sei denn die Füße voran, und das wird auch Madec begreifen müssen.«

»Da bin ich mir nicht so sicher«, brummte Visage und beugte sich wieder über den Jungen, dessen Brust sich gerade etwas gehoben hatte.

Er kannte seinen Pappenheimer. In seiner neunjährigen Laufbahn als Schiffsarzt bei der Kompanie war ihm nur selten ein solch hitziger, aufbrausender Seemann untergekommen. Selbst nur sieben

Jahre älter, betrachtete er Madec wie einen Sohn. Schließlich hatte er ihn schon als Schiffsjungen gekannt.

An einem Tag im September war der Bursche im Hafen von Lorient als dreizehn-, vierzehnjähriger Junge voller Begeisterung für dic Seefahrt an Bord gekommen. Angesichts des Schiffsjungenalltags, der Prügel, Bosheiten und Entbehrungen aber war seine Begeisterung bald in sich zusammengefallen. In einem Augenblick besonderer Niedergeschlagenheit hatte er Visage anvertraut, daß er, von den Verheißungen der Werber verlockt, Hals über Kopf ohne Abschied von zu Hause fortgelaufen war. Aber Visage hatte ihn getröstet: Ein Mann wie sein Vater, ein Freimaurer, der in die Schule ging, um den Armen von Quimper Lesen und Schreiben beizubringen, trug ihm seine Flucht bestimmt nicht nach. Madec hatte neue Hoffnung geschöpft. Ja, bei der Zwischenlandung in Pondicherry hatte sich seine Miene schlagartig aufgehellt, und ein paar Tage lang hatte er regelrecht vor Freude geglüht. Dann aber war er wieder in Schweigen versunken und hatte bis nach Lorient kaum noch ein Wort gesprochen. Gleich nach der Landung hatte er den Weg nach Quimper eingeschlagen, und Visage glaubte schon, ihn nie wieder zu sehen. Doch er täuschte sich. Trotz des freundlichen Empfangs in der Familie hatte Madec das Leben in der Bretagne nicht mehr ertragen. Sie war ihm ein für allemal zu eng geworden. Zu seiner Zerstreuung hatte er auf den Pferden eines Krautjunkers aus der Gegend Reiten gelernt und dann, da ihm nicht einleuchten wollte, warum nicht auch ein Habenichts ein Pferd besitzen sollte, ein Vollblut gestohlen. Schon anderntags hatte er es zurückgebracht und sich, um dem drohenden Gefängnis zu entgehen, auf den Weg nach Lorient, auf den Weg zum Meer, gemacht, um sich wieder einzuschiffen.

War es wirklich Zufall gewesen, daß die Fahrt nach Indien ging? Jedenfalls traf Visage ihn auf der *Duc de Bourgogne* wieder und fragte erstaunt: »Du fährst doch wieder zur See?«

»Nicht weil die See mich ruft«, erwiderte Madec kurz.

Auch auf der Überfahrt blieb er verschlossen. In seiner Freizeit lauschte er Geschichten von verborgenen Schätzen, Meerjungfrauen und fernen Prinzessinnen. Stundenlang verharrte er mit traurigen Augen, in sich gekehrt, an den Lippen des Wundererzählers hängend, reglos in der Erwartung eines *anderswo,* das nur er sah.

Solche Augenblicke zeigten Visage, daß dieser Junge kein Durchschnittsmensch und auch kein Seemann war. Als Schiffsarzt kannte er die Seeleute durch und durch, auch im Angesicht von Krankheit und Tod. Madec lebte irgendwie intensiver als sie, er schien mehr in seine eigenen Vorstellungen eingesponnen, und gerade das faszinierte ihn an dem Jungen: diese Mischung aus Kraft, Genußsucht, Gier und vor allem diese Verschlossenheit, hinter der sich eine solche Spannkraft verbarg, und die, das erriet man, von wahnwitzigen Visionen und Geschöpfen mit fliegenden Haaren bevölkert war. Visage fuhr hoch: Madec hatte gestöhnt. Er war noch immer nicht bei Bewußtsein, und jeden Augenblick konnte der Kapitän vom Abendessen zurückkommen, um ihn in Ketten legen zu lassen.

»Dieu, Arrak!«

Dieu ließ Messer und Holz fallen und brachte eine matt schimmernde Flasche.

»Da, Bader«, sagte er und reichte sie Visage.

Der Arzt öffnete Madec die Lippen, der das Gesicht verzog und zu husten begann.

»Diesmal, mein wackerer Dieu, kommt er wohl zu sich.«

Langsam schüttelte Madec den Kopf; ein Gefühl der Wärme durchdrang ihn, das den Salzgeschmack verdrängte. Dann verströmte es sich nach und nach, und er empfand nichts als eine große Leere. Gänzlich erstarrt, versuchte er sich zurechtzufinden, die Schatten, die sich um ihn bewegten, zu erkennen, aber es gelang ihm nicht. Im letzten Augenblick schien sein Bewußtsein nach allen Seiten zu zerfließen, und er sank in einen lethargischen Halbschlummer, in dem ihm nur eine Gewißheit blieb: noch am Leben zu sein. Erinnerungsfetzen zogen an ihm vorüber: der grüne Musselinwirbel eines Frauenkleids, die Beschimpfungen eines Mannes mit einem hochroten Kopf, die Taue der Segelstangen, die ihm in die Unterarme schnitten, die große Gischtwoge, in die er hinunterstürzte. Bilderfetzen rollten vor seinem geistigen Auge ab, immer in derselben Reihenfolge, zwanghaft und chaotisch, dann begannen sie sich wie in einem Alptraum zu jagen. Er wollte atmen. Aber wie schon vorher vermeinte er zu ersticken. Die Kehle war ihm ausgetrocknet, und wie beim Erwachen in der stickigen Schwüle des Schiffs leckte er sich die Lippen. Der Salzgeschmack prickelte. Doch dann gewann wieder der Alptraum die Oberhand. Erneut begrub ihn das entsetzliche Meer in seinen Wogen. Und er glaubte zu sterben. Atmen, Luft holen, den schrecklichen Druck abwälzen, nicht im salzigen Wasser ersticken. Wieder begann er zu röcheln, und stoßweise kehrte nach und nach das Bewußtsein zurück.

»Madec . . .«, murmelte irgendwer.

Und diesmal kam er wirklich zu sich. Er erkannte die Arrakflasche.

»Gib!«

Visage hielt ihm die Flasche an die Lippen. Das Atmen fiel ihm noch schwer, und er mußte den ersten Schluck wieder ausspucken. Doch gleich darauf nahm er den nächsten.

»Trink nicht zu viel«, versuchte ihn Visage zu bremsen.

Aber er hörte nicht auf ihn. Das Leben kehrte wieder. Und er trank in großen Schlucken, ohne zu wissen, warum er die zuckrige Wärme des Alkohols so sehr begehrte. Dann, schlagartig, kehrte die Erinnerung zurück. Die Pistolen. Der Mann, der ihn vor der Frau an Bord geschlagen hatte. Und schließlich der Laderaum, die Demütigung. Er mußte sich rächen.

Dieu war näher getreten und betrachtete ihn mit verhaltener Zärtlichkeit.

»Ich räche mich«, sagte Madec einfach. »Ich bringe ihn um. Und danach mich.«

Für eine Antwort blieb keine Zeit. Zwei Offiziere kamen und schleppten Madec fort, um ihn in Ketten zu legen.

Die erste Nacht in den Tiefen des Laderaums, wo er bis Pondicherry bleiben sollte, verbrachte Madec trotz seiner Erschöpfung in einer ihm unbekannten Erregung, die keinen Schlaf aufkommen ließ. Zu sehr erfüllte ihn Rachsucht. Er hatte beschlossen, dem Menschen, der ihn gedemütigt hatte, das Leben zu nehmen, wer er auch sein mochte, und zwar durch eine Kugel aus seinen eigenen Pistolen. Die Waffen waren da, ganz in der Nähe, dort, wo niemand sie suchen würde, hinter einem Haufen vermoderter Fässer. Und den Feind aufzuspüren war auch kein Problem. Pondicherry war nicht so groß, und außerdem brauchte er – die beiden waren bestimmt ein Paar – nach dem Bordarrest nur die Frau aufzustöbern. Er sah sie noch vor sich, ihre hochmütige Miene, ihr grünes Kleid.

Von oben drang Geschrei herunter; die Nacht mußte vorbei sein. Das Schiff hatte wieder an Fahrt zugelegt; offensichtlich war Wind aufgekommen. Verheißungsvoll klatschten die Wellen gegen den Rumpf.

Indien . . . Wind aus Indien . . . Kaum zu glauben, eine ganze Nacht lang hatte er sich in Rachedurst verzehrt und darüber ganz seine Träume vergessen. Einen Augenblick lang war Madec drauf und dran, seine Rachepläne fallenzulassen. Schließlich war er nicht zur See gefahren, um das Blut eines elenden, zu Reichtum gelangten

Bürgers zu vergießen und den Rest seiner Tage im Gefängnis der französischen Handelsniederlassung zu schmachten, die ihn im Grunde überhaupt nicht interessierte. Seine Sehnsucht galt dem Land dahinter, dem wahren Indien, auf das noch kein oder fast kein Franzose einen Fuß gesetzt hatte. Er selbst hatte nur einen Blick davon erhascht. Der aber hatte genügt, um sich ihm unauslöschlich einzugraben. Es war vor zwei Jahren gewesen, an einem Feiertag, zu Ehren eines Mannes, den man Nabob, den Held der Helden, den unbesiegbaren Krieger nannte. Eine Prozession von zweihundert Elefanten war vor ihm vorbeigezogen mit indischen Fürsten in golddurchwirkten Gewändern, einen Federbusch am Turban und Diamanten an jedem Finger, die ihm auf die »heilige Kraft von Reis und Safran« Treue schworen. Trotz des gleißenden Reichtums waren es Besiegte, ja sogar in doppelter Hinsicht Besiegte, hatten sie doch ihre früheren Herrn, die Engländer, verraten. Denn der weiße Mann, dem sie nun Seidengewand und Perlenkollier darbrachten und der sie auf einem mit Elfenbeinintarsien geschmückten *Palankin* empfing, war ein Franzose: Dupleix, derselbe Mann, den Madecs Vater von der Schule her kannte.

Vom Mast seines Schiffes aus verfolgte Madec die Zeremonie, die drei Tage und drei Nächte währte, drei glorreiche Tage von unerhörter Pracht und Herrlichkeit. Arrak floß in Strömen, ein Feuerwerk folgte dem anderen, und alle Welt rühmte den Nabob Dupleix. »Bald«, riefen die Leute von Pondicherry, »wird er Golkonda nehmen, jawohl, Golkonda und seine Diamanten. Bezwingen wird er den dreifachen Mauerring und den Fürsten und niederwerfen alle bis zum Mogul!«

Am letzten Tag des Festes lief Madecs Schiff aus, und das Land der Wunder versank, kaum erahnt, hinter den Wellen. Madec schwor, koste es, was es wolle, zurückzukehren, und das war auch der Grund, weshalb er nun in den Tiefen des Lagerraums lag, halb zu Tode geprügelt, an Händen und Füßen angekettet: um die Quelle dieses Ruhms aufzusuchen und sein Teil davon, wenn möglich, zu holen. Eine Viertelstunde lang verfluchte er sich: Nach seinem selbstaufgestellten Ehrenkodex durfte er sich keineswegs auf die Suche nach dem Glück machen, solange er nicht Rache genommen hatte – ein kindisches Gebot, das aber gleichwohl gehalten werden mußte. Und so hatte er sich durch seine Wut vielleicht selbst um die Chance gebracht, sein Indien je zu finden.

Wütend hämmerte er gegen den Schiffsrumpf. Die *Duc de Bour-*

gogne kreuzte gewiß bereits vor der indischen Küste, zu der er vor zwei Jahren in höchster Verwirrung hinübergeblickt hatte, bis von den langen, vom Dschungel gesäumten Stränden und der Welt, die sich dahinter verbarg, der Welt, die ihn zweifelsohne erwartete, nichts mehr zu sehen war.

2. Kapitel

Godh, zur Zeit des Vollmonds im Monat Jyestha im Jahr 4855
im Weltalter Kaliyuga
Juni 1754

Wieder einmal verwünschte Sarasvati die Hitze. Ruhelos wälzte sie sich auf dem *Charpoy* mit der geflochtenen Roßhaarmatratze, immer in der Angst, Mohini aufzuwecken und damit auch Lakshmi und Malika und all die anderen Dienerinnen und endlose Unterhaltungen und Fragen über Fragen heraufzubeschwören. Dann hieß es Rede und Antwort stehen, bis unter drückender Hitze schließlich der Morgen anbrach, ohne daß sie ein Auge zugetan, schlimmer noch, einen Moment des Alleinseins genossen hatte. Gerade danach aber sehnte sie sich: den Blicken der Frauen in der *Zenana* einmal nicht ausgesetzt zu sein, die nach Spuren der Schlaflosigkeit auf ihren Lidern spähten oder in ihren Mundwinkeln ein erstes erloschenes Lächeln suchten, um zu erraten, wie es um ihre Liebe zu Bhawani stand, ob ihre Nächte erfüllt oder traurig waren, ob ihr Stern zu verblassen begann.

Leise setzte sich Sarasvati auf, zupfte ihr Bolero zurecht, schob den schweren Zopf nach hinten und strich mechanisch über sein Ende. »Mein Haar trocknet aus«, dachte sie besorgt, denn all ihr Denken kreiste um Liebe und Schönheit, die für sie untrennbar zusammengehörten, »ich muß Mohini bitten, es mit Sandelöl einzureiben«. Sie nahm ihren blauen Schleierrock und schlich, im Mondenschein vorsichtig die willkürlich über den Raum verteilten *Charpoys* umrundend, zur Tür. In zwei Tagen war Vollmond. Ob Bhawani zurückkam, um ihn mit ihr zu betrachten? Sarasvati liebte den Mond, denn Mond und Liebe waren nicht zu trennen, und die Liebenden waren durch das magische monatliche Ritual des glänzenden Nachtgestirns eins mit dem Himmel, den Sternen, der ganzen Natur. Ja, mit der Ordnung der Welt.

Der Ordnung der Welt, dem *Dharma,* dem *Wie es sein soll* und *Wie es ist.* Aber sollte auch das so sein, war auch das Schicksal, daß sich Bhawani von ihr entfernte und drohendes Unheil nahte? Warum nur blieb ihr die Süße des Schlafs versagt?

Jedenfalls nicht, weil sie das Bett des Radschas nicht teilte. Sie schliefen auch sonst nur selten zusammen, denn wie alle Frauen lebte Sarasvati in der *Zenana,* dem »Paradies der Damen«, wo Bhawani sie besuchte. Oft holte er sie auch zum Lustwandeln oder zur Jagd, denn die Radschas von Godh hatten eisern an den ältesten Gepflogenheiten des Landes festgehalten – höchst ungewöhnlich in Indien, wo es seit der Mogulinvasion an den Höfen Brauch geworden war, die Gemahlinnen vor den Blicken der Öffentlichkeit zu verbergen. Den meisten Frauen genügte dieses abgeschiedene Dasein auch, sei es, daß sie schon als Mädchen gelernt hatten, den Blick der Männer zu fliehen, sei es, daß sie Gefallen fanden am Leben in diesem Flügel des Palastes, von dem aus das Auge die ganze Ebene von Godh überschauen konnte, von den Bergen mit dem breit herabströmenden Fluß im Norden bis zum großen See mit seiner Insel und dem Lustschloß im Süden. Das glückliche Godh, wie die Kaufleute es nannten: ein ruhiges Fürstentum, in dem seit Jahrhunderten Frieden herrschte, mit einer hochgelegenen Zitadelle, einer von Reisfeldern eingeschlossenen luftigen Stadt mit rosafarbenen Fassaden und starken Festungswällen und durchzogen von Karawanenstraßen von West nach Ost. Aber auch das heitere, zufriedene Godh, in dem Sarasvati mit der Liebe des Fürsten wieder Geschmack am Leben gefunden hatte.

Doch nun pochte Angst in ihren Adern. Erstmals seit langem war wieder ein Gefühl in ihr aufgestiegen, das nicht Liebe war, eine unbeschreibliche Verwirrung, eine schreckliche Beklommenheit wie in der Kindheit, heimtückisch und unaussprechbar. Das Gefühl einer unausweichlichen Bedrohung. Eine Gefahr lastete auf Godh, und vielleicht auch auf Delhi, Benares, ganz Indien. Etwas lauerte am Ende der Straßen, ein unbekanntes, todbringendes Unheil. Geräuschlos glitt Sarasvati auf die Terrasse hinaus, deren Marmor im Mondlicht schimmerte. Wie immer, wenn Schwermut sie überkam, lenkte sie ihre Schritte in den Garten. Bei den Wasserbecken und den Blumen schien ihr das Leben erträglicher. Schon in Delhi, wo sie als Waise aus hoher Kaste streng behütet aufgewachsen war, da man ihre Jugend und Schönheit zu gegebener Zeit auszumünzen gedachte, hatte sie Trost und Unterhaltung in den Gärten gesucht. Und auch später, nach ihrer Verheiratung mit Bhawani, waren ihr die Gärten stets – neben der Jagd die einzige Leidenschaft der Radschas von Godh, seit sie dem Krieg entsagt hatten – eine Quelle der Freude gewesen.

Dem Mittelkanal, der die Anlage in zwei symmetrische Hälften teilte und in ein vollendet sechseckiges Becken mündete, folgend, begab sie sich zu ihrem Lieblingsplatz, dem *Chadar,* einem künstlichen Wasserfall aus weißen, mit geometrischen Mustern verzierten Marmorblöcken, und ließ ihren Blick über die untere, ebenso regelmäßige Terrasse zu den lotosblattförmigen, ihrerseits wieder von Marmorfällen gefolgten Becken schweifen, hinweg über die tiefen Nischen, in denen man an Festtagen Kerzen anzündete, um das Wasser in der Nacht funkeln zu sehen. Dieses Jahr jedoch ließ der Monsun auf sich warten; schon seit zwei Monaten war das Wasser versiegt. Keine Blüte in den Beeten; nichts als die ausgedorrte Erde mit ihren Marmoreinfassungen.

»Diese Hitze«, seufzte Sarasvati. »Und noch immer kein Monsun.«

Warum nur war Bhawani fortgegangen? Angeblich, um zu jagen. Aber er hatte sie nicht mitnehmen wollen und auf ihren erstaunten Blick hin geschwiegen. Anfangs glaubte sie, ihn wie früher betören zu können, hatte mit nackter Brust und halbgeöffnetem Rock vor ihm getanzt, wie er es liebte. Aber er war matt und lustlos in seiner Niedergeschlagenheit verharrt. Da hatte sie geweint, ihn mit flehenden Worten bedrängt und ihm, als er aufbrach, die Waffen zu holen, und die Elefanten zu rüsten befahl, leise das alte Gedicht vorgesungen:

Luft, Wasser, Himmel und Feuer,
Alle Elemente verschmelzen in einer einzigen Glut.
Ausgetrocknet ist der Teich,
Und sorgenvoll der Reisende, wie ein Schaf der wilde Elefant.
In seinem Rüssel verbirgt sich die Kobra und der Tiger entschlummert in seinem Schatten.
Alles, was auf Erden lebt und auf dem Wasser, fühlt sich
matt und ruhelos. Darum schreiben die Weisen vor: Bleib zuhaus im
Monat Jyestha . . .

Jyestha, Juni, der verfluchte Monat vor dem Monsun. Ganz Nordindien ein einziger Schmelzofen, auch das glückliche Godh. In diesen Zeiten befielen die Menschen zuweilen wunderliche Qualen, gegen die kein Kraut gewachsen war. Weder Gesang noch Tanz hatten geholfen – der Radscha war allein aufgebrochen, beklommen, niedergedrückt vom Unheil, das er am Ende der Straßen lauern fühlte und das er ihr schließlich anvertraut hatte. Drei Tage war es nun schon her. Drei Tage war er abwesend, drei Tage schleppte sie sich in der *Zenana* herum, versuchte die andern hinters Licht zu führen, trug diese wachsende Angst mit sich herum, die nichts mit dem Warten auf den Monsunregen zu tun hatte. Immer wieder strich Sarasvati mit der Hand über den Stein des *Chadar.* Aber diesmal heilte die Einsamkeit nicht. Sie war im Gegenteil Gift. Unvermittelt erhob sie sich – der Mond stand schon tief am Himmel – und eilte mit hastigen Schritten durch den Garten zurück. Der Marmor unter ihren Füßen fühlte sich noch warm an. Die Vorhänge der *Zenana,* die sich gewöhnlich im Nachtwind blähten, hingen schlaff herab. Sarasvati schlüpfte ins Zimmer, trat an das Lager neben dem ihrem:

»Mohini . . .«

Der Zopf der Schlafenden hing von der Matratze wie eine Schlange nach dem Monsun von einem Baum. Jäh rollte sie sich in ihren goldbestickten Musselins zusammen.

»Sarasvati!«

Die Antwort kam leise, aber deutlich und ruhig, als hätte Mohini nur leicht geschlummert.

»Komm mit hinaus. Ich kann nicht schlafen. Massier mich.«

Mohini erhob sich, nahm die Lampe von der Türschwelle und folgte Sarasvati mit dem gleichen leicht wiegenden Gang, der den Faltenwurf des Rockes wie bei Sarasvati gleichsam über den Körper laufen ließ. Um ihre Gefährtinnen nicht durch ihr Geplauder zu wecken, trugen sie ein *Charpoy* ans andere Ende des Gartens, wo Mohini unvermittelt die Lampe hob und der Prinzessin ins Gesicht leuchtete:

»Du hast Schatten unter den Augen, Sarasvati. Warum grämst du dich um einen Mann, der zur Jagd ausgeritten ist?«

»Massier mich, Mohini. Ich bin müde. Es tagt schon fast, und ich habe noch kein Auge zugetan.«

Sie streckte sich auf dem Lager aus, legte Bolero und Rock ab und schlang sich den Zopf um den Hals.

Mohini beugte sich über sie, nahm ihr ein Schmuckstück nach dem anderen ab. Sie beneidete die Prinzessin um ihren dicken, fast bis zu den Knien reichenden Zopf, um ihre schlanken Beine und vor allem um ihre helle Haut. Sarasvati glich den Frauen aus dem Norden, den Mädchen mit Mogulblut, wie man sie zwischen Delhi und Lahore sah. Und erst ihre Augen! Klar auch sie, von einem grüngesprenkelten Schwarz, das im Licht funkelte. Dazu eine erstaunliche

Reinheit der Züge, edel und kühn geschnitten und ohne eine Falte: die Schöne mit dem Lotosgesicht aus den abendlichen *Ragas,* die man nun, wenn der Monsun endlich kam und mit ihm die Zeit der Liebe, bald wieder singen würde. Beim Gedanken an den Regen schaute Mohini mechanisch zum Himmel auf, eine seit Anbruch der Hitze übliche Geste, und begann den Rücken der Prinzessin zu kneten.

»Ein Sturm zieht auf«, murmelte sie.

Sarasvati hörte sie nicht oder schien sie nicht zu hören. Seit ihrer Mutterschaft war sie oft so; alle in der *Zenana* hatten es bemerkt. Vielleicht, weil sie dem Radscha den ersten Sohn geschenkt hatte. Jedenfalls hatte sie sich nach dem Kindbett sonderbar verändert: Man glaubte sie nah, da ihr ganzes Wesen Mütterlichkeit und Fruchtbarkeit ausströmte, aber schon im nächsten Augenblick entzog sie sich, kapselte sich in ihrer Liebe zu Bhawani ab, schien sie wie ein Geheimnis zu durchleben, dessen unsägliche Schönheit es zu schützen galt. Sie stöhnte unter der Massage.

»Fester, Mohini, fester.«

Mohini, schweißgebadet, legte den Schleier ab und verdoppelte ihre Anstrengungen. Sarasvatis Haut, glatt und fest dank der fortgesetzten gegenseitigen Schönheitspflege, verschmolz mit der ihren. Erst vergangene Woche hatte sie den Körper der Prinzessin mit Asche abgerieben und selbst an den verstecktesten Stellen die Haare ausgezupft. Bei Neumond würde sie ihr eine Lehmmaske auflegen und ihre Haut noch geschmeidiger, noch glatter machen, um sie für die Liebe zu rüsten. Mohini schloß die Augen. Behende glitten ihre Hände von den Schultern zu den Beinen, vom Nacken zum Kreuz dieses beneidenswerten Körpers, den sie in- und auswendig kannte und der sich ihr dennoch entzog. Sarasvati, gleichzeitig gegenwärtig und doch fern, glich darin den Göttinnen an den Tempelfassaden, die lächelten, tanzten und lockten, im nämlichen Augenblick aber, in dem man ihre Rundungen berührte und mit geweihtem Puder bestäubte, entschwanden, Stein von Stein, um beim nächsten Blick doch wieder ihren Zauber zu spinnen, zu neuem Leben zu erwachen, eine sonderbare Kraft auszuströmen: Auch in Sarasvati schlummerten dunkle, noch im Verborgenen ruhende Kräfte, die nur für flüchtige Augenblicke an die Oberfläche kamen. Selbst schon neunzehn und Mutter von drei Söhnen, hätte Mohini über die junge Prinzessin eigentlich die Autorität einer älteren Schwester ausüben sollen. In Wirklichkeit jedoch war ihr die drei Jahre jüngere Sarasvati überlegen; nicht als Gemahlin des Radschas, denn als Gattin eines nahen Verwandten Bhawanis empfing auch Mohini Ehrungen und Achtungserweise genug; eher durch ihren Charme, durch eine unbenennbare, stille, unwiderstehliche Kraft, der sich Mohini wie alle anderen beugte, vor allem Bhawani: Sarasvati war schön.

Die Massage näherte sich ihrem Ende. Fest drückte Mohini Sarasvatis Handflächen gegen die ihren und zog dann die Finger einzeln kräftig aus, als wollte sie sie ausreißen. Diese sinnliche, gleichsam verschwörerische Berührung schien Sarasvati zu wecken.

»Du tust mir weh!« protestierte sie, als Mohini ihr, wie vordem die Finger, die Zehen auszog, nachdem sie ihr die Füße gestreichelt und gerieben hatte.

»Dann leg den Ehering ab.«

»Nie und nimmer. Und jetzt, da Bhawani in der Ferne weilt, schon gar nicht.«

»Sei nicht töricht! Die Tiger und Kobras haben ihm nichts an ... einem Jäger wie ihm, der selbst dir das Bogenschießen beigebracht hat.«

»Es ist nicht die Jagd, die mich ängstigt.«

Sarasvati hatte es laut gesagt, fast hinausgeschrien.

Mohini schwieg und trocknete sich das Gesicht. Die Massage hatte sie erschöpft. Sie ließ sich auf dem Marmormäuerchen nieder. Der Mond war noch blasser geworden. Über den Bergen ballten sich dicke Wolken zusammen. Ein leichter Wind war aufgekommen. Die Morgendämmerung brach an; morgen, vielleicht auch übermorgen, würde der Regen einsetzen.

Sie wandte sich ihrer Gefährtin zu, die wieder ganz weich, ganz in der Gegenwart aufgegangen schien wie an jenem Tag, an dem sie als Neuvermählte in die *Zenana* eingetreten war und um dessentwillen Mohini sie ins Herz geschlossen hatte, ja, nahezu von Stund an ihre Vertraute geworden war. Nun würde sich ihr Sarasvati erschließen, ihr offenbaren, was ihr den Schlaf raubte, sie in ihren Kummer, ihre Sorgen einweihen.

Drängen durfte sie sie freilich nicht. So deutete sie auf den Himmel:

»Es tagt schon. Die Dienerinnen haben frisches Henna bereitet, und sobald die Sonne aufgeht, richte ich dir ein Bad und male dir die schönsten *Menhadi* auf Hände und Füße.«

Sarasvati pflegte sich sorgfältig, vor allem ihre hübschen, zierlichen und doch fleischigen Füße, wohl der laszivste Teil ihres Körpers, bei deren Anblick sich Mohini manchmal die Wonnen des Radschas auszumalen versuchte, wenn er sie nach den Regeln der Liebeskunst an die Augen und den Mund hob; ja, an manchen Nachmittagen hatte sie das Gefühl, sich das alles etwas allzu lebhaft vorzustellen.

Sarasvati löste ihr Haar, glitt vom Lager und ließ sich neben ihrer Freundin nieder.

»Mohini . . .«

Mohini sah sie lächelnd an. Es war so weit. Sarasvati würde sprechen.

»Die Angst, diese Angst. Ich glaubte sie längst vergessen . . .« Sie verbarg das Gesicht in der Seide des Rocks.

»Beruhige dich. Ich werde den Fächer holen und dir Kühlung zufächeln.«

Mohini war schon aufgestanden, um in die *Zenana* zu gehen, und Sarasvati rief ihr nach:

»Bring auch Kissen und Räucherwerk mit . . . Aber weck die Dienerinnen und Gopal nicht auf.«

Gopal, vor nun vier Monaten geboren, war ihr erster Sohn. Seine Geburt hatte Sarasvati mit einem heiteren Glücksgefühl erfüllt. Bhawanis erste Gemahlin war in zwölf Ehejahren unfruchtbar geblieben und zeigte sich, mittlerweile fünfundzwanzig, kaum. Sie lebte zurückgezogen in einem Flügel der *Zenana,* den sie nur noch selten verließ. Sarasvati hatte sie nur einmal zu Gesicht bekommen, wie von Fieber geschüttelt zitternd, von großen Schleiern fast gänzlich verhüllt. Die zweite Gemahlin des Radschas, etwas jünger, hätschelte, von früh bis spät naschend ihre vier Töchter, und von der dritten hatte Sarasvati erst recht nichts zu befürchten: Sie war eine große, prächtige Liane, die Bhawani, zutiefst niedergeschlagen, daß ihm kein Sohn geboren wurde, nach alter Tradition vor Sarasvati geehelicht hatte, aus Angst, seine dritte Gattin könnte ihm – galt doch die Zahl drei allgemein als fluchbeladen – noch mehr Unglück bringen. Und in der Tat war das Glück wiedergekehrt: Ein Jahr nach der Hochzeit hatte ihm Sarasvati Gopal geschenkt. Seit diesem Tag hatte er keine Augen mehr für andere Frauen, besuchte er sie vier-, fünfmal in der Woche. Die Frauen in der *Zenana* aber nannten das Wahnsinn, Strohfeuer, einen Frühlingsregen von kurzer Dauer. Der Gedanke schnürte Sarasvati die Kehle zu. Sollte die *Zenana* doch recht behalten? Aber was wußten diese stumpfen Frauen schon von der Liebe? Oder vom Radscha? Andererseits jedoch war er allein zur Jagd ausgezogen, ohne sie, die er doch sonst stets mitnahm, die er mit dem Pomp und Prunk des Königlichen Elefanten ehrte, dessen schwerer, wiegender Schritt sie mit schwindelerregenden neuen Gefühlen erfüllte, wenn Bhawani ihre Schleier lüftete.

Mohini kehrte mit einem Korb und einem Teppich zurück, rollte ihn auf dem Boden aus, legte kleine Kissen darauf und zündete die Räucherpfanne an. Sarasvati wollte sprechen, aber die drei Silben, die sie seit Bhawanis Aufbruch verfolgten, jene drei Silben, die ihr, einem bösen Zauber gleich, die tausendundeine Möglichkeiten der Liebe geraubt hatten, wollten ihr nicht über die Lippen.

Genau drei Tage war es nun her, daß sie nach der Liebe noch sorglos beieinandergesessen waren. Sarasvati sah das weiße Lager unter dem Zelt im hintersten Winkel des Gartens wieder vor sich, den Scherbetrest in den blauweißen Porzellangefäßen, den Pfau, der den Kopf senkte, um aus einem goldenen Kelch zu trinken. Über den Marmor hatte man einen Teppich mit einem ruhigen Muster gebreitet, innig ineinander verschlungenen Blüten und Pflanzen, denen sie es, von einer Musikantin mit dem *Malivi-Raga* zur Liebe am Nachmittag aufgefordert, mit ihren Umarmungen zwei Stunden lang gleichzutun suchten. Mehrmals hatte sich Bhawani so stürmisch gezeigt, daß die Musikantin, beim Anblick seiner leidenschaftlichen Glut wie versteinert, den Faden ihrer Melodie verloren und nicht gewagt hatte, im selben Ton fortzufahren, wie eine Magierin, die vor ihrem eigenen Zauber erschrickt. Als die Sonne tiefer sank, wurden Bhawanis Liebkosungen immer langsamer; schließlich vergrub er sein Gesicht an ihrem Hals, den sie mit zerriebner Minze parfümierte, da er den Duft liebte. Und plötzlich hatte sie es erraten:

»Du bist traurig, Bhawani.«

Er betrachtete den Himmel, der schwer war vom Monsun, der nicht kommen wollte. Doch ein Reiherpaar zog durch die Wolken, Vorzeichen kommenden Regens.

»Du bist traurig . . .«

Er machte einen Zug aus der Wasserpfeife.

»Die *Firangis,* Sarasvati, die *Firangis* . . .«

Drei Silben, ein Rauchwölkchen, und der Zauber des Nachmittags war verflogen. Drei verfluchte Silben: *Firangi;* dann ein langes, ungewohnt vertrauliches Gespräch. Und eine Stunde später war er aufgebrochen.

»Streck dich aus«, wiederholte Mohini. »Hörst du nicht?«

Doch Sarasvati verkrampfte sich nur noch mehr.

»Mohini, was weißt du über die *Firangis?*«

»Firangis?« Mohini ließ den Fächer ruhen. »Die mit den Karawanen aus Persien kommen?«

»Nein, über die anderen ...«

Mohini begriff nicht.

»Über die anderen? Aber die kennst du doch besser als ich. Schließlich bist du in Delhi geboren.«

»... wo ich wie eine Gefangene gehalten wurde, um tanzen und die Liebeskünste zu lernen«, fiel ihr Sarasvati ins Wort.

Unwillkürlich hatte sie die Stimme erhoben. Sie wurde nicht gern an ihre Vergangenheit erinnert, an ihre lange Kindheit als Waise, die dem Kriegsgemetzel wie durch ein Wunder entgangen war.

Diesmal jedoch beruhigte sie sich schnell wieder.

»Die *Firangis*...«, hob Mohini wieder an, bestrebt, ihre Anspielung auf Delhi wiedergutzumachen, »die anderen, die von den Schwarzen Wassern? Die sollen sehr bleich, im Gesicht leicht gerötet sein, ihr Haar mit weißem Puder bestäuben und Waffen hinter sich her ziehen, die wie der Donner brüllen.«

Sarasvati unterbrach sie:

»Bhawani sagt, sie sind gar nicht mehr fern.«

Mohini brach in Lachen aus:

»Das also quält dich! Die *Firangis* ...«

»Sie kommen übers Meer aus unreinen Ländern am Ende der Schwarzen Wasser, Mohini. Sie kommen auf tief im Wasser liegenden Schiffen mit Rümpfen, aufgeschwollen wie riesige Nüsse, starrend vor feuerspeienden Mündungen!«

»Um uns«, fiel ihr Mohini ins Wort, »gegen Spiegel und Rosenwasser geschliffene Diamanten und Gewürze abzuhandeln, wie die vor ihnen auch. Was grämst du dich also?«

»Bhawani sagt etwas anderes.«

Ihr Ton klang scharf. Sie zögerte, sich Monini anzuvertrauen. Aber ihr Herz war zu schwer, und so brach es unvermittelt aus ihr hervor:

»Mohan ist aus Benares zurück. Er bringt schlechte Nachrichten.«

»Die Brahmanen sehen immer schwarz, meine Schöne.«

»Er ist Sterndeuter, Mohini. Er muß es wissen.«

Mohini gab nach. Was galt schon ihr Wort neben dem eines Sehers?

»Die Nachrichten sind schlecht«, fuhr Sarasvati fort, »Mohan sagt, es kommen zwei Sorten von *Firangis,* die einander verabscheuen. Die einen, die einen roten Rock tragen und in der Überzahl sind und auch mit den Schiffen besser umzugehen verstehen, haben ihr Lager da aufgeschlagen, wo sich der Fluß Ganga in die Schwarzen Wasser ergießt, und rücken nun langsam in der Ebene vor, bis sie ganz Bengalen in ihren Besitz gebracht haben. Aber auch die anderen wollen Bengalen und versuchen deshalb, die Fürsten zu bereden, sich mit ihnen gegen die Rotröcke zu verbünden . . .«

»Die Radschas sind Vasallen des Moguls, und der Kaiser wird die *Firangis* vertreiben, wenn sie uns übelwollen.«

»Glaub das nicht, Mohini. Der Mogul ist machtlos. In Delhi herrschen Intrige und Mord.« Sie runzelte die Stirn. »Man weiß nicht einmal, wer den Thron erben wird.«

Mohini legte ihr die Hand auf den Mund:

»Still, Sarasvati, schweig still. Du sprichst Männerworte nach, und Männerworte klingen häßlich aus Frauenmund. Du bist jung und schön, du bist Mutter: Was willst du mehr? Laß die *Firangis,* wo sie sind, vergiß sie. Godhs Glück wird währen, solange sein Radscha lebt und die Söhne seiner Söhne. Sei vernünftig! Überlaß Männergeschäfte den Männern!«

Sarasvati warf ihrer Gefährtin einen leicht beschämten Blick zu.

»Sei vernünftig«, wiederholte Mohini, »und laß den Kopf nicht hängen. Schau, es wird schon hell.«

Sarasvati wischte sich eine Träne aus dem Auge, strich über den Diamanten, den sie in der Nase trug, und lächelte endlich wieder. Ein Reiherschwarm zog über den graublauen Himmel. Aus der *Zenana* tauchten zwei schlaftrunkene Mädchen auf.

»Ein Bad«, befahl Mohini, »beeilt euch, ein Bad« und langte nach einem Fläschchen, um das Haar ihrer Gefährtin mit Sandelöl einzureiben.

»Ruft eine Musikantin«, gebot sie. Wenige Augenblicke später ließ sich eine kleine Frau mit üppigen Rundungen, eine *Vina* vor sich, neben ihnen nieder, warf einen sinnenden Blick zum Gewitterhimmel, stimmte ein kurzes Vorspiel an und begann ein *Raga* über den abwesenden Geliebten zu singen.

»Proshita-patika«, murmelte Mohini, »kleine Prinzessin, deren Liebster in der Ferne weilt! Nur Mut! Der Monsun steht bevor, der Radscha wird nicht säumen, und aufs neue wird dir das Lied von den Wonnen des Abends erklingen!«

Während ihr Mohini die Haare auf dem Scheitel zum Knoten zusammenband, schloß Sarasvati die Lider. Sie war nicht sicher, Bhawanis Ausführungen wirklich verstanden zu haben. Soviel aber hatte sie begriffen, daß die Völkerschaften rings um Godh, von den *Firangis* aufgehetzt, sich gegeneinander erheben würden. Vor allem Ragu, der jüngere Bruder des Radschas, der es nie hatte verschmerzen können, daß nicht er der Thronerbe war. Nun spann er, das hatte Mohan aus Benares mitgebracht, mit den Rotröcken Intrigen. Einen Augenblick lang fühlte sich Sarasvati versucht, Mohini alles zu eröffnen, der Freundin die Gründe für ihre Angst, für ihre Schlaflosigkeit zu enthüllen. Doch schon beim ersten Wort verstummte sie wieder. Ihr war eingefallen, daß Ragu auch Mohinis Schwager war, und wozu ihr einen Schreck einjagen?

Mit dem heraufdämmernden Morgen kam ein Pfau in den Garten stolziert, in seiner leicht zerbrechlichen Anmut eine wunderbar harmonische Ergänzung zum *Raga* der Musikantin. Hinter den Muscharabien begannen die Frauen in farbenfrohen Gewändern geschäftig zu hantieren; Säuglinge wimmerten, vielleicht auch Gopal. Und genau in diesem unendlich friedlichen Augenblick überkam Sarasvati das absurde Gefühl, dieser heitere Friede verflüchtige sich, löse sich in nichts auf, und die *Zenana,* der Palast, die Ebene von Godh, gerade noch gelassen in sich ruhend in der Morgendämmerung, wichen einer anderen Welt, die dort, hinter dem Dschungel und den Bergen, am Ende der Straßen von den Schwarzen Wassern herandrängte. Und doch ging unfehlbar alles seinen gewohnten Gang; sehr bald schon würde der Monsun alles zu neuem Leben erwecken: Pflanzen, Tiere und Menschen. Die Liebe. Und vielleicht auch den Haß. Das grimassierende Gesicht Kalis, der Schwarzen, in einer alten Palastkapelle fiel ihr ein, in die, seit in Godh Frieden herrschte, kaum noch jemand gekommen war. Sehr zum Leidwesen des Brahmanen, der immer wieder mahnte, sie ebenso zu ehren wie den Gott Krischna, denn »der Geist des Todes und der Zerstörung ist in diesem in seinen Sünden verkommenen Weltenalter für die Wiedergeburt der Welt ebenso nötig wie die Liebe . . .« Zum erstenmal bereute Sarasvati, nicht auf ihn gehört zu haben. Wenn Kali mit diesem oder dem nächsten Monsun nach Godh zurückkehrte, was dann?

Die Dienerinnen kamen mit Schalen und Wassergefäßen, Wohlgerüche entströmten den geöffneten Phiolen.

»Kennst du den Krieg, Mohini?«

»Seit Jahrhunderten hat Godh keinen Krieg mehr erlebt, herrscht Frieden. Vergiß die Vergangenheit, Sarasvati, vergiß, was du als

Dreijährige erlebt hast. Du bist Frau, du bist Mutter. Die Kindheit liegt hinter dir.«

»Nein, Mohini, Blut läßt sich nicht vergessen. Ich sehe es noch vor mir, das Blut meiner ermordeten Angehörigen, als wäre es heute. Und überall im Haus Afghanen auf der Suche nach neuen Opfern. Bis hin zu den Dienern auf der Terrasse alles tot und erschlagen. Nur mich haben die Soldaten übersehen, ich habe als einzige überlebt . . .«

»Das war Dharma, Sarasvati! Vergiß nicht, der alte Radscha von Godh hat dich wie eine Tochter geliebt; er hat nach deiner Familie geforscht, er hat herausgebracht, daß du Kshatriya bist genau wie er und seine Ahnen, und so hat er dich seinem Sohn gezeigt. Erinnerst du dich noch, wie du am *Holifest* hierher kamst und er dich tanzen hieß? Kannst du das alles für ein Werk des Zufalls halten? Das war Dharma, Sarasvati, also hör auf zu klagen.«

Fast hätte sie geantwortet, das alles wäre nicht nötig gewesen, denn Bhawani hätte sie auch so geliebt, wäre sie auch nur eine Tempeltänzerin, eine Tempelprostituierte oder sogar eine Frau aus niedriger Kaste gewesen. Doch sie verscheuchte die trüben Gedanken. Mohini hatte recht: Alles war ruhig und im Lot, es galt das Glück zu ergreifen, wo es sich bot. Und das Glück lag vor ihr: Mohini, die mit den Dienerinnen schäkerte und ihr die Henkelkanne zum Bad hinhielt. Sarasvati stimmte in die allgemeine Heiterkeit ein und ließ sich das Wasser über den Rücken gießen.

In der feuchtschwülen Gewitterluft empfand sie die Kühlung als etwas Köstliches, und bald war ihre Angst verflogen. Durch den Wasservorhang hindurch betrachtete sie die bewegten Gewänder der Dienerinnen, ihre Armreifen und manchmal, handgreiflicher Beweis für den Frieden in Godh, unendlich, rund und glatt, ihre beim Bücken über den Bolerorand vorquellenden Brüste. Als die Frauen sie abzureiben begannen, fühlte Sarasvati ein unbeschreibliches Behagen in sich aufsteigen. Wohlig ließ sie sich abtrocknen, mit einem aus Milch und zermahlenen Kichererbsen bereiteten Puder einreiben, selbst an den verborgensten Winkeln ihres Körpers die letzten Härchen auszupfen und parfümieren und schließlich schminken. Auf die Brustwarzen, von denen das Wasser die für die Nacht aufgelegte Goldschminke abgespült hatte, wurde mit kleinen Pinseln eine silbrige Paste aufgetragen, dann der Nabel mit einem bunten Blütenmuster überzogen, das, wie um diesen Körperteil besonders hervorzuheben, auf dem Unterleib zusammenlief, schließlich das Haar frisiert, die Augen noch mit *Khól* umrandet und zum Schluß auf der Stirn unterhalb des glückbringenden roten Tilapunktes der Goldsamantha befestigt, der den Scheitel bedeckte und allen, die es noch nicht wissen sollten, anzeigte, daß sie verheiratet war. Heute hatte sich Sarasvati für Rosa entschieden, und an der Schnelligkeit, mit der sie Rock und Bolero anlegte, konnte Mohini ersehen, daß sie wieder Mut geschöpft hatte. Als sie die letzten Armreifen überstreifte, hielt sie plötzlich inne:

»Aber du hattest mir doch *Menhadi* versprochen, Mohini.«

»Dann komm unter den Sonnenschutz. Es wird schon heiß.«

Zwei Stunden lang bemalte Mohini geduldig Hände und Füße der Prinzessin mit den beredtsten Symbolen der Liebesleidenschaft – mit Pfauen, Lotosblüten, verschlungenen Myrten – in brauner Hennapaste. So verging die Zeit wie im Flug, und als die ersten Regentropfen aus dem tiefschwarzen Himmel fielen, war Kalis Gespenst endgültig entschwunden. Die Zeit der Liebe stand bevor.

Es war noch nicht neun Uhr, da verbreitete sich die Kunde, der Späher habe in der Ebene am Ausgang des Dschungels beim Wasserschloß die Elefanten des Radschas gesichtet, die fröhlich unter dem ersten Regenguß heimkehrten. Der *Menhadi* war trocken. Erwartungsfroh erklärte Sarasvati unter ihren Schleiern:

»Beten wir inzwischen zu Krischna, dem Tiefblauen.«

Wieder kam ein Reiherschwarm über den Himmel gezogen. Woher mochte er wohl kommen? Und nachdenklich der Frage nachhängend, was sie sich eigentlich erwartete, wiederholte sie:

». . . zu Krischna, dem Tiefblauen.«

3. Kapitel

Pondicherry
August 1754

Kaum an Land, hatte Godeheu, wie erwartet, alle Hande voll zu tun. Er hatte Order, Dupleix, den Generalgouverneur von Pondicherry und Leiter der Handelsniederlassungen in Indien, der im Verdacht stand, mit dem Geld der Gesellschaft Krieg gegen die Engländer zu führen, abzusetzen. Die Weisungen aus Versailles waren unmißverständlich: Schluß mit dem Krieg, statt dessen Gewinne. Der Besitz der Handelsgesellschaft war viel zu kostbar, Frankreich ohne seine Tee- und Musselinschiffe nicht vorstellbar. Dupleix war nach den Worten des Ministers ein Verrückter und Spinner und ein Dieb obendrein, mochte man ihn auch Nabob nennen, und Godeheu hatte den Auftrag erhalten, ihn unverzüglich nach Europa zurückzuschicken; zuvor freilich galt es, genügend Beweismaterial gegen ihn zu sammeln und ein paar brauchbare Zeugen aufzutreiben, vielleicht Jesuiten, die sich zu derlei bekanntlich nicht ungern hergaben.

Vierzehn Tage lang stand Pondicherry Kopf. Zwar war Dupleix keineswegs beliebt und seine Frau noch weniger, setzte sie doch offenbar ihren ganzen Ehrgeiz darein, wie eine Maharani über die Stadt zu herrschen, Paläste und Landhäuser zu erbauen, einen unerhörten Luxus zu treiben und die Nase über alle zu rümpfen, die weniger Diamanten trugen als sie, vor allem aber sich Tag und Nacht in die Angelegenheiten ihres Mannes einzumischen. Dennoch aber gab es in der ganzen Stadt keinen einzigen Weißen, der nicht auf die eine oder andere Weise in diese fragwürdigen Geschäfte verwickelt gewesen wäre. Ob Notar, Makler, Pfandleiher oder einfacher Angestellter der Kompanie, alle hatten sich irgend etwas zuschulden kommen lassen und bangten nun bei dem Gedanken, ihr ehemaliger Prinzipal könnte sie ans Messer liefern, wiewohl sie selbst durchaus bereit gewesen wären, ihn notfalls ebenso diensteifrig anzuschwärzen, wie sie ihm zuvor gedient hatten. Nach vierzehn Tagen jedoch stellte sich heraus, daß nur der Gouverneur zur Rechenschaft gezogen werden sollte. Ganz Pondicherry atmete erleichtert auf und beschloß, die zurückgekehrte Sorglosigkeit durch einen Ball im Gouverneurspalast zu feiern.

Seit zwei Tagen befand sich Madec auf freiem Fuß. Die Pistolen hatte er bei der Überfahrt auf der Schaluppe, unter dem Hemd verborgen, unbemerkt von den landhungrigen Matrosen, mitnehmen können und sich in Pondicherry an die Verfolgung seines Beleidigers gemacht, leicht verstört, an Stelle der aufregenden Weltstadt eine liebenswerte, ruhige Provinzstadt vorzufinden. Erfüllt von dem einzigen Gedanken, Rache zu nehmen, war er zwei Tage durch die Straßen geirrt, jeder Frau mit auch nur andeutungsweise rotem Haar gefolgt und hatte allen Menschen prüfend ins Gesicht geschaut, ohne auch nur eine Spur seines Feindes zu entdecken, der zu dieser Zeit in einem Kontor des Palastes über den Rechnungsbüchern saß. Am Abend des zweiten Tages war Madec, von Verzweiflung gepackt, bereit aufzugeben. Vermutlich war das Pärchen mit einem der auslaufenden Schiffe nach Bengalen zu einer der dortigen Faktoreien Yanam oder Chandernagore aufgebrochen. Doch wie es der Zufall wollte, führte ihn an diesem Abend sein Weg an dem hell erleuchteten Gouverneurspalast vorbei, vor dessen Toren Sänften, geschmückt mit eingelegten Elfenbeinplättchen und kleinen goldenen Ananas, warteten. Offenbar fand ein Ball statt.

Gerade noch von der Abreise seines Feindes so gut wie überzeugt, fühlte er nun schlagartig die Gewißheit wiederkehren, die ihn seit zwei Tagen beflügelt hatte: Der Gesuchte war da, mehr noch, würde aus diesem Tor kommen oder zumindest das Mädchen, das ihn zu ihm führen sollte. Ohne nach dem Grund seiner Überzeugung zu fragen, beschloß er zu warten. Die Geigen und Flöten verstummten, Musikanten in seidener Livree verließen das Palais, im Oberstock gingen die Lichter aus. Nacheinander löschten die Domestiken die Leuchter in dem großen, mit Silberblättchen tapezierten Saal und zogen schwere grüne Samtvorhänge vor. Der Ball war zu Ende. Gleich würden die Türen aufgehen und die Gäste am Marmorbrunnen mit seinen Tritonen vorbei herausströmen. Das Lärmen des Festes war verstummt, nur noch leises Gelächter, kleine, spitze Schreie und ein dumpfes Stimmengewirr waren zu hören, das sich in der Nacht verlor, vom Wind in die Schwarze Stadt hinübergetragen, wo es mit dem endlosen Gebetssingsang der Inder verschmolz.

Plötzlich durchlief Madec ein Zittern: Frauen mit leicht aufgelösten Frisuren erschienen, drängten sich zu den Sänften. Ihre vom Haaransatz bis zum Dekolleté dick gepuderten Gesichter leuchteten im Fackelschein kalkweiß, während sich kleine Schweißbäche durch die Schminke einen Weg bahnten. Seine Hoffnung, die Frau vom Schiff wiederzuerkennen, sank. All diese Damen erschienen ihm wie Gipsmasken, ununterscheidbar gleich.

Doch als er sich zum Eingang umwandte, um nach der verhaßten männlichen Gestalt Ausschau zu halten, tauchte die Gesuchte auf. Ein schwerer, nicht gepuderter roter Knoten, eine zierliche Figur, ein auffallend kleiner Busen und – an ihrer Seite ein Mann! Madec trat hinter eine Palme. Endlich! Das Paar kam langsam aufs Tor zu. Ein Fackelträger, ein kleiner Neger, eilte dienstfertig herbei, wurde von dem Mann aber äußerst barsch abgewiesen. Madec tastete nach den Pistolen unter seinem Hemd. Am liebsten hätte er laut aufgeschrien vor Freude. Nun galt es nur noch eine günstige Gelegenheit abzuwarten. Das Paar schlug die Richtung zum Europäerviertel, zur Weißen Stadt, ein. Die Straßen dort waren sehr dunkel. Er brauchte sich also nur zu verstecken und zu schießen. Oder vorzutreten und anschließend in die Schwarze Stadt zu fliehen. Oder wie auch immer. Die Rache jedenfalls lag in seiner Hand. Er bebte vor Freude. Dann und wann blieb die junge Frau stehen, um ihr Kleid hochzuraffen und anzuheben, und schritt dann weiter, gestützt auf den Arm ihres Begleiters, der sichtlich drängte, dennoch aber sich von Zeit zu Zeit zu ihr herunterbeugte, um ihr etwas zuzuflüstern, was sie mit einem Lachen beantwortete. In einer Kurve beim Eintritt ins Europäerviertel ergriff er sogar kurz ihre Hand und drückte hastig ein paar Küsse darauf. Als sie sie ihm auflachend entzog, verlangsamte er seinen Schritt, seine Hände verloren sich im Faltenwurf ihres Gewandes, das Mädchen raffte die Röcke hoch und begann zu laufen oder tat wenigstens so.

Nun bogen sie in eine schmälere Gasse ein. Die Nacht war mondhell. Der Mann beschleunigte das Tempo, und Madec versuchte Schritt zu halten. Zweifelsohne waren sie bald zu Hause angelangt. Hohe weiße Mauern säumten die Straße, ab und an durchbrochen von schweren Holztoren, hinter denen man Gärten mit Palmen, große Häuser mit Terrassen und Kolonnaden erahnte. Vor dem dritten Tor macht der Mann halt.

»Kommt, meine Liebe«, murmelte er und streckte der jungen Frau die Hand entgegen, um ihr über die Schwelle zu helfen.

Der auffallend rauhe Klang seiner Stimme überraschte Madec. Aber ohne sich weiter damit aufzuhalten, zog er seine Pistolen unter dem Hemd hervor. Der Augenblick war gekommen. Er mußte schießen, bevor der andere das Tor schloß. Noch aber stand die Frau vor ihm, stolperte über den Saum ihres Kleides.

Madec wagte nicht abzudrücken. Das Paar zögerte, und plötzlich beugte sich der Mann über die junge Frau, wie um sie zu küssen, hob aber ihre dichten Röcke. Schlagartig erstarrt, raffte das Mädchen seine Gewänder an sich und verschwand im Garten. Der Mann blieb mit schlaff herabhängenden Armen auf der Schwelle zurück. Mit einem Satz sprang Madec vor und zielte.

Doch der andere war schneller. Er fuhr herum, und ehe Madec Zeit gefunden hatte zu feuern, war sein Gegner schon über ihm, zerrte ihn in den Garten und schloß das Tor.

Die Erde, auf der sie sich wälzten, fühlte sich feucht und klebrig an; offenbar war sie erst vor kurzem gegossen worden. Madec sammelte alle Kräfte, um sich mit geballten Fäusten auf seinen Feind zu stürzen, doch ein eiserner Würgegriff drückte ihm den Hals zusammen. Wer so zudrücken konnte, mußte gewaltige, kräftige, harte Muskeln haben. Das war nicht der Mann vom Schiff. Madec glaubte sich einer Ohnmacht nahe, als sich der Griff lockerte. Heißer Atem strömte ihm ins Gesicht, dann hagelte es Faustschläge.

Ihm fehlte die Kraft, sich zu wehren. Er ging zu Boden.

»Man geht wohl auf Raub aus?«

In der Tat, das war nicht die Stimme des Mannes vom Schiff. Madec fühlte sich am Kragen gepackt, zum Haus gestoßen. Dann ging es durch eine riesige, strahlendweiße, von einem Leuchter erhellte Halle und durch einen langen Gang, in dem ein paar Inder schliefen, ohne sie zu bemerken, eine sehr steile Treppe hinunter und durch eine schwere Tür, die hinter ihnen ins Schloß fiel. Dann hob der Mann die *Ghi*-Lampe, die er unterwegs mitgenommen hatte, und leuchtete Madec ins Gesicht.

»Man geht wohl auf Raub aus?« bohrte er erneut.

Madec fühlte sich wie ausgelöscht, wie betäubt von so viel Geschicklichkeit, nicht nur wegen der Wucht der Schläge. Mit einem Handgriff hatte ihn dieser Mann gepackt, zu Boden geworfen und vollkommen überwältigt. Da stand er nun, an die Kellerwand gepreßt, und vor ihm aufgepflanzt, ein gedrungener Riese in einem langen, schlecht sitzenden Samtrock, offenbar an Wind und Wetter gewöhnt, ein Seemann, vielleicht ein Soldat. Seine Lippen verzogen sich zu einem Lächeln, das kein Lächeln war, zu einer fast teuflischen Grimasse, einem höllischen Grinsen. Und dann der Blick! Madec schauderte.

Riesige schwarze Augen, so schwarz wie die der Inder, ein forschender Blick, der sich in den seinen bohrte, sichtlich entzückt, darin Angst zu lesen.

»Warum antwortest du nicht? Ich weiß genau, daß du nicht zum Stehlen gekommen bist . . .«

Das verzerrte Grinsen vertiefte sich. Die Stimme klang ölig, sinnlich, leicht fremdländisch.

»Ein kleiner Matrose, der sich auf den Straßen herumtreibt!«

Im Raum herrschte drückende Schwüle. Die Haut des Mannes schien über und über schweißbedeckt; sein Bart schimmerte bläulich im Lampenlicht. Bei jedem Druck seiner Arme oder Beine fühlte sich Madec abgeschätzt und taxiert wie ein Stück Vieh. Plötzlich spürte er, und die Zeit schien sich zur Ewigkeit zu dehnen, wie sich ein Knie immer tiefer zwischen seine Beine schob. Eine schwitzige Hand hielt ihm den Mund zu, erstickte seinen Schrei. Er sackte auf den Boden.

»Du wirst mich bald wiedersehen«, sagte der andere, sich zum Gehen wendend. »Und merk dir meinen Namen . . .«

Die Stimme klang triumphierend, schöner als vorher, heiserer.

»Man nennt mich Sombre!«

Jeanne Carvalho fuhr unter dem Moskitonetz hoch. Nach dem Marians näherte sich ein anderer wohlbekannter Schritt. Sie richtete sich im Bett auf, spitzte die Ohren. Das Geräusch kam von der Treppe. Sie hielt die Luft an. Was, wenn Sombre an ihrer Tür vorbeiging zum nächsten Zimmer, dem Marians . . .?

Nein, das war unmöglich. Dem hatte sie rechtzeitig einen Riegel vorgeschoben. Auf den ersten Blick hatte sie durchschaut, was Marian de Chapuset nach Pondicherry führte, noch bevor sie das Billett gelesen hatte, das sie ihr aushändigte, noch bevor sie wußte, daß Lestriverde, dieser alte Halunke, sie schickte. Das Kleid war zu auffällig, der Ausschnitt zu unverschämt. Dazu das schmachtende, werbende Lächeln . . . Man roch dem Mädchen die Gassendirne förmlich an, wie die Damen der gehobenen Gesellschaft von Pondicherry gesagt hätten. Im ersten Augenblick verspürte Jeanne Carvalho gute Lust, sie wieder vor die Tür zu setzen. Doch dann las sie das Billett, überlegte. Lestriverde war seit langem ein guter Diamantenkunde. Er versprach schnellstens zu kommen. Schnellstens: das hieß, wenn der Krieg weiterging, in einem Jahr, vielleicht auch in zweien. Oder überhaupt nicht: Die Engländer versenkten viele von Mauritius auslaufende Schiffe . . . Wenn aber das neue Gerücht recht behielt, wenn Godeheu wirklich gekommen war, um den Friedensvertrag zu unterzeichnen, konnte der alte Lestriverde schon nächsten Monat in der Tür stehen und bei der Handelskompanie Krach schlagen, wenn er herausfand, daß sie sein Hürchen fortgeschickt hatte. Dann war mindestens ein halbes Jahr lang Schluß mit den einträglichen Geschäften. All das aber wollte bedacht sein, zumal sie sich keineswegs schon sicher war, ob die Liebe zu Sombre den Verzicht auf ihre Geschäfte lohnte. So beschloß sie, Marian aufzunehmen, wenn schon unter einer Bedingung, die auch ihre eigenen Herzensangelegenheiten sichern sollte: kein Verkehr mit Männern bis zum Eintreffen des alten Soldaten.

»Pondicherry ist nicht groß, meine Liebe. Alles kommt im Handumdrehen herum. Und hier führen die Jesuiten das Regiment. Ich besitze in der Stadt und darüber hinaus Ruf und Ansehen und unterhalte Handelsbeziehungen zu den angesehensten Agenten der Kompanie. Ich nehme Euch unter einer Bedingung in mein Haus auf: Keine Liebeshändel, verstanden? Weder Intrigen noch galante Abenteuer.«

Die junge Frau errötete – war also noch ansprechbar, noch nicht verhärtet. Sie wird mir gehorchen, dachte Jeanne, sich aber schnell an den indischen Luxus gewöhnt haben. Ich muß zusehen, sie unter die Haube zu bringen und loszuwerden. Mit Lestriverde oder einem anderen.

Vorläufig jedoch hatte sie das Mädchen auf dem Hals, mußte befürchten, daß Sombre . . .

Die Schritte näherten sich. Jeanne zog das Moskitonetz zu. Er brauchte von ihrer Schlaflosigkeit, ihren Befürchtungen, ihrer Eifersucht nichts zu wissen. Eifersüchtig! Sie, Jeanne Carvalho, die nur noch *die* Carvalho hieß, seit sie mit dem Erbe ihres Mannes im Stoffhandel ihr Glück gemacht und mit dem Geld dann die Geheimoperationen der *Compagnie des Indes* finanziert hatte. Obwohl sie keinerlei offiziellen Titel führte, gab es von Lorient bis Mahé und von Chandernagore bis Karikal keinen Agenten, der sie nicht kannte. Hatte einer bei einem schlechten Seidenkauf Hab und Gut verloren oder sich beim Pharo ruiniert, flüsterte man ihm ihren Namen zu. Von ihrem kleinen Boudoir aus, in dem sie ihre Wechsel verwahrte, regierte sie die Faktorei; sie hatte mehr Macht als jede andere Frau in Pondicherry, mehr selbst als Madame Dupleix, die sie durch Intrigen hatte ausstechen wollen, was aber mangels Diskretion gescheitert war.

Die indischen Händler hatten sie nie leiden mögen, während sie sie, die Carvalho, achteten und verehrten und von der Schwarzen Stadt in ihren Salon kamen, um sich vor ihr zu verbeugen und ihr das schönste Elfenbein Dekkans, die reinsten Diamanten Golkondas, die feinsten Perlen und Seidenstoffe anzubieten.

Unter dem Musselin versteckt, die Schlafende spielend, wog Jeanne die Reichweite ihrer Macht und die Schwäche ihres Herzens gegeneinander ab. Wie hätte ganz Pondicherry frohlockt, wäre ruchbar geworden, daß sie sich in Eifersucht verzehrte wegen eines heruntergekommenen, abgerissenen, fünf Jahre jüngeren Haudegens. Ihn sich als Liebhaber zuzulegen, wäre noch angegangen, reiche Frauen hatten nun einmal sonderbare Marotten. Aber ihn lieben! Denn sich selbst mußte sie zugeben, was sie ihrer Umwelt geschickt verbarg: Sie liebte Sombre mit einer zerstörerischen, fordernden, unwiderstehlichen Leidenschaft, so daß sie allein bei der Idee, er könnte sie heute abend allein lassen, hätte laut aufschluchzen mögen.

Wo blieb er bloß? Stand er vor ihrer Tür und suchte den Schlüssel, oder schlich er zur anderen, der Kleinen, Jungen, der Gassendirne?

Sie konnte sich nicht länger beherrschen, zündete den Leuchter an und goß ein gutes halbes Glas Arrak in eine Tasse kalten Tee.

Sie hatte noch nicht ausgetrunken, da vernahm sie das erwartete Geräusch an der Klinke.

»Sombre!«

Es war stärker als sie, der Schrei war aus ihr herausgebrochen, obwohl sie wußte, daß sie ihm damit auf die Nerven ging. Sie drehte sich um, glücklich, daß er endlich da war, und zutiefst unglücklich zugleich, würde er doch gleich losbrüllen und ihr, wenn auch sie zornig wurde und weinte, so schreckliche Dinge sagen wie, daß sie ihm nicht genug Geld gäbe und er auf und davon ginge, falls sie ihm nicht ein paar Bajaderen zwischen zwölf und sechzehn beschaffte ...

Er hatte im Vorzimmer, einem rosa-blauen Boudoir, einen Leuchter angesteckt und begann wie erwartet zu schreien:

»Na, Carvalho, haben wir wieder einmal unsere Rupien gezählt?«

Sie rührte sich nicht.

»Ach so, wir schlafen!«

Und nun legte auch sie los.

»Warum kommst du so spät?«

»Ich mußte auf den Ball, Madame!«

»Auf den Ball? Während ich hier sitzen und mit einem Agenten um Brautschmuck feilschen durfte! Auf den Ball mit einer Dame! Aber zwei Frauen sind zu viel für einen Mann!«

»Da wart Ihr früher aber anderer Ansicht, Madame.«

Es bereitete ihm sichtlich Vergnügen, den Vornehmen zu spielen, sie mit dem verhaßten *Madame* zu ärgern. Doch dann gewann wieder der Haudegen die Oberhand. Als hätten sie ihn schon lange erbost, schmiß er den tressenbesetzten Rock und das Rüschenhemd über einen kleinen Sekretär. Und als eine Phiole aus böhmischem Glas auf dem eingelegten Fußboden zerschellte, brach er in Lachen aus und trampelte mit den Füßen darauf herum. Da konnte sie nicht mehr an sich halten:

»Sombre«, schrie sie, »du bist hier nicht bei den Mainzer Dragonern!«

»Nein, Madame«, entgegnete er, trat ans Bett, schob das Moskitonetz beiseite und hob behutsam Jeannes Hemd, um es verächtlich wieder fallen zu lassen, »aber auch nicht bei der Königin von Frankreich! Und selbst wenn Ihr Königin wärt, bliebt Ihr doch . . .«

Unvermittelt brach er ab. Auch er merkte, daß sie auf dem besten Weg waren, sich wieder in die Haare zu geraten, und befand ausnahmsweise, daß es für diesmal genug war; gewiß, Jeanne war fünfundvierzig, sie war schwerfällig und dick und alles andere als ein blutjunges Ding, so wie er sie liebte. Gewiß, sie war durch den vorzeitigen Eintritt der Wechseljahre im feuchtschwülen Tropenklima verwittert. Aber: Sie war reich, und deshalb wollte er, endgültig zum Aufbruch entschlossen, ihren Verdacht um jeden Preis einschläfern. Außerdem fühlte er sich müde und abgespannt: Erst die Anwerbung von Matrosen, denen er das Leben in der indischen Armee stundenlang in den leuchtendsten Farben geschildert hatte, dann der Ball und die mit der Zierpuppe von nebenan vertane Zeit und zu guter Letzt die Rauferei. Das konnte einen Mann schon fertigmachen, selbst einen Deutschen in der Blüte seiner Jahre und sogar wenn er Sombre alias Walter Rheinhardt hieß. Er brauchte Schlaf, und zwar sofort. Zwei, drei Stunden, um vor Morgengrauen wieder frisch und munter zu sein und die Sache mit dem Kleinen da unten zu regeln.

Er setzte sich auf die Bettkante, versuchte einen liebenswürdigen Ton anzuschlagen, der wenig überzeugend klang:

»Jeanne . . .«

Er vergrub seine sonderbar langen Hände in Jeanne Carvalhos dichtem Haar, dem letzten Relikt einstiger Schönheit, und wie erwartet, wurde sie bei dieser Geste weich.

»Sombre . . .«, seufzte sie.

Er ließ ihre schwarzen Locken los, versuchte zu lächeln, wohl wissend, daß es ihm mißlingen würde, denn zwischen Zorn und Lachen verzerrten sich seine Lippen stets nur zu einer unbeholfenen Grimasse, während sein Blick jenen unheimlich düsteren Ausdruck behielt, dem er seinen Beinamen Sombre verdankte.

Jeanne beruhigte sich nach und nach.

»Und was haben Euch die Agenten über die Machenschaften von Dupleix erzählt, Madame?«

In ihr regte sich die Frau mit Kopf. Mit fester Stimme entgegnete sie: »Damit ist es aus, mein Freund, ein für allemal aus und vorbei! Godeheu hat in den Rechnungsbüchern ein ungeheueres Defizit entdeckt. Madame Dupleix packt schon die Koffer. In drei Wochen segelt der Gouverneur nach Europa, wo ihn ein gepfefferter Prozeß erwarten dürfte, den armen Dupleix . . .«

Sombre, der schon nicht mehr zuhörte, unterbrach sie:

»Und der Krieg?«

Jeanne lachte auf: »Seit du unter meinem Dach lebst, redest du immer nur vom Krieg!«

Er packte sie an den Handgelenken, zog sie an sich und stieß sie dann aufs Kissen zurück:

»Der Krieg schadet den Geschäften. Ich mache mir Sorgen um deinen Profit.«

Verdutzt schaute ihn Jeanne an. Diese Mischung aus Zärtlichkeit und Gewalttätigkeit war ihr unbegreiflich; sie wußte nicht, wie sie darauf reagieren sollte. Sombre lachte laut auf. Genau das hatte er erwartet. Jetzt würde sie gleich reden und rückhaltlos alles ausplaudern, was sie wußte. Wieder nahm er sie in den Arm.

»Beruhige dich«, erklärte Jeanne, »die paar Lumpen, die du befehligst, werden bald Ruhe haben. Die Engländer werden den Friedensvertrag noch diesen Monat unterzeichnen.«

»Diesen Monat«, rief Sombre. »Noch diesen Monat . . .«

Sie bemerkte seine beunruhigte Miene nicht.

»Ja, Sombre, dann haben wir wieder Frieden! Die Geschäfte werden wieder blühen, blühen wie früher . . .«

»Aber wozu willst du dich denn ewig bereichern? Du schwimmst in Diamanten, Wechseln, Säcken voll Rupien, während ich nicht einmal ein Hundertstel davon zu sehen bekomme!«

Ohne darauf einzugehen, schloß Jeanne die Augen, gab sich dem hin, was sie für ihre Liebe hielt.

»Wir werden glücklich sein, Sombre . . .«

Sombre musterte sie aus dem Augenwinkel. Sie trug ein Hemd aus feinstem durchsichtigem weißem Musselin, wie es damals in Pondicherry Mode war, und der Anblick bestärkte ihn in seinem Entschluß. Er würde ausbrechen. Ein halbes Jahr an der Seite dieser Bankiersfrau war mehr als genug. Bei seiner Ankunft hatten ihm Luxus und Ruhe behagt, zugegeben, hatten ihm genügt, einfacher Deserteur, der er damals war, der sich wegen etlicher Verbrechen in den Pfälzer Heeren nach Indien abgesetzt hatte. Jetzt aber sah er weiter. Länger mit dieser fünf Jahre älteren Frau, die Dupleix gezwungen hatte, ihn an die Spitze eines kleinen Regimentes zu stellen, zusammenzuleben, hieße sich selbst lächerlich, sich selbst zur Witzfigur machen. Allzu häufig ließ sich die Carvalho in letzter Zeit von ebenso plötzlichen wie verdächtigen Gefühlsaufwallungen hinreißen: Anfällen von Rührung und Ergriffenheit, Tränen am Morgen, melancholischen Anwandlungen, sobald er in seinen Liebespflichten nur ein wenig nachließ. Aber alles wäre noch zu ertragen gewesen, hätte er nicht eben das Schlimmste gehört: Frieden. Jeanne war mittlerweile, wieder beruhigt, vor Ermattung eingeschlafen. Er stieß sie aufs Bett zurück und trat ans Fenster.

Die Unselige erwartete mit dem Frieden die guten alten Zeiten zurück, während sich genau das Gegenteil abzeichnete. Nach der Ratifizierung des Vertrages würden die Engländer gewiß keine Zeit verlieren und schleunigst ihre Niederlassungen in Bengalen ausbauen, um, heuchlerisch und hinterrücks, wie sie nun einmal waren, von dort aus Indien anzuknabbern. Genauer gesagt, das Herz Indiens. Das Indien der Paläste, der fruchtbaren Ebenen, der goldbehangenen Maharadschas, wo es – Sombre, der inzwischen Tamil sprach, hatte bei Kaufleuten herumgehorcht – unvorstellbare Schätze gab, die man nur zu nehmen brauchte, Märchenstädte, die nur darauf warteten, geplündert und verwüstet zu werden. Natürlich mußte man vor den Engländern zur Stelle sein; mit Soldaten und Kanonen in die Ebene des Nordens eindringen; sich den Fürsten, den Nabobs, den Radschas verdingen, um sie desto sicherer auszunehmen. Was galt ihm schließlich die Faktorei der Lüste und ihr Schicksal, sollte sie doch mit den in den tamilischen Dörfern angeworbenen Tänzerinnen Geschäfte machen, das Geld der Gesellschaft verschieben, Bälle und Tricktrackpartien veranstalten, die Töchter kupplerischer Mütter entjungfern und Geldehen schließen, die unfehlbar mit Ehebruch endeten, wohlgelitten übrigens, solange er nur gegenseitig war, kurzum, sollte diese Quasirepublik aus Weißen und Seefahrern ihren gewohnten Trott doch ruhig bis zum ersten englischen Kanonenschuß, bis zum bitteren Ende beibehalten. All das konnte ihn, Sombre, nicht groß reizen. Ihn verlangte es nach dem Laster, dem echten großen Laster, nach Vergewaltigungen, Harems, Sklaven, nach Folter, Blut und Nackttänzerinnen; nach unermeßlichen Schätzen, nach unzähligen Frauen, nach täglichem Tod. Und nach dem scharfen Wind des Krieges. Deshalb mußte er nach Norden. Mußte aufbrechen. Er wandte sich wieder dem Bett zu, hob das Moskitonetz; seine Augen saugten sich an Jeannes Hals fest. Seine Hände zitterten; seit einem Jahr fehlte ihm das Verbrechen. Aber er hielt sich zurück. Ein paar Monate noch, und er konnte sich seine Wünsche erfüllen. Über Soldaten und Kanonen verfügte er schon. Die einen hatte er angeworben, die anderen mit dem Kommando über das Regiment erhalten. Auch den Sold für seine Leute hatte er bereits in der Tasche. Allerdings hatte man ihm auch einen Offizier beigegeben, einen gewissen du Pouët, aber das störte ihn nicht weiter. Sobald sich seine Rekruten an Indien gewöhnt hatten, in zwölf, vierzehn Monaten, würde er mit den besten desertieren. Und dann waren die Fürsten des Nordens sein.

Sombre blies die Kerzen aus. Was ihn im Augenblick noch zurückhielt – der einzige Grund, weshalb er noch mit Jeanne Carvalho das Bett teilte –, war das Geld. Die Eroberung seines Traumlandes kostete viel Geld – Geld, um die Männer vor dem Marsch durch Wüste oder Dschungel zu besolden, Geld, um Sepoys anzuwerben, Geld, um die Fürsten zu bestechen, Geld, um neue Kanonen zu gießen, und, nicht zuletzt, Geld, um gute Elefanten zu kaufen. Er mußte aufstehen, wie in vielen Nächten zuvor suchen, wo die Carvalho ihre Rupien und Diamanten versteckt hatte. Möglicherweise war es eben doch im Keller, obwohl er ihn schon mehrmals vergeblich durchsucht hatte. Der kleine Matrose fiel ihm wieder ein, den er vorhin eingesperrt hatte, ein muskulöses Prachtexemplar voller Feuer. Im Moment noch zu linkisch und wild, ein tollwütiger Hund; in ein paar Jahren aber womöglich ein regelrechter Held. Vor allem mußte er erst einmal gehorchen lernen, zu List und Disziplin erzogen werden; mußte er leiden, um mit dem Bösen vertraut zu werden. Bei Tagesanbruch wollte er ihn ins Gebet nehmen und dann zu den Rekruten stecken. An diesem Punkt brach Sombre seine politischen Spekulationen endgültig ab, um zu überlegen, womit sich der vielversprechende, aber allzu schweigsame Neuling wohl am ehesten zum

Reden bringen ließe, mit einem weißglühenden Schürhaken oder durch eine mit Piment und Zitronensaft eingeriebene Peitsche. Nach einigem Zögern beschloß er, den Eingebungen des Augenblicks zu folgen, und verordnete sich drei Stunden Schlaf, nach denen er auch pünktlich aufwachte.

Und noch vor Morgengrauen sah sich Madec erneut der Willkür seines Peinigers ausgeliefert.

»Und wann geht's los?« fragte Madec, als ihm Sombre die Handfesseln löste.

»Nur nicht so eilig! Das Kriegshandwerk will gelernt sein.«

»Ich verstehe mich zu schlagen!«

Sombre lächelte schwach. »Ich weiß nicht recht ...«, meinte er spöttisch.

In Madecs Augen zuckte es auf wie vorhin, als ihm der Schmerz die Zunge gelöst hatte. Er haßte diesen Mann und wäre ihm doch, wenn er ihn so anschaute, überallhin gefolgt. Seit er unter der Folter nachgegeben hatte, bestand ein sonderbares Bündnis zwischen ihnen, ein geheimes, unerklärliches Einverständnis; der andere hatte ihn besiegt, ihm aber auch enthüllt, was in ihm schlummerte, was ihn während seines ganzen Dienstes auf See so heftig umgetrieben hatte: das Fernweh, die Sehnsucht nach den Gefahren der Straße, nach Krieg und Abenteuer. An diesem Morgen, als ihm Sombre die Augen geöffnet hatte, war die Kindheit ein ganzes Stück ferner gerückt.

»Hast du wirklich keinen Platz für mich in der Kavallerie?«

Statt einer Antwort auf die dreiste Frage holte Sombre erneut den Schürhaken aus dem Kohlenbecken und schwenkte ihn Madec vor der Nase. Als dieser einen Schritt zurückwich, brach er in ein gewaltiges Gelächter aus, grimmig und heiser, daß der Keller widerhallte.

»Also wann?« stammelte Madec.

Sombre legte den Schürhaken weg. »In vierzehn Tagen. Um Mitternacht. Komm in die Hafenkneipe Marie-Sans-Maison.«

Er zog einen Beutel Rupien aus dem Wams. »Da hast du was zum Leben. Aber halt's Maul! Vergiß nicht, du bist ein Deserteur. Trau keinem Menschen.«

Wie am Vorabend drückte ihm Sombre mit der Linken die Kehle zu. Madec rang nach Luft, und wieder lachte der andere auf, aber schwächer, als wäre er des Spiels überdrüssig, und ließ ihn los. Er deutete auf die Tür.

Madec suchte noch einen Blick zu erhaschen, bettelte um eine kleine Ermutigung, ein Lächeln, aber Sombre hatte sich schon abgewandt und ließ sich nicht erweichen.

»Mach, daß du fortkommst!«

Schmerzgepeinigt schleppte sich Madec die Treppe hinauf. Seine Fußsohlen, die Sombre zweimal mit dem Schürhaken bearbeitet hatte, brannten entsetzlich; er konnte kaum laufen, humpelte fast. Wie betäubt durchquerte er den langen weißen Gang und die Diele und kam erst draußen im Tageslicht wieder wirklich zu sich.

Tiefblau dämmerte der warme indische Morgen herauf. In einem Winkel des Gartens, nahe der Stelle, an der er sich am Abend geprügelt hatte, begannen Diener schläfrig Korn zu sieben. Mit größter Gleichgültigkeit sahen sie ihn vorübergehen zum Eingangstor, das offenstand. Wie von Furien gejagt, stürzte er auf die Straße hinaus und lief bis zur Allee, wo er sich einen Augenblick lang an eine Palme lehnte, um zu verschnaufen und seine Füße zu reiben. Der Schmerz war nahezu unerträglich, aber er nahm sich zusammen. Plötzlich fielen ihm die Pistolen ein, die er im Handgemenge verloren hatte. Sie mußten noch im Garten liegen. Jetzt, da er Sombres Griff entkommen war, verflog seine Angst, ja, etwas in ihm lehnte sich sogar auf. So beschloß er zurückzugehen. Doch als er eben den Garten betreten wollte, sah er Sombres Gestalt auf der Terrasse des Oberstocks: massig und riesig, ja – kaum zu glauben, daß ihm das bis jetzt noch nicht aufgefallen war –, geradezu monströs. Mit einemmal vermeinte er sein Lachen zu hören und rannte so schnell ihn die Beine trugen davon. Erst an der nächsten Straßenecke blieb er stehen. Er war allein. Allein und wie betrunken. In vollen Zügen atmete er die aus den Gärten aufsteigenden Jasmin- und Vetiverdüfte ein, in die sich bereits der Geruch der ersten Curryspeisen mischte. »Die Düfte Indiens«, dachte er und fühlte sich poetisch beflügelt. Doch der dichterische Schwung hielt nicht lange an, und zwischen der wiederkehrenden Angst vor Sombre und seiner Indienschwärmerei hin- und hergerissen, wußte Madec weder ein noch aus. Schließlich aber beschloß er, untrügliches Zeichen einer robusten Gesundheit, seine Abenteuerphantasien für später aufzuheben und sein Geld im erstbesten Bordell auszugeben.

Noch immer lachte Sombre, der aufgehenden Sonne zugewandt, auf der Terrasse. Endlich hatte er, als er unerwartet in Jeannes Boudoir zurückgekehrt war, von ihr unbemerkt, gesehen, wo sie ihre

Diamanten aufbewahrte: In einem zierlichen, mit Elfenbein eingelegten Kästchen, das sich neben ihren Rosenwasserflakons und ihren Puderdosen unauffällig in die Wandverzierung einfügte.

Nun brauchte er nur noch zuzugreifen, und die Steine, mit denen die Carvalho ihren Reichtum mehrte und manchen Ehrgeizling aus der Herrenschicht Pondicherrys ins Verderben stürzte, waren sein. Erstaunlich nur, wie klein das Kästchen war; vermutlich wegen kriegsbedingter Geschäftsschwierigkeiten. Nun, ihm konnte es einerlei sein, es hatte keine Eile. Er wollte ihr Zeit lassen, ihr noch sechs, acht Monate geben. Aber nicht mehr. Dazu winkte im Norden zu großer Gewinn. Dergestalt von angenehmsten Betrachtungen erfüllt, kehrte Sombre zu Jeannes Zimmer zurück. Noch sechs, acht Monate, wiederholte er bei sich, als ihm plötzlich der kleine Matrose wieder einfiel. Zu wenig Zeit, um ihn für den Krieg abzurichten. Schade, aber nicht zu ändern. Er mußte ihn eben fallenlassen. Auf einen Mann mehr oder weniger kam es nicht an. Konnte ja sein, daß er ihn eines Tages zufällig wieder traf. Vor Jeannes Tür angelangt, hörte er im Nebenzimmer die Zimperliese hantieren, die ihn hatte abblitzen lassen. Er zuckte die Achseln, klopfte bei der Carvalho ausnahmsweise einmal an und trat mit dem schmelzendsten Ausdruck seiner schwarzen Augen ein.

In den zwei Wochen, die ihm noch bis zu seiner Desertion aus der Marine oder bis zum Auslaufen des Schiffes blieben, trieb sich Madec ruhelos im Hafen herum. Immer wieder schob er den Gedanken an die bevorstehende Entscheidung hinaus. Das Geld in der Tasche half ihm dabei; Sombre hatte sich großzügig gezeigt. So goß er eine Pinte Arrak nach der anderen hinunter, griff wohl einem Dutzend Dirnen unter die Röcke oder Saris. Dieu und Visage, die er bei einem Abstecher in eine Spielhölle traf, konnten über seinen plötzlichen Wohlstand nur staunen; aber statt einer Antwort drückte er ihnen die Bajadere, mit der er sich gerade vergnügte, in den Arm. »Muß wohl im Spiel gewonnen haben«, brummte Dieu und begutachtete das unverhoffte Geschenk, ohne weiter in Madec zu dringen, der noch immer zwischen den beiden Möglichkeiten hin- und herschwankte. Auf der einen Seite stand Indien, aber auch die Desertion, auf der anderen die sehr bedingte Sicherheit der französischen Marine, aber auch ihre engstirnige autoritäre Rangordnung. Und die Ehre? In seiner Unentschlossenheit kehrte Madec an Bord der *Duc de Bourgogne* zurück, die im Morgengrauen auslaufen sollte. Um Mitternacht erwartete ihn Sombre: Die Stunde der Entscheidung hatte endgültig geschlagen. Er brauchte nur kurze Zeit, um auf dem dunklen Vorderdeck alles zusammenzusuchen, was er brauchte, knotete seine Habseligkeiten, zwei Hemden und eine Kniehose, zu einem Bündel zusammen, das er vor dem Abseilen auf dem Kopf festbinden wollte, griff sich ein Tau, um sich damit über die Bordwand hinunterzulassen, und wieder fragte er sich, im Finstern zusammengekauert, die Augen auf die bleichen Lichter von Pondicherry gerichtet, warum um alles in der Welt er noch im letzten Moment mit seinen Kameraden auf das zur Ausreise bereite Schiff zurückgekommen war. War es Angst gewesen, Angst, die Brücken hinter sich abzubrechen, Angst vor der Flucht? Dabei hatte er sich beim Abschied von der Bretagne beide Male wie befreit gefühlt: Entkommen, um in die Freiheit aufzubrechen. Es war ein Augenblick heftiger Erregung gewesen, die sich jedoch schon in den ersten Stunden auf See verflüchtigt hatte. Und dennoch hätte er sich um dieses einen einzigen Augenblicks willen zehntausend Chinas und eine Million Amerikas gewünscht, nur um die unsägliche, berauschende Seligkeit des Aufbruchs immer wieder aufs neue auszukosten. Diesmal aber war es der Bruch. Eine Trennung ohne Hoffnung auf Wiederkehr. Ein Durchschneiden der unsichtbaren Fäden der Seewege, die ihn bisher immer noch mit seinem früheren Leben verbunden hatten, mit Quimper und seinen ruhigen Gezeiten, seinen Flachsfeldern, seiner sahnigen Butter und seinem Vespergeläut.

Vom Turm der Jesuitenkirche schlug es neun. Jetzt oder nie. Die Entscheidung, ob aus Angst vor sich selbst oder aus Lust am Nervenkitzel bis zum allerletzten Moment hinausgezögert, mußte fallen, und schlagartig stand für ihn fest: Er würde das Meer verraten. Nicht Sombre. »Um Mitternacht bei Marie-Sans-Maison«, hatte er gesagt. Würde er dort sein? Zwei Seemeilen lagen vor ihm; zwei Seemeilen zwischen Haien und durch die Brecher der Brandung konnten den Tod bedeuten. Den Tod oder Indien. Ein schöner Gedanke.

Madec verließ sein Versteck, zog sich aus, band sich das Bündel mit seinen Habseligkeiten auf den Kopf, befestigte das Tau an der Reling und ließ es über die Seite hinunter. Nachdem er den Knoten sorgfältig auf seine Festigkeit geprüft hatte, kletterte er über die Reling und seilte sich sachte ab. Die See war rauh und stürmisch, und schon bald wurden seine Schwimmzüge langsamer. Fast hätte er sich noch einmal umgedreht, um noch einen letzten Blick auf das dümpelnde Schiff mit seinen Laternen zu werfen, unterließ es dann aber doch. Nicht daran denken. An nichts, nicht an die Haie und nicht an die Brandung. Schwimmen. Das Glück erzwingen. Zwei Seemeilen entfernt winkte Indien. Reichtum.

Vier Stunden kämpfte er mit den Wellen, und mehrmals drohten ihm die Kräfte zu versagen. In der stärksten Brandung nach allen Richtungen hin und her geworfen und gestoßen, fragte er sich wie im Traum, wie hier das Gesicht des Todes aussehen mochte. Unmöglich konnte er hier wie in der Bretagne als höhnischer Knochenmann kommen, mit der Sense zur Ernte bereit, als Hüter der eisigen Höllenpforte. In diesen heißen Landstrichen mußte Sterben etwas anderes, geradezu etwas Süßes sein, ein Verschmelzen, Sich-Verströmen. Merkwürdigerweise munterten ihn diese Todesgedanken wieder auf. Wenig später hatte er die Brandung überwunden und stieg aus dem Wasser. Der Sand war noch warm. Am liebsten hätte er sich zu Boden geworfen, geschlafen. Das nächtliche Indien, verführerischer noch als das taghelle, bot sich ihm als warme, zärtliche, samtige, duftende Wiege dar. Aber er ermannte sich wieder. Wenn er jetzt nachgab, war es mit Abenteuern ein für allemal aus. Er mußte zu Sombre stoßen, koste es, was es wolle.

Vorausgesetzt allerdings, der andere wartete auf ihn. Die Knie drohten ihm einzuknicken, in seinen Ohren rauschte es, die Kehle war ihm vom ausgespienen Salzwasser wie ausgedorrt. Nach den ersten Schritten im Sand erinnerte ihn das Gewicht des Kleiderbündels, das trotz der hochgehenden Wogen noch immer fest auf seinem Kopf saß, daran, daß er sich auf der Flucht befand. Ein Deserteur, nackt, wie ihn Gott erschaffen hatte, mit seinen Habseligkeiten auf dem Kopf wie der letzte Kuli von Pondicherry – das mußte ein lächerlicher Anblick sein. Und da Stolz und Traum die einzige wirkliche Triebkraft in seinem Leben waren, schlüpfte er schnell in die Hosen, streifte das Hemd über und lief den Strand hinauf, um den Weg durch die Felder am Stadtrand einzuschlagen. Gefährlich würde es erst bei den *Limites* werden, einer dichten Hecke aus Akazien, Palmen, Kokosbäumen und Agaven, die eine Art Wall um die Stadt bildeten. Aber es waren keine Wachposten aufgestellt, so sicher war man sich schon des Friedens. Nur zwei- oder dreimal tauchten vage Gestalten in der Dunkelheit auf, und Madec drückte sich in die Hecke, aber nichts passierte. Zweifellos war es nur indisches Diebesgesindel, und so kam er mit der Angst und ein paar Rissen im Hemd davon; doch das Schwerste stand ihm noch bevor: Er war nun am Rande der Schwarzen Stadt angelangt, so genannt, weil hier die Inder hausten, die von der Polizei streng überwacht wurde. Der Polizei aber durfte er keinesfalls in die Hände fallen. Zum Glück kannte er sie bereits, die »malabarischen Aufseher«, massige, vierschrötige Rohlinge von der Westküste der Halbinsel, die sich kraft ihres Schultergehänges mit dem Lilienwappen herausnahmen, was ihnen paßte.

Obwohl es schon zwei schlug, herrschte in der Schwarzen Stadt noch immer Leben. Noch immer huschten vereinzelt geschäftige Inder umher, machten sich im Schein ihrer Butterlampen in den halbleeren Fleischbänken zu schaffen, aus denen da und dort Moschusgestank oder Curry- und Massaladüfte drangen. Niemand schien Madec zu bemerken. Unbehelligt konnte er den Kanal zwischen dem Inderviertel und der Weißen Stadt überqueren, wo das Gewirr der Gassen plötzlich endete. Statt dessen schnurgerade Alleen, hohe weiße Mauern mit geschlossenen Portalen: Hier würde es schwer sein, unliebsamen Begegnungen aus dem Weg zu gehen. Er beschleunigte den Schritt und gelangte bald in das ihm wohlvertraute Kneipenviertel mit seinem bunten, geräuschvollen Treiben und den weißverputzten kleinen Häuschen, die sich scharf vor den massigen roten Formen des Forts mit der prunkvollen *Porte Marine* abhoben, mit der sich die Wälle zum Meer hin öffneten.

Zum erstenmal fragte sich Madec, was die Franzosen wohl veranlaßt haben mochte, eine so ungünstige Stelle für ihre größte Niederlassung in Indien zu wählen. Die Schiffe kamen nicht durch die Brandung, aber selbst dann wären sie auf dem gelbgrauen Sand gestrandet, wo ihnen keine Bucht, kein Becken Schutz bot. Lediglich die Wälle, der Palast von Dupleix und der Turm der Jesuitenkirche verliehen dem Ort einen Anstrich von Würde nach französischem Geschmack, zeugten von Prestige, Vernunft, Zurückhaltung. Wie er Pondicherry so vor sich liegen sah, verlassen und dem Blick in der stürmischen Nacht ungeschützt dargeboten, merkte Madec, daß er es nicht mochte. Von all dem, was ihn bei seiner ersten Reise so berauscht hatte, war nur eins erhalten geblieben, das Wunder der *Porte Marine.* Wie oft hatte er, ins eintönig graue Quimper zurückgekehrt, von diesem Tor zu Indien, von dieser gigantischen Öffnung geträumt, die mit ihrem Schmuckwerk an eine Theaterkulisse oder an die verschnörkelten, reichverzierten Schiffskastelle erinnerte. Am Fuße dieses Tors erhielt das Meer eine ganz besondere Bedeutung. Es war nicht, wie die starren Fassaden der anderen Bauwerke glauben machen wollten, der Weg zu einem durch vernünftige Projekte geduldig erworbenen Reichtum. Nein, es führte zu Überschwang und Tollheit, zu einer Orgie der Leidenschaften und Gefühle, vergleichbar nur der fieberhaften Erregung, die Madec ungeachtet aller Müdigkeit und Schlaftrunkenheit zur Kneipe Marie-Sans-Maison trieb. Eines jedenfalls stand fest: ln Indien würde er doppelt so intensiv leben wie anderswo; durch dieses Tor würde sich ihm eine andere Welt erschließen, eine Welt, wie er sie nur aus Märchen kannte, in denen meerestrunkene Seefahrer bei der Umsegelung eines Archipels ein verzaubertes Eiland entdeckten, in dessen labyrinthisch verschlungenen Palästen Geheimnisse der Enthüllung harrten und wo schöne Frauen nur darauf warteten, verführt und wieder verlassen zu werden.

Ganz Pondicherry, nach den Vergnügungen des Abends in Schlaf gesunken, wiegte sich in ruhigen Träumen. Verlust und Gewinn beim Spiel waren längst nachgezählt, das letzte Glas Arrak getrunken, und in den Gemächern der schönen Kreolinnen blähten sich die Vorhänge und Moskitonetze im Wind. Selbst das Kneipenviertel schien dumpf dahinzudämmern.

Sombre. Sombre, hast du auf mich gewartet? Angst durchfuhr Madec, und er begann zu laufen. Die vereinbarte Kaschemme lag am Ende der Straße. Sombre war gewiß nicht mehr da. Keuchend ließ er sich gegen die schwärzliche Tür fallen, die zu seiner Überraschung unter seinem Gewicht nachgab, so daß er in einen geräumigen Saal stolperte, in dem ein paar Kerzen brannten. Auf einer Matte am blanken Boden kauerte zitternd eine weibliche Gestalt; eine zweite, dikkere lag in einer anderen Ecke des Raums.

Plötzlich erhob sich ein Mann, massig wie aus einem Guß, von einer Matratze.

»Sombre!« Ein Schrei der Erleichterung entrang sich ihm.

Ringsum wachten Männer auf, Matrosen wie er, gegerbte Gestalten in Lumpen.

Sombre packte ihn beim Kragen, schüttelte ihn, stieß ihn an die Wand:

»Du hast Angst gehabt, nicht wahr, Angst.«

Madec wurde rot. Wie vor zwei Wochen fühlte er sich von Sombres Muskeln zermalmt.

»Du hast Angst gehabt«, donnerte der andere erneut.

Madec versuchte ihm die Stirn zu bieten, sah ihn geradewegs an. Das Haar hing ihm wirr in die Stirn; ohne den Samtrock und die Spitzenkrause sah er nicht mehr so stattlich aus; seine Kraft jedoch schien ungebrochen, vielleicht sogar noch bedrohlicher, da sie sich nun unverhüllt, gewissermaßen im Rohzustand darbot.

In einer Ecke erhob sich eine Frau, strich ihr Hemd mit der blauen Federstickerei glatt:

»Armer Kleiner . . .«

Es war die Pächterin, aber Sombre schob sie achtlos beiseite.

»Halt den Mund!«

Dann rief er die anderen, packte Madec bei den Schultern, stieß ihn vor sich her:

»Geh'n wir!«

4. Kapitel

Von Mahabalipuram bis an die Schwelle Bengalens
April–Dezember 1758

Vier Jahre war Madec nun schon in der Armee, vier halbwegs glückliche Jahre, obgleich die Geschichte rings um ihn her in Bewegung geraten war. Bei Spähtruppunternehmungen und Schießübungen hatte er nach und nach Indien kennengelernt, aber auch die letzten Überreste der Kindheit abgestreift. Schon wenige Monate nach Madecs Anwerbung war Sombre mit einem stattlichen Teil des Regiments verschwunden, und so hatte er sich dem Oberbefehl des Chevalier du Pouët unterstellt gefunden, eines Indienveteranen, der Madecs früheren Herrn und Gebieter auch in seinem Herzen abgelöst hatte, obwohl die beiden Männer grundverschieden waren. An jenem Maimorgen vor vier Jahren, an dem man Sombres Fahnenflucht entdeckt hatte – Madec erinnerte sich noch genau an die leeren, wie ausgestorben daliegenden Pferdeställe, an die Hufabdrücke im Sand, die nach Nordwesten auf den Dschungel zuführten, an du Pouëts Zorn angesichts des ungeheuerlichen Tatbestandes –, da hatte er sich etwas verwaist gefühlt.

Seit jener Folternacht, die sie zu Komplizen gemacht hatte, waren sie wie Vater und Sohn miteinander verbunden, und so hatte ihm Sombre, ohne groß nach Sinn und Zweck zu fragen, alles beigebracht, was er selbst vom Kriegshandwerk verstand: Er hatte ihn an der Spitze seiner Dragoner, der sogenannten schwarzen Reiter, »senkrecht reiten« gelehrt, wie er in seiner bilderreichen Sprache sich ausdrückte, das heißt, hatte ihm gezeigt, wie man beim Angriff das Pferd hochreißt, um sich den Vorteil des ersten Säbelhiebs zu sichern, und ihn in die Kunst des Auskundschaftens und der Aufstellung der Angriffslinien eingeführt. Im Grunde genommen aber waren das freilich alles nur schlichte Exerzierübungen, eine Art Zeitvertreib gewesen: der Krieg, der echte Krieg, hatte nach wie vor auf sich warten lassen.

Als es dann aber eines schönen Tages doch zu Kämpfen gekommen war, hatte ihn Sombre mit einer Brutalität ohnegleichen, die in

Madec einen ungeheuren Groll zurückließ, zur Infanterie gesteckt und damit dem Befehl du Pouëts unterstellt, der ihn drei Jahre später aus Rücksicht auf die militärische Rangordnung noch immer in dieser Charge beließ, obwohl ihm Madec sattsam bewiesen hatte, welch hervorragender Reiter er war.

Inzwischen schrieb man das Jahr 1758, und während in diesen ersten Dezembertagen die letzten Regenlachen der Monsunzeit eintrockneten, verspürte Madec einen steigenden Überdruß am regulären Heeresdienst. Immer öfter ertappte er sich beim Gedanken an Sombre, und noch immer fragte er sich verzweifelt, warum er ihn ausgerechnet hier an der Küste hatte sitzenlassen, wo er vor Langeweile fast einging. Man wußte allmählich nicht mehr, ob Krieg oder Frieden herrschte.

Der Konflikt zwischen Frankreich und England, zwei Jahre zuvor in Europa neu aufgeflammt, hatte nur zögernd auf Indien übergegriffen. In jüngster Zeit allerdings war den Engländern ein neuer Führer erstanden, der gefährlicher schien als alle anderen zuvor: Clive, der sich durch blitzschnelle Überfälle auszeichnete, wie den auf Chandernagore, das er an einem einzigen Tag zerstört hatte.

Chandernagore ... Frankreichs einzige Hoffnung in Bengalen, und wer Bengalen sagte, meinte Schlaraffenland, Eldorado, das Land, in dem Milch und Honig fließen. Einzig dieses Chandernagore, direkt vor den Toren Kalkuttas im Gangesdelta gelegen, hätte die Macht der Engländer erschüttern können. Aber das Gegenteil war eingetreten, die Stadt lag in Schutt und Asche. Die Katastrophe hatte Frankreich mit einem Schlag wachgerüttelt. Voll Kampfentschlossenheit hatte es einen neuen Mann nach Pondicherry entsandt, der Clive an Härte und Brutalität nicht nachstand, den Marschall de Lally-Tollendal, einen jakobitischen Iren, den Helden von Fontenoy. Das von ihm befehligte Expeditionskorps zeichnete sich durch seltene Qualitäten aus. Nun würde bald wieder klar sein, wo die Macht zu suchen war, und der Aufsplitterung und Verzettelung der Armee durch die widersprüchlichen Befehle einander ablösender Führer rasch ein Ende bereitet werden. Madec und die anderen Soldaten sahen seiner Ankunft erwartungsvoll entgegen. Endlich würde man an die Eroberung Indiens gehen. Und in der Tat ließ Lally das Heer vor der englischen Faktorei Madras aufmarschieren, die fast im Handstreich genommen wurde. Madec jubilierte. Und als der Marschall bei dieser Gelegenheit das Bataillon, in dem er diente, antreten ließ, fühlte er sich von ihm beeindruckt wie sonst nur noch von Sombre: Die straffe Erscheinung des Mannes, seine federnde, unglaubliche Spannkraft und seine mitreißend einfachen Ideen – all das war ganz nach dem Herzen des Zweiundzwanzigjährigen: Raus mit den Engländern aus Indien; dem Gesindel von der Handelskompanie endlich einmal Beine machen; und vor allem kein Pardon den Einheimischen ohne Ansehen der Person, galt doch ein indischer Ehrenmann anderswo allemal nur als Halunke.

Anfangs genoß der Marschall ungeheuere Popularität, die er eifrig pflegte: Als ein Ratsmitglied aus Pondicherry einmal verkündete, all sein Blut im Dienste des Königs vergießen zu wollen, fragte Lally wie aus der Pistole geschossen, ob das wohl genug sei, der Mannschaft Blutwurst daraus zu machen. Diese schroffe, energische Art begeisterte die Soldaten, Madec so gut wie die anderen. Doch du Pouët hatte ihn eines Tages gewarnt:

»Der Marschall hat's eilig, zu eilig ... Der Orient kennt keine Eile.«

Madec war aus allen Wolken gefallen.

»Du wirst sehen«, hatte du Pouët seine Überlegungen weiter gesponnen, »er packt die Dinge falsch an. Eines schönen Tages wird er von den Radschas die Abgaben ohne die üblichen Bücklinge, ohne Rosenwasser, Kniefall, höfliche Floskeln eintreiben. An jenem Tag aber wird Indiens Haß aufflammen.«

»Indiens Haß?«

»Wart's ab ... Du wirst es erleben.«

Du Pouët hatte sich nicht weiter über das Thema ausgelassen, aber wie von ihm vorhergesagt, sprang der Wind um. Kaum hatte Lally Madras erobert, mußte er wieder abziehen. Ein obskurer Fürst aus der Nachbarschaft verweigerte den Tribut. Der Marschall mochte noch so viele Kanonen auffahren, der Radscha dachte nicht daran zu zahlen. Lally gab gleichfalls nicht nach und ließ Tempel plündern, Götterbilder zerschlagen, Brahmanen vor die Kanonen spannen. Diesmal endlich gingen Madec die Augen auf. Ernüchtert konstatierte er, daß Lallys simplen Ideen ein in Wahrheit ebenso simpel brutales Verhalten entsprach. Doch was sich ein Clive aufgrund der zahlenmäßigen Überlegenheit der englischen Truppen vielleicht erlauben durfte, konnte bei den kümmerlichen französischen Regimentern leicht ins Auge gehen. Jetzt begriff Madec auch, warum Lallys Vorgänger die Parole ausgegeben hatten, die Einheimischen zu schonen, warum sie Plünderung und Diebstahl nur in dem bei europäischen Heeren üblichen Maß geduldet hatten. Wer an die Idole rührte, drohte einen Aufstand der Inder auszulösen, riskierte, sie in die Arme der Engländer zu treiben, die sie in diesem Fall für das geringere Übel gehalten hätten. Letztere hatten ohnedies die von Lally verschuldete Atempause genutzt und Madras zurückerobert; die neubefestigte Handelsniederlassung aber erwies sich als uneinnehmbar. Die Franzosen erschöpften ihre Kräfte in einer sinnlosen Belagerung, mußten unverrichteter Dinge wieder abziehen. Vor Wut schäumend, zündete Lally das leere indische Viertel an – eine Großtat, die nicht unbemerkt blieb. Von einer Art Entscheidungsrausch gepackt, erteilte er die unsinnigsten Befehle, berief unter anderem den legendären General de Bussy aus Dekkan ab, der von Golkonda bis hinauf in den Norden steinreiche Nabobs bei der Stange hielt, beging einen Fehler nach dem anderen und machte sich schließlich regelrecht verhaßt. Abträgliche Gerüchte begannen über ihn umzulaufen. Er teile, so hieß es, an seine Soldaten Kokosmilch statt Arrak aus und habe ein Sepoybataillon mit Kanonen erschießen lassen, nur weil es ihn zu lax dünkte. Man nannte ihn Nero, Domitian. Um bei festlichen Anlässen in Pondicherry noch Hochrufe zu hören, mußte er eigens dafür bezahlte Leute bestellen, wofür er sich mit Ausfälligkeiten rächte: Er behandelte Standespersonen als Hanswurste, über die er sich vor Lachen ausschüttete, nannte die Herren von der Handelsniederlassung Sodomiten und ihre Gattinnen Huren, womit er schon eher ins Schwarze traf.

Unterdessen verbreiteten ein paar fanatische Brahmanen in der Schwarzen Stadt die sonderbarsten Gerüchte, und das Volk begann zu murren.

An diesem Punkt der Geschichte wurde dem unentschiedenen Hin und Her durch einen Befehl plötzlich ein Ende bereitet. Das Heer kampierte zu dieser Zeit an einem sandverwehten Ort namens Mahabalipuram, an den sich Madec sein ganzes Leben lang erinnern sollte, begann doch hier sein langer Marsch nach Indien und endlich auch dessen Eroberung. Vierzehn Tage befand sich das Lager nun schon hier inmitten der Dünen am Saum des Golfs von Bengalen. Aber das war kein gewöhnlicher Küstenstrich. Vor vielen Jahrhunderten hatten ihn Herrscher, deren Namen längst vergessen waren, als Hafen ausgewählt. Von hier waren ihre Schiffe bis zu den äußersten Grenzen Asiens gesegelt, aber eines Tages war ihr Herrschergeschlecht erloschen und nach ihnen auch ihre Stadt verfallen. Als einzige Zeugnisse blieben ein alter Leuchtturm und vor allem Dutzende von Tempeln erhalten, direkt in Granitfindlinge gehauen und inzwischen halb vom Sand begraben. So glich die Stätte dem Fluß der Zeit: unbestimmt, inselhaft, schwer von Vergangenheit, noch kaum überwunden, und doch noch nicht reif für die Zukunft. Bei Tagesanbruch jedoch entfaltete sie einen unwiderstehlichen Zauber, wie ihn Madec bis dahin noch nie erlebt hatte. Von Schlaflosigkeit und Hunger getrieben, hatte er sich schon vor zwei Stunden erhoben; das Dunkel lichtete sich gerade, und mit dem ersten Sonnenstrahl erwachte Indien schlagartig zu neuem Leben und mit ihm in bisher nie gekannter Wucht seine Sehnsucht nach jener anderen Welt, die er nun seit vier Jahren suchte, barfüßiger Soldat einer Armee von armen Teufeln. Über dem Meer zog der Tag herauf, und einer nach dem anderen tauchten die Tempel aus dem Schatten der Nacht auf, enthüllten ihre Figurenfriese mit den Apsaras- und den göttlichen Musikantenzügen, mit ihren Prozessionen heiliger Elefanten, ihren monumentalen und doch sanftmütigen Büffeln, die, unmittelbar in Granit gehauen, aus den Sandmassen zutage traten: Hier feierte das ganze alte Indien der Götter in der Brise des heraufdämmernden Morgens Auferstehung, baute sich, dem Tod in den Dünen trotzend, mit seinen von der Zeit und dem salzigen Seewind zerfressenen Fassaden wieder stolz vor dem Meer auf. Ein paar Eingeborene huschten schon mit Opfergaben von Tempel zu Tempel, blieben vor den Fürstinnen mit den nackten Brüsten, der schlanken Taille und den vollen Hüften stehen und bedeckten dann in einer zärtlichen, erstaunlich natürlichen Geste die Lippen ihres Leibes mit rotem Puder.

Heiden . . . hatte du Pouët geantwortet, von Madec nach all diesen Göttern befragt, deren Namen er zusammen mit der Landessprache erlernte: Wischnu, Brahma, Schiwa, Parvati, Lakschmi, Ganescha, Krischna, Kali . . . Beschwörende, magische, furchteinflößende Silben, die mehr und mehr seine Nächte bevölkerten wie jene Göttinnen, deren allzu entblößte Formen seine Sinne aufstachelten, bis er gequält und verstört erwachte, ganz Verlangen nach einem Körper, der ihm verzweiflungsvoll fehlte. *Heiden!* hatte du Pouët gewettert, nimm dich in acht vor ihren Zauberkünsten; statt Weihrauch und Blumen kannst du auf ihren Altären manchmal auch Blut sehen. Menschenblut. Demnach ging also der Teufel hier um. In der Bretagne hatte Madec nur eine Religion der Schmerzen und Sünden kennengelernt, der Kreuzwege und Kalvarienberge, der *Mater dolorosa.* Gewiß, manchmal zeigten die Jungfrauen in den Kapellen ein wenig nacktes Fleisch, stellten gelegentlich drei- oder sechsfache Brüste zur Schau; manchmal auch beugten sich aus den Bogenrundungen der Kirchen Seejungfrauen mit lasterhaftem Blick herab. Nie zuvor aber hatte er an heiliger Stätte so viel unverhüllte Ausschweifung erblickt; doch statt Anstoß daran zu nehmen, wurde ihm diese Freizügigkeit im Laufe der Monate geradezu unentbehrlich.

Über dem Golf von Bengalen ging die Sonne auf. Bald würde im Lager wieder der alte Trott beginnen, eintönig, im Sand versinkend wie diese Bauwerke. In der Hoffnung, doch einmal einen Blick auf eine Zeremonie erhaschen zu können, streifte er von Heiligtum zu Heiligtum.

Wie den meisten Fremden war ihm der Zugang zu den Tempeln untersagt, und so gewahrte er lediglich in einer Nische das Bildnis eines gekrönten, mit ausgebreiteten Armen tanzenden Gottes und vor sich, aus schwarzem Stein gehauen, einen erigierten Phallus, unverhüllt, naturgetreu, vollendet. Aber einheimische Tamilenmädchen entzogen ihn seiner Betrachtung, zweifelsohne gekommen, um den Gott mit einem Gebet oder einer Opfergabe auf ihre Weise um Kindersegen zu bitten: Sie hoben den Sari und setzten sich auf den Stein wie auf einen Geliebten.

Madec flüchtete sich ins Lager, das ein Bild des Elends, der Not und der Ermattung bot: Alte, von Wind und Wetter ausgebleichte Zelte, zerschlissene Uniformen, im Wind zum Trocknen aufgehängt, ganze zehn Kanonen und umgestürzte Kessel – im Angesicht des Ozeans ein Nichts oder fast Nichts.

Das heidnische Indien! Schön und betörend ... Aber drüben jenseits der Dschungel, in denen Sombre untergetaucht war, gab es gewiß auch Frauen, schamlos und wunderbar wie die an den Tempelmauern. An der Seite dieser Fürstinnen leben, hieß sicher doppelt so intensiv leben, wie Madec es sich in seiner Kindheit erträumt hatte. Das Leben in vollen Zügen bis zur Neige auskosten, den Krieg so gut wie die Liebe.

Die Trompete schmetterte. Das war das Signal, das morgendliche Curryfleisch hinunterzuschlingen und mit schmutziger Uniform, geschultertem Gewehr, Lederzeug auf dem Rücken zum Exerzieren anzutreten, wie immer ohne Schuhe. Madec machte sich auf den Weg zu den über dem Feuer kochenden Kesseln, als er plötzlich einen Wachposten daherrennen sah, gefolgt von einem anderen Soldaten, der, seinen beschuhten Füßen nach zu schließen, aus Pondicherry kommen mußte. Noch ganz verschlafen trat du Pouët aus dem Zelt, wechselte mit dem Soldaten ein paar Worte und war schlagartig munter.

»Die Trompete!« schrie er. »Sofort die Trompete!«

Madec trat heran.

»Die Trompete?« fragte er.

»Ja!« brüllte du Pouët. »Wir haben Krieg! Morgen segeln wir nach Bengalen!«

»Bengalen . . .«, wiederholte Madec, als spräche er den Namen eines Gottes aus.

Dann drehte er sich um und schaute aufs Meer hinaus. Endlich Krieg. Und vielleicht auch endlich einmal etwas Neues. In der Tat gingen tags darauf, wie angekündigt, mehrere Schiffe den Tempeln gegenüber vor Anker, und Madecs Regiment schiffte sich auf der *Bristol* ein, einer Fregatte, die Korsaren aus Saint-Malo den Engländern abgenommen hatten. Man hatte sich nicht einmal die Zeit genommen, den Namen zu ändern, so sehr begann der Krieg offensichtlich mit einemmal zu drängen.

Eine Piroge setzte die Männer zum Schiff über, und angesichts der Rahen und Wanten fühlte Madec zu seinem Erstaunen einen längst vergessen geglaubten freudigen Jubel in sich aufsteigen: Wieder erschien ihm das Schiff wie eine Verheißung künftigen Glücks, obwohl es in den Kampf ging.

Als die Piroge die Brandung durchquert hatte, drangen altvertraute Geräusche, Knirschen und Ächzen und das Klatschen der Segel, an sein Ohr; und während rings um ihn die Soldaten drängelten und stießen, um als erste an Bord zu kommen, wandte sich Madec um und warf einen letzten Blick auf die Tempel am Ufer, die in der Nachmittagssonne wie vergoldet dalagen. Die hochgehende Brandung entzog sie seinem Blick, doch schon im nächsten Augenblick tauchten sie hinter den überkippenden Wogen wieder auf wie Sinnbilder einer Welt in ewiger Wiedergeburt. Genau so würde auch er wiedererstehen.

Die vier Jahre Heeresdienst hatten ihn, wie er jetzt erkannte, ermattet, ausgelaugt; die Aussicht auf den Kampf aber belebte ihn blitzartig mit neuer Energie, weckte eine geheime Kraft in ihm, denn nun ging es, das spürte er instinktiv, auf das noch immer nicht klar erfaßte Ziel zu, das ihm schon seit langem vorschwebte.

Gleich an Bord der *Bristol* erwartete ihn die erste Überraschung. Die Fregatte hatte auf Réunion Truppenverstärkung aufgenommen, und kaum hatte Madec den Fuß an Deck gesetzt, erkannte er unter den von Sonne und Alkohol gegerbten Gesichtern, die die Neuankömmlinge begrüßten, Dieu und Visage.

»Manchmal«, so fuhr es ihm durch den Kopf, »beißt sich die Zeit wie eine Schlange in den eigenen Schwanz.« Wie schön doch die Welt sein konnte. Zum erstenmal in seinem Leben segnete er die Wechselfälle des Meeres, die Wanten, Segel und die Meerjungfrau am Bug. Er warf sich Visage in die Arme. Visage und nicht Dieu. Warum? Zweifelsohne, weil er viel älter war, mittlerweile wohl um die dreißig, und seine Zuneigung deutlicher zeigte. Madec setzte sein Gewehr auf den Deckplanken ab, um ihn fest in die Arme zu schließen.

»Du bist also davongekommen, Madec . . .«

Tränen traten Visage in die Augen, und statt des sanften Mitleids von einst las Madec Schwermut in ihnen. Sie waren matt, und das feste braune Haar auf der Stirn hatte sich gelichtet.

»Und du, alter Bader, immer noch auf dem Posten?«

»Nun, du siehst ja, wohin uns der Krieg führt.«

Sein Lächeln war erloschen.

Da mischte sich Dieu ein:

»Drauf auf die Engländer, Madec! Wir Matrosen helfen euch! Tod den verfluchten Angelsachsen!«

Dieu hatte sich nicht im geringsten verändert. Er frohlockte. Er war noch immer der alte, dick und rothaarig, und drohte bei jeder Bewegung die straffsitzende Uniform zu sprengen: ein triumphierender Fettsack, ein Pulverfaß kurz vor der Explosion.

»Auf die Engländer!« brüllte er wieder. »An die Kanonen!«

Er mimte einen Angriff, indem er mit dem einen Arm eine gerichtete Kanone andeutete und mit dem anderen ihre imaginäre Mündung stopfte.

Madec brach in Lachen aus und wandte sich um zu Visage, der sie schweigend, mit abwesender Miene, betrachtete.

Trotz des schönen Tages schien ihn eine bodenlose Traurigkeit zu erfüllen. Seine Augen waren tief eingesunken, die sanften Hände, die sich ihm einst so liebevoll zugewandt hatten, hingen schlaff herab.

Aber Madec konnte diesen Beobachtungen nicht weiter nachhängen, denn Dieu bedrängte ihn mit Fragen: ob die Infanteristen der Indienarmee alle barfuß gingen, ob man ihm seinen Sold ausbezahlt und er seine Fahnenflucht gestanden hatte. Und Madec ließ sich nicht lange bitten; bereitwillig erzählte er bis tief in die Nacht hinein.

Er, der früher kaum den Mund aufgetan, nahm ohne Scheu mitten auf dem Vorschiff den Platz des Geschichtenerzählers ein und erzählte, während die *Bristol* vom Südostmonsun sanft nach Bengalen getragen wurde, pausenlos von schlammigen Reisfeldern, der Belagerung von Madras, den achtzehn Monaten Sold, die er noch zu bekommen hatte, den Freuden der kleinen Siege, den Plünderungen und den Mädchen, die sich auf den gestampften Boden der Hütten warfen und die man mit hinter die Linien nahm, um es mit ihnen zu treiben. Nur über seine Fahnenflucht verlor er kein Wort und auch nicht über Sombre und dessen Verschwinden im Dschungel. Im übrigen drangen die beiden anderen nicht weiter in ihn. Die alte, in Stürmen und bei Zwischenlandungen erprobte Kameradschaft war wiederhergestellt, und das genügte ihnen. Außerdem kannte Dieus Kriegsbegeisterung keine Grenzen:

»Auf die Engländer! Wir werden Madras, Mazulipatam, ganz Indien zurückerobern!«

Und gleichsam als Echo darauf fuhr Madec in seinem Bericht fort, erzählte die Großtaten seiner Armee und der indischen Soldaten, der Sepoys, die es seiner Meinung nach in größerer Zahl anzuwerben galt:

»Du wirst sehen, Visage, Indien erobert sich selbst. Diese Kerle kämpfen wie Götter. Man muß sie erlebt haben mit ihrem großen Turban und der Silberplatte, die sie wie einen Helm tragen. Sie bandagieren sich am ganzen Körper so dicht mit Musselin, daß kein Säbelhieb durchdringt. Und dann diese Bedürfnislosigkeit: ein Tonkrug, eine Kokosnußschale als Feldflasche, so gehen sie ins Feuer!«

Aber Visage hörte ihm schon nicht mehr zu. Er war aufgestanden und ging nun aufs Vorschiff, wo er in die Betrachtung der Sterne versank, die zu dieser Jahreszeit im Golf von Bengalen besonders hell funkeln. Ringsum herrschte Stille; bei diesem regelmäßigen Wind würde die Fahrt ohne besondere Zwischenfälle verlaufen. Die Wachen schliefen halb; wozu sie wachrütteln? Überall ungetrübter Frieden, wie immer vor den Katastrophen, die Ruhe der Schiffe, wenn der Teufel auf See umging. Nur daß es diesmal noch schlimmer war.

Auf der *Bristol* fuhr der Tod mit. Anders als zur Zeit, da Visage für die Kompanie zur See gefahren war, barg der Laderaum weder Musselin noch Puder, um Europas abgestumpfte Sinne zu wecken. Das Schiff war schwer von Kanonen, gespickt mit Bajonetten, zum Bersten vollgestopft mit Pulverfässern. Er begann an Deck auf und ab zu gehen. Überall Gewehre. Seine Beklommenheit wuchs. Und Madec, mit dem ihn das Schicksal wieder zusammengeführt hatte? Warum konnte er sich nicht genauso freuen wie Dieu? . . . Madec, Kanonenfutter?

Vorhin, inmitten der allgemeinen Aufbruchsstimmung, hatte er lieber geschwiegen. Wie auch hätte er diesen Soldaten, die freudigen Herzens in den Krieg zogen, erklären sollen, daß ihnen eine ungeheuere Schlächterei bevorstand, daß er, der Bader und Wundarzt, angeworben worden war, um zerfetzte Beine abzusägen, um mit Abrakadabra Wunden zu behandeln, die in fressende Geschwüre übergingen, kurzum, um all den Leichtfüßen, Abenteurern und Glücksrittern, die Zufall und Zwang auf diesem Todesschiff vereint hatten, durch tröstliche Lügen das Sterben zu erleichtern? Und während das Meer leise gegen die Schiffsplanken schlug, spürte Visage die Last seiner dreißig Jahre. Er haderte mit seinem Schicksal, das ihn zum ohnmächtigen Zuschauer des bevorstehenden Blutbades verdammt hatte. In Wirklichkeit jedoch hatte ihn niemand gezwungen, ihn, Visage, den Sproß einer ehrbaren Nanter Familie, über die Seminarmauer zu klettern, um einem kleinen Adligen zu folgen, der ihm monatelang von den Tropen vorschwärmte. Schon an der afrikanischen Küste hatte er es bereut – zu spät: Mit vierzehn war die Entscheidung am Kreuzweg des Schicksals gefallen. So beschloß er, Schiffsarzt zu werden. Von seiner ehemaligen Berufung, der Kirche zu dienen, blieb ihm ein grenzenloses Mitgefühl für alle Leidenden, für das tragische Los der schwarzen Sklaven, aber auch für den revoltierenden Madec, den *kleinen Madec,* wie er damals noch hieß. Niemand wußte etwas von seiner früheren Berufung. Er selbst hatte den Glauben längst verloren; die Bibel sagte ihm nichts mehr, die heiligen Sprüche waren vergessen. Auf dieser Erde gab es nichts Wahres und Schönes – außer dem Glanz der Jugend, der von ihm abzufallen begann, und außer dem Haß der Menschen, der ihm seine Kameraden höhnisch zu entreißen drohte.

Mechanisch strichen seine Hände über die Reling, während er das Schicksal verfluchte. Blödsinnige Welt, in der das Leben der Dreizehn-, Vierzehnjährigen schon ein für allemal unwiderruflich festgelegt war, in der der Sohn des Holzschuhmachers wieder Holzschuhmacher, der des Geigers Musiker wurde, während dem, der sich gegen diese Ordnung auflehnte, wie Madec oder er, nur die Fata Morgana der Inseln, die Straße und das Abenteuer blieb. Persien, Martinique, Indien, Peru. Braunhäutige Mädchen, Beutel voller Piaster, Gaunerstückchen und Messerstechereien. Und fast immer der Krieg. Achselzuckend wandte sich Visage wieder seinen Kameraden zu. Das Vorderdeck stank nach Arrak. Einige sangen:

Wir kriegen die Engländer alle, fürwahr,
Die Händler des jähen Todes,
Packt sie mit Klauen und Zähnen.

Unbekümmert lachte Madec beim Kartenspiel. Der Schein einer Lampe huschte über sein Gesicht und ließ einen Augenblick lang sein Profil mit der leicht gekrümmten Nase im Dunkel aufleuchten, und Visage, tief innen die gespannte Erwartung des jungen Mannes erahnend, erschauerte. Denn auch er, Visage, wartete, wartete auf irgend etwas, vielleicht auf ein Wunder, das ihn vor der Verzweiflung bewahrte. Doch gab es überhaupt noch Wunder auf dieser Welt? Er trat zu den Kartenspielern, um bei der nächsten Partie mitzuspielen, und ließ sich neben Madec nieder. Er war sich sicher, ihn durchschaut zu haben, gerade so, als ob er, ohne sie zu berühren, die Zartheit von Madecs Haut erfühlt hätte.

In seiner Verzweiflung verlor Visage fünf Partien nacheinander.

Die Truppen sollten in Mazulipatam an Land gehen, einer seit langem von den Engländern eingekreisten französischen Festung an der Grenze zu Bengalen, und den Belagerten Entsatz bringen. Kaum aber hatte die *Bristol* Anker geworfen, mußte man sich mit dem Unglaublichen abfinden: Das Fort hatte sich ergeben, seit vier Tagen wehte über ihm die englische Flagge. Visages erster Gedanke galt Madec, den er schon in finsterste Verzweiflung stürzen sah. Doch der verspürte nur Ärger und Verdruß. Ausgeplündert, grün und blau geschlagen und nackt unter den spöttischen Blicken der Schönen von Pondicherry mitten auf dem Marktplatz zurückgelassen, hätte er nicht dümmer dreinschauen können: Man hatte ihn um seine Schlacht geprellt.

Offiziere beschlossen, weiter nach Norden zu marschieren. Denn wenn die Engländer auch seit seinem Jahr Chandernagore kontrollierten, hielten sie doch nicht ganz Bengalen besetzt. Noch immer versteckten sich in den endlosen Dünenfeldern bis zum Gangesdelta winzige französische Faktoreien, ohne System hingestellt, in aller Eile befestigte Barackenlager, in denen von Zeit zu Zeit Stoffballen und Gewürze eingetauscht wurden. Der Beschluß war klug, zumal der Wind auch gar keine andere Wahl zugelassen hätte. An einen Rückzug nach Pondicherry war nicht zu denken. Der Südostmonsun, erst vor kurzem aufgekommen, hätte die Schiffe von April bis Dezember unfehlbar nach England getragen, was dem Willen der Seestrategen zupaß kam, Franzosen hin oder her. So segelten sie mangels eines sinnvolleren Ziels ins Gangesgebiet, wo der Befehlshaber, ein gewisser du Quay, ein kleines Befestigungswerk der *Companie des Indes* ins Auge gefaßt hatte, ein so gottverlassenes Nest, daß nicht einmal mehr der Name bekannt war. Man errichtete strohgedeckte Behelfsunterkünfte aus Lehm für die Truppe, die dabei gleich ihre ersten Gefechte gegen die Machthaber am Ort, die alteingesessenen Kobras, austrug, und danach ein Behelfsarsenal, um Geschütze und Pulver vorzubereiten.

Madec verzehrte sich vor Zorn. Er wollte sich nicht eingestehen, daß in Wirklichkeit nur die Unfähigkeit der Offiziere der Indienarmee an dem ganzen Mißgeschick Schuld trug. Er liebte du Pouët und achtete die Armee, und so schrieb er alles seiner Pechsträhne zu und schäumte vor Wut über sein Schicksal, das ihm versagte, ins Feuer zu rennen. Doch ebenso grenzenlos wie sein Zorn war seine Begeisterung, als er den Plan des Generalstabs zur Rückeroberung Mazulipatams erfuhr: schlicht und einfach den über die Gegend herrschenden Radscha zu bestechen, der der Engländer allem Anschein nach bereits überdrüssig war. Nach herrschendem Brauch schrieb man ihm einige äußerst höfliche und wohlgesetzte Worte, woraufhin sich der über die Botschaft entzückte Radscha ins Lager der Franzosen verfügte, offenbar in der Erwartung höheren Gewinns. Man empfing ihn mit allen militärischen Ehren, erging sich in nicht enden wollenden Verbeugungen, ließ gar die Truppe aufmarschieren, was den Radscha dermaßen beglückte, daß er den Franzosen alles zusicherte, was sie nur wollten.

Unterdessen jedoch schmolzen die Vorräte dahin, und es war abzusehen, daß sie nicht bis zum Umschlagen des Monsuns ausreichen würden. Da entsann sich der Befehlshaber du Quay erneut des Radschas, der ihm im Hinblick auf künftige Beute gewiß Reis und Perlen in Hülle und Fülle vorschießen würde, so daß man in Frieden seinen Hunger stillen und Pulver zum Zerfetzen englischen Fleisches kaufen konnte. Der Radscha stellte in Aussicht, was man begehrte, Frohsinn kehrte ins Lager zurück, und Madec fühlte sich an seinen vergnüglichen Antritt beim Heer mit Jagdpartien und Kartenspiel erinnert. Einzig Visage blieb in sich gekehrt, und tatsächlich verstrichen die Wochen, ohne daß die versprochenen Schätze eintrafen. So lud man den Radscha ein drittes Mal ein, die Stimme des Kommandeurs klang heftig bewegt, doch mußte der Fürst einen drohenden Unterton herausgehört haben, denn in der folgenden Nacht machte er sich heimlich, still und leise davon. Von heute auf morgen ordnete er im Hinterland die Evakuierung der Provinzbauern an und ließ die Franzosen ohne Verpflegung, ohne Obst, Reis und Gemüse zurück, so daß sie sich wohl oder übel zur Schlacht entschließen mußten.

Ehe man jedoch das Feuer auf den »falschen Radscha« eröffnete, der am Fuße eines Berges am Saum eines dichten Waldes sein Lager aufgeschlagen hatte, huldigte man noch einmal dem unter zivilisierten Völkern üblichen Brauch und entsandte als letzte Mahnung ein paar Botschafter guten Willens. Zu ihrer Verblüffung zeigte der Radscha trotz der Kanonen am Horizont keinerlei Groll, sondern hörte sich die Vorschläge der Franzosen ruhig an, ja, unterbreitete sogar Gegenvorschläge. Er regte an, in der Mitte zwischen den beiden Feldlagern Zelte aufzuschlagen, in denen der französische Kommandeur und er mit gleich starkem Schutzgeleit zusammentreffen und die Verhandlungen zu einem friedlichen Abschluß bringen sollten. Madec, unter anderen ebenfalls für die Eskorte ausersehen, erwirkte vom Kommandeur persönlich die Erlaubnis, im Lager zu bleiben, da er diese Hinhaltemanöver, die er für pure Feigheit und Kampfesscheu hielt, zutiefst verabscheute. Du Quay seinerseits, der zeremonielle diplomatische Verhandlungen über die Maßen schätzte, verzichtete nur allzu gern auf die Dienste des aufbrausenden kleinen Grenadiers.

Die Begegnung, auf den frühen Morgen angesetzt, wurde vom Radscha bis zum Einbruch der Dunkelheit hinausgezögert. Und am nächsten Morgen tauchten vier schreckensbleiche Soldaten mit der furchtbaren Nachricht im Lager auf, der Befehlshaber und sein Begleittrupp seien in einen Hinterhalt geraten. Die Männer waren unter den Lanzenstichen der Inder gestorben, nur du Quay sei in die Berge verschleppt worden. Ein paar Einheimische, die im Dschungel aufgegriffen wurden, gestanden später unter der Folter, man habe ihn in einer mit Exkrementen gefüllten Grube den Schlangen und Insekten zum Fraß vorgeworfen.

Im Lager machte sich Bestürzung breit. Weitere indische Truppen waren aufmarschiert, schnitten den Zugang zum Meer und damit zum Schiff ab. Hunger kehrte ein, und so lebten die Männer vom

Marodieren, stiegen Tag und Nacht mit der Waffe in der Hand ins Hügelland hinauf, um Vieh und Getreide beizubringen und sich bei der Rückkehr ins Lager mit den Indern zu schlagen. Mit dem Mut der Verzweiflung und knurrendem Magen zeichnete sich Madec bei einigen dieser kleinen Gefechte aus, woraufhin man ihn zum Sergeanten beförderte und an die Spitze von vierhundert Sepoysoldaten stellte, äußerst gelehrigen Eingeborenen, die man durch europäischen Tand und Flitter ihrem früheren Herrn abspenstig gemacht hatte. Die Aufgabe erwies sich als schwierig, da sie alles von Grund auf lernen mußten, doch Madec, durch seine neue Führungsrolle geschmeichelt, setzte seinen ganzen Ehrgeiz darein. Vom Sommer bis in den Herbst hinein versorgte er das Lager im strömenden Monsunregen täglich mit Proviant, kämpfte Tag und Nacht, bis der Truppe schließlich in einer unerhörten Anstrengung der Durchbruch durch die Linien des Radschas gelang. Kämpfe aus dem Hinterhalt wechselten mit offenen Schlachten, und schließlich verlud man die Kanonen auf Pirogen, um sie flußabwärts zum Meer zu befördern. Die *Bristol* lag noch am alten Platz vor Anker, die englischen Schiffe hatten sie, anderweitig gebunden oder durch ungünstige Winde abgehalten, noch nicht zurückerobern können. Doch man schrieb bereits Dezember, und so war Eile geboten: Der Monsun konnte jeden Tag umschlagen und die Schiffe nach Pondicherry tragen. Du Pouët erteilte den Befehl zum Einschiffen. Als sich die Hälfte der französischen Truppen, in der Hauptsache Offiziere, an Bord befanden, tauchte ein englisches Segel am Horizont auf. Jeder weitere Aufschub wäre vernichtend gewesen, und so lief die *Bristol* unverzüglich aus.

Visage, Dieu, Madec und seine Sepoys sowie rund fünfzig weitere Soldaten blieben am Ufer zurück.

Der kleine Trupp, der Pondicherry nun wohl oder übel auf dem Landweg ansteuern mußte, schlug sich in die Berge. Glücklicherweise waren ihnen ein paar Kanonen und etliche Büffel zum Vorspannen geblieben.

Beim Übersetzen über das erste Wildwasser entdeckten sie am gegenüberliegenden Ufer einen kleinen, halbverlassenen Tempel. Da erinnerte sich Visage durch eine sonderbare Gedankenassoziation daran, daß der Zeitpunkt des Weihnachtsfestes gekommen war. In der Befürchtung, über dem Abenteuer, das ihnen bevorstand, alles Zeitgefühl zu verlieren, machte er seine Kameraden darauf aufmerksam, und sie bekreuzigten sich und stimmten eine fromme Weise an

– mit Ausnahme Madecs. Der hielt die Augen unverwandt auf eine Steinfigur am Tempel auf dem gegenüberliegenden Ufer geheftet, ein kaum bekleidetes junges Mädchen, das seinem Geliebten zulächelte und den Gebirgswanderer einzuladen schien, an ihren himmlischen Freuden teilzunehmen.

5. Kapitel

Pondicherry
Dezember 1758 bis August 1759

Kaum war der lang erwartete südindische Monsun vorüber, rüstete ganz Pondicherry zu festlichem Treiben. Während in der Schwarzen Stadt der *Maadu-pongol,* das Fest der Reisaussaat und des Wachstums, bevorstand, das man schon ab Mitte Dezember unter dem lauten Schall von Zimbeln und Tamtams einleitete, wenn auch weniger fröhlich und unbekümmert als sonst, bereitete man sich in der Weißen Stadt auf Weihnachten vor, Weihnachten nach kreolischer Art, nach Art der Gesellschaft der Lüste: Seit drei Monaten schon waren die Händler bis auf die letzte Elle Atlas ausverkauft, rakkerten sich die einheimischen Schneider Tag und Nacht damit ab, Hemdkrausen zu fälteln, Rüschen zu drapieren, durchbrochene Verzierungen und Ausschnitte anzufertigen, deren Schamlosigkeit sie zur Salzsäule erstarren ließ. Denn ein schreckliches Gerücht lief in der Schwarzen Stadt um, wurde von den Pagoden bis zu den Waschhäusern, von den Weberwerkstätten bis zu den Geldwechslerbuden flüsternd weitergegeben, jedoch eifersüchtig im indischen Viertel gehütet, da es keiner über den Kanal zwischen den beiden Städten zu tragen wagte, aus Angst, der Blitz würde den treffen, der es den Weißen offenbarte. Es handelte sich nicht eigentlich um eine Neuigkeit, eher um eine Verkündigung, eine Weissagung, kurz, ein göttliches Wort. Doch wer hätte den Mut aufgebracht, die Worte der Götter zu wiederholen, noch dazu, wenn sie eine solche trostlose Botschaft enthielten? Und mehr noch, wer hätte sie den Weißen aus Pondicherry wiederholt, jenen Weißen vom Stamm der leichtfertigsten, unbekümmertsten *Firangis,* die die Erde je getragen hatte und die einen recht zuverlässigen Gott ihr eigen nennen mußten, um sich so stolz zu brüsten inmitten der außerwählten Stadt, auserwählt von den anderen, den wahren Göttern vom unabsehbaren Stamm Brahmas, zum Schauplatz der kosmischen Bestrafung zur Erneuerung der verbrauchten Welt im dunklen Zeitalter des Niedergangs, des *Kali-Yuga.*

In ihrem Boudoir hinter heruntergelassenen Jalousien fühlte Jeanne Carvalho, wie sich sonderbare Dinge zusammenbrauten, doch ließ sie Weihnachten verstreichen, ohne sich darüber zu beunruhigen. Seit Sombre fort war, spielte sie das Geldspiel frech, mit einer Art schlafwandlerischer Sicherheit, jedoch ohne innere Beteiligung. Ihr außerordentliches, in langen Jahren erworbenes Geschick verhalf ihr nach wie vor zum Erfolg. Geldanlagen und Spekulationen gelangen ihr wie eh und je, aber sie fand kein Vergnügen mehr daran, und der Spiegel sagte ihr allmorgendlich auch warum: Diese schweren Augensäcke, das Fett, in dem Gesicht und Körper zu versinken drohten, der trübe Blick, die Hände, die manchmal ohne ersichtlichen Grund zu zittern begannen . . . Sie hatte den Tee endgültig durch Arrak ersetzt.

So hatte sie auch an diesem Nachmittag nach einem überreichlichen Mahl mit Curryfleisch, Pasteten, Schokolade und Mangokonfitüre erst nach drei großen Gläsern Alkohol die ersehnte Siesta halten können: Der intensive, süße Geschmack hatte sie beruhigt. Vor dem Wegdämmern sah sie Sombres breite Brust über sich gebeugt, flüsterte seinen Namen, streckte die Arme nach ihm aus – ins Leere. Tränen traten ihr in die Augen. Dann begann der Arrak zu wirken, und in einer Art Halbschlaf gab sie sich dem Phantom ihrer Liebe hin. Doch schließlich kam, wie jeden Nachmittag, das schwere traurige Erwachen, hinter dem immer noch, so abgestumpft ihre Sinne auch sein mochten, der Schmerz lauerte, heimtückisch und stets bereit, die alte Wunde der Leidenschaft erneut aufbrechen zu lassen, sie aufs neue in Verzweiflung zu stürzen. Sie erhob sich und schleppte sich in das Boudoir, wo sie vor dem Toilettentisch stehenblieb. Dort nahm sie ein Fläschchen mit Rosenwasser, goß den Inhalt auf ein Spitzentaschentuch, wobei sie drei Viertel verschüttete. Das kam neuerdings recht häufig vor, und sie wußte es auch, wußte, daß ihre Bewegungen immer fahriger wurden. Aber sie unternahm nichts, um die Spuren ihrer Ungeschicklichkeit auf dem Parkettboden zu beseitigen. Ein zufälliger Blick in den Spiegel hatte ihr ein aufgedunsenes Gesicht gezeigt. Sie wandte den Kopf ab. Das durfte nicht wahr sein. Der Spiegel log. Gleich würde sie Marian hereinrufen und zwingen, sich über den Spiegel zu beugen. Sie würde staunen, die Kleine, wie schnell auch ihre Jugend dahin war.

»Ein schlechter Spiegel«, murmelte Jeanne, »ein schlechter Spiegel«, und trat mit ihrem Taschentuch und dem Silberfiligranfläschchen ans Fenster.

Sie hatte ihre Sklavin gar nicht bemerkt, die im Gegenlicht vor der heruntergelassenen Jalousie hockend fortfuhr, das Zimmer mit einem riesigen Palmblattwedel zu befächeln, gerade so, als hätte sich Jeanne nicht von der Stelle gerührt. Das hereindringende Sonnenlicht ließ das Fläschchen in ihrer Hand aufblitzen. Geblendet schloß Jeanne die Augen. Sie war jetzt gänzlich wach. Genau genommen, schon viel zu wach. Sie brauchte Arrak. Fieberhaft tupfte sie sich das Gesicht mit Rosenwasser ab, ordnete die Locken ihres Knotens und wies die Kleine barsch auf Tamil an:

»Laß das Fächeln! Geh hinunter und hol mir . . .«

Die Dienerin hatte bereits begriffen, raffte ihren Sari zusammen, glitt über das gewachste Parkett und verschwand im Treppenhaus. Jeanne schritt in den beiden Zimmern auf und ab, bemüht, des Zitterns Herr zu werden, das sie erfaßt hatte. Ehedem hatte sie dieser Zustand nur vor wichtigen Geschäftsabschlüssen befallen, mittlerweile jedoch stellte er sich auch ohne besonderen Anlaß ein, fieberte sie zitternd der kleinen weißen Flasche entgegen, die ihr immerhin etwas Trost spendete.

Drei Jahre ging das nun schon so. Drei Jahre, in denen sie in der Öffentlichkeit niemals eine Träne vergoß, sondern stets die aufrechte, unbeirrbare, kluge Geschäftsfrau nach außen kehrte, selbst der kleinen Marian gegenüber, die sie noch immer nicht unter die Haube gebracht hatte, die noch immer bei ihr wohnte. Drei lange Jahre voll einsamen Leids, verborgen gehaltener Zusammenbrüche, drei in der Betäubung des Alkohols verdämmerte Jahre. Aber welches Recht hatte sie, sich über einen Mann zu beklagen, dessen Treulosigkeit ihr von allem Anfang an bekannt war, bei dem Treulosigkeit noch ein allzu schwaches Wort war, hatte er sie doch, ehe er sie verließ, noch bestohlen. Auch das aber hatte sie schon Monate vorher geahnt. Zu plötzlich hatte er sich ruhig gegeben, zu plötzlich seine Gewalttätigkeiten eingestellt; zu regelmäßig war er von seinem Regiment zurückgekommen. So hatte sie denn einige ziemlich wertlose Steine fast schon zu auffällig herumliegen lassen und im Laufe der Monate, um ihn vollends hereinzulegen, den vermeintlichen Schatz weiter gemehrt. Ja, sie hatte Gefallen daran gefunden, ihn ihrerseits zu betrügen, ihn auf diese ihre Weise zu halten und zu besitzen. Trotz allem hatte irgend etwas in ihr noch immer gehofft, sein Verhalten könnte sich grundlos verändert haben, er werde bleiben, sie zu lieben beginnen . . .

Doch daraus war nichts geworden. Eines schönen Morgens im

Mai war sie allein unter ihrem Moskitonetz aufgewacht; wie erwartet, hatte sie das Versteck mit den minderwertigen Diamanten leer gefunden. An jenem Morgen war ein sonderbares, unbezähmbares Lachen in ihr aufgestiegen. Kein Mensch würde je herausfinden, wo sie ihre wirklich kostbaren Steine versteckt hielt. Sie hatte Sombre alles gegeben, was er gefordert hatte, außer ihrem unvergänglichsten Teil, ihrem Vermögen, von dem sie sich nicht zu trennen gedachte, solange sie lebte. Es war ein bitterer Sieg gewesen. Noch am selben Abend hatte das Leben begonnen, sich im Kreis zu drehen. Jeanne hatte sich leer, ausgebrannt, zerschlagen gefühlt. Und seit jener Nacht fand sich zwischen ihren Parfümfläschchen immer auch eine ganze Batterie Arrakflaschen.

Niemand in Pondicherry schien sich über ihre plötzliche Einsamkeit zu wundern. Sie selbst versuchte nicht herauszufinden, wohin Sombre verschwunden war. Vielleicht in den Dschungel, vielleicht zu den Radschas. Was besagte das schon? Für sie zählte Indien nur insoweit, als es die Schätze seiner Bergwerke und die Erzeugnisse seiner Werkstätten hierher ergoß, für sie endete es am Rande der Schwarzen Stadt, spätestens an ihrem äußersten Saum, ihrem Landhaus Circé an der Straße nach Madras.

Die Dienerin war noch immer nicht zurückgekehrt. Jeanne, die sich auf einem Mahagonikanapee mit Muscheleinlegearbeiten, dem Geschenk eines Agenten der Kompanie, den sie vor Godeheus Zorn bewahrt hatte, niedergelassen hatte, erhob sich unruhig. In wachsender Ungeduld ging sie ans Fenster, schob die Jalousie auseinander. Auch die Schwarze Stadt erwachte aus der Mittagsruhe, der Lärm der Tamtams setzte erneut ein. »Bald«, dachte sie sehnsuchtsvoll, »kommt die Zeit der sternklaren Nächte und des *Pongolfestes.* Bald laufen im Hafen neue Schiffe ein, frisches Blut an Bord, zärtliche junge Männer, wie ich sie mir früher als Liebhaber nahm . . .« Tränen stiegen ihr in die Augen. Die Dienerin ließ immer noch auf sich warten. Jeanne lief auf den Treppenabsatz hinaus und rief.

Keine Antwort.

Möglicherweise hatte die Kleine sie nicht richtig verstanden. Ihr Name war ihr entfallen. Sie beschäftigte gut zwanzig Mädchen, die mindestens drei verschiedene Sprachen sprachen, Tamil, Telugu und Malayalam. Sie wußte nicht einmal mehr, was sie gesagt hatte. Erneut begann sie zu rufen, mechanisch von einem Dialekt in den anderen überwechselnd, doch auch diesmal kam keine Antwort.

Dafür öffnete sich plötzlich die Nachbartür.

»Jeanne ... liebste Jeanne, was gibt es?«

Es war Marian, die, jäh aus ihrer Mittagsruhe gerissen, in einer grünsamtenen Schoßbluse und einem weißen Organdyunterrock frisch und reizend anzusehen, vor ihr stand.

»Diese Dienstboten«, entgegnete Jeanne in schneidendem Ton.

»Diese Schwarzen ... Das Fest verdreht ihnen den Kopf. Bei dieser Musik in der Schwarzen Stadt ...«

Plötzlich schwindelig, mußte sich Jeanne auf das schmiedeeiserne Treppengeländer stützen. Marian eilte herbei:

»Ihr fühlt Euch nicht wohl, Jeanne. Wartet.«

Sie stürzte in ihr Zimmer und kam mit einem Glas zurück.

Schon im Begriff abzulehnen, vermochte Jeanne dem starken Geruch, dem süßen Geschmack doch nicht zu widerstehen und leerte das Glas wohlig seufzend auf einen Zug.

»In der Tat, es ist kein Verlaß mehr auf die Dienstboten«, erklärte Marian. »Ich verstehe ihr Getuschel zwar nicht, finde sie in den letzten Tagen aber reichlich aufgeregt.«

Jeanne hörte nicht zu. Sie war errötet. Marian wußte also. Und, was mehr war, liebte den Arrak ebenfalls! Sie straffte sich in ihrem Negligé. Na und? Sie langweilten sich eben beide. Auch Marian suchte im Trinken Zerstreuung, sie, die mit zweiundzwanzig noch immer nicht verheiratet war und binnen kurzem verblühen würde. Im übrigen ihre Schuld. Dennoch wurde es allmählich höchste Zeit, sie unter die Haube zu bringen. Der Arrak hatte Jeanne ihre Selbstbeherrschung zurückgegeben, und so beschloß sie, Marian auf der Stelle ihre Sorgen zu eröffnen. »Kommt mit in mein Zimmer, mein Kind. Ich habe mit Euch zu reden.« Marian schien erstaunt.

»Gebt mir die Zeit, mich erst ein wenig zurechtzumachen.«

Ihre Schoßbluse war über ihrer kleinen Brust aufgegangen, die sie nicht zu verhüllen suchte.

»Laßt nur und kommt.«

Jeannes Stimme, eben noch weich, klang wieder hart, schneidend, gebieterisch, wie sie mit der Dienerschaft zu sprechen pflegte. Marian fügte sich.

Die Carvalho wies auf das Kanapee, während sie selbst auf dem Bett Platz nahm.

»Laßt mich offen mit Euch sein, Marian. Wenn ich Euch vor vier Jahren auch mit einigen Vorbehalten aufgenommen habe, so haben wir uns, Ihr wißt es selbst, mittlerweile recht gut verstehen gelernt. Das ist mir ein großer Trost, seit ...«

Marian hob die Augen und betrachtete die Jalousie.

»Nun gut«, fuhr Jeanne fort. »Wir sind glücklich, Eure Gegenwart belastet mich kaum. Seit drei Jahren wartet Ihr – oder tut jedenfalls so – auf den alten Lestriverde. Noch einmal, Marian, reden wir offen miteinander. Ihr wißt so gut wie ich, daß er nicht kommen wird. Mauritius hält ihn gefangen, sei es eine schöne Kreolin, sei es der schlechte Geschäftsgang oder gar der Tod – jedenfalls haben wir nichts mehr von ihm gehört.«

»Ich weiß«, entgegnete Marian, »ich weiß. Wir haben Krieg, und seit einem Jahr schreibt er nicht mehr. Ich aber bin noch immer unverheiratet, und die Geschäfte gehen schlecht. Welche Sorgen ich Euch doch bereite ...«

»Da nennt Ihr den springenden Punkt. Ihr müßt Euch entscheiden.«

»Alle Welt hier ...«

»... wechselt die Liebhaber wie Kleider, gewiß. Doch irgendwann heißt es heiraten. Euch hat es nie an Männern gefehlt und wird es auch künftig nicht fehlen, und außerdem ist's mir einerlei! Liebe fördert das Geschäft!«

»Früher habt Ihr Liebschaften aber nicht besonders geschätzt!«

»Da hatte ich meine Gründe. Im übrigen ließ ich Euch schon bald freie Hand. Nun aber solltet Ihr bedenken, meine Liebe, daß die Jugend nicht ewig währt. Zum Glück seid Ihr nicht niedergekommen und könnt also leicht einen Gatten finden, der Euch ein Leben lang unterhält, einen guten Kerl, friedfertig und reich. Noch seid Ihr reizend ... Nehmt Euch also einen Mann.«

Marian setzte eine unbeteiligte Miene auf.

»Hier gibt es keinen Mann, den ich heiraten könnte. Nur alte Schnauzbärte und Haudegen.«

»So wartet, bis die neuen Schiffe einlaufen, meine Hübsche. Der gute Wind wird sie Euch bringen, die jungen reichen Männer; sie werden Euch für eine Kreolin halten und Euch Eure Kapricen nachsehen!«

»Glaubt Ihr denn im Ernst, die nehmen Mädchen wie mich mit nach Hause?«

»Wer redet denn von mit nach Hause nehmen? Sie können doch auch bleiben. In der Tat bleiben manche, heiraten hier. Nehmt nur die Kerjean. Richtige Adlige, mit Ländereien in der Bretagne.«

»In der Bretagne ...«

Marian zog die Schultern hoch und sank auf dem Kanapee in sich zusammen. Gut fünf Minuten lang sagte sie kein Wort, räkelte sich nur ab und an wie eine Katze, seufzte, strich sich ihre roten Locken zurecht, seufzte wieder und fuhr sich zärtlich über die Brust, die ihr aus der Bluse schaute.

Jeanne beobachtete sie durch halbgeschlossene Lider. Sie, die außer den gelehrigen und unentbehrlichen indischen Sklavinnen nie Frauen um sich geduldet hatte, hatte in Marian eine angenehme Komplizin gefunden; keine Freundin, dazu vertrauten sie einander zu wenig an, vielmehr beobachteten, durchschauten sie einander eher, wie sich vorhin beim Alkohol gezeigt hatte . . . Kein einziges Mal jedoch waren sie in diesen vier Jahren aneinandergeraten. Marian, die nur das Vergnügen liebte, hatte heimlich, still und leise die Liebhaber gewechselt, von Zeit zu Zeit ein schönes Schmuckstück mitgebracht und es ihr, Jeanne, für ihren Unterhalt ausgehändigt; für ihre Kleidung, die von erlesenem Geschmack zeugte, war sie stets selber aufgekommen, und stets schien sie heiter und glücklich zu sein – bis auf die tiefen Seufzer, die sich ihr von Zeit zu Zeit entrangen, und die Erschlaffung, die sie je nach Stunde und Laune mit immer neuen Vergnügungen zu vertreiben suchte: einer Tasse Schokolade, einem neuen Kleid, einer Siesta, einer ausgiebigen Massage, die mit verbotenen, auch von den kleinen Tamilensklavinnen sehr geschätzten Liebesfreuden endete. Eine zarte Frau, ein geradezu überirdisches Wesen, das nichts, nicht einmal die hartnäckigsten Liebhaber, zu berühren schien. Sie gingen durch sie hindurch wie das Schwert, mit dem sich der Fakir durchbohrt, um es anschließend aus seinen unverletzten Flanken zu ziehen. Und wie gut sie sie spielte, die Komödie der Liebe, sich dem einen verweigernd und dem anderen hingebend, zur rechten Zeit schweigend oder munter plaudernd, wie virtuos sie bald die Züchtige mimte, bald feurige Blicke verschoß. Noch auf allen Festen hatte sie Geld und Luxus in ihren Bann geschlagen; alles hatte sich um sie gedreht, ja, alle hatten sich um sie gerissen; sie war begehrt, ohne je Anstoß zu erregen, und man verließ sie, ohne daß eine Träne floß. »Vielleicht war das Europa«, dachte Jeanne Carvalho; diese Leichtigkeit und Unbeschwertheit, diese köstlich beschwingte Sorglosigkeit. Sie, die Halbportugiesin, die zu früh Verheiratete und Verwitwete, die ganz in ihren Geschäften aufging, hatte das alles zu lange nicht gekannt. In Marians Gegenwart träumte sie jetzt davon; aber zu spät. Als Sombre auftauchte, war ihre Schönheit schon verblüht, und jetzt drehte sich das Leben sinnlos im Kreis.

»Hört auf mich, Marian, laßt die Jugend nicht ungenutzt verstreichen, wartet nicht länger, heiratet . . .«

Marian räkelte sich träg.

Jeanne unterbrach sich, betrachtete sie. Beneidenswert, diese Gleichgültigkeit, dieses klug dosierte Lächeln. Ein zauberhaft leichtfüßiges Wesen, und doch im tiefsten Inneren ohne allen Zweifel eine harte Frau.

Plötzlich, wie aus einem Traum erwachend, hob Marian an zu sprechen: »Früher einmal habe ich geliebt, Jeanne, doch diese Zeit ist endgültig vorbei. Gönnt mir noch ein Weilchen mein Vergnügen. Liebhaber sind wie Spielkarten, Jeanne, deren man sich eine Zeitlang bedient. Hat man aber gewonnen, wirft man sie weg, um neue zu verlangen! Bis jetzt habe ich noch immer gewonnen. Man findet sich, bleibt gewöhnlich ein Weilchen beisammen, um sich dann schmerzlos zu trennen: *piacere senza pena,* wie es im Lied heißt, das Vergnügen, Jeanne, das Vergnügen ohne Schmerz . . .« Die Carvalho zuckte zusammen. Wollte ihr Marian eine Lektion erteilen? Spielte sie auf Sombre an? Hatte sie ihre heimliche Leidenschaft durchschaut? Marian spürte die Angst der anderen, hielt ihr ein silbernes Döschen hin, dem sie einige dünne Betelscheiben entnahm.

»Lassen wir das Thema Heirat, Jeanne. Nach dem *Pongol,* ich versprech's, will ich es mir überlegen.«

Ein langes Schweigen trat ein. Beide hatten zu kauen begonnen. Anfangs hatte sich Marian durch diese Sitte eher abgestoßen gefühlt, schließlich aber die verdauungsfördernden Eigenschaften der Betelnuß schätzengelernt und den roten Saft, der Lippen und Zähne färbte, bald wie die anderen Frauen als notwendige Vervollkommnung des Schminkens betrachtet. Der blutrot gefärbte Mund schien aufreizender, rief nach anderen Mündern, nach Küssen.

Während sie schweigend dasaßen, träumte Marian mit halbgeschlossenen Augen von ihrem neuen Kleid, dachte an das gelbgrüne Madrasgewebe, das sie am Vorabend gekauft hatte, an die modische Spitze zur Verzierung. Jeanne konzentrierte sich ganz auf das Kauen, ihre Hände hatten sich endlich beruhigt.

Plötzlich fuhr sie hoch, die Augen auf den am Boden liegenden Palmblattfächer geheftet: »Die Dienerin ist noch immer nicht zurück! Wo sie nur so lang bleibt?«

Marian erhob sich träg.

»Der *Pongol,* Jeanne, hab ich's Euch nicht gesagt? Sie sind ganz verrückt wie alle Schwarzen.«

»Nein, es muß etwas anderes dahinterstecken. So etwas hat es noch nie gegeben.«

Marian merkte, daß sie wieder zu zittern begann.

»Ich werde einmal nachsehen!«

Hastig ergriff Jeanne den rosafarbigen Satinmorgenrock, den sie, da er zu eng war, gleichsam widerwillig über die Schultern zog, und schlüpfte in die goldverzierten Lederpantoffeln. Mit schleppenden Füßen schlurfte sie übers Parkett. Sie war die Treppe noch nicht halb hinuntergestiegen, da blieb sie, in ihrer Verblüffung nach dem Geländer greifend, stehen. Zwei Dienerinnen hatten sich auf den Boden geworfen und wiederholten, rhythmisch klagend, einen Namen, der Jeanne erzittern ließ, und diesmal nicht, weil ihr der Arrak abging: Mariamalle, die Göttin der Pocken, deren schreckenerregende Erscheinung sie eine Stunde zuvor erblickt haben wollten.

Die Aussicht, die Zügel über ihr Hauswesen zu verlieren, gab Jeanne Carvalho ihre Kaltblütigkeit zurück. Sie schüttelte die Dienerinnen, befragte sie, verbot ihnen, das Haus zu verlassen, und stieg wortlos wieder in ihr Zimmer hinauf, packte mit einem Griff Unterröcke und Korsett, befahl Marian, es zuzuschnüren, und stieg mit einer souveränen Würde, wie sie sie seit Sombres Verschwinden nicht mehr an den Tag gelegt hatte, in den Salon hinunter – schlagartig so verwandelt, daß Marian in ihrem Negligé neben ihr plötzlich farblos wirkte. Vor Verblüffung über Jeannes Wandlung geradezu erstarrt, wagte sie nicht, den Mund aufzutun, kleidete sich ihrerseits rasch an, lief in den Salon hinunter und riskierte schließlich die Frage: »Was ist los, Jeanne, was geht hier vor? Was haben diese verrückten Mädchen gesagt?«

»Geht auf Euer Zimmer zurück, kleine Marian; ich habe alle Hände voll zu tun.«

Und unverzüglich wandte sie sich einem alten Diener, einem Mestizen, zu. Marian verstand genügend Tamil, um aus ihren Sätzen die Ankündigung eines Besuchs zu entnehmen, der überaus langweilig zu werden versprach. In der Tat hatte Jeanne die Weisung erteilt, den alten Ananda Rangapille herbeizuzitieren, das Oberhaupt der Kaufleute und Händler aus der Schwarzen Stadt, Dupleix' alten Unterhändler, der sich der Kompanie noch immer verbunden fühlte.

»Ihr seht selbst, meine Liebe, daß Ihr Euch besser zurückzieht!«

Marian ließ es sich nicht zweimal sagen. Statt die nicht enden wollende Unterredung der beiden über sich ergehen zu lassen, wollte sie den Rest des Tages lieber unter ihrem Moskitonetz, Süßes naschend, von Frankreich und den unterhaltsamen jungen Leuten träumen, deren Gesellschaft sie hier so schmerzlich vermißte.

Der alte Ananda indessen ließ auf sich warten. Eine geschlagene Stunde lang lauerte Jeanne Carvalho in ihrem Salon auf ihn, den Blick unverwandt auf die Jalousien und die dahinter vorbeihuschenden Schatten gerichtet. Ihre Unruhe wuchs. Die Mädchen hatten vom Erscheinen der Göttin gesprochen, von einer Pockenepidemie, die sich in der Stadt ausbreiten sollte, doch Jeanne wußte nur zu gut, daß die Götter solcher Nichtigkeiten wegen nicht erschienen. Zweifelsohne stand Schlimmeres bevor, Unheil, das die Geschäfte bedrohte. Aus diesem Grunde mußte sie Ananda sehen, der sie als einziger über die im Basar umlaufenden Gerüchte informieren konnte. Schon vor drei Wochen beim Feilschen um Seide aus dem Norden oder um Kaschmirschals, sie wußte es nicht mehr so genau, hatte sie die Krämer ungewohnt schweigsam gefunden, sich des Eindrucks kaum erwehren können, als tauschten sie hinter ihrem Rükken bedeutsame Blicke, ihr Unbehagen dann aber gleichgültig, wie sie seit drei Jahren war, mit dem Gedanken beiseite geschoben, Indien sei nun einmal so, ruhig und unruhig zugleich, gelassen und doch heimlich umgetrieben.

Nun, während sie auf Ananda wartete, warf sie sich ihre Blindheit vor, verfluchte die Leidenschaft, die ihre kostbarste Gabe abgestumpft hatte: ihren einzigartigen Scharfblick für Menschen und Dinge, die sagenhafte Intuition, mit der sie noch die kleinsten Veränderungen erfaßte. Sie nahm eine Spieldose auf, um sie sogleich wieder aus der Hand zu legen, schlug ein paar Takte auf dem Spinett an, stand unvermittelt auf, um in den Garten hinauszuspähen und hinter Jasmin und Lianen nach den goldstrotzenden Gewändern des Kaufmanns Ausschau zu halten, setzte sich wieder und zwang sich zur Ruhe; schließlich kannte sie die gemächliche Bedächtigkeit der Orientalen, ja, machte zuweilen bei Bedarf selbst Gebrauch davon. Man hatte Ananda während der Siesta gestört, und so ließ er sich nun gewiß bitten, erklärte, auf der Stelle dringend in sein Arekanußlager zu müssen, oder schützte Müdigkeit vor, behauptete, sein Haus in der Schwarzen Stadt nicht verlassen zu können, in dem alles, einschließlich seiner eigenen Person, französisch-indischer Herkunft war, von den römischen Säulengängen des Hauptraums bis zu den Schreibschränken mit Elfenbeinintarsien.

Was wäre Pondicherry ohne Ananda gewesen? Obgleich sich Jeanne oft heftig gegen seine Geschäftsbedingungen gewehrt hatte, empfand sie ihm gegenüber eine gewisse Zärtlichkeit, fühlte sich ihm brüderlich verbunden. Dabei war er Inder, ein *Heide,* wie die Neuankömmlinge aus Frankreich in vager biblischer Anspielung zu sagen pflegten. Ananda, der Schlaukopf, der verschlagene Fuchs, war diesen Monat sechzig geworden und schien seinen Handel in alle Ewigkeit weitertreiben zu wollen. Er hatte mit dem Verkauf von Arekanüssen begonnen, sich aber auch als offizieller Unterhändler der Kompanie nach wie vor täglich in seinen alten Laden begeben, in Wirklichkeit eine Art Beobachtungsstand, von dem aus er den ganzen Basar zum Nutzen seiner äußerst einträglichen Geschäfte belauerte und belauschte. Allein schon aus dem Kommen und Gehen eines Geldwechslers, dem Erzittern eines Webers auf der Schwelle seiner Verkaufsbude konnte Ananda den Kurs der Diamanten ablesen und die Qualität der Musseline abschätzen. Wollte Jeanne auch weiterhin gute Geschäfte machen, mußte sie herausfinden, ob in der Stadt wirklich Angst aufkeimte, mußte sie die im Basar umlaufenden Gerüchte kennen, die sie nur von Ananda, Dupleix' altem Unterhändler, in Erfahrung bringen konnte.

Ein Knirschen im Hof, das Rascheln von Laub, das Knistern von Fächern und über den Boden schleppende Stoffe. Endlich! Jeanne wäre am liebsten aufgesprungen, zügelte sich aber. Sie mußte hochaufgerichtet in ihrem Sessel thronen, ein Kissen unter den Füßen, wie eine Fürstin. Denn genau betrachtet war Ananda nur ein Inder. Er trat ein, vollführte ein gutes Dutzend Kniefälle, doch die Carvalho kürzte die Höflichkeitsbezeugungen ab und deutete auf einen Rohrsessel, in dem er sich, wie sie wußte, unbehaglich fühlen mußte, da er wie alle Inder an die hockende oder liegende Haltung gewöhnt war. Er fügte sich mit einem vertraulichen Blick, der Jeanne die Gewißheit gab, daß er sprechen würde. Dabei, wie lange hatten sie sich nicht mehr gesehen? Acht, zehn Monate, seit der Belagerung von Madras, als zu befürchten stand, daß die Engländer die Ernten vernichteten? Sie konnte sich nicht mehr genau erinnern. Außerdem war es gleichgültig. Ohne Umschweife kam sie zur Sache: »Ich möchte wissen, Ananda, was Mariamalle sagt, wenn sie in der Stadt erscheint.«

Ananda schien überrascht. Sie hatte es auf Tamil gesagt, während die Unterredungen gewöhnlich in der Sprache der Europäer geführt wurden, auf Französisch, das er vollendet beherrschte.

Er senkte den Blick, betrachtete seine silberbestickten Pantoffeln. Damit brachte er zum Ausdruck, daß die Antwort heikel, ja, für seine

Person sogar gefährlich war. Jeanne, an diese gewundenen Unterhaltungen seit langem gewöhnt, wartete ab. Nach einem kurzen Augenblick hob Ananda den Kopf wieder:

»Mariamalle, *Memsahib,* sagte dasselbe wie immer, wenn sie erscheint.« Er lächelte, seufzte. Ganz offensichtlich verspürte er, in den Sessel eingezwängt, in dem ihn seine Gewänder beengten, Unbehagen. Dadurch jedoch konzentrierte er sich doppelt so gut wie gewöhnlich. Über kurz oder lang würde er es nicht mehr aushalten, einen Teppich verlangen, und in dem Augenblick würde er sprechen.

»Du weißt wohl, Ananda, daß ich nicht müde werde, den Worten deiner Götter und Göttinnen zu lauschen.«

»Genauso ergeht es mir, *Memsahib.* Auch ich lasse mich stets über das unterrichten, was deine Jesuitenpatres in der Messe predigen. Doch sie sind nicht so verschwiegen wie unsere Brahmanen. Manchmal dringen die Geheimnisse, die ihr ihnen im Beichtstuhl anvertraut, bis in meinen Laden in der Schwarzen Stadt!«

Jeanne fuhr hoch. Das war eine Warnung. Sie kannte die Abneigung der Inder gegen die Jesuiten, vor allem seit diese in der trübsinnigen Ära der Madame Dupleix die Pagode hatten niederreißen lassen. Daß aber Ananda gleich eingangs so auf sie anspielte, ließ auf erklärte Feindseligkeit der Brahmanen schließen: Offenbar begannen sie Entsetzen zu predigen. Dennoch entgegnete sie mit gespielter Ungezwungenheit:

»Du wirst mir doch nicht weismachen wollen, Ananda, daß Mariamalle über die Jesuitenpatres gesprochen hat!«

Ananda strich sich bedächtig den Schnurrbart und schwieg. Abwarten, dachte Jeanne. Sie war die geduldigste Frau der Stadt, und aus diesem Grund genoß sie auch die Hochachtung des Kaufmanns. Angelegentlich schaute sie in den Garten hinaus. Nur von Zeit zu Zeit warf sie Ananda einen Blick zu. Schweiß zeigte sich unter seinem Turban. Als er ihn wenig später ungeachtet aller gebotenen Gelassenheit mit dem Handrücken wegwischte, wußte sie, daß sie im Vorteil war: Nicht nur, weil sie sich in ihrem eigenen Haus und damit in ihrem Element befand, sondern auch aufgrund ihrer leichten Kleidung, während der wohlgenährte Händler in seinem Brokatrock und dem Seidenveloursumhang sein ganzes Fett ausschwitzte.

Wie erwartet, begann er zu sprechen:

»Mariamalle, *Memsahib,* erzählt traurige Geschichten!«

»Gewiß, Ananda. Ich kann mir vorstellen, daß die Göttin der Blattern nicht lustig ist.«

Anandas Miene verdüsterte sich.

»*Memsahib* . . . Wie du weißt, haben wir *Pongol.* Im Basar sollte Freude herrschen, da die Sonne in unsere Landstriche zurückkehrt!«

»Aber sie herrscht doch! All diese Tamtams den lieben langen Tag über!«

»Trau den Tamtams nicht, *Memsahib!*«

Endlich ging Ananda aus der Deckung; Jeanne packte die Gelegenheit beim Schopf: »Wirklich? Gehen die Geschäfte schlecht?«

»Unglück ist über die Stadt gekommen, *Memsahib,* über die Weiße Stadt wie über die Schwarze. So sagen die Brahmanen.«

Mit einem durchdringenden Blick schaute er ihr tief in die Augen: »Du bist blind, *Memsahib,* seit einiger Zeit, reichlich blind . . . nicht mehr wie früher. Erinnerst du dich noch, welch gute Geschäfte wir schlossen, als Wohlstand herrschte und die Göttin Lakschmi auf unseren Straßen tanzte?«

»Lassen wir das, Kaufmann. Vergangen ist vergangen. Ich rede von der Gegenwart.«

»Du bist blind«, wiederholte Ananda unbeirrbar, »wie all die Deinen; aber Unheil braut sich über Pondicherry zusammen! Wenn ich mich den Geschäften der Gesellschaft widme, bezeugt mir niemand mehr Achtung. Streit entzweit die Agenten. Und auch in der Schwarzen Stadt herrscht Unheil, wir verlieren Geld, das Volk zittert und heult und stöhnt genau wie das Volk der verfluchten Stadt in unseren heiligen Schriften, das den Göttern Tag und Nacht seine Söhne opfern mußte . . .«

»Aber Ananda, was redest du da . . .«

Er unterbrach sie. Im Laufe von Minuten war der ganze europäische Lack abgeblättert, aus seinem tiefsten Inneren wieder der Inder zum Vorschein gekommen.

»Ich weiß, was ich sage, *Memsahib.* Seit Dupleix' Abreise werden die Inder von Euren Agenten bestohlen. Erst vor einem Monat haben sie Frauen und Mädchen gezwungen, ihre Schmucksachen abzuliefern. Für den Krieg, sagen sie, weil der Gouverneur kein Geld mehr hat, um gegen die Engländer zu kämpfen!«

»Der Krieg ist fern. Er wird bald zu Ende sein!«

»Nein, *Memsahib,* denn Mariamalle hat uns gewarnt, indem sie die Pocken über die Schwarze Stadt ausgegossen hat! Männer aus Frankreich und England, ihr habt uns Unreinheit und Unordnung gebracht, und nun züchtigt uns die Göttin, weil wir euch gehorcht haben!«

»Aber wenn die Engländer Pondicherry einnehmen, Ananda, wirst du und die Deinen keine glückliche Stunde mehr haben.«

»Die Göttin macht keinen Unterschied zwischen Franzosen und Engländern.«

Entgegen seiner gewohnten Höflichkeit hatte Ananda in scharfem Ton gesprochen. Jeanne befürchtete das Schlimmste. Sollten sich die indischen Fürsten, die sich Frankreich unterworfen hatten, erheben? Aber das hätte Ananda als langjähriger Mitarbeiter der Handelsgesellschaft nie erfahren. Man hätte ihm mißtraut.

Demnach steckten also die Brahmanen dahinter. Sie säten Angst. Entsetzen, das aus dem tiefsten Innern der Tempel kam, dem sie vor zehn Jahren bei der ersten Belagerung Pondicherrys schon einmal ins Gesicht geblickt hatte. Damals waren Reiche und Arme zu Tausenden auf die Straßen gestürzt, den Blick starr auf eine unbekannte apokalyptische Vision gerichtet, waren betend und sich kasteiend von Heiligtum zu Heiligtum gezogen, um von den hohngrinsenden oder gleichmütig auf sie herabblickenden Göttern der Zerstörung, Schiwa, Kali, Durga und wie sie alle hießen, Vergebung zu erflehen. Manche hatten sich von dem Schrecken nie mehr erholt. Doch diesmal machte sich das Entsetzen mitten in Frieden und Stille breit: Der Krieg spielte sich, unentschieden und verkappt, in der Ferne ab, die Diebereien der Agenten hielten sich in den gewohnten Grenzen.

Jeanne beobachtete Ananda einen Augenblick. Hatte auch er damals an diesen Märschen teilgenommen, war auch er einer dieser von Entsetzen Getriebenen gewesen? Zweifelsohne. Und ebenso stand außer Zweifel, daß er seine Angst einem Weißen, noch dazu einer Frau, nicht zu offenbaren wagte. Sie rief eine Dienerin, verlangte Tee.

Wohl durch Anandas Anwesenheit beruhigt, gehorchte das Mädchen in der gewohnten Weise, stumm, bescheiden, gleichmütig. Nachdem sie das Tablett hereingebracht hatte, schickte Jeanne sie wieder weg und übernahm das Einschenken selbst. Ananda hatte inzwischen seine Ruhe wiedergefunden. Er trank den Tee in genießerischen kleinen Schlucken, die Augen geistesabwesend auf die Tasse gesenkt. Mit der Rechten raffte er bereits die Zipfel seines Gewandes zusammen. Jeanne begriff, daß er die Unterredung nicht fortzusetzen wünschte. Ihn in diesem Augenblick festzuhalten wäre höchst ungehörig gewesen, gab er doch mit seiner ganzen Person zu verstehen, daß er ihr nicht mehr zu sagen hatte. Jeanne knitterte die Spitzen des Tischtuchs zusammen. Sie mußte noch mehr herausbringen. Aber wie ihn am Gehen hindern? Ananda setzte die Tasse ab. Sie begegnete seinem Blick. Und diesmal konnte er es ihr nicht mehr verhehlen. Aus seinen Augen sprach Angst, nackte Angst. Also doch Angst. Um jeden Preis mußte sie Klarheit gewinnen, und gebieterisch fuhr ihre Hand auf den Sessel des Händlers zu:

»Ananda, die Göttin hat gesprochen, und du wiederholst mir ihr Leid, verstanden?«

Sie hatte den Satz in einem einzigen Atemzug hervorgestoßen, sich, von Verzweiflung getrieben, auf Gedeih und Verderb in das Wagnis gestürzt. In Anandas Augen wuchs das Entsetzen. Genau das hatte Jeanne erwartet: Die Europäer sprachen mit den Indern nie über Religion, teils, weil sie nichts davon wissen wollten, teils weil sie sie verachteten und sich darüber lustig machten. So mußte sie dem Händler in diesem Augenblick wohl wie eine Dämonin erscheinen; fragte sich nur, ob er Hals über Kopf davonstürzen und damit ihrem gedeihlichen Einvernehmen ein für allemal ein Ende bereiten oder ob er, von ihrer Intuition überwältigt und fasziniert, mit der Sprache herausrücken würde. Ananda sprach, murmelnd zuerst, mit halbgeöffneten Lippen, dann immer hastiger, bis die Worte nur so aus ihm hervorbrachen:

». . . Es geht nicht um Mariamalle, *Memsahib;* sicher, in der Stadt sind die Pocken ausgebrochen, und die Göttin erscheint manchmal Frauen, wenn sie ihre Tage haben. Aber zu den Brahmanen hat eine andere gesprochen, und das ist schlimmer, *Memsahib,* weh uns! Es war Radyafe, die vierte der Sonnentöchter; vor drei Monaten ist sie mit ihren vier Köpfen, ihren vier Nasen, ihren acht Händen, ihren acht Augen, ihren acht Ohren an den Tempelpforten erschienen . . .«

Ananda ließ alle Zurückhaltung fahren. Seine anfangs ersterbende Stimme schwoll an, gewann an Festigkeit, bis die Tamilworte mit außerordentlicher Feierlichkeit von der Stuckdecke widerhallten. Er war jetzt ganz Inder, seine Gesten hatten ihre natürliche Ungezwungenheit wiedererlangt, alle Unbeholfenheit, die ihn in seinem Brokatgewand noch eben so linkisch hatte erscheinen lassen, war von ihm abgefallen. Durchdrungen von der Weissagung, kniete er auf dem Teppich nieder. Jeanne fühlte Unbehagen in sich aufsteigen. Das war noch nie dagewesen. Indien, das wahnsinnige Indien der Schwarzen Stadt hatte sie, die stattliche Kreolin, noch nie in ihrem abgeschirmten, luxuriösen Salon überrumpelt. Indessen fuhr Ananda in seinem Singsang fort:

». . . Radyafe, hörst du, *Memsahib,* die seit Jahrhunderten nicht mehr erschienen war! Ein schlimmes Zeichen, *Memsahib,* weh uns . . . Denn ihre Ohren sind groß, ihre Lippen hängen herab und ihre Brauen sträuben sich! Feuer schießt aus ihren Augen und Rauch aus ihren Nasenlöchern; sie hat zwei Beine! Sie reitet auf einem Elefanten, was Krieg zwischen den Völkern ankündigt. Sie ist schwarz gewandet und hat sich, statt mit Sandelöl, mit Harz beschmiert, daher wehe den verheirateten Frauen! Ihr Geschmeide ist aus Katzenaugen gefertigt, also wehe den Juwelieren und auch den Kupferschmieden, denn sie trägt einen Kessel in der Hand; die sich eines tiefen Schlafs erfreuen, werden ihn verlieren, denn ihren Hals schmückt ein Jasminhalsband. Wehe den Haustieren, denn sie trinkt Milch! Wehe den Pockenkranken, denn sie ißt eine Mangofrucht! Wehe den Goldhändlern, denn sie führt einen leuchtendgelben Sonnenschirm mit! Wehe den Bajaderen, denn sie ist an einem Freitag erschienen! Und sie raucht einen Stein, der sich im Magen der Rinder findet, daher wehe den kleinen Kindern! Wehe den Männern von den Schwarzen Wassern, denn sie hält eine Lanze in der Hand! Wehe dem Menschengeschlecht, denn sie verwandelt sich in einen Mann, ehe sie sich, zutiefst verwundert, mit dem Blick nach Westen niederlegt . . .«

Ananda barg den Kopf in den Händen und verstummte.

Lange verharrten sie so in Schweigen. Er kniete noch immer, die Augen über seinen Schreckensvisionen geschlossen, vielleicht auf ein Wort von Jeanne wartend.

Doch sie schwieg gleichfalls, drehte nur mechanisch die Taftfalbel am unteren Saum ihrer Schoßbluse zwischen den Fingern. Über die geschlossenen Jalousien glitt der kühle Schatten der Lianen im Garten. Aus der Küche drangen ein paar Tamilfetzen und dann und wann das Klappern von Kupfertöpfen.

Plötzlich straffte sich Jeanne. »Das genügt, Ananda.«

Nun galt es um jeden Preis, in die gewöhnliche Unterhaltung zurückzufinden, einen nüchternen, geschäftlichen Ton anzuschlagen, zu tun, als wäre nichts geschehen, ruhig zu bleiben, einen kühlen Kopf zu bewahren. So ergriff sie mit jener gleichmütig-ruhigen Miene, wie man sie bei der Carvalho aus Geschäftsverhandlungen gewohnt war, wieder das Wort, suchte das Gesagte als pures Vorspiel abzutun. Wir haben private Höflichkeiten ausgetauscht, nicht wahr, Ananda, wir haben gesagt: Wie hübsch doch Euer Salon möbliert ist, und wie geht's Euren Enkelkindern und unserem alten Freund, dem Betelhändler, hält er im Hinterraum noch immer so schöne Seidenstoffe versteckt? Und die Tochter des Rosenwasserfabrikanten, braust sie noch immer so schnell auf?

Von ihrer Kaltblütigkeit sichtlich beeindruckt, fand Ananda mühelos in die Rolle des französisch-indischen Unterhändlers zurück. Eine geschlagene Stunde lang unterhielten sie sich, ohne abzuschweifen, über den Kurs von Musselinen und Saphiren, diskutierten über eintreffende Safransendungen, setzten die Zahl der Spiegel fest, die es für die Radschas der Umgebung zu bestellen galt. Und nachdem Jeanne vier ziemlich wichtige Geschäftsabschlüsse getätigt hatte, verabschiedete sie den Händler nach herrschendem Brauch.

Um ihr seine Hochachtung anzudeuten, grüßte er sie nach französischer Sitte mit einem leichten Handkuß. Ihre Blicke kreuzten sich noch einmal, und in diesem kurzen Augenblick, dieser Sekunde, forschte Jeanne noch einmal in Anandas Augen nach einer Art Widerruf. Sie erbleichte, aber er hatte sich bereits abgewandt und schritt in seinen raschelnden Goldbrokatgewändern auf die Vortreppe zu. Krampfhaft hielt Jeanne die Tischkante umklammert, kämpfte gegen die Versuchung an, sich einen Arrak zu genehmigen. Nicht jetzt. Unter allen Umständen einen klaren Kopf behalten. Hatte sie nicht vor zehn Jahren eine Belagerung überstanden? Und sich wieder davon erholt, obgleich sie frisch verwitwet war? Was sollte aus der Weißen Stadt werden, verweichlicht wie sie durch all die Vergnügungen und Intrigen war, wenn sie, die Carvalho, wie man sie nannte, sich der Angst überließ? Nicht nachgeben; in Anandas Augen hatte sie, durch ihr vertrauliches Gespräch in nichts abgemildert, das Entsetzen der Schwarzen Stadt, die alte Beklommenheit und Angst Indiens, lesen können. Die Weiße Stadt mußte, koste es, was es wolle, Ruhe bewahren. Und sie beschloß, in ihrem Landhaus baldmöglichst ein Fest für die Kolonie zu geben.

Jeanne Carvalho zögerte nicht. Noch am gleichen Abend verschickte sie die Einladungen. Zwei Tage später hatten alle geantwortet und zugesagt, auch der neue Gouverneur, M. de Leyrit. Ihr Gefühl hatte sie also nicht getrogen. Man begann sich bereits zu langweilen, und es war höchste Zeit, die vornehme Welt zu zerstreuen, damit sie nicht mitten im Müßiggang von Angst übermannt wurde. Das Fest wurde auf den folgenden Samstag festgesetzt, und, damit man am Sonntag zur Messe wieder zurück war, der Aufbruch für den frühen Morgen vereinbart. Die Aussicht, einen Tag auf ihrem Landsitz Circé zu verbringen, ließ Jeanne alle Sorgen vergessen, allein schon das unsägliche Vergnügen der Anreise in der Sänfte, deren schwere, mit Goldtressen besetzte Seidenvorhänge sie von Zeit zu Zeit zur Seite schieben wollte, um die dichten Kokoshaine, die Weiler, die Tempel und Teiche in aller Muße zu betrachten, und vor allem die rauschenden Bäche, an denen die Frauen über der Arbeit stets schwätzten und lachten. Zwar konnte sie sich nicht verhehlen, daß das alles nur ein Aufschub war, aber sie wollte sich dennoch den Luxus einer Spazierfahrt gönnen mit den Wäscherinnen, die ihren Sari im Bach schlagen, dem Händler, der seine Tüten mit Betelnüssen zählt, dem Bauern, der den Reis versetzt, bis hin zu dem halbnackten Bettler der staubigen Straßen. Indien, das uralte Indien zu belauschen, wie es leibte und lebte, würde sie für ein paar Stunden beruhigen, einlullen, mochte es auch nur ein Schein sein, *Maya.*

»Maya!« pflegte Ananda zuweilen nach einem besonders vorteilhaften Handel, zum Himmel empordeutend, zu sagen. *»Maya, Memsahib,* wir sind alle bloß vergängliche Wesen in einer Welt, in der alles nur Schein ist.«

»Maya«, wiederholte nun Jeanne beim Aufbruch. Aber sei's drum! Einbildung oder nicht, ein schöner Morgen in den Kissen einer Sänfte war jedenfalls nicht zu verachten. Einbildung ... Glauben. Wenigstens einen Moment lang noch glauben, daß sich Seidenstoffe und Perlen, Safran und Rubine ewig auf das schöne Pondicherry ergießen würden, daß am Ende der Straße, in Circé, dem Landgut mit dem trefflichen Namen, der Zauber der Faktorei der Lüste wiedererstehen konnte, um – warum eigentlich nicht? – ewig zu währen. Im regelmäßigen Rhythmus des Gleichschritts bewegte sich der Zug nur langsam voran. Aufgrund der weiten Entfernung hatte Jeanne eine Ersatzsänfte aus Ebenholz mit Blumenschnitzereien und eingelegten Silberananas mitgenommen, getragen von sechs indischen Kulis, angeführt von einem Diener mit einem Sonnenschirm. Hinter der Sänfte folgten sechs Ersatzträger und den Schluß bildeten gut zehn mit Stöcken bewaffnete Aufseher, die dem Gefährt einen Weg durchs dichte Gewimmel des Basars bahnen sollten. Angesichts dieser Demonstration von Macht und Vornehmheit konnte niemand übersehen, daß die Sänfte Standespersonen beförderte, was in der Schwarzen Stadt einem Passierschein gleichkam. Über der Weißen Stadt lag, wie gewöhnlich um diese frühe Morgenstunde, noch tiefe Ruhe. Marian war neben Jeanne wieder eingedöst. Ihr Gesicht

wiegte sich friedlich im Rhythmus der Schritte auf den Kissen. Bald aber würde sie erwachen. An der Étoile-Kreuzung warteten schon die von allen Seiten herbeigeströmten Sänften und Kutschen, um sich unter dem hellen Geschmetter der Hörner und dem dunklen Rollen der Trommeln hinter ihrer Sänfte zu einem einzigen langen Zug zu formieren und wie alle Europäerzüge mit klingendem Spiel in die Schwarze Stadt einzuziehen. Dann folgte der Basar mit seinem überschäumenden, lärmenden Getriebe und schließlich, am Stadtrand, die zu den Klängen der *Vinas* und Knarren tanzenden Bajaderen, die eigens bestellt waren, den Auszug der Kutschen- und Sänftenprozession gebührend zu ehren. Doch all dieses bunte Treiben vermochte vermutlich nicht, Marian aus ihrer Gleichgültigkeit allem Indischen gegenüber zu reißen. Seit vier Jahren begnügte sie sich nun damit, die unendliche Fülle der Stoffe auf den Ladentischen der Händler zu erkunden. *Baccas, Salampuris, Gingiras, Allegas, Sottamuras* bargen für sie keine Geheimnisse mehr, und gewiß würde sie auch heute abend beim Ball wieder ein wahres Wunder aus Seide oder Musselin zur Schau tragen.

Nun bogen die Träger im rechten Winkel nach Norden aufs Land zu ab. Die Sänfte war also am Ende der Straße angelangt. Jeanne hob einen Zipfel des Vorhangs, um einen Blick auf die Weiße Stadt zu werfen. Die Gartenterrassen, auf denen noch die Ruhesessel vom Vorabend standen, waren ganz von Kletterpflanzen mit malvenfarbigen Blütenglöckchen umwuchert.

Das alles atmete tiefen Frieden, und es schien undenkbar, daß irgend etwas ihn stören sollte. Dort drunten in der Ferne, an der Küste, zeugte alles von Ordnung und Sicherheit: das wuchtige, ockergelbe Fort mit seinen reichbestückten Munitionsdepots und dem Gold und Silber der Kompanie, die Kasernen, die sich zwischen der Schanze Bretagne und der Schanze Dauphine daran anschlossen, die gerichteten Kanonen auf den Wällen und schließlich das Spital, die Lagerhäuser und der Speicher, der Gouverneurspalast, die Kirchen und die Porte Marine: kurzum, das ganze ruhig daliegende Pondicherry, dessen weiße Mauern die aufgehende Sonne in ein heiteres, unbeschwertes rosa Licht tauchte. Das glückliche, zuverlässige Pondicherry. Die Inder irrten, das Kontor der Lüste war nicht so leicht zu erschüttern. Jeanne beugte sich noch etwas weiter vor, um sich zu vergewissern, ob sich die zum Transport der Vorräte angeheuerten Kulis dem Zug auch wirklich zur vereinbarten Stunde anschlossen. Beim Anblick der rund zwanzig Männer mit überquellenden Körben und kleinen Kupferkesseln voll Früchten, Fleisch und Pasteten auf dem Kopf und den Rindern mit den prall gefüllten Doppelsäcken lächelte sie zufrieden. Alles war in bester Ordnung, aber diese Ordnung hatte nichts mit *Maya* zu tun, und das würde der Zug durch den Basar auch demonstrieren. Angesichts der Göttin des Überflusses, Lakschmi, erschienen, um die Ihren mit ihrem heiligen Tanz zu segnen, würden die Leute aus der Schwarzen Stadt ihre Unglücksgöttinnen Kali, Radyafe, Mariamalle vergessen und die finsteren Brahmanen das Nachsehen haben.

Jeanne wollte den Vorhang schon wieder herunterlassen, als sie auf dem Dach eines Hauses ein riesiges Zedrachgewinde entdeckte. Sie riß die Augen auf, schaute ein paarmal hin. Nein, sie hatte sich nicht getäuscht. Es war ohne Zweifel aus dem zartgrünen Laub und den lila Blüten des indischen Flieders geflochten, durch den die Bewohner der Schwarzen Stadt Mariamalles bösen Zauber abzuwenden suchten. Bisher hatten sich die Franzosen noch über den Aberglauben der Einheimischen lustig gemacht. Stand es also doch schlimmer, als sie dachten? Derselbe Anblick auf einem zweiten Haus und dann noch auf einem dritten und schließlich auf allen terrassenförmig abfallenden Dächern entlang der Straße. Von einer plötzlichen Mattigkeit erfaßt, ließ Jeanne den Seidenvorhang fallen. Sie hatte begriffen. Die Angst der Inder war trotz der schweren Tore in die Häuser der Weißen Stadt eingedrungen. Wie bei ihr hatte das Hauspersonal geheult, gezittert und Zedrachkränze gewunden, gebetet. Nun begriff sie auch, warum ihre Einladung so bereitwillig angenommen worden war. Sie, die Carvalho, wie man in Pondicherry sagte, hatte keine Angst. Sie nicht, das Mannweib, wie manchmal hinzugefügt wurde. Das Mannweib, weil sie ihre Schwäche nie zeigte, sie, der der Arrak Stärke verlieh.

Jeanne öffnete ihren Fächer. Die Sonne stieg höher, die Seidenvorhänge hielten die Hitze nicht mehr ab. Sie befanden sich in der Nähe der Étoile-Kreuzung. Die ersten Equipagen reihten sich schon hinter ihrer Sänfte ein.

Nur keine Schwäche zeigen. Durchhalten. Nicht aus der Rolle fallen. Das Übel mit der Wurzel ausrotten. Aber wo saß das Übel? Erst gestern hatte in einem Traugottesdienst unter Vorsitz des Gouverneurs ein Sonnenschirm ohne ersichtlichen Grund Feuer gefangen. Die ganze Kolonie war vor Schrecken erstarrt. Das Übel? Ein Unbehagen, unbestimmte Ängste in der Weißen Stadt, zu unfaßbar und verschwommen noch, als daß sich Jeanne trotz der vertraulichen

Mitteilungen des alten Ananda ein Bild hätte machen können. Es galt, Indien zu entschlüsseln, das Indien des Basars, nackt und ungeschminkt, die Schwarze Stadt im Licht des heraufdämmernden Morgens. Die Hitze wurde von Minute zu Minute drückender.

Jeanne öffnete den Fächer. Mit schallendem Fanfarengeschmetter setzte der Zug über den Kanal. Da war sie, die Schwarze Stadt, zum Greifen nah. Wie erwartet, erwachte Marian, zog einen leicht verdrossenen Schmollmund, schüttelte die Locken zurecht, streichelte einen Augenblick lang unentschlossen den Perlmuttverschluß ihres Fächers, bis sie beschloß, ihn doch zu öffnen, setzte ihre gewohnt unbeteiligte Miene auf und bat Jeanne mit leiser, müder Stimme, fast nur einem Murmeln, als risse sie sich widerwillig aus einer unendlich fernen Welt:

»Helft mir doch ein wenig, die Zeit zu vertreiben.«

»Macht es wie ich, mein Kind, und seht den Hindus bei der Arbeit zu.«

»Wenn ich den Vorhang hebe, verdirbt mir die Sonne den Teint ... Sagt mir lieber, was Ihr für die Landpartie alles vorbereitet habt.«

Die Durchquerung des Basars spannte Marian, Jeanne wußte es wohl, stets auf die Folter. Sie haßte es, wenn die Sänfte durch die sich stoßende, drängende Menge aus dem Takt geriet, und das Geschrei der Aufseher war ihr ebenso zuwider wie die Küchendünste und starken Gerüche. Deshalb begehrte sie hier stets, durch eine Vorschau auf die bevorstehenden Lustbarkeiten abgelenkt zu werden.

So sprach Jeanne, während sie hinter dem Vorhang vor die Inder beobachtete, vom Ball und zählte die Gänge auf:

»... Taubenpastete mit Schinken garniert und Artischockenböden, Ente mit Kapern und Sardellen, Guayave- und Ingwertorte. Makronen, Pralinen ... und was weiß ich noch alles. Natürlich auch *Rugails* und Curryfleisch.«

»Vorsicht mit Curryfleisch, Jeanne. Das Gewürz soll den Giftgeschmack übertönen, und erst dieser Tage hat es in der Weißen Stadt zwei oder drei unerklärliche Todesfälle gegeben.«

»Aber ich bitte Euch, Marian, Ihr werdet doch nicht auf diese Ammenmärchen hereinfallen! Wer sollte schon unseren Tod wollen?«

»Ich liebe die Inder nicht.«

»Wer redet denn von lieben! Sie sind wie Hunde, die nur den beißen, der vor ihnen zittert. In diesem Land aber sind wir die Herren.

Ananda selbst hat mir gesagt: Ohne euch vermögen sie nichts; sie sind wie ein Seidenfaden, an dem noch der Duft der Blüten haftet, die er gestreift hat. Zugegeben, sie könnten ein paar von uns ausrauben oder vergiften, aber sie sind unfähig zum Kampf, geschweige denn zur Rebellion. Lassen wir sie also ruhig auf ihren Gewürzfeldern und an ihren Webstühlen!« Marian entgegnete nichts, denn sie verabscheute, wie Jeanne längst bemerkt hatte, längere Debatten. Sie schlief wieder, träumte zweifellos von den Vergnügungen auf Circé.

Jeanne setzte sich in den Kissen zurück und knotete die Vorhangschnur fest, um die Vorgänge auf der Straße beobachten zu können, ohne den Vorhang ständig hochhalten zu müssen. Der Menschenauflauf war so ungeheuer, daß an manchen Stellen kein Mohnkorn hätte zu Boden fallen können, wie man in Pondicherry zu sagen pflegte. Ganz Indien war mit Sonnenaufgang auf den Markt geströmt, drängte sich vor den Buden der Händler, nicht so sehr um zu kaufen oder zu verkaufen, sondern um eine Hymne an das Leben anzustimmen, wiedergeboren mit dem Licht des neuen Jahres; und welche Freude, beim Erwachen seinesgleichen wiederzufinden, Männer und Frauen samt den Tieren, Büffeln, Kühen, Schweinen, Hühnern, die die Straßen verstopften. Erde, Wasser, Himmel, Sonne und das Geschrei der Tiere, der Gestank von Urin und der Duft zertretener Blumen – ein gewaltiges, allumfassendes Gebet an die Natur, an Mutter Indien, Körper an Körper in unabsehbarer Flut, Schweiß mit Schweiß gemischt, Waschungen auf offener Straße und daneben betelroter Auswurf.

Trommeln und Trompeten; aber wiewohl ordnungsgemäß angekündigt, hatten die Träger Mühe, sich stolpernd einen Weg durch die Menge zu bahnen. Trotz der Stöße verfolgte Jeanne alles mit gespannter Aufmerksamkeit. Nichts konnte die Inder aus ihrer Gleichgültigkeit reißen. Gesicht um Gesicht, suchte sie die Gedanken hinter den bemalten Stirnen zu entziffern, den je nach Sektenzugehörigkeit wechselnden Farben und Mustern, deren Mittelpunkt jedoch stets ein safrangelber Punkt bildete. Bald sah sie nur noch dieses eine Zeichen, das ihr zum Sinnbild der ihr versagten Erkenntnis gerann. Ein längstvergangener Tag aus Kinderzeiten fiel ihr wieder ein, an dem sie ihre indische Amme mit Fragen über die Bedeutung des heiligen Tilakpulvers bedrängt hatte. Damals hatte sie erfahren, daß es zum Schutz der wichtigsten Stelle des Kopfes aufgetragen wurde, des Punktes, an dem Brahma, der Schöpfergott, das erste lebendige Wesen berührte, als er es aus dem Zustand der Unbewußtheit zum Menschsein erhob. Alsbald aber glaubte Jeanne darin ein Zeichen des Teufels zu erblicken, das Brandmal der »indischen Tollheit«, wie die Jesuiten sich ausdrückten, unterstrich dieser Punkt doch noch den oft ohnedies starren Blick der Inder, der auf einen Abgrund absoluter Irrationalität gerichtet schien. Seit Sombre auf und davon gegangen war, fragte sich Jeanne zuweilen in langen schlaflosen Nächten oder wenn ein altvertrauter Geruch ihre ganze Leidenschaft wieder aufwallen ließ, ob nicht durch eine mit keinerlei Zerstreuung zu schließende gähnende Lücke etwas in sie strömte, was der »indischen Tollheit« sonderbar glich. Dann schwirrte ihr der Kopf wie eben jetzt, und sie litt Folterqualen, bis sie den Wahnsinn verscheuchte, in den sie, wie sie sich nur zu gern einredete, die allzu bedrängende Nähe der indischen Gottheiten stürzte. Schweiß strömte ihr über Wangen und Hals; sie ließ den Vorhang fallen und barg den Kopf schwer atmend in den Händen. Sie schloß die Augen. Nur diese Gesichter nicht mehr sehen müssen, kühlen Kopf bewahren. Am Straßenlärm, allein schon am Geruch, vermochte sie sich im Basar zu orientieren. Im Weberviertel roch es nach frisch gekrempelter Baumwolle; dann folgten die leicht ranzigen Dünste der Ölhändlerstraße, das zuckrige Aroma des Arrakhändlerviertels, bei dem sie unfehlbar die Lust nach einem Glas überkam. Danach das Gehämmer in den Werkstätten der Schmiede, das Geschnattere und Gekreische der Weiber im Stoffviertel; und schließlich, ganz am Stadtrand, der gewohnte Brechreiz bei den Werkstätten der Gerber, die man wie Ungeziefer so weit hinaus verbannt hatte, wo sich die nach Verwesung stinkenden Tümpel und ihre elenden Hütten aneinanderdrängten.

Das alles lag unabänderlich fest in Indien mit seiner unvorstellbaren Aufgliederung, seinen seit unvordenklichen Zeiten festgefahrenen Sitten und Gebräuchen, seinen vielen hundert Kasten, seiner Verachtung für die Unberührbaren und den heiligen Regeln der *Varnas Shastras,* die nicht die geringste Änderung zuließen. Die Weber aus Pondicherry mischten sich nicht unter die Weber von anderswo, die Geldwechsler verheirateten ihre Söhne nicht mit den Töchtern der Münzpräger, und nicht um alle Diamanten Golkondas hätte ein Baumwollpresser eine von einem Korallenhändler zubereitete Speise angerührt: Dharma, Dharma, die Weltordnung, *Memsahib!* Halten wir treu zu unserer Kaste, unserer *Varna,* damit wir nach dem Tod einen höheren Stand verdienen! Dharma, murmelte Jeanne, während sie sich der Stadtgrenze näherten. Dharma: Hier lag die

Erklärung. Vor den Sänften schützten die Inder Gleichgültigkeit vor, in Wirklichkeit aber herrschte Angst in der Stadt, weil das Dharma besudelt war, wie die Göttin verkündet hatte, und die Weißen Unruhe gestiftet hatten, die Weißen aus den unreinen Ländern jenseits der Schwarzen Wasser. Der Gestank des Gerberviertels verlor sich, als der Zug bei der Porte de Villenour anlangte, dicht vor den Redouten und den Dornhecken der Stadtgrenze. Hier sollten die Bajaderen tanzen, doch zu Jeannes Verwunderung war von dem musikalischen Vorspiel zu ihrer Darbietung nichts zu hören. Statt dessen vernahm sie Stimmengewirr, Schreie, Klagelaute. Da sie sich nur zwei Schritte von einem Tempel, einem Krischnaheiligtum, entfernt befanden, dachte Jeanne an ein Leichenbegängnis. Sie spitzte die Ohren. Nein. Das da war kein Trauerzug: Der Tod schritt niemals ohne Trompetengeschmetter, *do, si, do, si,* und ohne die kleinen Handtrommeln vor der Bahre, auf die man den Leichnam legte, einher. Auch fehlte der Geruch der Räucherstäbchen auf beiden Seiten der Straße. Während sie noch ihrem Staunen nachhing, hob Marian den Vorhang und stieß, zusammenfahrend, einen Schrei aus:

»Mein Gott, Jeanne, wie grauenhaft!«

Jeanne beugte sich gleichfalls vor und hob das Seidengewebe. Von der auf den Schultern der Träger ruhenden Sänfte aus bot sich ein guter Überblick über die ganze Szenerie. Am Ufer des heiligen Teiches mit seinen rosafarbigen Lotusblüten und seinen blaßblauen Iris türmte sich eine riesige, formlose graue Masse, deren Farbe dem Granit des Tempels glich. Jeanne erbleichte:

»Venkatachalam!«

An seinen ungewöhnlich langen Beinen hatte sie das Tier erkannt: Venkatachalam, den Paradeelefanten von Dupleix, sein Lieblingstier, das er vor seiner Abreise den Brahmanen des Krischnaheiligtums anvertraut hatte. Jeanne befahl den Trägern anzuhalten. Beim Klang ihrer Stimme hatte sich in der Menge ein Mann umgewandt, der nun geradewegs auf die Sänfte zuging: Ananda.

»*Memsahib!* Habe ich es dir nicht gesagt? Weh uns, weh uns! Der Sturm wird den Garten verwüsten, der bisher unsere Welt war! Diese Nacht ist Venkatachalam in die Stadt Yamas eingegangen ...«

Das letzte Wort ließ Jeanne zusammenfahren. Nervös umklammerte sie ihren Sonnenschirm: Yama, der Gott des Todes, der erste Mensch, der von hinnen geschieden war, der Herrscher des Jenseits, des Paradieses auf dem Berge Meru, wo er der Seelen harrte, um sie zu richten und beim ersten Regenguß in der Erscheinungsform und in dem Stand, den sie sich im Leben verdient hatten, auf die Erde zurückzuschicken. Nach dem Fortgang von Dupleix hatten die Priester Venkatachalam zum heiligen Elefanten erhoben; möglich, daß sie ihn nun vergiftet hatten, um die Panik zu schüren.

Nervös strich sich Ananda über den Schnurrbart, seine braune Haut hatte eine erdfahle Tönung angenommen. Trotz Marians Protest wollte Jeanne das Tier aus der Nähe beschauen. Die Aufseher trieben die Menge auseinander. Ein umwerfender Verwesungsgestank schlug Jeanne entgegen, aber sie ging ohne mit der Wimper zu zucken weiter.

In den schwarzen Falten, die Venkatachalams Haut durchfurchteten, wimmelte es bereits von Ungeziefer, sein Rüssel lag starr im schlammigen Wasser des heiligen Teichs. Nur noch die blaue und rote Bemalung, mit der die Priester nach Dupleix' Weggang seinen Kopf und seine Stoßzähne verziert hatten, zeugte von den einstigen Ehren. Noch heute abend würden sich die Geier an ihm gütlich tun, wenn nicht die Brahmanen den weiseren Beschluß faßten, ihn auf der Stelle zu verbrennen. Vergessen die Gold- und Silberschabrakken, die Seidenquasten, die turbangeschmückten Elefantenführer. Aus die Parade. Aus das Spiel. In dem niedergestürzten Tier, dessen Weichen schon die Verwesung auftrieb, starb auch ein Stückchen Pondicherry.

Ananda warf sich vor Jeanne Carvalho nieder. Aber ohne ihn eines Blickes zu würdigen, schritt sie an ihm vorbei, bestieg ihre Sänfte und erteilte den erstarrten Trägern und Aufsehern mit knappen Worten den Befehl, die Stadt so schnell wie möglich zu verlassen. In der Hoffnung, in ihrer gleichgültigen Miene Erleichterung zu finden, blickte Jeanne Marian prüfend ins Gesicht, doch die sonst stets so Gleichmütige schien ebenfalls stark betroffen; sie hielt den Blick auf den Fächer gesenkt und nestelte nervös an ihrem Mieder herum. Jeanne wandte sich ab.

Bald hatten sie die Mauern und das Getümmel der Stadt hinter sich gelassen, und mit der Stille kehrte auch die Schönheit der Dinge wieder.

Der Weg führte durch grüne Reisfelder, über sandige Straßen an fruchtbaren Gärten vorbei, in denen, von den Schiffen der Gesellschaft eingeführt, alle Gemüse der Erde gediehen, aus Europa wie aus Amerika. Blumen und Früchte kündigten schon Circé an. Beim Trägerwechsel warf Jeanne noch einen Blick auf die Stadt in der Ferne zurück, die, abgesehen von den Dächern der Pagoden und den gelegentlichen Palmengruppen, rot und weiß hinter ihren Mauern lag, eingerahmt von einem spiegelglatten Meer und überwölbt von einem klaren blauen Himmel. Ganz in der Ferne, schon am Horizont, waren in einer Flußmündung noch ein paar Pirogen zu erkennen, die auf eine mit Kokospalmen bepflanzte Insel zusteuerten.

In diesem Augenblick hätte Jeanne Carvalho ganz Pondicherry für ein Glas Arrak hingegeben. In der Sänfte war kein Tropfen Alkohol, und so erteilte sie den neuen Trägern ihre Weisungen in so scharfem Ton, daß sie lange vor Mittag in Circé anlangten.

Am Spätnachmittag zerstreute sich die Festgesellschaft in Erwartung des Balls, der nach Einbruch der Dunkelheit beginnen sollte.

»Noch eine Stunde«, seufzte Marian. Noch eine Stunde im Garten zwischen den verlassenen Tischen herumflanieren, auf denen noch die Kristallgläser mit der in der Sonne schal gewordenen Zitronenlimonade und die chinesischen Teller mit den kaum angerührten Pasteten standen, von denen nun die Diener aßen. Eine wahre Ewigkeit noch, um unter den dünngesäten Parkbäumen umherzugehen, sich in den Wasserbecken zu spiegeln und sich die halbherzigen Komplimente von Jeannes Gästen anzuhören.

Obwohl der Widerschein der Sonne auf den moirierten Gewändern schon zu verblassen begann, schien sich der Tag endlos hinzuziehen. Dabei war kaum zu hoffen, daß der Ball wirklich Neues brachte. Zu ihrem Leidwesen kannte Marian die Gesellschaft von Pondicherry in- und auswendig, fast stets dieselben Gesichter, stets dasselbe Spiel: Gepuderte Visagen und Perücken, beim einen Ball Saphire und Goldbrokat, beim anderen silberglänzende Seide und Rubine. Pondicherry wurde allmählich einfallslos. Die französische Lebensart, der Schick und Schwung, alles schien gleichsam ermattet, wie von einer merkwürdigen Krankheit befallen. Vielleicht sollte sie sich einmal anderswo umschauen? Aber wie? Saß nicht auch sie in der Falle, war sie nicht ebenfalls unentrinnbar in das Leben der Handelsniederlassung mit seiner Verkettung von Vergnügen und Spekulation einbezogen? An diesem Punkt wurde sie durch näher kommendes Pferdegetrappel aus ihren Überlegungen gerissen. Endlich etwas Neues . . .

Von Neugierde getrieben, eilte sie unter den leichten Blätterkronen der Sumpfeichen den sandigen Alleeweg entlang, den Blick gespannt auf die Abzweigung zur Straße gerichtet, wo mit knirschenden Rädern eine vergoldete Karosse mit dem französischen

Wappen aus der Dämmerung auftauchte. Lakaien, Mestizen in weißer Musselinlivree, stürzten herbei, das Trittbrett wurde heruntergelassen, der Schlag öffnete sich.

Heraus stieg Leyrit, der Gouverneur und Nachfolger von Dupleix, ein geschminkter, über und über mit Bändern und Orden bedeckter Geck, den außer Repräsentation, Putz und Staat und vor allem Perükken nichts interessierte; er hatte eine ingeniöse, nur von ihm selbst beherrschte und eifersüchtig geheimgehaltene Methode entwickelt, durch Anspannen der Haut am Hinterkopf die Falten im Gesicht zu glätten. Er langweilte alle Welt mit seiner hochmütigen und feierlichen Miene und wurde nur anstandshalber eingeladen. Marian überlegte schon, wie sie der lästigen Begegnung am besten aus dem Weg gehen könnte, als hinter ihm im Schein einer Fackel eine, wie ihr auf den ersten Blick schien, sehr junge Frau auftauchte. Ein rosiges Gesicht mit einer zarten, hellen Haut, das sehr weich gewirkt hätte, wären nicht die eisigen blauen Augen und das etwas harte Lächeln gewesen. Sie stellte sich auf die Zehenspitzen, um besser zu sehen, und als die Lakaien zur Seite traten, entdeckte sie zu ihrem Entzükken, daß das charmante Wesen ein Mann war, ein märchenhaft schöner Mann, feingliedrig, leicht, schlank mit einem zugleich anmutigen und fürstlichen Gang, der Festigkeit und Lässigkeit verriet. Nun erschien Jeanne im Fackelschein in der Glastür, und wie in einem chinesischen Schattenspiel, näherte sich zuerst, affektiert wie immer, der Gouverneur, dann, zum zweiten Handkuß mit einer Verbeugung so leicht und schwebend, als tanzte ein Nachtfalter vor den Scheiben des Salons, der junge Mann.

Das war wirklich einmal etwas Neues! Und bebend vor Erregung lenkte Marian ihre Schritte scheinbar ziellos zur Freitreppe und weiter in den Salon, wo ihr schon fünf Minuten später der Unbekannte vorgestellt wurde.

»Der Vicomte de Saint-Lubin«, sagte der Gouverneur.

»Saint-Lubin«, wiederholte Marian leise, über und über errötend.

Wie gut der Name zu ihm paßte, fast zu gut; er war wie sein Träger, vornehm, raffiniert, mit einem Anflug von Frivolität, kurzum, einfach bewundernswert. Verstohlen zupfte Marian an ihrem Rock und reckte den vom Korsett eingeengten Oberkörper, um ihren kleinen Busen zur Geltung zu bringen.

»Madame . . .«

Er beugte sich über ihre Hand, streifte ihre Diamanten mit den Lippen und ließ die Spitzen seines Ärmels zwei Sekunden länger auf ihren Fingern ruhen als erforderlich: Marian wußte, daß sie gefallen hatte. Dann tauschten sie die üblichen höflichen Gemeinplätze, Taubenpasteten und Guayavekonfitüre wurden gereicht, und endlich war unter den Palmen des Parks die Nacht hereingebrochen. Ein Agent der Handelsgesellschaft setzte sich ans Spinett, und Jeanne Carvalho winkte die Geiger herbei.

Die beiden verloren keine Zeit. Schon beim ersten Tanz verständigten sie sich durch einen verstohlenen Blick über die Schulter ihrer Tanzpartner, und beim vierten fanden sie sich dann endlich, leicht außer Atem und schon in fieberhafter Erregung. Als sie die Finger sehr förmlich zum Menuett verschränkten, durchlief beide ein angenehmer kleiner Schauder. Marian senkte die Augen in gespielter Verwirrung, die ihr Saint-Lubin zwar nicht abnahm, ihr aber einen Vorwand lieferte, ihren Partner, vor allem seine sonderbar schmalen und zugleich runden Hüften, die denen der androgynen Amoretten in den Nischen des Salons glichen, verstohlen zu taxieren. Nach einer Stunde begehrten sie einander hinlänglich, um auf angemessene Verkürzung der gewohnten Präliminarien zu sinnen; die Kolonie, die sie kurze Zeit beobachtet hatte, verlor bald das Interesse: Andere Paare hatten sich gebildet, die nur noch das Feuerwerk abwarteten, um sich in den Zimmern und Boudoirs zu verlieren, an denen in Jeannes Landhaus kein Mangel herrschte.

Saint-Lubin und Marian waren bereits im Garten verschwunden. Überwältigt vom Charme ihres Partners hatte Marian als Liebesnest die *Chauderie* auserkoren, ein weiträumiges Gebäude außerhalb des Parks am Rande der Straße, das ehedem den Benares- und Rameschwarampilgern als Herberge und Raststätte gedient hatte. Das von dichtbelaubten Bäumen umgebene Haus in der Nähe eines Teiches zeichnete sich durch angenehme Kühle aus. Bei einem früheren Besuch hatte sich Marian durch die sonderbaren Räume mit ihren schmucklosen weißen Wänden und ihrem gotischen Gewölbe an Klosterzellen erinnert gefühlt. Nun aber verstand sie, Saint-Lubin die Nüchternheit und Einsamkeit recht schmackhaft zu machen. Schon eine halbe Stunde später türmten sich Unterröcke und Korsett am Fuß des indischen Matratzenlagers, und alles ließ sich aufs beste an.

Der erste kleine Schauder hatte nicht getrogen: Die Lust, mit kundiger Hand geweckt und wissend hingesponnen, erfüllte sie ganz mit ihrem Rausch. Alle Langeweile war verflogen, und mit ihr die aus der Schwarzen Stadt heraufdrängenden Ängste, die Zedrachgewinde, Mariamalle und der Unglückselefant. Und ebenso befriedigt schien der göttliche junge Mann an ihrer Seite. Mindestens dreimal nahm er sie, immer gleich feurig und doch vornehm. Marian hielt mühelos Schritt, aufs angenehmste erregt durch sein festes nacktes Fleisch, das sich durch die zarte Haut schmachtend und weich anfühlte wie bei einem Kind oder einer Frau. Dennoch kam der Augenblick des Gesprächs, und nach den üblichen Floskeln ging man zu ernsthafteren Fragen über. Ohne Umschweife erkundigte sich Saint-Lubin:

»Woher kommt Ihr denn, meine Liebe, daß Ihr mit einem so hübschen Lärvchen vier Jahre in dieser kleinen Faktorei hängengeblieben seid? Erzählt mir bloß nicht, Ihr wärt eine Verwandte von Jeanne Carvalho.«

»Nicht schlecht geraten«, antwortete sie leise, fast flüsternd, die Locken noch ganz zerzaust in der Stirn.

»So seid Ihr ... freundlich gesagt, eine ... *Abenteurerin?*« Saint-Lubin hatte das Wort in geziertem Ton hervorgestoßen.

»Abenteurerin«, wiederholte Marian, als wären die Silben mit einemmal auch für sie etwas Besonderes.

»Und habt Euch hierher verirrt. Und langweilt Euch nun. Pondicherry ist nicht ganz das rechte Pflaster für Euch. Frankreich war amüsanter, nicht wahr?«

Marian errötete. Seit der Unterredung mit Jeanne bei ihrer Ankunft in der Faktorei hatte niemand mehr an ihre Vergangenheit gerührt.

»Und Ihr sehnt Euch ein wenig zurück, ist's nicht so, mein schönes Kind?«

»Mein schönes Kind! Wie dreist Ihr seid!«

Er faßte sie beim Kinn: »Zier dich nicht. Wir sind beide vom selben Schlag.«

Wieder spürte sie zu ihrem Verdruß die Röte in ihre Wangen steigen und eine lustvolle Verwirrung von sich Besitz ergreifen, die sie durch eine vorgeschützte Ungezwungenheit zu überspielen trachtete. Auflachend schüttelte sie ihr Haar mit einer erprobt unwiderstehlichen Bewegung.

»Ihr schaut einem ja bis auf den Seelengrund!«

»Das gehört zu meinem Metier.«

»Deinem Metier?«

»Aber lassen wir das. Ihr seid viel zu hübsch und charmant für Pondicherry. Ihr solltet woanders hin.«

»Und wohin, wenn ich fragen darf?«

»Nach Madras, meine Teuerste.«

Verblüfft blickte sie auf. »Zu den Engländern?«

»Ja«, wiederholte er in leicht geziertem Tonfall, »nach Madras. Und dort werden wir uns wiedersehen. Denn Ihr seid zu charmant, Madame, als daß man Euch verlassen könnte.«

Fast wäre ihr in Erinnerung an ihre erste, so schnell verflogene Liebe, die sie, wie er ganz richtig sagt, ins Abenteuer geführt hatte, herausgerutscht: »Täuscht Euch nicht!« Doch sie hielt die Worte zurück; nur jetzt nicht aus der Rolle fallen, den Schein wahren, ein gleichmütiges, lächelndes Gesicht zeigen: mit allen Wassern gewaschen sein.

Er begann, sie erneut zu liebkosen.

»Ja«, bestätigte er noch einmal, »nach Madras!«

»Aber Ihr seid doch Franzose!« stieß sie unter der aufsteigenden Lust hervor.

»Franzose ... zufällig, ja.«

Er drehte sie auf dem Lager um und begann ihren Körper in allen Einzelheiten zu erforschen. Marian überließ sich ihm, zunehmend erstaunt. Dieser blutjunge Mensch – zwanzig, wenn's hochkam – hatte ihr über seine Heimat nichts vorgelogen, das bewiesen seine Liebeskünste: Paris und Pondicherry hatten Marian mit der unterschiedlichen Begabung der Europäer auf diesem Gebiet gründlich vertraut gemacht, und Saint-Lubins Manieren trugen unverkennbar den Stempel französischen Feuers. Er streckte sich neben ihr aus:

»Offen gesprochen, Madame, ich brauche Euch. Aber Ihr müßt mir Verschwiegenheit schwören.«

Diese Aufforderung begleitete er mit so berauschenden Küssen, daß Marian, nur um sich die Liebe dieses schönen jungen Mannes auf ewig zu erhalten, auf der Stelle geschworen hätte, selbst noch den schlimmsten Folterqualen der Inquisition standzuhalten.

»Also gut«, fuhr Saint-Lubin, nachdem sie den geforderten Schwur geleistet hatte, fort. »Wie Ihr wißt, Madame, ist es um unsere indischen Angelegenheiten schlecht bestellt. Ich bin ... sagen wir einmal, der geheime Sondergesandte des Königs von Frankreich, vom Marineminister beauftragt, über die Lage in Pondicherry Erkundigungen einzuziehen. Godeheu, politisch ein absoluter Schwachkopf, hat lediglich Rechnungsbücher und einen Wälzer giftiger Anklageschriften, dicker als die Geschichte Alexanders des Großen, mit nach Hause gebracht. Ich nun soll herausfinden, was sich in unseren Faktoreien wirklich tut. Und was sich *gegen* sie zusammenbraut. Deshalb muß ich zu den Engländern. Nach Madras . . .«

»Aber was«, unterbrach ihn Marian, »kann ich dabei tun?«

»Offiziell figuriere ich als Schützling der Marquise de Pompadour, hierher entsandt, um in die Handelsgeschäfte eingeführt zu werden. Niemand ahnt, daß ich in Wirklichkeit beobachten und heimlich Aufzeichnungen machen soll. Leider aber hat mich mein Minister mit ziemlich leeren Taschen auf den Weg geschickt, und den Schwachkopf von Gouverneur, der vom Kriegführen nicht die leiseste Ahnung hat, kann ich, da er aus allem herausgehalten werden muß, auch nicht um einen Sou angehen.«

»Krieg! Jetzt redet auch Ihr schon vom Krieg . . . Fehlen nur noch die Schandtaten der Handelsgesellschaft und das Geschwätz vom großen Zorn der Brahmanen . . .«

»Ihr seid auf dem Holzweg, Madame. Seit Dupleix' Abzug ist die Kompanie am Ende, so gut wie bankrott. Sie gleicht einem Vogel, der einen Flügel verloren hat und mit dem anderen allein nicht fliegen kann. Ihr Untergang ist schon vorgezeichnet. Da sind alle Anstrengungen vergebens. Die Agenten träumen von militärischen Heldentaten – unter uns gesagt, dem sichersten Mittel, die französischen Niederlassungen zu verlieren – und die Offiziere von den Gewinnen der Kaufleute!«

»Aber das ist doch Stadtklatsch, Monsieur.«

»Gewiß, Madame, nur daß Pondicherry demnächst die Belagerung droht. Und die Brahmanen wissen es, sie sind gut unterrichtet. Zwar wollen sie meist lieber sitzen als gehen, lieber liegen als sitzen, lieber schlafen als wachen und lieber sterben als leben, aber tastet ihre Ruhe an oder den Obolus ihrer Gläubigen, und Ihr rüttelt sie unfehlbar aus ihrer Gleichgültigkeit auf!«

»Und diese Indienerfahrung habt Ihr aus Paris mitgebracht?«

»Ich bin Weltbürger, Kosmopolit, Madame. Ich bin überall zu Hause.« In seine blauen Augen trat ein harter Schimmer; einen Moment lang fiel das jugendliche Aussehen von ihm ab. Beide schwiegen. Marian überlegte, suchte die so rasch geschlossene Komplizenschaft zu ergründen. Abenteurer, Abenteurerin – das war wohl das Schlüsselwort. Sie trieben dasselbe Gewerbe, vermarkteten Vergnügen und Grazie und halfen dem Glück, wenn's der Zufall wollte, vielleicht auch einmal durch einen kleinen Diebstahl nach. So hatte auch sie früher . . . doch wozu Vergangenes aufrühren. Jetzt war Saint-Lubin da.

Saint-Lubin: doch mit einem Schlag flößten ihr die Silben, ihrem Ohr eben noch so wohlgefällig, Mißtrauen ein. Frühere Erfahrungen wurden in ihr wach. Dieser Mann da war ohne Zweifel einer jener Bürgerlichen, die sich aus dem gemeinsamen Schatz des Alphabetes bedient hatten, um sich einen zu ihrer Person passenden Namen zu geben. Ein Mann mit Schliff und einer Stirn, die selbst den Göttern trotzte; ein Künstler ohne allen Zweifel, dessen Meisterwerk sein eigenes Leben war. Melancholie befiel sie. *Piacere senza pena,* Lust ohne Schmerz ... Männer dieser Art waren ihr nicht unbekannt. Ihr erster Liebhaber hatte sie hinter die Kulissen der Pariser Theater mitgenommen und sie vom ersten Moment ihres Zusammenlebens an gezwungen, alle Tollheiten mitzumachen. Begehrt wie sie war, war sie von Hand zu Hand gegangen, hatte gelehrig von einem zum andern gewechselt, ganz Bewunderung für diese strahlenden Erscheinungen, diesen Flitterglanz eines Jahrhunderts, dem die Größe abhanden gekommen war und dessen Leuchten manchmal hier erloschen, hier an den Gestaden Indiens. Ob sie sich wie Saint-Lubin als »Weltbürger« gaben oder sich freiweg als Gauner und Strolche bezeichneten, sie glichen sich alle, in der Liebe wie im Geschäftsleben – Meteore. Sie vergaßen Frauen, Wirtshausrechnungen, betrogen beim Spiel, im Bett, in der Politik, warfen am einen Tag mit Perlen um sich, um sich am nächsten im Kerker wiederzufinden, aus dem sie sogleich wieder entwichen, und lösten sich schließlich in Luft auf wie Phantome, nachdem sie zwei oder drei weniger abgefeimte Schwindler begaunert hatten. Marian verbarg ihr Gesicht einen Augenblick lang hinter ihren Haaren. Dieser Saint-Lubin erinnerte sie nur allzusehr an ihren ersten Mann, der sie in Paris drei Wochen lang zwischen Comédie und Rue Vivienne geliebt hatte, geliebt, so lange ihre Taler reichten. Auch er war jung und schön gewesen, eine Eintagsfliege wie dieser hier, aus dem Unbekannten kommend, ins Unbekannte gehend, wo zweifelsohne neue Freuden seiner harrten. Sie hatte Qualen gelitten damals, ähnliche Schmerzen, wie sie sich jetzt wieder ankündigten, und sich die drei italienischen Worte *piacere senza pena* zur Devise gemacht. Jäh richtete sie sich auf der Matratze auf, als wäre ihr plötzlich ein guter Einfall gekommen. Saint-Lubin schaute sie erwartungsvoll an.

»Ihr braucht Geld?«

»Ja. Für den Krieg.«

Für den Krieg, wiederholte Marian bei sich. Wer's glaubte ... Gewiß wußte er bereits, daß sie bei der reichen Carvalho wohnte. Es gab also eine Möglichkeit, diesen Mann an sich zu binden. Sie brauchte sich nur zum Instrument seiner Intrigen zu machen.

»Wenn Ihr Geld braucht, Monsieur de Saint-Lubin«, sagte sie und setzte eine kecke Miene auf, »seid Ihr bei mir an der falschen Adresse. Da müßt Ihr schon eine andere bezirzen.«

»So stellt mich«, entgegnete Saint-Lubin, ihr verständnisinniges Lächeln gleichermaßen erwidernd, »doch der *richtigen* Dame vor.«

»Auch wenn sie eisern ist in Geschäften?«

»So ist sie's vielleicht nicht in der Liebe.«

»Auch in der Liebe, Monsieur, werdet Ihr Eure liebe Not haben. Sie trauert noch immer einem elenden Soldaten nach, der ihr vor vier Jahren den Laufpaß gab und ihr seine Gunst samt seinen Prügeln entzog. Ihr nun, Monsieur, seid talentiert; Ihr könntet die Sache wagen. Es wäre *das* Abenteuer Eueres Lebens, denn sie ist eine treue und zärtliche Seele. Ich glaube, sie hat in dieser ganzen Zeit nicht einmal den Schatten eines Mannes unter dem Moskitonetz gehabt . . .«

»Dann laßt uns einen kleinen Vertrag schließen, liebe Freundin: Wenn Ihr mir dazu verhelft, daß ich länger als drei Nächte unter dem Moskitonetz liege, wie Ihr zu sagen beliebt, so gönnt mir das Glück einiger heimlicher Ausflüge. Denn mir scheint, Ihr gefallt mir nicht schlecht.«

Marian errötete leicht. Ihr Wunsch ging also in Erfüllung. Dennoch setzte sie eine eher hochmütige Miene auf und zog ein Schmollmäulchen, als schwanke sie noch. Da flüsterte ihr Saint-Lubin etwas ins Ohr, zweifellos etwas recht Dreistes, denn sie brach in ein eindeutiges Lachen aus, und ungestüm faßte Saint-Lubin sie um die Taille, um sie in eine andere, höchst schamlose Stellung zu bringen.

»Vergeßt nicht, Madame, auf Wiedersehen in Madras, bei den Engländern!«

Nach den ausgedehnten, köstlich erfindungsreichen Zärtlichkeiten fühlte sich Marian bereit, jedweder Gesellschaft der Welt die Stirn zu bieten, den Engländern wie den Huronen, wenn ihr dafür nur von Zeit zu Zeit so einzigartige Liebeswonnen winkten.

Die Wochen verstrichen. In Pondicherry schienen die Kriegsgerüchte vergessen; die ganze Stadt sprach nur noch von einem Thema, dem neuen Liebhaber der Carvalho, jenem um dreißig Jahre jüngeren charmanten jungen Mann, der sich Chevalier de Saint-Lubin nannte und alle durch seine Schönheit berückte. Man wunderte sich ein wenig, daß er der alternden Bankiersfrau den Vorzug vor der unter dem gleichen Dach wohnenden jungen Marian gab, die noch immer keinen passenden Gemahl gefunden hatte und im übrigen neuerdings sehr beschäftigt schien: Einmal wöchentlich sah man sie nach Circé zur *Chauderie* aufbrechen, aus der sie, wie es hieß, zwei Stunden später mit hochroten Wangen schöner denn je wieder auftauchte. Glücklicherweise ging man dem merkwürdigen Phänomen nicht weiter nach und begnügte sich mit der Feststellung, daß Saint-Lubin eine Frau verjüngt hatte. Daß er deren zwei beglücken könnte, kam niemand in den Sinn, zumal er sich in den verschiedensten Verkleidungen nach Circé verfügte, das Schweigen des Pächters mit einer ansehnlichen Summe erkaufte und eine fast krankhaft anmutende Vorsicht walten ließ.

Von alledem ahnte Jeanne nicht das geringste. Sie schwamm in ihrem neuen Glück. Der Arrakrausch war dem Liebestaumel gewichen. Sie bedachte ihren Liebhaber aufs großzügigste, während er sie nach Kräften in ihrer Verblendung bestärkte – für einen mit allen Wassern gewaschenen Mann wie ihn eine Kleinigkeit. Daneben aber verfolgte er die Kriegsmeldungen mit der gespanntesten Aufmerksamkeit. Von Marian immer wieder mit Fragen bedrängt, erklärte er sich durch die fortwährenden Siege der Engländer stark beunruhigt. Ohne allen Zweifel würde ihnen demnächst auch Pondicherry zum Opfer fallen. Blieb also nur die Flucht. Adieu, Minister, Gouverneur und König von Frankreich. Vorher jedoch galt es, das Versteck von Jeannes ungeheurem Schatz zu entdecken. Danach wollten er und Marian nach Madras fliehen, um dort, endlich frei und ledig, ganz ihrem Liebesglück zu leben.

Zunächst wurde Marian zwar von einigen Skrupeln und Bedenken geplagt, doch dann ließ sie sich überzeugen. Saint-Lubins allnächtliche Liebesspiele mit Jeanne hatten längst ihre Eifersucht geweckt, zumal er zu den Stelldicheins in der *Chauderie* stets etwas abgespannt erschien, und ihre eigenen Vergnügungen, sei es, daß die ständige Notwendigkeit der Verkleidung oder die ewige Angst, auf frischer Tat ertappt zu werden, daran Schuld trug, die pikante Note verloren hatten. Unter diesen Umständen erfüllte sie der Gedanke, der Faktorei der Lüste, die sich in eine Faktorei der Langeweile verwandelt hatte, den Rücken zu kehren, mit um so größerer Freude, als sie sich bereits als reiche Frau im Besitz von Jeanne Carvalhos Vermögen sah. Allerdings war Eile geboten, »den Schatz zu heben«, denn Tag für Tag strömten zerlumpte Reste besiegter Regimenter, halbnackt und mit wunden Füßen, von Entbehrungen und Gewaltmärschen entkräftete Horden, in die Stadt zurück. Auch die übers Meer zurückkamen, befanden sich in keinem besseren Zustand: So war eines Abends eine Fregatte namens *Bristol* vor Anker gegangen, deren Offiziere den Verlust ihrer gesamten Infanterie beklagten. Durch aufkommende Winde genötigt, hatten sie, wie einer der Befehlshaber, ein gewisser du Pouët, erklärte, die Unglücklichen an der Küste, an den Ufern Bengalens, zurücklassen müssen, denen so nur eine Möglichkeit blieb: sich in den Dschungel zu schlagen, aus dem sie nach menschlichem Ermessen nicht mehr auftauchen würden.

Diese Nachricht steigerte das Ausmaß der Verwirrung in der Kolonie, ohnehin täglich von den Brahmanen geschürt, vollends. Die indischen Ammen weigerten sich hinfort, die Kinder der Weißen zu stillen, die Brüste der Europäerinnen vertrockneten, bei jeder Gelegenheit brachen Brände aus, in der Schwarzen Stadt zogen heulende, sich geißelnde Büßer umher, die Ernten verdorrten auf dem Halm, und schließlich verfiel auch der Handel. Der Todeskampf kann sich noch lange hinziehen, murmelten die Händler im Basar; sechs Monate, ein Jahr. Aber was ist schon ein Jahr im Vergleich zur Zeit der Götter. Dharma, lieber Freund Palmölhändler, Dharma, teurer Nachbar Korallenschneider. In Yamas Stadt werden wir alle nach unseren vergangenen Taten gerichtet, achten wir vor allem darauf, uns nicht zu beflecken, um im nächsten Dasein einen besseren Stand zu erlangen.

So gab es in der ganzen Stadt nur noch zwei munter-freche, hoffnungsfrohe Existenzen, Marian de Chapuset und den Chevalier de Saint-Lubin, die den lieben langen Tag Fallen stellten, Lügen und Ränke spannen und allerlei Gaunereien und Schurkenstückchen begingen, um endlich herauszufinden, wo die Carvalho ihren Schatz versteckt hielt.

6. Kapitel

Der Marsch nach Godh
Weihnachten 1759–Januar 1760

In diesem Jahr gab es für Dieu, Madec und Visage weder Neujahr noch Dreikönig, noch Ostergeläut.

Mit der Überquerung des ersten Gebirgsflusses hatte für sie eine neue Zeitordnung begonnen, geregelt einzig durch den Auf- und Untergang der Sonne mit seinem Diktat zu Weitermarsch und Halt. Und so ging es monatelang. Die unermeßlichen Weiten Indiens hatten sie verschlungen. Allein, in der Tiefe der Wälder verirrt und im Gleichmaß der Zeit verloren, zählten sie stur die Tage, denen die vertrauten Zäsuren fehlten. Das Abenteuer hielt sie völlig in Bann. Dschungel, Wasserfälle, Pässe, staubige Hochebenen; die Hitze des Sommers, dann die Regengüsse des Monsuns, und immer wieder neue Gebirge, immer noch reißendere Flüsse, immer dichteres Lianengewirr, Sümpfe, neue Hochebenen. Pondicherry war in weite Ferne gerückt, Pondicherry und die Chance, sich Ruhm zu erwerben. Um jeden Preis jedoch galt es die Küste zu meiden, dieses von englischen Matrosen und zweifelsohne auch von anderen abtrünnigen Radschas verseuchte Gebiet. Dafür wußten die Sepoys von großen breiten Wegen im Inneren des Landes, wo man seit Menschengedenken keine *Firangis* im roten Rock gesehen hatte und wo die Franzosen, die den Fürsten unter General de Bussy Beistand geleistet hatten, beliebt sein sollten. Auf diesen Wegen stand also (außer den auch in Europa üblichen Raubüberfällen) nichts zu befürchten, und so zog das Häuflein in ihrer Richtung über die Berge, die nicht enden zu wollen schienen, Berge in solcher Vielzahl, daß die Sepoys sie *Ghats,* Treppen, nannten.

Wochenlang, monatelang marschierten sie, mechanisch, in strammer Haltung, nach Westen, hinter jedem Hügel, nach jeder Wegkehre, die glückbringende Straße vermutend, die Schlagader quer durch Indien, zurück zu den Quais von Pondicherry; nicht, um nach Europa heimzukehren, das unvorstellbar ferngerückt schien, sondern um erneut zu Ruhm und Ehre aufzubrechen. Ununterbrochen träumte Madec von Ruhm, Glanz, Prunk und Ehre. Sein Stolz ließ ihn nicht zur Ruhe kommen. Er fühlte sich durch die Episode mit dem Radscha gedemütigt, er war Befehlshaber von über vierhundert Soldaten, deren Zahl er bei jeder Gelegenheit stolz wiederholte, aber ein Pferd besaß er noch immer nicht, und wenn er unter Todesgefahr durch die unabsehbaren, endlosen Wälder zog, beseelte ihn einzig die Hoffnung, eines Tages hoch zu Roß im goldverzierten Waffenrock des Siegers die Parade abzunehmen. Sie stießen auf Horden nackter Stämme, die ein Nichts aus der Fassung brachte und die noch das Feuer anbeteten und die Bäume mit Steinäxten bearbeiteten. Allabendlich schliefen sie unter dem Geheul der Hyänen ein, und einmal folgten sie sogar vier Tage lang einem alten Elefanten, der sich an einen versteckten Ort zurückzog, um hier in Frieden zu verenden. In einem schlammigen Sumpf am Fuße eines kleinen Hügels machte er endlich halt und kauerte sich zwischen ausgebleichten Gerippen und im Schilf hängenden Stoßzähnen nieder, um den Tod zu erwarten.

So brachte jeder Tag ein neues, ungewohntes Schauspiel, das sich jedoch sogleich wieder verwischte, da nichts zählte außer der Suche: Wie Lanzelot und Parzival in den Sagen seiner Vorfahren suchte Madec zwischen Wildwassern und Felsgeröll nur nach einem, dem indischen Gral, den er im einzelnen nicht kannte, von dem er sich aber gleichwohl unendliche Wohltaten versprach. Wie die Helden vergangener Tage sah er in den Wechselfällen des Abenteuers, bis hin zu den Ungeheuern eines wilden Waldes, lediglich Fallstricke auf seiner Reise durch eine Scheinwelt, durch die er sich nicht beirren ließ.

Doch dann kam der Tag, an dem sie auf eine Straße, ja, auf eine Kreuzung und rings um ein Feuer sitzende Gestalten stießen, deren Lumpen den ihren glichen. Nach der ersten Verblüffung brach auf beiden Seiten Jubel aus. Es waren gleichfalls Franzosen, die nach einem mörderischen Angriff der Engländer auf die Faktorei von Yanam ins Gebirge geflüchtet waren!

Alle fielen sich in die Arme, nur einer blieb ungerührt und erklärte, bald ungeduldig dem allgemeinen Überschwang ein Ende bereitend: »Beeilen wir uns, der Dschungel ist ungesund!«

Kleinlaut drehten sich die andern nach ihm um, nur Madec ging ihn direkt an:

»Wer bist du denn schon, daß du dich unterfängst, uns die Leviten zu lesen?«

Der andere brach in Gelächter aus:

»Man nennt mich Martin-Lion, kleiner Soldat! Martin den Löwen, denn manchmal brülle ich!«

Wieder lachte er. Visage befürchtete schon einen Streit, in dem Madec mit Sicherheit den kürzeren gezogen hätte, da der andere von hünenhafter Gestalt war, aber Madec lachte gleichfalls. Martin-Lion war ihm durch und durch sympathisch: Ein warmherziger Riese mit einem sonnengebräunten Gesicht, der sich dennoch durch eine gewisse Vornehmheit auszeichnete, wie sie bei Offizieren der französischen Armee häufig anzutreffen ist. Dabei war auch er nur ein Abenteurer.

»Wo willst du hin?« fragte Madec.

»Mit meinen Leuten nach Norden. Uns bei den Fürsten verdingen.«

»Seid ihr wahnsinnig geworden!« platzte Visage los. »Jetzt desertieren, wo das Vaterland euch am nötigsten braucht!«

Diesmal lachte Martin-Lion nicht. Er erkannte in Visage einen Mann seines Schlags – dieselbe Sprache, das gleiche Alter, vielleicht sogar eine gemeinsame Herkunft. Zehn Minuten später war der ungesunde Dschungel vergessen, und man beschloß, gemeinsam zu kampieren. Abends am Lagerfeuer begann eine lebhafte Debatte, die sich die ganze Nacht hinzog und am folgenden Abend dann erneut auflebte. Dabei erfuhren sie auch, daß Martin-Lion mit seinen Dragonern Yanam verteidigt hatte, die französische Faktorei aber schließlich den Engländern hatte überlassen müssen und nun schon seit Wochen mit seiner Truppe und seinen Kanonen im Dekkhan umherirrte. Angesichts der Armut dieses Gebietes und der offenen Feindseligkeit seiner Fürsten, muslimischer Nabobs und fanatischer Anhänger des Islams, hatte er aber beschlossen, seine Leute nach Norden zu führen, wo er weniger feindselige Herrscher vermutete. Die hinduistischen Radschas sollten sogar äußerst tolerant sein, ja, mehr noch, würden, da ihnen über kurz oder lang der Angriff der weiter nach Bengalen vorrückenden Engländer bevorstand, das Auftauchen ausländischer Soldaten mit wirksamen Waffen und einer neuen Kriegskunst gewiß wie ein Geschenk des Himmels betrachten.

»Ihr könnt in eurem Zustand nicht durch den Dekkhan marschieren«, fuhr er fort, »so heruntergerissen und zerlumpt, wie ihr seid, mit ein paar Kanonen, ohne Pferde und ohne einen einzigen Kriegselefanten! Die Nabobs im Süden, die seit der Auflösung unserer

Armee immer gefährlicher werden, hätten euch im Handumdrehen weggefegt.«

»Und Pondicherry?« fragte Madec. »Wie sollen wir dann nach Pondicherry kommen?«

»Mit etwas Geduld«, entgegnete Martin-Lion, »und einem ... einem kleinen Umweg. Über den Norden.«

»Über den Norden?«

»Um nach Pondicherry zurückzukehren, müssen wir bis an die Zähne bewaffnet sein. Mit anderen Worten, wir brauchen Geld. Wir ziehen nach Norden, schließt euch uns an! Dort wird sich ein Radscha finden, der uns zum Steuern eintreiben brauchen kann oder sich vor den Engländern fürchtet, und so wird er auf unseren Vorschlag eingehen und uns anwerben, ja, *uns,* mit unseren Kanonen, unseren Männern und Degen ... Haben wir dann unsere Verpflichtung erfüllt, kehren wir mit Rupien überhäuft nach Pondicherry zurück, ohne daß wir uns unterwegs vor irgend jemandem zu fürchten brauchen. Auf mein Dragonerwort, dem Selbstmord ausweichen ist nicht Fahnenflucht!«

Visage stimmte zu, Dieu und Madec blieben zurückhaltender, willigten aber nach weiterem dreitägigem Palaver schließlich gleichfalls ein. Das Lager wurde abgebrochen, der Marsch nach Norden aufgenommen.

Wieder zogen – Schritt für Schritt – Dschungel, Palmen und Reisfelder vorbei, die am Abend schon vergessen waren. Die Zeit war zum Stillstand gekommen, tot. Auf jeden mühselig überwundenen Berg senkte sich die Ewigkeit herab. Die Menschen, denen sie begegneten, wurden hellhäutiger, sprachen andere Dialekte, und manchmal schlugen Madec Silben ans Ohr, die von seinem heimatlichen Bretonisch gar nicht so weit entfernt schienen. So marschierten sie Tag für Tag, getrieben von der Hoffnung auf die Paläste des Nordens mit ihren Freitreppen aus weißem Marmor und ihren goldgeschmückten, friedliebenden Fürsten. Ihr Weg führte sie durch ungezählte, immer gleich aussehende Dörfer, eng zusammengedrängte, armselige Lehmhütten am Rand eines schlammigen Tümpels, mit einem kleinen Tempel, herumirrenden Kühen und von Liane zu Liane hüpfenden Affen. Und je nach dem Schutzgott des Ortes, Schiwa, Rama oder Krischna, wurden sie mit einem *»Schiwschiw«,* einem *»Ram-ram«* oder *»Krisch-krisch«* begrüßt, was zugleich bedeutete, daß man sie freundlich empfangen und ihnen Wasser geben und Reis verkaufen wollte. Marschieren, überleben. Daneben zählte nichts. Nach Norden. Manchmal jedoch zeigte das ländliche Indien am Rand eines Dorfes ein neues Gesicht, zog einen Augenblick lang ihre Aufmerksamkeit auf sich. So jene Wanderprediger, die auf den verlassensten Wegen umherzogen, um das Heldenepos des Herrn Krischna zu erzählen und seine göttliche Lehre zu verbreiten. Sie führten in ihrem Bündel kleine bemalte Holztempel mit Darstellungen aller wichtigen Szenen des erhabenen Epos mit – Metamorphosen, Sühnehandlungen, Wiedergeburten, heilige Vereinigung der Leiber. Und während der Prediger nacheinander die Pforten des Tempels öffnete, boten sich dem staunenden Auge immer neue Bilder, verwandelten sich die Götter in wieder andere junge Götter; auf die zweite Pforte folgte eine dritte, dann eine vierte, bis schließlich in einer Nische in einem an die Heiligtümer erinnernden Halbdunkel drei lächelnde Götter, Wischnu, Rama und Krischna, erschienen und der Redefluß des Legendenerzählers verstummte.

Jedesmal blieb die Truppe wie gebannt stehen, die Weißen noch gespannter lauschend als die Sepoys, Madec in der vordersten Reihe. All diese in leuchtenden Farben derb auf schwarz lackiertes Holz gemalten Szenen gefielen ihm über die Maßen, wie auch Dieu, der sich an die bretonischen Wanderprediger seiner Kindheit erinnert fühlte, die den in ihren Augen allzu heidnischen Fischerdörfern die Frohe Botschaft gebracht und die Geschichte eines anderen jugendlichen Wundertäters verkündet hatten. Doch hier kam, Madec spürte es wohl, etwas Zügelloseres zum Ausdruck, ein ursprünglicheres Wunder, das an die Anfänge der Welt denken ließ. Und obwohl er in den verworrenen Geschichten der Wanderprediger, deren Sprache er nur mangelhaft verstand, der Genealogie der Götter kaum zu folgen vermochte und ihre aufeinanderfolgenden *Avatare* nur teilweise begriff, wurden ihm doch zwei Gottheiten besonders vertraut: Ganescha, der elefantenköpfige, dickbäuchige, lächelnde Gott, vor allem aber der an seiner blauen Tönung und an der Schar seiner überaus hübschen, mehr oder minder leichtgeschürzten Begleiterinnen leicht zu erkennende Krischna. Hatte der Prediger dann die Tempeltürchen nacheinander geschlossen, wurde der Marsch nach einem Schluck Wasser fortgesetzt, und wieder versenkten sich die Männer in ihre Träume, um die unendliche Mühsal, die sie noch vom Norden trennte, zu vergessen.

Insgeheim hatte sich jeder längst ein eigenes Bild vom Schauplatz ihrer Ankunft gemacht. Madec stellte sich ein Bauwerk nach Art der Landsitze des Adels in der Umgebung von Quimper vor, nur viel makelloser und weniger grau, und davor einen von Kopf bis Fuß mit Schmuck behangenen Radscha, der ihm einen weißen Elefanten zuwies. Aus der Tiefe des Palastes tauchte unter lautem Kriegsgeschrei eine Armee auf, und mit gezogenem Säbel setzte er sich an ihre Spitze. Unter furchterregendem Getöse schwärmten sie dann in die Ebene aus und hatten in Windeseile ganze Bataillone grausamer Inder oder verfluchter Angelsachsen in Stücke gehauen.

Dabei fehlte es unterwegs keineswegs an wirklichen Abenteuern und Gefahren, die die vier Männer, vor allem Visage und Martin-Lion sowie Dieu und Madec, immer enger aneinanderbanden. Täglich standen sie vor neuen Schwierigkeiten und Hindernissen. Einmal war es ein stinkender Sumpf, ein andermal eine zischende Kobrafamilie, die die Sepoys wie gelähmt innehalten ließ, da sie sich, wie alle Inder, weigerten, die Tiere zu töten. Und immer wieder mangelte es an Wasser, brachen, wenn die Verpflegung knapp wurde, die üblichen Streitereien aus.

Männer starben. Fiebergeschüttelte torkelten an den Straßenrand, um zurückzubleiben und schossen sich, während sich der Kamerad noch über sie beugte, um ihnen die Flasche an den Mund zu halten, eine Kugel durch den Kopf. Gelegentlich wurde beim Übersetzen über einen Fluß auch ein Soldat von der Strömung mit fortgerissen und etwas weiter flußabwärts in der nächsten ruhigen Bucht von Krokodilen aufgefressen. Am merkwürdigsten aber war der Tod der Sepoys. Soweit sie sich nicht den zerlumpten Scharen der »Narren Gottes« anschlossen, stumpfsinnigen Pilgern, einer wahren Landplage auf den Straßen, machten sie zuweilen auf den Stufen eines Tempels halt, warfen sich nieder, kasteiten sich mit schwindenden Kräften zum letztenmal und starben ohne einen Laut, die Glieder in der Gebetshaltung erstarrt, mit weit geöffneten Augen, ganz wie vordem, wenn sie sich vor der Gottheit verneigt oder von ihr geträumt hatten. Madec erriet, daß diese Männer, ob sie nun davonliefen, um ein *Sadhu* zu werden oder um im heiligen Schatten der Tempel zu sterben, etwas suchten, doch er erkannte auch, daß ihre Suche und die seine nicht das geringste gemeinsam hatten. Während er auf ein bestimmtes Ziel zuging und sich als »Nachher« nur noch Ruhm und Reichtum vorstellen konnte, gingen diese Inder im ewigen Kreislauf des Lebens auf, strebten nach Vollendung, in der man nichts mehr empfindet.

Auf die Hitze folgte der Monsun, auf die Zeit des Durstes die des Regens, der die Straßen unwegsam machte und die Truppe um

Wochen zurückwarf. Nach endlosen Tagen in durchnäßten Zelten machten sie sich wieder auf. Schmutz, Schlangen, Ebenen, Staub; und wieder eine neue Sprache, diesmal Hindi. Madec, der täglich Wasser, Getreide und Gemüse beschaffte, beherrschte sie bald. Sie hatte für gestern und morgen wie für vorgestern und übermorgen denselben Ausdruck – für ihn ein Symbol der Aufhebung, der Auflösung der Zeit auf der endlosen Wanderung. Wie fern schien ihm in der Tat seine Begeisterung in Mahabalipuram gerückt, jener frühe Morgen in den Dünen, und heimliche Trauer befiel ihn. Wie mit einem Schlag fühlte er sich wieder in seine wirre, vom Fernweh zerrissene Kindheit versetzt, wo sich ihm der allzu graue Himmel der Bretagne so bleiern aufs Gemüt gelegt hatte. Dabei war er doch jetzt im Herzen Indiens, hatte Hitze und Palmen zur Genüge und konnte sich, während sich viele in den mückenverseuchten Sümpfen die Cholera holten oder in den von Pest heimgesuchten Dörfern ansteckten und elend zugrunde gingen, von Krankheiten unbehelligt, in vollen Zügen dem Abenteuer hingeben: Indien nahm ihn auf wie ein Propfreis, das gedieh, und dennoch erfüllte ihn Unruhe. Eine alte Schwermut stieg in ihm hoch, die er auch in Dieus Blick lesen konnte, aber weder der eine noch der andere betete. Je weiter sie nach Norden vorrückten, desto fremdartiger wurden die Tempel, desto bedrängender wuchs ihre Zahl. Auf die Tempelpyramiden und -wagen des Küstenlandes folgten über und über mit Figuren überzogene Zuckerhutgebilde, an denen der Meißel des Menschen den Stein abgeschafft zu haben schien. Manche standen verlassen im tiefsten Dschungel und enthüllten im Fackelschein allenthalben pralle, mütterliche Göttinnen oder erigierte Granitpenisse, obszöne Gebilde, die schließlich niemanden mehr erstaunten, ja, Madec letztlich sogar in einer seit seiner Kindheit vage gehegten Vermutung bestätigten – daß in Indien das Leben mehr Kraft besaß, daß sich die Natur hier in größerer Fülle entfaltete und die Frauen glühender liebten. Man brauchte nur den Dschungel zu betrachten, der oft in den Tempeln seine Fortsetzung fand: Endete er am Rande einer staubigen Ebene, setzte er drei Meilen weiter entfernt mit geballter Wucht wieder ein, mit riesigen Stämmen, undurchdringlich bewaldeten Hängen, prall im Saft stehenden, unentwirrbar ineinander verfilzten Lianen.

An den Dorfrändern stürzten sich verlauste Kindermeuten unter lautem Geschrei auf die Truppen, um die helle Haut der Soldaten und die Kanonenmündungen zu berühren, als wären es Götterbilder; wurden kleine Mädchen vergewaltigt, die sich allein an den Flüssen herumtrieben; verkauften sich zerlumpte Bajaderen für ein paar Korn Reis.

Nach etwa zehnmonatigem Marsch voll Sonnenglut und Schwermut gelangten sie schließlich in eine wüste, steinige Gegend. Es war Januar, Winter, Trockenheit mit mondhellen, oft kalten Nächten. Banditen, Dakoïts, Menschenfresser und Handlanger der schwarzen Kali sollten angeblich das Land unsicher machen; offenbar hatten sie jedoch genug zu essen oder verschmähten das Fleisch der Franzosen als unrein, denn sie ließen sich nicht blicken. Dennoch machte sich in der Truppe angesichts der einsamen Wüstenei Verzweiflung breit. Nur Martin-Lion ließ den Mut nicht sinken. Er hatte auf den Schiffen der Handelsgesellschaft Karten studiert und Reiseberichte gelesen und versicherte unbeirrbar, bald werde man in Radjpoutana sein, dem Land der Fürsten des Nordens. Dennoch trauten die Männer ihren Augen kaum, als sich eines schönen Morgens von einem kahlen Gebirge aus wirklich der Blick auf eine weite grünende Ebene auftat. Im Westen erstreckte sich ein See mit einer Insel, auf der ein Schlößchen aus durchbrochenem Marmor stand. Inmitten der Ebene strömte ein auffallend ruhiger Fluß, der einen Gürtel aus roten Lehmwällen durchschnitt. Dahinter drängten sich am Fuß einer stolzen Zitadelle, einer Festung, in der Martin-Lion dank seiner Lektüre den Palast von Godh erkannte, Hunderte von Terrassenhäusern mit rosafarbigen Fassaden.

Im klaren Licht der aufgehenden Sonne konnten sie deutlich Frauen mit Körben zum Fluß hinabsteigen und große bunte Wäschestücke eintauchen, die Bauern gebückt der Feldarbeit nachgehen und die Hirten ihre Herden auf die Weide treiben sehen. Und dieses Bild friedlicher Ruhe schenkte Madec endlich, was sein Herz so schmerzlich begehrte: Endlich erfüllte ihn Indien mit einem tiefen Glücksgefühl.

Er hätte es nicht in Worte fassen, noch nicht einmal denken können. Eine seelenvolle Landschaft, für die er kein passendes Wort in seiner Sprache fand. Er durchforschte sein Gedächtnis, und dabei kamen ihm längst vergessene Silben in den Sinn: *Karantez, Karantez ar Galon* und *Karantez ar c'Horf,* mit denen die Bretonen Liebe, Liebe des Herzens und Liebe des Leibes, ausdrückten, und selbst *Orged,* Leidenschaft, Tollheit, gehörte hierher, warum nicht? Doch das durfte natürlich außer in Märchen und alten Liedern nicht zugegeben werden, und daher sprach man auch nicht davon.

Auch im greller flirrenden Licht der höher steigenden Sonne behielt Godh seine Schönheit, ja, erschien inmitten seiner grünen Fluren noch rosiger, noch strahlender.

Hier wohnte das Glück.

Karantez. Hier würde sein Traum vom Überfluß in Erfüllung gehen.

7. Kapitel

Godh im Monat Magha im Jahr 4861 im Weltalter Kaliyuga
Januar–März 1760

Sie machten sich an den Abstieg.

»Kanonen vor!« brüllte Madec.

Er hatte den Befehl instinktiv erteilt, und keiner protestierte, denn in Indien, das wußten alle, ging Kraft mit Prunk einher. Sie aber, zerlumpt, ohne Pferde, ohne Elefanten, ohne Musik, konnten in diesem Land, in dem noch der Durchzug des kleinsten Radschas Menschenmengen anlockte, nicht einmal mit Zahlen aufwarten. Von den zweihundertfünfzig Sepoys, die die Gewaltmärsche überstanden hatten und nicht dem religiösen Wahn verfallen waren, abgesehen, waren sie nur knapp hundert hohlwangige, hohläugige Europäer, die mit ihren zerbeulten Dreispitzen und ihren abgerissenen Goldlitzen nicht einmal dem letzten Unberührbaren hätten Eindruck machen können . . . es sei denn, mit den Kanonen. Madec war nicht entgangen, daß die Sepoys den Geschützen die gleiche Verehrung entgegenbrachten wie ihren Gottheiten der Zerstörung. Durfte man da bei den Herren dieser Gegend, schon seit grauer Vorzeit Angehörige der *Kshatriya,* der gehobenen Kriegerkaste, nicht mit Fug und Recht noch eine größere Ehrerbietung erwarten? Von den Sepoys mit einem Pulver, dessen Zusammensetzung sie niemandem verrieten, sorgfältig gescheuert, blitzten die Kanonen im Morgenlicht. Auch die Zugbüffel strahlten vor Sauberkeit. An der erstbesten Quelle hatten die Inder die dreckverkrustete Haut der Tiere gesäubert, die Hörner auf Hochglanz poliert und ihnen Blumengirlanden um den Hals gehängt. Zwar war das alles noch immer himmelweit von dem Gepränge entfernt, mit dem die Fürsten in Pondicherry zu paradieren pflegten, aber immerhin weckte ihr Zug Neugier und Wohlwollen, und je mehr sie den Stadtbefestigungen näher rückten, desto mächtiger schwoll die sie begleitende Menschenmenge an: Als erste kamen die Händlerfrauen herbei, die, die Kinder auf dem Rücken festgebunden, mit Körben voll Kuhmist und mit Reissäcken ihres Weges zogen. Trotz ihrer Lasten schritten sie einher wie alle Frauen Indiens, mit jenem schwerelos tänzelnden Gang, mit lockeren Gliedmaßen wie Schiwa (so sagten die Sepoys), Schiwa Nataradscha, dessen magischer Tanz die Schöpfung in Gang hält. Bewegungen voll Sinnlichkeit, voll Schwung und gesammelter Ruhe zugleich, durch das Faltenspiel der Gewandung in immer neuen Varianten akzentuiert. Als die Truppe anrückte, erstarrte das Gewoge und Gefältle der Saris und bunten Röcke wie mit Zauberschlag, und es war nicht auszumachen, ob der Stoff oder das Fleisch der Frauen plötzlich wie zu Stein gerann. Eine Meile vor den Wällen kamen dann die Kinder herbeigestürzt, drängten und quollen als erste aus den Toren, gefolgt von der Menge der Müßiggänger, wie man sie in allen Städten Indiens antrifft. Das Drängen und Stoßen nahm kein Ende, und Madec fürchtete schon für die Kanonen, doch nein, die Geschütze interessierten sie nicht. Sie wollten die Haut der Soldaten berühren, nicht die der Sepoys, die der ihren zu ähnlich war, sondern die der Weißen.

Sie streichelten lang die Gesichter, öffneten ohne Scheu die Hemden, staunten über einen so hellen Teint bei all der Sonnenglut. Selbst Martin-Lion, zunächst etwas widerstrebend, da er fürchtete, die Inder könnten in einem für sie nicht untypischen Sinneswandel die Berührung der Weißen von den Schwarzen Wassern unvermittelt als schreckliche Besudelung empfinden, gab schließlich nach und überließ sich, wie Madec, den forschenden braunen Händen. Spürten sie nicht auf ihrer Haut dem gleichen Geheimnis nach, das auch sie, die Weißen, zu erkunden trachteten, wenn sie die Saris der Frauen anstarrten oder den *Sadhus* in die glühenden Augen schauten: dem Geheimnis, wie so fremdartig anmutende Wesen gleichzeitig so ähnlich sein konnten?

Die Neugier der Menge hemmte den Zug so lange, daß die Franzosen drei Stunden brauchten, um die letzte Meile bis zur Umwallung zurückzulegen, einem riesigen ockergelben Gürtel aus Stein und Lehm, der sich mit sieben Toren zum Land hin öffnete, darunter einem, durch das der Fluß die Stadt verließ. Aber so monumental die Anlage auch wirkte, man merkte ihr doch ihr Alter an. Ja, stellenweise stand die Mauer sogar schon kurz vor dem Einsturz.

»Und wie verteidigen sie diesen Bandwurm von Mauer?« fragte Dieu und fuhr, auf die Zitadelle oberhalb der Stadt deutend, fort:

»Ob sie die Bogenschützen wohl da drin verstecken? Bei dieser Mauer bräuchten sie ja Platz für Tausende!«

Madec nickte. Hatte Godh aus der Ferne ein Bild ruhiger Stärke geboten, wirkte es beim Näherkommen zusehends verletzlicher. Allein schon diese Wälle: keine Schießscharten, keine Bastionen; lediglich spitzbogige Zinnen, zu groß, zu exponiert; vor allem aber das bröckelige Mauerwerk – für englische Kanonen schlicht ein Kinderspiel.

Und auch die Zitadelle war für den Krieg wenig tauglich. Zwar stand sie, von der Stadt abgesetzt, auf einem Felsvorsprung; doch mit ihren wie im Sprung an den Felsen angepaßten Marmorpalästen bot sie einen ganz und gar unkriegerischen, fast lächerlichen Anblick. Wohl hatte Madec von weißen Palästen geträumt, aber von solchen mit Wachtürmen, Wassergräben, Zugbrücken, Fallgattern, ganzen Gürteln von Bastionen: kurzum, von der indischen Version eines bretonischen Schlosses. Statt dessen erblickte er allenthalben durchbrochene Marmorarabesken, lichtdurchflutete Säulengänge, anmutige Pavillons, die des schroffen Gesteins spotteten, feines Spitzenwerk, frivole Türmchen, leichte Muscharabien: mit einem Wort, eine spielerisch-ungezwungene Welt auf einer Anhöhe, die in seinen Augen ein Kriegsfelsen hätte sein sollen. Schließlich langte der Zug am Stadttor an. Hier bauchte sich die Mauer zu zwei massigen Türmen aus, zwischen denen sich über eine gewaltige Öffnung ein mit Girlanden- und bemalten Blütenornamenten geschmückter flacher Spitzbogen spannte. Es war Markttag, die eisenbeschlagenen Zedernholzflügel standen offen, rechts und links waren Wachen mit Lanzen postiert.

In die Stadt einzuziehen ohne Freundschaftspfand, das heißt auf indisch, ohne Geschenk für den Fürsten, schien undenkbar, und so wandte sich Martin-Lion an Madec:

»Du sprichst ihre Sprache. Sag ihnen, daß wir am Wall kampieren möchten, bis uns der Radscha empfängt.« Und zu sich selbst: »Wir müßten ihm ein Geschenk schicken . . .«

Er ließ der Blick über die Truppe schweifen:

». . . ein Geschenk . . .«

Die Gewehre konnten sie nicht entbehren, auch nicht ein einziges davon, und darüber hinaus besaß die Truppe nichts von besonderem Reiz; die europäischen Feldflaschen und Kochgeschirre wären allenfalls eine Beleidigung gewesen.

»Geben wir ihm doch eine Kanone!« rief Madec aus.

Sein Vorschlag löste allgemeine Bestürzung aus. Etwas Kostbareres als die elf Geschütze besaß die Truppe nicht. Sie hatte sie unter unsäglichen Mühen durch den Dekkhan geschleppt, an jedem Fluß die gleiche Sorge, hoffentlich reißt die Strömung sie nicht fort, hoffentlich halten die Taue! und in den Wüstensteppen immer die gleiche schreckliche Angst: Hoffentlich reicht das Futter für die Büffel, hoffentlich gibt es genug Wasser, hoffentlich krepieren sie uns nicht!

Dennoch mußte eine geopfert werden. Möglicherweise ein reiner Verlust, aber es half nichts. In Indien mußte man, um akzeptiert zu werden, sein Kostbarstes geben, das, womit man glänzen wollte.

»Also meinetwegen, eine Kanone«, willigte Martin-Lion ein, und Madec befahl:

»Fahrt Höllenschlund vor!«

Neben die Kanone ans Tor tretend, grüßte er zuerst nach französischer Manier und verbeugte sich dann nach indischem Brauch mit auf dem Bauch gekreuzten Armen, wie er es bei du Pouët in Südindien gesehen hatte. Sich wieder aufrichtend, rief er:

»Nazar!«

Doch der Hauptmann der Wache rührte sich nicht.

»Nazar . . .«, wiederholte Madec. *»Nazar,* für deinen Fürsten, für den Radscha, dieses Geschütz hier, das Blitze speit wie der Gott Indra.«

Mechanisch wiederholte Madec die Formel, mit der die Sepoys die Kanonen bezeichneten, ohne selbst die leiseste Vorstellung von diesem blitzespeienden Gott zu besitzen. Als er bei einem neuerlichen Blick auf den Wachhauptmann derselben ungerührten Miene begegnete, stieg Ärger in ihm auf. Seine Kameraden mußten schon ungeduldig werden, womöglich an seinen Dolmetscherfähigkeiten zweifeln, deren er sich im übrigen selbst nicht ganz sicher war. Von Berg zu Berg und von Ebene zu Ebene änderte sich der Hindidialekt zuweilen bis zur Unverständlichkeit, so daß man sich ständig umstellen mußte, was ihm bis jetzt allerdings mühelos gelungen war. Nicht umsonst war er von seinem Vater zum ständigen Wechsel zwischen Bretonisch und Französisch gezwungen worden. So befragte er also die Wache ein letztes Mal, begann seinen Satz aber weniger nachlässig und sprach den Mann mit seinem Titel an:

»Schokidar, Nazar, Nazar, für deinen Radscha . . .«

Da endlich zeigte der Inder eine Reaktion und rief einige Worte auf Hindi, aber so schnell, daß Madec nicht folgen konnte. Zehn Wachen stürzten herbei, und im Nu war die Kanone zur Stadtmauer hereingeholt und in einer dichten Eskorte in Richtung Zitadelle verschwunden.

»Jetzt *Parwanah«*, verlangte Madec, *»Parwanah,* um unterhalb des Walls zu kampieren, bis dein Herr kommt.«

Er fühlte sich erschöpft und begnügte sich mit einer einfachen Aneinanderreihung der Worte; Höflichkeitsfloskeln sparte er sich, da er nicht wußte, welche Bedeutung diesem kleinen Wachhauptmann zukam. *Parwanah* genügte und bedeutete ohne Zweifel überall dasselbe: die Erlaubnis, die Zelte aufzuschlagen, die Fremde stets einholen mußten, auch wenn sie sich nur ein paar Tage in einer Stadt aufhalten wollten.

Bereitwillig ging der Wachsoldat auf die Bitte ein. Auf eine nicht allzu ferne Feigenbaumgruppe deutend, erklärte er: »Vier *Koss* von hier entfernt, beim Wassertor, könnt Ihre Eure Zelte aufschlagen.«

Überrascht sah Madec ihn an. Vier *Koss,* das war nicht weit, knapp eine halbe Meile. Viel mehr noch aber erstaunte ihn die Höflichkeitsform, deren Silben der Posten an das Verb angehängt hatte, eine seltene Auszeichnung, die ihm einging wie Honigseim. Die Kanonen hatten also ihre Wirkung nicht verfehlt. Madec übersetzte, die anderen verneigten sich und zurück ging's zu dem Platz, an dem sie *Parwanah* erhalten hatten. Wann die Audienz beim Radscha erfolgen sollte, wagte Madec nicht zu fragen. Seit dem Zug durch den Dekkhan war ihm Indiens gemächliches Tempo vertraut; *»kal«,* hätte man ihm zweifellos leicht gelangweilt geantwortet. *Kal,* morgen, übermorgen, gestern, was soll's, wart's ab, Fremder, das Leben ist kurz, doch harren unser zahllose Existenzen!

So sagte er nichts und beschloß, den Dingen ihren Lauf zu lassen.

Zwei Stunden später hatte die Truppe am Fluß, den sie von der Hochebene aus durchs Gebirge hatte herabströmen sehen und der trotz der Trockenzeit noch ziemlich viel Wasser führte, die Zelte aufgeschlagen und hielt, nachdem sie Feldflaschen und Kessel mit Wasser gefüllt, Reis gekocht, von vorüberkommenden Bauern Gemüse gekauft und sich gestärkt hatte, angestrengt nach den Stadttoren Ausschau.

Gegen Abend aber, vom vergeblichen Warten ermattet, verfielen die Männer in ein dumpfes Brüten. Träge Gleichgültigkeit machte sich im Lager breit – schlagartig vertrieben durch die Ankunft eines staubbedeckten Wüstenstammes mit seinen Kamelen, der vor einer Dürrekatastrophe aus seiner Heimat in den Sand- und Salzsteppen geflüchtet war. An der Spitze marschierten die Frauen, schon aus der Ferne sichtbar, ein tanzendes Heer safrangelber, mit roten und silbernen Borten gesäumter Röcke, ein Anblick, als wogte auf dem Weg eine lange, sich kräuselnde Schärpe einher. Sie waren arm, gewiß ärmer als die Bäuerinnen von Godh, und derber in ihren Sitten, und dennoch über und über mit Schmuck behangen: gewaltigen stählernen Nasenringen, Glöckchen ohne Zahl und Dutzenden von Reifen an Armen und Beinen. Zigeuner, mußte Madec denken. Diese stolze Armut, dieses Selbstbewußtsein, mit dem sie den Staub der Straße trugen, diese freche Stirn, mit der die Frauen vor dem Trupp daherschritten, erinnerte ihn an die *Leute aus der Ferne,* wie sie in Quimper genannt wurden, wo sie an Festtagen auf dem Marktplatz ihre Taschenspielertricks und Jongleurskünste vorführten. Er kehrte seinen faul herumlungernden Kameraden den Rücken und trat auf die Gruppe zu, die sich schon häuslich niedergelassen hatte, Feuer anzündete und am Fluß Wasser schöpfte. Ein Alter hatte sich abgesondert und zog nun aus einem Packen Gestell, Vorhänge und Puppen hervor. Schon kamen die Kinder aus Godh angerannt, völlig aus dem Häuschen über dieses zweite freudige Ereignis am selben Tag. Mit einer einzigen Handbewegung gebot der Puppenspieler Ruhe, und während sich der Abend herabsenkte, stieg seine harte, etwas abgehackt klingende Stimme, deren anderer Akzent an Steine und Felsgeröll denken ließ, in den langsam sich rötenden Himmel auf. Mit dem ersten Satz gewöhnte sich Madec an diese Stimme, die ihn unwiderstehlich in ihren Bann schlug:

»Da bin ich, ich, der Märchenerzähler, der euch eine Geschichte vortragen wird! Aus dem Ozean habe ich sie gefischt, in den sich die Flüsse der Märchen ergießen. Lüge oder Wahrheit? Beides zugleich. Seht selbst zu, wie ihr's entwirrt!«

Dann verschwand er hinter dem aufgestellten Holzrahmen, öffnete die Vorhänge und ließ die Marionetten aufmarschieren. Voll gespannter Aufmerksamkeit saßen die Zuschauer da, und auch Madec suchte den Geschichten genau zu folgen, was ihm keine sonderliche Mühe bereitete; Szene um Szene rollte das indische Leben vor ihm ab: die Frauen im bunten Sari mit langem Zopf, den Tilak auf der Stirn und den traditionellen Schmuck der Verheirateten wie eine Blüte am Haaransatz; die Bajaderen vom Wegesrand, deren raffinierten Hüftenschwung und anmutig verdrehte Handgelenke die Marionette wunderbar nachahmte; dann der Schlangenbeschwörer mit einer furchteinflößenden Kobra, die sich widerstrebend reckte und ringelte, ehe sie sich in ihrem Korb aufrichtete, ganz wie auf dem Marktplatz, von den Kindern halb entzückt, halb verängstigt, mit lautem Geschrei begrüßt; schließlich die alte, geizige, dumme Kupplerin, die unter dem Gelächter des Publikums mit ihrem Kunden herumzankte; und zu guter Letzt erschien noch neben einem Traumvogel eine schöne teilnahmslose, schwermütige Prinzessin:

»Sie ist schön wie eine Lotosknospe«, sagte der Marionettenspieler. »Ihre Haltung gleicht dem Schwan, und ihr biegsamer Leib duftet nach Sandelöl . . . Doch bei all ihrer Anmut, mit der Dame von Godh, die mit dem Radscha im Palast auf der Höhe lebt, kann sie sich an Schönheit nicht messen.«

Madec horchte auf. Hatte er richtig verstanden? Zum erstenmal hörte er in Indien die Schönheit einer Fürstin rühmen.

Sie mußte wohl wirklich schön sein, wenn sie, wie der Erzähler versicherte, die Damen aus dem Märchen noch übertraf. Dann ging die Geschichte weiter. Eine verliebte Göttin trat auf, doch Madec, sonderbar beunruhigt, hörte schon nicht mehr richtig zu. Endlich erschien eine blaugetönte Puppe, Krischna, der Ewige, setzte die traurige Prinzessin auf eine Waage und flüsterte ihr Worte der Liebe zu. Die Sonne ging unter, und schlagartig packte der Marionettenspieler in der hereinbrechenden Dunkelheit Theater, Puppen und Vorhänge ein. Das Spiel war aus. Dennoch wagten die Kinder noch immer nicht, sich zu rühren.

». . . und nun gehe ich wieder, ich, der Märchenerzähler, der euch eine Geschichte vorgetragen hat, gefischt aus dem Ozean, in den sich die Flüsse der Märchen ergießen! Lüge oder Wahrheit? Beides zugleich, seht selbst zu, wie ihr's entwirrt.«

Madec befand sich schon auf dem Rückweg zum Zelt. Die letzten Sonnenstrahlen tauchten die Felsen mit der bizarren Marmorzitadelle in ein rötliches Licht. Er vermeinte den Schein tanzender Fakkeln zu sehen. Stand sie dort droben, hinter den Marmormauern, gegen eine kunstvolle Tür gelehnt, und schaute in die hereinbrechende Nacht hinaus, die Schöne mit dem Lotosgesicht? Doch was hatte eine Inderin mit ihrer dunklen Haut mit dem rosigen Lotos gemein? Was hatte sie mit Sandelduft, was ihre Haltung mit der eines Schwanes zu tun? Wie hatte der Märchenerzähler gesagt? Lüge oder Wahrheit, sieh selber zu, Madec, wie du sie entwirrst. Einen langen Augenblick noch blieb er in Träumerei versunken und schaute zu, wie der Palast im Dunkel versank, während am Himmel die Sterne aufgingen.

Die folgenden Tage verliefen überaus ruhig. Die vom Marsch erschöpften Franzosen schliefen fast Tag und Nacht neben dem rauschenden Fluß. Die Neugier der Stadtbevölkerung hatte sich allmählich gelegt, der Wüstenstamm war durch den Dschungel abgezogen, und so wirkte die Umgebung des Lagers fast gänzlich verlassen. Nur ein einziger Mann in Godh konnte keine Ruhe finden: der Radscha. Als man ihm den *Nazar* der Leute von den Schwarzen Wassern überbracht hatte, hatte er sogleich nach Mohan, seinem Astrologen, geschickt, dem hervorragendsten aller Brahmanen, der die Planeten mit vollendeter Kunst zu befragen verstand. Doch der Zeitpunkt war ungünstig gewesen, und so hatte man drei volle Nächte warten müssen, ehe sich der Astrologe ins Observatorium verfügen konnte, um die in den Sternen geschriebene Ordnung zu entziffern und ihre Weisungen zu vermelden.

An diesem Morgen nun sollte die Entscheidung fallen. Noch ehe der erste Sonnenstrahl durch die Ritzen des Rollvorhangs drang, erhob sich Bhawani. Nervös schob er all die kleinen Kissen und Schlummerrollen beiseite, die, über sein Lager verteilt, seine Ruhe trotz aller Weichheit nicht hatten versüßen können. Weder das leichte Federbett noch das perlenbestickte Kopfpolster, das er am Vorabend zur Abwendung drohenden Unsterns hatte kommen lassen, hatten ihm Ruhe verschaffen können. Mehrmals hatte er sich erhoben und zu den geometrischen Formen des Observatoriums hinüber zu schauen versucht. Doch er hatte nichts gesehen und war schließlich in einen unruhigen Schlummer gesunken.

Die Stirn gegen die Jalousie gelehnt, zögerte er entgegen seiner Gewohnheit den Augenblick, in dem er Radscha, Herr und Gebieter des glücklichen Godh sein mußte, hinaus. Sonst pflegte er sich trotz der Sorgen, die sein Dasein seit Monaten verdüsterten, allmorgendlich in ungeduldiger Erwartung der Schönheitspflege zu erheben und ohne zu säumen die Diener zur Toilette hereinzurufen, um sich so bald wie möglich in der ganzen Fülle seiner Kraft und Jugend zu zeigen, er, der Radscha von Godh, *Suryavansi,* Sohn der Sonne. Heute morgen jedoch fühlte er sich schwach, wagte nicht einmal einen Streifblick auf die Außenwelt zu werfen. Eine auf der Balustrade sitzende weiße Taube, eine durch die Galerie streichende weiße Katze, ein dicknasiger Diener hinter einem Fenster hieße dem Unglück ins Antlitz schauen. Der erste Blick auf die Welt im Morgenrot war das Zeichen aller Zeichen; denn wie das Sonnenlicht ins Auge fiel, so erleuchtete es auch die Seele, zeigte ihr, was drohte, welche Hindernisse es zu vermeiden galt – manchmal auch den Tod. Als Sohn der Sonne aber durfte er die Offenbarungen seiner Stammutter nicht scheuen. Und seinen ganzen Mut zusammenraffend, hob er den Kopf, schob den Rollvorhang beiseite und schaute hinaus, aus tiefster Seele wünschend, in der Ebene einen Elefanten oder besser noch auf dem Burgfelsen im Geäst der Bäume einen Papagei oder eine übers Geröll huschende Eidechse zu erblicken.

Aber nichts regte sich, überall herrschte noch Stille. Die Welt war noch nicht erwacht. Vermutlich waren nur die Wasserträgerinnen mit ihren Kupferbecken zum Fluß unterwegs. Allmählich aber lösten sich die sieben heiligen Tore aus dem Halbdunkel, die zinnengekrönten Wälle, die rechtwinkligen Straßenzüge, so geführt nach den altehrwürdigen Grundsätzen der Baumeister von Rajputana, daß jede irdische Stadt in ihrer Anlage der himmlischen Stadt des Gottes Indra gleichen, daß in jedem Viertel Ordnung und Harmonie herrschen und ein jedes Handwerk seinen Ort haben sollte. Während die Häuser der Stadt noch im Schatten lagen, tauchte das Morgenlicht den Palast auf seinem Felsvorsprung schon in glänzendes Licht. Und so war es auch gerecht, stammten die Fürsten von Godh doch von der Sonne ab.

Seine Augen suchten das Lager der *Firangis,* ihre verwaschenen, alten Zelte, zwischen denen noch ein paar Feuer glimmten. Gleich darauf jedoch wandte er sich seufzend wieder ab, auf sich selber böse. Was mochten diese Männer bringen? Was kündigte ihr *Nazar* an? Ein todspeiendes Geschütz. Er wußte, daß es dergleichen gab, benachbarte Fürsten hatten beim Mogul Kanonen gesehen. Doch Godh wollte keinen Krieg. Hieße sie einsetzen nicht den jahrhundertealten Waffenstillstand mit den Göttern brechen?

Nicht, daß er Neuem ablehnend gegenüberstand, im Gegenteil: Wenn die Welt sich wandelte, mußte man sich mit ihr wandeln; zuvor jedoch galt es, die Zeichen zu befragen, sich zu vergewissern, daß die Veränderung der Dinge im Einklang mit der Weltordnung stand. Wieder schlug Bhawani die Augen vor dem Morgenlicht nieder. Wären die *Firangis* am Nordtor aufgetaucht, hätte dieses eindeutige Omen sein Herz mit Frieden erfüllt, denn gesegnet war alles, was vom Himalaja kam. Statt dessen jedoch waren sie von Süden angerückt, hatten sich am Tor des Windes, *Hawa Pol,* eingefunden. Und waren diese Fremden nicht überhaupt Frevler, hatten sie nicht gewagt, die Schwarzen Wasser zu überqueren?

Mit fiebernder Hand schob er die Latten des Rollvorhangs auseinander. Mittlerweile war es hell genug, um das Observatorium zu sehen, das sein Großvater beim berühmtesten Astrologen seiner Zeit, einem Schüler des Maharadscha Jai Singh, in Auftrag gegeben hatte. Es war nach Art der *Jantar Mantar* angelegt, die der erhabene Meister in den großen indischen Städten Delhi, Jaipur, Ujjain, Benares erbaut hatte, um bestimmen zu können, an welchem Punkt des Unglücks die Menschheit seit dem Regierungsantritt der Moguldynastie angelangt war, aber auch, um die nächste Zukunft voraussagen zu können. Das ganze Instrumentarium bestand aus gewaltigen geometrischen, rot, weiß und schwarz bemalten Steinstrukturen, Treppenstufen, scharfen Kanten und vollendeten, der Sonne und den Sternen zugewandten Halbkreisen. Wie so oft staunte Bhawani auch an diesem Morgen über die unerbittlichen Linien der Sonnenuhren und Bögen mit ihren Gradeinteilungen, die in so starkem Kontrast zu seinem eigenen Lebensrahmen mit seinen leichten, sinnenfrohen Formen standen. Der harte Abglanz der Vollkommenheit, dachte er bei sich, der Vollkommenheit des *Brahman*, des unerbittlichen Jenseits, von dem Mohan sprach, und er wiederholte bei sich den heiligen Vers:

Dieses Universum ist reines Bewußtsein, alles ist Brahman, ewig, unvergänglich . . .

Doch seine Unruhe wollte sich nicht legen. Andere Sätze des Brahmanen fielen ihm ein: »Radscha, die Ankunft der *Firangis* steht in den Sternen geschrieben. Was also quälst du dich, was ist schon deine Existenz und die ihre gemessen an den vier Millionen dreihundertzwanzigtausend Jahren, die die Welt besteht, von denen an diesem Tage im Zeitalter des Unglücks bereits über drei Millionen achthundertsiebenundneunzigtausend vergangen sind!«

Doch er war ihm in die Rede gefallen:

»Sieh nach den Sternen, Mohan, ich befehle es dir!«

Binnen kurzem also würde er Bescheid wissen, schon war der Mond mit dem letzten Sternenglanz im Morgenlicht verblaßt. Der Rollvorhang entglitt seiner Hand, aber er hütete sich, ihn mit der Linken aufzufangen:

Gerade heute mußte noch die kleinste Geste glückverheißend sein, galt es doch, den Tag unter guten Vorzeichen zu beginnen. Und mit jenem klaren, hellen Ton, den nur Fürsten beherrschen, schnalzte er mit den Fingern, woraufhin sogleich eine durchbrochene Holztür aufflog und ein ganzer Schwarm von Dienern hereinquoll, die sich nacheinander vor ihm verneigten. Gleich würde das langwierige Ritual der Morgentoilette beginnen, schon wurde der Rollvorhang hochgezogen, Sonnenlicht überflutete den Marmor. Warum sich Sorgen machen? Noch einmal trat der Fürst an die Balustrade. Die

Welt lag in göttlicher Stille da, vergleichbar dem Schlaf Wischnus auf der Weltenschlange Ananta zwischen den Perioden der Schöpfung. Der Frühling kündigte sich an, schon blühten in der Ebene Tausende violetter Jacaramdas. Sein Blick schweifte zu den Gängen der *Zenana* hinüber. Hinter den Muscharabien bewegten sich umrißhaft Gestalten. Sarasvati fiel ihm ein, ihr schöner Körper bis in seine intimsten Einzelheiten, und gleichzeitig kam ihm zu Bewußtsein, daß er sie seit der Ankunft der *Firangis,* seit vier Tagen, einer wahren Ewigkeit, nicht mehr besucht hatte.

Mit harter, ungeduldiger Miene wandte er sich den Dienern zu und befahl: »Führt den Astrologen herein, sobald er eintrifft!«

Dann schaute er erneut auf die Ebene von Godh hinaus. Ein Gebet voll inbrünstiger Glut stieg in ihm auf. Mochte die Zukunft, welches Gesicht auch immer sie zeigte, wenigstens Sarasvati verschonen, Brahmas vollendetstes Geschöpf, die er, Bhawani, Sohn der Sonne und Radscha von Godh, hienieden mehr liebte als irgendeine andere auf der Welt.

Nachdem sich Bhawani auf einem niedrigen Diwan ausgestreckt hatte, ließ er sich von einem Diener entkleiden und mit einer Paste aus Öl, Schrotmehl und duftenden Essenzen einsalben, die im Nu eingetrocknet, bröckelig abplatzte, und aus der sein Körper glatt und frisch wie aus einer Schale hervorging. Unterdessen wartete der Astrologe in einer Ecke des Raums, nicht gewillt, heranzutreten, ehe die Toilette beendet war. Denn obgleich Bhawani *Suryavansi* war und alle von seinem Körper entfernten Unreinheiten keine Befleckung bedeuteten, schloß der Zustand der Vollkommenheit, in dem sich Mohan als Brahmane befand, zumindest während der ersten Waschungen, jede Annäherung aus. Dem Radscha wiederum lähmte die Angst vor Mohans Enthüllungen die Zunge. So herrschte bis auf das leise Klirren der Fläschchen und Salbenbüchsen Stille im Marmorraum.

Als zwei Diener mit silbernen Wasserkrügen eintraten, erhob sich der Radscha, um sich über ein Kupferbecken zu beugen. Rosenwasser rieselte über seinen muskulösen Rücken, entspannte ihn. Kaum hatte er sich prustend wieder aufgerichtet und erneut auf dem Toilettendiwan ausgestreckt, eilte schon der nächste Diener herbei und reichte ihm auf einem frischen Bananenblatt *Nim*-Stäbchen, die der Radscha aber so nervös zerkaute, daß ihm der zahnreinigende Saft aufs Kinn rann. Gereizt wischte er, dem Diener zuvorkommend, die

Spritzer weg, während der Brahmane in seinem Winkel, die Blicke auf den Teppich geheftet, scheinbar gleichgültig wartete.

»Mohan«, murmelte Bhawani.

Doch der nächste Diener unterbrach ihn, um ihm mit einem hufeisenförmigen Metallkratzer den in der Nacht gebildeten klebrigen Belag von der Zunge zu schaben. Verblüfft, daß sein Gebieter sprach, hätte er sein Instrument beinahe fallen lassen, faßte sich aber mit erstaunlicher Geistesgegenwart, wohl wissend, daß ihm jede Ungeschicklichkeit, und wäre sie auch von der Fahrigkeit des Fürsten verursacht, unweigerlich die Peitsche eingetragen hätte. Es gehörte nun einmal zu seinem Beruf, die angespannte Gemütslage des Radschas zu erfassen. So erledigte er das Zungenabkratzen ebenso rasch wie sein Nachfolger die Reinigung der Lider, die er mit blitzschnellen Bewegungen nach oben bog, um den während des Schlafes gebildeten dünnen, trockenen Film mit einem winzigen Instrument zu entfernen.

Unterdessen hatte Bhawani beschlossen, sich vor der Unterredung noch massieren zu lassen, denn stärker noch als die Ungeduld, die Zukunft kennenzulernen, war sein Drang, den Tag unter günstigen Vorzeichen zu beginnen.

Im übrigen schien der Brahmane in seinem Winkel diesen Entschluß zu billigen, und so rief er den Friseur herbei, der seinen ganzen Körper sorgfältig enthaarte und über den Genitalien das rote senkrechte Zeichen der Ehe nachzog. Hierauf konnte der Masseur herantreten, der den Radscha bei den Schläfen faßte, seinen Kopf wie in einem Schraubstock zusammenpreßte und nach jedem Druck innehielt und zweimal in die Hände klatschte, um die bösen Geister zu verscheuchen. Dann legte er ein Tuch auf Bauch und Brust des Fürsten, walkte ihn mit den Füßen und tauchte schließlich die Finger in ein Gemisch aus heißen Ölen, Senf, Safran und Sandelöl und knetete ihn vom Kopf bis zu den Füßen durch. Im Halbdunkel glänzte der muskulöse Körper wie eine Statue aus Gold; dennoch betrachtete ihn der Masseur mit leicht kritischem Blick: Der Radscha war noch zu dünn, noch nicht stark genug für einen Landesherrn. Doch Feste und Süßigkeiten würden mit der Zeit schon Abhilfe schaffen. Die Zeichen des von den Göttern Erwählten jedenfalls waren jetzt schon unverkennbar: fast graue Augen, eine für Indien außergewöhnlich helle Haut und von Silberfäden durchzogenes Haar, wie es dem Sohn der Sonne zu Gesicht stand, dem würdigen Nachkommen der radjputischen Eroberer, die sich einst, in einem fernen Land vom

Feuer geboren, über ganz Indien ausgebreitet hatten, um die Dämonen zu verjagen und das Land von Grund auf zu erneuern.

Der Rest war rasch geschehen. Und nachdem die Nägel noch mit einer Zange gerundet und der Schnurrbart geglättet und gekämmt war, wurden alle Schnipsel und Haare sorgsam in einem Elfenbeinkästchen verwahrt, um am Tage seines Todes mit sämtlichen anderen morgendlichen Relikten zusammen mit seinem Leichnam verbrannt zu werden. Alle Diener hatten die Ungeduld ihres Herrn gespürt und sich dementsprechend beeilt, ohne deswegen auch nur eine unterwürfige Verbeugung zu versäumen oder in ihrer Fingerfertigkeit auch nur im geringsten nachzulassen. Einzig der letzte nahm sich Zeit, ein alter Mann mit verrunzeltem Gesicht, der während der ganzen Toilette neben Mohan gestanden war. Nun trat er ans Lager, zog aus einem Säckchen, das er umgehängt trug, einen goldenen Spachtel und grenzte damit auf dem Körper des Radschas sorgfältig die einzelnen Bereiche ab. Er war Brahmane, wie Mohan, und versah das Amt des Arztes, wenn sein Kollege durch die Astrologie verhindert war, sich dem *Ayur Veda* zu widmen, der Wissenschaft vom Leben und den Mitteln zu seiner Erhaltung. Mit seinem heiligen Gerät verschloß er die durch die Schönheitspflege erweiterten Poren der Haut, damit sich in den folgenden vierundzwanzig Stunden keine bösen Geister einnisten konnten.

Mit einer ungeduldigen Handbewegung gab der Radscha zu verstehen, daß er erst nach der Unterredung mit dem Astrologen frühstücken wollte. Und wie der Blitz waren Schalen, Fläschchen und Salbentöpfe sowie alle Diener bis auf die für die Gewandung zuständigen Domestiken verschwunden.

»Verkünde du mir nun den Willen der Sterne, Mohan!«

Der Brahmane erhob sich.

»Die Sterne, Herr, schreiben uns ihren Willen nicht vor. Sie künden uns nur, was seit aller Ewigkeit im *Brahman* geschrieben steht.«

Während er diese heiligen Worte sprach, lächelte er leicht, was Bhawani nicht entging. Er weiß und schweigt! dachte er. Er ist wie alle Brahmanen. Sie lachen uns aus mit ihrem Wissen, selbst wenn wir *Kshatriya* sind und so mächtig wie ich! Der Brahmane lächelte noch immer, offenbar belustigt über die kaum zurückgehaltene Wut des Radschas. Ärgerlich über sich selbst, winkte Bhawani den Astrologen heran und deutete auf einen Kaschmirteppich vor sich, auf dem sich der Brahmane niederließ, aber während des ganzen Ankleidens kein Wort sprach, sichtlich darauf aus, die Ungeduld des Fürsten noch zu steigern. Der seinerseits aber hatte beschlossen, sich zurückzuhalten. Geschmeidig schlüpfte er in die enge gelbe Hose mit den roten Tupfen und das durchsichtige, golddurchwirkte Gewand, ließ sich von den Dienern den Gürtel umschnallen, von dem zwei Dolche mit Jadegriff vom Himalaja und ein Säbel in purpurroter Samtscheide hingen, und zum Schluß noch den prächtigen Schmuck, denn Sharma wollte glänzen. Unter seinem Turban mit dem Federbusch und seinen zahllosen Halsketten glich er einem Gott, vor dem der Brahmane seine spöttische Miene wohl ablegen würde.

Er streifte mehrere Ringe über, legte eine dreifache Rubinkette an und riß dem Diener den Turban aus den Händen, um ihn sich selbst um den Kopf zu schlingen.

»Den Spiegel!«

Im Nu hatte er den diamantenbesetzten Kopfschmuck mit den funkelnden Steinen befestigt und dachte voll Zufriedenheit, wie sehr er nun Krischna, seinem Lieblingsgott, glich. Mohan ein Kästchen mit Betel hinhaltend, ließ er sich vor ihm auf einem elfenbeinweißen Teppich nieder. Doch der Brahmane schwieg noch immer beharrlich.

»Mit meinem großen Diamanten auf der Stirn bin ich dir ebenbürtig, Brahmane! Dieses dritte Auge entziffert die Zukunft vielleicht besser als du selbst! Dieser Stein ist *Kshatriya,* wie ich, und ich leuchte wie er, und meine Macht gleicht seinem Glanz!«

Unverhohlen bewunderte sich der Radscha im Spiegel.

»Sieh dich vor, Radscha . . . daß dich dein Glanz im Spiegel nicht verblende!«

Bhawani zuckte zusammen; wo endete die Warnung, wo begann der Scherz? Es war nicht ratsam, sich diamantengeschmückt im Spiegel zu betrachten, sollte doch solche Selbstschau angeblich die Macht der Radschas verzehren. Aber hatte man nicht eben deshalb gerade die Rollvorhänge heruntergelassen? In Wirklichkeit wollte ihn Mohan nur in seine Grenzen weisen, ihn daran erinnern, daß sein Rang als *Kshatriya* unter dem des Brahmanen stand. Die Einbildung der Brahmanen auf ihr Wissen und ihre Kaste war wirklich unausstehlich!

Wieder unterdrückte er seinen Ärger, denn im Grunde hegte er für Mohan eine außergewöhnliche Zuneigung. Dieser etwa fünfzigjährige, bereits stark gealterte Mann besaß, so klein und dürr er war, mannigfaltige Gaben. Er hatte sich als guter Astrologe ebenso bewährt, wie er sich als geschickter Diplomat und kundiger Arzt ausgezeichnet hatte. Trotz seiner hervorragenden Stellung im Palast hatte er die herkömmlichen Attribute seiner Funktion beibehalten, den in der Taille geschlungenen safrangelben Überwurf, die heiligen Schnüre und den kleinen Haarknoten auf dem Schädel, statt, wie die Brahmanen an vielen anderen vom Mogulluxus beeinflußten Höfen, Prachtturbane und perlenbestickte Roben zu tragen. Mohan kannte nur ein einziges Ideal, die Reinheit, doch machte sie ihn im Gegensatz zu manchen Brahmanen keineswegs blind für die Welt und ihren Wandel. Und wenn er seine Schlüsselrolle in Godh auch in erster Linie auf seinen Brahmanenstand, seine Stellung als *zweimal Geborener,* als durch die Geburt und durch die Initiation Geborener, zurückführte, so hatte er doch auch vom Vater des Fürsten den Auftrag erhalten, die Tradition des kleinen Fürstentums zu bewahren. Seit Jahrhunderten wurden in Godh die stillen, unschuldigen Gepflogenheiten Indiens aus der Zeit vor der Mogulinvasion fortgeführt, auch wenn von den neuen Herren nur jene Neuerungen – Baukunst, Gärten, Kleidung – übernommen worden waren, die die Reinheit der religiösen Pflichten und Verrichtungen nicht besudeln konnten. Dank dieser langen Zusammenarbeit seiner Radschas mit den Männern des Wissens, für die Religion nicht Abkapselung von der Außenwelt, sondern im Gegenteil ständiges Offensein für ihre Veränderungen bedeutete, war Godh jene traditionsverhaftete und zugleich zeitgenössische Stadt, die außerhalb der Geschichte stand und sich dennoch von ihr befruchten ließ, sich gegen Kriege abschirmte und doch nach Neuem Ausschau hielt.

Mit einem Wort, eine einzigartige Stadt. Dem durchreisenden Fremden fiel vor allem auf, daß ihr Fürst fast als einziger Herrscher in ganz Indien seine Frauen nicht versteckte. Ein zunächst eher belanglos anmutendes Detail, in Wirklichkeit aber doch reichlich kühn. Bhawani hatte den Brauch aufrechterhalten, obwohl ihm seine Gefahren an jenem Tag aufgegangen waren, an dem ihn Sarasvatis Schönheit in Bann geschlagen hatte. Diese Freiheit der Frauen, ihr unverschleiertes Gesicht, der Spielraum, den sie inner- und außerhalb der *Zenana* genossen, ohne wie die Gemahlinnen der anderen Fürsten die demütigende Überwachung durch Eunuchen über sich ergehen lassen zu müssen, war das Wahrzeichen der Stadt Godh: einer freimütigen Stadt im umfassendsten Sinn des Wortes, unverhüllt, unabhängig, friedlich und frei.

Der Radscha fühlte plötzlich den ironischen Blick des Brahmanen auf sich ruhen, und wieder stieg Ungehaltenheit in ihm auf:

»Bei der Liebe! Beim Schwert! So sprich, Brahmane!«

Dieser geheiligten königlichen Befehlsformel konnte sich Mohan nicht länger entziehen:

»Die Gestirne stürzen, wie die Welt, in der wir leben, ihrem Untergang entgegen, Herr.«

»Gewiß, das weiß ich so gut wie du; das steht in den heiligen Texten der Veden und Upanishaden geschrieben. Ich hieß dich nicht wachen, damit du es mir wie in den Tagen der Kindheit wiederholst! Ich will wissen, was die Gestirne jetzt sagen!«

Und schüchterner fügte er hinzu:

». . . was sie mir raten.«

Er mußte sich der Macht des Priesters beugen, ohne dessen ungeheure astrologische Kenntnisse er alle seine Macht verlor. Denn wie ein Volk lenken ohne den Beistand eines Mittlers zwischen dieser vergänglichen Welt und dem unvergänglichen Universum des *Brahma,* des Höchsten Wesens, an dem der Astrologe als einer der wenigen Erwählten Anteil hatte?

Mohan frohlockte:

»Beruhige dich, Radscha! Ich bin nicht gekommen, um dir einen Marsch zum Stern vorzuschlagen. Um die göttliche Wahrheit zu erfahren, brauchst du dein Volk nicht von der Quelle zum heiligen See, nicht vom Heiligtum auf Pilgerfahrt zu führen. Denn im Gegensatz zu vielen anderen indischen Königtümern ist Godhs Volk gesund und von der Verderbtheit der Mogulkaiser verschont geblieben . . . Es bedarf keiner Läuterung.« Er hielt inne, strich mit der flachen Hand über das Muster des glänzenden Seidenteppichs.

»Sprich!«

»Jede Handlung unseres Daseins ist nur ein Abschnitt auf dem langen Weg der Vollendung. Im Augenblick, Herr, hüte dich vor Saphiren.«

»Vor Saphiren?«

Bhawani musterte hastig all seine Ringe, prüfte im Spiegel, ob sich der unheilbringende Stein nicht irrtümlich unter den Diamanten seines Kopfschmucks fand. Doch nein, alles war in Ordnung. Da konnte er seinen Zorn nicht mehr bändigen:

»Brahmane, ich lasse dich kommen, um von dir zu erfahren, ob ich die *Firangis* unbesudelt empfangen kann, und du wiederholst mir nur, was ich seit dem Tode meines Vaters weiß! Nie, nicht ein einziges Mal, seit ihn das Übel im Bauch hinwegraffte und du mir die Geheimnisse dieses unheilbringenden Steins offenbartest, habe ich

Saphire getragen oder in meiner Umgebung an anderen geduldet!«

»Alles auf dieser Welt trägt ein zweifaches Gesicht, Radscha. Mag der Saphir dir auch Unglück bringen, so kann er einem anderen doch förderlich sein.«

»Bei Liebe und Schwert, genug! Sprich!«

Mohan verabscheute diese Zornesausbrüche des Radschas und sah es für seine Pflicht an, ihn zu mehr Demut anzuhalten: *Dharma,* die Pflicht seiner Kaste, ohne die die Weltordnung besudelt würde. Außerdem war er der Ältere, dem dieser aufbrausende Kleinfürst da seine Anregungen zu verdanken hatte.

»Zügle deine Leidenschaften, Radscha! Mir *Ayurveda,* die Wissenschaft vom Leben. Dir *Dhanurveda,* die Wissenschaft vom Krieg. Und Sarasvati *Gandhavaveda,* die Wissenschaft von den Rhythmen der Musik. Jedem seine Kaste, *Varna,* seine Farbe und sein Schicksal, seinen Anteil an der Erkenntnis. Schweig denn, achte dein Dharma, hör mir lieber zu und leg deine Perlenketten um, damit sie mit deinem Schweiß auch deine Übellaunigkeit aufsaugen!«

Bhawani fügte sich wortlos, und Mohan fuhr fort:

»Wie ich dir schon sagte, Radscha, hast du's zu eilig. Seit ich diesen Raum betreten habe, erwartest du von mir Auskunft über die Zukunft. Die Zukunft ist, wie alles andere auch, weder gut noch schlecht, eher schlecht, da wir uns im Weltalter *Kaliyuga* befinden. Du bildest dir ein, ich könnte alles in den Sternen lesen, und wünschst, daß ich dir dein Verhalten vorschreibe. Wie schwach du doch noch bist, wie gebrechlich!«

Der Fürst fühlte sich wieder in die Kindheit zurückversetzt, wähnte sich in einer jener nicht enden wollenden Unterrichtssitzungen, in denen ihm Mohan die heiligen Verse der Veden vorgesprochen hatte. Der merkwürdige Singsang dieser langatmigen Rezitationen war Mohan selbst bei den profansten Unterhaltungen noch anzuhören. Der Tonfall seiner Stimme klang psalmodierend wie beim Herunterbeten der alten heiligen Litanei. Bhawani saß vor Scham wie versteinert da, durchdrungen vom Bewußtsein, wie falsch er daran getan hatte, sich zu erzürnen, denn aus Mohan sprach das *Brahman.*

»Die Zukunft verläuft, wie sie will, Bhawani, ich erkenne nur unbestimmte Anhaltspunkte. Wohl nehme ich die Feindschaft zwischen den Planeten wahr, den Gang der Dinge jedoch vermag ich so wenig zu erraten wie du.«

Nervös fingerte Bhawani an den Perlenketten auf seiner Brust herum. »Verzeih mir, Mohan. Seit die *Firangis* vor Godhs Toren stehen – vielleicht auch schon länger, vielleicht schon seit Jahren, seit du mir von den Fremden erzähltest, die über die Schwarzen Wasser kommen, weiß ich vor Unschlüssigkeit und Unruhe nicht mehr aus noch ein. Nun haben sie mir den *Nazar* geschickt, und ich muß einen Entschluß fassen und weiß doch nicht, was tun. Ich bitte dich, hilf mir und sprich.«

Der Astrologe blickte ihn ruhig an und legte eine Pause ein. Bhawani begriff und schickte die Diener hinaus, die wie üblich den ganzen Tag zugegen waren. Kaum waren sie draußen, rückte der Priester näher heran und erklärte, damit ihn auch die Wachen nicht hören konnten, fast im Flüsterton:

»Die ganze Nacht, Radscha, habe ich mich auf dem Altar des Königs der Könige dem *Brahman* geweiht, auf dessen Bahn, wie auch du wohl weißt, die Bahnen der Himmelskörper nur ein paar Blätter sind und die Sterne und das azurblaue Schlachtroß der Sonne nur Scheidemünzen im Schatz des Höchsten ...«

Wieder stieg in Bhawani heimlich Wut hoch, war ihm doch der schwülstige Stil, in den die Brahmanen wichtige Erklärungen einzukleiden pflegten, im höchsten Grade zuwider. Doch die Lektion über die Demut hatte ihre Wirkung nicht verfehlt, und so schwieg er.

Die großen blauen Augenringe musternd, die trotz aller Schönheitspflege den Teint des Radschas verunstalteten, erklärte Mohan:

»Hör mir ruhig zu. Wisse, daß schon in grauer Vorzeit *Firangis* in unserem Land auftauchten, die sich Darius der Perser oder Alexander der Grieche nannten; wisse, daß sie wieder abzogen wie sie gekommen waren, und uns nur einen Teil ihrer Künste und Wissenschaften hinterließen zum Entgelt für die, die sie bei uns vorfanden. In die Länder des Westens zurückgekehrt, sangen sie über die Jahrhunderte hin unseren Ruhm ... Mutter Indien wandelt sich nicht, Radscha, und die sie besuchen, sind nichts als durchziehende Wanderer, die sie einen kurzen Augenblick lang liebkosen und dann ihrer Wege gehen. An uns liegt es, aus den *Firangis* das beste zu machen!«

»Hast du mir nicht vor fünf Jahren gesagt, die *Firangis* von jenseits der Schwarzen Wasser zerfielen in zwei rivalisierende Parteien, die sich in unserem Land in die Haare geraten und sich schlagen würden?«

»Gewiß. Sie verabscheuen einander wie Manguste und Kobra. Die ersten tragen rote Röcke, kommen von einer kleinen im Norden der Schwarzen Wasser verlorenen Insel und sprechen einen Dialekt, von dem ich bei den Brahmanen in Benares ein paar Worte gelernt habe. Auch sie besitzen, wie die vor unseren Toren, Geschütze.«

Er hielt einen Augenblick inne. Dann fuhr er fort:

»Doch nun zur Botschaft der Sterne. Wir sind soeben ins Zeichen des Steinbocks eingetreten, der Planet des Krieges steht im Zenit. Die *Firangis*-vor deinen Toren bringen dir also einen gerechten und guten Krieg. Wann, vermag ich nicht zu sagen, doch vergiß nicht, daß du *Kshatriya* bist, Sohn der Sonne, und daß Unabhängigkeit deine oberste Tugend zu sein hat, selbst um den Preis deines Lebens.«

»Heißt das, daß ich sterben muß?«

»Darüber haben mir die Sterne nichts gesagt. Ich wiederhole nur, hüte dich vor Saphiren.«

»Und Sarasvati? Und mein Sohn? Was sagen die Sterne über sie?«

»Auch sie stehen unter dem Zeichen des Kriegsplaneten.«

»Unmöglich, nicht Savasvati. Alles an ihr ist *Sukra,* Liebe und Wollust.«

»Wenn dem so wäre, Radscha, hätte ich deinem Vater niemals raten dürfen, sie dir zum Weib zu geben, da das Gestirn der Liebe der Sonne feind ist! Doch ich habe ihn veranlaßt, dem Geheimnis ihrer Geburt nachzuspüren; ich ahnte wohl, daß sie *Kshatriya* war und keine schlichte Tempeltänzerin. So haben wir herausgefunden, daß sie aus guter Familie stammt und überdies, seltener Glücksfall, unter dem Schutze des König Kobra steht. Ich entsinne mich noch sehr wohl, wie ich in einer sternenklaren Nacht den Himmel befragte; alle Vorzeichen verhießen Gutes: Die Sonne stand im aktivsten Punkt, *Putrabhava,* Kinder, Ehre, weltweiter Ruhm . . .«

Nach einer kurzen Pause fuhr er fort: »Empfang diese *Firangis* und versteck deine Gemahlin nicht vor ihnen.«

»Was ich auch nicht beabsichtige«, erwiderte Bhawani. »Mögen die Muselmänner die *Zenana* mit Zaun und Gitter umgeben, ich vertraue Sarasvati. Sie ist eine ungewöhnliche Frau.«

»Das ist sie«, bestätigte der Brahmane. »Aber du solltest zusehen, daß sie dir bald weitere Söhne schenkt!«

»Ihr Schoß ist seit fünf Jahren unfruchtbar.«

»Der Schoß einer jungen Frau, die mit fünfzehn geboren hat, ist mit zwanzig nicht unfruchtbar. Und du selbst, eben dreißig geworden, bist stark und voller Tatkraft. Hat dir nicht deine zweite Gemahlin eine weitere Tochter geschenkt? Dein Herz ist krank, Radscha, nicht Sarasvatis Schoß: Unruhe quält dich, und so versagt dir die Natur trotz deines Anstürmens Nachkommen von der, die du liebst.«

»Wen muß ich fürchten?«

»Deinen Bruder. Den jüngeren, der nach dem Tode deines Vaters im Osten untergetaucht ist.«

»Daß ich der Radscha bin, ist rechtens!«

»Mach dir nichts vor. Alle wissen, wie sehr dich dein Bruder Ragu beneidet. Deswegen quält und beunruhigt dich auch das Auftauchen der *Firangis.* Wenn es Ragu gelingt, eine Truppe dieser ausländischen Krieger zusammenzubringen und zum Angriff auf deine Provinz zu bewegen, bist du verloren. Es sei denn, du wärst ihm zuvorgekommen und verfügtest gleichfalls über Waffen und Männer von den Schwarzen Wassern. Und hättest genügend kräftige und tapfere Söhne gezeugt, die deine Macht selbst dann noch wahren, wenn dich deine Kräfte – Dharma – verlassen. Zeug Söhne mit Sarasvati; in ihr lebt Kraft und kriegerischer Geist, und der König Kobra beschützt sie.«

Mohan schloß die Augen und zog sein safrangelbes Gewand zurecht. Die Unterredung war beendet, der Radscha verbeugte sich tief.

»Bete«, empfahl der Brahmane.

»Ich werde sogleich vor Krischna treten!«

»Krieg und Heer verlangen eher nach Kali. Du vernachlässigst sie seit deiner Hochzeit.«

»Laß mir Krischna«, bat der Radscha und fügte nach einer Weile auflachend, denn Mohan hatte ihm seine Selbstsicherheit wiedergegeben, hinzu: »Er hat all meine Liebe gesegnet . . .«

Er schnalzte mit den Fingern und befahl dem herbeieilenden Diener: »Legt für den Führer der *Firangis* ein Goldbrokatgewand bereit, überbringt ihnen Nahrung und Schmuck und führt sie dann mit Prunk und Gepränge durch die Stadt zu mir. Beim Schwert! Dies alles geschehe nach meinem Willen!«

Der noch immer auf seinem Teppich kauernde Brahmane konnte ein leises Lächeln nicht unterdrücken. Die Gestirne lenkten den Radscha, ohne daß er es merkte. Natürlich hatte er Bhawani nicht alles gesagt und gedachte auch künftig nicht, ihn in alles einzuweihen, so wenig wie Sarasvati, die es noch früh genug erfuhr. Wie sich das, was er bei der Beobachtung der Sternenbahnen in Erfahrung gebracht hatte, abspielen würde, konnte nicht einmal der gelehrteste Astrologe vorhersagen.

Jedenfalls aber hatte er um Mitternacht im Schatten des Mondes auf dem *Jantar Mantar* deutlich gesehen, daß der Planet des Kampfes in voller Kraft in das Haus, das die Geschicke der Fürstin bestimmte, eingetreten war. Bald würde sich die sanfte, süße Sarasvati, die sich noch im Bann des Liebesgestirns wähnte, zu dem wandeln, was sie unter dem Blickwinkel der Sterne von jeher gewesen war: eine kriegerische Frau.

Die Sonne stand im Zenit, als vom Tor der Winde Stimmengewirr und Lärm herüberdrangen. Madec und Martin-Lion sprangen auf. Diese schrille, eintönige Musik war keine Täuschung! Ruhm und Triumph kündigten sich an. Die Zeit des Wartens war also vorüber. Von Minute zu Minute schwoll, vom Basso continuo der murmelnden Menge untermalt, das heranbrandende Klanggemisch der Saiteninstrumente, Trompeten, Hörner und Trommeln, dieser ernste, feierliche Rhythmus der indischen Festzüge, lauter an. Feiner roter Staub wirbelte von den Straßenrändern auf und hüllte den näherrükkenden Zug in eine unwirklich anmutende Staubwolke. Ein märchenhafter Anblick.

Die Franzosen rissen die Augen auf. So kam denn also Indien zu ihnen, stieg herab von der Zitadelle, in der es sich seit vier Tagen abzukapseln schien, nahte ihnen langsam und schmuckbehangen wie die Vision eines *Darshan,* eines gesegneten Wesens, dem *Sadhu* des Dekkhan nach einem viele *Koss* langen, erschöpfenden Weg. Wieder zeigte es ihnen ein neues, ein unbekanntes Gesicht, wieder einmal lüftete es seine Schleier, um neues Verlangen in ihnen zu wecken.

Endlich! Denn seit dem Vortag herrschte im Lager düstere Stimmung. »Mag in Indien alles auch noch so langsam gehen«, hatte Martin-Lion hartnäckig wiederholt, »drei Tage sind entschieden zu viel. Sie haben nicht begriffen, was unser *Nazar* soll.«

Doch da hatte sich plötzlich der sonst so schweigsame Visage eingemischt: »Diese Menschen sind aus einem anderen Holz als wir. Der Wert der Dinge läßt sie kalt. Ein gutes Omen ist ihnen wichtiger . . .«

Und dann hatten sie sich den ganzen Abend über in Mutmaßungen ergangen. Keiner der vier Männer aber hatte offen ausgesprochen, was insgeheim alle fürchteten: die Gleichgültigkeit Indiens, diese schreckliche Beharrungskraft, die die feurigsten Unternehmungen monate-, ja, jahrelang lähmen konnte.

Und nun geschah das Wunder vor ihren staunenden Augen: Indien stieg von Godh herab. Als erster fing sich Madec wieder.

»Martin-Lion, laß die Truppe antreten!«

Befehle erschallten, doch die Sepoys waren kaum zu bändigen: Außer sich über den Anblick der Elefanten, brachen sie in lautes Gebrüll aus, vollführten Freudensprünge, dankten allen Gottheiten des indischen Pantheons überschwenglich und unter Tränen und waren nur durch die Androhung der Peitsche zur Ordnung zu rufen. Der Zug war bloß noch wenige Schritte entfernt. Madec straffte sich. Jetzt hieß es Haltung zeigen, mochte er auch barfuß dastehen und ihm die Uniform in Fetzen vom Leib hängen. Der uralte Stolz der Armen stieg in ihm auf, besaß er doch, wie er sich immer wieder vorsagte, einen »Rang«, war seit der Affäre mit dem wortbrüchigen Radscha Sergeant und außerdem alleiniger Vorgesetzter seiner Sepoys. Der Zug hielt an, der piepsende Kinderschwarm, der ihm gefolgt war, blieb gleichfalls unschlüssig stehen. Die Musik verstummte, und während sich der aufgewirbelte Staub sanft wieder auf den Boden senkte, herrschte eine lange Schweigepause. Dann löste sich aus der Schar der turbangeschmückten Inder ein stattlicher Mann mit einem großen Federbusch, verbeugte sich vor den vier Franzosen, sprach die üblichen Begrüßungsformeln, erklärte mit lauter Stimme: *»Khal'at!«* und streckte den vieren ein Brokatgewand hin, wie er es selber trug, was diese in nicht geringe Verlegenheit versetzte. Für wen war das Geschenk gedacht?

Schließlich trat Madec vor und wiederholte:

»Khal'at, für uns, die *Firangis?«*

»Khal'at für deinen Führer.«

Madec wurde rot. Der andere hielt ihn also nicht für den Anführer; zu Recht im übrigen, denn der Zug durch den Dekkhan war nur ein langer Marsch gewesen, und da es zu keinerlei Kämpfen gekommen war, hatten die vier Männer die Befehlsgewalt nach Zuständigkeitsbereichen untereinander aufgeteilt: Dieu hatte sich um die Kanonen gekümmert, Visage als Arzt gewirkt. Martin-Lion die Marschroute festgelegt und Madec Proviant beschafft. Die Entscheidungen hatten sie stets gemeinsam getroffen.

Nachdem Madec die Antwort übersetzt hatte, schauten die vier Männer einander an. Zerlumpt, wie sie waren, unterschied sie nichts voneinander, das Elend der Straße hatte sie gleich gemacht.

»Martin-Lion«, meinte Visage, »du hast doch Dragoner befehligt?«

»Als Hauptmann, ja, aber . . .«

»Dann hast du den nötigen Dienstgrad«, befand Madec und erklärte dem Mann mit dem Kopfschmuck zugewandt: »Der da ist mein Führer.«

Der Inder trat auf Martin-Lion zu, kniete nieder und legte ihm das Gewand zu Füßen.

»Mein Herr Sharma, Radscha von Godh und Sohn der Sonne, läßt dich bitten, mir mit deinen Leuten in seinen Festungspalast zu folgen.«

Während er sprach, luden Wachen riesige Ballen vom Rücken der Elefanten ab.

»Deine Männer sollen sich erfrischen und schmücken. Ist dein Gefolge bereit, sollst du unter unserem Geleit ins glückliche Godh einziehen, der Stadt der Edelsteine, deren Schönheit dem Glanz von Indras Wohnstatt nahekommt. Ich spreche auf Weisung des Sohnes der Sonne, der es mir bei der Liebe und beim Schwert gebot.«

Madec konnte dem Wortschwall nur entnehmen, daß sie in den Palast eingeladen wurden, was er auch übersetzte.

Unterdessen wurden immer neue Behälter herbeigeschafft, und der Inder erläuterte: »Hier sind Parfüms, Stoffe, Lederpantoffeln für deine Truppe, *Sharif.*«

Sharif, edler Krieger; und mit plötzlicher Begeisterung erklärte Madec, der das Wort erst seit einem Monat kannte, seit sie einem Einsiedler begegnet waren, der sie in der Annahme, es mit ausländischen Fürsten zu tun zu haben, um ein Almosen gebeten hatte: »Kein Zweifel, Martin-Lion, der Radscha von Godh betrachtet dich als seinesgleichen! Ziehen wir uns also um und leisten seiner Einladung Folge.«

Seufzend willigte Martin-Lion ein, die ungewohnte Tracht anzulegen, während die Inder in einer Duftwolke entschwanden, um unter einer Baumgruppe in der Nähe zu warten.

Später hätte keiner der Männer zu sagen vermocht, wie sie in der freudigen Verwirrung und in der glühenden Hitze in die Kleider und Turbane hinein- und auf die mit Goldschabracken geschmückten Elefanten hinaufgekommen waren. Der von der Wache verbreitete Duft nach verbranntem Sandelholz wirkte berauschend, steigerte ihre Erregung noch, und der indische Pomp nahm ihnen den letzten Rest von Verstand. Beim Einzug durch das Nordtor mit seinem dreifachen Spitzbogen setzte die Musik ein, lauter noch als auf dem Hinweg, und die wartende Menge warf ihnen jubelnd Blumen zu.

Wieder wurde Sandelholz verbrannt, dessen aufsteigender Duft ein seltsames Schwindelgefühl auslöste. Die geschnitzten Blütenarabesken auf den Torflügeln, die in den rosafarbigen Marmor der Wachttürme gehauenen Girlanden schienen mit den Rauchschwaden in den Himmel aufsteigen zu wollen. Wie am Abend zuvor hob Madec die Augen zu den Fenstern der Zitadelle. Und während er hinter den Rauchfahnen die bizarren Umrisse des Marmorpalastes suchte, vermeinte er auf dem Festzug das Gewicht eines maß- und grenzenlosen, starren, leidenschaftlichen Blickes zu spüren – eine absurde Vorstellung, aber ebenso unabweisbar wie unsinnig. Das mußte die Ermattung, die Sonne, die Musik, der starke Duft machen ... Gewaltsam schüttelte er die Sinnestäuschung ab. Die Elefanten setzten sich wieder in Bewegung, ihr wiegender Schritt beruhigte ihn etwas. Die Häuser der Stadt spendeten Schatten und entzogen den Felsenpalast den Blicken.

Doch der sonderbare Druck auf seiner Stirn wollte nicht weichen. Es war, als würde ihm die Seele ausgesaugt. Und dieser maß- und grenzenlose Blick, der ihn verschlang, ihn und seine Gefährten, schien ihm, er wußte nicht warum, von den Augen einer Frau auszugehen.

Godh war eine liebliche Stadt, so über und über rosa und maßvoll in allen Teilen, eine stille, sanfte Stadt ohne alle Schwere, in der selbst dem Jubel noch etwas Ruhiges anhaftete. Alles atmete Frieden. Madec hatte das Gefühl, wieder Luft zu bekommen und die Halluzination endlich abschütteln zu können. Jedes Viertel, deutlich durch breite, rechtwinklig aufeinandertreffende Straßen abgegrenzt, brachte neue Entdeckungen. Von Pondicherry abgesehen, hatte Madec nie Zeit gefunden, sich in indischen Städten umzusehen. In Südindien war er mit dem Heer von einem kleinen Befestigungswerk zum nächsten marschiert, und im Dekkhan hatten sie die Städte aus kristallinem Gestein der Räuber und Wegelagerer wegen meist links liegen lassen und sich lieber durch zahllose Dörfer geschlagen, in denen stets die zerstörerische Nähe der Wüste oder des Dschungels zu spüren war.

Hier jedoch lebte im Schutz der Wälle ein Indien in Miniaturformat, ein geschlossenes, leicht überschaubares Universum. Da war der vom Fluß durchquerte Markt, der *Chawk,* mit den schaukelnden Gemüse- und Gewürzkähnen, dann das Töpferviertel und dann das der Juweliere, die trotz des Aufmarschs in ihrer Tätigkeit fortfuhren, fast so, als wollten sie den *Firangis* ihre Geschicklichkeit und ihr Können demonstrieren. Der indische Würdenträger wurde nicht müde, Martin-Lion Erklärungen zuzurufen: »Du befindest dich in der Stadt Godh, edler *Firangi,* die mit ihren Palästen und ihren Juwelieren ohne Zahl der Stadt Aramati gleicht, der Wohnstatt Indras . . .«

Schon wieder Indra, dachte Madec. Alles, was in diesem Land blendet oder erschreckt, gehört Indra . . . Ganz in seine Beobachtungen versunken, hatte er das Dolmetschen eingestellt, zumal Martin-Lion auf dem Elefanten vor ihm über der Litanei des Inders nahe am Einnicken schien und nur gelegentlich aus seiner Lethargie erwachte, um seinen Turban zurechtzurücken.

Je näher die Burgfelsen kamen, desto prunkvoller wurden die Gebäude, doch auch die bescheideneren am Stadtrand waren keineswegs phantasielos; noch das einfachste trug eine bunte Wandbemalung mit Pfauen, Papageien, fröhlichen Paaren auf Elefanten und Swastikagirlanden. Die Kreuzungen waren mit Blumenbeeten und sprudelnden Springbrunnen geschmückt. Und schließlich ging es am Fuße der Felsen an den stattlichen mehrstöckigen Häusern der mächtigen Kaufleute vorbei zur Stadt hinaus die steile Auffahrt zum Palast hinauf. An der letzten Wegkehre warf Madec noch einen Blick zurück. Die Stadt lag schon ein ganzes Stück unter ihm. Darum herum breitete sich die Ebene von Godh aus, durchzogen von den behäbigen Windungen des aus dem von Schluchten zerfurchten Gebirge im Norden austretenden Flusses. Am anderen Ende überraschte ein einsamer See mit einem sonderbaren Wasserschloß, gefolgt von Wäldern, Hügeln, grünenden Bergen, vermutlich dem Dschungel. Ein vollendetes Bild. Dennoch wandte Madec den Blick ab und betrachtete erneut die Zitadelle mit ihrem Doppelgürtel zinnenbewehrter Wälle und den massiven, rosafarbenen Toren, deren von flachen Spitzbögen gekrönte Rahmen, wie in der Stadt, mit Blumengirlanden geschmückt waren. Als nun aber von allen Seiten lanzenbewehrte Wachen auftauchten, erfaßte Madec eine jähe Angst. Die lange zurückliegende Episode mit dem wortbrüchigen Radscha kam ihm wieder in den Sinn. Wie, wenn auch diesmal . . . Aber er konnte den Gedanken nicht zu Ende denken, denn nach dem dritten Tor sahen sie sich plötzlich von einer Kohorte Soldaten umringt, während die Elefantenführer die Tiere mit heiseren Rufen vor einem verzierten Marmorbalkon zum Stehen brachten.

Madec wollte Martin-Lion etwas zurufen, doch seine Stimme ging in der mit noch größerer Lautstärke erneut einsetzenden Trompeten- und Zimbelmusik gänzlich unter. Nachdem die Elefanten in

Reih und Glied vor dem Balkon angetreten waren, öffnete ein Soldat im Panzerhemd das Türchen der ersten Sänfte, so daß die Reiter mühelos absteigen konnten. Martin-Lion begriff auch ohne Dolmetscher und schritt, gefolgt vom indischen Würdenträger, durchs Tor, das die Wache hinter ihnen wieder schloß. Madec gab sich einen Ruck: Unmöglich! Er war nicht, von Hoffnung und Verlangen geschwellt, diesen Berg da heraufgekommen, um vor dem letzten Wall, der ihn noch von der Marmorstadt trennte, zu kapitulieren. Zornrot sprang er in der Sänfte auf: »Martin-Lion! Martin-Lion! Komm sofort zurück!«

In seiner Wut vergaß er Dieu und Visage. Er trampelte auf den Seidenkissen herum, packte ein Kopfpolster, warf es auf die Erde und packte den Elefantenführer bei den Schultern.

»Ich will herunter! Laß mich sofort herunter!«

Doch mochte er auch aus Leibeskräften brüllen, die Musikanten schmetterten und dudelten ungerührt in einem fort. Der Elefantenführer, sichtlich aus dem Häuschen, stieß einige unwirsche Laute aus, die Madec nicht begriff.

»Laß mich herunter!«

Mit einem Mal aber fühlte er unter sich eine Bewegung wie eine langsame, mächtige Woge den Körper des Elefanten durchlaufen, die Sänfte begann zu schwanken und zu schaukeln wie ein Schiff in der Brandung, und Madec hielt den Atem an. Rings um das Tier stieg aus sämtlichen Kehlen ein einziger Schrei auf, die Soldaten drückten sich gegen die Wände der Auffahrt, und die Musikanten brachten sich hinter dem Marmortor in Sicherheit. Der Elefant grollte.

»Halts Maul, Fremder«, gebot der Elefantenführer schlicht, packte seinen Stock und schlug unter immer heisereren, lautereren, durchdringenderen Schreien zehn oder zwölfmal auf die Flanken des Tieres ein. Bei jedem Schrei lief ein Schauer durch die Kissen, stieg diese revoltierende Kraft erneut auf, machte sich in jähen Sprüngen und lautem Trompeten Luft. Die runzelige Haut des Tieres strömte einen scharfen Geruch aus. Madec klammerte sich an das Holztürchen. Nach und nach begann die Stimme des Treibers zu wirken, der Elefant beruhigte sich, hob noch ein letztesmal den pfauenfedergeschmückten Rüssel und trottete dann auf das kleine, als Landebrücke dienende Absteigegerüst zu.

Madec, noch immer auf einen Hinterhalt gefaßt, sprang, die Hand an den Pistolen, unter die Wachsoldaten. Der Elefant trottete weiter, um den gelehrigeren Reittieren von Dieu und Visage Platz zu machen, die ihn mitleidig wie einen armen Irren betrachteten. Er wollte etwas zu ihnen sagen, schreien, doch die Wachen stießen ihn in Richtung Hof. Als wäre nichts geschehen, setzte das indische Gedudel wieder ein, unerträglich eintönig. Durch Püffe und Stöße vorwärts gedrängt, fühlte er sich wie gelähmt. Panzerhemden knirschten, Schwertknäufe preßten sich ihm ins Fleisch. In die Dunkelheit des Torschattens gestoßen, schnürte ihm Angst die Kehle zu. Halb blind vor Entsetzen tappte er in das Licht hinaus. Soldaten verdeckten das Innere des Palastes, doch dann ließ das Gedränge plötzlich nach. Vor ihm befand sich niemand mehr. Schwindel erfaßte ihn. Alles erstrahlte in einem weißen, sanften, milchigen, perlmuttartig durchscheinenden Licht. Er blinzelte. Wasserfontänen stiegen auf, ein stiller Garten lag vor ihm und ganz im Hintergrund ein langer Säulengang. Nach und nach traten Linien und Farben deutlicher hervor. Zwischen lotosförmigen Säulen glänzte eine riesige goldene Sonne, in ihrem Mittelpunkt eine sitzende Gestalt, die einen jungen Damhirsch streichelte. Ein Thron. Ein Fürst, ein Herr. Der Radscha.

Madec wagte nicht, sich vom Fleck zu rühren. Angst stieg in ihm hoch. Da trat gemessenen Schrittes ein Mann auf ihn zu, einen noch gewaltigeren Kopfputz auf dem Kopf als der Höfling, der ins Lager gekommen war, und verneigte sich vor ihm.

»Seid willkommen, edler *Firangi!*«

Madec verschlug es ob diesen Empfangs die Sprache.

»Bhawani Singh«, fuhr der Würdenträger fort, »der Sohn der Sonne und Radscha von Godh, gewährt dir die Gnade einer Audienz im *Diwan-i-Am* und bittet dich, mir zu folgen.«

Diwan-i-Am... Das Wort war Madec unbekannt, doch der andere, sein Zögern gewahrend, erläuterte schon: »Der Sohn der Sonne erklärt sich bereit, dich hier, vor seinem ganzen Gefolge, anzuhören, um danach über das künftige Verhalten deinem Vorgesetzten gegenüber zu befinden.«

Also eine Art Rat, dachte Madec, der sich über die liebliche Anmut des Ortes, die Blumen, Becken, beetförmigen Kanäle nicht genug wundern konnte. Bis dahin hatte er die Ausübung von Macht stets mit Strenge und Abgeschlossenheit in Zusammmenhang gebracht. Auf dem Schiff wie in Quimper oder in Pondicherry hatten sich die Mächtigen immer durch dicke Vorhänge, Gitter, Jalousien, die selbst das Sonnenlicht hermetisch ausschlossen, von der Außenwelt abgekapselt. Hier dagegen thronte der Herrscher in einem anmutigen Hof, durch dessen Öffnungen der Himmel hereinschaute und in dem sich nur da und dort ein samtener Baldachin zur Dämpfung allzu hellen Lichtes fand. Ohne die monumentale Goldsonne im marmornen Säulengang hätte man sich im Garten einer jungen Prinzessin wähnen können.

»Aber auch ich«, hob der Mann an seiner Seite wieder an, während er ihn über die Kanäle geleitete, »bin Diwan. Ich bin der erste Mann am Hof nach dem Radscha, der Verwalter des Geldes, der erste Diener . . .« Er unterbrach sich. Sie hatten sich dem Thron bis auf wenige Schritte genähert, und er machte Madec ein Zeichen, stehenzubleiben und sich zu verneigen. Ehe Madec sich verbeugte, hatte er gerade noch Zeit, zu Füßen des Radschas Martin-Lion auf einem Seidenteppich, sichtlich unbehaglich im Schneidersitz, zu entdecken. Auf dem Boden standen zwischen den mit Farbpulver aufgetragenen Blumenornamenten verstreut kleine Treiböfen, in denen Sandelholz verbrannt wurde.

Sich wieder aufrichtend, erblickte Madec vor der Sonne einen ganz in Gold gekleideten, lächelnden jungen Mann von gut dreißig Jahren mit einer beneidenswert glatten Haut ohne Falten und Runzeln, ohne alle Spuren von durchwachten Nächten, von Mühen und Sorgen, die sich nicht bezahlt gemacht hatten, oder von Angst ums tägliche Brot. Einzig vielleicht die blauen Ringe um die dunklen Augen . . .

»Wie heißt du?«

Auch die Stimme, die ihn aus seinen Betrachtungen riß, klang sanft und angenehm.

»Madec.«

»Madecji, man hat mir gesagt, daß du unsere Sprache sprichst.«

Madecji – der Radscha hatte die Silbe *Ji* an seinen Namen gehängt, die im Hindi Achtung und Respekt ausdrückt. Verehrungswürdiger Herr Madec. Madec vergaß all seine Befürchtungen, und als nun auch noch Visage und Dieu eintrafen, stürzte er sich mit Feuereifer aufs Dolmetschen.

Zwei Stunden vergingen wie im Nu, unbeschwert wie die ganze Atmosphäre, wie der ganze Palast, obwohl das Gespräch um Kanonen kreiste. Schon beim dritten Satz hatte der Radscha den Franzosen vorgeschlagen, solch feuerspeiende Schlünde für ihn herzustellen und seine Soldaten in ihre Bedienung einzuführen. Dafür bot er eine gewaltige Summe, die den vier Männern wie ein wahrer Schatz erschien.

Nach zwei Stunden fragte Martin-Lion Madec ratlos:

»Bist du sicher, Madec, daß du auch alles verstanden hast? Hat er uns wirklich nicht vorgeschlagen, in seine Dienste zu treten?«

Seine Enttäuschung erratend, erwiderte Madec: »Wir müssen warten, Martin-Lion. Von uns aus können wir den Vorschlag nicht machen.«

»Aber er scheint die Unterhandlungen abbrechen zu wollen.«

Und in der Tat richtete sich Bhawani in den Kissen auf, um Befehle zu erteilen. Die Diener flüsterten, Wasserpfeifen wurden gebracht, Schalen mit Sorbet und Konfitüre gereicht. Und in den nächsten Minuten waren die Franzosen vollauf mit dem Kosten der unbekannten Speisen beschäftigt.

»Eßt nicht mit der linken Hand«, hatte Madec gewarnt. »Das würde als schlechtes Omen gedeutet werden.« Und während sie die eingemachten Früchte des Zedratbaums, den *lassis à la rose,* und die kleinen in einem durchsichtigen Sirup gekochten Mangofrüchte auf der Zunge zergehen ließen, rührte der Radscha selbst nichts an, als wartete er nur, bis seine Gäste ihre Neugier gestillt hätten. Als erstem kam Martin-Lion der Verdacht, dieser kleine Schmaus könne nur ein Mittel sein, sie festzuhalten. Und da es schon gegen Abend ging, stieß er seine Pfeife zurück:

»Und unsere Männer, Madec?«

»In der Tat«, stimmte Madec etwas erschöpft zu, »es ist Zeit zurückzukehren.«

Der Zauber war gebrochen. Die Wirklichkeit – zerfetzte Zelte, Befehle, Flüche, die Fron des Wasserholens, Stechmücken, Schlangen –, gerade noch so ferngerückt, trat wieder in ihre alten Rechte ein.

Der Radscha schien es zu fühlen, denn er sagte: »Wißt Madecji, daß Ihr meine Gäste seid. Und solltet Ihr meinen Vorschlag annehmen, so mögt Ihr die ganze Zeit Eures Auftrags in diesem Palast wohnen und mein Leben teilen.«

»Und unsere Männer?« fragte Madec, die Gelegenheit nutzend.

»Sie sollen ebenfalls hier in der Wache untergebracht werden. Die Zitadelle ist groß genug; schließlich wurde sie ja für Soldaten erbaut.«

Madec übersetzte.

Dieu platzte vor Zufriedenheit, und auch der sonst so skeptische Visage seufzte auf seinem Teppich erleichtert auf. Einzig Martin-Lion meinte unschlüssig:

»Ich kann nicht annehmen ohne ein Unterpfand!«

Aber Bhawani schien auch diesmal seine Gedanken zu erraten, denn die Handflächen öffnend, fragte er: »Und wodurch kann ich deinem Vorgesetzten meine guten Absichten glaubhaft machen?«

Martin-Lion wußte keine Antwort, da weder er selbst noch Madec Erfahrung in diesen Dingen besaßen, und so machte sich eine lastende Stille breit. Alle zerbrachen sich den Kopf. Schließlich ergriff Bhawani die Initiative.

»Ich biete jedem von euch zwei und deinem Vorgesetzten drei Frauen sowie zwei junge Elefanten an. Seid Ihr damit zufrieden?«

»Du darfst nicht gleich annehmen, Martin-Lion«, mischte sich nun Visage ein. »Du mußt feilschen.«

Und eine halbe Stunde später gestand ihnen der Radscha von Godh drei Sklavinnen für ihren ausschließlich persönlichen Gebrauch zu und Martin-Lion als ihrem Vorgesetzten fünf. Bei der Zahl der Elefanten allerdings ließ er nicht mit sich handeln.

Dieu erhielt den Auftrag, zur Truppe zurückzukehren und das Lager aufzulösen. Nachdem alles geregelt war, erhob sich Bhawani mit den Worten: »Wollt Ihr die Güte haben, mit mir in den *Diwan-i-Khas* zu kommen.« Und gefolgt von seinem kleinen Damhirsch, der während der zwei Stunden keinen Schritt von seiner Seite gewichen war, führte Sharma sie vom äußersten Ende der Säulenhalle durch einen Gang in einen zweiten Hof mit Gärten, Wasserspielen, dem freistehenden Mauerwerk der Fenster und von da durch einen neuen Gang in einen dritten Hof mit Galerien und Säulenhallen. Und jedesmal dünkten sie die Gärten noch wunderbarer, das in geometrischen Kaskaden aufschießende Wasser noch unglaublicher. Glockentürmchen, zierliche Kuppeln, Marmorplatten im Spiel der verschiedensten Farben ließen die Fassade ebenso überraschend erscheinen wie das Dekor unwirklich. Und die Ebene draußen vor den Fenstern nahm im Licht des hereinbrechenden Abends eine bräunliche Tönung an. Mit offenem Mund folgte Madec dem Radscha. Ihm war, als hätten ihn die Feen aus den alten Seemannsmärchen verhext, so sehr war er dem Zauber des Ortes erlegen. Jeder Schritt entfernte ihn weiter von Europa. Er fühlte sich leicht und beschwingt wie an den Abenden auf dem Vorschiff, wenn er dem Geschichtenerzähler lauschte, nur daß er die Wunder diesmal mit eigenen Augen sah: Decken, mit winzigen Spiegeln ausgelegt, Wände, mit chinesischem Porzellan gefliest. Endlich war er im Indien seiner Träume angelangt. War das Märchen Wirklichkeit geworden. Nein, er träumte nicht; zu viele Einzelheiten bezeugten es: die länger werdenden Schatten des hereinbrechenden Abends, die Wassertropfen auf den frisch gegossenen Blumen, die Fußstapfen im Sand des Gartens, die Brotkrume, die ein würdevoller Pfau im Schnabel davontrug, die hechelnden Flanken des jungen Damhirschs, den der Radscha von Gang zu Gang vor sich herschob.

Auf der Schwelle des letzten Hofes wandte sich Bhawani zu seinen Gästen um:

»Das hier ist der *Diwan-i-Khas.«*

»Ich glaube«, dolmetschte Madec, »daß wir jetzt an dem Ort angelangt sind, an dem der Radscha seine Gäste empfängt.«

Der Hof war bescheidener als der vorhergehende, intimer, auch anmutiger. Unter dem Säulengang floß ein kleiner Kanal mit frischem Wasser durch. Und als ihn der Radscha als »Paradiesfluß« bezeichnete, hatte keiner der Franzosen auch nur den geringsten Zweifel. In diesen Innenräumen, in denen Gärten und Marmor so harmonisch ineinander übergingen, erweckte alles die Illusion himmlischer Glückseligkeit. Dazu die Wirklichkeit gewordenen Märchenwunder: die Halbedelsteine, brokatenen Baldachine, Teppiche, Gold- und Silbermosaiken, die doch so gar nichts Lastendes oder Beschwerliches an sich hatten, von denen im Gegenteil ein solcher Zauber ausging, daß man das Gewicht des eigenen Körpers nicht mehr spürte, sondern schwerelos in unbeschreiblichen Wonnen schwelgte.

Der Radscha nahm unter dem Peristyl auf einer samtbezogenen, mit Fransen besetzten Matratze Platz und winkte seinen Gästen, sich auf den umliegenden Kissen niederzulassen. Wieder wurden Wasserpfeifen und Sorbetschalen gereicht, und auch der Duft von schwelendem Sandelholz fehlte nicht. Fackeln wurden angezündet, und aus einer Ecke des Hofes stieg, gespielt von einer Frau auf einem mandolinenartigen Instrument, eine leichte Musik empor, eine heitere Weise, deren Rhythmen nach und nach immer schneller und mächtiger anschwollen. Und mit einem Mal spürte Madec die Müdigkeit des Tages in seinen Gliedern. Das alles war zu neu, zu ungewohnt für ihn, zu stark. Er stieß die Wasserpfeife zurück.

War es der Tabak oder der Sandelholzduft? Er vermochte es nicht zu sagen. Vielleicht war es auch nur das Wohlbehagen, das sein ganzes Sein durchströmte, vielleicht allzu schnell durchflutet hatte. Jedenfalls erschienen ihm seine Sinne geschärft, wie er es nicht für möglich gehalten hätte.

Nun nahm die Musikantin die Melodie in einem weniger aufwühlenden, sanfteren Ton wieder auf. Und als Madec die Stimme des Radschas vernahm, übersetzte er mechanisch, leise wie für sich selbst:

»Regenbogen . . .«

Aus einer unsichtbaren Tür tauchte eine zierliche, wenn auch keineswegs kleine Gestalt in einem traumhaft schönen blauen Sari mit Goldfransen auf, der sich bei jedem Schritt der Tänzerin anders entfaltete. Ihre Finger flogen zum Abendhimmel empor, imaginäre Wesen, Sterne oder womöglich auch Götter bezeichnend, und ihre nackten, mit Glöckchen und Reifen geschmückten Füße bewegten sich exakt im Takt der Musik.

Sie hatte den Lichtkreis der Fackeln noch nicht erreicht, da erahnte man schon das verführerische Wiegen ihrer Hüften und die schlängelnden Bewegungen ihres dicken Zopfes auf dem Rücken. Entsetzt fühlte Madec, wie das unendliche Wohlgefühl dem schon an den Pforten Godhs aufgestiegenen Schwindelgefühl wich.

Als die Tänzerin endlich im Licht der Fackeln erschien, verkündete der Radscha mit derselben sanften Stimme: »Sarasvati . . .«

Und wie in den Schauergeschichten von den bösen Zauberern enthüllte das knisternde Licht der Fackeln ein Gesicht, das Madec ebenso berückend schön wie bekannt erschien. Wo aber sollte er diese reinen Züge, diese mandelförmigen, lächelnden Augen, diese gleichzeitig feingeschnittenen und vollen Lippen, die, obwohl sie schwiegen, unbeschreibliche Wonnen verhießen, schon einmal gesehen haben?

Wonnen verhießen? Er mußte wahnsinnig sein! Diese Frau gehörte dem Radscha! Schwindel erfaßte ihn. Die tanzende Gestalt, die wiegenden Hüften, die nackten Brüste unter dem blauen Bolero, die Finger, die zum Himmel wiesen. Die Wasserpfeife, das Sandelholz. Und wieder Schwindel, nur Schwindel . . .

Die Sinne schwanden ihm.

Madec hob den Kopf über den Bootsrand und lächelte; er hatte Martin-Lions Stimme erkannt, der ihm aus dem Nachbarboot zugerufen hatte, das dem seinen wie ein Ei dem anderen glich. Rhythmisch im Gleichtakt zerteilten die lotosblattförmigen Pagaien der indischen Diener das Wasser. Es war ein göttlicher, wenn auch etwas kühler Wintermorgen auf den Frühling zu. Das heitere Blau des Himmels spiegelte sich im See. Aufseufzend ließ sich Madec auf die Kissen der Barke zurücksinken, um sich einer nie verspürten

Lebenslust hinzugeben und sich ganz den Wonnen zu überlassen, von denen jeder Augenblick neue brachte. Jetzt zum Beispiel waren sie unterwegs zur Jagd. Die Barken des Radschas und der Prinzessin, als erste aufgebrochen, hatten das Steilufer, wo sich der Elefantenzug formierte, bereits erreicht. Wieder rief ihm Martin-Lion etwas zu. Doch diesmal antwortete Madec nicht. Er fühlte sich viel zu wohl. Er hatte sich an die Robe und das indische Beinkleid gewöhnt und trug den Turban mit Anmut. Irgendwo ganz innen allerdings lauerte noch versteckt ein dumpfes Unbehagen. Aber er dachte nicht daran, es aufkommen zu lassen, es das Glücksgefühl, das ihn, seinen ganzen Körper, durchströmte, auch nur im geringsten beeinträchtigen zu lassen.

Die Woche im Lustschlößchen im See hatte ihn gänzlich wiederhergestellt. Aus seiner Ohnmacht erwachend, hatte er sich in einem der unzähligen Zimmer der Zitadelle auf einem *Charpoy* wiedergefunden, das Gesicht eines Brahmanen über sich gebeugt, der ihm mit den Worten: »Fürchte dich nicht. Ich bin der Mann des *Ayurveda«,* ein Band aus Gold und Silber mit einem Rubin über die Hand gestreift hatte. »Trag es hinfort an deinem Handgelenk. Es wird dich bewahren, beschützen.«

Madec fehlten die Worte. Statt einer Antwort wälzte er sich auf dem *Charpoy* herum. Da legte ihm der Brahmane die Hand auf die Stirn:

»Wecke die Stille in dir und höre diese Stille. Horch auf den Einen, der in dir spricht, horch auf die Ewigkeit in deiner Brust.«

Dann erklärte er mit einem ruhigen, sanften Blick: »Ich bin Mohan, der Astrologe des Radschas. Befolge meine Ratschläge.«

Doch als er Madec eine Schale mit einem in einer Flüssigkeit schwimmenden Pulver hinhielt, mischte sich Visage ein.

»Was ist das?‹›fragte er barsch.

Ohne die Worte des Fremden zu verstehen, erriet der Brahmane Visages Mißtrauen am Ton.

»Auch ich *Ayurveda«,* wiederholte der Chirurg und tippte sich mit dem Zeigefinger gegen die Brust. *»Ayurveda!«*

Aber Mohan wandte sich an Madec:

»Vertraue mir. Diese zerstoßenen, in Asche verwandelten Edelsteine werden dich heilen. Siehst du, ich bin Brahmane und kümmere mich um dich, als wärst du der Radscha.«

Madec fügte sich. Dann reichte ihm Mohan eine Art dicker, stark duftender Bouillon, die Madec fast auf einen einzigen Zug hinunterschluckte. Visage hatte seinen Protest aufgegeben. Schließlich verstand er nichts von den Steinen und Kräutern Indiens, und außerdem konnte die Medizin keinesfalls schlechter sein als die aus der Apotheke der Kompanie, die er stets nur mit größter Skepsis verordnet hatte. Wahrscheinlich war der zerstoßene Achat des Brahmanen genauso wirksam oder unwirksam wie das Schlangenpulver oder die Drachenbluttränen und all die Asselschnipsel, die den Seeleuten ihr letztes Stündlein erleichtern sollten.

»Wecke die Stille in dir«, wiederholte der Brahmane, »erschöpfe deine Kräfte nicht durch Anspannung. Horche in dich auf die Stille der Ewigkeit.«

Durch diese Worte beruhigt und entspannt, schlief Madec gut zwölf Stunden lang. Nach seinem Erwachen kam der Priester mit einem Vorschlag vom Radscha wieder. Er bot den Franzosen zum Zeichen seiner Freundschaft an, bis zur Wiederherstellung ihrer durch den allzu langen Marsch erschöpften Kräfte im Lustschlößchen im See zu wohnen, und sobald sie Lust dazu verspürten, mit ihm in die benachbarten Berge auf die Jagd zu gehen.

Doch selbst dieser Vorschlag löste bei den Franzosen zunächst Mißtrauen aus. Schon wieder eine Verzögerung! wetterte Martin-Lion, und auch Madec fühlte sich eher befremdet. Zu unbegreiflich erschien ihm dieses Indien, das sich selbst im Augenblick, in dem von Krieg, Soldaten, Kanonen die Rede war, mit Vergnügungen aufhielt. Doch wie dem Ansturm all dieser neuen Verlockungen widerstehen? Beständig wurden ihnen neue Wonnen geboten: Massagen, ausgesuchte Leckerbissen und Gaumenfreuden, wohlduftende Bäder – wogegen sie sich allerdings zu Anfang etwas sträubten –, bis sie durch die Drohung, andernfalls für unrein zu gelten, und die Geschicklichkeit der Dienerinnen eines Besseren belehrt, schließlich genau wie die Inder täglich ein Bad nahmen.

Das Wasserschloß erwies sich als ein wahrhaftiges Lustschlößchen, und so stimmten sie schließlich dem Vorschlag des Radschas gern zu und nahmen am folgenden Tag Abschied von der Zitadelle mit ihrem Waffengetöse, von den langen, nur durch den Klang von Zimbeln und Trommeln unterteilten Stunden, von der süßen Musik, die manchmal wie eine Klage aus den Gemächern der Frauen drang. Der Radscha hatte recht, sie waren müde! Der Radscha oder richtiger der Brahmane, der noch hinter den unbedeutendsten Entscheidungen zu stecken schien und alles erriet.

Das Leben im Lustschlößchen, viel ruhiger und ohne großen

Prunk und Pomp, erwies sich als äußerst erholsam. Allein schon das Gebäude selbst, ein einfacher zum See hin offener Bau, war nach der labyrinthischen Zitadelle mit dem ganzen von Hinterlist zeugenden Gewirr von Ecken und Winkeln, Gängen und Hintertüren eine wahre Erlösung. Die Tage vergingen in Ruhe und Frieden. Aufgeweckt am frühen Morgen durch die Wäscherinnen am Ufer, deren Waschbleuel den täglichen Takt gaben, trat Madec unter die Galerien aus weißem Marmor hinaus. Zwischen den Lotosblüten schauten die Nasen der heiligen Krokodile hervor. Auf der Insel selbst, vom Palast völlig überbaut, war außer in den kleinen Beeten der Innengärten nirgends ein Fleckchen Erde zu sehen. Durch die rosenfarbenen Muscharabien drang gelegentlich Lachen, Rascheln von Stoffen, der Klang einer Sitar, die Anwesenheit einer Frau verratend, vielleicht der Tänzerin mit dem seltsamen Namen, Sarasvati, Regenbogen.

Von Zeit zu Zeit ließ Madec, wie seine Gefährten auch, das eine oder andere Mädchen, das ihnen der Radscha geschenkt hatte, aus der *Zenana* kommen. Sein immer wieder aufsteigendes Verlangen beruhigte ihn über seinen Gesundheitszustand. Dennoch trat ihm stets, wenn zwischen Schleiern und Edelsteinen auf der goldbronzenen Haut die Lust in einem letzten Seufzer erstarb, jene Tänzerin vor Augen, deren Anblick ihn an jenem Abend hatte ohnmächtig werden lassen. Er hatte die Silben ihres Namens aus seinem Gedächtnis verdrängt. Nun aber, vor der Jagd, bei der er sie wiedersehen, ihr vielleicht sogar nahe kommen würde, kehrten sie aus der Ferne so betörend und quälend wie die Tänzerin, als sie aus dem Schatten auftauchte, zurück.

Die Barke hatte am Ufer angelegt, wo schon an die zehn Elefanten mit dem üblichen Brokatgeschirr und den an kleine Paläste erinnernden Sänften warteten. Doch Madec würdigte die gewaltigen Tiere keines Blicks. Er sah auf dem ganzen Anlegeplatz nur ein Wesen, eine lange, schmächtige Gestalt in einem blauen, goldgesprenkelten Gewand, die Augen auf die aufgehende Sonne gerichtet: Sarasvati.

Blau. So würde er sie stets vor sich sehen. Blau wie die Ferne beim Abschied. Blau, wie das Meer, wenn es voller Verheißungen lockt. Blau, wie die Liebe, von der er nichts wußte, deren Süße ihn aber die sehnsüchtige Geste des Radschas, mit der dieser den Arm der jungen Frau ergriff, um sie zum Elefanten zu führen, erahnen ließ. Mit einem Sprung setzte Madec an Land, wo ihn Diwan, amüsiert über den *Firangi,* der sich in den indischen Gewändern nicht mehr so ungeschickt bewegte wie am ersten Tag, in Empfang nahm. Außer dem Säbel mit dem Jadegriff und der gekrümmten Klinge trug Madec mit besonderer Erlaubnis seine beiden Pistolen am Gürtel, obwohl nur der Radscha das Jagdrecht besaß.

Bei den Elefanten wimmelte es von Domestiken, die Verpflegung, Kleidung zum Wechseln und Lager für die Übernachtung im Pavillon herbeischleppten und bei der Jagd selbst als Treiber dienen sollten. Der Radscha, mit seinem schönsten Bogen und einem Köcher voller Pfeile ausgerüstet, löste sich von seinem Gefolge und trat zu Madec.

»Unser Ziel ist Bahdada«, erläuterte er.

»Das Land der Tiger«, übersetzte Madec für Martin-Lion, der, gefolgt von Dieu und Visage, mittlerweile ebenfalls eingetroffen war.

»Ein sehr schöner Ort« fügte der Radscha hinzu. »Eine richtige Bergwildnis mit einem See und Wäldern.«

Nach einer kurzen Pause hob er träumerisch wieder an:

»Ein Ort von köstlicher Einsamkeit.«

Madec warf dem Radscha einen erstaunten Blick zu. Wie kam der junge Fürst einer prächtigen, reichen, friedlichen Stadt auf die Idee, zu seinem Vergnügen die Einsamkeit der Wildnis zu suchen? Für ihn, Madec, war Einsamkeit stets eine Geißel der Armut gewesen, die Kehrseite des Unglücks, Freude dagegen seit eh und je gleichbedeutend mit »Geselligkeit«, Stadt und rauschenden Festen. Sollte der Radscha am Ende an einer verborgenen Krankheit leiden?

»Für die erste Hälfte des Weges«, fuhr Bhawani fort, »wirst du zu mir auf den ersten Elefanten steigen, damit ich dir von Godh erzählen und den Ablauf der Jagd erklären kann. Wenn wir dann bei den Tempeln haltmachen, um zu Schiwa und der Großen Göttin zu beten, kannst du deinem Vorgesetzten Bericht erstatten, der den Rest des Weges mit mir zurücklegen soll. In Baghdada angekommen, werde ich dann den Tiger töten! Den Tiger!«

Zum ersten Mal sah Madec ein grausames Lächeln das Gesicht des Radschas verzerren. Der Geruch des Blutes, dachte er, die Lust, leiden zu lassen. Wo hatte er sie nur schon einmal gesehen? Bei Sombre. Ja, bei Sombre, der sein Leben wie ein Blitz gekreuzt hatte, ehe er ihn in den Dünen von Pondicherry schmählich zurückgelassen hatte. Sicher war er längst tot. Entschieden verdrängte Madec die Erinnerung an ihn.

Als er seinen Gefährten das Reiseprotokoll in Stichworten

erklärte, spürte er förmlich, wie sich in Martin-Lion über seine Vorzugsstellung als Dolmetscher Ärger regte, den er aber, da ihm der Radscha immerhin den Ehrenplatz für die Jagd selbst vorbehalten hatte, unterdrückte.

Nun begab sich alle Welt zu den Reittieren, die in Ermangelung eines Balkons mit Hilfe einer kleinen Leiter bestiegen werden mußten. Sarasvati hatte bereits inmitten der Kissen Platz genommen, und nachdem sich der Radscha an ihrer Seite niedergelassen hatte, winkte er Madec und gab das Zeichen zum Aufbruch. *»Namaste«,* sagte die junge Frau, als Madec unter dem Baldachin auftauchte, und legte beide Hände vor der Brust zusammen. Madec erwiderte den Gruß auf die gleiche Weise, aber vor Erregung zitternd.

Als der Elefantenzug die Vorberge erreichte, gelobte Bhawani: »Heute werde ich den Tiger erlegen! Beim Schwert, heute werde ich ihn erlegen!«

»Ich glaubte«, wandte Madec ein, »Euere Religion verböte Euch zu töten. Ihr habt so viele heilige Tiere, denen unter Strafe ewiger Befleckung kein Haar gekrümmt werden darf, bis hin zu den Krokodilen im See.«

Wie stets, wenn einer der *Firangis* sich über einen ihm unlogisch erscheinenden Brauch wunderte, setzte der Radscha ein unendlich überlegenes, verächtliches Lächeln auf:

»Einzig der Radscha hat das Recht zu jagen, denn er ist ein *Kshatriya* und ein Sohn der Sonne! Hinter dem Leib des Tigers verbirgt sich ein Dämon, der Feind des Fürsten, der sich im Tiger inkarniert hat. Du siehst also, Fremdling, daß ich das Recht zu jagen habe. Dharma!«

Madec versuchte, den schwer faßlichen Charakter des Dharma so gut er konnte zu durchdringen: Vorschrift, Sittsamkeit, Pflicht – das Dharma rechtfertigte alles, vom gemeinen Landrecht bis zur Ausnahme. Aber er fand es allzu verwirrend. Sarasvati, über und über mit Edelsteinen geschmückt, an den Armen, am Hals, in den zu einem großen Knoten geschlungenen Haar, lächelte zustimmend. Der ebenmäßige Bogen ihrer Brauen hob sich sanft, und die vollen Lippen ließen kleine, regelmäßige, vom Betel gerötete Zähne sehen. Die Fürstin bot das Inbild der Schönheit. Nur eine kleine widerspenstige Locke, die sich im Nacken aus dem strengen Knoten gelöst hatte, ließ sie menschlicher, nicht ganz so vollkommen erscheinen. Madec fühlte sich elend. Der Eindruck der Fülle, auf der Fahrt über den See soeben noch vorhanden, verflüchtigte sich, obwohl er mit seiner Seidenrobe und seinem federgeschmückten Turban fast ebenso prächtig gekleidet war wie der Diwan. Neben der Dame von Godh jedoch kam er sich wie ein Bettler vor, mehr noch als damals in Quimper.

Und nun begriff er auch, warum der Puppenspieler nie ihren Namen genannt und sie nie genauer beschrieben hatte. An dieser Frau war wirklich alles unbeschreiblich.

Der Dschungel nahm sie auf. In dem dichten Gewirr von Bäumen und Lianen streifte nur ab und zu ein Sonnenstrahl das Gesicht der Fürstin und ließ den Diamanten an ihrem Nasenflügel aufblitzen. Welch edles Profil! Welch feine, schön geschwungene Nase! Zu gerne hätte Madec auch ihre Stimme gekannt, denn bei der üblichen Begrüßung hatte sie nur geflüstert. Er wandte die Augen ab. Ihr Anblick verwirrte ihn zu sehr. Außerdem hob Bhawani an:

»Ein köstlicher Frühlingstag. Hört ihr den Gesang der Vögel? Wie ein Strom ergießt sich die Schönheit in mein Herz und erfüllt es mit einer erhabenen Freude . . .«

Es klang wie ein Rezitativ, und Madec, der schon öfters beobachtet hatte, daß Bhawani wichtige Unterredungen auf diese Weise einleitete, wartete gespannt, was folgen würde.

»Madecji«, fuhr der Radscha fort, »in diesem Augenblick vermag ich kaum an den Krieg zu glauben. Und dennoch weiß ich, daß er im Gesetz des Dharma geschrieben steht. Mohan, mein Astrologe, wird nicht müde, es mir zu sagen: Schiwa, der Zerstörer, ist ebenso wichtig wie Brahma, der Schöpfer, und Wischnu, der Erhalter, den ich ganz besonders in seiner achten Inkarnation als Krischna, den Tiefblauen, verehre. Aber Godh, meine Stadt, ist eine Tochter des Krieges. Das wird mir jetzt, wo ich ihr fern bin, noch klarer. Doch du kennst die Legende von ihrer Gründung nicht, die ich dir jetzt erzählen werde, damit du sie deinem Vorgesetzten berichten kannst. Vor sehr, sehr langer Zeit, die niemand mehr anzugeben vermöchte, kam einer meiner Vorfahren, ein Sohn der Sonne wie ich, in die Ebene von Godh, wo er an der Stelle, an der der Fluß aus dem Gebirgspaß tritt, einen Eremiten traf, vor dem er sich, wie es der Brauch will, verneigte. Da sagte der Weise zu ihm: ›O Fürst der *Suryavansi,* laß dich auf diesem Boden nieder und errichte auf diesem Hügel eine große Zitadelle. Schlage hier deine Bleibe auf, Sohn der Sonne, denn sie soll tausend Jahre Bestand haben; dreimal wird sie geplündert und beim dritten Mal dem Erdboden gleichgemacht werden. Unter der Gestalt einer Frau aber wird sie für die Ewigkeit wiedererstehen‹.«

Bhawani brach ab. Sein Gesicht nahm einen träumerischen Ausdruck an, und nach einer Weile fuhr er fort:

»Deshalb Madecji, verstehst du, leben die Radschas von Godh seit jeher in Angst vor dem Krieg. Zweimal ist Godh im Laufe der Jahrhunderte schon geplündert worden, und zweimal hat es sich, wie der Eremit es prophezeite, wieder erhoben. Nun haben wir schon sehr lange Frieden, Ruhe, Unabhängigkeit und einen blühenden Handel genossen . . . Wir haben das Kriegshandwerk verlernt, meine Väter und ich, und die Väter meiner Väter.

Die dritte Belagerung aber wird nicht auf sich warten lassen. Denn siehst du, Madecji, *Maya, Maya,* der Frieden ist nur Schein. Ich brauche euch, die Männer von den Schwarzen Wassern!«

Er hatte den letzten Satz in einem sehr feierlichen Ton gesprochen. Nach einem Blick auf Sarasvati, die noch immer lächelte, fügte er, wieder heiterer gestimmt, an:

»Zum Glück haben mir die Götter einen Sohn geschenkt!«

Dann konzentrierte er sich auf den Weg, der auf halber Höhe des Berges immer schwieriger wurde. Unter ihnen in einer tiefeingeschnittenen Schlucht kochte ein Wildwasser, und der Elefantenführer hatte, obwohl das Tier aufs Wort parierte, alle Hände voll zu tun. Von Zeit zu Zeit kreuzten ein wilder Pfau, ein paar Eichhörnchen, noch weiter oben eine weißgefleckte Hirschkuh und eine Antilope und schließlich sogar ein Wildschwein ihren Weg. Aber der Fürst rührte sich nicht.

»Warum«, wagte Madec zu fragen, »jagt Ihr denn dieses Wild nicht?«

»Heute«, erwiderte der Radscha mit derselben Grimasse wie beim Aufbruch, »will ich den Tiger! Die Jagd auf Kleintiere interessiert mich nicht. Ich will den Tiger, den Einzelgänger, ein Wesen aus königlichem Geblüt wie ich, der Stille um sich gebietet. Aber wir sind noch nicht in seinem Reich angelangt. Gedulde dich!«

Madec schwieg. Und bald darauf tat sich vor ihnen ein bemoostes, palmenbewachsenes Plateau mit zwei Tempeln auf, die vielleicht Überreste einer ehemaligen Stadt darstellten, denn ringsum lagen große umgestoßene Granitblöcke verstreut. Die Elefantenführer hielten die Tiere der Reihe nach bei einer vor Feuchtigkeit grünen Rampe an, um die Reiter absteigen zu lassen. Die beiden Heiligtümer aber machten zu Madecs Überraschung trotz des verlassenen Ortes einen durchaus gepflegten Eindruck. Zwar waren sie nicht farbig bemalt wie die in der Ebene und ihre einer anderen Zeit angehörenden Formen von Generationen von Moosen abgeschliffen und verwetzt, allein der Umstand aber, daß sie dem Urwald hatten trotzen können, zeugte von einer regelmäßigen Rodung. Nur so ließ sich erklären, daß ihre länglichen Kuppeln und die grauen, ganz von Figurenfriesen überzogenen Fassaden mit ihrem tausendfältigen zeitlosen, zugleich wohlwollenden und gleichgültigen Lächeln dem wuchernden Wachstum der Lianen hatten standhalten können.

Wie das Lächeln Sarasvatis, dachte Madec, als die Fürstin ruhigen Schrittes auf den ersten Tempel zuging, in dessen bläulichem Halbschatten die runden Formen einer Riesenstatue mit nackten Brüsten zu erkennen waren. Aber diese Sanftmut in ihrem Blick, das ahnte man wohl, konnte von einem Augenblick zum anderen einer entsetzlichen Härte weichen.

Mittlerweile war Bhawani durch ein monumentales Portal in das andere Heiligtum, den Sonnentempel, eingetreten, in dem hinter der *Trimurti,* der heiligen Dreiheit Brahma, Wischnu und Schiwa, der Sonnengott Surya, zwei Lotosblumen in der Hand, aufragte. Dann folgte der Diwan und die anderen zur Jagd geladenen Würdenträger, und das heilige Rezitativ begann, bald in einer einzigen Silbe – om – om – om – endend, die sich, unendlich wiederholt, unter dem steinernen Gewölbe verlor.

Ohne etwas zu begreifen, fühlte sich Madec seltsam eingewiegt und in einen ihm unbekannten Bewußtseinszustand versetzt. Es war kein Schwindel, wie an dem Abend, an dem Sarasvati getanzt hatte. Es war eher, als öffnete sich eine Schleuse in ihm, eine Flut des Heiligen. Da brach die Litanei ab, und das Rascheln von Seide hinter ihm ließ ihn zusammenfahren. Dieses Geräusch hätte er unter Tausenden herausgekannt. Das konnte nur sie sein.

Er fühlte eine tiefe Erleichterung, als er für den zweiten Teil der Reise auf dem Elefanten neben dem Diwan Platz nahm. Schon nach kurzer Zeit hatten sie einen Gebirgspaß erreicht, an dem der Dschungel endete. Dann ging es auf eine Hochebene hinab durch ein sumpfiges Gebiet mit Tausenden von Vögeln, die, wie der Diwan erläuterte, vom Himalaja gekommen, hier überwinterten. Mit einem Mal deutete der Höfling aufs Unterholz und erklärte mit ungewöhnlicher Erregung: »Bhagdada! Das Reich des Tigers!«

Die Führer trieben die Elefanten an, der Radscha legte Bogen und Pfeile zurecht, die Vegetation wurde dichter. Durch den Zug aufgestört, brachen einige verängstigte Antilopen und ganze Horden von Wildkatzen durchs Unterholz. Gespannt richtete sich Madec auf.

Durch den Dschungel lief ein kurzes Erschauern: Affen stießen einen Warnruf aus und verstummten plötzlich; Pfaue flogen auf die obersten Zweige; eine Hirschkuh blieb mitten auf dem Weg stehen, stellte die Ohren, sicherte und verschwand mit einem einzigen Sprung. Dann breitete sich Stille über den Wald.

»Der Tiger ist nicht mehr fern«, murmelte der Diwan. »Der Dschungel spürt ihn schon.«

Nur die Elefanten schritten unerschrocken in die Stille hinein. Die Führer hatten das Tempo verlangsamt, die Männer hielten den Blick mit gespanntester Aufmerksamkeit auf das Ende des Weges gerichtet, das in undurchdringlichem Dunkel verschwand. Kaum ein Sonnenstrahl gelangte durch das dichte Laubdach.

Mechanisch schaute Madec zu den Baumkronen hinauf.

Da entdeckte er ihn. Da, auf dem Ast vor dem Elefanten des Radschas, stand reglos in gelassener majestätischer Pracht der Tiger, geschmeidig zum Sprung geduckt, in seinem gelbschwarzgestreiften Kleid, ganz samtige Sanftheit, eine Pranke vorschiebend, ohne auch nur das kleinste Zweiglein zu knicken.

Madecs Hand fuhr an den Gürtel. Die Pistole. Aber der Elefant des Radschas setzte unbeirrt seinen Weg fort, und Bhawani rührte sich ebenso wenig wie Sarasvati und der Elefantenführer. So unmöglich es schien, sie hatten den Tiger nicht gesehen und nicht gewittert!

In Madecs Ohren dröhnte die Stille. Sarasvati beugte sich lächelnd zum Radscha hinüber. Ein Zittern durchlief den elastischen Körper der Katze. Mitten im Schritt stoppte der Elefant.

Madec schoß. Die schwere Masse des Tieres, mitten im Sprung getroffen, stürzte auf die Sänfte herunter. Kissen, Holzsplitter, Samtbaldachin rollten durchs Laub. Der Elefant des Fürsten brach aus, gefolgt von Madecs aufgeschrecktem Tier, das der Elefantenführer durch Schläge und Befehle schließlich zum Stehen brachte.

Da entrang sich Madec ein Schrei, das erste menschliche Wort seit einer Ewigkeit: »Sarasvati!« Und die Stricke, die den Teppich der Sänfte festhielten, lösend, ließ er sich wie von den Wanten eines Schiffes vom Elefanten herabgleiten.

Sarasvati! Endlich war er bei ihr!

Vom Ende des Zuges kamen die Diener herbeigelaufen; der Diwan schrie und gestikulierte von seinem Tier herunter; aber Madec sah und hörte nichts. Sarasvati hatte die Augen aufgeschlagen, sie einen Moment lang erstaunt auf Madec ruhen lassen und sich dann zum Radscha umgewandt:

»Bist du verletzt?«

Bhawani antwortete nicht. Blut sickerte unter dem Musselinstoff des rechten Ärmels hervor.

»Bhawani . . .«

Rasch erhob sie sich: »Bhawani!«

»Beruhige dich. Es ist nichts.«

Er hob den Stoff. Holzsplitter hatten sich ihm ins Fleisch gebohrt.

»Es ist weiter nichts«, versicherte er. »Und du, meine Schöne mit dem Lotosgesicht?«

So viel Kaltblütigkeit verblüffte Madec.

»Bhawani, Bhawani, mein Leben . . .«

Doch der Radscha wandte sich an Madec:

»Wo ist die Beute? Und wie ist es geschehen?«

Madec deutete erst auf seine Pistole, dann auf die rings umher verstreuten Holzsplitter. Ein Kommentar erübrigte sich; der Radscha begriff auf der Stelle: Unter dem Gewicht des Tigers hatte die Sänfte nachgegeben. Sarasvati war als erste herausgefallen. Zum Glück hatten die Kissen und Schals ihren Sturz etwas abgefangen. Er selber war härter aufgeschlagen. Außerdem hatten ihn die Pranken des Tigers am Rücken getroffen, der nun heftig zu brennen anfing. Am übelsten aber hatte es den Elefantenführer erwischt, der, unter dem massigen Tier begraben, noch bewußtlos am Boden lag, wie auch Martin-Lion, der auf die andere Seite gefallen war.

»Visage!« rief Madec. »Visage!«

Der Chirurg bahnte sich einen Weg durch die Menge der Diener und Würdenträger.

»Kümmere dich um sie«, bat Madec, »sie brauchen deine Hilfe.«

»Und der Mann des *Ayurveda?«* fragte Visage.

Der Radscha unterdrückte eine Grimasse: »Den Brahmanen ist die Jagd untersagt.«

»Mein Freund«, erklärte Madec auf Visage deutend, »versteht sich auf Verletzungen und ihre Behandlung. Wollt Ihr ihn Euren Arm untersuchen lassen?« Er war auf eine verächtliche Abfuhr, einen erneuten Beweis für das ewige Überlegenheitsgefühl der Inder gefaßt, aber zu seiner großen Überraschung willigte Bhawani ein.

»Deine fremde Waffe hat mir das Leben gerettet; mögen mich nun auch fremde Hände berühren.«

Vorsichtig hob Visage den Brokatärmel; mehrere Holzsplitter vom Baldachin hatten sich in die Muskeln gebohrt. Solche Verletzungen waren ihm von Bord her nach Kanonaden und Kugelregen sehr wohl vertraut, und so hatte er die nicht allzu tief sitzenden Splitter bald entfernt. Der Radscha zuckte mit keiner Wimper. Lediglich sein tiefer, regelmäßiger Atem verriet, daß er Schmerzen hatte.

»Um den Schmerz zu stillen und dem Brand vorzubeugen«, erklärte Visage, »brauchen wir Cremes und Salben. Am besten kehren wir also nach Godh zurück.«

»Beim Schwert, nein!« rief der Radscha, nachdem Madec Visages Vorschlag übersetzt hatte. »Wir verbringen die Nacht, genau wie vorgesehen, im Jagdpavillon. Diwan, heiße die Diener im Dschungel Heilkräuter suchen!«

Seiner Stimme war nicht das geringste anzuhören. Sie klang völlig unverändert. Visage bewunderte seine Ruhe. Zwar war er vom Schiff her diese Art stillen Heldentums gewohnt; aber während das Leben an Bord mit seiner ununterbrochenen Kette von Leiden einem langsamen Sterben in kleinen Raten glich, schien dieser junge Fürst von allen Prüfungen verschont geblieben, ganz für die Freuden des Lebens geschaffen zu sein.

Auf die Kissen, die man ihm in den Rücken geschoben hatte, gestützt, betrachtete Bhawani den toten Tiger. Der Schuß hatte ihn mitten in den Kopf getroffen, der Körper war unversehrt.

»Bringt ihn näher.«

Träumerisch strich er über das noch warme Fell.

»Verstehst du den Tiger jetzt, Madecji?« fragte er, »die Tigerjagd . . .« Madec antwortete nicht. Auch seine Augen irrten über das Fell des Tieres. Er konnte nicht glauben, daß er wirklich tot sein sollte. Alles war so schnell gegangen.

»Der Tiger«, hob Bhawani wieder an. »Der Feind, der einen bedroht! Und der Elefant, der ihn nicht wittert . . . So etwas gibt es nicht. Das muß ein Zeichen sein. Begreifst du, Madecji? Aber brechen wir auf!« Und dann ordnete er an: »Mit mir kommen der Oberste der *Firangis* und sein Mann des *Ayurveda,* während du, Madecji, zusammen mit dem Diwan und Sarasvati, der Schönen, reitest.«

Nichts verriet seinen Schmerz, als er sich erhob.

»Würdiger Sohn der Sonne«, rief der Diwan, »Inkarnation kriegerischer Kraft, die das Universum regiert, *Suryavansi,* ich verneige mich vor deiner Kraft.«

Mit diesen Worten warf er sich auf den Boden. Doch der Radscha schritt an ihm vorüber, ohne ihn eines Blickes zu würdigen.

Der Zug setzte sich wieder in Bewegung. Die Elefanten legten ein lebhafteres Tempo vor, die Sänften rüttelten, und Madec landete bald im wabbeligen Fleisch des Diwan, bald an Sarasvatis weicher Seite. Ungewiß, was mehr zu fürchten sei, machte er sich so steif er konnte, was die Reise für ihn zur Qual werden ließ. Zum Glück jedoch lichteten sich die Lianen schon bald, die Bäume gaben den Blick auf den Himmel frei und eine große Lichtung tat sich auf: ein vergoldeter Pavillon an einem Weiher, leicht und überraschend wie der Palast von Godh, dem wilden Charakter des Ortes aber dennoch aufs glücklichste angepaßt.

Der Radscha erteilte den Befehl, zu halten. Diener eilten herbei, um den Pavillon mit Schilfbesen von Laub und dem Unrat der Tiere zu säubern, andere brachten Teppiche und Kissen angeschleppt, und als alle mit Hilfe kleiner Leitern abgestiegen waren, ging Sharma zur äußeren Galerie des kleinen Palais, wo er, ohne sich zu setzen, wartete, bis sich sein ganzes Gefolge um ihn versammelt hatte. Die Höflinge ihrerseits trugen eine gravitätische Miene zur Schau, was Wichtiges erwarten ließ.

»Madecji . . .«

Madec, der sich etwas im Hintergrund gehalten hatte, fühlte sich durch die Anrede des Fürsten unangenehm berührt.

»Madecji, tritt vor.«

Widerstrebend gehorchte er. Der Radscha nahm seinen Turban vom Kopf und zog den Diamanten heraus.

»Nimm diesen Stein. Er ist mein drittes Auge, das dir gehören soll, da es dich gelenkt hat, nicht mich. Also nimm.«

Madec war wie gelähmt. Es war ein sehr großer Stein von reinstem Wasser, schöner vielleicht als jene, die Dupleix für die Unterwerfung der Nabobs erhalten hatte.

»Aber mit Euch habe ich zugleich ja auch mich gerettet«, wandte er ein. – »Nein«, erwiderte der Radscha. »Denn der Tiger hat mich angegriffen. In dem Tier war mein Feind versteckt, und du hast ihn getötet.«

Sanfter fuhr er fort: »Und du hast Sarasvati gerettet, die Schöne der Schönen, *Nur Mahal,* die Auserwählte meines Harems. So befehle ich dir beim Schwert, nimm diesen Diamanten!«

Aber Madec rührte sich nicht. Außer dem Vogelgeschrei und dem Rascheln der Zweige im Dschungel war nichts zu hören. Als die Stille unerträglich zu werden drohte, erhob sich eine leise, ruhige Stimme:

»Habt Ihr den Diamanten beim Schwert verweigert, so nehmt ihn bei der Liebe.«

Ein Knistern von Seide. Ein goldgesprenkeltes Blau. Sarasvati, die Hände auf dem Bolero zusammengelegt, wie um *Namaste* zu sagen, schlug die Augen nieder und schwieg. Und Madec streckte die Hand aus, um den Diamanten entgegenzunehmen und sich dem Radscha zu Füßen zu werfen.

»Schau dir den Stein gut an«, sagte Bhawani, »ein Diamant ohne Fehl und Tadel mit feinen, scharfen Kanten, von einer schönen, hellen Farbe mit dem Feuer des Regenbogens . . .«

Die Stimme versagte ihm. Er kämpfte gegen den Schmerz. Dennoch fuhr er fort:

»*Vajra!* Der oberste unter den Edelsteinen, der Diamant, der alles ritzt und von nichts geritzt wird, der nur von sich selbst geschnitten werden kann, verleiht seinem Träger eine überlegene Kraft, die ihn zum Herrn über alle Länder macht, die ihm Kinder schenkt, Reichtum, Korn, Wohlhabenheit, Vieh, unversiegbares Glück . . .« Der Radscha ließ sich auf die Kissen sinken. Ein Schwarm quakender Enten zog über den Himmel. Sarasvati blieb stehen, die Augen in die Madecs gesenkt, der den Stein in seiner Hand preßte, bis sich ihm die Kanten schmerzhaft ins Fleisch gruben. Wie oft hatte er in schlaflosen Nächten bei der Wache auf dem Schiff oder am Lagerfeuer von Edelsteinen geträumt! Und nun, da er selber einen besaß, selber einen in der Hand hielt, wünschte er nur, Sarasvati so zu halten, Sarasvati, die, wiewohl nur ein paar Schritte vor ihm, ferner war denn je.

So hatte er, nach Indien gekommen, einen Schleier nach dem anderen gehoben, war immer tiefer in das Geheimnis eingedrungen, um schließlich ganz innen auf eine Frau zu stoßen: Sarasvati.

Der Abend brach herein. Für eine kurze Weile herrschte Stille über dem Dschungel; die Tiere des Tages waren nach und nach verstummt, und die der Nacht hatten die Ablösung noch nicht angetreten. Der Radscha hatte Sarasvati in den entlegensten Flügel des Pavillons geführt. Die Luft war von dem schweren Geruch von Holzfeuern und gegrillten *Chapati,* Fladen und dicker Linsensoße erfüllt. Da zerriß der Schrei einer Hyäne den Abendfrieden und ließ Sarasvati auffahren, so daß sie die Lampe und das kleine Kohlebecken an ihrer Seite beinahe umgestoßen hätte.

»Hast du Angst?« fragte Bhawani und ergriff die Lampe, um ihr ins Gesicht zu leuchten.

Sie zögerte mit der Antwort, überwand sich dann aber.

»Deinetwegen«, gestand sie schließlich. »Deiner Wunden wegen.«

»Aber sie schmerzen mich nicht«, erwiderte er. »Ich spüre nichts mehr, weder am Rücken noch am Arm. Das Harz, das die Diener aus dem Dschungel holten, hat das Blut aus den Wunden getrunken und sie geschlossen.«

Nach einer kleinen Pause fuhr er fort: »Ich habe einen Boten nach Godh zu Mohan gesandt. Er wird uns morgen mit einem noch reineren Diamanten im Wasserschlößchen erwarten und das Horoskop des *Firangi* Madec vorbereiten, was ihm allerdings schwerfallen dürfte, da mir der *Firangi* den genauen Tag seiner Geburt nicht angeben konnte. Falls ich ihn richtig verstand, zählen sie die Zeit nicht wie wir nach dem Mond.«

»Aber wenn du sein Horoskop nicht kennst«, fiel ihm Sarasvati voller Unruhe ins Wort, »kannst du einen mit solchen Kräften ausgestatteten Mann nicht an deiner Seite dulden. Er könnte seine Kraft auch gegen dich kehren.«

Ihre Hand nehmend, tauchte Bhawani seinen Blick in ihren. Sie hatte Angst, das spürte er. Dennoch schien es, als versuchte sie sich ihre Worte selber einzureden. Sie fürchtete nicht den *Firangi* Madec, nicht im Zusammenhang mit Godh. Irgend etwas in ihr entzog sich ihm – wie immer. Gerade das aber war wohl der Grund, warum er sie von all seinen Frauen am meisten liebte.

»Genug!« beschied er. »Morgen kehren wir auf dem schnellsten Weg zurück und hören, was Mohan zu sagen hat. Im übrigen bist du zu ängstlich. Du bist noch immer das kleine Kind, das Angst vor der Kobra hat, obwohl Kies ums Haus gestreut ist!«

»Du weißt sehr wohl«, fauchte sie, »daß ich mich nicht vor der Kobra fürchte, weil sie mich beschützt!«

Sie gab sich gekränkt, was Bhawani als Auftakt zum Liebesspiel betrachtete. Er drängte sie an das Wasserbecken, auf das das Zimmer hinausging, holte Lampe und Kohlebecken, beugte sich über das Wasser und küßte ihr Spiegelbild. Das war der »Kuß der Liebeserklärung«.

»Du wirst noch am Königsübel sterben, Bhawani«, mahnte sie, seiner Wunden eingedenk. »Du hältst mit deinen Kräften nicht Haus.«

»Rajayaksma!« erwiderte er. »Dein Anblick macht mich vor Liebe toll wie der der Kuh Rohini den König Mond. Was Wunder, wenn mich das Verlangen austrocknete wie ihn . . .«

Sarasvati warf ihm einen belustigt erstaunten Blick zu. So ausgelassen hatte sie ihn schon lange nicht mehr gesehen. Er nahm ihre Füße in beide Hände und drückte den Kuß der Aufforderung darauf.

»Du kennst die Regeln, Prinzessin, Kuß für Kuß, Liebkosung für Liebkosung, Stoß für Stoß!«

Er wiederholte den Kuß der Aufforderung, löste den Knoten des Boleros, schob die Falten ihres Rocks auseinander und näherte die Lampe:

»Welcher Anblick! Dein Haus des Kama!«

Sie hatten, Gesicht an Gesicht, die Stellung von Wasser und Milch eingenommen, in der die Körper so innig vereinigt sind, daß die Liebenden keine Wunde mehr spüren. Sarasvati winkte den beiden Dienerinnen im Hintergrund, deren Augen vor Neugier blitzten, ihr ein Polster in den Rücken zu schieben und die Haare zum Zeichen der großen Leidenschaft zu lösen.

»Nun gleichst du dem kleinen Fisch, der aufs schönste geschmückt aus dem Teich steigt, um zum Rendezvous mit dem großen Krokodil zu eilen«, rief Bhawani.

Die Dienerinnen erhoben sich, aber er hielt sie zurück, um ihnen Sarasvatis Schönheit zu zeigen, sie an seiner Bewunderung teilhaben zu lassen.

»Schaut sie Euch an, diese Frau Padmini; unter Zehntausenden findet Ihr nicht ihresgleichen. Ihr Schweiß verströmt den Duft von Moschus, die Biene folgt ihr wie dem Honig; ihr *Yoni* ist klein, er öffnet sich wie ein Geheimnis, und ich spüre den Samen der Liebe, der duftet wie die aufbrechende Lilie. Lotos-Frau . . .«

Er brach ab. Sarasvati spürte, wie er seine langen Nägel in ihre bloße Brust grub. Morgen früh würden die köstlichen Zeichen, die so entzückende Namen trugen wie »Blatt des blauen Lotos«, »Pfauenfuß« oder »gebrochene Wolke« (wie der Biß in die Innenseite des Oberschenkels hieß, der hübsche kleine Pünktchen hinterließ), die Liebe in seiner Abwesenheit wieder entflammen. Für einen kurzen Augenblick löste sie sich aus der Umarmung, um ihm den Regeln entsprechend die »gebrochene Wolke« zurückzugeben, damit auch er sich am Morgen an sie erinnerte. Dann nahmen sie wieder die Stellung von Wasser und Milch ein.

»Heute abend möchte ich einen Sohn von dir!«

Aber sie hatte seine Worte nicht gehört. Phra! Phat! Sut! Plat! Sie nannte jeden Stoß bei seinem Namen, dem Gurren, dem Donnern, dem Gackern der Wachtel oder dem Schrei des Pfaus.

»Ich will einen Sohn!«

Diesmal hatte sie begriffen und kreuzte sofort die Füße auf den Schenkeln.

Wie fügsam sie war. Mühelos hatte sie die Stellung von Indras Gattin eingenommen, die die Kinder schenkt. Beider Atem mischte sich, und bebend ließ sich Sarasvati auf Bhawanis Brust sinken. Sie spürte den Druck seiner Perlenketten nicht mehr. In ihr, unten am Rücken war die Schlange Kundalini erwacht, und die Kraft des Gottes, der Geist der Schöpfung, durchflutete sie, belebte prickelnd ihren ganzen Körper.

»Ich will einen zweiten Sohn.«

Mit diesem Seufzer des Radschas sanken beide in sich zusammen, einer im anderen verloren ohne Bewußtsein des eigenen Seins. Der Widerschein auf dem Wasser war erloschen. Die zusammengekauerten Dienerinnen unterhielten sich flüsternd. Ein leichter Wind wiegte die Palmen im Dschungel, aus dem die Schreie der Nachttiere herüberdrangen.

Sarasvati erwachte bei Morgengrauen als erste. Die Luft war frisch, ja kühl, und die Domestiken begannen schon die Unordnung der vergangenen Nacht zu beseitigen. Hinter dem Wasserfall war das Trompeten der Elefanten beim Anschirren für die Rückkehr nach Godh zu hören.

Bhawani schlief noch, eingewickelt in seine Schals. Er schien fern, abwesend wie Wischnu in seinem Schlaf auf der Schlange der Ewigkeit. Warum wollte er einen Sohn, fragte sich Sarasvati, zugleich erschrocken über die Ungehörigkeit dieser Frage. Ihr Dharma als Frau war es wie das aller Frauen Indiens, der unberührbaren wie der Brahmanengattinnen, Mutter zahlreicher Söhne zu werden. Die Wonnen vom Vorabend fielen ihr wieder ein. Ein solches Glück verhieß ein schönes Kind. So miteinander verschmolzen zu sein wie Schiwa und Shakti, das göttliche Paar zu Beginn der Welt, daß die Zeit stillsteht und man eins wird.

Aber sie waren nicht eins, und die Zeit blieb. Und ebenso gab es die anderen. Im anderen Flügel des Pavillons waren die *Firangis,* vornehmlich jener Madec mit den hellen Augen und der fürchterlichen Waffe. Und die Frage schoß ihr durch den Kopf, ob sie, wiewohl von den unreinen Wassern gekommen, ebenfalls ein Anrecht auf jenen Teil des Absoluten besaßen, den die Freuden der Liebe schenken.

Ein Gefühl des Unbehagens überkam sie, und sie sehnte sich nach dem stillen Dämmerlicht des Krischnatempels mit seinem Weihrauch, den Blumenopfern und Gebeten.

Aber der Gedanke an die *Firangis* ließ sie nicht zur Ruhe kommen. Was hatte zum Beispiel das Zeichen des Tigers gestern zu bedeuten? Doch was auch immer, der Rhythmus von Winter und Monsun, Karawanen und Regen jedenfalls war dahin, denn der *Firangi* Madec säte Unruhe.

Irgendwo trug er aber auch Liebe in sich. Kennzeichnend jedoch war dieses Fieber, dieses Getriebensein, diese Unfähigkeit, in Ruhe zu atmen, diese Rastlosigkeit, die auf die Menschen wie auf die Dinge ausstrahlte. Dieser Mann sah nur den nächsten Tag, nicht die gegenwärtige Minute.

Kundalini, Schlange der Ewigkeit, deine Haut wird rissig und brüchig, und ich, Sarasvati, bin in einer Spalte der Zeit gefangen. Eine Kette von Ereignissen wird ihren Anfang nehmen, stärker als die regelmäßige Wiederkehr des Monsuns, stärker als das Leben, das sich vielleicht schon in mir regt.

Ein Zittern durchlief Bhawani. Sie zog die Schals über ihn, die heruntergeglitten waren. Ein leichter Wind war aufgekommen und hatte auf dem Wasserbecken eine zarte blaue Blume gebildet, die im rasch heraufdämmernden Tag immer blasser wurde, einen Augenblick lang in der Strömung trieb und sich dann im Wasserfall verlor. Einen Augenblick lang, einen Augenblick, der nie wiederkehren würde, der für immer tot war. Wie der Augenblick von gestern, der sie in Liebe mit dem Radscha vereint hatte, aber auch der, in dem sie die Tollheit überkommen hatte, zum Fremdling Madec »bei der Liebe« zu sagen.

Nun begriff sie auch die unsinnige Wette Bhawanis und warum er ihr Verhalten, durch das sie Madec zur Annahme des Diamanten gezwungen hatte, billigte. Der Radscha wollte seinerseits in diese neue, gänzlich auf die Zukunft ausgerichtete Welt der Fremden eintreten, ohne deswegen doch das unwandelbare Erbe aufzugeben, das er von den Vätern übernommen und das er an seine Söhne weiterzugeben gedachte: die Achtung vor dem Gesetz Indiens, dem Dharma. Daneben aber sollte hinfort noch eine andere Kraft gelten, die sie in den Augen der *Firangis* gesehen hatte.

Wie schwierig es doch heute morgen war, nur eine Frau zu sein, aber die Kraft der Dinge in ihrem endlos, ständig wiederkehrenden Kreislauf in sich zu fühlen und gleichzeitig doch zu wissen, was in Wahrheit nur den Mächtigen zustand, daß von jetzt an auch mit der neuen, katholischen Welt des Nichtumkehrbaren, der Einmaligkeit der Dinge zu rechnen war. Und voller Faszination begrüßte sie an diesem Morgen, als sie dem Radscha nach dem Erwachen den ersten Kuß auf die Lippen drückte, die Idee, in Zukunft womöglich mit den bis vor kurzem noch so gefürchteten *Firangis* zusammenzuleben.

Auf dem Rückweg wurde im Wasserschloß Zwischenstation gemacht, und auf Madecs Frage, wann es nach Godh weitergehen sollte, antwortete der Diwan nur: »Kal, Madecji, Kal.« Also morgen oder in zwei Tagen oder auch nächste Woche oder nie. Aber keiner der Franzosen protestierte, zumal der Aufenthalt höchst kurzweilig war und zuckrige Blumenliköre die Wartezeit auf angenehmste Weise verkürzten.

Doch schon am nächsten Morgen betrat der Astrologe in Begleitung von zwei Wachen langsamen und gemessenen Schrittes die Räume der *Firangis*. Verblüfft über das Auftauchen der Macht in ihrer unverhülltesten Form ließ Madec die Flasche, aus der er gerade einschenken wollte, fallen. Eine wichtige Entscheidung mußte bevorstehen.

Nach einer kurzen Begrüßung hob der Brahmane an: »Madecji, der Radscha läßt Euch ein neues Angebot machen. Er schlägt Euch vor, in Godh zu bleiben, bis Ihr ein Heer nach Art der *Firangis* aufgestellt, neue Waffen hergestellt und seinen Soldaten den neuen Gehorsam beigebracht habt. Euer Schaden soll es nicht sein.«

Endlich also sollten ihre lang gehegten Wünsche in Erfüllung gehen! Mit bebender Stimme dolmetschte Madec, und wie erwartet, hellten sich die Gesichter der drei anderen bei jedem Wort mehr auf. Dennoch baten sie sich wie üblich Bedenkzeit aus. Der Brahmane willigte ein, mahnte sie jedoch, sich zu beeilen.

»Der Radscha ist ungeduldig«, fügte er an. »Er will heute abend ein Fest auf dem See geben und erwartet Eure Antwort in einer Stunde.«

Als er mit einer Verbeugung gegangen war, rief Martin-Lion: »Nun ist es also so weit! Endlich! Ich hatte Euch doch gesagt . . .«

Madec jedoch trat ans Fenster und schaute schweigend auf den spiegelglatten See hinaus. Der Frühling war eingezogen, die Temperaturen stiegen. Es war schon fast heiß. Nicht mehr lange, und die indischen Straßen würden in Staubwolken untergehen und die Erde so ausgetrocknet sein, daß sie überall aufriß. Bald brach hier die Hölle los. Die Hölle, ja, die Hölle, die in ihm schon jetzt brannte. Er konnte nicht länger bleiben. Nein, er konnte nicht. Wie aber sollte er es erklären, ohne so dazustehen, als wollte er nur seinen Diamanten in Sicherheit bringen?

»Du siehst, Madec, daß ich recht hatte!« wandte sich Martin-Lion direkt an ihn.

Er mußte auf der Stelle sprechen.

»Martin-Lion, ich bleibe nicht. Ich gebe dem Radscha den Diamanten wieder und kehre nach Pondicherry zurück.«

»Aber du mußt wahnsinnig sein«, rief Visage, aus seiner zuckrigen Umnebelung auffahrend, »einfach wahnsinnig!«

»Laßt mich«, wehrte Madec ab. »Ich passe nicht hierher. Ich kehre, wie abgemacht, in den Süden zurück und schließe mich wieder der französischen Armee an – nur eben etwas früher als Ihr.«

»Aber doch nicht ganz allein!«

Da mischte sich Martin-Lion ein: »Er ist frei, Visage, wie jeder von uns.« Eine Stunde später kam der Brahmane zurück, und als ihm Madec den Beschluß seiner Gefährten mitgeteilt hatte und unschlüssig schwankte, ob er nun von sich sprechen sollte, kam ihm der Astrologe zuvor:

»Und du? Du gehst?«

Madec brachte kein Wort heraus. Wie hatte der andere das erraten?

»Ich . . . ich bitte den Radscha um die Erlaubnis, mit meinen Männern nach Süden zu marschieren. Möge er den Diamanten, den er mir gegeben hat, zurücknehmen, ich bin seiner nicht würdig.«

»Das mußt du ihm heute abend nach dem Fest schon selber sagen«, erklärte der Brahmane ungerührt, raffte die Falten seines safrangelben Gewandes zusammen und verschwand, von den zwei Wachen eingerahmt, am Ende der Marmorgalerie, die zu den Gemächern des Radschas führte.

Geräuschlos glitten die letzten Lichter einiger verspäteter Barken über den See, enthüllten da und dort im Schein der Fackeln Blumengirlanden in der Strömung, die sich im Blattwerk der Wasserpflanzen verfangen hatten.

Das Fest war vorüber, der Augenblick gekommen. Bhawani warf einen letzten Blick auf die *Firangis.* Es war Zeit.

»Warte das Ende des Festes ab«, hatte der Astrologe geraten, »das äußerste Ende, bis sie vom Essen ermattet und von den Tänzerinnen behext sind, bis ihr Durst nach Schaustellung und Gepränge durch das Feuerwerk auf den Barken wie nie zuvor befriedigt ist.«

»Und Madec?« hatte der Radscha gefragt. »Hast du die Sterne befragt? Wird er wirklich gehen?«

»In manchen Fällen hüllen sich die Sterne in Schweigen. Ich spreche hier nur aus der Weisheit und Erfahrung des Alters, nicht als Brahmane.«

»Aber warum will er gehen? Wie kann ich ihn halten?«

»Fasse dich in Geduld, Radscha. Kein Mensch ist je von einem Elefanten abgestiegen, um auf einem Esel weiterzureiten. Versuche nicht, ihn jetzt zu halten. Vergiß nicht, die anderen bleiben. Und dann verrät die ganze Art und Weise, wie er aufbricht, daß er zurückkehren wird.«

»Aber wann?«

Der Brahmane seufzte. Die Trauer des Radschas rührte ihn.

»Wann?« fragte Bhawani. »Verzeih mir meine Ängstlichkeit, Mohan, aber von allen Firangis ist mir Madec der liebste. Er hat mir das Leben gerettet und ... ist mir, mag er auch von den Schwarzen Wassern kommen, nah, als kennte ich ihn aus einer früheren Existenz.«

»Laß das Phantasieren. Er ist ein Fremder, der dir nur durch sein Wissen und die Kraft seiner Muskeln dienen kann.«

»Aber warum will er mir den Diamanten zurückgeben?«

»Aus Stolz. Darum laß ihn gewähren. Aber willst du, daß er wiederkehrt, dann zeige dich geschickt.«

Den ganzen Nachmittag hatte Bhawani nur an diesen Augenblick gedacht, an die Begegnung mit dem *Firangi.* Entgegen seiner Gewohnheit war er nicht in die *Zenana* gegangen. Er fühlte sich nicht zur Liebe aufgelegt. Der Rückweg nach Godh hatte ihn ermüdet, sein Rücken und sein Arm schmerzten leicht. Er schnalzte mit den Fingern und erteilte den herbeieilenden Wachen Order, den *Firangi* Madec zu holen.

An eine Säule gelehnt, schaute Madec zu den letzten, auf dem See verlorenen Barken hinüber. Nun, nachdem der Radscha und die Prinzessin gegangen waren – vor allem, warum sollte er sich etwas vormachen?, die Fürstin, die an diesem Abend schöner gewesen war denn je –, hätte er sterben mögen, sich verlieren in diesen ruhigen Wassern, die einen sanften, einen unendlich sanften Tod verhießen. Warum sonst hätte ihn beim Anblick von Godh ein solches Gefühl der Fülle durchdrungen? Ohne Zweifel hatte sich darin ein ruhiger Tod angekündigt, ähnlich dem der Inder, und nicht dieses Aufblühen der Liebe, die, das sah er nun sehr wohl, nur Schmerz und Folter brachte.

Die Ankunft der Wachen riß ihn aus seinen Überlegungen:

»Madecji, der Radscha läßt Euch rufen!«

Widerstrebend folgte ihnen Madec zur gegenüberliegenden Tür und durch einen dunklen Gang in einen nur durch ein Kohlebecken erhellten Raum, in dem sich Bhawani auf dem blanken Boden ausgestreckt hatte.

»Du kennst diesen Raum noch nicht, nicht wahr, Madecji?«

Er kannte ihn in der Tat noch nicht. Ort und Zeitpunkt sprachen für eine Geheimaudienz. Ein Schauer durchlief ihn. Der Radscha wollte ihn nicht gehen lassen.

»So steht«, fragte Bhawani, ohne ihn zu Wort kommen zu lassen, »dein Entschluß fest: Du kehrst zu den Deinen zurück?«

»Ich bitte Euch, es mir zu gestatten, mich aller Verpflichtungen Euch gegenüber zu entbinden und Euren Stein zurückzunehmen.«

Mit diesen Worten warf er sich dem Radscha zu Füßen und streckte ihm den Diamanten hin.

Der Radscha nahm Madecs Hand in seine, die sich glatt und weich anfühlte und Madec ob seiner eigenen durch Krieg und Entbehrungen rauhen, aufgesprungenen Hände erröten ließ.

»Madecji, ich achte dein Schweigen und werde auch nicht mit Fragen in dich dringen. Was immer dich forttreibt, du hast mir das Leben gerettet, was ich dir nie vergessen werde. Ich gebe dir eine Eskorte und Proviant mit und bin auch bereit, den Stein zurückzunehmen.«

Er ließ Madecs Hand los und drückte den Diamanten zwischen den Fingern. Dann fuhr er fort:

»Doch wisse, daß ich dich hier erwarte, daß dich, um welche Zeit und Stunde auch immer, Godh hier erwartet, eingeschlossen in diese Facetten. Denn auch die Diamanten haben ein Innenleben voller Geheimnisse und Weisheit. Dieser Stein gehört dir und soll mir die Hoffnung bewahren, dich in meinen Mauern wiederzusehen.«

Er klatschte in die Hände und befahl den herbeieilenden Wachen: »Fackeln!«

Schlagartig erstrahlte der Raum in einem unerhörten, vieltausendfältigen Glitzern, das Madec erschauern ließ. Als sich seine Augen an das Licht gewöhnt hatten, erkannte er, daß die ganze Wand von einem aus goldgefaßten Amethysten, Karneolen, Türkisen, Chalzedonen, Lapislazuli eingesetzten überaus prächtigen Pfau überzogen war, unter dem sich der Radscha trotz seiner Perlen und seines golddurchwirkten Gewandes geradezu armselig ausnahm.

»Dieses Wunderwerk wird, wenn es den Eroberern gelingt, den

Marmor meiner Insel von Wachen zu säubern, Stein um Stein herausgebrochen werden ...«

»Aber Ihr bedürft meiner Dienste nicht, um es zu schützen«, unterbrach ihn Madec.

»Gewiß nicht«, erwiderte der Radscha, »Godhs Schätze sind nicht so leicht zu erobern.«

Dann befahl er den Wachen: »Stellt die Fackeln ab und laßt uns allein!« Stille kehrte ein. Madec, der noch immer nicht begriff, wußte nicht, wie er das Gespräch wieder anknüpfen sollte. Ganz geblendet von all dem Glanz, war er nur von dem Wunsch erfüllt, zu gehen. All die Pracht und Herrlichkeit machte seine Liebe nur um so hoffnungsloser.

Der Radscha erhob sich und ergriff eine Fackel.

»Ich halte dich nicht zurück, Madec. Fürchte nichts. Doch schau hier noch unter den Fuß des Pfaus. Schau genau hin!«

»Da fehlt ein Stein.«

»Schau noch genauer hin! Scheu dich nicht!«

Bhawani nahm seine Hand und führte sie.

»Steck den Finger hinein, steck ihn nur hinein ...«

Ein Knirschen, ein Klick. Und als der Radscha mit der Fackel hinleuchtete, wurde hinter einer Marmorplatte unter dem Fuß des Pfaus ein Versteck sichtbar.

»Es ist leer, Madec, siehst du?«

»Ich begreife nicht.«

»Wie ich dir bereits sagte, hat Godh zwei Plünderungen hinter sich und wird der dritten erliegen. Sobald uns ein Feind bedroht, bringe ich den Schatz von der Stadt hierher. Fällt sie, wird auch das Wasserschlößchen geplündert und der Pfau Stein um Stein aus der Mauer herausgebrochen. Die Plünderer aber ahnen nicht, daß sich dahinter ein noch viel sagenhafterer Schatz verbirgt.«

»Und warum sagt Ihr das mir?«

»Ich habe Angst vor der Zukunft, Madecji. Niemand weiß, ob du zurückkehrst, nicht einmal der Astrologe. Tust du es aber, so ist Godh entweder schön und friedlich, wie du es beim ersten Mal vorgefunden hast, oder geplündert und versklavt.«

Er legte Madecs Diamanten in das Versteck und verschloß es wieder. »Im ersten Fall, Madec, werde ich oder mein Sohn oder der Sohn meiner Söhne da sein, und dein Diamant wird dich in diesem Versteck erwarten. Im zweiten ist Godh nicht mehr. Dann geh hierher und nimm die Edelsteine, die du findest, und räche unsere Ehre. Das ist mein Abschiedsgeschenk zum Zeichen unserer Freundschaft. Niemand außer Mohan kennt das Versteck, nicht einmal Sarasvati.«

Nicht einmal Sarasvati . . .

Madec warf sich dem Radscha zu Füßen. Wie recht er hatte zu gehen, und wie gern hätte er das Unaussprechliche gesagt! Nur eines war es, das ihn forttrieb: Diese vier Silben aus keinem fremden Mund mehr zu hören, diese vier Silben, in denen für ihn Sinn und Unsinn der Welt beschlossen lagen.

8. Kapitel

Rückkehr nach Pondicherry
März bis Dezember 1760

Zurück ging der Marsch durch die Dschungel Indiens. Reißende Wildbäche, Gebirge, Pässe. Lange staubige Hochebenen. Hunger und Durst. Und dennoch war diesmal alles einfacher für Madec. Der Radscha hatte ihm ein Pferd gegeben, einen kleinen, nervösen, schnellen Afghanen, der ihm die ersten Wochen auf der Straße wesentlich leichter werden ließ. Mit der zunehmenden Hitze aber begannen die Sepoys zu desertieren. Und mitten im Dekkhan raffte eine Kolik das Pferd dahin. Wieder einmal war Madec auf seine eigenen Füße angewiesen. Seine Männer aber, mit einem sicheren Gespür für die Verzweiflung im Herzen ihres einsamen Führers, blieben unterwegs an den Heiligtümern zurück oder liefen, wenn sie einem Gottbesessenen begegneten, in Scharen davon. Waren es vorher auf dem Marsch nach Norden selten mehr als einer oder zwei gewesen, so waren es nun zwischen fünf und zehn. So kehrte Madec, obwohl er die Prüfung bestanden und die Dame vom See und das Schloß der Gefahren gefunden hatte, ohne den Gral von der Gralsburg zurück. Die Erzähler im Dekkhan, denen er manchmal in langen Nächten lauschte, wußten andere Geschichten vom König der Kobrakönige, der im tiefsten Inneren des Dschungels, den reinsten Diamanten der Welt im weit geöffneten Rachen, einen sagenhaften Schatz hütete. »Freude aller Freuden, o ewiger Segen dem, der den König der Kobrakönige zu sehen bekommt!«

Doch ihm, Madec, genannt Madecji, war im Dschungel von Godh noch etwas weit Erhebenderes widerfahren: einen Augenblick lang hatte er den wunderbaren Blick einer indischen Fürstin besessen, der er nun, verzweifelter denn je, den Rücken zugekehrt hatte.

Um seine Leiden zu vergessen, suchte er Zerstreuung in der Knauserei und beschloß, um besser mit den Einheimischen handeln zu können, die ersten hundert Zahlen auf Hindi zu erlernen, deren Silben, willkürlich aneinandergereiht, nur äußerst schwer zu behalten waren. Auf diese Weise konnte er die schamlosen Praktiken der

Händler aufdecken, die, um teuer verkaufen oder ihre falschen Rechnungen rechtfertigen zu können, vorgaben, sie nicht zu beherrschen. Nach zweimonatigem Marsch ertappte er sich dabei, daß er nur noch im Imperativ sprach, von den fünf möglichen Formen aber die höflichen, am Hofe von Godh gebräuchlichen, ausklammerte. Er begnügte sich mit der knappsten Befehlsform, die schon fast an Verachtung grenzte. Dennoch liebte er seine Sepoys. Zum Glück hatte er die beiden Kanonen, die ihm seine Gefährten, das Schlimmste für ihn befürchtend, hatten mitgeben wollen, abgelehnt. Die feuerspeienden Schlünde wären nur ein Hemmschuh gewesen, und er hatte es eilig. Indien war so ruhig, sonderbar ruhig. Das Geld, das ihm der Radscha gegeben hatte, löste zwar manchmal die Zungen und eröffnete ihm auch manch geheimen Weg; was sich aber wirklich zusammenbraute, blieb ihm verborgen. Gelegentlich sah er von fern einen Zug Elefanten oder den Schatten eines Tigers, und in solchen von Erinnerung schweren Momenten überfiel ihn eine unaussprechliche Sehnsucht nach den vertrauten Ufern Pondicherrys, nach Reisfeldern, europäischen Wällen, den Masten einer Fregatte am Horizont oder auch nur nach einem Kirchturm oder der Soutane eines Jesuiten vor den Mauern der Weißen Stadt. Mit der Zeit erwachte dann auch sein Ehrgeiz wieder. Und wie vordem begann er von Frankreichs Ruhm und Ehre zu träumen, davon, als Grenadier in der Kavallerie zu dienen, im Pulverdampf zu stehen und Forts zu erstürmen.

Keine hundert Meilen von Pondicherry entfernt erfuhr er, daß einer der bedeutendsten französischen Orte an der Koromandelküste gefallen war, daß die Engländer während seiner Abwesenheit die französischen Besitzungen in Indien geduldig eine nach der anderen an sich gebracht hatten.

Von Bengalen war überhaupt nicht mehr die Rede – von dort war seine Nation praktisch vertrieben –, und im Westen hielt der Feind Surat. Fehlte also nur noch Pondicherry, und die Engländer hatten ganz Indien in der Hand.

Auf diese Nachricht hin setzten sich die letzten vierzig Sepoys, die ihm noch geblieben waren, in den Dschungel ab.

Madec schaute an sich hinunter; die Kleider hingen ihm in Fetzen vom Leib, die Füße waren nackt und eingerissen vom vielen Laufen. Dennoch gab es nur eins, standhaft zu bleiben und sich in diesem Zustand an Pondicherrys Toren zu präsentieren. Die Stadt war außerordentlich stark bewacht. Er rasselte Namen und Angaben zur

Person herunter und erhielt nach mehrstündiger Befragung durch niedere und höhere Beamte als ehemaliger Sergeant im Regiment des Chevalier du Pouët und einziger Überlebender der unseligen Geschichte mit dem elenden indischen Radscha schließlich die Erlaubnis, so wie er nun einmal war, barfuß und zerlumpt, die Stadt zu betreten. Die Episode von Godh und das Schicksal seiner Gefährten hatte er wohlweislich verschwiegen. Kaum innerhalb der Mauern, eilte er stehenden Fußes zum Gouverneurspalast, wo er zu du Pouët vorgelassen zu werden begehrte, nach längerem Schweigen aber halb gleichgültig, halb mitleidig beschieden wurde, besagter Chevalier liege, von einem explodierenden Pulverfaß zerfetzt, schon lange unter dem grünen Rasen. Alsogleich verlangte er den Marschall de Lally selbst zu sprechen, dem ihn du Pouët habe empfehlen wollen, so er die Zeit dazu gefunden. Und wieder stieß er zunächst nur auf Schweigen und halb mitleidiges Lächeln, bis ihm einer der Schreiber, die Feder ins Tintenfaß tauchend und auf einem Pergament einige offensichtlich überflüssige Schnörkel ziehend, erklärte: »Die Tür steht Euch offen, Sergeant, Ihr braucht bloß einzutreten. Wisset jedoch, daß der Marschall von Zuckungen befallen ist und alle Störenfriede hinausschmeißt, angefangen bei seinen persönlichen Adjutanten bis hin zum Gouverneur, Herrn de Leyrit. Im übrigen kein Wunder, da er Schlacht auf Schlacht verliert und die lieben Bürger dieser Stadt schon Schmähschriften gegen ihn anschlagen, selbst noch an seiner eigenen Schlafzimmertür!« Und laut auflachend setzte der Beamte seine Schnörkelkünste auf einem anderen Blatt fort.

Mühelos fand sich Madec in dem Gouverneursgebäude zurecht und betrat, ohne auf einen Türsteher oder eine Wache zu stoßen, des Marschalls Büro. Der Mann schien in der Tat sehr nervös, von Zuckungen indessen keine Spur. Sehr zu Madecs Erleichterung, der unerachtet der zwei geladenen Pistolen auf dem Schreibtisch, mit denen der Militär von Zeit zu Zeit spielte, ohne Umschweife auf sein Begehr zu sprechen kam und unter Berufung auf du Pouët, dessen sich der Marschall voller Dankbarkeit entsann, da ihm sein ferner Tod die Mühsal eines Begräbnisses erspart hatte, einen Posten in der Armee forderte.

»Kadett der Artillerie«, erklärte Lally kurz entschlossen und spuckte aus dem Fenster.

»Nein«, erwiderte Madec fest entschlossen, »nicht Artillerie, sondern Kavallerie.«

Etwas überrascht, schluckte Lally den Speichel, den er schon wieder gesammelt hatte, erhob sich und entschied:

»Also gut, Kavallerie, Grenadier zu Pferd, du bretonischer Dickschädel. Ich brauche Männer wie dich. Aber schaff mir dafür auch die Engländer vom Hals!«

Eine Stunde später meldete ein Bote atemlos, die Engländer verstärkten ihren Druck auf die Umgebung, der entscheidende Schlag gegen die Faktorei der Lüste stünde bevor.

Bereits eine Woche darauf rückten die Engländer auf Pondicherry vor. Im Gouverneurspalast wurde die strikte Weisung ausgegeben, alles zu tun, um die Bevölkerung nicht kopfscheu zu machen. Beim ersten Kanonenschlag sei immer noch Zeit genug zur Warnung. Außerdem vertraute Lally auf seine Armee. Er war überzeugt, den Feind zurückschlagen zu können. Und so herrschte in der Faktorei nach wie vor Ruhe, während in der Schwarzen Stadt die Verzweiflung hohe Wogen schlug.

Ananda Rangapillé lag im Sterben. Trotz ihrer wachsenden Gleichgültigkeit gegenüber dem Basar und seinen Händlern hatte sich Jeanne Carvalho hierher bemüht, um ihrem alten Helfershelfer einen Höflichkeitsbesuch abzustatten.

»Pondicherry ist verloren«, seufzte er, »um uns ist es geschehen, *Memsahib,* ich habe dich gewarnt, solange noch Zeit war.«

Aber Jeanne hielt sich nicht lange auf. Wozu auch sich die sinnlosen Fieberdelirien eines Sterbenden anhören, wenn zu Hause der geliebte, der göttliche Saint-Lubin wartete? Der Basar hatte sich nun einmal in die Idee einer Katastrophe verrannt. Dabei lag das Glück zum Greifen nah: in jedem Augenblick. Sie müßte wieder einmal ein Fest geben oder richtiger ein halbes Fest, denn die Versorgung ließ mittlerweile doch recht zu wünschen übrig, und Circé war von der Armee abgesperrt.

Leichten Herzens trieb sie die Träger auf dem Heimweg an, wie stets, seit der junge Mann in ihr Leben getreten war, und eilte beschwingt ins Haus, um die Vorbereitungen für das Fest zu treffen, Einladungen auszusenden und sich für *seine* Rückkehr schönzumachen. Vor ihrem Zimmer im ersten Stock stieß sie auf Marian und faßte sie mit der liebevollen Gebärde, die sie sich zugelegt hatte, seit ihr Saint-Lubin die Lebensfreude wieder geschenkt hatte, bei den roten Locken: »Sorgt Euch nicht, meine Schöne. Ich war bei Ananda. Er deliriert und hat in seinem Fieberwahn und in seiner Wut, sterben zu müssen, all die üblen Gerüchte ausgestreut, die in der Stadt umlaufen!«

Marian warf ihr einen entsetzten Blick zu.

»Nun, so faßt Euch nur wieder! Heute abend geben wir ein kleines Konzert. Die Engländer sind nicht mehr, was sie einmal waren. Bei der ersten Belagerung deckten sie uns mit Kugeln und Bomben ein. Heute schneiden sie den Bauern die Ohren ab, damit sie uns keinen Reis liefern.« Und auflachend fügte sie an: »Ihr hättet damals Mme. Dupleix in meinem Keller sehen sollen; überall quollen ihr die Diamanten aus dem Korsett.«

Aber Marian hatte sich schon in ihr Zimmer zurückgezogen. Jeanne machte sich zurecht, stieg hinunter, um ihre Anordnungen zu geben und Boten auszuschicken, wütete gegen die seit vierzehn Tagen unbegreiflich faulen, widerspenstigen Diener. Gegen Mittag kam Saint-Lubin zurück, ungezwungen wie immer, um noch vor Beendigung der Mahlzeit wieder aufzubrechen. Gegen vier, nach der Siesta, stellten sich Musiker und Gäste ein, die alle gekommen waren, soweit sie in Pondicherry geblieben waren. Orangensaft und Konfitüre wurde gereicht, die Instrumente gestimmt, die Sängerin, eine junge Frau aus bester Familie, räusperte sich. Das Konzert konnte beginnen.

Jeanne setzte sich nicht. Sie zog es vor, an den Türrahmen gelehnt, auf ihren Geliebten zu warten. »Beunruhige dich bitte nicht«, hatte er vor dem Weggehen zu ihr gesagt, »ich werde etwas später kommen. Eine kleine Geheimsitzung beim Gouverneur, aber verrate es niemand.«

Seufzend spähte sie in den Garten hinaus. Die Musik setzte ein, lebhaft, mitreißend. »Vor allem etwas Lustiges!« hatte sie gefordert, um den unbelehrbaren Schwarzsehern das Maul zu stopfen, die behaupteten, Paris lasse seine indischen Faktoreien im Stich.

Nur zwei Schritte von ihr entfernt, draußen im Gang, redete ein solcher Unglücksprophet pausenlos auf eine junge Frau ein.

»Frankreichs Bürger beginnen zu murren«, belehrte er sie. »Mit dem letzten Schiff erhielt ich Post von M. de Voltaire. Und was glauben Sie, was er schreibt? Daß der Krieg in Indien nur ein Streit unter Handlungsgehilfen um Musselin und bedruckte Leinwand sei und die langen beschwerlichen Reisen der jungen Leute zu unseren Faktoreien nur einem Zweck dienten, nämlich ihnen klarzumachen, daß die Welt nicht am eigenen Kirchturm endet. Kurzum, daß es der Nationen Europas nicht würdig sei, den nach Indien verpflanzten

Unglücklichen Leiden über Leiden aufzubürden, die im einzelnen zu erfassen selbst die Enzyklopädie außerstande sei.«

»Wollt Ihr wohl schweigen«, fiel ihm Jeanne ins Wort. »Schließlich seid Ihr hierhergekommen, um Musik zu hören, nicht um unter meinen Gästen Panik zu verbreiten.«

»Über kurz oder lang, Madame«, entgegnete der kleine, geckenhafte Agent ironisch, auf ein silbernes Teegeschirr zeigend, »werdet Ihr dies da versilbern müssen, damit Lally seine Soldaten bezahlen kann . . .«

»Warum geht Ihr nicht zu den Kaffern von Madagaskar und probiert Euer Glück dort?«

»Im Ernst, Madame, wenn Ihr wenigstens einen Teil Eures Vermögens behalten und auch weiterhin in Indien Geschäfte treiben wollt, müßt Ihr nach Madras gehen.«

Jeanne schlug ihm den Fächer vor der Nase zu. Idiotisches Gesindel, verarmte Adlige, schlimmer als Dienerpack und diese Schweine von Unberührbaren! Die Sängerin stimmte ihr Lied an. Dennoch kam keine rechte Stimmung auf. Ein prüfender Blick bestätigte die Befürchtungen der Carvalho: Nirgends eine Hand, die sich unter die Rüschen eines Rockes verirrt hatte, ja nicht einmal ein einladendes Schönheitspflästerchen am Busenansatz. Diese Narren. Und Marian? Marian war nicht da. Wo war sie? Mit dem Anziehen noch nicht fertig, weil ihr keine Dienerin geholfen hatte? Wie war es nur möglich, daß sie sie ganz vergessen hatte! Und trotz ihrer Kurzatmigkeit lief sie mit ein paar Sprüngen die Treppe hinauf zu ihrer Tür.

»Marian! Marian . . .«

Keine Antwort.

Wahrscheinlich war die Kleine eingenickt. Es war sehr heiß. Doch ehe sie sie weckte, wollte sie schnell noch etwas Puder und Rouge auftragen. Seit heute morgen war sie nicht mehr dazu gekommen. Es hatte so viel zu tun gegeben. Sie stieß die Tür zu ihrem Zimmer auf, lief zum Frisiertisch, hantierte fieberhaft mit Fiolen und Parfümflakons, warf einen letzten prüfenden Blick in den Spiegel und fuhr zum Schluß, wie es ihre Gewohnheit war, mit der flachen Hand über das Schloß des Rosenholzsekretärs, das zu ihrer Überraschung aufsprang. Allem Anschein nach war es beschädigt. Sie mußte es schnellstens auswechseln lassen. Im Augenblick jedoch hielt sie sich nicht damit auf. Schließlich war alles in Sicherheit. Alles, das heißt ein Dutzend kleiner Säckchen mit Edelsteinen, etwa einem Viertel aller Juwelen, die seit der letzten Belagerung durch Pondicherry gegangen waren und die selbst Sombre vergeblich gesucht hatte. Denn anstatt, wie er vermutet hatte, im Keller oder in der Küche hinter den Reis- und Gewürzsäcken hatte sie die Edelsteine im Orangenbaumtopf auf der Veranda versteckt, dort, wo die Dienerinnen Marian nachmittags immer in den Schlaf massierten. An jedem ersten Montag im Monat versorgte sie, die Carvalho, die Pflanze selbst, um, wenn alles im Haus schlief, ihre Steine zu überprüfen und den einen oder anderen je nach dem Stand der Dinge und Spekulationen herauszunehmen und zu ersetzen.

Sie kehrte zu Marians Zimmer zurück: »Marian . . .«

Wieder keine Antwort, und so öffnete sie die Tür. Der Raum war leer, der Vogel ausgeflogen, das Bett zerwühlt, die Tücher zerknittert, das Moskitonetz zusammengeknüllt. Vor allem aber diese Spur von Rouge am Kopfkissen und die stickige Luft, dieses allzu bekannte Parfüm, das sich mit dem Geruch von Puder verband. *Seinem* Puder! Sie öffnete den Schrank. Dem Anschein nach alles in bester Ordnung, Kleider, Wäsche, Unterwäsche, nur daß sich, als sie die Stöße aufhob und die Schubladen schüttelte, genau wie erwartet, keine Spur von irgendwelchem Schmuck fand. Marian war durchgebrannt, hatte sich auf und davon gemacht.

Der Kopf brummte ihr. Erstmals seit langer Zeit war ihr wieder nach Arrak zumute. An den Schrank gelehnt, versuchte sie nachzudenken.

Die Domestiken waren heute morgen so träg gewesen . . . Marian, durch ihre Rückkehr aus der Schwarzen Stadt überrascht worden. Er war hier gewesen, ohne allen Zweifel, Saint-Lubin hatte in diesem Bett gelegen, unter diesem Moskitonetz. Deshalb hatte es Marian mit der Angst zu tun bekommen und die Flucht ergriffen; in der Tat war das kleine Schleckermaul nicht zum Mittagessen erschienen, und sie, die Carvalho, hatte sich in ihrem Glücksrausch nicht einmal darüber gewundert.

Eine Straßendirne. Sie hatte es ja schon immer gewußt. Um so schlimmer für die Person. Offensichtlich hatte sie geglaubt, den Kleinen in der Hand zu haben. Aber sie hatte sich getäuscht. Schon während sie sich einer Überfahrt zuliebe am Hafen verkauft hatte, war er brav zu ihr, zur Carvalho, zurückgekehrt, denn war sie auch nicht mehr die Jüngste, so war sie doch die mächtigste, die reichste, die erfahrenste Frau der Faktorei.

Wieder brummte ihr der Kopf. Der Sekretär fiel ihr ein. Sie eilte in ihr Zimmer. Natürlich. Das Schloß war aufgebrochen. Ja, war sie denn mit Blindheit geschlagen gewesen, daß sie nicht begriffen hatte? Sie riß die Schubladen heraus. Alles war durchwühlt worden, die Bestellungen, die Schuldscheine. Doch da war nichts gewesen, was sich hätte zu Geld machen lassen. Die Kleine hatte sich die Mühe umsonst gemacht. Aber der Orangentopf auf der Veranda? Jeanne stürzte zur Treppe, hielt aber, als die Musik zwischen zwei Sätzen abbrach, wie ein aufgeschrecktes Tier mitten im Schritt inne. In die Stille hinein war das Knacken von Zweigen aus dem Garten zu hören.

Er! Das konnte nur er sein! Sie hatte recht behalten, Saint-Lubin kam zu ihr zurück, wie er immer zu ihr zurückkommen würde. Die Gassendirne bedeutete ihm nichts. Die Musik setzte wieder ein, und schon wieder halb beruhigt, eilte sie die Stufen hinunter zur Tür. In der Gewißheit, Saint-Lubin vorzufinden, machte sie auf. Vor ihr stand ein junger Mann, zierlich und schön wie der Erwartete, aber mit einer von der Sonne verbrannten Haut. Andererseits diese hübschen klaren Augen ...

Lächelnd neigte sie den Kopf; an ihren Wimpern zitterten Tränen:

»Saint-Lubin ...«

»Aber Madame ...«

»Saint-Lubin!«

»Madame ... Die Engländer ...«

»Du Dummkopf! Überlaß diese Sottisen den Idioten da drinnen.«

»Madame, ich bin Sergeant Madec; General de Lally schickt mich, Euch zu sagen, daß die Engländer ...«

Sie packte ihn am Arm und zog ihn mit einer Kraft, die ihr niemand je zugetraut hätte, zum Salon. Die schmachtende Stimme der Sängerin erstarb plötzlich.

»Es donnert«, bemerkte einer der Gäste im Salon. »Endlich kommt der Monsun!«

Aller Augen wandten sich zum Fenster. Da wieder ein Donnern, ein zweites, drittes, viertes Donnern, aber so dumpf, so regelmäßig ... Mit einemmal war alles auf den Beinen.

»Die Engländer!«

Gedränge. Frauen, die mit ihren Röcken und den leichten Tanzschuhen kämpften, verrutschte Perücken, achtlos zur Seite geworfene Fiedeln und Bögen. Und im nächsten Augenblick war das Haus leer.

»Aber wo wollen die denn hin?« fragte Jeanne Carvalho, an den Arm des jungen Mannes geklammert. »Wo wollen die bloß hin?«

»Mein Pferd«, schrie Madec dagegen, »sie werden mein Pferd stehlen! Mein Pferd! Laßt mich!«

Doch sie schien ihn nicht gehört zu haben. Mit sanfter, einschmeichelnder Stimme fuhr sie fort:

»Komm, mein Geliebter, komm und sieh dir meine Steine an, und du wirst begreifen, daß Pondicherry nicht untergehen wird. Pondicherry wird leben, leben ... Du weißt, ich habe schon eine Belagerung mitgemacht ...«

Und mit sanfter Gewalt führte sie ihn zur Veranda, ganz versunken in die Frage, wo das schöne Kind wohl gewesen sein mochte, daß seine Haut so von der Sonne gegerbt, so braun sein konnte, daß er so aussah wie jener andere, der sie vor Jahren verlassen hatte, wie Sombre. Unvermittelt blieb sie stehen. Mit dem Namen war der Schmerz wieder aufgestiegen. Sie zitterte:

»Sombre ... Sombre, aber du bist nicht Sombre, nicht wahr, du hast mich nicht verlassen?«

Auch der junge Mann erzitterte bei dem Namen.

»Siehst du«, rief sie, »das ist der Orangentopf!«

Sie kauerte sich nieder, und die Erde flog nach allen Seiten. Fasziniert betrachtete Madec die in Spitzen gehüllte Frau im Ballkleid, die unter fernem Kanonendonner wie ein Hase die feuchte Erde aufwühlte.

Plötzlich schrie sie laut auf. Sie war auf dem Boden angelangt.

»Bestohlen! Bestohlen, bestohlen! ... Alles ist fort. Saint-Lubin!«

Sie hatte Madecs Gegenwart gänzlich vergessen, riß die Pflanze heraus, packte einen Rohrstuhl und warf ihn mit aller Kraft gegen die Scheiben der Veranda.

»Saint-Lubin! Sombre, Saint-Lubin! Sombre, Sombre ...«

Madec begriff gar nichts mehr. Zwischen dem Klirren zweier zerbrechender Scheiben fand er gerade genügend Zeit festzustellen, daß sein Pferd nicht gestohlen war. Erleichtert seufzte er auf. Diese Frau war übergeschnappt. Er mußte fort. Sie versuchte ihn festzuhalten. Aber er stieß sie zurück und lief, denn in der Tat wartete Dringlicheres auf ihn, mit großen Schritten durch den Garten, um mit einem Satz auf sein Pferd zu springen.

In den zwei Monaten, die sich Pondicherry noch halten konnte, zweifelte Madec nicht, daß sein Ende gekommen war – aber nicht wegen der harten Belagerung, sondern wegen des Namens, den die verrückte Alte am Abend des ersten Kanonendonners genannt hatte.

Bis dahin war die Erinnerung an Sombre für ihn so etwas wie ein Kindheitstraum gewesen, wie ein flüchtiges Phantom. Doch nun hatte sich der Kreis geschlossen. Er war von Sombre zu Sombre zurückgekehrt, das Meer war blockiert, das Land, wie damals, verbotenes Terrain, Pondicherry, auf beiden Seiten von englischen Kanonen umzingelt, nichts als eine Mausefalle. Seltsamerweise aber machte ihm dieser Gedanke das Herz eher leicht. Dazu kam seine Befriedigung, ein Pferd zu besitzen, und so nahm er die Entbehrungen sogar mit einer gewissen Genugtuung in Kauf. Die Offiziere erhielten noch ein halbes Pfund Reis, die Mannschaft und somit auch er, vier Unzen. Als letzter Ausweg blieb, Kobras zu braten und Ledergürtel zu kochen. Zuvor aber wurden aus den Privatleuten noch die letzten Körner herausgepreßt – kein einfaches Geschäft, da die Zuhälter des Hafenviertels aufgrund geleisteter Dienste ebenso eine Vorzugsbehandlung forderten wie die Agenten der Kompanie und schwer zu entscheiden war, wer größeres Anrecht darauf besaß. So hatte Madec den Kopf voll genug und keine Zeit, zu dem sonderbaren Haus zurückzukehren. Als er eines Tages zufällig daran vorbeikam, stand das Hoftor offen. In den Bäumen hingen Stoffetzen und in den Lianen lagen umgestürzte, kostbare Möbel herum. Der Wind hatte Dutzende zerrissener Pergamente, schon ganz stockig und verschimmelt, bis zum Gartentor vorgetrieben. Offensichtlich war »Sombres Haus«, wie Madec es bei sich nannte, einer Plünderung zum Opfer gefallen.

In einem letzten Anfall von Heroismus, der ganz seinem impulsiven Naturell entsprach, beschloß Marschall de Lally zur Beschaffung von Verpflegung einen Ausfall der Kavallerie in Richtung Madras zu wagen. Als Sammelstelle war der Krischnatempel an der Stadtgrenze angegeben.

Es war schon spät am Nachmittag, als Madec am Krischna-Teich anlangte. Der Regen hatte etwas nachgelassen, aber der Sturm trieb noch immer schwere, tiefhängende Wolken von See heran. Der Hafen lag verlassen da, kein Geräusch, keine Fregatte, nur ein paar Pirogen draußen vor der Sandbank. Langsam und unaufhaltsam starb die Faktorei der Lüste von innen heraus an Auszehrung. Madec wandte sich dem Krischnatempel zu. Verlassen auch er, wie die Schwarze Stadt, wie der Basar, aus dem die Inder noch vor Ausbruch der Hungersnot geflohen waren. Lediglich auf den Stufen ein paar hingestreckte Gestalten, die üblichen Armen und unverbesserlichen Gottesnarren, die sich in den schlimmsten Katastrophen zu den Heiligtümern flüchteten, um den Übergang zu einem neuen Leben an geweihter Stätte abzuwarten.

Bei diesem Regen, dachte Madec, wird die Reinkarnation nicht lange auf sich warten lassen. Der Ausbruch der nächsten Epidemie war abzusehen. Die schlammigen Wasser des heiligen Teiches, durch Wolkenbrüche angeschwollen, leckten schon die Stufen des Tempels und würden bald eine Brutstätte des Fiebers bilden. Er gab dem Pferd die Sporen, als eine große, stattliche Frau mit bloßem Kopf auftauchte, die er an ihrer stolzen Haltung und tadellosen Aufmachung zu erkennen glaubte. Eine Europäerin in einem blaugrauen Kleid, das locker um den abgemagerten Körper hing: die Verrückte von neulich. Sie bückte sich und hob mit dem Schrei »Sombre!« ein indisches Kind auf. Dann stieg sie die Stufen des Heiligtums hinab und geradenwegs in die Schlammbrühe hinein, als wollte sie das Wasser durchqueren.

Angesichts des Kindes, eines fünf-, sechsjährigen Mädchens, das offensichtlich am Verhungern war, und seinem Unvermögen, etwas für die Kleine zu tun, schoß ihm ein Wort durch den Kopf, das er in Godh so oft gehört hatte: *Dharma,* und schlagartig ging ihm auf, warum die Inder den Europäern fast nie Zutritt zu ihrem Tempelbereich gewährten. Die Grundeinstellung war zu verschieden. So klammerte sich diese Christin, obwohl offensichtlich der Zeitpunkt gekommen war, in aller Stille den Tod abzuwarten, in häuslicher Zurückgezogenheit der Allmacht Gottes anheimzugeben, mit aller Kraft ans Leben. Andererseits aber diese Zärtlichkeit in ihren Gesten, dieses Erbarmen mit dem Kind. Schon bis zur Taille im Wasser, war Jeanne Carvalho stehengeblieben, hatte sich über das Mädchen gebeugt und streichelte ihm sanft das Gesicht. Zum ersten Mal seit langer Zeit wunderte sich Madec wieder. Plötzlich aber wurden die Hände der Frau von einem Zittern befallen und machten sich am Hals der Kleinen zu schaffen, die sie, ohne zu begreifen, mit großen Augen anschaute.

Dann ein Druck der Finger. Ein Pressen. Und dazu, die Augen auf ihn gerichtet, diese würdige, aufrechte Haltung. Madec stürzte sich ins Wasser, kam aber, da er fast bei jedem Schritt ausrutschte, kaum voran. Endlich ließ Jeanne Carvalho mit der gleichzeitig feierlichen und desinteressierten Geste der großen Dame, die einen Ball eröffnet, den Körper des Kindes ins Wasser gleiten: »Sombre«, sagte sie lächelnd an Madec gewandt, ». . . aber nein, ich täusche mich, ich täusche mich immer; mein armer kleiner Saint-Lubin.«

Madec hörte sie nicht mehr. Er war wieder ausgerutscht, hatte dabei aber den Körper des Kindes zu fassen bekommen – so leicht, so zerbrechlich, so mager. Er drückte ihn an sich, und Schlamm rieselte ihm über die Schultern, aber das kleine Mädchen atmete nicht mehr.

Madec kehrte zu seinem Pferd zurück, legte den Leichnam, für den er so wenig tun konnte wie für das lebende Kind, am Wegrand nieder und ritt mit verhängtem Zügel von dannen. Gewiß folgte ihm die Verrückte. Aber er wandte den Kopf nicht um. Sie würde nicht weit kommen. An den letzten Hütten am Stadtrand schoß ihm ein absurder Gedanke durch den Kopf: Wenn ich Pondicherry verlasse, schließt sich der Kreis nicht. Dann fängt doch noch ein neues Leben für mich an. Vielleicht für einen Tag, vielleicht für zwei Wochen, vielleicht für vier Monate. Was wußte er schon? Aber »nicht auf die Dauer des Lebens kommt es an«, hatte ihm einst unterwegs auf der Straße ein *Sadhu* gesagt. »Einzig die Reinheit zählt!«

Doch hier war die Reinheit nicht zu Hause. Jedenfalls nicht nach dem Tod des Kindes, falls sie je hier zu finden gewesen war. Und in Godh? Bei Sarasvati? Hatte er sie nicht durch seine Begierden, durch den Ehrgeiz des *Firangi,* beschmutzt? Kaum unterdrückte Tränen stiegen in ihm auf. Der Regen setzte wieder stärker ein. Er hatte sich verspätet. Seine Truppe zog ins Feuer. Vielleicht dem Ruhm entgegen. Er würde leben, Pondicherry ohne ihn untergehen.

Drei Wochen noch konnten sich die Franzosen halten. Am 16. Januar 1761 ergab sich die Stadt der Übermacht. Vor den Toren standen viertausend Engländer und zehntausend Sepoys, innerhalb der Mauern, allesamt halb verhungert, dreihundert dunkle Soldaten und siebenhundert Franzosen. Der größte Teil der indischen Bevölkerung aus dem Schwarzen Viertel war im Niemandsland zwischen den französischen und den englischen Linien elendiglich zu Tode gekommen. Berge von Leichen mußten verbrannt werden. Darunter befand sich, was etwas ungewöhnlich war, auch die einer gut fünfzigjährigen Europäerin im Seidenkleid und goldenen Tanzschuhen. Der Marschall de Lally wurde nach Madras und von dort nach England gebracht, wo ihm seine irische Abstammung trotz seiner Krankheit eine äußerst strenge Behandlung eintrug.

Der sonst so sittenstrengen englischen Faktorei von Madras bescherte die Ankunft eines charmanten Spions im Solde Ihrer Allergnädigsten britischen Majestät, des Chevaliers de Saint-Lubin, und seiner reizenden illegitimen Begleiterin, einer angeblichen, dafür allerdings etwas auffälligen Hugenottin, manch heitere

Stunde. Im Handumdrehen war der geistreiche junge Mann, der Auflösung und Zerfall der Faktorei der Lüste mit seinem hinreißenden Akzent so unwiderstehlich zu schildern verstand, zum Liebling der Damen aufgerückt, was seine Mätresse jedoch schon bald zum Anlaß nahm, ihm in aller Öffentlichkeit Eifersuchtsszenen zu machen, bis der junge Franzose eines Tages auf Nimmerwiedersehen verschwand und Madras wieder in seiner gewohnten Langeweile und Ödigkeit versank.

Zwei in den Dienst des englischen Königs übergetretene hugenottische Offiziere, Dupré und Pigot, erhielten den Befehl, Pondicherry dem Boden gleichzumachen, was sie aufs gewissenhafteste ausführten. Die letzten Einwohner, die noch geblieben waren, wurden vertrieben und die Jesuiten gebeten, ihre Messe künftig anderswo zu lesen. Schon ein paar Tage später war von der Stadt nur noch ein Trümmerhaufen, ein oder zwei kirchturmähnliche Ruinen und ein paar schäbige Mauerreste vom Gouverneurspalast übrig, in dem nun Wurzeln und Schlangen Einzug hielten.

Madecs Abteilung, die, vom Regen aufgehalten, sich auf dem Weg nach Madras in die obskure Festung Gingy zurückgezogen hatte, konnte die französische Flagge noch drei Monate lang verteidigen, bis der Feind seine sämtlichen Truppen zu ihrer Belagerung zusammenzog. Dann mußte auch sie sich ergeben. Madec und seine Waffengefährten wurden gefangengenommen, nach Madras gebracht und in ein Gefangenenlager gesteckt, aus dem es nur ein Entrinnen gab: in die Dienste der englischen Nation zu treten.

Unterdessen hatte sich Paris wieder einmal anders besonnen. Angesichts der bevorstehenden Friedensverhandlungen mit England gab der Herzog von Choiseul die Parole aus: »Alles den Engländern lassen, selbst Kanada. Alles aufgeben für die Handelskontore von Indien.«

Zweiter Teil

Die Dame von Godh

9. Kapitel

Von Madras ins Gangesdelta
April bis im September 1761

Französisch-Indien war tot. Seine letzten Soldaten, Offiziere wie Freiwillige, waren wie Vieh in einem Gefangenenlager zusammengetrieben worden, wo sie nach dem Willen der Kommandantur von Madras erst einmal gründlich demoralisiert werden sollten. Die stechende Sonne, der Schmutz und der Tod, der reiche Ernte hielt, taten denn auch das Ihre. Dennoch hätte Madec seinen Kerkermeistern in ihren rotgoldenen Uniformen bei den feierlichen Inspektionen jedesmal am liebsten den alten bretonischen Schlachtruf *Torrebenn,* »Schlagt ihnen den Kopf ein, Tod den verfluchten Sachsen!« entgegengeschleudert. Aber er schwieg. An den Füßen gefesselt, mit fast nichts im Bauch und Lumpen auf dem Leib, war er den Engländern machtlos ausgeliefert.

Der lauten Verzweiflung der ersten Tage war ein verbissenes Schweigen gefolgt. Der Tod übte noch immer seine Willkürherrschaft aus. Gesunde, feste Kerle wurden als erste dahingerafft, Kranke und Schwache dagegen klammerten sich zäh an ihr armseliges Leben. Zierlich und robust zugleich, gehörte Madec zu den Hartnäckigen. Mangels anderer Nahrung, die öfters gänzlich ausblieb, verzehrte er sich in Haß und Rachsucht und käute, um Kraft fürs Überleben zu finden, die ihm angetane Schmach wieder. Frankreichs Niederlage galt ihm wenig; daß es Indien verloren hatte, traf ihn schon härter. Am meisten aber erfüllte ihn sein eigenes verfahrenes Schicksal mit Wut. Gerade erst zum Grenadier hoch zu Roß ernannt, sollte er nun im stinkigen Morast eines englischen Gefangenenlagers krepieren. Zum Teufel mit Französisch-Indien! Es war nie zu Großem bestimmt gewesen, außer vielleicht unter Dupleix. Er dagegen, Madec, war von einem Radscha Madecji genannt und für seinen Mut mit einem Edelstein von unschätzbarem Wert ausgezeichnet worden. Und jetzt sollte er als einer von vielen im Gefangenenlager der englischen Schweine enden? *Als einer von vielen.* Diese vier Wörter trafen genau den Punkt, den er als schlimmste Kränkung empfand. Welch ein Narr er doch gewesen war, Godh den Rücken zu kehren und damit auch der Möglichkeit, »sich einen Weg zu öffnen«, wie er seinen Ehrgeiz in Unkenntnis des Wortes umschrieb. Zweifellos einen Weg zu Ruhm und Ehre, der ihm nun durch eine Doppelreihe englischer Bajonette versperrt war, nur weil er, heilloser Tor, der er war, in seiner Verwirrung geflohen war.

Nach sechzig Tagen schlug die Kommandantur von Madras den hundertfünfzig Franzosen, welche die genau kalkulierten Schikanen überlebt hatten, folgenden Handel vor: Entweder dem Vaterland treuzubleiben und im Lager zu verhungern oder die Uniform Seiner Majestät König Georgs anzuziehen und dem König bei der Eroberung Bengalens zu dienen.

Die Gefangenen erhielten einen Abend Bedenkzeit. Ein Drittel entschied sich auf der Stelle für den Heldentod, die anderen zögerten ebensowenig, das Leben zu wählen. Darunter auch Madec, der sich spontan an die Spitze dieser Gruppe setzte und mit solchem Feuereifer auf sie einredete, daß sie ihm alsbald feierlich gelobten, bei der erstbesten Gelegenheit zu desertieren, um Indien vom unerträglichen Joch der verfluchten Angelsachsen zu befreien.

Auf dem hellen Strand von Madras zum Abtransport angetreten, warteten die hundert Franzosen auf ihren neuen Vorgesetzten. Es war Mittag, die Hitze unerträglich, weit und breit kein Schatten. Die Soldaten hatten sich in den glühenden Sand fallen lassen. Wie früher ließ Madec den Sand durch die Finger rinnen, nur daß er sich dabei nicht mehr Träumen hingab, sondern zu überlegen begann: Er war nun fast fünfundzwanzig Jahre alt und noch immer bei der Armee. Was aber hatte ihm dieses Leben gebracht? Was hatte er seit seinem Dienst unter dem Chevalier du Pouët dazu gewonnen? Eine nagelneue Uniform und ein Paar Schuhe, frisch aus England importiert ... Dafür aber hatte er seine Hoffnung verloren. Einen Augenblick lang sah er aufs Meer hinaus, dann wandte er sich wieder der Stadt zu. Erstaunlich, wie sehr ihn das Ganze an Pondicherry erinnerte. Dieselbe unsinnige Lage: ein ebenso unabsehbarer Strand, im einen wie im anderen Fall von einer Sandbank beherrscht, die die Anlage eines Hafens unmöglich machte, und der Rest, da wie dort, Wälle, kleine Forts, Weiße Stadt, Schwarze Stadt, Gewürze, Basar und Palmen. Und dennoch hatten die Engländer den Sieg davongetragen. Warum? Aus welchem verborgenen Grund? Seit seiner Gefangennahme hörte diese Frage nicht auf, in ihm zu bohren. Er betrachtete die Wälle, die Kasernen, die Verwaltungsgebäude, als wollte er ihnen ihr Geheimnis entreißen. Aber auf den ersten Blick unterschieden sie sich in nichts von denen der französischen Faktorei. Oder doch? Ja, durch ihre Kälte, ihre Zweckmäßigkeit. Ihnen haftete etwas Eisiges an, ein krasser Gegensatz zum Blau des Tropenhimmels. Pondicherry, von dem nun kein Stein mehr auf dem anderen lag, stieg wieder vor seinem geistigen Auge auf. Die *Porte Marine:* Ganz Theatralik, Glanz und Pracht, und überall die Aufforderung, sich zu vergnügen, das Leben in vollen Zügen zu genießen. Und genau das war es. Daran war die Faktorei der Lüste, daran war Französisch-Indien zugrunde gegangen.

Hier fand sich nichts dergleichen. Mochten die Engländer auch den Garten Eden der Südsee entdecken, ihre Mauern errichteten sie doch auf die immer gleiche strenge Art. Steine ohne Seele, ohne Empfinden für die Schönheit, zusammengetragen einzig zur Unterbringung armseliger Buchhalter und steifer Verwaltungsbeamter. Begehrlichkeit, Habsucht, nicht Sehnsucht hatte die Engländer nach Indien getrieben. Und was war mit Kalkutta?

Pferdegetrappel ließ Madec aus seinen Überlegungen auffahren. Die Soldaten erhoben sich. Eine Staubwolke kam näher, ohne Zweifel der neue Vorgesetzte.

Als sich der Staub wieder legte, tauchten mehrere Offiziere in roten Uniformen auf, die ihre durch den scharfen Ritt in der Hitze erschöpften Pferde tätschelten. Madec zwinkerte. Er zwinkerte noch einmal. Nein, er täuschte sich nicht. Aus der fluchenden Schar der Offiziere löste sich eine Gestalt, die sich auf französisch an die Männer wandte:

»Macht Euch zur Verschiffung bereit! Und vergeßt nicht, daß Ihr, wer Ihr auch seid und woher Ihr auch kommt, von nun an in Diensten der britischen Armee steht und mir Gehorsam schuldet. Andernfalls lasse ich Euch vor versammelter Mannschaft erschießen!«

Martin-Lion! Um ein Haar hätte Madec den Namen laut hinausgeschrien. Auch sein Kamerad hatte ihn erkannt und eine Sekunde gezögert, ehe er seine Ansprache mit demselben Aplomb fortsetzte. Nach der Inspektion sprach weder der eine noch der andere ein Wort. Einen kurzen Moment lang kreuzten sich ihre Blicke: Godh erstand vor ihnen, wie es gewesen war, und Madec glaubte, seinen Gefährten erzittern zu sehen.

»Also, an Bord!« wiederholte Martin-Lion.

Die Männer stürzten sich auf die Pirogen, nur Madec ließ sich

Zeit. Innerlich jedoch kochte er vor Ungeduld. Wie aber sollte er eine Möglichkeit finden, Martin-Lion zu befragen?

Godh, Martin-Lion: Nie und nimmer hätte er erwartet, sie hier wiederzufinden. *Sie,* das heißt Visage und Dieu und den Radscha, den Palast und die Dame vom See, Sarasvati. Denn so sonderbar es war, aber mit Martin-Lion war plötzlich auch etwas von ihr hier. Er nahm eine Handvoll Sand und ließ ihn durch die Finger rinnen. Etwas von ihr. Ein winziger Teil der Prinzessin, ein Sandkorn, oder richtiger, ein winziges Stückchen Glimmer, denn die Erinnerung an sie strahlte heller als die Sonne am hohen Mittag und ließ ihn seine englische Uniform vergessen, deren er sich gerade noch so sehr geschämt hatte. Nun aber beschäftigte ihn nur noch eines: Wie er es anstellen konnte, seinen neuen Vorgesetzten nach Herzenslust mit Fragen zu bestürmen, ohne gegen Herkommen und Brauch der Armee zu verstoßen, und, wichtiger noch, ohne etwas von den heimlichen Qualen zu verraten, die ihn verzehrten.

Sanft vom Wellengang getragen, steuerte die englische Fregatte *Non Such* den Ganges aufwärts. Seite an Seite sahen Madec und Martin-Lion vom Vorschiff aus zu den von einem undurchdringlichen Dschungel überzogenen Ufern hinüber. An dieser Stelle jedoch war die Vegetation plötzlich wie abgeschnitten. Einer Laune der Natur folgend, hatte sich der Fluß ein anderes Bett gesucht und große Schlammfelder und Pfützen hinterlassen, die dem tropischen Wachstum bis jetzt jedenfalls Einhalt geboten hatten. Die Luft war feucht und von einem sonderbaren, schweren Geruch nach Fäulnis und Kot, nach Tod und Leben erfüllt.

»Bengalen ist ungesund«, kommentierte Martin-Lion.

Madec antwortete nicht gleich. Seit der vergangenen Nacht und der ungeduldig herbeigesehnten Erklärung Martin-Lions über das Wie und Warum seines Aufbruchs von Godh hatten sie sich nicht mehr getrennt. Was ihm am meisten am Herzen lag, hatte aber Madec noch immer nicht in Erfahrung gebracht. Weder der eine noch der andere hatte gewagt, Sarasvatis Namen auszusprechen, als beunruhigte ihr Schicksal sie gleichermaßen. So hatte sich jenes lastende Schweigen auf sie herabgesenkt, das nur manchmal durch eine banale Bemerkung, einen Kommentar über die Landschaft, eine halbe Frage unterbrochen wurde.

»Ja, Bengalen ist ungesund«, wiederholte Madec zerstreut. Seine Stimme klang dumpf, wie das traurige, nachdenkliche Echo von

Martin-Lions Worten. »Wie das Leben auf den Schiffen der Handelskompanie«, fügte er noch hinzu, in Gedanken schon anderswo. Bengalen, das wußte er wohl, war eine einzige, riesige Brutstätte von Krankheiten, potentiellen wie akuten. Aber was ging das ihn an? In dem Augenblick, in dem das Schiff Kurs auf den Hugli, den Hauptarm des Deltas, genommen hatte, hatte sich seiner ein sonderbares Gefühl bemächtigt, eine Art Trunkenheit, die ihn nicht mehr verlassen hatte, auch wenn sie zwischendurch Stunden des Friedens und der Befreiung von der Besessenheit, dem fixen Gedanken an Godh gewichen war.

Bengalen, das El Dorado seiner Kindheit, das ihm damals von den Kais seiner Heimatstadt Quimper entgegenzuwinken schien, leicht und immateriell und unberührbar wie ein golddurchwirkter Sari – ein schöner Traum, den sie ihm auf See durch Schauergeschichten über gestrandete Matrosen und ihr langsames, qualvolles Sterben hatten austreiben wollen. Und nun, nun endlich bekam er die Wahrheit zu sehen. Bengalen war weder das Paradies seiner Kindheitsträume noch die verschriene Hölle der Seeleute. Es war Wirklichkeit und von einer eben solchen Unausweichlichkeit wie dieser Geruch, der die Fregatte bis ins Takelwerk hinauf durchdrang. Es war eine schwere, mit Wasser vollgesaugte Erde, ein Erde-Fluß, eine ungeheuere geballte Kraft.

Ganga. Ein Fluß, der ihn nicht losließ. Schon in der Armee hatte er mitbekommen, daß der Ganges in Indien als Frau galt, daß Ganga die oberste Göttin im Land der Flußgötter war. Später dann hatte er auf den Straßen zahllose Mädchen mit ihrem Namen getroffen und in Pondicherry viele Brahmanen mit langen Stecken über der Schulter und kleinen irdenen Gefäßen daran, in denen sie das Wasser des heiligen Flusses von weither getragen hatten. Sie waren noch ausgezehrter als die anderen *Sadhus,* nährten sich ausschließlich von Milch und Reis und forderten die Vorübergehenden auf: »Nimm, nimm vom Wasser der Ganga, dem köstlichen Naß, das die Menschen reinigt und alle Flüsse und Meere der Welt speist. Nimm vom heiligen Wasser, dessen Quelle keines Menschen Auge je erblicken wird, nimm und geh' hin in Frieden . . .« Und nun sah er die Ganga in voller Größe, die Ganga, die die Könige von Mahabalipuram als lange, sich aus einer Steinspalte entrollende Schlangengöttin inmitten einer Schar von Wassergeistern in den Stein ihrer Tempel hatten meißeln lassen.

Auf die Rambate gestützt, fuhr Martin-Lion fort:

»Und diesen Dschungel nennt man das Paradies Indiens . . .«

»Wir sind erst im Delta angelangt«, wandte Madec ein.

»Ich weiß«, erwiderte Martin-Lion. »Ich kenne die Karten. Nach Kalkutta zieht sich eine äußerst fruchtbare Ebene bis zum Fuße des Himalaja hin. Aber ich sage dir, Madec, wenn es den Engländern gelingt, den Krieg gegen den Nabob von Bengalen zu gewinnen, nehmen sie alles. *Alles,* verstehst du? Den Tee, die Seide, den Reis, das Opium, den Salpeter. Und die bengalischen Händler werden ihre Geschäfte mit ihnen treiben wie ehedem mit uns oder den Portugiesen und den Holländern. Aber das wird ihnen noch immer nicht reichen: Die Engländer werden danach auch die Handelswege in ihre Hand bringen, die nach Arabia felix, ins gelbe Asien, nach Tibet, in die Tartarei und nach China führen, denn wenn man den Kaufleuten von Madras glauben darf, haben die Bengalis ihre Agenten überall sitzen, in Persien so gut wie am Roten Meer, auf Sumatra wie in Kanton. Und du wirst es erleben, die Engländer nehmen alles.«

In seinem Eifer nicht zu bremsen, fuhr Martin-Lion in seiner Aufzählung fort:

»Den Lack, den Gummi, den Tabak, den Kampfer, den Moschus, den Indigo, das Sandelholz, den Ingwer, den Zimt . . .«

Er berauschte sich förmlich an den Wörtern. Nun war Indien zwar in der Tat der Umschlagplatz für alles Mögliche und die begehrtesten exotischen Waren. Aber die Zeiten der Gewürze waren vorbei. Das mußte auch Martin-Lion wissen. Wohl hatte Europa von Bengalen das Gefallen an neuen Geschmacksrichtungen übernommen, aber es war ihrer schon wieder überdrüssig geworden. So unterbrach ihn Madec:

»Du weißt so gut wie ich, daß Engländer wie Holländer heute ganze Schiffsladungen Pfeffer verbrennen, um den Preis halten zu können. Deshalb wird sich England auch keineswegs damit begnügen, hier Handel zu treiben. Es sieht in Indien vielmehr ein neues Territorium für sich, und das ist auch der Grund, warum du dich auf seine Seite geschlagen hast. Du hast nur die Flucht nach vorn ergriffen, Martin-Lion!«

Dieser direkte Angriff ließ den anderen erröten.

»Ich habe dir nichts verheimlicht«, verteidigte er sich.

Madec zuckte die Schultern. Das mochte wohl sein. Er beabsichtigte auch nicht, noch einmal darauf zurückzukommen. In der ersten Nacht nach dem Aufbruch hatte ihm Martin-Lion geschildert, wie Dieu Kanonen gegossen und er und Visage sich um die Ausbildung der Männer nach europäischer Art bemüht hatten: ein schmerzlicher Fehlschlag. »Ich bin kein Dompteur von Wilden, und die Menschen dort haben keine Ahnung von Gehorsam.« So hatte er vom Radscha die Erlaubnis erwirkt zu gehen und auch ohne weiteres erhalten. Der Fürst schien von einer geheimnisvollen Freude durchdrungen. Aber ohne sich weiter um die Gründe dafür zu kümmern, hatten die drei Männer, die Taschen voller Goldrupien, den Weg nach Süden eingeschlagen.

Mitten im Dekkhan erhielten sie eines Tages die Nachricht, daß Pondicherry und mit ihm die letzte Hoffnung Französisch-Indiens gefallen war. Dieu und Visage beschlossen, in den Norden zurückzukehren. Sie hatten Geschmack am indischen Leben gefunden und wollten ihre Dienste einem anderen Fürsten antragen. Er, Martin-Lion, dagegen hatte England vorgezogen. An diesem Punkt seines Berichtes brach er erschüttert ab. Die Erinnerung an die in Godh geknüpften Freundschaftsbande hatte ihn überwältigt. Da stellte ihm Madec keine Fragen mehr und legte ihm nur zum Zeichen des Verzeihens die Hand auf die Schulter. Dann leerten sie gemeinsam ein paar Pinten Arrak. Wie aber sollte er Martin-Lion nun zu weiteren vertraulichen, ja, noch vertraulicheren Mitteilungen bewegen, war es ihm doch schon in der Einsamkeit der Nacht, im trüben Schein der Fackeln schwer genug gefallen. Im hellen Licht des heraufblauenden bengalischen Morgens aber erschien es ihm geradezu deplaziert. Außerdem interessierten ihn die Gründe, warum seine Kameraden aufgebrochen waren, im tiefsten Inneren überhaupt nicht. Genaugenommen wollte er nur etwas über Godh, den Radscha und Sarasvati erfahren.

Plötzlich verlor das Schiff an Fahrt, eine Sandbank versperrte die Passage. Die Segel wurden eingeholt, die Matrosen loteten den Fluß aus.

»Schau dir das an«, rief Martin-Lion. »Der Schlamm ist hart wie ein Felsen.«

»Sieh an«, höhnte Madec, »die besten Seefahrer der Welt, und sind baß erstaunt, wenn sie auf eine Sandbank stoßen. Haben sie denn keine Karten vom Ganges?«

»Nein, weil man nach jedem Monsun neue bräuchte. Die Sandbänke wandern nämlich. Angeblich soll kein Monat vergehen, ohne daß ein Schiff kentert. Den unglücklichen Schiffbrüchigen aber bleibt nur ein Weg: In den Dschungel, wo die Tiger schon auf sie lauern. Erst vor kurzem ist ein Schiff mit Negern aus Mosambik gestrandet, die alle bis auf drei oder vier Mann den Raubtieren zum Opfer fielen. Wer das Glück hat, ihnen zu entkommen, wird unfehlbar die Beute der Mogs, der Gangespiraten. Das ist ein Haufen davongelaufener Sklaven unter dem Kommando portugiesischer Mönche, die die Kutte ausgezogen haben. Und dann heißt es, einer der Ihren werden oder sie bringen dich um.«

»Wie bei den Engländern«, erwiderte Madec, »die ließen mir auch keine andere Wahl.«

Es war stärker als er. Irgend etwas trieb ihn, seinen Gefährten zu provozieren. Doch diesmal ließ sich Martin-Lion nicht aus der Fassung bringen. Mit beinahe schon britischer Kälte und Ironie entgegnete er lächelnd:

»Die Welt hat sich geändert. Bald wird Indien englisch sein. Falls du aber bedauerst, noch am Leben zu sein – bitte, da ist der Ganges und dort der Dschungel voller ausgehungerter Tiger.«

Die Fregatte nahm wieder Fahrt auf und drang tiefer in das dichte Palmen- und Lianengewirr des Uferdschungels ein. Madec pflanzte sich vor seinem Kameraden auf:

»In Godh waren wir einander gleichgestellt, Martin-Lion. Da hättest du dir diesen Ton mir gegenüber nicht herausgenommen.«

»Warum bist du als erster weggegangen?«

Madec antwortete nicht.

»Weil wir Soldaten vom alten Schrot und Korn sind«, fuhr Martin-Lion fort. »Und unser Platz in einer großen Armee ist. Nicht bei den Wilden!«

»Und Dieu? Und Visage?« brach es aus Madec heraus. »Sie haben sich für Indien entschieden! Du für diese Schweine von Engländern!«

»Schweig!«

Dann beugte er sich zu Madec hinüber und sagte fast flüsternd: »Wie die Dinge im Augenblick liegen, sind sie mit einiger Sicherheit in den einzigen *Parti,* den es in Indien gibt, eingetreten!«

»Parti?«

»So werden die Söldnerheere hier genannt. Die Zeiten haben sich geändert, Madec, ich kann es nur wiederholen. Es geht nicht mehr darum, durch Kanonengießen für den erstbesten dahergelaufenen König Rupien zu machen. Der Krieg steht vor der Tür, der große, der wirkliche Krieg. Die Nabobs des Nordens werben Söldner aller Nationen an; an ihrer Spitze steht ein gewisser Sumroo, der nach allem, was die Karawanentreiber berichten, ein schrecklicher

Mensch ist. Grausam und hart... Kein Mensch weiß, woher er kommt. Vielleicht, seiner Vorliebe für die Folter nach zu schließen, aus Afghanistan. Dieu und Visage erwogen, sich ihm anzuschließen. Ich für mein Teil dagegen wollte von der Sache nichts wissen. Mir sind die wirklichen Heere lieber.«

»Sumroo ... ein seltsamer Name«, meinte Madec und fügte dann träumerisch hinzu:

»Aber da haben wir ja den Grund, warum deine Engländer Soldaten brauchen! Auch sie haben vor diesem Sumroo Angst. Früher oder später werden sie uns gegen seine Armee ins Feld schicken. Also gegen Dieu, gegen Visage!«

Sollte ein solcher Tag aber kommen, doch das wagte er nicht laut auszusprechen, werde ich desertieren, ob die Gelegenheit nun günstig ist oder nicht.

Martin-Lions Miene hatte sich verdüstert; er starrte auf die Flußwindungen hinaus, aus denen jeden Augenblick ein Schlammkegel oder sogar ein Schiff auftauchen konnte, das der dichte Dschungel noch selbst dem aufmerksamsten Blick verborgen hatte. Schon mehrmals war das Vierecksegel eines indischen Bootes, das plötzlich aus dem Gewirr der Lianen hervorgeschossen war, im letzten Moment gesichtet worden. Wieder galt es einer Sandbank auszuweichen. Dann beschrieb der Fluß einen Bogen, und auf beiden Ufern tauchten zwei große, von Wällen und einem gewaltigen Graben umgebenen Festungen auf, hinter deren Schießscharten man eine außergewöhnliche Anzahl von Kanonen und Mörsern erriet.

»Baj-Baj«, erklärte Martin-Lion.

»Diese Kanonen«, schätzte Madec, »dürften eine Reichweite von hundertfünfzig bis dreihundert Klafter haben. Dazu noch ein paar Bomben und der gefährliche Fluß ... Das Fort ist schlechthin unpassierbar. Die Hunde haben ihr Kalkutta recht gut geschützt!«

»Heute ja«, sinnierte Martin-Lion. »Vor zehn, fünfzehn Jahren hätten wir vielleicht noch eine Chance gehabt. Wir hätten Kalkutta zerstören sollen, als es noch klein war und dann dieses Fort an Stelle der Engländer selber errichten und Chandernagore ausbauen und befestigen müssen.«

Chandernagore! Madec hatte es ganz vergessen. War es ebenfalls vom Strudel der allgemeinen Auflösung Französisch-Indiens erfaßt, für immer untergegangen? Als die *Non Such* beim Passieren des Forts Salut schoß, senkte er die Augen. Er wollte es nicht sehen. Vielleicht hätte er doch den Tod wählen sollen. Martin-Lions Arm streifte ihn, dann fühlte er eine Hand auf seiner Schulter: »Sei mir nicht böse, Madec. Wir sind beide Abenteurer; jeder auf seine Weise, und unsere Wege kreuzen und trennen sich wieder.«

Er hatte die Worte fast geflüstert. Seine Rührung war unverkennbar. Madec fühlte sich durchschaut, aber auch geliebt. Er schlug die Augen auf. Jetzt wagte er auch, die Frage zu stellen, die einzige, die ihm seit dem Auslaufen von Madras wirklich am Herzen lag.

»Erzähl mir von Godh!« bat er.

Er hatte es geschrien, um die Schüsse zu übertönen, aber auch um sich Mut zu machen.

»Godh . . . Godh . . .«

Martin-Lion zuckte die Schultern und fingerte unschlüssig an den Goldlitzen seiner Uniform herum. Madec ließ ihn nicht aus den Augen.

»Godh . . .«, fing er endlich an, »aber was bedeutet Godh schon angesichts der unermeßlichen Ausdehnung Indiens? Bis nach Madras habe ich zwei Monate gebraucht. In Godh, das darfst du mir glauben, waren wir überflüssig geworden. Der Radscha strahlte schon seit drei Wochen.«

»Waren Reisende vorübergekommen?«

»Nicht daß ich wüßte. Aber irgend etwas, was auch immer, muß passiert sein. Du weißt ja, wie geheimnisvoll ihr Leben in den Palästen abläuft. Mir fiel lediglich auf, daß am gleichen Tag, an dem sich die Fürstin, die vierte Gattin, aus der Öffentlichkeit zurückzog, große Fröhlichkeit einzog. Eine meiner Sklavinnen erklärte mir, die Prinzessin sei schwanger und somit nach indischem Gesetz unrein geworden. Deshalb habe man sie in einem Winkel der *Zenana* von den anderen abgesondert. Einzig die unberührbaren Frauen dürften sich ihr noch nähern. Seltsamerweise zeigten sich darüber alle äußerst begeistert . . . Aber ich begreife die Inder wohl nie. Hätte ich diese schöne Tänzerin geschwängert, ich hätte sie vor aller Augen an meinem Arm ausgeführt und ihr voller Stolz auf den Hintern geklopft! So viel zu Godh. Aber schau dir dort am Ufer den Gavial an!«

»Gharvihal«, korrigierte Madec matt. Er hatte zwar noch keinen gesehen, wußte aber von Godh her, genauer seit dem Tag der Jagd, von ihrer Existenz. Damals war ihm, als der Zug vor den Tempeln auf das betende Königspaar gewartet hatte, unter all den in die Fassade gemeißelten Tieren eine bizarre Gestalt besonders aufgefallen, ein langgestrecktes Reptil mit aus dem Kopf quellenden Augen und einer langgezogenen, schmalen Schnauze. »Ein Krokodil?« hatte er den Elefantenführer in seinem noch mangelhaften Hindi gefragt. »Nein, edler *Firangi«,* hatte dieser geantwortet, »das ist der Herr Gharvihal, das heilige Tier Wischnus, der Herr der Wasser. Er wird dir nie etwas Böses tun, und auch du sollst ihm, wenn du ihm an den Ufern der heiligen Wasser der Ganga begegnest, nichts Böses antun, denn in seinem Bauch bewahrt er die Edelsteine aller in Reinheit gestorbenen Wesen auf, der Brahmanen wie der kleinen Kinder; Dutzende und Dutzende von Edelsteinen!«

Das Tier kroch aus dem Wasser und streckte seine lange Schnauze auf der grauschimmernden Erde der Uferböschung aus. Sein Bauch war mächtig aufgebläht. Ein Tresor in Tierform – fuhr es Madec durch den Kopf –, gar kein so abwegiger Gedanke. War nicht auch Indien selbst so etwas wie das riesige Schatzkästlein des Universums, das die Edelsteine seiner Frauen in Silber von Potosi und Gold von Monomotapa faßte und die spanischen Piaster ebenso gern nahm wie die holländischen Florins, um sie gierig zu behalten und nie zurückzugeben, es sei denn – was fast wie Hohn scheinen konnte – in Form feiner Musselinschleier oder flüchtiger Rosenwasser- und Sandelholzparfüms?

Und Bengalen war das Schloß zu diesem Tresor. Ein auf der Hand liegender Gedanke, der ihm längst hätte kommen müssen. Aber er hatte nie viel auf Kaufleute gegeben. Zur Zeit seiner Reisen auf den Schiffen der Handelskompanie hatte er immer nur vom militärischen Ruhm geträumt. Heute freilich wußte er, daß das eine oder das andere nicht möglich war, und konnte auch das Ausmaß des Unglücks ermessen. Denn auch Godh würde in den Strudel des Untergangs mit hineingezogen werden, wurden doch in seinen kleinen, vom Lärm der Weber widerhallenden Buden golddurchwirkte Seidenstoffe hergestellt und zusammen mit Indigo und Reis von Karawanen hierher gebracht, nach Bengalen, dem Umschlagplatz von ganz Indien und Asien. Ja, auch Godh mit all seinen Juwelieren, die Steine aus Golkonda und Gold aus Amerika verarbeiteten, das über Madrid, Lissabon oder Amsterdam gekommen war, über jene Meeresrouten, die die englische Marine mit so begehrlichen Blicken betrachtete. Das ahnungslose Godh, das in seiner Freude über die bevorstehende Geburt die einzigen Männer, die es hätten verteidigen können, hatte ziehen lassen. War es denn wirklich möglich, daß Indien so unbesonnen, so leichtfertig war wie Frankreich?

Wieder erschlafften die Segel, denn mit der einsetzenden Ebbe legte sich auch der Wind. Der Gharvihal, angelockt von den kleinen Fischen, die das zurückflutende Wasser in den Lachen zurückließ, tauchte in der schlammigen Brühe unter. Unmerklich verlor die Fregatte an Fahrt. Es war noch früh am Tag. Das blaue Licht des Morgens färbte sich nach und nach silbern, hatte aber noch nicht den harten Glanz vom hohen Mittag. Eine bleierne Ruhe senkte sich auf die Landschaft. Von dem gewaltigen Strom, der zwischen Flut und Ebbe träg und verschlafen wie ein See dalag, stieg ein schwerer süßlicher Geruch nach Wasserpflanzen auf.

»Kalkutta«, murmelte Martin-Lion, ganz in Erinnerung an die alten Kupferstiche versunken. »Kalkutta ... Noch dreißig Meilen und zwei Gezeitenwechsel; morgen werden wir dort sein.« Madec, die Augen halb geschlossen, antwortete nicht. Zwischen den halbgeschlossenen Lidern irrte sein Blick über den Fluß zu den Lianen an den Ufern hinüber. Von ganzem Herzen wünschte er sich eine Fata Morgana. Denn einmal war, so hatte während einer der langen Flauten im äquatorialen Kalmengürtel einst ein Seemann erzählt, ein Matrose »ein Fürst in Indien« geworden, weil er auf dem Ganges der schönen Prinzessin auf der goldenen Fregatte mit den silbernen Blöcken begegnet war. Madec fielen nur noch Bruchstücke der Geschichte ein, so die Episode, in der die Prinzessin dem Matrosen vom Likör der »vollkommenen Liebe« einschenkt und der Augenblick, in dem sie ihn zur »Großen Wache« in ihr Bett einlädt. Schließlich kam ihm auch der Anfang der Geschichte wieder ins Gedächtnis: »Es geschah in jener Zeit, da der Krieg in Indien beendet war ...« Aber seine Geschichte war trauriger. Bald würde in Indien ein neuer Krieg ausbrechen. Die Prinzessin war fern und unerreichbar, dazu verheiratet und zu allem Überfluß schwanger oder mittlerweile wohl bereits zweifache Mutter. Der letzte Gedanke erfüllte ihn mit solcher Verzweiflung, daß er Sarasvati einen Augenblick lang den Tod wünschte, so unerträglich erschien ihm die Vorstellung, daß sie das Kind während seines Aufenthaltes im Hause des Radschas empfangen hatte. Doch gleich darauf keimten menschlichere Regungen in ihm auf, und er hätte alles für eine »Kleine Wache« auf ihrem Lager gegeben. Mit aller Macht drängte er diesen Gedanken zurück, den er der Müdigkeit und der langen Abstinenz zuschrieb. Nicht an die Prinzessin denken, sagte er sich, nicht an Godh und auch nicht an Indien ganz allgemein, denn das Allgemeine führte doch stets zum Besonderen, zu Godh und zu seiner Fürstin. So erkundigte er sich während des Restes der Reise eifrig bei Martin-Lion über den

Charme gewisser Klosterinsassinnen in der benachbarten Faktorei Birnagore, die die Freude aller Christen Bengalens sein sollten. Bereitwillig gab Martin-Lion Auskunft über die Qualitäten und Fähigkeiten, die man den Damen nachrühmte, wenn er sich insgeheim auch über Madecs plötzliches Interesse an solch trivialen Dingen wunderte. Der Verdacht, sein Gefährte könnte sich nur betäuben, um seine immer unerträglicher werdenden Qualen wenigstens zeitweise zu mildern, kam ihm nicht in den Sinn.

10. Kapitel

Godh
In den Jahren 4861 und 4862 des Weltalters Kaliyuga
Die zwanzig verfluchten Monde
Vom Monat Shaitra bis zum Monat Karttika
April 1760 bis Oktober 1761

Entgegen Madecs Vermutungen herrschte in der Stadt Godh keineswegs eitel Sonnenschein. Sie bereitete sich im Gegenteil auf ihre langsame Art dumpf auf das Unglück vor. Die überschäumende Freude des Volkes über die Schwangerschaft der vierten Frau, in deren seit sechs Jahren unfruchtbarem Schoß sich plötzlich wieder Leben regte, was der ganzen Stadt Fruchtbarkeit verhieß, hielt nicht lange an. Aus der *Zenana,* wo sie zurückgezogen lebte, drangen in der Tat allzu seltsame Gerüchte. So sollte die Prinzessin erkrankt sein und das Kind mehrmals schon fast verloren haben.

Sarasvati litt an einer sonderbaren Krankheit. Begonnen hatte es auf eine ganz gewöhnliche Art und Weise. Der überschwenglichen Freude der ersten Tage war Melancholie gefolgt. Die Trennung von Bhawani aber war es nicht, denn das war *Dharma,* Gesetz. Im übrigen überschlug er sich mit Zeichen der Aufmerksamkeit und überschüttete sie mit Naschereien und Backwerk, Parfüms und Blumengeflechten, um sie unablässig an sich zu erinnern. Ja, eines Morgens sandte er, als er von ihrem Wunsch nach Fleisch erfuhr, sogar Diener ins Viertel der Unberührbaren, um ihr Begehr zu erfüllen. Dennoch schleppte sich Sarasvati lustlos von Tag zu Tag.

»Du bist unter einem schlechten Einfluß geboren!« wiederholte Ganga, eine Halbschwester des Radschas, die fast zur gleichen Zeit wie sie von einem benachbarten Fürsten, der sie vernachlässigte, schwanger geworden war. »Das Glück lacht dir, und du vergehst vor Ungeduld. Mohini hat schon recht. Fahre nur fort, die Augen vor dem Glück, das sich dir bietet, zu verschließen, und du wirst dein Unglück noch selbst heraufbeschwören!«

Sarasvati achtete nicht auf sie. Wortlos schaute sie durch die farbigen Scheiben der *Zenana* in die Sonne hinaus, die langsam bleicher wurde. Der Kopf war ihr schwer, Ekel drückte ihr das Herz zusammen. Tag um Tag wuchs in ihr ein Kind, dessen Fleisch ihr krank schien, ein kleines, rundes, pulsierendes Monstrum, das ihr fremd war. Sie wagte nicht, sich einem Menschen anzuvertrauen, auch Mohini nicht, aus Angst hören zu müssen: »Torheiten, nichts als Torheiten und albernes Zeug. Du solltest dich vielmehr glücklich preisen, daß dich dein Gatte feiert, noch ehe der Astrologe die Sterne befragt hat, ob du einen Sohn oder eine Tochter unter dem Herzen trägst, und daß seine Liebe mit deinem Bauch wächst! Glaub mir, Sarasvati, es sind nichts als die Schrecken und Ängste kleiner Mädchen. Du mußt endlich einmal erwachsen werden.«

Diese Litanei wohl kennend, zog sie es vor zu schweigen. Insgeheim jedoch suchte sie verbissen nach dem Grund ihrer Leiden. Anfangs neigte sie dazu, der Zeit vor dem Monsun die Schuld zu geben: Wir haben Mai, sagte sie sich, die Regenfälle stehen bevor. Die Beschwingtheit des Frühlings ist dahin, die blauen Tage des Waldes, in denen wir das Kind zeugten, sind vorüber. Alles ist nur noch Hitze und Staub, für die Schwangere eine verfluchte Jahreszeit. Wann aber, o Krischna, an welchem verfluchten Tag, war es um den Frieden meiner Seele geschehen, der doch zu meinem Leib gehörte wie die Sitar zur Trommel?

Eines Morgens nach dem Aufwachen glaubte sie die Antwort gefunden zu haben. Sie hatte einen Traum gehabt. Sie war auf der Jagd gewesen wie an jenem Tag, an dem die *Firangis* sie und den Radscha zum Pavillon begleitet hatten. Wie gewöhnlich saß sie auf dem Paradeelefanten. Sie hatte sich zu ihrem Begleiter hinübergeneigt. Aber das war nicht Bhawani gewesen, sondern ein heller Mann, schön und rein. Madecji. »Wo ist der Radscha?« hatte sie ihn, sonderbar heiter, gefragt.

»Sehr weit weg, Fürstin«, hatte er geantwortet. »Wir werden Krieg bekommen.«

Wie entsetzlich, dachte Sarasvati beim Aufwachen, und das alles hat der *Firangi* lächelnd gesagt, und auch ich habe gelächelt.

Um den Traum und seine schlechte Vorbedeutung zu vertreiben, wischte sie sich das Gesicht sorgfältig mit Leinen ab. Aber die Angst blieb. Nur allzu gut hatte sie den *Firangi* wiedererkannt, seine Augen, die so klar waren wie der Himmel von Godh nach dem Regen, und seine ungeschickte, singende Aussprache des Hindi. Ja, Madec. Mit seinem Weggang hatte alles begonnen, gerade als hätte er das Geheimnis der Freude mit sich genommen. Entgegen ihrer Gewohnheit, sich nicht in Godhs Angelegenheiten einzumischen, zog sie Erkundigungen über die anderen *Firangis* ein und erfuhr, daß auch sie gegangen waren, nachdem sie Kanonen hergestellt hatten und sich in alle Windrichtungen verstreut hatten, die einen nach Norden zum Himalaja, die anderen zu den Hochebenen, die zu den Schwarzen Wassern führen. Und das Leiden, ein paar Tage lang vergessen, setzte wieder ein.

Der Monsun kam dieses Jahr etwas früher als gewöhnlich. »Welche Erleichterung!« seufzten die Frauen ihrer Umgebung. »Und dennoch siehst du so traurig aus, Sarasvati! Was fehlt dir? Möchtest du Malventee oder Ingwermilch?« Und sie lächelte, um ihre Traurigkeit zu verbergen.

Eines Tages aber lief ein Erschauern durch die *Zenana.* Nackte Füße huschten über den Marmor, Edelsteine klirrten, ein Flüstern und Tuscheln drang durch Muscharabien und über Galerien bis an Sarasvatis Ohr.

»Die erste Gattin, Prinzessin, die erste Gattin . . .«

»Schweigt!« herrschte Sarasvati sie an. »Ich bin die Geliebte, die Auserwählte, die Lieblingsfrau. Bhawanis Liebe vermag nichts zu ändern.«

»Gewiß nicht«, antwortete Mohini. »Dennoch ist es der ersten Gattin gelungen, den Radscha auf ihren *Charpoy* zu locken. Heute nacht. Die Dienerinnen haben mir alles erzählt.«

Sarasvati brach in Lachen aus.

»Aber sie ist unfruchtbar!«

»Den Radscha jedenfalls vermochte sie vom Gegenteil zu überzeugen, denn er ist zu ihr auf den *Charpoy* gekommen und hat die Position der Vereinigung mit der Kuh eingenommen und damit deutlich zum Ausdruck gebracht, daß er sich ein Kind von ihr wünscht.«

»Und ihre Küsse? Ihre Bisse?« fragte Sarasvati und zwang sich zu einem Lächeln.

»Darüber habe ich nichts gehört«, antwortete Mohini. »Dafür kannst du, wenn du willst, den Biß Koralle und Juwel selbst auf ihrer Wange sehen. Sie ist wie wahnsinnig vor Freude. Seit deiner Schwangerschaft ist sie, die sonst nie ausging, unermüdlich von Guru zu Guru gelaufen, hat unablässig zu den Göttern gefleht und die absonderlichsten Kräuterabsude getrunken. Außerdem hat sie dich berührt.« Sarasvati erbleichte. Sie wandte den Kopf ab.

»Ja, das hat sie, Mohini. Aber sie ist unfruchtbar, und die Fruchtbarkeit in meinem Körper wird nicht auf den ihren übergehen.«

Sie erhob sich und strich bedächtig über das Maßwerk des Fensters. Dann setzte sie sich wieder und begann ein Betelblatt zu kauen.

Seit ihrer Schwangerschaft wollten alle Frauen der *Zenana,* die sich ein Kind wünschten, sie streifen oder berühren. Und gestern bei der Musik hatte auch die erste Gattin, die ihr sonst stets aus dem Weg ging, ganz leicht ihren Arm gestreift.

»Doch mag sie«, fuhr sie fort, »auch schwanger werden, es könnte nur eine Tochter sein. Aber selbst bei einem Sohn bleibt Gopal Bhawanis Erstgeborener!«

»Die erste Gattin«, wandte Mohini ein, »hat ein hartes Herz. Ihre Seele ist verbittert. Da ihr ein Sohn versagt blieb, ist sie boshaft geworden und haßt ihren Gatten. Um sich an ihm und an dir zu rächen, würde sie sich ohne zu zögern mit jedermann verschwören, der neidisch auf euch ist ... Seit dem Tode des alten Radschas hat sie sich mit Bhawanis Bruder verbündet und soll ihm angeblich laufend Botschaften zukommen lassen. Erinnere dich nur, welche Blicke sie tauschten. Durch keinerlei Bande des Blutes verbunden, sind sie doch Geschwister in der Habsucht und der Liebe zum Bösen.« Mohini hielt einen Augenblick inne, ehe sie wieder anhob:

»Du bist noch so jung, so schön, Prinzessin ... Aber sie ... fast dreißig! ... Sie hat die Gurus aufgesucht! Und schreckliche Geheimnisse von ihnen gelernt.«

»Unsinn!«

»Außerdem hält sie Verbindung zu den Kalipriestern!«

»Aber Kali zerstört nicht nur, sie beschützt die Schwangeren auch.«

»Nun, wenn schon, ich rate dir doch, nimm dich lieber in acht.«

Mohini erhob sich. Und ehe sie hinter dem Vorhang verschwand, flüsterte sie noch: »Der Radscha liebt dich, ohne Zweifel. Aber paß auf, daß du ihn nicht verlierst!«

Fünf Wochen verstrichen. Sarasvati versuchte, Mohinis Warnung zu vergessen. Schließlich war es nur recht und billig, wenn sich der Radscha, solange er sich nicht mit seiner Auserwählten vergnügen konnte, anderen Frauen zuwandte. Es regnete in Strömen, die Wolken hingen tief auf die Erde herab. Sarasvati verbrachte den Tag am Fenster. Von Zeit zu Zeit konnte sie durch ein Wolkenloch am Himmel einen Blick auf den von Nebeln eingehüllten See und manchmal auch auf die Berge und den grünenden Dschungel werfen. Gopal, der Erstgeborene, fast sieben Jahre nun, spielte in einem Winkel der *Zenana* Krieg.

»Der, den ich jetzt unter dem Herzen trage«, mußte sie immer wieder denken, »wird einmal anders aussehen.«

Daß es wieder ein Sohn sein würde, hatte sie keinen Augenblick lang bezweifelt. Als es bald darauf auch der Astrologe bestätigte, waren die Gerüchte in der *Zenana* verstummt.

Dann kam der Tag der fünf Ambrosien. Wie bei ihrer ersten Schwangerschaft machte sich Sarasvati für diesen Anlaß besonders schön. Sie war nun im fünften Monat. Niemand sprach mehr von der ersten Gemahlin. Und nun war der feierliche Augenblick gekommen, den Gast in ihrem Schoß festlich zu begrüßen. Dennoch fühlte sie sich matt und zerschlagen, der Bauch schmerzte sie, und Übelkeit überfiel sie in Wellen. Nichtsdestoweniger erstrahlte ihre Schönheit in reinstem Licht. Nur die einfachsten Blumen zierten ihr Haar. Grelle Stoffe und auffälliger Schmuck waren ihr untersagt. Mühsam schleppte sie sich zum Gitter der *Zenana,* was zum Glück, da es im Raum sehr dunkel war, niemand bemerkte.

Durch die Muscharabien drangen die heiligen Worte des Brahmanen herüber:

»In diesem Augenblick, Sarasvati, formt sich das Herz deines Sohnes, erwacht er zu Bewußtsein, Verständnis und Gefühl! Empfange ihn mit Freuden in den fünf Ambrosien . . .«

Der Radscha öffnete die Tür, trat mit einer Schale, in der Zucker, Butter, Honig, frische Milch und Sauermilch gemischt waren, auf sie zu und sagte mit sanfter Stimme: »Das ist unser zweites Kind, Sarasvati. So darf ich den Ritus des *Simanta* nicht wiederholen und dir nicht mehr den Scheitel des Glücks ins Haar ziehen. Wie gerne hätte ich es wieder getan . . .«

Schlagartig waren alle Leiden von ihr abgefallen. Mit einemmal fühlte sie sich leicht und unbeschwert. Ihr hatte lediglich Bhawani gefehlt.

Ich war nur eifersüchtig, dachte sie. Ich wollte es mir bloß nicht eingestehen. Wie recht ich doch hatte, nicht an ihm zu zweifeln!

Sie lächelte – zum ersten Mal seit langer Zeit ein echtes Lächeln, das aus dem Herzen kam. Dann kehrte sie, ihren Bauch stolz vor sich hertragend, zu ihrem *Charpoy* zurück, um ein paar Stunden zu schlafen.

Der Monsunwind weckte sie. Er hatte den Vorhang zurückgerissen, und die Sonne schien ihr, für einen Augenblick durch die Wolken kommend, ins Gesicht. Schweißgebadet erhob sie sich, um eine Dienerin nach Wasser zu schicken. Da streifte ihr verschlafener Blick den Marmor. Sie begriff nicht sogleich. Allem Anschein nach lag da eine Puppe aus getrocknetem Reisbrei, die an Stelle eines Saris einen unbedruckten Stoff trug. Wahrscheinlich ein Kinderspielzeug, das nach dem Spiel liegengeblieben war.

»Weiß«, murmelte sie, noch immer ganz verschlafen. »Die Farbe der Trauer für eine Puppe . . . Welch sonderbare Idee . . .«

Launisch glitt die Sonne über die Puppe weg. Etwas blitzte auf, und im nächsten Augenblick schrie Sarasvati laut auf. Im Unterleib der Puppe steckte ein goldener Dolch.

Noch am selben Abend wurde der Brahmane geholt. Ein Abgang drohte, und erst nach stundenlangen Gebeten konnte der Zauber des von der Reispuppe angekündigten Todesdämons gebrochen werden.

Die Schmerzen hielten wochenlang an. Niemand gab noch viel für Sarasvatis Leben oder das des Kindes, das sie unter dem Herzen trug. Traurigkeit legte sich über die *Zenana.* Kurz vor *Diwali,* dem Lichterfest gegen Ende des Herbstes, kam die junge Ganga vor ihrer Zeit mit einem schwächlichen Mädchen nieder, doch ihr Gemahl hielt es für nicht der Mühe wert, sich nach ihr umzuschauen, so beschäftigt war er mit seinen Bajaderen. Trotz ihrer eigenen Leiden suchte Sarasvati sie zu trösten. Aber sie konnte sich nichts vormachen. In Wirklichkeit wollte sie nur sich selbst beruhigen. Würde Bhawani sie nach der Entbindung aufsuchen oder nicht? Auch wenn sie ein Monstrum gebar?

Trotz aller Kränklichkeit aber hielt sie durch. Ihr Bauch war so aufgetrieben, daß sie sich kaum noch zu rühren vermochte. Endlich, Anfang des Monats *Margasirsa,* zwei Wochen später als erwartet, kam die Zeit der Niederkunft, und die alte Sita, die Palasthebamme, die auch die anderen Prinzessinnen entbunden hatte, wurde gerufen. Schon beim Betreten des Zimmers erriet sie, daß ihr wie Sarasvati ein schwerer Tag bevorstand. Und in der Tat nahmen die Schmerzen zu, ohne daß sich das Kind rührte. Sarasvati stöhnte. Schließlich nahm Sita ihren Arm und begann ihn zu massieren.

»Geduld, Prinzessin, Geduld«, murmelte sie.

Ein Krampf durchlief Sarasvati, und demütig versuchte sie sich ihm zu überlassen, sich in ihm zu vergessen. Aber erneut entrang sich ihr ein Schmerzensschrei.

»Sita«, ächzte sie, »das ist nicht wie bei meinem Erstgeborenen.«

»Natürlich nicht«, erwiderte die Hebamme, »weil man jedesmal für das schlimmste hält. In Wirklichkeit aber geht es beim zweiten Mal immer leichter! Der Körper hat sich darauf eingestellt. Dreh dich um, dann massiere ich dir den Rücken.«

Die Hände der alten Frau, die ihr beim Aufstehen half, fühlten sich weich und sanft an, gerade als hätte sie durch den dauernden Umgang mit Neugeborenen selber ein kleines Stückchen ewiger Jugend erlangt. Ebenso vertraut aber mußte sie mit dem Anblick des Todes sein, hatte sie doch viele Wöchnerinnen in ihrem eigenen Blut liegen sehen und oft genug vergeblich gehofft, das blaurote Kind möge die Augen doch noch aufschlagen. Diese Frauen von der Kaste der *Nai* kamen aus einer anderen Welt. Was aber würde die kundige Sita heute sehen, Tod oder Leben?

Sarasvati legte sich auf die Seite, und als Sita ihren Rücken zu bearbeiten begann, schlummerte sie für einen kurzen Augenblick ein. Doch mit einemmal stieß sie den Arm der Hebamme zurück und richtete sich auf dem *Charpoy* auf.

»Sita, ich bitte dich, hol den Brahmanen. Der Todesdämon ist zurückgekehrt, der Nachtschwärmer, der Raksa!«

Die Hebamme befiel ein Zittern.

»Beruhige dich, Prinzessin, beruhige dich. Bei starken Wehen kommt es manchmal zu solchen Gesichten!«

Aber keuchend wiederholte Sarasvati: »Der Dämon, glaub mir, der Dämon wie letzthin bei der Puppe.«

Sitas verrunzeltes Gesicht erbleichte. Wenn die Prinzessin den Dämon wiedererkannte ... sie hatte dem Raksa schließlich schon einmal ins Gesicht geschaut. Zweifelsohne war es Nairta. Oder Papadevata, der vor vier Monaten schon einmal gekommen war, nur daß er diesmal das Kind im Schoß der Mutter zurückhalten, ersticken wollte.

Sie durfte nicht zögern, den Brahmanen, den Mann des *Ayur-Veda,* zu holen. Die Falten ihres Saris zusammenraffend, nahm sie die kleine Lampe vom Fuße des Lagers und eilte mit den Worten: »Ich bin gleich wieder da«, hinaus.

Halb wahnsinnig vor Schmerzen, ließ sich Sarasvati in die Kissen zurückfallen. Ein Schauer durchlief die *Zenana.* Ergeben schloß die Prinzessin die Augen. Diese gedämpfte Aufregung hatte sie seit ihrem Einzug in die Frauengemächer schon mehrmals miterlebt. Es zeigte stets schwere Geburten an, wenn die Marmorhallen vom Schritt eiliger Dienerinnen, von den Seufzern jäh aus dem Schlaf gerissener oder in ihren Vergnügen aufgeschreckter Frauen, von kaum ersticktem Getuschel erfüllt waren und Lampen herbeieilten, um die Ruhe wiederherzustellen. War die Frau in Wehen von geringerer Geburt, fiel die Aufregung bald in sich zusammen und gleichgültiges Schweigen kehrte ein; war sie dagegen eine Prinzessin, wuchs die Erregung, so wie jetzt. Die ganze *Zenana* legte sich auf die Lauer; das Flüstern schwoll an und ebbte ab und schwoll wieder an. Den verdunkelten Raum der Gebärenden freilich betrat niemand. Alle aber spitzten die Ohren, um das Seufzen und Stöhnen zu erhaschen, das durch die Muscharabien und die Rollvorhänge drang, um das Erlauschte zu kommentieren, von dem Tag zu erzählen, an dem man sich selbst vor Schmerz in dem dunklen Gemach gekrümmt hatte, und die kleinen Mädchen aufzuklären. Von Zeit zu Zeit berichtete auch eine verrunzelte Alte eine Geschichte vom Todesgott, und um die monotone Stimme breitete sich eine immer tiefere nächtliche Stille aus. Jede Geburt aber, gleichviel ob leicht oder schwer, war für die Frauen ein großes Fest, das einzige Abenteuer, das in der *Zenana* gestattet war, eine heimliche Lebenszeremonie, die unfehlbar, ob die Wöchnerin am Leben blieb oder starb, das Kind ein Knabe oder Mädchen, schön oder mißgebildet, kräftig oder schwächlich war, in einer nicht enden wollenden Litanei von Dharmas endete, ehe die Monotonie des Alltags wiederkehrte.

Dharma! Dharma! wiederholte Sarasvati für sich, um den Schmerz zu ertragen. Die Geburt befleckte ihren Körper mit Unreinheit. Allein aber fühlte sie sich dennoch nicht, da die anderen Frauen der *Zenana,* Freundinnen wie Feindinnen, sie mit geschärften Sinnen umgaben. Außerdem hörte sie in der Ferne den schlurfenden Schritt der alten Sita.

Doch eine neue Woge von Schmerz brandete auf, heftiger noch als die vorhergehende, und schlug über ihr zusammen. Ein Aufschrei, ein Aufheulen wie von einem von Pfeilen durchbohrten Tier.

»Der Dämon«, keuchte die Fürstin atemlos.

Die *Zenana* war schlagartig verstummt, eine eisige Stille eingekehrt. Nun war sie wirklich allein. Aber ehe ihr die Sinne schwanden, glaubte sie im unruhigen Schein der Öllampe eine dürre, lauernde Gestalt hinter dem Rollvorhang des Fensters zu erkennen.

Der Brahmane beeilte sich so gut er konnte. Vor Betreten des unreinen Raums jedoch betete er zu den Göttern, ihn nicht für die Befleckung, die er begehen mußte, zu bestrafen. Das war, vorausgesetzt, er vollzog anschließend die vorgeschriebenen Reinigungsriten, eine reine Formsache, erlaubte das Gesetz dem Mann des *Ayur-Veda* doch, Frauen im Kindbett beizustehen. Bei Sarasvatis Anblick aber konnte er nur mit Mühe ein Zittern unterdrücken. Zu ihren Füßen hockte ratlos Sita.

»Hebamme!«

»Es ist aus«, antwortete sie und verbarg den Kopf in den Händen. »Es ist aus, Brahmane.«

»Nein«, erklärte Mohan mit fester Stimme und fuhr auf ein kleines Paket weisend, das er in der Eile zusammengerafft hatte, fort: »Hier sind Pflanzen. Leg sie um sie aus! Ich werde mittlerweile mit den *Mantra* beginnen.«

Und nachdem die Hebamme die Kräuter und Blumen eine um die andere an den vorgeschriebenen Platz gelegt hatte, hielt ihr der Brahmane ein schwärzliches Häutchen mit den Worten hin: »Verbrenn die Haut der schwarzen Schlange bei ihrem Bauch, ehe ich die Beschwörungen anstimme. Bald schon wird die Sonne aufgehen. Noch vor Morgengrauen aber, das dem Tod nur allzu geneigt ist, muß die Zeremonie beendet sein. Gib mir den *Soma.*«

Er trat an den *Charpoy.* Es war die Stunde vor Tagesanbruch. Die Zeit, in der Schwebe zwischen Licht und Dunkelheit, zögerte, schien stehengeblieben zu sein. Von der *Zenana* war kein Laut mehr zu hören. Der Brahmane begann mit der Rezitation der *Mantra:*

»Siehe, Frau, das ist der *Soma,* der Trank der Unsterblichkeit! Das ist der Gott des Feuers und der Pferdegott! Mögen sie in diesem Hause Wohnung nehmen und ihr Bleiben Segen stiften. Da ist der *Soma,* der Trank der Unsterblichkeit, aus den Wassern gezogen, damit dein Kind leicht werde und sich aus deinem Schoß löse! Frau, da sind die guten Gottheiten Anada Pavana, Arka und Vavasa und die Geister, die der salzigen Woge Schutz leihen; losgelassen sind die zerrissenen Bande des Viehs, losgelassen die Strahlen der Sonne. Von aller Angst befreit, Kind, komm, komm schnell!«

Sarasvati seufzte auf.

»Auf dem heiligen Berg wohnt die Göttin Surasa; an ihren Pflökken hängen Ringe, deren Klirren für die Schwangere Entbindung bedeutet. Aim! Hrim! O deine Herrlichkeit, die das Glück zur Girlande hat!«

Der Brahmane schwenkte eine in den Falten seines *Dhoti* verborgene Pflanze, löste ein Blatt und ritzte ein Zeichen ein.

»Das, Fürstin«, wandte er sich an Sarasvati, »ist die Pflanze Adhaka, die die Entbindung vorantreibt!« Aber Sarasvati rührte sich nicht mehr. Mit bedrückter Miene legte der Brahmane das Blatt aufs Bett und fragte, an die Hebamme gewandt: »Du hast ihr aber doch gesagt, daß sie während der Schwangerschaft jeden Samstag zum Affengott Hanuman beten muß?«

»Ja«, murmelte Sita, »das hat sie auch getan. Dharma! Dharma! Aber der Dämon war stärker.«

»Nein!« erwiderte Mohan scharf. »Das Leben ist noch nicht erloschen. Sarasvati ist eine kriegerische Frau.« Und wie für sich fügte er hinzu: ». . . ja, eine kriegerische Frau.«

Die magere Gestalt hinter dem Rollvorhang zitterte.

Bei Morgengrauen ertönte der Schrei, das Freudengeheul, das die Geburt begleitet. Doch gleich darauf verfinsterte sich die Miene der Hebamme wieder.

»Das Mädchen ist tot«, konstatierte sie.

Der Brahmane lächelte.

»Dafür lebt der Sohn!«

Mit der aufgehenden Sonne schlug Sarasvati die Augen auf.

»Ist das Kind tot?«

»Das erste Kind«, antwortete Sita sanft. »Nur das erste. Aber es sind Zwillinge. Zwillinge! Deshalb hast du auch solche Schmerzen gehabt!«

»Zwillinge?« wiederholte Sarasvati. »Dann bleibt mir also ein Sohn?«

Und Mohan gewahrend, fügte sie hinzu: »Du hast mir das Leben gerettet. Mir und meinem Sohn.«

»Der Todesdämon ist besiegt, Prinzessin.«

»Mein Töchterchen aber ist tot. Wo ist es?«

»Man hat es zum Fluß gebracht. Doch sei getrost; seine Seele ist ebenso rein wie die des Brahmanen. Es wird bald wiedergeboren werden. Dharma!«

»Dharma!« wiederholte Sarasvati.

Mit einem Schlag schwollen die Geräusche aus der *Zenana* an. An diesem Morgen gab es viel zu erzählen. Der Schrei der Hebamme hatte alle Welt aus dem Schlaf gerissen. Und nun machten sich, nach dem Klappern von Kannen und Becken zu schließen, alle besonders schön.

»Wisse, Fürstin«, hob der Brahmane wieder an, »daß du gebenedeit bist von den Göttern. Glaub dem Mann des *Ayurveda.* Normalerweise stirbt, wenn die Götter beschlossen haben, von einem Zwillingspärchen einen zu sich zu rufen, der Junge.«

»Dharma«, antwortete Sarasvati. »Zeigt mir nun meinen Sohn.«

»Nicht so ungeduldig!« rief Sita. »Man merkt es, das Leben kehrt in dich zurück. Also schau ihn dir an, deinen mit Goldstaub, Honig und Butter gesalbten Sohn! Und laß den Brahmanen in Ruhe, damit er das Horoskop stellen kann. Der Kleine braucht jetzt ein Kardamombad.«

»Hat er schon den Goldlöffel gekostet?«

»Natürlich, Prinzessin. Seine Lungen waren noch nicht voll entfaltet, da hat schon Ambrosia seine Lippen berührt.«

»Bhawani! . . .«

Der Radscha war auf der Schwelle erschienen.

»Es ist ein . . .«, rief ihm Sarasvati entgegen, »wirklich ein Sohn!« Und Sita legte ihm das Kind in den Arm.

»Mein Sohn«, sagte der Radscha gerührt, »ich wünsche dir Weisheit! Möge dich die *Mveda* nie verlassen und mögen stets Wohlhabenheit, Langlebigkeit, die Kraft des Geistes und des Körpers und der Schutz der Götter mit dir sein!«

Lächelnd schloß Sarasvati die Augen. Sie hatte gewonnen. Bhawani war da und murmelte dem Kind, strahlend vor Glück, leise die geheiligten Formeln ins Ohr. Zwei Wochen noch mußte er ihr fernbleiben, bis zu ihrem zweiten Bad. Dennoch schwamm sie in Glück. Zweimal hatte sie ihre Pflicht als Frau erfüllt! Und wieder verlangte sie das Kind zu sehen.

»Wahrhaftig, welche Ungeduld«, schimpfte Sita. »Es ist schön und voller Wohlgestalt, ich sage es dir doch!«

»Schön wie der Tag!« bestätigte Bhawani, an den Marmor der Tür gelehnt. »Es hat deine Haut . . .«

Es war in der Tat blaß und auffallend leicht. Sarasvati streichelte es.

»Ist es nicht zu schwach, Sita? Und sieh nur, wie blaß es ist!« »Frauen aus dem Norden haben hellhäutige Kinder. Aber hast du dir schon seine Augen angeschaut?«

Sie waren anders als die von Gopal. Heller, glänzender.

Mit dem Blick der Mutter erklärte sie: »Er wird einmal ruhig werden. Ruhig und träumerisch . . . Diese Augen . . . Aber wie sollen wir ihn nennen?«

»Der Brahmane«, erwiderte Bhawani, »hat das Horoskop noch nicht gestellt. Wir müssen warten, welche Anfangsbuchstaben er uns gibt.«

»Vorerst aber müssen wir«, sagte die Hebamme der Pflichten des Augenblicks eingedenk, »erst einmal die Nabelschnur eingraben.« Und mit einem letzten strahlenden Blick wandte sich der Radscha zum Gehen. Doch mit einemmal fing Sita an zu zittern. Fieberhaft suchte sie mit den Augen das ganze Zimmer ab und drehte sämtliche Gefäße um, die sich im Raum fanden.

»Was ist?« wollte Sarasvati wissen.

Aber Sita gab keine Antwort. Erst nachdem sie die Becken noch zwei-, dreimal aufgehoben hatte, sagte sie: »Das kann nicht sein, Prinzessin, das kann nicht sein . . .«

»Aber wovon redest du denn? Schick mir die Dienerinnen. Du bist müde wie ich. Geh etwas essen und leg dich dann schlafen!«

Wie wahnsinnig warf sich Sita vor dem *Charpoy* auf den Boden. »Verzeih mir, Fürstin, verzeih mir . . . Nicht dein Kind wollte der Dämon oder vielmehr die Dämonin . . .«

»Dämonin? Was soll das heißen?«

»Deine Kraft wollte sie, Prinzessin«, fuhr Sita fort. »Die Nabelschnur ist verschwunden.«

Wie eine Wahnsinnige lief Mohini durch die langen Gänge der *Zenana*. Gänzlich außer Atem blieb sie auf der Schwelle zu Sarasvatis Zimmer stehen.

»Soll ich es ihr sagen oder nicht? Sie muß sehr erschöpft sein.«

In ihrer Aufregung hatte sie laut gesprochen.

»Wenn du etwas weißt, was helfen kann, das Böse zu vertreiben«, erwiderte Mohan auf sie zutretend, »dann mußt du es sagen, Mohini.«

Mohini fuhr erschreckt zusammen. Sie hatte nicht mit der Anwesenheit des Brahmanen gerechnet. Aber sie faßte sich schnell.

»Du hältst hier Wache, Mohan?« fragte sie.

»Die Dämonen könnten noch in der Nähe sein!«

»Dämonen . . . oder Dämoninnen?«

»Also sprich, wie ich es dir befehle! Aber nicht vor der Prinzessin. Sie schläft. Komm.«

Mit diesen Worten zog der Brahmane Mohini in einen Winkel des Gangs hinaus und fragte: »Die erste Gemahlin, nicht wahr?«

»Wie hast du es erraten?«

»Es gehört zu meinem Beruf, alles zu erraten, Mohini.«

»Nun, auch Frauen erraten manches«, entgegnete Mohini. »Ich hatte sie schon seit längerem in Verdacht. Aber das ist zu entsetzlich! Zu unvorstellbar . . . Allein schon der Gestank! Und dann hat sie sich auch gar nicht versteckt. Sie hat es selber zubereitet.«

»Weil sich keine Dienerin dafür hergegeben hätte, auch die gemeinste nicht. Aber faß dich wieder, Mohini. So etwas kommt manchmal vor. Zwei- oder dreimal schon hat eine eifersüchtige Frau in Godh die Nabelschnur des Sohns ihrer Nebenbuhlerin entwendet und gegessen. Auf diese Weise hofft die erste Gemahlin fruchtbar zu werden und wird es vielleicht auch. Siehst du, Mohini, einzig das *Brahman,* der Geist, ist rein, ewig und unwandelbar. Schon die Götter sind vom Wirken der Zeit befleckt und können ihre Kraft auch durch Grausamkeit ausdrücken. Kali wie Krischna kennen die Leidenschaft. Und das ist auch gut so.«

Mohini zuckte die Schultern.

»Aber jetzt«, hob der Brahmane wieder an, »schließe Frieden in dir. Und zu Sarasvati kein Wort. Am besten sagt ihr, die Hebamme habe vor Übermüdung vergessen, daß ich gleich eine Dienerin rief und der Ritus in aller Form vollzogen wurde. Die erste Gattin wird sich bald beruhigt haben und nur noch auf Mittel und Wege sinnen, den Radscha wieder auf ihr Lager zu locken. Ich für meinen Teil werde dafür sorgen, daß er ihr sein Ohr nicht gänzlich verschließt. In dieser Zeit kann sich Sarasvati erholen und zu Kräften kommen. Aber nun geh und treibe die Dienerinnen an, für die Fürstin Ingwermilch und Backwerk aus braunem Zucker und Mandeln zuzubereiten. Geh in Frieden.«

Noch immer wütend, entfernte sich Mohini.

Heute Nacht, sagte sich der Brahmane, werden wir Vollmond haben. Ich werde zum *Jantar Mantar* hinuntersteigen, der Form wegen, auch wenn die Sterne lediglich die in der Stunde der Geburt angestellten Berechnungen bestätigen. Das Kind war im Haus des *Satrubhava* geboren. *Satrubhava:* Fallen, Krankheiten, Unglück, Feinde . . . und nicht genug damit, der Stern des Knaben stand voll im *Madhya bhava.* Um etwas Genaueres sagen zu können, hätte er die Zukunft der Mutter bestimmen müssen, die jedoch seit Monaten, seit der Ankunft der *Firangis,* nicht genau zu erkennen war. Das einzige, was er herauszulesen vermochte, war, daß in Sarasvati noch immer die alte kriegerische Kraft wohnte.

Zwanzig Monate lang vermochte der Brahmane die Unruhe nicht abzuschütteln. Die Prinzessin hatte ihren ersten Tempelbesuch nach dem Wochenbett noch nicht absolviert, als man bei ihrem neugeborenen Sohn eine Königskobra von eindrucksvoller Größe fand. Sie hatte das Kind nicht angerührt, und so verbot Sarasvati, die darin ein günstiges Omen sah, sie zu töten.

»Auch ich wurde in meiner Kindheit von einer Königskobra verschont! Und bei der folgenden Plünderung Delhis gehörte ich zu den wenigen, die dem Blutbad entkamen! Genauso wird auch dieses Kind Feuer und Eisen trotzen . . .«

Dann wandte sie sich an Mohan: »Aber warum sagst du nichts, Brahmane, du, der du alles über Mensch und Tier weißt?«

»Zweifelsohne«, erwiderte Mohan kopfschüttelnd, »erkennen die großen Kobras, die ja aus königlichem Geblüt stammen, ihresgleichen wieder. In den fernen Zeiten zu Anbeginn der Welt waren sie die unumschränkten Herren. Doch nach der Ordnung des Universums sollte der Mensch sie entthronen. Trotz ihrer Niederlage aber – und das vergiß nicht, Sarasvati – träumen die Schlangen noch immer davon, ihren angestammten Platz wieder einzunehmen. Das Gift, das sie absondern, ist in Jahrtausenden innerer Wut entstanden. Ab und an jedoch triumphiert in ihrem Herzen trotz ihres Falls die Vernunft und sie verschonen einen Schwachen. Die Seele der Schlangen aber bleibt uns undurchdringlich und verschlossen.«

Mohan bemühte sich danach, den Anschein von Sorglosigkeit zu erwecken. In Wirklichkeit jedoch fragte er sich monatelang, wie eine so große Kobra in die *Zenana* gelangt war. In den geharkten Gärten hätte sich nicht einmal eine Blindschleiche verstecken können, und der Kies, für die Reptilien ein unüberwindliches Hindernis, wurde gewissenhaft Tag für Tag erneuert. Sollte es die erste Gemahlin gewesen sein? Jedenfalls behielt er alle Bewegungen in der *Zenana* gut im Auge.

Bald darauf lief in der Stadt ein beunruhigendes Gerücht um. Kaufleute hatten aus Bengalen die Nachricht mitgebracht, Ragu, der Bruder des Fürsten, ziehe Truppen zusammen und rüste sie mit Waffen nach Art der *Firangis* aus.

Es war Anfang Herbst, Ende der Regenzeit. Der Monsun war gut gewesen, der Zehnte der Bauern reichlich ausgefallen. In Godh, erklärte der Diwan, wohnt der Reichtum, und Bhawani zeigte sich heiter wie seit der Geburt seines zweiten Sohnes. Einzig Mohan fand keine Ruhe und ließ insgeheim die Karawanentreiber aushorchen.

»So hat sich der Bruder des Radschas auf die Seite des Nabob von Bengalen geschlagen, um ihn beim Kampf um sein Recht und seinen Besitz zu unterstützen?« fragten seine Späher.

»Was bildet Ihr Euch ein!« lautete die Antwort. »Er hat seine Männer und Waffen den *Firangis* mit den roten Westen angeboten! Den *Firangis,* die Bengalen erobert haben!«

Mohan war zutiefst bestürzt. Kein Zweifel, über kurz oder lang kam dieser Verräter Ragu nach Godh zurück. Vorausgesetzt freilich, daß die *Firangis* mit den roten Westen tiefer nach Indien eindrangen, über Benares hinaus bis nach Delhi und Radjputana vorstießen, was jedoch ohnehin anzunehmen war. Dann aber kam der Krieg auch nach Godh, war weder durch den Dschungel noch die Wüste, noch durch den Monsun aufzuhalten.

Zunächst jedoch blieb alles ruhig. Das Unheil, dachte Mohan, will Weile haben, und ließ die Türen und Fenster der *Zenana* nicht aus den Augen. Dort oben ging das Leben mittlerweile seinen gewohnten Gang: Ruhezeiten, Musik, Massagen. Die Fürstin war durch die Mutterschaft noch schöner geworden. Kaum waren die nach dem Wochenbett üblichen Reinigungen vollzogen, eilte Bhawani zu ihrem *Charpoy.* Dennoch zeigte sich die erste Gemahlin, hochnäsig und höhnisch, häufig in der Öffentlichkeit. Sie mußte von der Nachricht der Kaufleute erfahren haben und wärmte sich wohl mangels Besserem das Herz an dem heraufziehenden Unheil. Den Radscha aber warnte Mohan nicht, aus Angst, er könne in seinem Zorn die Dinge überstürzen und alles nur noch schlimmer machen. Denn was immer auch Ragu im Schilde führen mochte, hier galt wie bei der Tigerjagd die Regel: Der erste Schlag muß sitzen, denn nichts ist gefährlicher als ein verwundetes Tier. Aus diesem Grund ließ Mohan die erste Gattin auch ungeschoren.

An einem besonders schönen Herbstmorgen jedoch zerriß ein entsetzlicher Schrei die Stille der von Sonne überfluteten Gänge der *Zenana,* und Mohan wußte, daß das Unheil nun seinen Lauf nahm.

Er eilte zu den in Tränen aufgelösten Dienerinnen, die ihn, wie nicht anders erwartet, zu Sarasvatis Söhnen schickten. Von heftigen Krämpfen geschüttelt, grünen Schaum vorm Mund, schrien beide, als ginge es um ihr Leben. Ohne eine Sekunde zu verlieren, begann Mohan mit den Beschwörungen:

»Göttinnen, die Ihr selber Mütter seid, nehmt Euch dieser beiden Kinder an! Ihr, die ihr geflügelt seid, schnell wie der Gedanke, katzen-, elefanten- und tigergesichtig, mit safrangelben Augen und mit gesträubten Haaren, mit schwarzem Haar oder weißem Haar, Ihr, die Ihr Lymphe und Mark liebt, nur eine Hand, einen Fuß, ein Auge besitzt, all Ihr närrischen, trunkenen, wütenden Wesen, die Ihr selber Mütter seid, nehmt diese beiden Kinder in Schutz!«

Zehn-, fünfzehnmal wiederholte der Brahmane die *Mantra,* während sich Sarasvati im Rhythmus der heiligen Worte vor und zurück wiegte. Beim siebzehnten Mal beruhigten sich die Kinder endlich.

Gopal, der Ältere, hörte als erster auf zu schreien. Seine Züge entspannten sich, er schlug die Augen auf, lächelte und sagte ein paar Worte. Er lebte.

Der Jüngere, zartere, aber starb noch im selben Augenblick. »Er war so blaß«, sagte Mohan lediglich, als er den kleinen Körper aufnahm, um ihn zum Fluß hinunterzutragen.

»Beim Schwert!« rief der Radscha, als man ihm die Nachricht überbrachte. »Wir werden andere Söhne haben. Sarasvati ist jung und kräftig. Noch ehe der letzte Wintermond vergangen ist, wird sie wieder schwanger sein! Und mein Erstgeborener hat den Todesdämon besiegt! Sieh, Mohan, welche Kraft er besitzt. Ich sage dir, Godh mit seinem Frieden ist wahrhaftig glücklich zu preisen . . .«

»Nicht Gopal«, korrigierte ihn der Brahmane, »Sarasvati hat den Dämon durch ihre Kraft besiegt. Und was Godh anlangt . . .«

Er sprach den Satz nicht zu Ende. Der Fürst kehrte bereits zu seiner Musik zurück, und Mohan stieg in die Stadt hinab. Ehe er den in Weiß gehüllten Leichnam dem Fluß übergab, warf er noch einen Blick auf den schattigen Platz, an dem die *Firangis* vor zwei Jahren ihr Lager aufgeschlagen hatten. Und mit einemmal wurde ihm das Horoskop des Königspaares klar. Jahrelang hatte er es nicht zu deuten vermocht, da er sich geweigert hatte, die Geschicke der beiden zu entflechten. Wenn aber Bhawanis Schicksal unwiderruflich mit dem Godhs verknüpft war, so führte das Sarasvatis, genau wie die Fluten des Flusses, nachdem er die Stadt durchquert hatte, ebenso unwiderruflich in die Ferne hinaus.

11. Kapitel

Kalkutta
15. Oktober 1761

Von allen englischen Seehäfen der Welt war Kalkutta ohne Zweifel der häßlichste. Dieser Gedanke ging Warren Hastings, Mitglied des Bengalischen Rates, jedesmal durch den Kopf, wenn er sich vom Kloster Birnagore, wo er von Zeit zu Zeit Zerstreuung von der Langeweile seines Amtes suchte, auf den Rückweg zur Stadt machte.

Es war erst fünf Uhr morgens. Der Ganges aber war schon wieder zu neuem Leben erwacht. Fregatten, Flüten, Barken, kleine Küstenschiffe, Brigantinen: Schiffe aller Art und jeder Größe wimmelten bunt durcheinander. In der Mitte des Flusses trieben, begleitet von Dutzenden indischer Barken mit ihren Viereckssegeln, gewaltige Baumstämme von Nepal herunter, und an den Kais schaukelten wahre Wälder von Masten und ganze Dschungel aus Tauen. Gut fünfhundert Schiffe mochten hier vor Anker liegen. Der Ganges als Handels- und Karawanenstraße. Unwillkürlich mußte Warren Hastings an die Karawanen denken, die zum Markt von Cassimbazan, seiner ersten Etappe in Indien, gekommen waren: Endlose Züge von Weizen- und Reiskarren, Tausende von Zugochsen, eine Wolke von Schweißgeruch von Mensch und Tier, Geschrei und Gebrüll und das Gedränge der Hausierer, kurzum ein einziges Fest. Hier in Indien zählte Handeltreiben zu den Freuden des Lebens. Um so unbegreiflicher, wie England, angelockt von den exotischen Waren, eine so plumpe Stadt hatte erbauen können.

Es klopfte, und mit gedämpfter Stimme mahnte die Oberin vor der Zelle: »Mr. Hastings! Schlaft nicht wieder ein! Ihr müßt gehen, meine Gäste können jeden Augenblick aufwachen!«

Während er sich die Perücke auf das schon angegraute Haar setzte, ließ er die Freuden der Nacht noch einmal vor seinem geistigen Auge vorüberziehen. Wie gewöhnlich hatte ihn Mutter Maria gegen ein paar Münzen von Zelle zu Zelle geführt und unhörbar die Guckfenster aufgeschoben, so daß er in aller Ruhe sehen konnte, ohne selbst gesehen zu werden. An jeder Tür erwartete ihn ein neues

Vergnügen: Klosterzöglinge aller Konfessionen und Hautfarben demonstrierten, wenn sie den reichen europäischen Besuchern gegen einen prallvollen Beutel von Rupien halfen, ihre geschäftlichen Sorgen zu vergessen, die unterschiedlichen Begabungen der Rassen und Völker aufs unterhaltsamste. Er wurde nicht müde, seinen völkerkundlichen Studien nachzugehen und die Schönen bald in den Armen eines zahnlosen Holländers, bald in den Händen eines jungen kecken Engländers zu beobachten und alle Varianten unvoreingenommen zur Kenntnis zu nehmen. Nie jedoch trat er einem der jungen Dinger selbst zu nah, weniger weil das Gerücht umlief, Mutter Maria täte gut daran, ihnen nicht nur einen jungen Mönch zur Erziehung ihres Geistes, sondern darüber hinaus auch einen guten Apotheker zur Betreuung ihres Leibes zu geben (solche Erwägungen hätten einen Engländer nicht abzuhalten vermocht), als vielmehr der Örtlichkeit wegen. All die vielen Kruzifixe, Weihwasserbecken und barocken Mater-dolorosa-Gruppen, für einen Puritaner ebensoviele Mahnungen und Warnungen vor den Folgen der Sünde, gaben zwar dem Schauspiel eine pikante Würze, bremsten aber seinen eigenen Elan. Warren Hastings tupfte sich das Gesicht mit Rosenwasser ab und konstatierte befriedigt, daß die Spuren seiner nächtlichen Ausschweifungen verschwunden waren. Die Haut spannte sich wieder glatt über die Knochen, ausgenommen einzig die lange steile Falte auf der Stirn, die sein edles, feingeschnittenes Gesicht seit seiner Verwitwung noch länger erscheinen ließ. Nachdem er mit dem Handrücken die vom Schlaf leicht verdrückte Weste glattgestrichen hatte, küßte er der Oberin ehrerbietig die Hände und entfernte sich unter den weißen Gewölben des Chorumgangs.

Es war schon nach fünf. Eine Meile Fußmarsch lag vor ihm. Um sechs Uhr war er mit Ram, dem jungen bengalischen Bankier, von dem er sich Auskunft über die neuesten indischen Intrigen erhoffte, am Rande des armenischen Viertels verabredet. Die Zeit drängte. Irgend etwas aber hielt ihn zurück, ließ ihn zögern, noch etwas verweilen ... Der Garten duftete so angenehm ... es war fast frisch – und jenseits der Pforte warteten Kalkutta, einer häßlichen, stinkenden Warze am Ganges gleich, Geschäfte, Langeweile und Traurigkeit. Zu gern hätte er etwas von dieser Frische von Birnagore mitgenommen. Nicht ohne innere Bewegung irrten seine Gedanken noch einmal zu den Begebenheiten der Nacht zurück, und eine Episode fiel ihm wieder ein, die er vorhin bei der Aufzählung der nächtlichen Vergnügungen übergangen hatte. In der achten oder neunten Zelle waren ihm die zarten weißen, zugleich wunderbar festen und doch grazilen Formen einer Novizin aufgefallen, die sich zu seinem nicht geringen Erstaunen als Jüngling entpuppte. Bei einer Drehung des Kopfes hatte Hastings im Partner, vielmehr, wie sich nun zeigte, in der Partnerin, die Gattin des Festungsbaumeisters von Kalkutta erkannt, eine der hübschesten Europäerinnen Bengalens, die sich ansonsten im großen und ganzen nicht eben durch Schönheit hervortaten. Erschrocken hatte Mutter Maria das Fenster zugeschoben.

»Ich bitte Euch, Mr. Hastings, bewahrt Schweigen. Ihr braucht mir dafür auch das nächste Mal nichts zu bezahlen . . .«

Welch köstlicher, überraschender Anblick. Ein warmes Gefühl der Freude durchströmte ihn, während er zu den Ufern des Ganges hinabstieg. Gewiß spielte auch die Aussicht auf einen kostenlosen Besuch in Birnagore eine Rolle – die dreizehn Jahre im Dienst der Ostindischen Handelskompanie hatten ihn zu striktester Sparsamkeit erzogen –, aber es war doch mehr. Zum erstenmal in seinem Leben fühlte sich Warren durch die Schönheit eines Mannes verwirrt, angenehm verwirrt – eine wunderbare Entdeckung, die er jedoch, da sie ihn allzu weich zu stimmen drohte, entschieden von sich schob. Im Augenblick brauchte er Härte, denn jeder Schritt brachte ihn Kalkutta näher, wo die geltende Moral die geschäftlichen Interessen über alle anderen Erwägungen stellte.

Mit seinen dreiundzwanzig oder vierundzwanzig Jahren zählte Ram trotz seiner Jugend bereits zu den gewieftesten Bankiers der allmächtigen Kaste der bengalischen *Sahukars.* Hastings hatte sich mit ihm in einer der schmutzigen Straßen des armenischen Viertels verabredet, um Näheres über die befremdlichen Vorgänge der letzten Wochen in den nördlichen Provinzen zu erfahren. Während er seine Schritte beschleunigte, verblaßte die Erinnerung an die Nacht mehr und mehr. In seiner Hast spritzte er sich Schuhe und Seidenstrümpfe voll, denn trotz des Beginns der Trockenzeit war Kalkutta nicht sauberer als London. Die gewundenen Straßen der Stadt waren jahrein, jahraus von Unrat übersät, selbst im englischen Viertel, wo im übrigen nichts für die öffentliche Sauberkeit getan wurde. Er durchquerte es, so schnell er konnte, um sich von der von den Gebäuden ausströmenden Ödigkeit nicht anstecken zu lassen. Häuser ohne Baulinie, ein schlecht gepflasterter, von Gras überwachsener Platz und an den Kais ein fader Abklatsch der prächtigen europäischen Hafenkulissen von London, Petersburg, Nantes oder Amsterdam.

Alles in allem zog Warren das bunte Durcheinander des armenischen Viertels mit seinen reizvollen Holzhäuschen samt den gefährlichen Vorbauten, ja, selbst noch den Dreck seiner Gassen, in denen sich menschlicher und tierischer Kot zu einem einzigen Rinnsal vereinten, vor. Es bereitete ihm Spaß, im Halbdunkel der Läden Dutzende und Aberdutzende schweigsamer, blasser, durchtriebener Händler über die Waage gebeugt zu sehen oder beim Abmessen des Stoffes auf dem Ladentisch zu beobachten. Der Gedanke, sich mitten im Herzen des Orients zu befinden, wo sich alle Listen und Laster vereinten, erfüllte ihn mit Genugtuung.

Deshalb hatte Warren auch diesen Ort für seine Geheimtreffs mit dem jungen Bengalen gewählt. Zumindest machte er sich gern vor, daß sie geheim waren. Im Grunde wußte er sehr wohl, daß sein Dreispitz und seine englische Kleidung nicht unbemerkt blieben. Was aber wirklich geheim blieb, war der Gegenstand ihrer Gespräche, drehten sie sich doch keineswegs, wie alle Welt bei einem Agenten der Ostindischen Kompanie annahm, um Handelsabmachungen.

An der Grenze zwischen dem indischen und dem armenischen Viertel an die Holzwand eines Hauses gelehnt, wartete Ram, die Augen wie stets blicklos in die Ferne gerichtet. Oft schon hatte sich Warren gefragt, ob dieser seltsam traurige und gleichzeitig starre Blick nicht auf den in diesen Klimazonen weit verbreiteten übermäßigen Genuß von Opium zurückzuführen sei, hatte an Ram aber nie den eigentümlich narkotischen Geruch wahrgenommen. Sein erster Blick fiel auf die langen, muskulösen Schenkel des jungen Bankiers, die sich unter dem weißen *Dhoti* herausfordernd deutlich abzeichneten. Die reglose Gestalt leicht an der Schulter berührend, begrüßte er ihn auf indische Art. Doch Ram verharrte ungerührt in seiner Reglosigkeit, und so fing Warren noch einmal von vorne an.

»Ram, liebster, hochverehrter Ram, spende mir den Segen deiner Gottheit . . .«

Ob der Glaubenseifer nun echt oder gespielt war, jedenfalls ließ sich Ram nur durch den Namen seiner Göttin, der er nach eigenem Bekunden in treuer Ergebenheit diente, aus seiner Erstarrung reißen. Warren kannte diese Manie, und wenn er den heiligen Namen nicht gleich zu Beginn der Begrüßung nannte, so nur aus Schmeichelei. Gelegentlich hatte er die Prozedur schon lang hinausgesponnen, um das Geltungsbedürfnis des Inders zu befriedigen, und in der Tat auch um so bessere Informationen erhalten. Heute jedoch kürzte er das Protokoll ab, da er noch einen langen Tag vor sich hatte.

»Ram ... ich bitte dich, Kali möge mich segnen.«

»Kali segnet dich«, antwortete der Inder aufseufzend. »Komm!«

Damit kam man zum zweiten, Warren weitaus lieberen Teil des Rituals. Rams Stimme klang farblos. Er drängte den Engländer über einen Gang auf einen ruhigen von Palmen gesäumten Hof hinaus, von wo sie, ohne gesehen zu werden, durch ein Loch in der Mauer den Tempel der Kali, der Göttin Kalkuttas, in aller Muße mustern konnten.

Sehen, ohne gesehen zu werden – auch hier wieder. Warren jubelte. Zwar interessierte ihn das Kommen und Gehen der Inder, die sich ihrer allmächtigen Schutzgöttin von Morgengrauen an dienstfertig zu Füßen warfen, im Grunde nicht, dafür aber um so mehr die schwarze Kali selbst, deren monströse, blutrünstige, von Weihrauchstöcken und Blumenspenden der Gläubigen eingefaßte Gestalt er durch die Lianen vorzüglich sehen konnte. Der Teufel in Person. Und er selbst – Auge in Auge mit dem Satan, der Größe des fernen Englands zuliebe. Er kam sich ungeheuer heroisch vor.

Seite an Seite ließen sich die beiden Männer auf dem blanken Boden nieder. Ram nahm die Hand des Engländers, um sie nach indischer Art sanft zu drücken – eine Berührung, die Warren ebenso verabscheute wie genoß. Diese dunkle, heidnische, unreine Haut ...

»Sei auf deiner Hut, Fremdling«, warnte Ram, »die Göttin könnte ihren Rachedurst an deiner Rasse stillen!«

»Das sagst du jedesmal«, erwiderte Warren ungeduldig. »Aber welche Nachrichten bringst du aus dem Norden, aus der Provinz Audh?« Um trotz der drängenden Zeit nicht unfreundlich zu erscheinen, versuchte er seiner etwas nasalen Stimme einen weicheren Klang abzugewinnen.

»Die Menschen des Nordens beten zwar nicht alle zu unseren Gottheiten, *Sahib;* ihre Tempel sind zum Teil fremdartig und nackt und ohne Bild ihres einzigen Gottes. Dennoch beginnen sie, genau wie wir Bengalen, Euch zu hassen.«

Fieberhaft drückte Ram die Amulette, die er um den Hals trug, gut ein Dutzend kupferne und goldene Döschen mit zerstampften und pulverisierten Schlangen und Skorpionen, die ihn gegen alle erdenklichen Widrigkeiten des Lebens feien sollten.

»Ihr Bengalen uns hassen?« vergewisserte sich Hastings. »Aber wir arbeiten doch schon lange zusammen!«

»Dein Gedächtnis ist schlecht, Fremdling, und doch bist du älter als ich! Wir unterstützen Euch mit unserem Gold, weil wir Bankiers stets auf der Seite des Stärkeren stehen. Seit Clive, dein früherer Vorgesetzter, unseren Nabob in der Schlacht von Plassey besiegte, gehören wir Euch. Seit fünf, sechs Jahren also ... In dieser ganzen Zeit aber haben die Agenten deiner Gesellschaft den neuen Nabob nach Strich und Faden ausgebeutet. Er ist nichts als eine Marionette in Eurer Hand.«

»Bei diesen Gehältern müssen sie Handel auf eigene Rechnung treiben. Das solltest du als Handelsherr eigentlich wissen. Schließlich lebst du mit deiner Familie von diesem Handel gar nicht so schlecht!«

Zorn stieg in Warren hoch; dieser junge Inder wagte, ihm Lektionen zu erteilen ... Aber er hielt den Mund. Der andere hob wieder an, und Hastings wußte, daß er so unrecht nicht hatte.

»Ihr geht zu weit, *Sahib.* Früher gab es in Indien Steuern und Zölle, die unseren Handel schützten und uns reich machten. Seit Ihr jedoch die Herren in Bengalen seid, habt Ihr für Euch nicht nur Steuerfreiheit, sondern sogar Befreiung von jedweder Warenkontrolle durchgesetzt.«

»Du vergißt den *Dustuck*!« unterbrach ihn Warren.

»Den *Dustuck*!« höhnte Ram. »Aber diesen Freipaß erhalten doch alle Eure Agenten! Um den Abgesandten des Fiskus zu entgehen, genügt es, die britische Flagge zu hissen. Hunderte von Schiffen nehmen, vollgestopft mit unseren Schätzen, Kurs vom Ganges auf die Schwarzen Wasser, ohne daß wir das geringste dagegen unternehmen könnten. Ich sage es dir noch einmal, *Sahib!* seid auf der Hut! Denn die Bankiers von Bengalen werden nicht ewig zuschauen, wie das Gold gleich dem Blute eines Opfertieres aus Indien hinausfließt.«

Er deutete auf das Heiligtum, wo sich Menschen vor der Statue der Göttin in den Staub warfen. Vereinzelt waren Schreie zu hören, dann knieten die Gläubigen nieder, während sich das Blut des geopferten kleinen Zickleins zu Füßen der schwarzen Gottheit in einer großen Lache verbreitete.

»Wir haben schon viel zuviel für Euch getan«, hob Ram wieder an.

»Und welche Rolle«, unterbrach ihn Warren, »spielt bei alledem der Norden? Das Nabobtum Audh, aus dem du kommst?«

Hastings zitterte vor Ungeduld. Die bengalischen Silben, die ihm normalerweise so leicht über die Lippen gingen, gerieten ihm durcheinander. Aber Ram, offensichtlich fest entschlossen, nicht mehr zu antworten, löste seinen Blick nicht vom Standbild der Kali. Warren tobte innerlich. Erst vor zwei Monaten hatte er seine Kollegen von der Ostindischen Handelsgesellschaft vor dem versammelten Bengalischen Rat in einer leidenschaftlichen Rede gewarnt.

»Verfallen wir nun nicht unsererseits in denselben tödlichen Fehler wie die Franzosen. Die Agenten der Kompanie mißbrauchen den Privathandel, sie verletzen die Interessen der indischen Finanziers. Bereiten wir diesem Mißbrauch schleunigst ein Ende, oder wir machen uns die Bengalen zu Feinden . . .«

Aber niemand hatte auf ihn gehört. Er hatte sich noch nie durch Beredsamkeit ausgezeichnet.

Ram schwieg hartnäckig. Das konnte Stunden dauern, obwohl ihn offensichtlich etwas bedrückte. Vielleicht hatte er ihm ein Geheimnis zu enthüllen, eine Warnung zu überbringen, einen guten Rat zu erteilen. Dank Rams Vermittlung hatten er und die bengalische Bank an ebendieser Stelle schon allzu viele gemeinsame Intrigen gesponnen, als daß ihn seine Verbündeten jetzt einfach ohne Warnung sitzenlassen konnten. Gereizt wischte er seine Seidenstrümpfe ab. Dann hieß es also raten. Aber der Schlüssel fehlte ihm. Welche Fragen mußte er stellen? Ein ungeheuer wichtiger Punkt, denn wenn er nicht ins Schwarze traf, erfuhr er auch nichts.

»Ram!«

Der Inder zuckte mit keiner Wimper.

»Ram! Warum hast du den Nabob von Audh aufgesucht? Weil du die Brüder Djagarset von der Weltbank treffen wolltest, nicht wahr? Sie haben Radjputana verlassen, und du bist dort unten mit ihnen zusammengetroffen?«

Den Blick soeben noch unbestimmt und unerforschlich in die Ferne gerichtet, wandte sich Ram plötzlich Hastings zu, sanft wie ein besiegtes Tier. Dieser begriff: Er hatte ins Schwarze getroffen. Nun hieß es an diesem Punkt weiterbohren.

»Der Nabob von Audh braucht Geld für den Krieg, nicht wahr? Und die Brüder Djagarset machen sich die Mühe, ihn aufzusuchen. Das jedoch kann nur bedeuten, daß ihnen die Sache ernst genug erscheint, um gewaltige Summen in diesen Konflikt zu investieren. Gegen wen aber will der Nabob von Audh Krieg führen?«

Wie erwartet, schaltete sich Ram an dieser Stelle in seine Überlegungen ein. »Gegen Euch, *Sahib!* Gegen Euch! Alle Inder gegen die *Firangis.* Angeblich will der Nabob von Audh zwar nur dem Nabob von Bengalen zu seinen angestammten Rechten verhelfen; in Wirklichkeit aber geht es ihm in erster Linie darum, Euch zu vertreiben. Selbst der Großmogul steht hinter ihnen.«

»Der Mogul!« Warren brach in Lachen aus. »Der Mogul? Jener Weichling, der sich nur in seinem Harem in Delhi suhlt, vorausgesetzt, die Afghanen lassen ihn in seine Stadt hinein und die Eunuchen schmieden kein Komplott gegen ihn ... Der Mogul!«

»Ja, der Mogul, *Sahib,* der Großmogul, der Herr der Welt, die lebendige Erinnerung an die großen Schatten der Vergangenheit, in deren Ruhm sich die Menschen ausruhen wie unter einem Sonnenschirm! Der Sohn von Timur Lan, Babar, Aurangzeb!«

»Ram, du scherzest. Der Mogul ist ein Muselman, der Sohn von Eindringlingen.«

»Aber der Mogul verschleppt unser Gold nicht über die Schwarzen Wasser.«

»Dann müssen«, hob Warren wieder an, »die Bankiers aber sehr wütend sein, wenn selbst die Brüder Djagarset ...«

Doch diesmal biß Ram nicht an.

Die Sache schien schlimm zu stehen. Was aber war angesichts entfesselter Barbarenhorden zu tun? Von allem Anfang an hatte es sich England zur Grundregel seiner Politik gemacht, Zusammenstößen aus dem Weg zu gehen. Die Schlacht von Plassey war verglichen mit den Kriegen, die Europa zerrissen, ein geradezu lächerlicher Zwischenfall gewesen. Und auch sonst hatte Clive in Indien nur selten, dann aber unerwartet und wirksam zugeschlagen. Im übrigen hatte die englische Kompanie Bengalen ohne viel Geschrei geduldig Stück um Stück verschlungen. Nie hätte sich Warren träumen lassen, daß die unselige Privathandelsgeschichte einmal solche Dimensionen annehmen könnte. Und nun sollten sich die Engländer ihrerseits in der Falle der Unersättlichkeit gefangen haben, wie die Franzosen vor ihnen? Nein, das konnte nicht sein, das war ohne Zweifel übertrieben. Die Bengalen schwelgten gern in Maßlosigkeit; sie liebten die Angst. Ram täuschte sich – oder ihn.

»Die Inder sind untereinander nicht einig, Ram. Und der Mogul besitzt keine Autorität.«

»Wenn es darum geht, ihr Gold zu behalten, sind die Inder zu allem bereit, *Sahib,* die Nabobs der muslimischen Provinzen ebenso wie die hinduistischen Radschas. Denn auch diese leben von Zöllen und Steuern, und in den Steppen und in den Dschungeln gibt es zahlreiche Radschas – die Jats, die Radjputen, die allmählich alle von Unruhe erfaßt werden. Vergiß nicht, daß die Weltbankiers aus

Radjputana kommen, dem Schnittpunkt der großen Handelsstraßen Indiens, die das Meer mit den Karawanenwegen nach Arabien, Kaschmir und Tibet verbinden. Und vergiß nicht, daß es schon einmal ein Schwarzes Loch gegeben hat!«

Ram konzentrierte seine Aufmerksamkeit nun wieder ganz auf Kali. Das Schwarze Loch ... Dieses Mal war die Warnung nicht zu überhören. Vor sechs Jahren, unmittelbar vor Plassey, hatte der ehemalige Nabob von Bengalen Kalkutta im Handstreich genommen, einhundertsechsundvierzig Engländer in ein Lagerhaus geworfen und in der Hitze verschmachten lassen – ausgenommen eine junge Frau, die ihm für seinen Harem gut genug erschienen war. Noch heute erinnerten verschiedene Denkmäler an diesen tragischen Vorfall. Warren, der sich damals dank eines glücklichen Umstands in einem benachbarten Marktflecken aufgehalten hatte und auf diese Weise verschont geblieben war, dünkte sich von diesem Tag an ein vom Schicksal Auserwählter. Dennoch jagten auch ihm die schrecklichen Silben *Black Hole* einen Schauer über den Rücken.

»Da sind wir denn doch noch nicht ganz angelangt«, wandte er ein.

»Nein, *Sahib!* Aber die Deinen sollten nicht vergessen, wer ihnen den Nabob von Bengalen ausgeliefert hat: einer der Unseren, ein *Sahukar.* Ormishund. Clive hatte ihm dafür den vierten Teil der Edelsteine des Nabobs und fünf Prozent des Schatzes versprochen. Ormishund hat sein Versprechen gehalten und Euch den Nabob in die Hände geliefert. Die Deinen aber haben ihr Wort gebrochen und den Schatz für sich behalten. Vergangene Woche hat man Ormishund in einem Winkel seines gewaltigen Palastes auf der Erde liegend vorgefunden: Er hatte erfahren, daß Clive von seiner fernen Insel nie wiederkehren wird. Bis zu diesem Tag hatte er die Hoffnung noch nicht aufgegeben. Nun ist er wahnsinnig geworden. Die *Sannjasin* nehmen eine immer drohendere Haltung an.«

Offensichtlich war Ram fast gewillt, ihm nichts zu ersparen. Warren beschloß, die Sache auf die leichte Schulter zu nehmen.

»Oh, die *Sannjasin!«* spottete er. »Natürlich, wir haben die kosmische Ordnung befleckt! Dann gehörst aber auch du zu den Opfern, Ram, denn du hast dich neben dem Kalitempel mit mir getroffen und die Göttin durch Verhandlungen mit einem *Firangi* besudelt!«

»Ich weiß«, erwiderte Ram ernst. »Wenn sich die *Sannjasin* in Marsch setzen, falle auch ich ihren Ritualmorden zum Opfer. Ich bin Kaufmann; sie sind Krieger, *Kshatriya,* und ihr Ziel ist es, Bengalen vom Handel zu säubern. *Dharma!* Jedenfalls habe ich dich gewarnt.«

»Offenheit gegen Offenheit, Ram. Du hast mich gewarnt, und ich danke dir dafür. Irgendwie habe ich schon immer geahnt, daß uns die Weltbankiers eines Tages verraten werden. Mögen sie jedoch auch ihrerseits eines wissen: Wenn sie den Krieg wollen, werden sie ihn verlieren. Ob sie uns nun die Verbindung zu Afrika, zum Roten Meer, nach Kaschmir oder Sumatra abschneiden oder nicht – etwas werden sie nie so beherrschen wie wir: Krieg zu führen. Das ist unsere Kunst. Kanonen. Bajonette. Ordnung. Wir sind die Stärkeren.«

»Vielleicht nicht mehr.«

Ram nahm sein Halsband ab und ließ die Amulette wie einen Kreisel tanzen. Also gab es noch etwas zu erraten. Warren fühlte sich müde und erschöpft. Das Wohlgefühl, das ihn seit der Nacht in Birnagore erfüllte, hatte sich gänzlich verflüchtigt. Er wandte sich ab und blickte in den Kalitempel hinüber. Der Opferpriester hatte sich entfernt, und zu Füßen der blumengeschmückten Göttin war das Blut des Zickleins in der Sonne zu einer festen Lache geronnen. Zum erstenmal seit langem wünschte sich Hastings weit fort von hier, zurück in das grüne England mit seinen von kleinen Mäuerchen eingefriedeten kühlen Weiden, in ein ruhiges Häuschen in Oxfordshire ...

Ein Fluch entfuhr ihm.

»Dann sag mir, Schurke, wer stärker sein soll als wir!«

Langsam erhob sich Ram, neigte sich zu Warren Hastings herab und flüsterte ihm ins Ohr: »Sumroo, *Sahib* ... und die Abenteurer.«

In einem Zustand großer Aufregung kehrte Warren Hastings nach Hause zurück, die Augen auf das grasbewachsene Pflaster geheftet und mehrmals in Gefahr, sich im Gewimmel der Häuser zu verlaufen. Endlich langte er auf dem kleinen Platz mit der Bambusstrohhütte an, die als anglikanische Kirche diente, und auf dem ein reichlich geschmackloser Obelisk zur Erinnerung an die Märtyrer des Schwarzen Lochs stand. Der Anblick des Denkmals verstärkte seine Unruhe noch, und als er das zweistöckige, graue Gebäude betrat, das er hier um teures Geld gemietet hatte, stritten sich die heftigsten Empfindungen in seiner Brust.

»Tee«, befahl er den Dienerinnen, ohne sie eines Blickes zu würdigen, einsilbig, und schon die Treppe zu seinem Zimmer hinaufsteigend, fügte er noch an: »Ins Büro!«

Für einen Augenblick streckte er sich auf dem Bett aus, um sich etwas zu beruhigen. Aber der ersehnte Seelenfrieden stellte sich nicht ein. So beschloß er, sich gleich an die Arbeit zu machen, und stieg ins Büro hinunter, wo er den Tee schon auf einem Lacktablett vorfand. Erfreut legte er, wie er es gerne tat, sacht die Hand um die Kanne, denn er liebte das Gefühl der langsam abnehmenden Wärme, mit der auch ein bißchen Ewigkeit entschwand. Ungerührt trieben die ungebärdigen Ungeheuer und zarten Damen, unter der Glasur erstarrt, lachend ihre Possen. Woher hatte er dieses chinesische Teeservice nur? Er wußte es nicht mehr. In Bengalen waren ihm schon so viele seltene Objekte durch die Hände gegangen. Hier landeten früher oder später alle die kostbaren Schätze aus Asiens Ausverkauf, hier in Kalkutta, in den Lagern der Engländer. Fragte sich nur für wie lange.

Auf dem Markt von Cassimbazar hatte einmal ein *Sahukar* zu ihm gesagt: »*Firangi,* du bist noch jung! Wenn du dein Glück hier machen willst, vergiß nicht, daß das Leben eines Inders nur eine Minute Geduld in dreiunddreißig Millionen Existenzen ist . . .« An Geduld hatte es ihm persönlich nie gefehlt. Arbeit, Schweigen, Diskretion. Dennoch hatte er mit dreißig noch immer kein Vermögen. Und er hatte nicht das Gefühl, noch dreiunddreißig Millionen Existenzen vor sich zu haben . . .

Die Kanne erkaltete allmählich. Warren goß sich noch eine Tasse ein, golden im Ton, fast orange, so wie er ihn liebte. Der Tee war seine große Leidenschaft, sein einziges Getränk in der schwülen Hitze des Monsuns wie in der Trockenzeit – und vielleicht auch seine Stärke, denn er hatte allem getrotzt: der Pest wie der Ruhr, der Cholera wie den Fiebern, die der bengalische Dschungel mit solch zärtlichem Eifer ausbrütete. Und das in Kalkutta, dem Golgatha Indiens. Er erinnerte sich noch an das schreckliche Jahr 1757, als die Seuche drei Viertel der Agenten der Kompanie dahingerafft hatte. Schon der erste Wolkenbruch hatte den Friedhof überschwemmt und die Leichen herausgespült. Seine Frau und die beiden Kinder waren gestorben, nur er nicht. Wenige Regenzeiten später hatte das Fieber den Rat der Ostindischen Handelskompanie noch einmal gründlich dezimiert und ihm dank seiner guten Gesundheit einen brillanten Aufstieg beschert. Seither schwankte er, ob er darin einen Fingerzeig der Vorsehung sehen oder ob er es seinem Lieblingsgetränk, dem Tee, zuschreiben sollte.

Seufzend rief er die Dienerin, die wie gewöhnlich sofort erschien.

»Setz dich hierher und gieße mir beim Arbeiten nach.«

Während sie sich auf dem Boden zusammenkauerte, ließ er einen schnellen Blick über sie gleiten: schlank und hochgewachsen, wie die Bengalinnen der Mutter Maria in Birnagore, gelehrig, still, nicht aus der Ruhe zu bringen. Ein schönes Tier. Sonst wußte er nichts von ihr, wie von den anderen auch. Er kannte kaum ihre Stimme, kaum den Geruch ihrer Haut, obwohl er sie je nach Laune von Zeit zu Zeit nahm. Ihm genügte, daß sie da waren, aufmerksam und gleichgültig zugleich, in ein undurchdringliches Schweigen gehüllt, das durch seine plötzlichen Angriffe ebensowenig zu erschüttern war wie durch seine unvermittelte Flucht, wenn ihn die Angst vor den Folgen der Sünde befiel.

Er wandte sich der Arbeit zu und zog einen dicken Stoß Pergamente heran: Wechsel, Warenverzeichnisse, Abrechnungen für Seidenballen und Bestellungen von Kaufleuten aus der fernen City. Der City! Was hätte er nicht alles darum gegeben, jetzt, in diesem Augenblick, mit ihnen dort beim Austernbankett zu sitzen oder mit ihnen und den schönsten Dirnen Londons zusammen zu schwelgen. Wieder mußte er denken, unter welch unseligem Stern doch sein Leben begonnen hatte. Schon kurz nach seiner Geburt war seine Mutter gestorben und sein Vater nach Amerika gegangen. Und so hatte ihn, wiewohl vorzüglich begabt und als Stipendiat für Oxford vorgeschlagen, ein geiziger Vormund, der ihn nicht schnell genug hatte loswerden können, nach Indien abgeschoben. »Keine bessere Zuflucht, mein Junge, für einen *true born Englishman,* wenn er kein Schloß, keine Familie und keine Ländereien mehr besitzt, als die *East India Company.«* Und einmal hierher nach Indien verbannt, hatte Warren sich fünfzehn Jahre seines Lebens mit Papierkram und Rechnungen halb zu Tode gelangweilt, während er um sich das wirkliche Leben pulsieren fühlte: das ewig lockende, unergründliche Indien, die von Freibeutern und Entdeckern auf der Suche nach unerhörten Schätzen, edlen Wilden oder dem verlorenen Paradies durchpflügten Meere.

Die Dienerin goß ihm noch eine Tasse ein. Ja, Abenteuer oder Universität und Gelehrsamkeit – mit dem einen oder dem anderen hätte er glücklich werden können. Mit Latein, Griechisch, Hebräisch und Philosophie oder mit einem Leben wie Daniel Defoe es beschrieb. Die Geschichten des Kapitän Jack und der Moll Flanders kannte er nahezu auswendig ...

Seufzend beschloß er, sich nun endlich an die Arbeit zu machen. Abenteuer – der Gedanke ließ ihn nicht los. Nein, ihre Zeit war ein für allemal vorbei. Schon lange hatte die *East India Company* ihren ursprünglichen Namen »Kompanie abenteuernder Kaufleute« aufgegeben, und bald würden alle Schiffe versichert sein und kein Kaufmann mehr die Tollheit begehen, sein Geld in das »große Abenteuer« zu stecken, um entweder das Zehnfache zu verdienen oder alles zu verlieren. Heute hieß die Parole: Indien besiegen, auf seinen Platz verweisen, unterwerfen, organisieren. Und vielleicht war er der Mann dazu, der Mann, das neue Indien zu schaffen und alle Glücksritter und Sumroos der Erde daraus zu vertreiben.

Für die Europäer von Kalkutta und Umgebung war der 15. Oktober ein wichtiges Datum, setzte doch an diesem Tag die Trockenzeit ein, die allen Leiden der fiebergeschüttelten Monsunmonate endgültig ein Ende bereitete. Die vornehme Gesellschaft hatte es sich zur Gewohnheit gemacht, dieses Ereignis feierlich zu begehen. Alle, die den Gefahren der Regenzeit wieder einmal mit heiler Haut entronnen waren, verspürten das Bedürfnis, sich gegenseitig zu beglückwünschen. Stillschweigend wurden Tote und Lebende registriert, manch bedauernder Seufzer ausgestoßen und schließlich freudig an einer zur Feier des Tages üppig gedeckten Tafel Platz genommen. Die Befriedigung, noch am Leben zu sein, war so allgemein, die Geselligkeiten der Engländer gewöhnlich so sauertöpfisch und grämlich, daß zu diesem Anlaß alle Europäer der Umgebung willkommen waren, Holländer wie Dänen, ja selbst Franzosen, sofern sich Überlebende der Belagerung von Chandernagore hierher verirrt haben sollten.

Warren Hastings, durch die Nacht im Kloster Birnagore gewissermaßen schon auf das Fest eingestimmt, wenn auch das nachfolgende Gespräch mit Ram um ein Haar alles verdorben hätte, eilte, die Brust von neuem Ehrgeiz geschwellt, beschwingten Schritts zum Ort des Liebesmahls. Der Club war ein massiges, zweistöckiges Gebäude, grau und bemoost wie alles zu dieser Jahreszeit in Kalkutta, reichten beim höchsten Wasserstand die Fluten des Ganges doch fast bis zu den Grundmauern hinauf. Offensichtlich hatte er sich etwas verspätet, denn schon beim Überschreiten der Schwelle drangen Gesprächsfetzen und das Klappern von Geschirr an sein Ohr. Er bedachte den livrierten europäischen Diener mit einem falschen Lächeln und schritt würdevoll den antik anmutenden Marmorgang hinunter. Das Stimmengewirr aus dem Speisesaal, begleitet von glucksenden Geräuschen und Rülpsern, schwoll an, und er konnte sich die geröteten, vom Alkohol aufgedunsenen Gesichter mit ihren Kupfernasen, die ihn hinter den von Rissen durchzogenen Stuckwänden erwarteten, schon lebhaft vorstellen. Vor dem einzigen Spiegel im Gang unterzog er sein Aussehen einer letzten Prüfung. Vermutlich waren auch einige aufregende Damen im Saal, was ihn stets etwas einschüchterte. Ehrgeizig, wie er war, wollte er mit seiner ganzen Person glänzen. Doch sein Spiegelbild war wenig ermutigend. Zwar entsprach sein Aufzug den gestrengen Regeln der Eleganz, aber seine Perücke war verrutscht – wie so oft. Sein eigenes widerspenstiges Haar ließ sich einfach nicht bändigen. Er fand sich häßlich.

»Möge der Himmel geben«, dachte er in einer etwas lyrischen Anwandlung, »daß meine Geburt und meine Kenntnis der indischen Verhältnisse den Mangel an Schönheit wettmachen!« und stieß die Tür auf.

»Hastings!« verkündete prompt einer der aufgedunsenen Kaufleute sarkastisch, »wir haben schon gar nicht mehr auf Euch zu hoffen gewagt!«

Es war Botson, Mitglied des Bengalischen Rates wie er, ein engstirniger Mensch mit groben Manieren, der ihn um seine Kultur, seine feine Art, seine asketische Geduld beneidete, lauter Eigenschaften, die man unter dem Himmel Bengalens nicht eben häufig antraf. Sein Nachbar, ein Holländer, stimmte ihm zu.

»In der Tat, Mr. Hastings, Ihr verbringt zu viel Zeit über Euren Rechnungsbüchern! Ich glaube gern, daß Euch Eure schon geradezu sprichwörtliche Enthaltsamkeit zum zähesten Mann in diesem verfluchten Land macht, aber Ihr solltet auch darin maßhalten. Kommt, setzt Euch neben mich und seht, welch köstliche Dinge Euch erwarten.«

Nachdem Warren den Vorsitzenden des Bengalischen Rates Vantissard ehrerbietig begrüßt hatte, ließ er sich neben dem Holländer an der Tafel nieder und unterzog sie einer eingehenden Prüfung. Verschiedene Curryfleischarten und *Chapati* nach indischer Art. Daneben aber auch neue Gerichte – erfreuliche Begleiterscheinung des Sieges über die Franzosen. Wie jedesmal, wenn es der britischen Nation gelungen war, der französischen den Rang abzulaufen, hatte sie sich auch diesmal eine geradezu perverse Freude daraus gemacht, nicht nur den territorialen Besitz einzustecken, sondern auch die Neuheiten auf dem Vergnügungssektor an sich zu bringen. Dieses Jahr waren die Eroberungen offensichtlich kulinarischer Art. Warrens Nasenflügel bebten schon vor freudiger Erwartung. Auf der Platte, die ihm der Lakai reichte, schwammen hartgekochte Eier nach letzter Pariser Mode in Rosenwasser. Dann folgten zum Hammelragout nicht diese ewigen Gewürze, die einem schon zum Halse heraushingen, sondern eine Iris- und schließlich eine Moschussoße.

»Welche Düfte!« murmelte er und zog sie, noch ehe er den ersten Bissen nahm, genüßlich durch die Nase. »Sie sind doch das Beste, was Indien zu bieten hat!« Mit einemmal fühlte er sich gelockert und entspannt. Endlich war er diesen schweren Gerüchen, diesem dämpfigen Dunst, entronnen, der das indische Leben von der Küche bis zum Keller, von den Zimmern bis zu den Laderäumen der Schiffe durchzog. Für ihn war Indien in der Tat weniger ein Land als ein Geruch, ein zäher, durchdringender, fauliger Geruch. Und doch brachte das Land auch diese wohlriechenden Parfüms hervor, die das launische Paris, der altbekannten Tischfreuden überdrüssig, auf solch köstliche Weise zu verwenden verstand. Mit sichtlichem Genuß verzehrte er beide Eier nacheinander.

»So gefallt Ihr mir schon besser«, hob nun Vantissard an. »Überlaßt Euch den Gaumenfreuden und vergeßt endlich Euer Unglück.«

Mit Mühe unterdrückte Warren eine Verwünschung. Als ob man in einem Land mit einem solchen Todeszoll Frau und Kindern ewig nachtrauern konnte. Und als ob es auf der Welt keine anderen Freuden gäbe als die, sich mit Ragout vollzustopfen und mit Alkohol hinterherzuspülen. Doch plötzlich erfüllte ihn eine tiefe Befriedigung: Demnach galt er also als gemäßigter, arbeitsamer, nahezu asketischer Mensch, und von Birnagore, von seinen heimlichen Lüsten, ahnte niemand etwas. Die Vorstellung, wie gut er die Welt durch seine Scheinheiligkeit doch zu täuschen verstand, entzückte ihn.

»Ich fürchte nur, Hastings«, fuhr Vantissard fort, »daß sich nicht so schnell eine Schöne finden läßt, die Euch von Eurer Melancholie kuriert. Mit Chandernagores Fall sind auch die hübschen französischen Kreolinnen entschwunden, um ihr Glück auf Mauritius oder den Westindischen Inseln zu suchen. Wir werden Euch wohl eine gute Partie aus unserem grünen England kommen lassen müssen, wenn diese Damen meist leider auch nicht ganz nach unserem Geschmack sind. Aber so ist es nun einmal. Entweder man entscheidet sich für die Annehmlichkeiten des Familien- oder für die Einsamkeit des galanten Lebens!«

Warren erbleichte. Sollte man ihm also doch auf die Schliche gekommen sein? Aber Mutter Maria, der er mit so viel Geld . . .

»Ich verstehe nicht ...«

»Ihr seid traurig, Hastings, ständig melancholisch. Ihr müßt sehen, daß Ihr wieder heiratet. Ein Mann so ganz allein und – im Gegensatz zu vielen anderen – so mäßig wie Ihr, das tut in einem solch hinterhältigen Klima wie diesem nicht lange gut. Oder nehmt Euch einige galante Freundinnen. Es gibt sehr charmante und auch gesunde Inderinnen!«

Warren atmete auf. Seine Erleichterung geschickt überspielend, entgegnete er: »Es geht mir weniger um Schönheit als um den Gleichklang der Seelen.«

»Liebster Warren, Ihr seid doch der erstaunlichste Angestellte, den die *East India Company* je beschäftigt hat. Man glaubt, einen Geschäftsmann zu kennen, und entdeckt einen Poeten!«

»Nun«, mischte sich Botson da mit kreischender Stimme und einer durch den Genuß zahlreicher geistiger Getränke etwas schwerfälligen Zunge ein, »ich glaube nicht, daß Mr. Hastings wirklich so ist, wie Ihr ihn beschreibt.«

Warren durch das lange Schweigen seines Rivalen schon vorgewarnt, machte sich auf das Schlimmste gefaßt.

»Mich«, erklärte Botson maliziös, »erinnert er eher an die indischen Nabobs, die unter Berufung auf ihre Armut die Steuerzahlungen verweigern, während sie in Wirklichkeit in den tiefsten Tiefen ihrer Paläste und Festungen Schätze horten ...«

»Was wollt Ihr damit sagen, Botson?« fragte Hastings scharf.

»Fühlt Euch nur nicht gleich verletzt«, beschwichtigte Botson scheinbar ungezwungen. »Ihr seid ein ehrgeiziger Armer und übt die Tugend der Geduld, während Ihr in Wirklichkeit nur auf Eure Stunde wartet. Schon jetzt aber ...«, und nun verlor er seine Selbstbeherrschung, »schon jetzt habt Ihr die Partei Indiens ergriffen. Ihr spielt Euer eigenes Spiel, nicht das der Kompanie. Genau wie Clive, der, die Taschen vollgestopft mit Diamanten im Wert von mehreren zigtausend Pfund, von Bengalen fortging!«

»Das müßt Ihr erst einmal beweisen!« fuhr Hastings auf. »Ich aber darf Euch an die Machenschaften der Kompanie erinnern, an die 800 000 Pfund Sterling, die sie dem ehemaligen Nabob von Bengalen ohne jeden Prozeß abgenommen hat! 7 271 666 Rupien genau, nicht mehr und nicht weniger, 700 Geldkisten voll, die 100 Schiffe füllten. Ich sehe das stolze Bild auf dem Ganges noch vor mir: 100 Schiffe mit wehenden Fahnen und Musik an der Spitze. Ihr nicht, Mr. Botson? Und habt Ihr ganz vergessen, daß auch Ihr einer von denen wart, die dem Bankier, der den Nabob auslieferte, fünf Prozent versprachen? Ormishund! Ormishund! Sagt Euch der Name nichts, nein, Botson? Ormishund ist wahnsinnig geworden, wißt Ihr das, weil er das Geld für seinen Verrat nie erhalten hat. Und heißt das die Partei Indiens ergreifen, wenn man behauptet, die englische Nation wird sich in diesem Land nicht halten können, falls sie sich ihm gegenüber nicht endlich loyal verhält? Begreift Ihr denn nicht, daß Indien unter den obwaltenden Umständen letztlich vorziehen muß, unser Feind zu werden, um nicht unser Sklave zu sein?!«

»Euer erstaunliches Zahlengedächtnis in Ehren, Hastings, wage ich dennoch zu behaupten, daß Ihr mit den indischen Bankiers zumindest recht zweideutige Beziehungen unterhaltet. Ich jedenfalls glaube kaum, daß es Euch um das allgemeine Wohl zu tun ist, wenn Ihr diese in ganz Asien verbreitete Kaste der *Sahukar* aufsucht.«

Goddam! dachte Hastings. Er hat mich gesehen, er weiß was.

»Aber vermögt Ihr denn ohne die indischen Bankiers Handel zu treiben?« fragte er zurück. »So viel ich weiß, haben jedenfalls unsere Freunde vom *Stock Exchange* in diesem Land noch keine Filiale eröffnet!«

Mit verkniffenen Lippen lächelnd entgegnete der andere: »Gebt wenigstens zu, Hastings, daß sie unsere Konkurrenten und nicht unsere Verbündeten sind. Neuerdings haben sie sich sogar in Moskau niedergelassen! In Moskau! Stellt Euch das vor! Im heiligen Rußland! Als es vor zwei, drei Jahren einem dieser verfluchten Bankiers einfiel, dort zu sterben, mußte er natürlich nach ihren barbarischen Bräuchen verbrannt werden. Schlimmer noch aber: Die Frau wollte *Sati* machen, sich mit ihrem Mann zusammen verbrennen lassen – selbst für orthodoxe Begriffe ja wohl ein wenig christlicher Brauch. Aber ob Ihr's glaubt oder nicht, der Zar hat nachgegeben, sich vor der Macht dieser Bankiers gebeugt und mitten im Winter in Moskau ein Feuer schüren lassen, das denen in unserer halbbarbarischen Stadt nicht nachstand!«

»Meine Herren«, schaltete sich nun Vantissard ein und strafte die beiden Streithähne mit einem kurzen, kalten Blick, »ich bitte Euch, beruhigt Euch. Das ist weder der Ort noch die Stunde, unsere internen Angelegenheiten auszubreiten. In wenigen Tagen tritt der Bengalische Rat zusammen.«

Beschämt, daß er sich so hatte hinreißen lassen, wäre Warren am liebsten auf der Stelle aufgebrochen, um zu Hause ein, zwei, drei Dienerinnen zu umarmen oder nach Birnagore zurückzukehren.

Dafür jedoch war es entschieden noch zu früh. Nach gutem alten Kaufmannsbrauch war man erst um vier Uhr zusammengekommen – um die Stunde, zu der die City-Kaufleute dem *Stock Exchange* den Rücken kehren, um sich bei einem guten Glas Wein mit gepflegten Halbweltdamen von den Strapazen der Börsenspekulationen zu erholen. Hier in Kalkutta allerdings fehlten Frauen, vor allem *hübsche* Frauen – von der bezaubernden Holländerin, der Gattin des Festungsbaumeisters, die Warren vergangene Nacht in flagranti ertappt hatte, abgesehen. Doch selbst sie konnte er heute, so eifrig er seine Blicke auch um die Tafel schweifen ließ, nicht entdecken, und ihr Gatte, ein Schweizer namens Wagner, schien blaß und melancholisch und demnach alles zu wissen.

Auch Warren vermißte die hübsche Person. Mochte sie nach den Exzessen mit dem schönen Epheben auch noch so ermattet sein, sie hätte dennoch die Pflicht gehabt, das Bankett ihrer Glaubensbrüder durch ihren Anblick zu zieren, gab es doch sonst weit und breit kein weibliches Wesen, auf dem eines Mannes Auge hätte verweilen mögen. Der Teint der Anwesenden war durchwegs vom Monsun und dem übermäßigen Genuß von Cognac und Kirschlikör verdorben, und die verkniffenen Lippen wie die provozierenden, dennoch aber kunst- und einfallslosen Dekolletés sprachen Bände von der Langeweile ihres Daseins und ihrer freudlosen Lager sowie dem hämischen Klatsch, den sie untereinander pflogen.

Ein neues Gericht wurde gereicht, kleine Wachteln in Zucker-Zimtsirup und am Spieß gebratenes Spanferkel mit einer fremdartig duftenden Soße, die die einen als Patschuli, die anderen als Myrtensoße identifizierten. Trotz dieser Delikatessen aber ließ Warren den Schweizer während der ganzen Mahlzeit nicht mehr aus den Augen. Der Mann machte einen gequälten Eindruck, rührte die Speisen kaum an und zitterte zwei-, dreimal, nach dem Fortgang seiner Arbeiten befragt, heftig von Kopf bis Fuß. Nach dem Festmahl, als ein Teil der Tischgenossen schon auf seinen Stühlen einnickte oder sich, schlimmer noch, übergab und mit den Frauen wie Londoner Hafenarbeiter zu singen begann, erhob sich der Ingenieur und eilte wie von Furien gejagt davon. Warren konnte ihm im allgemeinen Trubel unbemerkt folgen. Trotz der Dunkelheit in den Straßen sah er, wie der andere von Zeit zu Zeit stehenblieb, die Taschen seines Rockes durchwühlte und den Kopf vor Verzweiflung laut aufstöhnend an die Mauer lehnte. Das aber konnte nicht nur Kummer über die Untreue einer schönen Frau sein.

Und wie gewöhnlich hatte Warren Hastings richtig beobachtet. Drei Tage später stellte sich heraus, daß sich der Schweizer Ingenieur eingeschifft hatte, um auf einem fernen Archipel im Pazifik Trost für sein Unglück zu suchen. Vor einem Monat hatte er auf den Kais von Kalkutta einen hübschen jungen Franzosen, einen Hugenotten mit dem äußerst eleganten Namen Saint-Lubin kennengelernt, sich mehrmals mit ihm getroffen und ihn schließlich mit nach Hause genommen, um ihn seiner Frau vorzustellen. Nach knapp einer Woche war der junge Mann mit der Dame des Hauses, oder wie böse Zungen wollten, die Dame des Hauses mit dem jungen Mann verschwunden und mit ihnen die Pläne für die Befestigungsanlagen von Kalkutta. Nach allgemeiner Meinung hatte sich das ehebrecherische Pärchen nach Holland eingeschifft, um von dort nach Frankreich zu eilen und das unschätzbare Dokument für teures Geld an den Marineminister loszuschlagen.

12. Kapitel

Kalkutta
20. Oktober 1761

»Meine Herren«, fügte Vantissard nach der Verlesung des Briefes, den ihm der Festungsbaumeister vor seiner Abreise geschrieben hatte, an, »die Sache ist ernst. Die Pläne unserer Festung sind also in der Hand des Feindes. Das aber heißt, unsere Sicherheit ist potentiell bedroht, gleichviel, ob wir den Friedensvertrag mit Frankreich nun unterzeichnen oder nicht, denn wir können weder unsere Verteidigung ändern noch den Vorposten Baj-Baj verstärken.«

»Übertreiben wir nicht gleich«, entgegnete Botson. »Momentan sind wir die einzigen Europäer in Indien. Und an Baj-Baj kommt kein fremdes Schiff, geschweige denn eine ganze Flotte vorbei.«

Warren hüllte sich in Schweigen. Es wäre unklug gewesen, das, was er von Ram erfahren hatte, weiterzugeben. Schließlich war er offiziell nicht befugt, sich um Geheiminformationen zu bemühen. Es wäre nur Wasser auf Botsons Mühle gewesen. So überlegte er angestrengt, was er statt dessen sagen sollte.

»Hastings!« rief Vantissard da schon tadelnd, da die anderen Ratsmitglieder ihre Meinung bereits geäußert hatten, »nun träumt doch nicht schon wieder!«

Warren fuhr auf. Es kam häufig vor, daß man ihn der Träumerei bezichtigte, während er in Wirklichkeit ganz bei der Sache war und nur noch die letzten Finessen seines Vorgehens abwog.

»Die Reihe ist an Euch!« erklärte Vantissard kalt. »Wir warten auf Eure Ansicht.«

»Herr Präsident«, improvisierte Warren, aus seinen Überlegungen herausgerissen, »ich möchte mich auf eine einfache, Euch vielleicht ungereimt erscheinende Beobachtung beschränken. Warum sollten uns unsere Feinde – wer immer sie auch sein mögen, denn es könnten sich schließlich neue finden – ausgerechnet von der Küste und nicht vom Landesinneren aus angreifen? Baj-Baj steht bei allen handeltreibenden Nationen im Ruf der Unpassierbarkeit. Wenn der Feind nun aber aus Norden oder Westen käme . . .«

»Bequemt Euch endlich auf den Boden der Tatsachen herunter«, knirschte Botson. »Wie soll er denn aus Westen kommen? Er müßte ja die ganze Halbinsel durchqueren. Nun sind aber Gujerat, seine Hauptstadt Surat und vor allem Bombay, das Tor zu Indien, in unserer Hand, und seine Kaufleute uns ergeben, selbst die in Geschäften so harten Parsen.«

Warren antwortete nicht. Er wollte warten, bis Vantissard aus der Deckung ging.

»Unsere Feinde, Mr. Botson«, erklärte dieser denn auch schon, »befinden sich aber bereits in Indien.«

Entgeistert starrten ihn die Ratsmitglieder an. Hastings beeilte sich, ebenfalls eine verblüffte Miene auszusetzen. Botson, nicht mehr ganz so rotgesichtig und aufgedunsen wie beim Gelage am 15. Oktober, da ihn die Ausschweifungen zu ein paar Fastentagen gezwungen hatten, erbleichte vor Wut und Unruhe.

»In der Tat, meine Herren«, fuhr der Präsident fort, »habe ich von unseren fernen Kontoren, vor allem von unseren äußersten Vorposten, sehr beunruhigende Nachrichten erhalten. Die seit jeher verfeindeten Muslime und Hindus erwägen, sich zusammenzuschließen, um dem ehemaligen Nabob von Bengalen zu seinen Rechten zu verhelfen.«

»Sie haben nicht die geringste Ahnung vom Kriegführen!« höhnte Botson.

»Zugegeben, Botson, und Ihr hättet auch allen Grund, Euch lustig zu machen, wäre da nicht ein gewisser Sumroo.«

»Sumroo!« mischte sich nun Spencer ein, ein ehemaliger in den Dienst der Handelsgesellschaft übergewechselter Spezereienhändler, ein eher optimistischer, jovialer, epikureischer Typ, den nichts mehr dauerhaft erschüttern konnte, seit er, wie Warren, dem Massaker des Schwarzen Lochs durch Zufall entgangen war.

»Seit einem Vierteljahr wird dieses Gespenst nun schon an die Wand gemalt. Aber mit eigenen Augen hat ihn noch keiner gesehen . . . Das ist doch nur eines der bengalischen Ammenmärchen, um uns Angst einzujagen!«

»Ich habe einigen Anlaß, Mr. Spencer, zu glauben, daß es kein Ammenmärchen ist«, erklärte Vantissard ernst und gemessen. »Ich habe im Gegenteil sogar allen Anlaß, diesen Sumroo für einen Europäer, möglicherweise sogar einen Franzosen zu halten. Jedenfalls bildet er seine Truppen nach europäischer Art aus! Und wie es scheint, hat er schließlich mit großer Mühe sogar die Inder so weit gebracht.«

»Das Schlimmste aber«, fuhr er, einen Einwurf Botsons ignorierend, fort, »kommt erst noch. Neuerdings unterscheiden die Inder zwischen zwei Arten von *Firangis,* wie sie sagen, den Franzosen und uns. Das aber bedeutet, daß wir sie nicht länger hinters Licht führen können, und wenn sich die Franzosen an ihre Spitze setzen . . .«

»Gestattet mir, Herr Präsident«, fiel ihm da Hastings ins Wort, »Euch daran zu erinnern, daß ich die Verwendung des Titels ›König von Frankreich‹ in unserer offiziellen Korrespondenz im Namen Seiner Majestät König Georgs nie gebilligt habe. Es war vorherzusehen, daß die Inder den Schwindel früher oder später aufdecken und sich hereingelegt fühlen, zumal es in Indien genügend französische Kaufleute gibt, die Hindi oder Persisch sprechen und die Wahrheit leicht enthüllen können. Ich bitte Euch, ein uralter Titel aus dem Hundertjährigen Krieg!«

»Immer mit der Ruhe«, mischte sich nun Spencer ein. »Den Indern fehlt jeder Sinn für solche Feinheiten, und uns ist die Verwendung dieses Titels äußerst nützlich. Genau wie das Bild des Königs von Frankreich, das im Büro des Herrn Präsidenten hängt. Wißt Ihr, was sich unsere lieben Inder erzählen? Daß Ludwig XV. unser Gefangener ist! Ludwig XV. in Kalkutta! Da seht Ihr einmal, was diese Wilden von Politik verstehen!«

»Was aber, wenn ihnen die Franzosen einreden, ihren König zu befreien?« warf Hastings ein.

Diese scheinbar harmlose, mit einem maliziösen Lächeln fast achtlos hingeworfene Bemerkung löste unter den Ratsherren größere Bestürzung aus als Vantissards voraufgegangene ernste Vorstellungen. Mit einemmal fühlten sich alle bedroht. Und wie in Birnagore zog Warren ein ungeheures Vergnügen aus der Beobachtung der anderen. Ihre unverhohlene Profitgier und Besitzangst erheiterte ihn ungemein. Er sah den jovialen Spencer, kaum nach Hause zurückgekehrt, förmlich mit zitternden Fingern seine Diamanten und Edelsteine an sich raffen, um sie nach England in Sicherheit zu bringen.

»Kalkutta hat keine Wälle«, fuhr er fort. »Unser einziger Schutz ist das Fort, dessen Pläne verschwunden sind.«

Und nach einer kurzen genießerischen Pause, in der er sich an dem wachsenden Entsetzen seiner Kollegen weidete, hob er wieder an: »Während die reichen Inder, deren Interessen mit den unseren gekoppelt sind, neuerdings *Schodikars* anheuern, dösen unsere an den Straßenecken vor sich hin. Und genau das trifft den Kern der

Sache: Während die anderen aufwachen, schlafen wir ein. Habt Ihr noch nichts von den *Sannjasin* gehört?«

»Bleibt uns mit Eurer Angst vor den Hindus und ihren Göttern und Teufeleien vom Leib, Hastings! Was vermögen schon die Flüche dieser Kalianhänger gegen die ›Invasoren‹?«

»Alexander der Große«, entgegnete Hastings auf Botsons Spiel eingehend, »ist immerhin an Indien zugrundegegangen.«

»Die anderen Eindringlinge aber«, trumpfte Botson auf, »von Timur Lan über Babar und Shahjahan bis heute haben sich in diesem Land sehr gut eingelebt. Und jetzt sind wir dran, jetzt sind wir an der Reihe. Als gebildeter Mensch solltet Ihr eigentlich wissen, Hastings, daß Indien außer der Kali auch die junge, schöne Sarasvati, die Göttin der Künste und Wissenschaften verehrt. Also etwas mehr Zuversicht, zum Teufel!«

»Aber Botson!« griff nun Vantissard müde ein. »Wir müssen miteinander überlegen, gemeinsam einen Beschluß fassen. London ist fern und ganz auf unsere Berichte und Vorschläge angewiesen. Mir nun scheint die Lage so: Bengalen ist der Schlüssel zu Indien und Indien wieder dank seiner Handelsbeziehungen der Schlüssel zu Arabien und den Inseln Java, Sumatra sowie zu halb Asien. Das aber heißt, London braucht Bengalen!«

Außer Vantissard jedoch schien an diesem Tisch niemandem groß an Londons Interessen gelegen, wenn das Nabobtum im Moment freilich auch für die Privatgeschäfte unentbehrlich war.

»Aber die Bankiers von Kalkutta stehen zweifelsohne auf unserer Seite!« machte sich Botson stark für sie, »und ich habe noch nicht erlebt, daß sie die Lunte an Kanonen gelegt hätten!«

»Eure Worte sind schneller als Eure Gedanken«, bemerkte Hastings, »aber in einem habt Ihr immerhin recht: Wir reden zu viel von den Bankiers und vergessen darüber ganz die Steuerpächter.«

»Die Steuerpächter?« fragte Vantissard verblüfft. »Erklärt Euch näher, Hastings, ich sehe keinen Zusammenhang zwischen den Steuerpächtern und unserem gegenwärtigen Gespräch. Falls Ihr es noch nicht begriffen haben solltet, darf ich Euch daran erinnern, es geht hier um die Frage, ob wir uns wegen Bengalen in einen Krieg mit den Indern einlassen sollen oder nicht.«

Warren seufzte. Wie langsam und schwerfällig doch diese Männer waren. Wie schwer von Begriff. Selbst Vantissard. Als ob jetzt der Zeitpunkt gewesen wäre, irgendwelche Beschlüsse zu fassen, die nicht in ihrem Kompetenzbereich lagen und langatmige Deklarationen auszufeilen. Gewiß, auch Indien war langsam, aber wenn es sich einmal in Bewegung setzte . . . Warren standen die endlosen Wochen vor dem Monsun vor Augen, in denen die alles versengende Glut unter dem bleiernen Himmel Mensch und Tier den Verstand raubten, dieses schier endlos scheinende Warten, und dann plötzlich die Sintflut, die mit einem Schlag hochgezogenen Schleusen des Himmels, die das Ende der Welt zu verkünden scheinen, die plötzlich berstenden, platzenden Wolken. Wie, wenn die Apokalypse der Waffen ähnlich wie die Monsunwolken kurz vor dem Platzen stand?

»Ja, die Steuerpächter«, beeilte sich Warren fortzufahren, ehe ihn die anderen, die ihn wieder in Träumerein verloren wähnten, zur Ordnung rufen konnten. »Denn wie der Mogul oder seine Nabobs und Radschas ihren Steuerbezirk oder *Jaghir* an Steuerpächter abtreten, so könnten diese sie ihrerseits aus Faulheit oder Dankbarkeit an Fremde, zum Beispiel an Franzosen und Abenteurer abtreten, und wir, wir wären mit einem Schlag einen beträchtlichen Teil unserer Einnahmen los. Außerdem, vergeßt auch das nicht, kontrollieren die Steuerpächter zusammen mit den Kaufleuten und Bankiers alles in Indien, vom Salzhandel bis zu den Weizen- und Getreidekarawanen . . .«

Für einen kurzen Augenblick unterbrach sich Warren, um mit geröteten Wangen noch eindringlicher fortzufahren: »Stellen wir uns nun einmal vor, dieser Sumroo oder ein anderer dieser verrückten Abenteurer legen die Hand auf einen oder mehrere dieser *Jaghirs* . . . Der indische Stahl gehört zu den besten der Welt . . . und eine neue, moderne Armee auszuheben, ist keinerlei Problem. Nehmen wir dazu den Fanatismus der Gottesnarren oder anderen *Sannjasin* – dann haben wir den Krieg, mein lieber Botson, den Krieg gegen die Handelsgesellschaft. Die paar Radschas aber, die uns auf den Leim kriechen oder eifersüchtig auf ihre Familie sind, helfen uns wenig, und wir werden die schöne Zuversicht, die Ihr uns so sehr ans Herz legt, bald los sein.«

»Dann heißt es angreifen«, erwiderte Botson, ohne sich aus der Fassung bringen zu lassen. »Auf der Stelle angreifen, Herr Präsident, und das Komplott des indischen Pöbels mit diesem Abschaum französischer Soldaten im Keime ersticken!«

Die anderen Ratsmitglieder stimmten einhellig zu, aber Vantissard erwiderte: »So sehr ich Eure Ansicht teile, meine Herren, so müssen wir doch warten, bis sich die Situation etwas geklärt hat.«

Er wischte sich die Stirn ab, obwohl es Ende Oktober und nicht heiß war. Dann tauchte er die Feder ins Tintenfaß und erklärte: »Immerhin aber haben wir einen Entschluß gefaßt, der unserem Volk Ehre macht. Entschlossenheit, Ruhe, Kaltblütigkeit – lauter Eigenschaften, die unseren Nachbarn in Chandernagore abgehen, und das ist auch der Grund, warum sie ihre Kolonien verlieren!«

Ein Augenblick pathetischer Stille trat ein, und nur zögernd meldete sich Warren zu Wort.

»Ich kann mich diesem Beschluß nicht anschließen. Ich mißbillige ihn.«

»Nein!« fuhr Vantissard, mit seiner Geduld am Ende, auf, »nicht schon wieder, Hastings! Verschont uns mit Eurem Eifer! Werft ihn lieber auf Eure Miniaturensammlung oder auf Eure persischen Handschriften!«

Die Versammlung, soeben noch vor Nationalstolz fast zu Tränen gerührt, brach in Gelächter aus. Heimlich hatten sich alle schon über Hastings, den großen Kenner, lustig gemacht, der den Indern lieber Miniaturen als Diamanten abnahm und der sich mit der Übersetzung ihrer Mythologien herumschlug, die den Illustrationen nach zu schließen äußerst leichtfertig sein mußten.

Vantissard bedauerte seinen Ausfall.

»Dafür, mein lieber Warren, danke ich Euch für Eure Denkschrift über den Privathandel«, fügte er hinzu. »Ihr habt vollkommen Recht. Der Mißbrauch der Vollmachten bestimmter Agenten muß eingedämmt werden.«

Botson erbleichte. »Herr Präsident . . . Dazu habt Ihr kein Recht. In diesem Punkt ist die Mehrheit des Rates gegen Euch. Bei dem Gehalt sind die Agenten der Handelsgesellschaft auf Nebeneinkünfte angewiesen.«

»Ich weiß, Botson, ich weiß, und doch werde ich die Denkschrift unterzeichnen«, erklärte Vantissard entschlossen. »Was den Krieg angeht, so sind wir einer Meinung. Das wichtigste ist, daß wir Bengalen und damit Indien behalten.«

»Verzeiht, Herr Präsident, aber die beiden Beschlüsse widersprechen einander.«

Warren schien unbeeindruckt vom Spott der Versammlung, seine Stimme klang gleichmütig, neutral.

»Laßt mich dies erläutern, meine Herren. Unseren Sieg in Bengalen haben wir ausschließlich unserer Demut zu verdanken. Erinnert Euch, daß sich einer unserer ersten Direktoren dem Mongul als

›untertänigster Staub John Russel, Gouverneur der *East India Company*‹ vorstellte! Also hüten wir uns vor Anmaßung und Dünkel!«

»Und was«, erkundigte sich Botson lachend, »empfiehlt uns unsere schöne Kassandra statt dessen?«

»Wohl müssen wir Indien auf seinen Platz verweisen«, fuhr Warren an Vantissard gewandt fort, »denn es wird uns sonst nicht mehr lange fürchten. Aber nicht durch einen aufsehenerregenden Sieg – vor allem nicht, solange das Abenteurergesindel die Eingeborenen insgeheim aufhetzt –, sondern durch Teilung. Das aber ist ganz einfach. Dazu brauchen wir bloß ein Volk gegen das andere auszuspielen, die Mahratten gegen die Radjputen, die Muslime gegen die Hindus des Dekkhan oder die von Bengalen, usw., usf. Wir haben die Wahl. Indien ist ein einziges großes Mosaik. Für uns«, fuhr er nach einer kurzen Pause fort, »steht viel auf dem Spiel: Unser Ruf vor der Welt, die heute zum reinsten Dorf zusammengeschrumpft ist. Das aber heißt, wir können uns in Bengalen nicht die geringste Schwäche erlauben, oder es ist aus mit den schönen Stoffen, die Eure Kasse klingeln lassen, Mr. Botson, Mr. Spencer! Aus mit den Organdis, dem Baumwollkattun, dem Zitz, dem Musselin, den Taschentüchern aus Mazulipatam, den Schleierstoffen, dem Perkal . . . Und«, fügte er mit einem Seitenblick auf Botson an, den er genau wie Spencer des Diamantenhandels verdächtigte, »aus mit den Diamanten, die unter der Hand nach London verkauft werden!«

»Ihr beleidigt mich, mein Herr!«

»Aber nicht doch, Botson«, erwiderte Warren freundlich, »ich behaupte lediglich, daß einen großen Krieg in Indien führen, die *East India Company* stützen und gleichzeitig schnell ein großes Privatvermögen zusammenraffen wollen, von einer sonderbaren Logik zeugt!«

»Ihr beleidigt mich!«

»Aber ich lehne doch lediglich Eure Verteidigung des Privathandels ab, worin ich nur der Entscheidung unseres Präsidenten folge.«

Warrens Ruhe im Verein mit der langen Alkoholabstinenz waren mehr, als Botson ertragen konnte. Er sprang auf, holte weit aus und verabreichte Warren eine Ohrfeige, die in den Annalen der *East India Company* ihresgleichen suchte.

»Aber meine Herren!« schrie Vantissard, dessen Perücke vor Schweiß triefte, empört auf. »Meine Herren!«

Warren erhob sich taumelnd. Er mußte sich an der Lehne seines Stuhles festhalten, um nicht zu fallen. Mühsam um Beherrschung ringend, erklärte er: »Wir werden diese Affäre regeln, wie es sich für Gentlemen geziemt.«

»Das verbiete ich!« schrie Vantissard. »Der Rat verurteilt dieses grobe Verhalten einstimmig. Verlaßt umgehend den Raum, Botson. Aber Euch, Hastings, verbiete ich in aller Form, auf diese Flegelei einzugehen. Der Tadel des Rates möge genügen, ihn zu beschämen!«

Mit unbeteiligter Miene schritt Botson zur Tür.

Warren setzte sich wieder. Die Stirn bieten, die Fassung bewahren, dachte er und schaute zum gegenüberliegenden Fenster hinaus, um nicht die auf ihn gerichteten mitleidigen Blicke zu sehen. Hinter dem wie immer vorgezogenen Bambusvorhang waren die ruhigen, ewig grünen Palmen zu sehen. In England setzten um diese Jahreszeit die ersten Stürme ein, fielen die ersten roten Blätter auf den noch grünen Rasen, hüllte Nebel die Landschaft ein. Am liebsten wäre er aufgesprungen und hätte lauthals verkündet: »Ich kehre auf der Stelle nach London zurück, ich pfeife auf die Kompanie!«

Aber das wäre lächerlich gewesen. Er mußte noch drei, vier Jahre ausharren, wenn er die Grundlage für ein paar friedliche Jahre und die Mitgift seiner Schwester schaffen wollte, vorausgesetzt, er hielt sich an die Anstandsregeln, die er den anderen Mitgliedern der Kompanie auferlegen wollte. Es hieß also warten, Geduld üben. Aber wenn er schon nicht wie die Inder dreiunddreißig Millionen Existenzen vor sich hatte, so besaß er zumindest doch eine ausgezeichnete Gesundheit, um die ihn alle beneideten.

Und in diesem Augenblick, in dem sich die Mitglieder des Rates anschickten, das Memorandum zu entwerfen, in dem der Krieg vorgeschlagen und der Privathandel unterbunden werden sollte, traf Warren Hastings eine Entscheidung, die die Geschicke Indiens und Englands gleichermaßen revolutionieren sollte.

Er beschloß, seine Arbeit in der gewohnt ruhigen, nüchternen Weise fortzusetzen und zu gegebener Zeit nach London zurückzukehren, um dort in Oxford oder an einer anderen Universität Persisch, eventuell auch Philosophie oder Geschichte zu lehren, bis die Zeit zu handeln reif war. Dann wollte er, mit der höchsten Macht ausgestattet, nach Indien zurückkehren. Sollte ihm das vom Schicksal jedoch versagt sein, gedachte er den Rest seines Lebens fern von Macht und Rechnungsbüchern in einem angesehenen College mit Betrachtungen über das Geschick der Völker zu verbringen.

13. Kapitel

Kalkutta – Baksar
März 1763 bis August 1763

Kurz nach dem Karneval 1763 beschloß der Bengalische Rat, zum entscheidenden Schlag gegen die englandfeindlichen Nabobs des Nordens auszuholen.

Wenige Tage zuvor, am 10. Februar, war der Sieg Englands über Frankreich durch die Unterzeichnung des Pariser Abkommens besiegelt worden. Der Wortlaut selbst war in Kalkutta noch nicht bekannt; am Inhalt aber konnte den letzten Nachrichten aus London zufolge kaum noch ein Zweifel bestehen. Vermutlich hatte Frankreich seinem Rivalen Kanada samt seinen Dependancen den Senegal ohne die Insel Gorée, Grenada ohne die Grenadines und alle indischen Besitzungen mit Ausnahme von fünf Faktoreien abgetreten. Höchstwahrscheinlich hatte die Politik der Zuckerinseln den Sieg über alle anderen Erwägungen davongetragen, waren die Zuckerrohrplantagen auf den Antillen den französischen Politikern doch seit jeher mehr am Herzen gelegen als die unermeßlichen Weiten Hindustans. Hinter der Forderung nach den fünf indischen Kontoren steckten im Grunde die Großhandelskaufleute aus Lorient, Nantes und Bordeaux sowie die vornehme Welt, die sich an Seide und Musselin noch immer nicht sattgesehen hatte. Die Versailler Diplomaten wußten anscheinend oder angeblich nicht, daß die Faktoreien von Yanam, Karikal und Mahé seit eh und je nur aus ein paar eilig hochgezogenen lumpigen Bauten auf einem verschlafenen Strand bestanden und Chandernagore unter den bengalischen Lianen und der vom Ganges aufsteigenden Feuchtigkeit schon wieder zu zerfallen begann. Von Schulden zerfressen und von den Finanziers der Handelsgesellschaft unbarmherzig verfolgt, besaß Dupleix, zu dieser Zeit schon ein alter, kranker, von Rheumatismus geplagter Mann, weder die Kraft noch den erforderlichen Kredit für eine Rückberufung auf seinen Posten. Und das ehedem so prächtige Pondicherry war, wie jedermann wußte, nur noch ein von Dornengestrüpp überzogenes und von Schlangen bevölkertes Ruinenfeld.

Dennoch blieben die Engländer mißtrauisch, fürchteten in London wie in Kalkutta ein Wiederaufflackern des französischen Nationalstolzes. Schließlich war in Paris nach wie vor eine etwas leichtsinnige Aristokratie am Ruder, die die ruhmreichen Tage vergangener Größe noch nicht vergessen hatte, und so mochte sich eines Tages auch der Wunsch regen, an Ort und Stelle für die erlittene Demütigung Rache zu nehmen.

Möglicherweise hatte Choiseul schon geheime Machenschaften in die Wege geleitet – die gestohlenen Pläne ließen fast so etwas vermuten – und das Pariser Abkommen nur angenommen, um seinen kriegsmüden Bürgern eine kleine Verschnaufpause zu gönnen. Außerdem war der Unruhestifter Voltaire, der den Engländern ehedem mit seinen Witzen über Indien, »das nur dazu taugt, große Kriege zu entfachen und die Nasen unserer Mätressen zu pudern«, unverhofft Schützenhilfe geleistet hatte, alt geworden, und König Ludwig XV., am ganzen Körper von den Pocken zerfressen, wohl auch nicht mehr ewig am Leben. Sein Nachfolger aber konnte mehr Sinn für die Schiffahrt und die Kolonien mitbringen. Mit einem Wort, es hieß vorsichtig sein und klug taktieren. Und in diesem Frühjahr 1763 lautete das Gebot der Klugheit, den für das Gedeihen des englischen Handels und damit auch für die künftige Macht der britischen Krone so schädlichen ungestümen Ausbrüchen der Nabobs schleunigst Einhalt zu gebieten.

Melancholisch gab Warren Hastings, entgegen seinen Wünschen noch immer im Bengalischen Rat, seine Zustimmung. Im Laufe der beiden letzten Jahre waren immer alarmierendere Nachrichten aus dem Landesinneren gedrungen. Sumroos Name, vom Glanz des Verruchten umstrahlt, hatte alte Haudegen und Glücksritter zuhauf angelockt, die englische Sache dagegen nur ein paar lausige intrigante Krautjunker. Zudem hatte der Nabob von Bengalen, außerstande, seinen Zorn über die mit seinen Reichtümern beladenen Schiffe der Engländer länger zu zügeln, plötzlich losgeschlagen, und Sumroo das zum Anlaß genommen, ihm sofort zu Hilfe zu eilen. Daraufhin war auch der Nabob der reichen Provinz Audh, Shujaud-daulah, in den Krieg eingetreten, um den momentan aus Delhi vertriebenen, zu ihm geflüchteten Großmogul wieder in seine frühere Machtfülle einzusetzen. Daß Sumroo zwei Jahre zuvor seinerseits in Mißachtung des Kaisers an der Spitze der Jats, eines außerordentlich ungestümen, wilden Volkes, Agra angegriffen hatte, war vergessen und vergeben. Dabei hatten sich die Marodeure nicht damit begnügt, den Schatz der Mogulkaiser zu plündern, das rote Fort zu nehmen und die Paläste auszurauben. Sumroo hatte außerdem die silbernen Tore des Taj Mahal, des großartigen Mausoleums, das Kaiser Shahjahan seiner Frau aus weißem Marmor hatte errichten lassen, herausgerissen und war dann noch vor die Tore der Stadt zu dem monumentalen und doch so leicht wirkenden weißroten Grabdenkmal Akbars, des angesehensten Kaisers, hinausgezogen, wo er nach Niederreißung der Minarette seine Horde bis in ein dunkles unterirdisches Gemach führte, um dort im Schein der Fackeln mit eigenen Händen die Marmorplatte vom Grab zu reißen. Die Wachen des Mausoleums hatten die Flucht ergriffen und hörten nur durch den über hundert Fuß hohen Schacht sein Wut- und Freudengebrüll heraufdringen. Von dem kaiserlichen Leichnam fanden sich später lediglich noch zermalmte Mittelhandknochen und ein paar vereinzelte Wirbel. Alles andere hatte die johlende Soldateska auf dem Feld zerstreut. Angefacht hatte ihre Wut zweifelsohne, daß sie den berühmten Diamanten Ko-hi-Noor, den die europäischen Besucher einhundertfünfzig Jahre früher in der das Gebäude krönenden Marmorgoldverzierung bewundert hatten, nicht mehr vorfanden, da er zur nicht geringen Freude der Engländer mittlerweile längst in Sicherheit gebracht worden war.

Das also war der Stand der Dinge. Und Monat für Monat wälzte sich die mordende und raubende Bestie näher an Kalkutta heran. Länger zu warten, hatte keinen Sinn, und so beschlossen die Engländer, Truppen ins Königreich Audh nordwestlich von Bengalen zu schicken, wo sich die beiden revoltierenden Nabobs vereinigt hatten.

Eines Morgens im März 1763, die Hitze der Vormonsunzeit braute sich gerade zusammen, erfuhr der Sergeant René Madec, seit nahezu zwei Jahren dem Befehl des Hauptmanns Martin-Lion unterstellt, daß sein Regiment noch am selben Tag zur bengalischen Grenze ausrücken sollte, um Sumroo, dem sogenannten ›Mond von Indien‹, das Handwerk zu legen und der indischen Barbarei, die den friedlichen Handel zu ruinieren drohte, ein Ende zu bereiten.

Die Schlacht ließ dann aber monatelang auf sich warten. Beide Parteien hofften, den Gegner durch Hinhaltetaktiken mürbe machen zu können. Die Engländer versuchten zu lange, getreu ihrer Politik, allzu blutigen Auseinandersetzungen aus dem Weg zu gehen, so weiter zu machen, und so führte der von ihnen anfangs offensichtlich weit unterschätzte Nabob von Bengalen, Kassim Ali Khan, von Mai bis Juli den Krieg ganz auf seine Weise, indem er ihnen den

Nachschub abschnitt, da und dort ein paar Gefangene machte und die Kaufleute scharenweise zum Überlaufen bewog.

Gleich beim ersten Angriff hatten die Engländer fast das gesamte 84. Regiment eingebüßt. Dabei war den britischen Offizieren auch aufgefallen, daß der Gegner, genau wie in Europa, von regelmäßigem Artilleriefeuer unterstützt, mit Bajonetten angriff, und die Kavallerie nicht nach der undisziplinierten Manier indischer Armeen wild ausschwärmte, sondern in ordentlichen Schlachtreihen vorrückte, angeführt von einem geheimnisvollen Mann, der sein Gesicht hinter einem Zwischending aus Turban und französischem Offiziershut verbarg – ohne Zweifel Sumroo. Diesmal würde man das Gesicht des gefürchteten Mannes also endlich zu sehen bekommen. Aber die Aussichten der Engländer waren erschreckend schlecht.

Ihren knapp 7000 Mann, die Franzosen mit eingerechnet, standen auf indischer Seite etwa 50 000 Mann gegenüber. Und so zögerten sie die Schlacht bis Juli hinaus, als eine Nachricht eintraf, die weitere Ausflüchte und Winkelzüge nicht mehr zuließ.

Der Nabob von Bengalen hatte auf Sumroos Betreiben die Brüder Djagarset, die sogenannten Weltbankiers, gefangengenommen. Nun hatten die beiden Bankiers, durch deren Hände alles Geld Bengalens ging, die die Steuern eintrieben, Münzen prägten, den Kurs der Rupie festsetzten und ihren Einfluß bis nach Arabien und zu den Sundainseln hatten ausdehnen können, zeitweilig zwar versucht, auf beiden Schultern Wasser zu tragen und es den Nabobs und den *Firangis* recht zu machen; wenn es aber Spitz auf Knopf ging, hatten sie sich stets zu Vertretern der indischen Interessen aufgeworfen. In seiner Wut über die Ablehnung seines Darlehenswunsches jedoch, denn die beiden Brüder hatten ihm einen Kredit schlicht abgeschlagen, hatte Sumroo sie kurzerhand zu Verrätern abgestempelt, nach Patna, der Hauptstadt des Nabobs, gelockt und nach ihrer Ankunft in Eisen gelegt. Die Brüder, Schlimmes ahnend, hatte vierzig Millionen Rupien für ihr Leben geboten. Aber der Nabob hatte abgelehnt und Sumroo mit der Exekution beauftragt. Die Bankiers zeigten sich gefaßt und baten nur, nach dem mohammedanischen Ehrenkodex mit einem schönen, gut geschliffenen Schwert getötet zu werden. Doch Sumroo hieß sie, in schallendes Gelächter ausbrechend, sich an die Wand stellen und zog die Pistolen. Unter lautem Gebrüll feuerte er einen Schuß nach dem anderen ab: ins Bein, in die Schulter, in den Schenkel, und als die Bankiers zusammenbrachen, lachte er nur um so lauter. Auf diese Weise zog er ihre Hinrichtung über eine Stunde hin. Schließlich trat er zu den beiden Männer, die ihn anflehten, endlich ein Ende zu machen, legte ihnen die Pistole an die Schläfe, um sie im letzten Augenblick hohnlachend doch wieder wegzunehmen, und erneut hallte das Gewölbe von seinem wiehernden Gebrüll wider.

All diese Gerüchte kamen natürlich auch Madec zu Ohren, der schon ungeduldig auf die Schlacht wartete. Morgen, übermorgen der Tod, dachte er und wünschte sich nur, daß es ein schneller, glorreicher, ruhmbedeckter Tod sein mochte. Wie gern war er um diesen Preis bereit, sich ganz allein auf Sumroo zu stürzen, seinen Eid vergessend zu desertieren. Ja, selbst Godh verblaßte.

Eines Morgens, mitten in der Regenzeit, als er mit Martin-Lion im Zelt beim Kartenspielen saß, kam Major Adams, der Kommandeur seines Regiments, herein und erklärte: »Jetzt ist es so weit, Hauptmann Martin. Laßt Eure Männer antreten. Wir schicken alle in den Kampf, alle. Verstanden? Die Köche, die Pferdeknechte, die französischen Soldaten, alle ohne Ausnahme. Gebt die Waffen- und Munitionsreserven aus. Gegen Mittag greifen wir an.«

»Was ist geschehen?«

In knappen Worten berichtete der Major die entsetzliche Neuigkeit.

Sumroo hatte zweihundertfünfzig Engländer, darunter vierzig Offiziere, gefangengenommen und in die Hauptstadt des Nabobs nach Patna gebracht. Kassem Ali Khan aber, durch das Massaker der Bankiers auf den Geschmack gekommen, wollte mehr Blut fließen sehen und hatte den Tod der Engländer gefordert. Sumroo, zweifelsohne mit dem Lösegeld liebäugelnd, hatte gezögert, aber der Nabob hatte gedroht, die Exekution einem anderen zu übertragen und ihm, falls er nicht auf der Stelle gehorchte, den Kopf abschneiden zu lassen. So begab sich Sumroo zu dem von Terrassen gesäumten Hof, in dem die englischen Soldaten gerade beim Essen waren.

»Ich bin mir eigentlich absolut sicher, daß es sich um einen Europäer handelt«, flocht Major Adams ein. »Wir können nicht genug auf unserer Hut sein. Er kennt unsere Völker und alle unsere Gebräuche. Von der Terrasse rief er den Soldaten in einer Sprache, die den Berichten der Inder zufolge der unseren gleichen soll, zu, Franzosen, Italiener, Deutsche oder Portugiesen sollten vortreten. In der Meinung, er wolle sie retten, antworteten alle wie aus einem Munde, sie seien Engländer. Und sofort ließ Sumroo auf sie anlegen. Sie bewaffneten sich mit Stühlen, Tischen, Flaschen, Tellern, um sich, so gut es ging, zu verteidigen, wurden aber alle bis auf den letzten Mann getötet, und wer nur verwundet war, wurde zum Schluß noch mit dem Bajonett erledigt.«

Entgegen allen bei der Armee üblichen Gepflogenheiten mischte sich nun Madec ein: »Wie sieht dieser Mensch aus?«

Der Major und Martin-Lion starrten ihn sprachlos an.

»Wie sieht dieser Sumroo aus?« wiederholte Madec ungerührt.

»Für einen ehemaligen französischen Kriegsgefangenen seid Ihr reichlich vorwitzig«, erwiderte der Major. »Im Prinzip bräuchte ich Euch nicht Rede und Antwort zu stehen, aber da Ihr in die Schlacht zieht, will ich es tun, falls es Euch Mut macht. Sumroo soll ein schöner Mann mit dunklem Haar wie die Eingeborenen sein, aber mit etwas hellerer Haut. In der Schlacht trägt er ein indisches Gewand und einen Dreispitz nach europäischer Art, den er jedoch so tief in die Stirn zieht, daß man von seinem Gesicht nicht viel sieht. Er lenkt die Operationen von hinten mit einem besonderen Augenmerk auf den Einsatz der Artillerie und nähert sich dem Feind erst, wenn dieser besiegt ist, um den Verwundeten auf dem Schlachtfeld den Todesstoß zu versetzen.«

Mit einem spöttischen Blick auf Madec erkundigte sich Major Adams: »Genügt das, Sergeant Madec? Nun, verlaßt Euch darauf, Ihr werdet in der vordersten Linie stehen, damit Ihr nichts von dem Schauspiel versäumt. Macht aber auch Eure Ohren auf, denn Sumroos Gelächter, das Ihr zwischen den Kanonensalven hören könnt, ist in ganz Indien berühmt!«

Dann fügte er an Martin-Lion gewandt hinzu: »Also in einer Stunde«, salutierte und ging.

Noch am gleichen Nachmittag kam es auf einer von grünen Reisfeldern gesäumten roterdigen Hochebene, die man Baksar nannte, zur Schlacht.

Von diesem ruhmreichen Kampf, der den Engländern ein für allemal den Besitz von Bengalen sicherte, und in dem Madec seine Führungsqualitäten bewies, blieb ihm, wohl weil alles so schnell ging, nur eine verschwommene Erinnerung. Das einzige, was er hinterher noch mit Sicherheit wußte, war, daß er zu Anfang ein Pferd gestohlen hatte, war er doch zutiefst davon überzeugt, daß nur ein Schlachtroß seinem Angriff auf das »Ungeheuer«, wie er Sumroo in Anlehnung an die alten Geschichten von früher nannte, die nötige Würde zu verleihen vermochte. Das war im übrigen in der allgemeinen Aufregung nicht allzu schwer gewesen. Die Köche und Pferdeknechte hatten sich mit Händen und Füßen gewehrt, sich ins Feuer schicken zu lassen, wie auch die Sepoys offensichtlich nicht gerade darauf brannten, jenem Mann gegenüberzutreten, der die Ihren so sehr in Angst und Schrecken versetzte, und so war es zu Schlägereien, ja, in einigen Fällen sogar zum Selbstmord gekommen, und Major Adams hatte Madec hoch zu Roß passieren lassen und seine unverschämte Miene in Kauf genommen. Pragmatismus ging ihm über militärische Rangordnung. Der Besitz von Bengalen stand auf dem Spiel. Wozu Zeit und Pulver für einen elenden französischen Sergeanten vergeuden, der dem Feind überdies in vorderster Linie den Wall seiner jungen Brust darbieten sollte. So schrie er nur, ohne mit der Wimper zu zucken: »Auf zum Angriff, marsch, marsch!«

Madec gab seinem Pferd die Sporen und flog auf die feindlichen Linien zu, einen Wald aus Lanzen und Kriegselefanten in Goldgeschirr. Die erste Kanonensalve zerriß die Luft. Ihm gegenüber setzte eine Mauer aus Weißen mit dem Bajonett zum Angriff an. Durch diesen Vormarsch aus der Fassung gebracht, von der Zahl erdrückt, wichen die Engländer zurück. Schon war die Schlachtreihe durchbrochen, ergoß sich hinter den Bajonetten eine unabsehbare Flut turbantragender, brüllender Lanzenträger auf die Engländer zu. Noch donnerten die englischen Kanonen kräftig, aber die Abstände wurden immer länger. Kanoniere ergriffen die Flucht, und schon rückten feindliche Elefanten vor, um die verlassenen Geschütze zu sichern.

Madec, der sich bis dahin eher passiv verhalten hatte, spürte, wie in ihm das alte »Nein!« hochstieg. Nein! Keine Niederlage. England, die rote Uniform waren vergessen, vergessen auch, daß er nicht wußte, wer auf der Gegenseite stand. Er dachte nur noch an Sumroo, das blutdürstige Ungeheuer. Sumroo... Eine mörderische Wut stieg in ihm auf, und als die Kanonen einen Augenblick schwiegen, nutzte er die Stille, um zu schreien.

Zuerst, um zum Sammeln zu rufen. Dann, um Befehle zu schreien. Zehn, zwanzig Kavalleristen sammelten sich um ihn. Dann mehr und mehr, und eine Stunde später hatte er die Schlachtreihe an einem Baumwollfeld, fern vom Schlamm der Reisfelder, wiederhergestellt. Dann ließ er schwenken, Sumroos Artillerie einkreisen, angreifen: auf beiden Seiten Berge von Kugeln zerfetzter und von Bajonetten durchbohrter weißer Leichen. Doch in seinem Eifer nahm Madec sie kaum wahr. Er war vollauf mit seiner Taktik beschäftigt. Einzig der Augenblick, in dem ihm die feindliche Artillerie in die

Hand fiel, drang mit aller Schärfe in sein Bewußtsein ein. Das englische Kanonenfeuer setzte wieder ein. Die gegnerischen Fußsoldaten ergriffen die Flucht. Zwei Kriegselefanten, von ihren Treibern im Stich gelassen, irrten auf dem Schlachtfeld umher, ihr Brokat vom Blut und zerfetzten Eingeweiden beschmiert. Das Kriegsglück hatte sich gewendet. Noch zwei oder drei Scharmützel gegen die Kavallerie, den einzigen Truppenteil, der noch Widerstand leistete, und der Sieg war sein.

Als sich Madec an der Spitze der Engländer auf diese Handvoll Männer stürzte, entdeckte er im Getümmel den berühmten Dreispitz. Einen schwarzen, mit Goldlitzen und Samt eingefaßten Dreispitz mit einem Diamanten in der Mitte, wie ihn die Radschas als magisches Auge am Turban trugen. Das war sein Mann! Knapp ein Dutzend Schritte von ihm entfernt, gab er seinem Pferd die Sporen und preschte auf ihn zu.

Da ertönte das Lachen. Ein gewaltiges, heiseres, unaufhaltsam aus dem Inneren hervorbrechendes wildes und doch ironisches Gelächter. Mit einem Kniedruck hatte Sumroo sein Pferd zur Seite gerissen und gab ihm, noch immer lauthals lachend, nun beide Sporen. Madec nahm die Verfolgung auf, und da sein Pferd das schnellere war, hatte er seinen Gegner bald eingeholt.

Da rutschte der Rappe des Feindes auf den Leichen aus, und Madec schwang seinen Säbel. Der andere hatte aufgehört zu lachen. Wieder stolperte das Pferd, aber durch eine geschickte Wendung konnte sich Sumroo Madecs Schlag noch im letzten Augenblick entziehen. Nur der Dreispitz flog zu Boden, wie zum Hohn auf den schon grauen Leichnam eines von Stichen durchbohrten Sepoys. Im nächsten Augenblick war Sumroo im gestreckten Galopp in den Reisfeldern verschwunden. Da ergriffen auch die anderen die Flucht. Die Schlacht war gewonnen. England im Besitz von Bengalen. Madec saß ab, um den Hut aufzuheben.

Am Abend wurde er vom Major regelrecht ins Verhör genommen, aber er antwortete nicht, sondern drehte nur immer den Dreispitz in den Händen. Der Diamant war verschwunden, zweifelsohne im Schlamm des Schlachtfeldes verlorengegangen. Schließlich kapitulierte Major Adams vor diesem Schweigen und ließ Madec die doppelte Portion Arrak zuteilen zum Dank dafür, daß er seine eigene Unfähigkeit so glänzend wettgemacht hatte. Madec ließ sich nicht lange bitten, und während ihn die zuckrige Wärme des Alkohols mit einer wohligen Benommenheit erfüllte, stieg ein längst vergessen geglaubtes Bild wieder auf, ein weißes, von Palmen umstandenes Haus mit einem kleinen dunklen Keller am Ende eines langen Ganges. Dann ein schrecklicher Blick, jettschwarze Augen und zu einer schreckerregenden Grimasse verzerrte Augenbrauen. Dieses Gesicht gab es nur einmal auf der Welt. Sumroo oder der menschgewordene Terror. Nun reimte sich alles zusammen: die Plünderung des Taj Mahal, die Ermordung der Weltbankiers, die Tortur der englischen Geiseln, das Gelächter, der Blutdurst. Sumroo . . . war Sombre!

Achtundvierzig Stunden lang versuchte Madec die unbestimmten Erinnerungsfetzen, die ihm von Pondicherry geblieben waren, zu einem Bild zusammenzufügen. Aber es blieb reichlich verschwommen, und schließlich gab er ganz auf. Danach wandte er sich konkreteren Dingen zu, brachte seine Uniform auf Hochglanz und wurde bei Major Adams vorstellig, um den seit zweiundzwanzig Monaten ausstehenden Sold einzufordern.

Aber seine Forderung wurde mit einer Arroganz abgeschlagen, die ihn in Harnisch brachte. Ihm, der in den Augen seiner Kameraden, der englischen wie der französischen, so etwas wie ein Held war, der Barbaren verjagte und Ungeheuer zähmte, eine solche Behandlung! Doch Major Adams schien auf diesem Ohr taub und fest gesonnen, den jungen ehrgeizigen Sergeanten schnellstens auf seinen Platz zu verweisen, mochte es auch keine leichte Aufgabe sein. Und in der Tat ließ sich Madec nicht so schnell abspeisen. Er kam wieder, doch auch diesmal schlug der Major seine Forderungen ab, wenn auch mit einem leichten Lächeln, hatte er sich mittlerweile doch in seinem Bericht an den Bengalischen Rat als Sieger von Baksar herausgestrichen. Wer hätte schon den Behauptungen eines unbedeutenden kleinen französischen Soldaten Glauben geschenkt? Einen Augenblick lang erwog er sogar, ihn vor die Kanonen stellen und erschießen zu lassen, wozu er im Falle von Insubordination befugt war. Aber er unterließ es dann doch. Klüger war, sich des Sergeanten Madec auf weniger spektakuläre Weise zu entledigen. Jetzt, da alle Gefahr vorüber, Sumroo besiegt, der Nabob in die Flucht geschlagen war, da Bengalen unangefochten den Engländern gehörte und die Grenze der Ordnung, der Vernunft, der zivilisierten Welt bis hierher vorgeschoben war, brauchte er Madec bloß jenseits dieser Grenzen in das Indien abzuschieben, das in seiner stagnierenden Trägheit noch den glühendsten Eifer Europas erstickte, das in seinem gigantischen Magen alle Kräfte der Neuerung begrub. So quittierte Major Adams Madecs Wut über seine Ablehnung dann auch nur mit einem befriedigten Lächeln.

»Kein Sold, keine Soldaten, Major Adams!«

So war's recht! Und als er am nächsten Morgen den Generalmarsch schlagen und das Getrappel galoppierender Pferde hörte, sprang er auch nicht von der Matratze, wie es seine Pflicht gewesen wäre. Zweihundertfünfzig Franzosen weniger – was war das schon gegen den Besitz von Bengalen? Und er grinste nur, als er Madecs Befehl vernahm: »Bringt die Kanonen!«

»Wir können keine Ochsen finden!« antworteten die Soldaten.

»Diese Hunde«, fluchte Madec, »haben sie versteckt! Dann spannt Euch selber vor!«

Zunehmend belustigt, trat Major Adams vors Zelt, um sich an dem Spektakel zu ergötzen. Aber das Lachen verging ihm, als er sah, daß sich Madec, von seiner Begeisterung mitgerissen, auch einige seiner Männer angeschlossen hatten. Ohne lange zu überlegen, schickte er ein paar Offiziere mit Geld und guten Worten zu ihnen, und ein Teil der englischen Meuterer ließ sich durch ihr Händeringen und Flehen auch erweichen. Die Franzosen jedoch blieben getreu ihrem Eid allen Verheißungen gegenüber taub. Schließlich war Madec es leid, noch länger zuzuschauen, und befahl: »Klar zum Gefecht!« Sofort brachten sich die Engländer in Sicherheit, rächten sich aber dadurch, daß sie diejenigen von ihren Landsleuten, die sich durch die Geldsäcke zur Rückkehr hatten verleiten lassen, vor ihren Augen exekutierten.

Zwei Meilen nach Baksar ließ Madec anhalten. Nun, da sie in Freiheit waren, mußte nach altem Abenteurerbrauch einstimmig ein Führer gewählt werden, dem der Trupp absoluten Gehorsam schuldete. Die Wahl fiel einhellig auf Madec.

Martin-Lion war nicht gekommen, was Madec nicht weiter wunderte. Der Kamerad hatte sich im Laufe der Monate sichtlich der britischen Lebensweise angepaßt. Und als ihm Madec am letzten gemeinsamen Abend sein Vorhaben eröffnete, hatte sich Martin-Lions Miene verdüstert.

»Nach einem so glanzvollen Sieg«, hatte er bloß geantwortet, »revoltiert man nicht nur wegen ein paar Monaten unbezahlten Solds. Binnen kurzem werden dir die Engländer alles geben, was du willst, Dienstgrad, Ehre, Reichtum! Du mußt dich nur etwas gedulden . . . Warte, bis wir unsere Zelte hier abgebrochen haben und nach Kalkutta zurückgekehrt sind.«

»Nein«, erwiderte Madec, »die Engländer haben keine Verwendung für mich. In ihren Augen hat Major Adams die Schlacht gewonnen. Und dabei ist es meine Schuld, daß sie Bengalen haben.«

»Deine Schuld! Aber dir blieb doch keine andere Wahl!«

»Wie du weißt, Martin-Lion, habe ich einen Eid geleistet. Und jetzt ist die Zeit gekommen, ihn einzulösen. Wir haben den Engländern gegenüber unsere Pflicht getan. Von jetzt an sind sie wieder unsere Feinde.«

»Bis du verrückt geworden! Es ist im Gegenteil Zeit, endlich mit dem Kriegführen Schluß zu machen! Über kurz oder lang wird Indien englisch sein, und England wird dem Land Frieden bringen, Frieden und Wohlstand!«

»Du hast dich auf ihre Seite geschlagen, Martin-Lion, seit langem schon.« Weiter wurde kein Wort gewechselt, kein freundschaftlicher Knuff getauscht, kein Adieu. Im ersterbenden Licht des Lagerfeuers sah Madec, wie sich die Schultern des anderen senkten. Und mit einemmal fiel ihm auf, wie gebeugt und abgemagert der triumphierende Koloß war, den sie vor nicht allzu langer Zeit in den Bergen des Dekkhan getroffen hatten; seine ehedem so strahlende Vitalität begann zu verblassen. Offensichtlich bereitete sich Martin-Lion in Zukunft auf andere Kämpfe vor. Zweifelsohne träumte er nun, da Nordindien englisch war, davon, dem Schlachtfeld ein für allemal den Rücken zu wenden und Bankier oder wohlbestallter Verwaltungsbeamter dieser unerschöpflichen Erde zu werden. Und warum auch nicht? Madec löschte das Feuer und kehrte für die letzte Nacht unter englischer Fahne in sein Zelt zurück.

Hoch zu Roß ließ er seine Blicke über die Ebene hin schweifen, ganz versunken in das Schauspiel, wie Indien im Licht der aufgehenden Sonne nach und nach seine Palmen und Reisfelder, die fetten Felder seiner kostbaren Pflanzen und, dazwischen eingebettet, den Lauf eines Flusses entrollte. Jetzt war er also frei und zog mit der höchsten Macht ausgestattet wieder auf Abenteuer aus. Frei, aber allein. Ohne die abendlichen Unterhaltungen unter den Feigenbäumen, wie sie sie damals auf dem Marsch nach Godh als vier gleichberechtigte Führer gepflogen hatten. Und Godh selbst? Wieder erstand es vor seinem geistigen Auge. Godh war zum Markstein seines Lebens geworden, das seitdem in eine Zeit vor und eine Zeit nach Godh zerfiel.

Die Soldaten wurden ungeduldig, die Pferde stampften. Indien lag vor ihm, ein unermeßlich großes, weites Land vor ihm allein.

Doch das war nicht das schlimmste. Schwerer wog schon die Frage, was er überhaupt hier wollte. Ohne Zweifel vor allem überleben. Aber wen oder was? Sich? Frankreichs Niederlage? Die Liebe? Entschiedener denn je wandte er sich von Europa ab, um im Dschungel, in grausamen Kriegen, bei mörderischen Göttern seinen Seelenfrieden zu suchen. Marschieren, galoppieren, wie im Rausch auf irgendein ursprüngliches Geheimnis, auf das Herz der Dinge zu unterwegs sein. Aber welches Geheimnis, welcher Dinge? Er hätte es nicht zu sagen vermocht. Es war Wahnsinn, und dennoch zog es ihn unwiderstehlich in das Land hinein.

»Wohin soll's gehen?« frage ein Soldat.

»Nach Westen«, warf Madec leicht hin. »In Gewaltmärschen bis zur ersten Stadt!«

Aber er hatte es nicht einfach leichthin gesagt. Er hatte die Wahl nicht dem Zufall überlassen. Im Westen lag das noch unberührte alte Indien und an seiner Grenze das rosafarbene, friedliche Godh.

Seinem Pferd die Sporen gebend, rief er: »Wer mich liebt, der folge mir!« Und die kleine Armee setzte sich in Bewegung. Schon am nächsten Tag langte sie in einer sonderbar düsteren Stadt an, die von skelettartig abgemagerten Yogis und Astrologen bevölkert war. Ihre Mauern hallten wider von den Silben göttlicher Worte und ihre Straßen, im Grunde nur lange Gassen, führten ohne Ausnahme zu großen Treppen, deren untere Stufen von einem gewaltigen Strom umspült waren, dem Ganges. Madec erkannte ihn sofort. Und diese fromme, aussätzige Stadt, die sich im Licht der aufgehenden Sonne und der ersten Scheiterhaufen, der ersten Leichenverbrennungen, vor ihnen auftat, konnte nur die Stadt Schiwas, Varansi, die allerheiligste oder um die unreinen, von den Europäern erfundenen Silben zu nehmen, das uralte Benares sein.

14. Kapitel

Benares
Im Monat Asvina des Jahres 4864 im Weltalter Kaliyuga
Oktober 1763

Der Radscha von Benares war klein, im Gegensatz zu den übrigen indischen Machthabern dünn, ja schon geradezu hager. Er lebte auf der linken Seite des Flusses in einem alten, etwas wunderlichen Palast und verließ seine Privatgemächer kaum mehr, seit die englische Pest über Bengalen gekommen war. Es mußte schon etwas Außergewöhnliches vorgefallen sein, wenn er sich in den Diwan-i-Am begab. Noch unerhörter aber war – und seine Minister ergingen sich darüber denn auch in den tollsten Mutmaßungen –, daß er die *Firangis,* kaum hatten sie die Stadt betreten, durch einen Boten aufgefordert hatte, sich zum Palast zu begeben. Madec, von den Wachen des Radschas vor der Schwelle eines Tempels, wo er die kunstfertigen Verrenkungen eines erleuchteten Yogis bewunderte, angesprochen und zum Palast geleitet, glaubte sich wieder nach Godh versetzt. Wie dort ging es durch zahllose Innenhöfe mit ruhig wiederkäuenden Elefanten, dann durch nicht weniger zahlreiche Gänge und Galerien und schließlich durch die ganze dem Diwan-i-Am vorgelagerte Saalflucht.

Auf einem Berg goldbestickter Kissen thronend, von einer Schar von Domestiken mit Palmenwedeln eingerahmt, erwartete ihn der Radscha inmitten seiner Höflinge in kerzengerader Haltung wie in eine Meditation vertieft. Madec fühlte sich durch das ganze Benehmen lebhaft an die Fakire erinnert, die er in den Straßen gesehen hatte. Die Wasserpfeife zurückstoßend, die ihm ein Diener mit größter Ehrerbietung darbot, kürzte der Radscha die üblichen Höflichkeiten ab und fragte unvermittelt und gerade heraus:

»Woher kommst du, *Firangi?*«

Dabei drehte er einen sonderbaren Gegenstand in seinen Händen, dem Madec anfangs, da er es für eine jener Götterstatuetten hielt, mit denen sich die Hindus so gern umgaben, keine besondere Aufmerksamkeit schenkte. Bei genauerem Hinsehen aber entdeckte er, daß es sich um einen Tiger aus bemaltem Holz handelte, der eine menschliche Gestalt in rotem Rock und blauer Hose mit einem Dreispitz auf dem Kopf zwischen den Pranken gepackt hielt. Das Opfer, das die Bestie gerade mit weit aufgerissenem Rachen verschlang, trug dieselbe Uniform, die er bei den Engländern getragen und bis jetzt noch nicht abgelegt hatte. Da fiel es ihm wie Schuppen von den Augen. Deshalb also hatte ihn der Radscha in den Palast kommen lassen. Der indische Tiger gierte nach europäischem Fleisch.

»Du schweigst, *Firangi?* Nach dem Bericht meiner Wachen jedoch verstehst du unsere Sprache sehr wohl. Du bist kein Neuling in diesem Land. Also antworte! Wer bist du? Und wohin willst du?«

Mühselig kratzte Madec die letzten höflichen Hindibrocken der Hofsprache zusammen, die er lange nicht mehr gesprochen hatte und erwiderte: »Sehr geehrter Radscha, wisse, daß ich nicht zu deinen Feinden zähle!«

»Obwohl du ihre Kleider trägst?«

»Wir sind selbst auf der Flucht vor den Männern im roten Rock, Radscha. Wir gehören nicht zu ihnen.«

»Vor ihnen fliehen, jetzt, da sie Bengalen genommen haben?« fragte der Radscha lächelnd, während er liebevoll über den Rücken des Tigers strich.

»Wir wurden in ihre Armee gepreßt, sehr geehrter Radscha, und hatten geschworen, bei der erstbesten Gelegenheit zu desertieren. Diese Gelegenheit hat sich nun vor zwei Tagen in Baksar geboten.«

»Sprichst du auch wirklich die Wahrheit, *Firangi?* Denn ich kenne die Lügen der Menschen von den Schwarzen Wassern wohl! Stets macht Ihr Euch klein, um uns besser zu täuschen. So seid Ihr angeblich als Kaufleute gekommen, um Euch in Wirklichkeit nach und nach unser Land anzueignen!«

»Ich spreche die Wahrheit, Radscha!«

Der Fürst schien sich in seinen Überlegungen zu verlieren, dann erklärte er mit einem Mal geradezu zärtlich: »Aber wie sollte ich dir nicht glauben? Du hast die heilige Stadt mit der Unschuld eines Kindes betreten.« Dann fügte er, seine dünnen Lippen zu einem unverhohlen ironischen Lächeln verziehend hinzu: »Und womöglich bist du auch noch ein Kind.«

Madec errötete.

»Also jetzt sag mir, wohin du willst.«

»Nach Westen.«

Der Radscha legte den Holztiger auf ein Kissen.

»Und was suchst du im Westen?«

»Ich kenne das Land ein bißchen und möchte meine Dienste einem der Fürsten antragen.«

Wieder lächelte der Radscha.

»Im Osten gefällt es dir also nicht? Weißt du nicht, daß Benares die heiligste Stadt Indiens ist? Daß sich die Menschen nichts sehnlicher wünschen, als ihre Reise an den Ufern der Stadt Schiwas zu beenden? Ihr Barbaren seid doch wirklich sonderbar, irrt ohne jedes Ziel durch die Welt . . .!«

Seine ohnehin tonlose Stimme wurde noch tonloser, und seine Backenmuskeln spannten sich.

»Du aber hast, vermute ich, doch ein Ziel?«

Madec schwieg.

»Geld?«

Wieder schwieg Madec, während die Diener gleichmütig mit ihren Palmblättern fächelten. Die Stille wurde unerträglich.

»Ihr *Firangis* zieht von Radscha zu Nabob und von Nabob zu Radscha wie die *Sadhus* von Tempel zu Tempel!«

»Aber während die *Sadhus«,* fuhr der Radscha fort, sich zum Balkon des Diwan-i-Am umwendend und auf den Fluß hinunterdeutend, den man hinter den Fensterverzierungen wahrnahm, »eines Tages nach Benares kommen, um hier, von der Bürde des Lebens befreit, zu sterben und ihre geläuterte Asche in die Wasser der Ganga streuen zu lassen, zieht ihr *Firangis* nur mit einem Ziel durchs Land, Euch dem Meistbietenden zu verkaufen!«

»Was weißt du, Radscha, ob ich käuflich bin?« erwiderte Madec. »Nicht ich bin zu dir gekommen. Du hast mich holen lassen. So sag mir nun: Was willst du von mir?«

Der Radscha kniff die Augen zusammen, als wäre er eingeschlafen.

»Du hast es eilig, genau wie die anderen.«

»Die anderen?«

Der Radscha öffnete die Augen wieder, plötzlich ganz Spannkraft.

»Also nach Westen willst du, nach Westen . . . Aber das kannst du nicht, junger *Firangi!* Dazu fehlen dir Geld und Männer.«

»Ich verstehe mich zu schlagen!«

»Zugegeben, du bist ein schöner Krieger, stark und gut gebaut. Du liebst die Waffen, suchst vielleicht den Ruhm. Aber Indien ist nicht das Land, um sich mit Ruhm zu bedecken!«

»Was gilt das mir?‹

»Gegen den Hunger schlägt man sich nicht. Und dieses Jahr war der Monsun nicht sehr gut. Wir haben nicht genügend Reis, die Tiere verenden, Räuber machen die Straßen unsicher. Nur ein reicher Mann, der über eine mächtige Armee gebietet, kann die Provinzen nach Westen durchqueren, nach Radjputana, denn dahin willst du doch?«

»Vielleicht«, entgegnete Madec mit tonloser Stimme.

Mehr und mehr bemächtigte sich seiner der Eindruck, mit dem Teufel zu reden – dieser Mann erriet alles.

»Hmm . . . hmm«, murmelte der Radscha wieder und wieder. Seine Augen funkelten, und schlagartig fiel die Spannung von ihm ab.

»Du hast es eilig, sehr eilig, wie alle *Firangis.* Du läßt dich zu sehr von deinem Verlangen, zu sehr von deiner Leidenschaft leiten. Also schön. Reden wir offen miteinander.«

Madec wagte nicht, sich die Stirn abzuwischen, um dem teuflischen Alten nicht zu verraten, wie sehr ihn die Unterhaltung anstrengte. Dieses ständige Hin und Her zwischen einsamen Überlegungen und plötzlichen Angriffen hatte ihn erschöpft. Doch wieder erriet der Radscha seine Gedanken:

»Setz dich. Nimm dieses Kissen.«

Durch die Menge der Höflinge hinter seinem Rücken ging eine Bewegung. Offensichtlich hatten sie einen solchen Gunsterweis zu diesem Zeitpunkt noch nicht erwartet.

»Firangi, Indien ist krank, aber das brauche ich dir nicht zu sagen, sehr krank«, hob der Radscha leise und rasch wieder an, als wollte er verhindern, daß seine Minister und Höflinge mithörten.

»Ich bin der Radscha von Benares, aber für meine Stadt befürchte ich nichts. Sie ist die heiligste auf der ganzen Welt. Hier nimmt alle Weisheit ihren Anfang und ihr Ende. Kein Mächtiger der Erde, der Benares nicht zu besitzen begehrte, und keiner, der es besaß! Tataren und Araber haben unsere Tempel berannt, unsere Gottheiten verstümmelt, und doch ist Benares heute noch immer da. Wer könnte schon den geheiligten Gang der Dinge aufhalten? Schau sie dir an, *Firangi,* schau dir diese Stadt an mit ihrem ganzen Gewicht . . .«

Er deutete über den Balkon hinunter auf den sichelförmig geschwungenen Strom und die Menschenmenge, die sich auf den Stufen der Ghats und in den Fluten drängte. Der Morgenwind trug den braunen Rauch der Scheiterhaufen und den scharfen Geruch von verbranntem Fleisch in Schwaden bis zum Diwan-i-Am herauf.

»Mit ihrem ganzen Gewicht!« nahm der Radscha seine Betrachtungen wieder auf. »Wisse, *Firangi,* daß, als Brahma die Welt erschuf und der Himmel als der leichteste Teil in die Höhe stieg, Benares als der schwerste hier herunter auf die Erde sank. Ja, Benares ist eine gewichtige Stadt . . . und so habe ich nichts von den Engländern zu befürchten. Seit unvordenklichen Zeiten webt meine Stadt die schönsten Brokate der Welt und verkauft sie bis an die Grenzen des Erdballs. Und ich selbst erwarte mir, was mich persönlich betrifft, nichts mehr von diesem vergänglichen Leben.«

»Warum also hältst du mich dann zurück, Radscha? Ich will nach Westen, und du sollst mich nicht daran hindern!«

»Ungeduldige Jugend!« erwiderte er. »Du wirst die Illusion des Glücks noch bald genug erleben, denn hienieden ist alles Maya. Nimm dir ruhig Zeit . . .«

»Meine Zeit ist gemessen«, erwiderte Madec. »Meine Männer haben Hunger und Durst. Seit Monaten rackern sie sich ohne Sold für die Engländer ab. Wir müssen uns endlich einen Brotgeber suchen, und im Westen kenne ich Männer, die uns in ihre Dienste nehmen.«

»Aber ich sage dir doch, daß du nicht bis in den Westen kommst. Hier dagegen brauchen wir dich.«

Madec gab sich überrascht: »Ich dachte, dich bewegten die Dinge dieser Welt nicht mehr, sehr geehrter Radscha!«

»Was durchaus zutrifft«, bestätigte dieser. »Hienieden ist alles von kurzer Dauer; die Reiche entstehen und vergehen wie Gräser und Insekten, ohne Spuren zu hinterlassen. Eines aber möchte ich nicht erleben, daß die Männer im roten Rock die Fluten der allerheiligsten Ganga entweihen. *Ganga mai ki jai!* Ruhm und Ehre der Mutter Ganga! Um das zu verhindern, bin ich sogar bereit, mich mit den muslimischen Nabobs zu verbünden, obwohl sie in ihren schmucklosen Tempeln nur einen einzigen Gott verehren.«

»Die Nabobs haben aber schon Sumroo zu ihrer Verteidigung bestellt!« Wieder kniff der Radscha die Augen zusammen.

»So hast du also auch von diesem Sumroo gehört, *Firangi?* Wie vergänglich doch aller Ruhm ist . . .«

»Nicht ganz so vergänglich, deucht mich, wenn sein Name bis nach Kalkutta gedrungen ist.«

»Aber er ist von den Engländern besiegt und in die Flucht geschlagen worden. Der Mann, der zehn Jahre lang Indien erzittern ließ, die Gräber ausraubte, die Bankiers ermordete! Er hat die Niederlage nicht verwinden können und ist mit seinen Männern, Schätzen und Frauen weggezogen.«

»Weggezogen? Wohin?«

Der Radscha lachte trocken auf.

»Wohin, *Firangi?* Wie der Elefant, wenn er Durst hat, das Ufer aufsucht, so begibt sich der unersättliche Mensch dorthin, wo er Gold und Silber vermutet. Sumroo ist wieder in den Westen aufgebrochen und wird, da er reich und stark ist, auch die armen Gebiete ohne Korn überwinden, während du warten mußt. Dharma! Und so wirst du mir helfen!«

In seiner Verblüffung antwortete Madec nicht.

»... nur ein paar Monate«, setzte der Radscha nach, »bis zum nächsten Monsun. Die Zeiten sind unruhig, die Steuern kommen nicht herein. Du wirst mir beim Eintreiben helfen. Einen Teil kannst du für dich behalten. Die Nabobs werden dir Dank wissen. Trotz ihrer unreinen Religion sind sie meine Freunde. Einer davon, ein besonders reicher, hat den Mogul bei sich aufgenommen. Dir bietet sich damit eine unverhoffte Gelegenheit: denk einmal darüber nach. Denn alles, was du uns von unseren Bauern eintreiben hilfst, ist deinen Feinden, den Engländern, abgenommen, und von deinem Anteil kannst du dir eine kleine Armee aufbauen und dann nach Westen ziehen, um deiner Illusion vom Glück nachzulaufen.«

»Ich laufe doch gar nicht der Illusion vom Glück nach«, seufzte Madec.

»Du gibst deinen Wünschen zu sehr nach, um nicht ein Opfer der *Maya* zu sein, *Firangi,* wie alle deinesgleichen. Aber vergiß nicht, daß alle großen Könige verschwunden, die Ozeane ausgetrocknet sind, der Polarstern seinen Platz und selbst die Götter ihren früheren Wohnort gewechselt haben. Sieh dir unter den Balkonen die Scheiterhaufen an, die sich auf der düsteren Plattform Yamas, des Todesgottes, erheben, sieh, wie die Schädel in den Flammen bersten.«

Er unterbrach sich kurz, um Madec die Hand zu drücken.

»Du wirst die Steuern für mich eintreiben, nicht wahr? Ich vertraue dir meinen *Jaghir* an und schreibe an meinen Nachbarn, den Nabob Shujaud-daulah, dasselbe zu tun. Also antworte!«

»Läßt du mich dann beim nächsten Monsun frei?«

»Welch ein Barbar du doch bist, *Firangi!* Immer nur an die Zukunft zu denken!«

»Ich möchte ein Pfand für die Freiheit!«

»Gut, du sollst es haben. Ich gebe dir einen *Firangi* an die Seite, der schon seit Jahren in Indien lebt und in allen Dingen des Landes erfahren ist. Einen Mann meines Alters, einen Weisen, einen heiligen Mann deines Landes. Was willst du mehr? Er kann dich beraten. Und ihm, dem Mann im schwarzen Rock, wirst du doch glauben, nicht wahr?«

»Ein Priester?«

»Ja, *Firangi!* Auch er will nach Westen, so daß ihr dieselben Interessen habt und aufbrechen könnt, sobald du genügend Geld und Männer zusammengebracht hast. Vertraust du mir jetzt?«

»Ich möchte den Priester sehen.«

»Noch heute abend sollst du ihn sehen.«

Dann beugte sich der Radscha von Benares unter den ungläubigen Blicken seiner Minister zu Madec hinüber und flüsterte ihm ein paar Worte ins Ohr, um sich gleich darauf seinem wie versteinert dasitzenden Hofstaat zuzuwenden und mit erfreuter Stimme zu verkünden: »Die Sache ist abgemacht! Bringt Sorbet, *Lassi,* Früchte und Wasserpfeifen!«

»Wie heißt du?« fragte er seinen Gast.

»Madec!« erwiderte dieser laut und vernehmlich, wenn seine Miene auch eine leichte Unruhe verriet.

Ins Lager unter den Mangobäumen am rechten Ufer zurückgekehrt, verteilte Madec die dreihundertfünfzig Rupien, die er auf dem Schlachtfeld von Baksar bei den Gefallenen zusammengelesen hatte, und freute sich über den Appetit, mit dem »seine« Männer sich die frischen Früchte und das gegrillte Zicklein schmecken ließen, nach dem ewigen Curryfleisch der Armee eine willkommene Abwechslung.

Am gegenüberliegenden Ufer flirrten die Feuer der Scheiterhaufen in der Mittagshitze, was die Gläubigen jedoch nicht abhielt, in hellen Scharen die langen Treppenfluchten der Ghats zum rituellen Bad hinunterzusteigen. Bei Sonnenuntergang, als die Rauchvoluten des Krematoriums allmählich verblaßten und selbst der Geruch nachzulassen und an Schärfe zu verlieren schien, kam, wie verabredet, die Barke des Fährmanns, um Madec abzuholen. »Hast du keine Angst, dich so allein in die unbekannte Stadt hinein zu wagen?« fragte ein junger blonder Sergeant, wie Madec ein ehemaliger Gefangener aus Madras. »Wenn nun aber der Priester nur eine Erfindung des Radschas ist?«

»Habe ich Sumroo nicht gefürchtet«, erwiderte Madec fest, »brauche ich auch die Inder und einen Priester nicht zu fürchten!« Und er hatte nicht gelogen. Er hatte wirklich keine Angst. Aber er haßte die Priester seit eh und je. Er wußte nicht viel von ihnen, ahnte nur, daß sie unter einer ähnlichen Zucht, in einer ähnlichen Hierarchie lebten wie die Soldaten in der Armee. So fragte er sich leicht beunruhigt, was ihn nun bei diesem Treffen erwartete. Ein Kapuziner mit nackten Füßen oder ein Geistlicher mit gepuderter Perücke ... Je länger er nachgedacht hatte, desto verwirrter wurde er. Was hatte ein Mann in einer schwarzen Kutte in Benares verloren? Für Madec hörte das Christentum an den Toren Pondicherrys auf. Gewiß, auch Kalkutta besaß pflicht- und anstandshalber eine anglikanische Kirche, aber er hatte nie jemanden hineingehen sehen, außer vielleicht am Ostersonntag. Und er selbst hatte Gott längst vergessen. Einzig ein paar morgens und abends und vor der Schlacht mechanisch heruntergeleierte lateinische Gebetsbrocken waren hängengeblieben, die in seinen Ohren jedoch schon fremder klangen als die gerade erst aufgeschnappten Hindiwörter. Auch seine Flüche, *foutredieu* oder *goddam,* zeigten längst ohne jeden Hintergedanken an Gotteslästerung nur noch freudiges Erstaunen oder Wut an. Die indischen Gottheiten standen ihm unendlich viel näher als der christliche Gott, weshalb er sie auch unendlich viel höher schätzte. Welche Ironie, das seine Wiederbegegnung mit diesem christlichen Gott oder einem seiner irdischen Vertreter ausgerechnet im Herzen von Benares stattfinden sollte, in der Stadt, in der die Wogen der hinduistischen Heiligkeit am höchsten schlugen. Schon drang vom anderen Ufer das nicht enden wollende Psalmodieren der Gläubigen herüber, eine sanft einwiegende, süße, überirdische Melodie, die Vergessen, heitere Abgelöstheit oder das Nichts verhieß.

Im Fluß trieben Blumengirlanden, Opferschalen und ab und an ein Kadaver. Unvermittelt hob der Fährmann, der bis dahin kein Wort gesprochen hatte, an zu reden:

»Ich heiße Bhaghirata nach dem frommen Asketen, der Brahma am Anbeginn der Zeiten bat, die schöne Ganga, die damals noch kein Fluß war, auf die Erde herunterzuschicken.« Und während sie sich den Treppenfluchten der Ghats näherten, erzählte er Madec, wie Ganga, die Tochter des Himalaja, des Königs der Berge, auf die Erde heruntergestiegen, von Schiwa in der undurchdringlichen Tiara seiner Haare empfangen wurde, wo sie Jahrmillionen wie in einem Labyrinth gefangen blieb.

»Und so könnte ich dir, o Fremdling«, fuhr er, die Barke am Ufer festmachend, fort, »noch zahllose andere Abenteuer Gangas, der Schönen, erzählen. Ja, mein ganzes Leben reichte nicht dafür aus. Doch, nun komm! Ich soll dich zum Ort deiner Verabredung führen. Aber sieh dich vor, daß du mich im Gedränge nicht verlierst.«

Mit schnellen Schritten stieg er die Stufen der Ghats hinauf. Und mit einem Mal begriff Madec die Worte des Radschas. *Ganga mai ki jai* – Ruhm und Ehre der Mutter Ganga. Benares war nichts als ein einziges großes Halleluja, in dem Wort und Ritus zu einem einzigen Gebet verschmolzen. Ohne der hellen Haut und dem roten Rock des Fremdlings auch nur die geringste Beachtung zu schenken, drängten sich die Inder an Madec vorbei in die heiligen Fluten. Bis zur Brust im Wasser, vollzogen alle, auch die Frauen, denen der Sari am Körper klebte, in stolzer Haltung und in sich gekehrt, die gleiche heilige Handlung, schöpften mit der hohlen Hand Wasser, hoben es zur Sonne empor, ließen es über Kopf und Nacken rieseln und tranken es. Inmitten der Menge war jeder allein, allein mit seiner Gottheit in der magischen Begegnung im heiligen Fluß. Andere, die auf den Ghats zu nächtigen gedachten, bereiteten schon *Chapatis* vor und füllten die Lampen, und wieder andere wuschen ihre Tücher im heiligen Wasser.

Madec kam in dem Gedränge kaum voran, und doch hatte er sich während der ganzen Zeit in Indien noch nie so allein, so fremd gefühlt. Der Radscha hatte schon recht: Er war ein Europäer, er suchte nur die Zukunft, nicht die Ewigkeit.

»Und warum kommen alle nach Benares?« fragte er seinen Führer.

»Weil Benares der Himmel auf Erden ist«, antwortete dieser bereitwillig. »Hier hat Schiwa gelebt, als er menschliche Gestalt annahm. Und wer hier stirbt, gleichviel ob Brahmane oder *Kshatriya,* Mann oder Frau, wird beim Hinscheiden Schiwas Gestalt annehmen, denn Schiwa verleiht allen Wesen unterschiedslos die Macht, den Ozean der Wiedergeburten zu überwinden! Hier, in den Fluten der Ganga findet die gebrechliche, hinfällige Seele ihre Kraft wieder und besiegt alles Leid. In Benares ist alles heilig, besonders das Wort!«

Und in der Tat riß das Psalmodieren in der Stadt nie ab. Wie in einem einzigen großen Tempel unter freiem Himmel schwoll es immer wieder laut an, bald um einen Redner, bald in der Nähe einer Universität oder eines Tempels mit goldenem Dach, bald, wenn die Gläubigen zur Ehre des Gottes heiliges Wasser ausgossen und die Gassen in schmutzige Sturzbäche verwandelten. Klang der Singsang einmal ab, so nur, um bald darauf verstärkt wieder einzusetzen. Benares betete in allen Tonlagen und Tonhöhen, von ruhiger Glaubensinbrunst bis zum verzweifelten Schrei. Immer aber, an jeder Straßenecke, an jeder Kreuzung, wurde die Litanei der *Tarak-Mantra* zur Befreiung der Seele, die gemeinsame Rezitation heiliger Texte, das fieberhaft geflüsterte Gebet, von dem unermüdlich wiederholten Namen *Ganga* übertönt und der allerheiligsten Silbe *Om, Om,* untermalt.

Om, om, om... summten die Blinden, die Buckligen, die Fakire, die sich für einen Augenblick von ihrem Nagelbrett losrissen, um zu den heiligen Waschungen in den Fluß zu steigen. *Om, om* summten die Pilger, die sich, hohläugig und mit magischen Zeichen bemalt, ohne Madec und seinen Führer eines Blickes zu würdigen, in einer unabsehbaren Flut, und doch jeder mit seinem Gott allein, zu den heiligen Wassern ergossen.

Von Zeit zu Zeit blieb Madec stehen, um sich ein außergewöhnliches Schauspiel genauer zu betrachten: Majestätisch schritten zu Skeletten abgemagerte *Sadhus* unter Sonnenschirmen aus geflochtenen Palmenblättern einher. Ein Mann schrie, sich im Staub wälzend, seine brennende Liebe zu Gott hinaus, und ein anderer schwenkte ein Beil und verkündete, sich zur Sühnung seiner Sünden in aller Öffentlichkeit selbst verstümmeln zu wollen. Schon im nächsten Augenblick spritzte Blut auf, und eine abgehackte Hand fiel zu Boden.

»Komm weiter«, sagte sein Führer, der merkte, daß Madec übel zu werden drohte, »schau nicht hin, *Firangi.* Die Menschen, die sich selbst verstümmeln, sind Schiwa nicht wohlgefällig, auch wenn sie selbst es glauben, so wenig wie die *Kapalikas,* die sich von Menschenfleisch und Exkrementen nähren!«

Madec begann zu zittern. Er, der den Krieg nicht fürchtete, begann sich vor Benares zu fürchten, und diese Furcht wuchs sich schließlich zu einer regelrechten Panik aus. Forschend blickte er den Vorüberkommenden ins Gesicht, um seine Angst zu begreifen. Blinde und Gelähmte hatte er schließlich auch bei Wallfahrten in seiner Kindheit gesehen, und wie hier hatten sie um Wasser gebeten, aber es war das klare Wasser einer frischen, unter Eichen entspringenden Quelle gewesen. Es war nicht dieser Wahnsinn, nicht ein solch entsetzliches, unabsehbares Menschenmeer gewesen. Hier spie Indien alle seine Übel aus, hier zeigte es sich von seiner extremsten Seite: Jeder Vergleich war einfach lächerlich.

Doch das Schlimmste sollte erst noch kommen. Am Fuße eines verfallenen Tempels mußten sie über Sterbende wegsteigen, und als Bhaghirata seine Schritte beschleunigte, stolperte Madec über den schon vom Tode gezeichneten Körper einer jungen Frau, deren verklebtes Haar im Schmutz der Straße lag.

»Sarasvati!« fuhr es ihm durch den Sinn. Lebte sie überhaupt noch? Wie lange war es her, seit er sie zum letzten Mal in Godh gesehen hatte? Als Inderin würde auch sie danach streben, in dieser Stadt der Hölle, die er nicht begriff und niemals begreifen würde, zu sterben.

Er beugte sich über die Tote. Morgen schon würde das schöne Haar nur noch Asche sein und von der Ganga in den Ozean hinausgespült werden, die auch Sarasvatis Asche schon in ihren Fluten begraben haben mochte.

Er erhob sich, und lächelnd fragte sein Führer, denn Madec hatte laut gesprochen: »Hast du die Göttin Sarasvati angerufen?«

»Die Göttin?«

»Ja, Sarasvati ist ein Fluß wie Ganga, aber unsichtbar und unterirdisch, ein Fluß des Geistes, das Wasser der Erkenntnis, das sich flußaufwärts von Benares, wo auch der andere heilige Fluß, die schöne Yamuna, mündet, in die Ganga ergießt . . .«

Und glücklich, mit glänzenden Augen, erzählte Bhaghirata Madec die großen Legenden der indischen Mythologie. Auf einem kleinen Platz mit roten Sandsteinhäusern angelangt, flüsterte er plötzlich, wie zum Sprung gespannt: »Wir sind am Ziel, *Firangi.*«

Im gleichen Augenblick tauchte aus einer gewundenen Gasse ein geschlossener Trupp Aussätziger auf, Madec die Hand oder den Stumpf entgegenstreckend, eine wimmernde, kraftlose Horde mit zerfressenen Gesichtern, die Lippen vor Schmerz verzerrt, um Mitleid zu heischen. Und Madec, von der heiligen Atmosphäre der Stadt gepackt, durchsuchte, einer alten, durch sein Leben in Indien längst vergessenen Gewohnheit gehorchend, seine Taschen nach Geld, um den Elendsgestalten die paar Rupien, die er noch besaß, hinzuwerfen.

»Nein!« schrie Bhaghirata auf.

Aber schon stürzten sich die Aussätzigen auf Madec. Einer hatte sich unter dem Geheul der anderen der Münzen bemächtigt, und während sich ein zweiter auf ihn warf, um sie ihm zu entreißen, wurde Bhaghirata zu Boden gestoßen und augenblicklich unter den Lumpen der Bettler begraben, die Madec sanft klagend wie sterbende Tiere an eine Hauswand drückten und ihn, ihre schrecklichen Gesichter Mund an Mund an seinen gepreßt, mit ihren zerfressenen Gliedmaßen am ganzen Körper abtasteten. Da fühlte sich Madec plötzlich an den Schultern gepackt und hochgehoben, hochgerissen. Die Schreie unter ihm erstarben. Kaum war er auf der anderen Seite der Mauern in den Raum gezogen worden, wurde das Fenster schleunigst zugestoßen.

»Es ist zwecklos, hinauszugehen, mein Sohn. Er ist tot. Erstickt, zu Tode getrampelt, was weiß ich. So was kommt öfters vor. Du siehst ja, er rührt sich nicht mehr. Auf alle Fälle wäre es unklug, sich auf die Straße zu wagen, solange sich die Aussätzigen noch herumtreiben können.«

»Ich dachte, Pflicht des Geistlichen sei, die letzte Ölung auszuteilen«, knirschte Madec, der sich von seinem Mißgeschick noch nicht recht erholt hatte und sich weidlich darüber ärgerte, daß er seine Rettung ausgerechnet einem Priester zu verdanken hatte.

»Und ich dachte«, erwiderte der Geistliche, »nach allem, was mir der Radscha von dir berichtete, du wüßtest besser Bescheid. Und nun begehst du eine solche Unvorsichtigkeit, Aussätzigen ein Almosen zu geben!«

Aufmerksam betrachtete Pater Wendel seinen Gast. Ein Soldat, der sich sicher auf sein Handwerk verstand. Von Haus aus ohne Zweifel ein armer Kerl, aber eine gute Erscheinung, kräftig und gesund an Leib und Seele. Man würde sich gewiß einigen können.

»Komm her, mein Sohn, du mußt Durst haben.«

Aber Madec wollte sich nicht vom Fenster lösen. Bhaghirata, der ihm noch vor einer Viertelstunde von den Wundern der indischen Götterwelt erzählt hatte, lag tot auf der Straße.

»Nun komm schon! Die Unberührbaren werden seine Leiche wegbringen. Er ist schon ins Paradies seiner Götzen eingegangen. Also komm.«

Die Stimme des Priesters klang sanft und außerordentlich eindringlich, zu weich für Madecs Geschmack. Immerhin aber existierte der Mann in der schwarzen Robe – Madec fühlte sich zutiefst erleichtert. Er folgte ihm ins andere Zimmer und nahm gegenüber einem riesengroßen Kruzifix, das an einer kahlen Wand hing, auf einem lackierten Betstuhl Platz.

»Nun trink schon«, forderte ihn der Priester auf und schenkte ihm ein Glas *Lassi* ein. »Und stärke dich mit *Chapatis!*«

Er reichte ihm einen Fladen nach indischer Art zwischen zwei Fingern der rechten Hand.

»Ihr lebt nach ihrer Manier?« entfuhr es Madec, der seine Neugier nicht zu zügeln vermochte.

»Nun«, antwortete Pater Wendel, »wir Jesuiten halten es für unsere Pflicht und Schuldigkeit, die Sitten und Gebräuche des Landes, in dem wir das Wort Gottes verbreiten, anzunehmen.«

Madec fuhr auf. *Jesuiten.* Es mußte schon lange, sehr lange her sein, daß er einmal etwas von ihnen gehört hatte. Prüfend betrachtete er sein Gegenüber. Unverkennbar ein Geistlicher: Die mittlere Stimmlage, nicht fistelig, kein Baß, der blasse Teint, der bewies, daß er mehr Zeit im Schatten der Vorzimmer als unter freiem Himmel verbrachte, die zarten, äußerst gepflegten Hände eines wohlumsorgten Herrn, und zu guter Letzt, im Schimmer seiner grauen Augen, die übliche Scheinheiligkeit. Nur eines unterschied ihn von den anderen Pfaffen, die Madec bis jetzt über den Weg gelaufen waren: Er war nicht fett, sondern im Gegenteil ausgesprochen mager. Offensichtlich achtete der Jesuitenorden mehr auf Enthaltsamkeit von Tafelfreuden als die anderen Kongregationen. Entzückt, nicht dieser Regel unterworfen zu sein, genehmigte sich Madec ein paar große Schlucke *Lassi.*

»Du bist also ein Soldat«, hob nun der Priester an. »Woher kommst du? Wo bist du geboren?«

»Halt«, erwiderte Madec schnell. »So haben wir nicht gewettet! Keine Fragen. Ich weiß ja auch nicht, wer Ihr seid!«

Diese Gewohnheit hatte er sich an Bord der Kauffahrteischiffe zugelegt, wo die Priester, geschickt und heimtückisch, wie sie waren, noch das kleinste Geständnis zum Klatsch ausgeschlachtet hatten.

»Mein Sohn«, rügte der Ordensmann, »du tust unrecht daran, einem ehrenwerten Mitglied der Gesellschaft Jesu zu mißtrauen, jener Gesellschaft, die der Welt von Brasilien bis China die Frohe Botschaft verkündet und deren Schulen Europas Stolz sind!«

Schulen. Das war das Stichwort. Sein Vater hatte einmal die Jesuiten erwähnt und bedauert, daß ihm das Geld fehlte, seine Söhne zu ihnen zu schicken. Er selbst hatte um 1720 ein oder zwei Jahre zusammen mit dem jungen Dupleix in einem Jesuitenkolleg studiert. Welch sonderbare Verquickung das doch wieder einmal war: Quimper, Dupleix, Jesuiten, Indien . . .

»Sag erst du mir deinen Namen.« Madec hatte den Priester durch das Du ganz bewußt provoziert, um ihm zu bedeuten: Wir sind hier in Indien, also gleichgestellt.

Verdutzt willigte der andere ein: »Wendel. Pater Wendel.«

Eine nahezu unwiderstehliche Lust zu lachen überfiel Madec. Das war das erste Mal in seinem Leben, daß er einen Priester verhöhnte und noch dazu einen, der ihm das Leben gerettet hatte. Nun hatte er ihn in der Hand. Denn demütig und honigsüß fuhr der andere fort:

»Mein lieber Sohn, wir haben einen gemeinsamen Freund, den Radscha von Benares. Habt Ihr seinen Vorschlag angenommen?«

»Und du, Pater Wendel?« gab Madec die Frage sofort zurück.

»Mir bleibt keine andere Wahl, mein Sohn. Mein Beschützer ist weggegangen, und ich möchte nach Agra, um eine frühere Gründung der Meinen zu neuem Leben zu erwecken.«

»Nach Agra? Warum ausgerechnet nach Agra?«

»Weil es ehedem die Hauptstadt des Mogulreiches war, mein Sohn, heute in der Nähe von Delhi liegt und nicht zuletzt, weil es dort alte christliche Gemeinden gibt, die vor zwei Jahrhunderten zur Zeit König Heinrichs ins Land gekommen waren und dem Mogul sehr nahestehen. Denn unsere Aufgabe, die Aufgabe der Jesuiten, ist es, zum größeren Ruhme Gottes mit dem Kaiser in Berührung zu kommen!«

»Reden wir offen miteinander, Jesuit. Wir sitzen hier in Benares fest, und du suchst einen, der dich herausholt. Darum geht es doch?«

»Gewiß.«

»Und was zahlst du dafür?«

»Mein Sohn, ich bin nur ein einfacher Soldat Christi. Der Lohn, den dir meine Gegenwart und Hilfe bringen können, hat keinen Preis und läßt sich nicht in Geld ummünzen. Selig die Armen, denn sie werden Gott schauen!«

»Und der andere«, fiel ihm Madec ins Wort, ». . . dein vorheriger Beschützer . . . Hast du ihn für seine Dienste bezahlt?«

»Mein früherer Beschützer hat einen gefährlichen Weg eingeschlagen, mein Sohn, aber wir müssen für ihn beten, denn ich weiß, daß er eines Tages zum wahren Gott zurückfinden wird! Die Wege des Himmels . . .«

»Zurückfinden?« unterbrach ihn Madec. »Also ist er einer der Unseren?« Erstaunt konstatierte er, daß er »der Unseren« gesagt hatte, als handle es sich um eine wiedergefundene Gemeinschaft. Ohne Zweifel hatte ihn der Gang durch Benares Europa wieder nähergebracht. Zum erstenmal seit langem fühlte er sich wie im Exil.

»Ja, mein Sohn, er ist einer der Unseren, auch wenn er sich indisch kleidet und eine dunkle Haut hat. Er ist dennoch ein Europäer.«

Das blanke Entsetzen, das in seinen Augen aufblitzte, und das plötzliche Anspannen der Backenmuskeln verrieten Madec, von wem er sprach.

»Wie konntest du dich«, rief er, »ein Priester, mit einem solchen Unhold einlassen, Jesuit!«

»Sombre ist genauso ein Geschöpf Gottes wie du«, verteidigte sich der Geistliche.

Sombre. Wieder einmal hatte er richtig geraten. Der Kreis schloß sich. Aber war er denn ewig dazu verdammt, auf Sombres Spuren zu stoßen?

»Sombre hat dich im Stich gelassen.«

»Er ist nach Westen, um bei den Radschas ein Vermögen zu machen, und hat nicht mehr die Zeit gefunden, mich abzuholen. Was zählt schon ein armer Priester, wo es um die Sicherstellung der Kanonen geht? Und er hat recht gehabt. Gott hat Zeit.«

»Ich möchte gerne wissen, was Gott und Sombre miteinander zu schaffen haben!« entfuhr es Madec. »Was könnte sie verbinden?«

»Der Mogul natürlich, der Mogul!« erklärte der Pater. »Denk nur ein bißchen nach. Sombre rettet den Mogul vor den Engländern, und das wiederum heißt, daß wir, die Jesuiten, ihn und sein Volk zum wahren Glauben führen können. Und über kurz oder lang schließen sich ihm dann die Hindus an.«

»Kennt der Radscha von Benares deine Pläne?« erkundigte sich Madec spöttisch.

»Der Radscha von Benares weiß, daß ich ein Feind der Engländer bin, und das genügt ihm. Mein Ziel ist zu verhindern, daß die gefährlichen kalvinistischen Ideen jemals über Indien herrschen.«

Einen Augenblick lang musterte der Jesuit Madec schweigend. Dann fügte er an: »Zufrieden, mein Sohn, vertraust du mir nun?«

»Zufrieden.«

»Also reden wir ein bißchen über dich!«

Er zündete eine kleine, mit ausgelassener Butter gefüllte Lampe an, in deren Schein sich die beiden Männer in dem großen, mönchisch kahlen Raum vier Stunden lang über die Bedingungen ihres Abkommens unterhielten. Schließlich einigten sie sich darauf, gleich nach dem Eintreiben der Steuern noch vor dem nächsten Monsun aufzubrechen. Außerdem schwor Pater Wendel Madec, sich nicht in die militärischen Angelegenheiten einzumischen und bis zum Aufbruch dasselbe zurückgezogene Leben mit regelmäßigen Besuchen im Palast des Radschas und langen Meditationen in seiner abgelegenen Unterkunft zu führen wie bisher.

Im Verlauf der Unterhaltung gelang es Madec auch, sich ein gewisses Bild von der Vergangenheit des Jesuiten zu machen. Vor zehn Jahren oder mehr nach Indien gekommen, hatte er seine Bekehrungsarbeit in Goa begonnen, war dann vom Schicksal nach Agra verschlagen worden, wo er anläßlich der Plünderung der Stadt mit Sombre zusammengestoßen war, dem er sich aus Gründen, über die er sich ausschwieg, angeschlossen hatte. So groß aber war die Freundschaft offenbar nicht gewesen, daß er ihm auch auf das Schlachtfeld gefolgt wäre. Jedenfalls zog er die Gesellschaft des Radschas von Benares vor, der ihn angeblich wegen seiner botanischen und medizinischen Kenntnisse außerordentlich schätzte, was Madec freilich etwas bezweifelte, da er im Gefolge des Radschas genau wie in Godh einen offenbar sehr klugen Mann des *Ayur Veda* bemerkt hatte. Ihm hatte sich vielmehr ein ganz anderer Verdacht bemächtigt, denn er hatte gesehen, wie der Jesuit begehrliche Blicke auf seine beiden wohlgewachsenen Diener geworfen hatte, was ihm im übrigen, vorausgesetzt, er selbst blieb ungeschoren, vollkommen einerlei war. Außerdem fühlte er sich müde und zerschlagen, und so bat er den Jesuiten um einen *Charpoy* für die Nacht, freilich nicht ohne vorher insgeheim den Himmel, falls es denn einen gab, um eine ruhige Nacht zu bitten, die ihm dann auch gewährt wurde, sei es, daß der Pater bei solch überschäumender Tatkraft Vorsicht geboten fand, sei es, daß er sich für seine Glut wenig Gegenliebe versprach. Bei Morgengrauen – auf den Ghats wurden schon die ersten Scheiterhaufen angezündet – kehrte Madec wieder ins Lager zurück.

Glücklicherweise stieß er unterwegs auf keine Aussätzigen und fand auch mühelos einen anderen Fährmann. Versonnen folgte sein Blick den Fluten des Ganges, den die Morgendämmerung in ein rosiges Licht tauchte, flußaufwärts, wo ein unsichtbarer Fluß mit dem Namen seiner unerreichbaren Geliebten in den heiligen Strom münden sollte. Wie schade, daß Bhaghirata nicht mehr lebte, um ihm mehr von Sarasvati zu erzählen, der zugleich lebendigen und unsterblichen Göttin. Für den Augenblick war sie ihm, wie der magische Fluß, versagt, aber er würde sie wiedersehen, betrachten, vielleicht sogar berühren. Gestärkt durch diese Vorahnung, nahm sich Madec das Versprechen ab, möglichst schnell möglichst große Reichtümer anzuhäufen, um mit unerhörter Pracht in Godh einzuziehen, mit einem Gepränge, wie es ganz Indien noch nicht erlebt hatte. Mochte ihm die Fürstin auch unerreichbar bleiben, so sollte sie ihn doch in seinem ganzen Ruhm und in seiner ganzen Herrlichkeit sehen, damit sie, wenn er sie schon nicht lieben konnte, einander doch wenigstens im Rang gleichgestellt waren.

15. Kapitel

Agra
März 1764

Vier Monate später brachen sie auf. Alles war nach Wunsch gelaufen. Die kleine Armee hatte wahre Wunder gewirkt, die Bevölkerung tyrannisiert und das Geld eingetrieben. Schon im ersten Monat hatten die Bankiers von Benares eingewilligt, Madec ein Darlehen zu geben, mit dem er in den Werkstätten des Basars Kanonen gießen ließ. Und bereits im zweiten Monat konnte er daran denken, das geliehene Geld zurückzuzahlen und tausend Sepoys anzuwerben. Den erträumten, ruhmreichen Einzug in Pracht und Herrlichkeit konnte er freilich auch nach vier Monaten noch nicht verwirklichen. Aber obwohl er noch ein paar Monate länger hätte bleiben können, ließ ihn die Angst vor der Hitze im Mai und Juni nicht ruhen. Der Durchzug durch die armen Provinzen nach Westen war gesichert, und er brannte darauf, wieder die Straße unter den Füßen zu spüren. Der Jesuit, der sein Versprechen gehalten hatte, war nicht weniger ungeduldig als er. »Agra«, schwärmte er unaufhörlich, »o Madec, wenn du das Taj Mahal siehst!« Das Warten hatte sie einander nähergebracht. Sie duzten sich jetzt ohne alle Hintergedanken, und wie ihn Pater Wendel mit seinem süßlichen *mein Sohn* verschonte, so hatte Madec seinerseits sein ursprüngliches Mißtrauen aufgegeben.

Der Weg war lang und von den Skeletten der verschiedensten Tiere übersät, die verhungert waren. Von Zeit zu Zeit stieß die Truppe auf Horden umherirrender Bauern oder Räuber, die mit ein paar Schüssen schnell vertrieben waren. Das kleine Heer selbst hatte nicht unter Hunger zu leiden; Madec hatte für genügend Proviant gesorgt. Einzig Wasser fehlte in den vom letzten Monsun vergessenen Tälern.

Auf der Höhe von Delhi wandte sich die kleine Armee, ohne die noch immer als unsicher geltende Hauptstadt des Moguls zu berühren, nach Süden und wenig später, eines schönen Morgens im März, tat sich am Ende der Ebene an den Ufern eines ruhig und majestätisch dahinströmenden Flusses, eingeschlossen von der heiteren

Pracht seiner Marmorminarette, die reine Kuppel des Taj Mahal vor ihren staunenden Augen auf. Von nun an hatte Madec nichts anderes mehr Sinn. Ohne auch nur einen Blick auf die zahllosen Ruinen der Stadt oder die Wälle und schönen Marmorwände des Roten Forts zu verschwenden, ritt er geradewegs auf das Taj Mahal zu, das leicht und überirdisch wie eine Luftspiegelung am Horizont der Ebene von Agra zu schweben schien, ein steingewordener Traum zwischen Himmel und Erde – wie die verwunschenen Feenschlösser in den Märchen, und so fürchtete Madec auch, das Grabmal könnte sich plötzlich im blauen Licht des Tages auflösen.

»Weißt du auch«, wiederholte der Jesuit und trocknete sich die Stirn ab, »weißt du, daß dieses Mausoleum von Shahjahan für seine Lieblingsfrau Mumtaz Mahal errichtet wurde, die bei der Geburt ihres vierzehnten Kindes im Kindbett starb? Der Kaiser war untröstlich und ließ ihr in zwanzigjähriger mühseliger Arbeit dieses Grabmal errichten, das Taj Mahal. Nur das Schönste war dafür gut genug. Die Steine wurden aus Ceylon geholt, der Marmor aus dem Iran, die Rubine aus Golkonda, die Jade aus Tibet, der Karneol . . .«

Aber Madec hörte ihm nicht mehr zu. Ihm drehte sich alles vor Augen. Je näher er dem Mausoleum kam, desto ferner schien es zu rücken, bereit, sich im nächsten Augenblick in die Luft zu erheben. Da mit einem Mal begriff er, warum ihn der Anblick so ergriff, wie ihn in seinem Leben nur einmal etwas ergriffen hatte – der Anblick von Godh. Das Taj Mahal war eine Stätte des Todes, ein Grab, ein Mausoleum und doch auch ein Denkmal der Liebe. Dieser feierliche, feingliedrige Bau schien ihm die ganze Weisheit des Lebens zu umfassen: Das Leben ist kurz, einzig die Liebe kann es retten. Er erschien ihm wie das Inbild der Leidenschaft, die ihn quälte – der ungestillten Sehnsucht nach Liebe. Eine Sehnsucht, die seit seinem Fortgang von Godh alle Tage seines Lebens mit Schmerz durchwoben, ihn aber auch wie ein Fastentag oder eine Wallfahrt geläutert hatte. Und wie erleuchtet eilte er auf das Taj zu, auf seine himmelwärts strebenden Kuppeln und Minarette, in denen er dieselbe zärtliche, melancholische Kraft wiederfand, die ihn seit seiner Desertion von den Engländern nach Godh trieb, hin zu seiner Dame.

Der Jesuit schloß sich ihm an, um weiterhin den Führer zu spielen. »Zwanzig Jahre, zwanzigtausend Arbeiter, und nicht genug damit, der Mogulkaiser plante jenseits des Flusses das gleiche Gebäude in schwarzem Marmor für sich selber aufführen zu lassen. Aber er wurde von seinem Sohn gestürzt und verbrachte den Rest seiner

Tage als Gefangener im Roten Fort, den Blick auf das Grab seiner Geliebten gerichtet.«

Madec sah den alternden Mogul vor sich, in der ihm bis zu seinem Tode verbleibenden Zeit in die Betrachtung der Kuppeln des Taj versunken. Ja, die Liebe, die ungestillte Sehnsucht nach Liebe, das war es. Und fiebernd vor Ungeduld, in das Geheimnis einzudringen, band er sein Pferd an einen Baumstumpf und eilte mit großen Schritten den Garten hinauf, der in derselben Art wie der von Godh angelegt, nur hundertmal größer war. Mit Ausnahme der Wasserbecken schien er jedoch wenig gepflegt. Auf den verwahrlosten Alleen spielten Affen, in den Zäunen flatterten Sittiche. Die Achse bildete ein langes, schmales Bassin, das sich bis zum Grabmal hinzog und die Beete bewässerte. Das über die *Chadars* murmelnde Wasser, die erlesene Eleganz der Marmorstufen, die unbeschwerten Wasserkaskaden – all das sprach ihm von Godh und ließ ihn erzittern. Als erster stürmte er auf die Plattform, auf der sich das Mausoleum erhob, und warf im Vorübereilen den im Schatten der Brüstung dösenden Wächtern und Bettlern ein paar Münzen hin.

Dann trat er, vorbei an den silbernen Türangeln, die von Sombres Plünderung übriggeblieben waren, ein, ohne einen Gedanken an den Räuber zu verschwenden. Der Ort war zeitlos, von der Geschichte unberührt und unwandelbar. Der Jesuit hatte nicht übertrieben. Die Pracht der Granatsteine, Karneole, Porphyre, Smaragde, Türkise, Rubine, Saphire, Jade, die den Marmor mit ihrem lebendigen Feuer in unendlichen Blumengirlanden überzogen, war unerhört.

In den Räumen, die durch große, durchbrochene Marmorplatten miteinander verbunden waren, herrschte eine angenehme Kühle. Hier in Frieden ausruhen, hier sterben dürfen. Er beneidete Shahjahan und seine Gattin um ihr Schicksal: Zu Lebzeiten Ruhm und Größe und im Tod durch dieses himmelstrebende Denkmal der Liebe für alle Ewigkeit erhöht.

Dieser Stein sein, nichts mehr denken, nichts mehr fühlen müssen. Ein tiefer Seufzer entrang sich seiner Brust. Aber nicht einmal hier wollte sich der Frieden einstellen. Die Welt, die Hitze, die Gerüche, die Geräusche, alles war zu nah.

Madec trat wieder in den Garten hinaus und band sein Pferd los. Einen Augenblick lang versenkte er sich in das Spiegelbild der Kuppel im zentralen Bassin. Mit aller Kraft versuchte er, sich die Magie des Ortes einzuprägen. Aber er spürte, wie sie ihm ruckweise, in winzig kleinen Schüben, schon entglitt und wie in ihm die Tränen aufstiegen. Da schwang er sich in den Sattel und wandte dem Taj den Rücken. Gleich darauf schlossen sich ihm die anderen an, voller Ungeduld nach der längst fälligen Rast. Doch selbst auf den Gesichtern der bäurischsten und hungrigsten unter ihnen vermeinte Madec etwas zu sehen, was vorher nicht da war, als sie nun müden und verträumten Blicks wie nach Nächten der Trunkenheit langsam zum Basar zurückritten.

Nur der Pater hatte sein kleines schlaues Lächeln nicht verloren. Er kochte vor Ungeduld, Madec den Vorschlag, den er seit ihrer ersten Begegnung ausgebrütet hatte, zu unterbreiten. Aber dieser war so in Gedanken versunken, daß er sein Vorhaben aufschieben mußte. Als er den Zeitpunkt der Eröffnung endlich für gekommen hielt und Madec, mit der Aufnahme in die katholische Gemeinde und der Einführung beim Kaiser winkend, empfahl, hier in Agra zu bleiben, unterbrach ihn dieser barsch:

»Nein, Jesuit, und nochmals nein! Ich will mit deinen Schlichen und Kniffen nichts zu schaffen haben. Ich bin Soldat, ein Mann des Krieges. Ich liebe die Luft und den Wind und selbst noch den Staub Indiens, ich liebe seine Wege und Dschungel. Deine Komplotte interessieren mich nicht.«

Nervös rieb sich der Pater die langgliedrigen Hände. Nach einer kurzen Pause antwortete er mit einer kleinen Grimasse: »Du bist ein Christ, Madec! Das Schicksal von Millionen und Abermillionen Seelen hängt von unserem Sieg ab. Vor einhundertfünfzig Jahren haben wir Katholiken in Agra Fuß gefaßt. Und seit diesen einhundertfünfzig Jahren warten wir auf eine Gelegenheit, den Kaiser von Indien in unsere Gewalt zu bekommen. Jetzt ist der Augenblick dazu gekommen. Eine Kirche, ein Kolleg und eine Bibliothek besitzen wir bereits. Und in den fünf Jahren meiner Missionstätigkeit in Agra vermochte ich den Mogul sogar zu bewegen, eine der christlichen Familien der Stadt unter seinen Schutz zu stellen. Das ist unerhört. So etwas hat es bis dahin noch nicht gegeben. Ja, mehr noch, er überhäuft die älteste Tochter, ein hinreißendes Kind, das wir bald verheiraten wollen, sogar mit Gunstbezeigungen. Kurzum, Madec, dein Schicksal ist hier bei uns! Lebe mit deinesgleichen, mit Menschen, die Christen sind wie du. Sie sind reich, ruhig, liebenswert. Du kannst leicht eine gute Partie finden und dich im Glauben deiner Väter verheiraten. Uns leihst du dafür die Unterstützung deiner Waffen. Hier vom Herzen Indiens aus kann Frankreich, ein Französisch-Indien, wiedererstehen, stark und tapfer unter der Protektion des Moguls.«

»Aber der Mogul irrt im Exil von Radscha zu Radscha, von Nabob zu Nabob!«

»Sobald er jedoch eine starke Armee in den Mauern seiner Stadt weiß, kehrt er zurück. Bau sie dir auf, Madec, du sollst sie kommandieren. Du wirst dich mit Ruhm bedecken, denn du bist ein unvergleichlicher Krieger!«

Von seinen Schmeicheleien selber hingerissen, legte ihm Wendel die Stirn an die Brust, bis ihn Madec, leicht angewidert, zurückstieß.

»Höre, Jesuit, keine Gefühle zwischen uns. Meine Geschäfte liegen anderswo. Ich habe versprochen, dich nach Agra zu bringen. Hier sind wir. Ich habe mein Wort gehalten. Was willst du mehr?«

Der Jesuit schien sehr ärgerlich.

»Unsere Wege trennen sich hier«, fuhr Madec fort. »Die Pflicht ruft mich zu einem Radscha, den ich nur allzu schnell verließ. Der Krieg wird sich wieder entzünden und vielleicht auch sein Land überziehen. Außerdem, Jesuit, brauchst du mich nicht mehr. Du wirst ja nun Sombre wieder treffen.«

»Sombre ist nicht mehr hier, Madec.«

»Woher aber willst du das wissen?« fiel ihm Madec ins Wort. »Wir haben Agra noch nicht betreten und unterwegs weder einen Kaufmann noch einen Boten getroffen!«

»Weil er mir vor der Schlacht von Baksar seinen Plan offenbarte: sich nach einer Niederlage in die Provinz Agra zurückzuziehen und seine Dienste den Jats anzubieten. Sollte aber bei meiner Rückkehr seine schwarze Flagge mit den Goldfransen nicht auf dem Fort wehen, so ist er weitergezogen, und ich sollte in der Jesuitenmission auf ihn warten.«

Madec schaute zum Fort hinüber, das hinter einem Lustwäldchen aufragte: alles unbewehrt, kein Soldat auf den Wällen, keine Kanonen. Offensichtlich verlassen.

»Ich habe mein Wort gehalten«, wiederholte er nur. »Nun ruft mich eine andere Pflicht.«

Listig lächelnd kniff der Jesuit die Augen zusammen:

»Und wie heißt der Radscha, den du so sehr liebst?«

»Du kennst ihn nicht. Er lebt in einer kleinen Provinz an der Grenze zu Radjputana. Ein schönes, von Bergen eingeschlossenes, fruchtbares Land mit edlen Palästen, wunderbaren Jagden und einem großen See.«

Der Jesuit unterdrückte seine Ungeduld nur mit Mühe. Seine schmalen Lippen begannen zu zittern:

»Und seine Untertanen handeln mit Edelsteinen, nicht wahr?«

»Du kennst ihn?«

»Aufgabe eines Jesuiten ist, alles über das Land in Erfahrung zu bringen, in dem er das Wort Gottes verbreiten will. Du sprichst vom Radscha von Godh, oder täusche ich mich?«

»Nein, du täuschst dich nicht«, antwortete Madec verblüfft.

Ein kurzes Schweigen trat ein. Methodisch strich der Jesuit die Falten seiner Soutane glatt.

»Ich habe dir schon einmal das Leben gerettet, Madec«, hob er wieder an. »Darum höre auf mich. Geh nicht nach Godh.«

»Und warum nicht?« brüllte Madec puterrot, denn das Blut schoß ihm ins Gesicht.

»Weil es ein ungesundes Land ist.«

»Ungesund! Bist du wahnsinnig geworden, Jesuit? Ich komme von Bengalen, wo die Menschen wie die Fliegen sterben! Während Godh das gesündeste Land ist, das ich in Indien kenne. Klares Wasser, ein trockenes Land, ein angenehmer Wind, ein glückliches, gut genährtes Volk.«

»Ich spreche nicht von dieser Gesundheit, Madec. Ich spreche von dem Unheil, das sich dort unten zusammenbraut, den gefährlichen Revolutionen. Die Menschen dort sind Radjputen, stolze Krieger, die keinen Herrn über sich dulden!«

»Ich stehe in ihrer Schuld.«

»Man steht nie in der Schuld von Götzenanbetern!«

Die Röte auf Madecs Gesicht vertiefte sich. Seit langem war er in keinen so heftigen Streit mehr verwickelt gewesen. Er begriff die hartnäckige Opposition des Jesuiten nicht, und das alte trotzige Nein stieg in ihm auf.

»Diese Götzenanbeter haben mehr Herz und Liebe als die meisten Christen und stehen den Gütern dieser Welt gleichgültiger gegenüber.«

Der Jesuit erbleichte.

»Madec, willst du dich und deine Seele ins Verderben stürzen?«

»Laß meine Seele in Ruhe!«

»Aber du willst zu Heiden, zu Götzenanbetern. Unglück über dich, wenn du ihnen auch nur eine Minute Gehör schenkst! Denk an die Juden, als sie das Goldene Kalb anbeteten! Die Schätze der Radschas sind eitel, Madec, denn unser Leben ist nur wie Staub!«

Abrupt stand Madec auf. »Schweig, Jesuit!«

Aber dieser ließ sich den Mund nicht verbieten. »Die Heiden«, behauptete er, »haben den Teufel im Leib, die Habsucht, die Schändung und die Unzucht stecken ihnen in den Knochen! Ihre Weiber sind nur Huren und Hündinnen, ein offener Bauch für allen Schmutz, *more diabolico et sodomico* . . .«

Madec verstand das Latein nicht, erriet den Sinn der Worte aber aus dem Zorn des Jesuiten.

»Hund!« schrie er, ihm mit gleicher Münze heimzahlend, »selber Hund, Teufel und Sodomit! Bildest du dir ein, ich hätte deine Machenschaften in Benares nicht bemerkt? Hund!«

Er packte den Jesuiten beim Kragen seiner Soutane und stieß ihm die Pistole in den Bauch.

»Schaut euch diesen Wurm von einem Priester an«, schrie er, als Soldaten herbeigelaufen kamen, »wie blaß er wird und wie er zittert, wenn man ihm die Ohren vollbrüllt!«

Die Soldaten brachen in Gelächter aus, und Madec ließ den Priester ins Gras fallen.

»Mach, daß du fortkommst, mach dich auf der Stelle aus dem Staub zu deinem Kolleg und verheirate deine kleinen Christinnen!«

Pater Wendel stand auf und klopfte bedächtig den Staub von seinen Röcken.

»Möge Gott dir verzeihen, mein Sohn. Du läufst dem Wind nach, das kann dein Tod sein. Solltest du aber überleben, so wisse, daß ich stets hier zu finden bin. Komm hierher zurück.«

Schulterzuckend kehrte ihm Madec den Rücken. Er hörte ihm nicht mehr zu.

Der Jesuit band sein Pferd los, und noch über dem Aufsteigen stieß er unter vielen Kreuzeszeichen weitere salbungsvolle Verwünschungen aus.

»Du wirst wiederkehren, verwundet, müde, krank. Und alt! Alt! Alt, wenn du nicht gestorben bist!«

Die Worte des Jesuiten verloren sich in einer Staubwolke. Madec hatte sich schon zehn Schritte entfernt und ein lustiges Trinklied angestimmt.

16. Kapitel

Die mondhellen Nächte des Monats Falguna im Jahr 4865
des Weltalters Kaliyuga
(März 1764)
Godh
Am Vorabend des Holi-Festes und am Fest selbst

Behutsam fädelte Sarasvati die letzte Blume aus dem Garten auf die Girlande, eine weiße, leicht rosa getönte Knospe, die sie sich bis zum Schluß als Krönung der Blumenkette aufgehoben hatte.

»Der Frühling kommt, Mohini, und mit ihm kehrt das Leben wieder.«

»Wie schön!« antwortete ihre Freundin und strich sich über den aufgedunsenen Bauch.

»Ja, wie schön für dich, denn jeder Tag bringt dich der Entbindung näher. Und ein Kind im Frühjahr ist die Freude des ganzen Jahres.«

»Gräme dich nicht, Fürstin. Auch du wirst wieder Mutter werden.«

Sarasvati unterzog die Blumenkette einer letzten eingehenden Prüfung, ehe sie sich mit den Worten: »Meine Opfergabe für Krischna morgen ist fertig«, auf ein kleines Kissen legte. Seufzend fügte sie hinzu: »Mein Schoß ist ausgetrocknet, Mohini, seit vier Jahren ausgetrocknet wie der der ersten Gattin.«

Sie sprach leise, gefaßt, die Augen in die Ferne gerichtet.

»Die Jugend flieht mich . . .«

Mohini wagte nicht zu antworten. Seit Monaten schon bestanden die Unterhaltungen mit Sarasvati nur noch in langen Monologen dieser Art. Mit ruhiger Heiterkeit äußerte sie traurige Wahrheiten, die aus einer anderen Welt zu kommen schienen, einer Welt ruhiger Resignation und Gleichgültigkeit, aber doch erfüllt von einem heimlichen Feuer, denn von Zeit zu Zeit flammte ihr Blick in fast furchteinflößender Weise auf, wie Mohini es noch nie bei einer Frau gesehen hatte und auch nur selten bei Männern, höchstens bei einem von der Jagd zurückkehrenden Krieger oder einem erleuchteten *Sadhu.* Ja, es stimmte, die Zeit war auch an Sarasvati nicht spurlos vorübergegangen. Das bezeugten die blauen Ringe um die Augen und die kleinen, feinen Fältchen um den Mund. Dennoch war Sarasvati noch nie so schön gewesen wie jetzt, ob es nun daran lag, daß ihre Stimme entschiedener klang, ihre Bewegungen eine größere Entschlossenheit verrieten oder daß aus ihrem Blick diese dumpfe, noch schlummernde Kraft sprach, Mohini hätte es nicht zu sagen vermocht. Ihr fiel nur auf, daß Sarasvati in dem Alter, in dem die anderen Frauen dicker und schlaffer wurden, ihre Anmut durch die Mutterschaften oder übermäßiges Naschen verloren, genau den umgekehrten Weg einschlug und feiner, in gewisser Hinsicht reiner wurde.

»Die Jugend flieht mich«, griff Sarasvati ihre Überlegungen wieder auf. »Bald werde ich sechsundzwanzig . . .«

Angesichts dieses schönen, von innen heraus strahlenden Gesichtes, das von einer geheimnisvollen, unzugänglichen Welt voller Wunder, Schönheit, aber auch Schmerz zeugte, wagte Mohini zu erwidern: »Die vollerblühte Blume duftet stärker als die Knospe, Fürstin!«

»Aber wie lange?« wandte Sarasvati ein. »Bald kommt das Alter, in dem sich die Männer mit Mädchen umgeben, die kaum aus dem Ammensari geschlüpft sind. Je mehr Silberfäden ihr Haar durchziehen, desto mehr erfaßt sie die Krankheit der noch knospenden Brüste, mageren Beine und platten Bäuche.«

»Der Radscha«, erwiderte Mohini, »denkt nicht an Frauen, Fürstin. Er träumt nur von Gärten.«

»Von Gärten und Kriegen.«

»Dharma, Sarasvati. Er muß sich ja verteidigen, wenn ihn sein Bruder angreift, womit dieser ständig droht.«

Eine lange Stille trat ein.

Sarasvati brach sie als erste. »Der Krieg . . .«, sagte sie nachdenklich. »Ich habe keine Angst vor dem Krieg. Ich habe ihn schon als Kind erlebt. Und Godh ist ein Diamant. Unzerstörbar!«

Dann fügte sie in einer jener plötzlichen Aufwallungen, die ihr seit dem Tod der Zwillinge eigen waren, an: »Und außerdem, was habe ich überhaupt zu fürchten? Mein Sohn Gopal ist schön und stark, und der Frühling kommt! Morgen wird mich der Radscha zum Holi-Fest am See in seinen neuen Gärten abholen. Also komm, Mohini, komm mit in den Garten hinaus zur Musik. Spielen wir mit den Sittichen, schauen wir in den anbrechenden Abend hinaus.«

»Wie schnell sich deine Stimmungen seit ein paar Wochen doch ändern«, erwiderte Mohini lachend. »Im einen Augenblick ist deine Stirn schwer und umwölkt wie der Himmel unter dem Monsun, und schon im nächsten lächelst du, schön wie eine Lotosblüte!«

»Komm«, entgegnete Sarasvati nur und half ihrer Freundin auf. »Komm hinaus zu den anderen.«

Sie eilte in den Garten hinaus oder richtiger floh, denn Mohini fing an, ihr lästig zu werden wie die ganze *Zenana.* Ja, in gewisser Hinsicht verabscheute sie sogar sich selbst, zumindest das ihr aufgezwungene Leben. Erst diesen Morgen hatte sie sich gefragt, ob sie nicht drauf und dran war, wie die anderen zu werden.

Der Vorfall war an sich belanglos gewesen. Die kleine Parvati, ein junges, knapp vierzehnjähriges Mädchen, sollte mit einem von Bhawanis Cousins verheiratet werden. Nach altem Brauch waren die Ammen gekommen, um zu befinden, ob sie eine glückliche Gattin und gute Mutter von Söhnen würde, und hatten zu diesem Anlaß ein Bad mit feierlichem Gepränge anberaumt.

Wie alle anderen Frauen hatte auch sie sich herangedrängt, um zuzuschauen, wie die Kleine ihren Körper der Erforschung der Besucherinnen öffnete, und plötzlich hatte sie eine entsetzliche Eifersucht auf diese knospenden Formen verspürt, die für sie unwiederbringlich dahin waren, und sich ohne Scham unter die Dienerinnen gemischt und die Massage selbst übernommen, um ein bißchen von dieser grünen Jugend zu erhaschen, für sich zurückzubehalten und daraus neue Kräfte zu schöpfen.

Auch an diesem Abend suchte sie wieder Parvatis Gesellschaft. Und als sie der Kleinen, die sich ihr vertrauensvoll überließ, den Arm um die Schulter legte, fühlte sie sich mit einemmal stark. Eine sonderbare neue Kraft stieg in ihr hoch wie die Milch nach einer Entbindung.

Der Abend war zauberhaft. Die Wasserkaskaden murmelten. In einem Käfig sang ein Wellensittich. Eine Wasserpfeife und kleine Zuckerbiskuits wurden gebracht, Sandelholz verbrannt. Die Musikantin spielte auf der Vina eine heitere Liebesweise, und eine Frau stimmte das Lied von einer *Svadhinapatika* an, einer von ihrem Herrn ewig geliebten Dame. Als mit der hereinbrechenden Nacht ein frischer Wind aufkam, schlug die Musik sehnsuchtsvolle Töne an. Lächelnd nahm Sarasvati ihren Arm von Parvatis Schulter.

»Nun geh schlafen, Kleine. Der Schlaf ist die beste Salbe für angehende Ehefrauen!«

Am nächsten Morgen begannen mit dem ersten Sonnenstrahl die lärmenden Vorbereitungen für das Fest.

»Nun kommt schon, beeilt euch!« rief Sarasvati mit klarer Stimme, »sonst werden noch die Elefanten ungeduldig!«

Beschwingt eilte sie zu den wartenden Tieren, selber erstaunt, wie sehr sie die Freude auf die große Elefantenparade und das Wiedersehen mit Bhawani im Schloß am See beflügelte. Von fern her drang schon das Geschrei der erwartungsvollen Menge. Alle Welt freute sich, die Nachbarn mit gefärbtem Wasser zu bespritzen, und die Frauen bereiteten sich erregt darauf vor, über die Männer herzufallen und ihnen die Kleider vom Leib zu reißen, um sie zur Feier des wiedergekehrten Frühjahrs zu schlagen. Denn seit einigen Tagen schon war wieder Leben auf die Erde zurückgekehrt, und nun hieß es nach allen Seiten Wasser und Farbe ausgießen, um die Natur anzuregen, ein gleiches zu tun und beim kommenden Monsun nicht mit Regen zu sparen. Im vergangenen Jahr waren die Sommerstürme zwar nicht ausgeblieben, aber die Bauern behielten doch eine besorgte Miene, da nicht so reichlich Regen gefallen war wie sonst und das Gerücht umlief, daß sich im Norden die eine oder andere Ebene aufgrund von Wassermangel in eine Wüste verwandelt haben sollte. Welche Schuld mochten die Menschen auf sich geladen haben, daß die Götter sie auf diese Weise bestraften? Jedenfalls mußte das Holi-Fest dieses Jahr besonders schön und üppig ausfallen, damit die Erde wieder Hoffnung schöpfte, allenthalben die Pflanzen kräftig sprießten, die Milch der heiligen Kühe sahnig und nahrhaft wurde, die Reisfelder grünten, die Männer die Röcke der Mädchen hoben und im Herbst schöne große Jungen zur Welt kamen.

Bhawani erwartete sie schon bei den Elefanten.

»Namaste!«

»Namaste . . .«

In Festlaune lächelten sie einander an. Der Radscha, ganz in Goldbrokat gekleidet, eine glänzende Erscheinung, hatte seine Melancholie zu Hause gelassen. Seit Monaten durch die Kriegsdrohung bedrückt, aß er kaum noch etwas und war daher ganz unfürstlich abgemagert.

»Du bist schön, Sarasvati«, empfing er sie, »wie der Neumond, wenn er aufgeht. Aber du hast es nicht eilig. Dein Sohn ist schon vor dir gekommen!«

Gopal, ebenfalls mit Goldbrokat und Turban bekleidet, war schon aufgestiegen.

»Die Kinder machen sich ein Fest aus dem Fest. Sie sind schneller als wir Frauen.«

»So freust du dich nicht?«

»Doch«, antwortete Sarasvati, die Augen niederschlagend. »Nur brauche ich Stunden, um mich herzurichten.«

»Und der Radscha«, erwiderte Bhawani, einen ihrer Ohrringe zwischen die Finger nehmend, »nur ein paar Minuten, um alles wieder in Unordnung zu bringen . . .«

Forschend schaute sie ihm in die Augen, ob er seine Leidenschaft nicht nur heuchelte. An dem scharfen Licht auf dem Grund seiner Pupillen aber erkannte sie, daß er sie noch immer liebte. Und sie selbst? Liebte auch sie ihn noch immer mit Leib und Seele?

Nervös stampfte ein Elefant auf, und der Radscha befahl:

»Brechen wir auf!«

Bhawani, sein Sohn und der Diwan nahmen auf dem ersten Tier Platz, Sarasvati und die zweite Gattin, eine träge, dem Naschen ergebene Frau, auf dem zweiten. Gleich darauf eröffnete der Elefant des Radschas den Zug, dann setzte sich Sarasvatis Elefant, umtanzt von kleinen Bajaderen und Musikanten, in Bewegung, und schließlich folgten die rund zwanzig Tiere des Hofstaats. An der Spitze des Zuges marschierte ein Trupp Soldaten, teils mit Lanzen bewaffnet, teils mit großen Fächern ausgerüstet. Es versprach ein schöner Tag zu werden.

Wieder ließ die Elefantenprozession jenen Jagdausflug mit dem Unfall vor Sarasvati erstehen, der ihr noch so gegenwärtig war, als wäre es gestern gewesen. Die beiden in dieser Nacht empfangenen Kinder waren bald gestorben, wie allzu zarte Vögelchen. Sie dagegen, die Mutter, freute sich noch immer des Lebens und war nach wie vor ins Leben verliebt. Mit Bhawani aber hatte die Unruhe, die in ihr aufstieg, nichts zu tun. Sollte der *Firangi* Schuld am Tod der Kinder sein? Nein. Dieser Mann konnte das Unheil nicht heraufbeschworen haben. Was aber war hinter der Fülle der Nacht im Jagdpavillon wirklich gestanden? Immer häufiger mußte sie an die Lektionen des Gurus denken, der sie, knapp fünfzehnjährig, dem alten Radscha vorgestellt hatte. Damals hatte sie von seinen Lehren nur den unmittelbar den Körper betreffenden Teil, den Kodex der Schreie und Bisse, der Beinstellungen und der Kunst, ihren Schoß darzubieten, behalten. Heute dagegen fielen ihr vor allem Sätze wieder ein wie: »Es gibt verschiedene Arten der Vereinigung, Sarasvati, die spontane Vereinigung, wenn zwei Wesen gleicher Geburt sich aus Sympathie und Lust vereinigen; die Vereinigung der glühenden Liebe, wenn zwei Liebende viele Schwierigkeiten vor ihrer Vereinigung zu überwinden hatten; und die Vereinigung der übertragenen

Liebe, wenn sich einer der beiden Liebenden während der ganzen Dauer der Vereinigung vorstellt, in den Armen einer anderen Person zu liegen, der Person, die er wirklich liebt.«

Bei einer scharfen Wegkehre wurde Sarasvati auf die zweite Gemahlin geschleudert und entschuldigte sich, die Augen abgewandt, so widerlich war ihr die Berührung mit diesem weichlich wabbeligen, durch das Leben in der *Zenana* ermatteten Fleisch, und mit einem Schlag ging ihr auf, daß sie sich mit einem solchen Schicksal nicht abfinden konnte. Sie war noch schön und feurig und ihr Fleisch noch fest. Aber für wie lange noch? Auch sie würde der *Zenana* zum Opfer fallen, langsam erschlaffen und dahinwelken bis zum Tod. Ihr aber schwebte ein anderes Leben vor, ein gerafteres Leben in Freiheit und draußen im Sturm der Welt. Sie hatte keine Angst mehr vor Blut, Krieg, Tragödien. Und mit einemmal erschien ihr ihre Vergangenheit lächerlich. Jahr für Jahr, Monsun um Monsum gegen die Schicksalsgenossinnen kämpfen. Tag um Tag, Monat um Monat voller Unruhe den Spiegel befragen. Und das Ganze wozu? Um die Schönste, die Beneidetste zu sein? Was hatte ihr Bhawani dafür gegeben? Die körperliche Lust und die ruhmreiche Gewißheit, den Kampf gegen ihre Rivalinnen gewonnen zu haben. Ja, selbst ihre Mutterschaft, die Geburt von Gopal hatte sie als Sieg empfunden. Dann aber war der Tod der Zwillinge als Zeichen der Götter, als unmißverständliche Warnung gekommen. Alles hatte seinen Anfang mit der Ankunft der *Firangis* genommen oder richtiger *des Firangis,* der wieder zurückkehren würde, ohne allen Zweifel nach Godh zurückkehren würde, das er nie hätte verlassen sollen. Ihr, Sarasvati, jedenfalls war nicht beschieden, ihr Leben in der *Zenana* zuzubringen! Im Gefängnis der Frauen, dem Ort der Spiegel und Niederkünfte, des Lauerns auf Liebe und der unterdrückten Gefühle.

Welch unreine Gedanken! Sarasvati versuchte, sie zurückzudrängen. Schmutzige Gedanken, die die Ordnung der Welt zu beschmutzen, ihre Harmonie und den nächsten Monsun zu verderben drohten. Aber sie war machtlos gegen diese schreckliche, unwiderstehliche, gleichzeitig beunruhigende und doch so köstliche Überzeugung, die sich mit jedem Schritt des Elefanten weiter in ihr verfestigte: »Bhawani habe ich mit der glühenden Liebe geliebt, aber jetzt liebe ich ihn nur noch mit dem ruhigen Verlangen, und wir können von Glück reden, wenn sich auf unserem *Charpoy* nicht das Bild eines anderen zwischen uns schiebt.«

Aber der Tag war zu schön. Es hieß das Glück ergreifen, wenn es sich bot. Der Zug war schon in Godh angelangt, die zweite Gemahlin eingeschlafen. Sarasvati, frei von der Angst, die sie noch am Abend zuvor über ihre Zukunft erfüllt hatte, ließ ihre Blicke umherschweifen. Die *Zenana,* bis dahin Ankerplatz ihres kleinen Lebens, erschien ihr plötzlich unwirklich wie ein Traum. Die *Zenana* – dieser Abschnitt ihres Lebens lag hinter ihr. Und sie wandte den Blick ab, in die Welt hinaus, auf die Berge im Norden, auf die Ebene hinunter. Und dort entdeckte sie am Tage des Holi-Festes, was sie sich schon seit langem insgeheim erhofft hatte: die gelbliche Staubwolke einer marschierenden Truppe, deren schnelles regelmäßiges Vorrücken die ungestüme Ankunft der Männer von den Schwarzen Wassern verriet.

Schon drei Tage lang folgte Madec, von Norden, vom Gebirgskamm, der natürlichen Grenze zwischen Radjputana und Godh, kommend, dem Fluß, dessen gelbe Wassermassen er mit überschäumender Freude begrüßt hatte. Und nun lag Godh zu seinen Füßen wie beim ersten Mal, sonderbar symmetrisch mit seinen regelmäßig über die Wälle verteilten Stadttoren, vom Fluß in zwei Hälften geteilt wie eine Frucht und in der Mitte, gleichsam wie ein Kern, die Zitadelle, offensichtlich unverändert. Dennoch suchte er in dem Gewirr der Türme und Galerien vergebens den Diwan-i-khas oder die Fenster des Raumes, in dem er damals genächtigt hatte. Erinnerung und Gegenwart wollten sich nicht recht decken. Godh entzog sich ihm, obwohl er es mit dem Blick umfaßte, war gleichzeitig gegenwärtig und doch fern. Genau wie sie, dachte er schmerzerfüllt und wandte sich zu seiner kleinen Armee um, angeführt von zwei Kriegselefanten, die er nach der Verjagung des Jesuiten mit seinen letzten Rupien in Agra erstanden hatte.

»Überlegt es euch genau«, hatte er seine Männer aufgefordert, »was ihr lieber wollt, auf die Elefanten verzichten, ohne die es in Indien keine großen Armeen gibt, oder etwas weniger essen?«

Einstimmig hatte sich die Truppe für die Elefanten entschieden, und die Sepoys hatten ihnen Stoßzähne und Stirn sorgfältig bemalt. Aber die Überquerung des Gebirges und der Staub hatte ihnen übel mitgespielt, und auch die großen bestickten Tücher über den Flanken sahen nur noch schäbig aus. Madec biß die Zähne zusammen. Er ärgerte sich über sich selber. Daß er sich nicht hatte entscheiden können zwischen seiner Sucht, mit dem größtmöglichen Gepränge aufzutreten und seiner Ungeduld, Godhs Pforten so schnell wie möglich aufzustoßen! Weit gescheiter wäre es gewesen, entweder in unverhüllter Armut einzuziehen oder in strahlendem Reichtum.

Mit einer nervösen Bewegung wischte er den Staub von seinem Gewand. Verlorene Liebesmühe. Bei jedem Schritt wirbelte sein Pferd neue Wolken auf. Seit Benares kleidete er sich nach indischer Art mit einer Brokatrobe und bauschigen Hosen, die er bei Gefahr gegen ein Panzerhemd mit Helm vertauschte, das ihm nach seiner Meinung recht gut zu Gesicht stand. Wie aber sollte er nun in Godh einziehen? In europäischer Uniform wie ehedem, als Engländer bzw. total zerlumpter Franzose? Oder in seinem indischen Gewand, das hieß als Verkleideter, ein sich selber Fremder, der jenen, die den *Firangi* geliebt hatten, womöglich lächerlich erschien? Schließlich entschied er sich für die indische Tracht und wandte sich wieder zu seinen Männern um.

»Seht ihr das Wäldchen im Süden, dort, wo der Fluß aus der Stadt austritt? Dort werden wir unser Lager aufschlagen, wie ich damals, und uns ein bißchen säubern. Wenn alles noch so ist wie früher, wird uns der Radscha den Diwan schicken und in den Palast holen lassen.«

»Schau, Madec!« rief ein Reiter, »hast du das Gedränge an den Wällen schon gesehen? In den Straßen wimmelt es ja vor Menschen!«

»In der Tat«, erwiderte Madec, der dem Finger mit dem Blick gefolgt war. »Vermutlich feiern sie irgendein Fest. Die Hindus beten ja so viele Götter an. Sie haben immer etwas zu feiern.«

»Ein Fest«, wiederholte der andere, die Augen zusammenkneifend. »Mag sein, aber wir wissen es nicht.«

Von ihrem Standort aus war in der Tat nur ein wildes, buntes Gedränge zu sehen, das langsam und ohne erkennbare Ordnung hin und her wogte.

»Vorwärts«, schrie Madec, »macht schnell! Dort unten machen wir Rast!«

Dieser Nachsatz verfehlte, wie stets, seine Wirkung nicht, und so langten die Reiter, gefolgt von achthundert atemlosen Infanteristen in aufgelöster Formation, noch vor neun Uhr bei den Toren von Godh an.

Dort herrschte ein unbeschreiblicher Trubel. Männer mit gewaltigen Metallspritzen trachteten alle weiblichen Wesen, die ihnen über den Weg liefen, mit gefärbtem Wasser naßzuspritzen, und Frauen machten sich einen Spaß daraus, ihnen den safrangelben Lendenschurz vom Leib zu reißen, um ihre nackten Schenkel mit kleinen biegsamen Besen zu peitschen.

Das Ganze wurde von einer schrecklichen Katzenmusik begleitet, erzeugt auf zahllosen Tamtams und großen Trommeln oder einfachen über Holzrahmen gespannten Häuten, wie man sie in Europa bei den Zigeunern sah. Und als wäre das noch nicht genug, bliesen Frauen aus Leibeskräften in lange Trompeten und hornähnliche Instrumente und erzeugten ein ohrenbetäubendes Getöse, das durch Mark und Bein ging.

Madec war wie erstarrt. So hatte er sich seinen Einzug in Godh gewiß nicht vorgestellt. In seiner Vorfreude auf den feierlichen Empfang hatte er schon in Benares mit dem Einkauf eines schönen *Nazers* begonnen und in Erinnerung an die afghanischen Pferde, das Abschiedsgeschenk des Radschas, zwei braune Pferde, zwei Beutel voller Perlen und eine frisch gegossene Kanone ausgesucht. Zwar hatte er gelegentlich auch mit dem Gedanken gespielt, Godh könnte durch einen Krieg verheert, der Radscha gestürzt worden und Sarasvati krank oder gefangen sein. Aber an ein Fest hatte er nicht im Schlaf gedacht. Nicht im Traum hatte er mit der Möglichkeit gerechnet, die Rückkehr des Fremdlings Madec könnte unbemerkt im Festtrubel untergehen!

Er kochte vor Wut. Und wie um das Maß vollzumachen, traf ihn eine Ladung Farbwasser mitten ins Gesicht und rann, als gäbe es nichts Eiligeres zu tun, auf sein endlich vom Staub gesäubertes Brokatgewand hinunter, das die großen roten Tropfen gierig aufsog. Zu allem Überfluß hatten die Elefantentreiber ihre Tiere stehenlassen und sich unters Volk gemischt, und die Sepoys, ebensowenig gesonnen, sich eine solch schöne Gelegenheit entgehen zu lassen, folgten ihnen nach.

»Zurück auf eure Plätze!« donnerte Madec. »Zurück, oder ich schicke euch eine Ladung Blei in den Kopf!«

Aber seine Stimme ging in dem schrillen Kreischen der Trompeten gänzlich unter. Plötzlich jedoch teilte sich die Menge, die Frauen ließen Trommeln und Hörner sinken, ihre Züge glätteten sich zu feierlichem Ernst, und die Falten ihrer Saris fanden die gewohnte Weisheit wieder. Madec aber wurde noch immer von keinem beachtet. Im Gegenteil, alle drehten ihm den Rücken zu, die Augen auf das Stadttor gerichtet.

Eine neue Musik setzte ein, die er schon bei den ersten Tönen wiedererkannte: die Parade, die feierliche Parade des Radschas, wenn er zur Stadt oder in die Ebene hinunterritt. Und im nämlichen Augenblick tauchten auch schon die Musiker, die Träger der riesigen Fächer, die Bajaderen und die wie Tempelgottheiten geschmückten Elefanten auf.

Madec fand gerade noch die Zeit, die letzten roten Tropfen, die seine Robe noch nicht aufgesogen hatte, abzuwischen, da hatte ihn der Radscha von seinem Reittier aus erblickt. Aber noch ehe er den Zug anhalten ließ, ertönte vom zweiten Elefanten ein Schrei:

»Madecji!«

Der Radscha rührte sich noch immer nicht, während Sarasvati in ihrer Sänfte aufsprang, Madecs Blicken jedoch durch die riesige Sänfte des ersten Elefanten verborgen blieb.

»Madecji . . .«, wiederholte die Stimme, die Madec sofort erkannt hatte, leiser.

»Madecji . . .«, hob nun auch der Radscha an, »unser Retter!«

Madec sprang vom Pferd, um sich auf den Boden zu werfen.

»Radscha«, erklärte er feierlich, »ich bin mit einer bescheidenen Armee zurückgekehrt, um sie dir, wenn es dir beliebt, anzubieten!«

Gleich darauf fürchtete er, allzu direkt vorgegangen zu sein. Der Radscha schien die Kanonen, das Fußvolk, die Kriegselefanten ausführlich begutachten zu wollen.

»Woher kommst du, Madecji? Aus Norden, durch das Land, das überall aus den Fugen gerät, das aufreißt wie ausgetrocknete Erde?«

Seine Stimme klang farblos, leicht dumpf. Madec packte die Angst, der Radscha könnte ihn durchschaut haben, ihm böse sein.

»Ja, sehr geehrter Herr«, antwortete er, »ich komme aus dem Norden. Vorher war ich zwei Jahre lang Gefangener der *Firangis* mit dem roten Rock in Bengalen.«

»Der *Firangis* mit dem roten Rock . . .«, wiederholte der Radscha und fuhr nach einem Augenblick mißtrauisch fort: »Und du kommst zu uns zurück?«

Madec hob die Augen zum Radscha. Ihre Blicke kreuzten sich. Das Gespräch im Pfauenzimmer, der Diamant und ihr Pakt erstand wieder vor ihnen. Bhawanis Gesicht hellte sich auf.

»Du hast dich nicht verändert«, stellte er fest. »Steh auf.«

Madec klopfte den Staub aus seinem Gewand und pflanzte sich vor dem Elefanten auf.

»Nimm mich mit meiner Armee in deiner Stadt auf!« bat er.

»Zuerst aber«, versetzte der Radscha, »folge mir zum See, denn heute ist der Tag des *Holi,* der heilige Frühlingskarneval. Heute ist die ganze Natur in freudiger Stimmung, und wir feiern sie, damit sie uns in drei Monaten einen guten Monsun beschert. An der Ostböschung des Sees habe ich neue Gärten anlegen lassen, die ich bei dieser Gelegenheit einweihen will. Deine Soldaten können am Ufer lagern, und du sollst wie damals im Palast wohnen. Beim Schwert!«

Zum Zeichen seiner Einwilligung warf sich Madec erneut zu Boden. Als er wieder zu Bhawani aufblickte, fiel ihm mit einemmal auf, wie sehr sich dieser verändert hatte. Hatten seine runden Wangen und sein frischer Teint früher den Eindruck von Sorglosigkeit erweckt, so vermeinte Madec nun auf seinen abgemagerten, müden, eingefallenen Zügen die Qual des Besiegten zu lesen. Auf dem Grund seiner Augen aber strahlte noch immer dieselbe Güte.

Der Radscha gab das Zeichen zum Aufbruch. Madec trat zur Seite, die Bajaderen begannen wieder zu tanzen, der Elefant des Radschas trabte vorüber, der zweite näherte sich. Gespannt schaute Madec zur Sänfte hinauf. Aber er sah nur einen unförmigen Berg von rosa Musselin und darüber ein lachendes, dickes, unmäßig geschminktes Gesicht. Nein, das konnte sie nicht sein, diese mit jedem Schritt des Tieres wabernde, wabbelnde Masse.

So konnte sie sich in den wenigen Jahren nicht verändert haben. Da, als er schon fast die Augen abwenden wollte, entdeckte er einen nachtblauen, mit Goldborten besetzten Sari, eine unnachahmliche Wendung des Kopfes, und mit einer unendlich schamhaften Geste wurde der mit Goldblättchen übersäte Schleier über die Lippen hochgehoben. Sarasvati! Da war sie, aufrechte, herrliche Prinzessin, schön wie am ersten Tag, die Dame, die er seit Monaten suchte, deren Gesicht ihm am Horizont der ausgedorrten Ebenen, hinter dem grünen, fauligen Dschungel und über dem Schlachtfeld ebenso erschienen war wie im Garten des Taj Mahal. Da stand sie leibhaftig vor ihm! Aufrecht, überlegen, fürstlich. Und nun neigte sie sich mit dem Schatten eines Lächelns zu ihm, wie um ihm zu sagen: Ich weiß ...

Den ganzen Tag über traf Sarasvati den *Firangi* nicht wieder, der sich, wie es sich unter den obwaltenden Umständen geziemte, vom Fest in den neuen Gärten fernhielt. Seine Götter waren nicht ihre Götter, wenn er auch – dessen war sich Sarasvati sicher – nicht wie die anderen *Firangis* war, sondern der indischen Erde auf sonderbare Weise verbunden schien.

Nach dem Fest gesellte sich der Radscha zu Madec, der den ganzen Tag auf einem *Chadar* zugebracht hatte.

»Ich werde älter«, leitete er die Unterhaltung ein. »Wohl besitze ich einen Sohn, der an meine Stelle treten kann, wenn mich das Leben flieht. Aber die Menschen setzen sich nicht nur in ihren Nachkommen fort. Sie müssen auch etwas anderes hinterlassen, etwas bauen. Die großen Gebäude unserer Kaiser aus dem Norden aber schätze ich nicht. Die Mohammedaner haben die Eitelkeit allen irdischen Tuns noch nicht begriffen und wollen vom ewigen Kreislauf der Wiedergeburten nichts wissen. Nein, ihre Prunkbauten liegen mir nicht . . .«, und leiser, vertraulich, ja, fast zärtlich fuhr er fort: »Aber sie haben daneben auch etwas sehr Schönes erfunden, die Gärten. Die Gärten, Madecji, verstehst du?« Und Madecs fragenden Blick gewahrend, fügte er an: »Der Garten ist das Spiegelbild unseres Lebens, *Firangi.* Er lebt und stirbt im Rhythmus der Jahreszeiten, er blüht und vertrocknet nach den Gesetzen von Sonne und Regen. Die Trockenheit am Vorabend des Monsuns spricht uns von unserem eigenen Tod. Und dennoch ließe sich der ganz besondere Glanz der Bäume und Blumen, wären wir selbst reich genug dazu, nicht durch das Feuer der Edelsteine ersetzen.«

Schweigend hörte Madec zu, der Mühe hatte, dem poetischen Hindi zu folgen.

»Siehst du, Madecji, Krieg steht vor der Tür, und ich könnte sterben, ohne meinen Sohn in der Rüstung der Radjputenkrieger gesehen zu haben. Noch diesen Morgen wollte ich es nicht glauben. Seit deiner Rückkehr jedoch habe ich es begriffen.«

»Aber Radscha«, fiel ihm Madec ins Wort, »ich bringe dir doch nicht den Krieg!«

»Erinnerst du dich noch unseres Paktes im Pfauenzimmer?«

»Wie hätte ich ihn je vergessen können?«

»Wenn dein Volk gewonnen hätte, wärst du nicht zurückgekehrt.«

Madec verschlug es die Sprache. Vielleicht hatte der Radscha recht. Aber er wußte nichts von seiner Liebe zu Sarasvati.

Der Radscha nahm seine Hand.

»Nein, du wärst nicht zurückgekommen, Madec, denn der Ruhm verdirbt die Menschen. Du aber bist rein geblieben.«

»Die Niederlage«, wandte Madec ein, »die Gefangenschaft, die Männer im roten Rock hätten mich ebenfalls verderben können!«

»Nein«, erwiderte der Radscha. »Dich nicht.«

Er wandte sich ab und schnalzte den Dienern.

»Einen Thronhimmel«, befahl er, sich wieder verschließend, »Kissen, Sandelholz, Sorbet und *Lassi!*«

Madec schloß die Augen. Der Radscha hatte ihn also, wie befürchtet, doch durchschaut. Schlimmer noch, er gedachte seine Erkenntnis für seine Zwecke zu nutzen. Seine tolle Jagd nach Schimären, seine Unfähigkeit, ohne schreckliche Ungeheuer oder ferne Prinzessinnen auch nur das geringste zu unternehmen. Der Radscha hatte sich in Schweigen gehüllt. Er schien nachzudenken. Die Kissen wurden gebracht, der Thronhimmel aufgerichtet.

»Schatten ...«, murmelte Bhawani. »Wie gut doch Schatten tut. Das ist das Privileg der Reichen. Die Bauern rackern sich Tag für Tag unter der stechenden Sonne im Staub ab. Im Kriegsfall freilich muß auch der Mächtige Sonne und Staub trotzen, um seinen Besitz zu verteidigen. Und aus diesem Grund habe ich einen Garten angelegt: um der Ruhe vor dem Leid willen, ehe das Leid beginnt. Kein Mensch in meiner Umgebung hat das begriffen. Nicht einmal der Diwan. Alle halten mich für einen Weichling, der sich Gärten ausdenkt wie seine Vorfahren nach der letzten großen blutigen Schlacht, weil er, wie sie, an den Frieden glaubt. Die Narren! Nichts als Narren und Blinde!«

»Und der Astrologe?« wagte Madec zu fragen.

»Der Astrologe ... betet in einer Einsiedelei im Dschungel. Trink ein Glas Sorbet.«

Madec gab nach. Vom Astrologen sprechen hieß die Staatsgeschäfte direkt ansprechen. Bhawani beugte sich zum *Chadar* hinunter und tauchte seine Hand in das Wasser, das über den ziselierten Marmor hinunterrieselte.

»Das Wasser läuft recht langsam. Die Reservoire sind vom letzten Monsun nicht aufgefüllt worden. O Madec! Könnte deine Rückkehr doch Kraft und Fruchtbarkeit hierher zurückbringen. Meine erste Gattin ist unfruchtbar, die zweite gebiert nur Töchter, und außerdem ist ihre Zeit abgelaufen. Und Sarasvati ...«

Madecs Hand mit dem Sorbetglas zitterte.

»... ist wie verhext. Zwei Kinder, Zwillinge, die sie vor vier Jahren geboren hat, sind gestorben, wie durch Zauberkraft. Und seitdem ist ihr Schoß ausgetrocknet. Ein Sohn, ein einziger Sohn, um meinen Besitz zu verteidigen ... Das ist nicht genug.«

Madec leerte den Sorbet mit einem Zug.

»Ich sollte eine neue Gattin nehmen.«

Er hatte ruhig, fast unbeteiligt gesprochen, als erwäge er die Möglichkeit, einen neuen Garten anzulegen oder die Paradeelefanten auszuwechseln.

»Wie aber eine Frau nehmen ohne das Feuer der Leidenschaft? Die Schönheit dieses schlanken Mädchens gleicht einem Teich, in den mein Herz gefallen ist! Dennoch werde ich mich dazu entschließen müssen, denn Godh kann ohne die Hilfe kriegerischer Söhne des Radschas nicht überleben. Und schließlich hat auch Krischna die Hirtenmädchen geliebt, ohne daß ihn seine Gattin Radha deswegen verlassen oder nicht mehr geliebt hätte.«

Madec war sprachlos. Er hätte reden, schreien, fragen und noch einmal fragen, mit List und über Umwege in Erfahrung bringen, erraten, kurzum und mit einem Wort alles über diese beiden Wesen wissen mögen.

Was erwartet er von mir? fragte er sich, den Radscha betrachtend. Was möchte er mir auf seine indirekte Weise anvertrauen, was ich nicht verstehe? Er hat mich durchschaut, ich dagegen begreife nicht eine einzige seiner gewundenen Andeutungen. Da rissen ihn drei Diener, die vor dem Diwan mit einem großen gelben Sonnenschirm einherliefen, aus seinen Überlegungen.

»Sehr geehrter Radscha«, meldete der Diwan, sich vor Bhawani auf den Boden werfend, »im Palast wartet ein Mann aus dem Norden mit einer prächtigen Gefolgschaft und bittet, empfangen zu werden.«

»Ich empfange heute niemanden«, erklärte der Radscha, »das weißt du doch. Warum störst du mich also?«

»Es ist ein Alchimist, sehr geehrter Radscha. Er behauptet, Gold machen zu können.«

»Ein Alchimist?« antwortete der Radscha und strich sich den Schnurrbart glatt. »Ein Alchimist . . .« Dann fügte er abrupt hinzu: »Der Brahmane ist nicht da. Geh und sag diesem Mann, er soll bis morgen warten. Solange Mohan nicht die Sterne befragt hat, kann ich ihn nicht empfangen. Er mag für die Nacht ein Lager am Ufer aufschlagen.«

»Wie«, sagte Madec, nachdem der Diwan gegangen war, »mich, einen *Firangi,* nimmst du ohne den Rat der Sterne in deinem Palast am See auf und diesen Mann, der Gold machen kann, einen Mann aus deinem Land, läßt du wie meine Soldaten vor den Toren kampieren?«

»Diesen Mann«, erwiderte Bhawani, »kenne ich nicht. Solche Zauberer stellen sich laufend ein. Ich möchte ihn nur aus Neugier sehen, und am Brahmanen ist es, mir zu sagen, ob diese Neugier rein oder unrein ist.«

Er versank in Schweigen. Nach einer Weile, die Sonne war schon am Untergehen, sagte er, wieder zu sich kommend: »Das Holi-Fest ist vorüber. Morgen werden die Sorgen wieder beginnen.«

»Der Krieg . . .«, murmelte nun Madec seinerseits. »Du hast nie von deinen Feinden gesprochen, Radscha. Sollten dir womöglich schon die Rotröcke drohen? Bis jetzt glaubte ich sie immer noch mit der Eroberung Bengalens beschäftigt.«

»Es ist wohl an der Zeit, Madec, daß ich es dir sage«, erwiderte der Radscha. »Ich habe einen Bruder, der seit jeher auf mich eifersüchtig war. Er ist nur zehn Monate jünger als ich, und als ich beim Tod meines Vaters die Macht übernahm, ist er nach Norden in die Berge gegangen, um in die Dienste des Großmoguls zu treten. Seit der Zeit habe ich ihn nicht mehr gesehen. Aber ich habe gehört, daß er sich den *Firangis* im roten Rock verkauft, das Kriegshandwerk nach ihrer Art erlernt und sich gut dafür bezahlen hat lassen. Gegenwärtig soll er mit einem Teil der *Firangis,* die sich durch unsere Reisfelder und Edelsteine angelockt fühlen, an den Grenzen der Provinz stehen. Das heißt, falls man demjenigen, der es mir hinterbrachte, trauen kann. Denn er ist ein Mann ohne Treu und Glauben, dem Godhs Diamanten vermutlich nicht weniger in die Augen stechen als den anderen.«

»Die Kaufleute, die uns die Nachrichten überbringen, lügen in der Tat oft oder täuschen sich«, bestätigte Madec.

»Der da«, erwiderte der Radscha lachend, »ist kein Kaufmann, und du kennst seinen Namen bestimmt. Er ist in ganz Indien bekannt. Vor einem Vierteljahr hat er sich südlich der Provinz Godh an der Grenze zum Dekkhan niedergelassen, in der Nähe der von den Dakoiten besiedelten Engpässe, und deren Armeen auch zum Teil in seine aufgenommen. Das ist auch der Grund, weshalb ich sein Angebot nicht angenommen habe. Solche Banditen möchte ich nicht auf meinem Boden wissen und müßte ich mit eigenen Augen zusehen, wie Godh untergeht!« Seine Augen blitzten vor Zorn.

»Du kennst seinen Namen sehr wohl, Madec.«

»Und wenn er dich nicht durch Freundschaft gewinnen kann, so wird er es mit Gewalt versuchen.«

Keiner wagte den Namen auszusprechen, gerade als könnte dadurch der im Pfauenzimmer geschlossene Pakt für immer zerstört werden.

»Ich weiß«, entgegnete Bhawani. »Aber das Rad des Lebens dreht sich nicht immer so, wie der Mensch glaubt.«

Prüfend tauchte er die Hand in das über den *Chadar* herabrinnende Rinnsal. »Das Wasser wird immer schwächer, siehst du? Das Wasser wird schwächer . . .«, wiederholte er wie erleuchtet. »Noch nie habe ich einen so trockenen Frühling erlebt. Wer weiß, ob das Wasser bis zum nächsten Monsun reicht. Wisse, Madec, daß das Wasser in Indien alles bestimmt, bis hin zum Krieg. Wenn der Wald austrocknet, kommt auch der Löwe aus seiner Höhle.«

»Was willst du damit sagen?«

»Lassen wir das.«

Abrupt hatte er sich erhoben, gespannt, mit zitternden Händen. Einzig das Geräusch raschelnder Stoffe, Gelächter und kindliches Geplapper waren zu hören.

»Da ist sie«, sagte er einfach, als ob diese Worte allein sein plötzliches Schweigen erklärten.

Sie hatten noch mit dem Kind gespielt, es gestreichelt und mit ihm gescherzt: »Kleiner Gopal, es ist Zeit, nach Hause zurückzukehren, die Sonne geht schon unter, und Ihr habt schmutzige Hände. Schaut nur, wie Ihr Euch über und über mit Safran beschmiert habt. Schade um das schöne Festkleid . . .« Und Gopal hatte gelacht und seine Mutter und sein Vater. Nur die Miene des Fremdlings in seiner Ecke hatte sich verfinstert. Und seufzend hatte die Prinzessin »Madecji« gemurmelt, »Madecji . . .«

Und in der Tat stand an diesem Abend alles im Zeichen der *übertragenen Liebe.* Als Bhawani ihr sagte: »Meine Schöne, der Mond geht auf, er ist voll, und ich sehe schon sein Halo«, dachte Sarasvati: Möge mir das eines Tages auch der andere sagen, und möge dieser Tag nicht mehr fern sein!

Dann waren alle langsam zu Fuß zurückgekehrt, und der *Firangi* hatte am Landesteg seine Truppen antreten lassen und im Schein der Fackeln seinen *Nazer* vorgeführt. Aber warum schaut er mich nicht an, dachte die Prinzessin. Er sieht mich so wenig wie Krischna die Hirtenmädchen, wenn Radha auftauchte. O Krischna, Krischna, du, der Tiefblaue, gib mir den Atem wieder, den du mir geraubt hast. Die Schlange der Angst preßt mir das Herz zusammen, und ich gleiche dem Vogel *Chataka,* der unaufhörlich nach einem Tropfen Wasser schreit.

Schon im nächsten Augenblick aber verfluchte sie ihr Gebet. Denn der *Firangi* hob die Augen zu Bhawani, zeigte ihm zwei Beutel prall voll Perlen, und beide brachen in Lachen aus, ohne sie auch nur im mindesten zu beachten, gerade als wäre sie ein Nachtfalter oder einer der Männer aus niedriger Kaste, die mit kleinen Besen die Überreste des Festes zusammenfegten.

Dann setzte man bei Fackelschein zu dem in der Nacht weithin leuchtenden Palast über, um auf den aufs Wasser hinausgehenden Galerien weiterzufeiern, während die Dienerinnen bengalische Feuer entzündeten. Die Luft war für den Frühlingsanfang zu schwer. Das wird ein schlechter Monsun werden, dachte Sarasvati, als sie die Insekten vertrieb, die sich so toll gebärdeten wie sonst nur im Mai, wenn sich die großen Stürme zusammenbrauten.

»Schneller, schneller«, rief sie den vom Fest erschöpften Dienerinnen zu. »Ihr seid heute abend träg und langsam wie Eunuchen. Aber euer Tag ist noch lange nicht zu Ende, ihr müßt mich noch baden und für die Nacht schön machen!«

Die langen Palaver des Fürsten mit dem Fremdling verdrossen sie, ja, machten sie regelrecht bösartig. Am meisten aber ärgerte sie, daß sie der Radscha nicht aufforderte, zu tanzen. Hielt er sie für schon zu alt, zu verwelkt, um seinem Gast das bezaubernde Schauspiel zu bieten, mit dem sie gemäß dem Hofzeremoniell die anderen Gäste erfreute? Denn daß er diesen Mann liebte, stand außer Zweifel. Warum also ehrte er ihn nicht, wie es der Brauch befahl? Wahrscheinlich weil er sich nicht mehr für sie interessierte, seit sie ihm keine Kinder mehr gebar, und er nur noch an seine Gärten oder an den Krieg dachte.

Keinen Augenblick lang kam ihr in den Sinn, daß er eifersüchtig sein könnte. Seit der Rückkehr des *Firangi* quälte sie nur ein Zweifel. Sie, die in der Kunst des Verführens so Erfahrene, die alle Listen des Leibes und der Seele beherrschte, um einen Mann zu fesseln, die alle Nuancen des Schweigens, der Schreie, des Augenaufschlags und des berechneten Lächelns kannte, fühlte sich mit einemmal ganz arm und bat, sich zurückziehen zu dürfen.

»Ich komme gleich nach«, willigte Bhawani ein, »wenn ich noch etwas mit dem Madecji besprochen habe.«

Die Blicke der beiden, die sich an ihre Fersen hefteten, demonstrativ nicht beachtend, schritt sie stolz zur Tür.

»Beeilt euch!« rief sie, kaum in ihren Räumen angelangt, den Dienerinnen zu und verlangte ein lauwarmes Rosenwasserbad. Dann ließ sie sich, nervös und an allem herummäkelnd, massieren, bis sie Verlangen in sich aufkeimen spürte.

Genau in diesem Augenblick trat Bhawani ein.

»Es ist recht warm«, sagte er mild zu den Dienerinnen. »Tragt Bett und Kissen auf die Terrasse hinaus und zündet Kerzen an.«

Dann setzte er sich zu Sarasvati, die keuchend, nur auf einen Wink von ihm wartend, auf dem Massage-Charpoy lag, hob den Schmuck vom Boden auf, die feinen Perlenketten, die klingelnden Fußreifen, die Gold- und Silberringe, den Diamantenzopf für die Stirn, und reichte ihn ihr.

»Laß mich dich schmücken«, bat er und hielt ihr einen Spiegel vor. »Du bist nackt, und ich bekleide dich. Ich mache dich schön für die Liebe. Unter den Perlen und Diamanten bist du noch nackter!«

Leicht erstaunt schaute sie in den Spiegel. Bhawani fuhr fort: »Sieh dir diese Frau an! Würdest du sie nicht auch begehren? Eine wahre Padmini, glänzend wie der Stamm des Mirobolan, die Augen sanft wie eine Gazelle, die Brüste schön gleich umgestülpten Goldschalen; und ihr *Jagdana,* wie rein ist er, und wie geheimnisvoll ihr süßer *Yoni* . . .«

Lachend trug er sie zum Bett auf der Terrasse. Und sie dachte: Nie wird mir der Fremde diese Worte sagen, die das Liebesspiel einleiten, aber vielleicht andere Worte von jenseits der Schwarzen Wasser, noch stärker, um den Schoß anzuregen und den *Yoni* zu öffnen . . .

Und sie breitete ihre Haare über seinen Rücken, während er, ihre Füße nehmend, zum Himmel über der Terrasse hinaufdeutete.

»Habe ich es dir nicht gesagt, der Mond hat ein Halo? Möge er die Ambrosia der Liebe über uns ausgießen!«

Leidenschaftlich schloß er sie in seine Arme. »Trink«, sagte er, »ich habe Fenchelmilch mitgebracht.« Und Sarasvati murmelte, während sie aus dem gleichen Glas tranken: »Hältst du es denn für nötig?«

Die Perlen in ihren Ohren zitterten. Phra! Phat! Sut! Plat! Und das Rad der Liebe begann sich erneut zu drehen. Vom Kuß der Aufforderung bis zu den kleinen Bissen: dem berührenden Kuß, dem geraden Kuß, dem schiefen Kuß, den Nagelspuren in Sichelform, als Tigerpranke, als Blatt des blauen Lotos; den kleinen Kieselkaskaden, den Tränen, dem Kuckucksruf . . . Alle Figuren wollten sie durchprobieren, von der Schlingpflanzenumarmung bis zu der des Baumbesteigens. Dabei beobachteten beide so gut sie es vermochten die *Kamasutras.* Schließlich aber mußten sie vom Spiel ablassen, denn das Verlangen war zu schnell gewachsen. Bhawani beeilte sich, zu den *Auparishtaka* zu kommen, und unter seiner gierigen Zunge wurde Sarasvati als erste schwach. Sie erhob sich, während er liegen blieb.

»Ihr habt mich besiegt!« erklärte sie. »Jetzt aber sollt Ihr mich um Gnade anflehen . . .«

Und sie liebkoste ihn auf alle erdenkliche Weisen. »Komm diese Nacht zu mir«, flüsterte Bhawani, um sein Vergnügen hinauszuziehen, »komm, meine Liebe, denn die Tage vergehen! Morgen schon hat uns die Jugend geflohen, werden du und ich nicht mehr sein!« Und Sarasvati lächelte, glücklich in der Vergänglichkeit.

Noch nie vor dieser Nacht hatten sie so wenig an die Figuren gedacht, die sie auf dem Bett beschrieben, noch nie sich so vollkommen hingegeben. Bhawani schlief auf der Stelle ein.

Und Sarasvati ruhte locker ausgestreckt, durch die Vereinigung der übertragenen Liebe endlich befriedigt, entspannt und ruhig. Die ganze Zeit während ihrer Umarmung hatte sie, wohl in Fortführung des heiligen Festes, nicht aufgehört, Krischna anzuflehen. Und nach den ersten Bissen, den ersten Küssen, hatte sich der Gott in seiner ganzen strahlendblauen Pracht hinter Bhawani erhoben. Nur hatte der schöne Krischna – warum es sich jetzt, da der Radscha schlief, und sie beide von tiefster Nacht eingehüllt waren, verheimlichen? – die Züge des *Firangi* getragen.

Der Fürst erwachte mit dem ersten Gezwitscher der Spatzen. Zögernd färbte sich der See im Morgenlicht rosarot. Einen Augenblick lang betrachtete Bhawani den Rauch der erlöschenden Lagerfeuer der *Firangis* am anderen Ufer, dann wandte er den Blick den Terrassen des Gartens zu. Zur vollständigen Einweihung fehlte nun nur noch ein letztes Vergnügen: der Elefantenkampf, für den auf Uferhöhe eine Extraterrasse vorgesehen war, ein durch eine Mauer in Brusthöhe der Tiere in zwei gleiche Areale geteiltes, sehr gewöhnlich aussehendes, sandiges Terrain ohne Bäume und ohne Rasen. Die Tiere waren leicht gegeneinander aufzuhetzen. Ein paar Stiche mit den Piken, begleitet von Gebrüll und Geschrei, genügten, damit der Instinkt des Dschungels wieder erwachte und sie aufeinander losgingen.

In den meisten Fällen blieb einer der beiden auf der Strecke. Wozu aber an einem Morgen wie diesem den Tod eines seiner Elefanten beschließen? Bhawani schob die Frage von sich. Er wollte die Antwort nicht wissen, und die anderen würden darin nur eine seiner exzentrischen Launen sehen. Er selbst wußte nur, daß ihm die Prinzessin, als er sich nach dem Erwachen über sie gebeugt hatte, sehr fern, sehr abwesend erschienen war, so fern wie noch nie. Gewiß machte der Schlaf, wenn er die Wesen im *Brahman* vernichtete, zugleich jeden menschlichen Besitzanspruch zunichte. Sie schlossen sich um sich selbst, und gegen dieses Sich-Verschließen vermochte auch die Liebe nichts auszurichten. Aber liebte ihn Sarasvati, so wie sie im Traum lächelte und murmelte, den Rock geöffnet und die Brüste einer ungreifbaren Wollust entgegengereckt, wirklich noch? Er hätte sie noch einmal nehmen mögen, sie mit einem Schlag aufwekken, dieser Lust, in der sie schwelgte, ohne daß er wußte, woher sie kam, entreißen; sie mit Gewalt nehmen, schlagen, vielleicht sogar töten wollen. Aber sie war zu schön, um zu sterben, und selbst im Schlaf noch viel zu lebendig. Und so blieb dem Radscha nur noch eins, das ihn trieb: das Blut eines seiner Lieblingselefanten fließen zu sehen.

Über düstere Galerien, in denen zwischen den niedergebrannten Lampen und den eingeschlafenen Dienern morgendliche Feuchtigkeit hing, kehrte er in seine Gemächer zurück, weckte flüsternd seine Domestiken, denn er wollte allein, ohne den Diwan und die Höflinge, gehen und nur zwei oder drei Männer zur Ausführung seiner Befehle mitnehmen. Das Bad und die tägliche Schönheitspflege brachte er schnell hinter sich, dann warf er noch einen letzten Blick über die Marmorbalustrade und spitzte die Ohren. Das Gebrüll der Elefanten verkündete ihm, daß seine Anordnung pünktlich befolgt und seine Lieblingstiere noch in der vergangenen Nacht vom Palast aus Godh gebracht worden waren. Zufrieden lächelte er. Auch die fürstliche Barke legte schon an, und ungeduldig sprang er ins Boot, das langsam an der Terrasse entlangglitt, auf der Sarasvati hinter dem von einer aufmerksamen Dienerin aufgespannten Musselinvorhang noch schlummerte. Wenige Minuten später langte er im Garten an, wo verschlafene Elefantenführer die Bullen zur Kampfterrasse dirigierten.

Das erste Tier, ein großes, langbeiniges, zutrauliches Tier, das auf Anfeuerung recht impulsiv reagierte, war Bhawani aufgrund seiner langen, elegant geschwungenen Stoßzähne lieb, die er mit Gold hatte bemalen lassen. Seinen Gegner dagegen, ein massiges und untersetztes Tier, das er gern mit Leckerbissen verwöhnte und das ihm aufs Wort parierte, liebte er gerade seiner heimlichen Verletzlichkeit wegen, die niemand hinter dem dicken grauen Leder vermutet hätte.

»Wirst du es sein, der stirbt?« fragte er, ihn einen Augenblick betrachtend, während die Treiber entsetzt die Augen rollten, »du, der dicke Elefant, satt und zufrieden wie der Gott Ganesch? Wirst du heute morgen sterben?«

Als er schon das Zeichen zum Kampf geben wollte, erschien am Eingang zur Terrasse ein in Goldbrokat gekleideter Mann und schritt nach den Regeln des Hofzeremoniells mit gesenkten Augen und in den Ärmeln gefalteten Händen auf ihn zu.

»Wer ist das?« fragte der Radscha einen der Diener.

»Der Alchimist«, antwortete dieser dumpf.

»Der Alchimist? Um diese Stunde?«

Bhawani griff zu dem am Gürtel hängenden Beteldöschen, um sich eine Prise zu genehmigen, da fuhr er auf:

»Aber wer bist du? Du warst nicht bei mir im Boot!«

Und sich umwendend fügte er hinzu: »Und die hier? Ich habe nur drei Domestiken mitgenommen.«

Der Mann lächelte.

»Der Elefantenkampf kann eine gefährliche Wendung nehmen, Radscha. Deshalb hat uns die vierte Gattin, als sie dich gehen sah, beauftragt, dir zu folgen.«

»Die vierte Gattin . . .«

So hatte sie also doch nicht geschlafen. Sie machte sich sogar Sorgen um ihn. Sie hatte Angst um ihn, war womöglich auch eifersüchtig! O göttliche Frau! Welch reizende Kombination verliebter Strategie!

Plötzlich fröhlich gestimmt, begann er zu lachen. Die Lust am Elefantenkampf war ihm schlagartig vergangen. Wozu solch kostbare Tiere opfern? Vielleicht brauchte er sie sogar für den Krieg.

»Sieh an, ein Alchimist!« begrüßte er den Fremden aufgeräumt.

Der Mann im Goldbrokat trat näher.

»Welche Wunder willst du mir zeigen, Scharlatan?«

»Die Verwandlung in Gold, Herr. Denn ich vermag alles in Gold zu verwandeln, den Stein wie die Blume, aber auch den Staub.«

»Und das menschliche Fleisch?« spottete Bhawani.

»Das Fleisch des Menschen . . .«, murmelte der andere.

Ein durchdringender, in Godh unbekannter Ton unterbrach ihn, einer jener Trompetenstöße, die das Lagerleben der *Firangis* regelten. Madec war demnach erwacht. Der Radscha drehte sich zum See um. Ein zweites Boot hatte gerade an der Böschung angelegt und wiegte sich sanft im Morgenwind. Madec aber war schon nicht mehr zu sehen. Bhawanis Augen suchten den rosigen Strand nach ihm ab, bis er ihn endlich entdeckte.

»Hol den *Firangi!«* rief er einem Diener zu.

Aber dieser rührte sich nicht vom Fleck.

»Hol den *Firangi,* sage ich dir!« wiederholte der Radscha und hob die Hand gegen ihn.

Da kam ihm ein anderer Domestike, ein kleiner, verängstigter Junge, zuvor und lief, gerade als drohten die Schläge ihm, so schnell er konnte zu Madec.

Wütend darüber, vor einem Fremden durch einen Diener sein Gesicht verloren zu haben, wandte sich Bhawani ärgerlich zum Alchimisten:

»Du machst Gold? Also gut, ich will es auf der Stelle!«

»Du glaubst mir nicht, Radscha, nicht wahr?«

»Doch, ich glaube dir . . . Mich wundert nur, daß du dir den Herrn einer kleinen Provinz für deine Künste auswählst und nicht den Mogul.«

»Siehst du dieses Gewand?« fragte der Alchimist, auf seine Robe deutend. »Gestern noch war es aus schlichter Baumwolle.«

»Da hast du bei mir kein Glück. Ich trage stets Goldbrokat. Ich brauche deine Dienste nicht!«

»Sehr wohl, Herr, aber dein Gürtel ist aus safranfarbiger Baumwolle.«

»Gewiß«, antwortete der Radscha und streckte ihm lachend den Bauch hin.

Madec, gerade auf dem Weg, mit schwerem Kopf nach einer schlaflosen Nacht, sein Lager aufzusuchen, begriff nicht, warum ihn plötzlich ein nervöser Junge, unzusammenhängende Worte hervorstoßend, am Ärmel zog.

Er ließ die Blicke über den Park schweifen, wo sich ihm eine ungewöhnliche Szene bot: zwei Elefanten, die sich über eine graue Mauer hinweg leicht unruhig musterten, Diener, die in ihrem Gehabe eher an Soldaten vor der Schlacht erinnerten, zwei Treiber, hinter Aufschüttungen verschanzt, und ein Mann in einem Goldbrokatgewand, der sich nicht regte, nicht, wie es der Brauch verlangte, dem Radscha zu Füßen lag, sondern etwas sagte, was den anderen offensichtlich lähmte. Sollte es ein Bote mit schlechten Nachrichten sein? Madec beugte sich zu dem Kleinen hinunter, um ihn zu fragen, da zerriß ein durchdringender Schrei die Luft, gefolgt von einem zweiten, der plötzlich erstarb. Madec schaute auf.

Zu spät! Oh, daß er nicht begriffen hatte, nicht gelaufen, nicht förmlich auf die Terrasse geflogen war! Einen Dolch im Bauch, brach der Radscha zusammen und wälzte sich im Staub. Madec stürzte los. Jede der Stufen, die zum Schauplatz des Dramas führten, erschien ihm wie ein Gebirge. Die Elefanten begannen zu brüllen, besonders einer, und dazwischen waren Entsetzensschreie, Stöhnen und Röcheln zu hören. Zu sehen war nichts, denn die Treppe, die zur Terrasse hinaufführte, war sehr steil. Madec mochte den Kopf noch so sehr recken, er sah nichts außer den Beeten der letzten Terrasse hoch oben. Genau diese perspektivische Wirkung hatte der Radscha, wie er ihm gestern noch erklärte, auch beabsichtigt. »Unsere Gärten, Madecji«, hatte er ihm erläutert, »gleichen dem Schleiertanz der Tempeltänzerinnen. Wir sehen das Ende, das Ziel unserer Wünsche, den *Yoni,* wie er sich im Rhythmus des Tanzes hebt und senkt; aber wie viele Schleier sind aufzuheben, ehe man die unter einem letzten Gewebe sich abzeichnende Form gewahrt. Und besitzen werden wir sie nie, denn im nämlichen Augenblick verschwindet die Tänzerin. Genauso verhält es sich mit unseren Gärten. Man muß steigen, von Terrasse zu Terrasse steigen, ehe man am letzten Brunnen anlangt. Von unten dagegen siehst du nur ihn und glaubst dich der Ruhestätte nahe. Aber du bist ihr fern. Mußt noch viele Stufen steigen . . .«

Noch viele Stufen steigen; der Radscha hatte nicht geahnt, wie wahr seine Worte waren. Sie lasteten auf Madec wie ein bleiernes Gewand. Schweiß rann ihm über die Wangen. Es war ein Alptraum. Ein Alptraum, obwohl die höllische Nacht, in der er sich vor Verlangen und Schmerz in die Fäuste gebissen hatte, endlich verflogen war. Auf der letzten Stufe enthüllte sich ihm schließlich die ganze Szene. Der Radscha lag in seinem Blut, das schon einzutrocknen begann. Um ihn herum lagen noch andere blutüberströmte Gestalten, darunter auch der Mann im Goldbrokatgewand mit einem bis zur Unkenntlichkeit zerschmetterten Gesicht. Dazu Domestiken, deren Haut schon das Grau des Todes angenommen hatte.

»Bhawani.«

Zum ersten Mal in seinem Leben sprach Madec diesen Namen aus, bemüht, ihn genauso zu betonen, wie er es von Sarasvati gehört hatte.

Er beugte sich über den Radscha. Offensichtlich lebte er noch.

»Bhawani . . .«

»Beschütze ihn . . . Mein Sohn . . . er ist noch zu jung . . . Beschütze Godh.«

Madec wurde von einem Zittern befallen. Das Gesicht des Todes, diese kindlich vertrauensvolle Miene, die die Menschen bei seinem Nahen aufsetzen, war ihm wohl vertraut, wenn man sich auf dem Schlachtfeld auch nur selten, nur bei einem wirklichen Freund, die Zeit nahm, abzusitzen, um die letzten Worte zu hören und auf den letzten Atemzug zu warten. Seit sich Dieu, Visage und Martin-Lion in alle vier Windrichtungen des Dschungels zerstreut hatten, hatte Madec ein solches Gefühl der Freundschaft nicht mehr empfunden – außer für Bhawani!

Und nun war der Radscha von Stichen durchbohrt, in seinem Lustgarten ruhmlos im Staub zusammengebrochen!

»Nimm meinen Federbusch . . . Ich übertrage dir meine Macht . . . bis zur Volljährigkeit meines Sohnes . . . Meine Macht . . . Beim Schwert des Mutes!«

»Radscha . . . niemand wird mir glauben!«

Noch immer floß das Blut aus seiner Seite.

»Sie werden dir glauben . . . des Federbusches wegen . . . Sarasvatis wegen . . . Nimm den Federbusch.«

Dann murmelte er noch sonderbare Worte in einer Madec unverständlichen Sprache. Schließlich wandte er die Augen zum Himmel: »Beim Schwert des Mutes . . . Bei der Macht der Liebe . . .«

Der Radscha von Godh war tot.

Mit zitternden Händen stopfte Madec den Federbusch in eine Falte seiner Robe. Jetzt hieß es nachdenken. Der Radscha hatte sich nicht verteidigen können. Sein Dolch steckte noch in der Scheide. Er mußte beim ersten Stich zusammengebrochen sein. Der Mörder, der Zauberer im Goldbrokatgewand, war ebenfalls tot. Madec beugte sich über dessen blutverschmierten Leichnam. Der Kopf war gespalten, das Kinn zertrümmert, die Augen vorgetreten wie bei den Tieren auf der Schlachtbank. Er war nicht mehr zu erkennen. In seiner Hand blitzte ein großer Saphir, aber Madec wagte nicht, ihn anzurühren.

Er fuhr zusammen. Ein fast nicht wahrnehmbares Geräusch, ein Knirschen von Kies im Sand. Herumschnellend fand er gerade noch Zeit, während eine Dolchklinge in der Sonne aufblitzte, auf eine mehr erahnte als wirklich wahrgenommene menschliche Gestalt zu feuern. Und wieder sickerte Blut in den Sand.

»Erbarmen, Erbarmen!« schrie eine andere Stimme.

Zu seinem großen Erstaunen sah Madec fünf weitere Diener aus dem Elefantenpark auftauchen. Aber es waren keine Elefantentreiber, sondern Domestiken, kenntlich an dem im Palastdienst üblichen gelben Turban.

»Erbarmen, Erbarmen, verschone uns!« schrien sie im Chor und warfen sich vor ihm zu Boden.

»Stellt euch dort hin!« brüllte Madec, auf die Mauer zeigend. »Stellt euch dort auf, oder ich jage euch eine Kugel in den Kopf!«

Eingeschüchtert befolgten sie seinen Befehl. Aber Madec traute ihnen nicht. Sicher verbargen sie unter dem *Dhoti* eine dieser fürchterlichen indischen Waffen, einen jener Dolche mit flammenförmiger Klinge, die auf der Stelle töteten. Für den Augenblick hielt er sie in Schach. Auf die Dauer aber konnte er das nicht. Sie lauerten nur auf eine Unachtsamkeit seinerseits, um sich auf ihn zu stürzen. Die Pistole auf sie gerichtet, hielt er sich in sicherer Entfernung. Die Kadaver waren bereits schwarz vor Fliegen. Die Sonne schien bereits recht warm. Um nicht aus dem Hinterhalt überrascht zu werden, während er den Horizont absuchte, zog er zur Vorsicht den Säbel. Auf der Seite des Sees rührte sich nichts. Dennoch mußten seine Leute die Schreie, den Schuß gehört haben. Aber nur eine Barke teilte das Wasser, während sich die Wäscherinnen mit ihren Schlegeln und farbigen Tüchern an den Ufern einrichteten, und der See von einem Augenblick zum anderen unter ihren Schlägen wie eine riesige Lunge zu atmen begann. Dann suchte er die Ebene mit den Augen nach einer Staubwolke, einem Reiter oder irgendeiner verdächtigen Bewegung ab, die ihm hätte verraten können, aus welcher Richtung die Gefahr kam. Aber nichts geschah. Auch auf der Seite der Stadt nichts, und nichts am Horizont vor dem Dschungel, nichts in den Bergen im Norden. Alles ruhig. Wie aber sollte er sich den Vorfall dann erklären?

Wieder einmal sah sich Madec dem Unerklärlichen gegenüber. Wohl blieb noch die Möglichkeit einer Palastrevolution. Warum aber hätten die »Diener« dann den Alchimisten massakriert und anschließend ihn, Madec, den Fremden, aufs Korn genommen? Die Ermordung der Domestiken des Radschas erschien ihm einleuchtend, fast selbstverständlich. Wie aber paßte der verängstigte Kleine ins Bild?

So jedenfalls, das stand fest, konnte er sich nicht lange halten. Eine einzige Unachtsamkeit, und die Männer sprangen ihm an die Kehle. Der Erschossene röchelte leise am Boden. Aber Madec wies jegliche Mitleidsregung von sich. Die Zeit schien stehenzubleiben, und er fragte sich, ob das nicht schon das Vorspiel zu seinem eigenen Tod war. Einem erbärmlichen, unrühmlichen Tod an einem ruhigen Morgen inmitten einer traumhaften Landschaft, den vom See eingeschlossenen Marmorpalast zu Füßen und die rosafarbene Zitadelle, allzu rosa vor den schwarzen Bergen, vor Augen. Plötzlich, wie beim Erwachen aus einem Alptraum, geriet das Bild ins Wanken. Ein Angriff der Kavallerie. Eine Staubwolke. Seine Männer! Und auf dem See zehn, zwanzig Boote, alle noch vom Holi-Fest mit Girlanden geschmückt, und schreiende, lanzenschwenkende Männer. Endlich! Die Diener vor dem Lauf seiner Pistole begannen zu zittern. Und er selbst, Madec, auch. Auf der ersten Barke, aufrechter denn je, göttlich und doch in einer Weise fleischlich, wie er sie noch nie gesehen hatte, Sarasvati, die bald darauf, während die Soldaten an Land sprangen, ruhig und majestätisch die Terrasse betrat. Mit raschem Blick hatte sie die Lage erfaßt, die Toten gezählt, erkannte sie wieder. Dann ging sie, nur unmerklich langsamer, zum Radscha, hockte sich nieder, betrachtete lange sein Gesicht und befahl schließlich, ihm die Augen zu schließen.

»Madecji«, sagte sie, sich erhebend, »laß den Park durchsuchen!«

Einen Augenblick lang verharrte er wie erstarrt. Wie, kein Schrei, keine Träne, kein Seufzer, nur diese rituelle Geste?! Und so schön, so überirdisch schön und heiter, die Züge friedlich und glatt wie der Spiegel des Sees. Diese Frau hat kein Herz, dachte er, und wandte sich um, um den Befehl an seine Soldaten weiterzugeben. Mittlerweile hatte sich Sarasvati über den Alchimisten gebeugt und betrachtete sein zertrümmertes Gesicht lange, gerade als weidete sie sich am Anblick blanker Knochen, blutunterlaufener Augen und verspritzten Gehirns.

»Anscheinend . . .«, sagte sie nur.

»Anscheinend?« wiederholte Madec sprachlos.

Ohne zu antworten, wandte sie sich einem langen, mageren Menschen zu, in dem Madec den Hauptmann der Palastwache wiedererkannte.

»Sorge dafür, daß niemand vor drei Uhr den Palast verläßt und die Neuigkeit nicht nach Godh dringt. Kein Mensch rührt sich von der Stelle, bis der Park durchsucht ist. Beim Schwert!«

Der feste, entschlossene Ton ihrer so sinnlich klingenden Stimme ließ den Hauptmann der Wache zu Stein erstarren.

»Foltert diese Männer!« fuhr sie fort. »Ich möchte alles wissen, und ich werde alles erfahren!«

Die Diener, ringsum von Lanzen eingeschlossen, zitterten nicht mehr. Sie warteten, die Augen in der Ferne verloren. Die Elefanten begannen wieder zu brüllen.

»Foltert sie auf der Stelle!«

Wachsoldaten stürzten sich auf sie, um sie zu fesseln. Ein Feuer wurde angezündet, um die Lanzenspitzen zu erhitzen. Die Gefangenen zeigten keinerlei Regung.

»Sie spielen die Tapferen«, sagte Sarasvati ruhig und gemessen. »Bringt die roten Ameisen, und hackt dem da die Hand ab.«

Aufs Geratewohl zeigte sie auf einen der Gefangenen. Hinter der Steinmauer brüllten die Elefanten. Die Sonne stieg schnell höher, der See färbte sich stahlblau. Madec rief seine Männer, die im Park zwei weitere Diener mit demselben hohlen, starren Ausdruck entdeckt hatten. Während der Vorbereitung der Folterwerkzeuge herrschte tiefe Stille. Ein Soldat hatte dem Gefangenen die Hand abgeschlagen. Der hatte keinen Laut von sich gegeben. Niemand beachtete die abgetrennte Hand im blutdurchtränkten Sand, auf die sich bereits Myriaden von Fliegen gestürzt hatten.

Halblaut erteilte Sarasvati Anweisungen, die, so vermutete Madec, die Bestattungsfeierlichkeiten und die Rückkehr nach Godh betrafen.

»Hier sind die Ameisen«, verkündete ein Wachsoldat triumphierend und warf sich mit einem großen Metallkasten vor Sarasvati auf den Boden.

»Gut!« erwiderte sie mit einem äußerst reizvollen kleinen Auflachen. »Der Astrologe hat offensichtlich vorgesorgt.«

»Redet!« herrschte der Hauptmann der Wache die Gefangenen an, »oder ihr erlebt dasselbe Schicksal am eigenen Leib!«

Mit diesen Worten stieß er den blutigen Stumpf des Gefolterten in die Ameisenkiste. Madec drehte es den Magen um. Die Tiere, riesige, rote Insekten, stürzten sich gierig auf die Wunde und begannen das Fleisch gierig von den Knochen zu fressen. Der Mann, gerade noch scheinbar über alles erhaben, brüllte laut auf.

»Erbarmen! Erbarmen!« schrien die anderen.

»Werft ihn den Elefanten vor«, befahl Sarasvati ruhig, ohne jeden Anflug von Bosheit oder Rachedurst. Und während der noch immer laut brüllende Gefangene abgeführt wurde, trat Sarasvati zu seinen Gefährten.

»Redet jetzt . . .«

Diese anmutige Stimme, welch schmeichelnde Sinnlichkeit in jedem Wort und zugleich voll absoluter Gleichgültigkeit – die vollkommene Selbstbeherrschung. Mit jeder Silbe, mit jeder ihrer Gesten fand Madec neue Gründe, sie zu lieben.

»Der Bruder des Radschas hat den Alchimisten beauftragt . . .«, murmelte einer.

»Ja, der Bruder des Radschas, Fürstin«, stieß ein anderer hervor, »und die erste Gattin . . . Aber sie wollte deinem Gatten nichts antun, das schwöre ich!«

»Wem dann?«

Ihre Stimme klang nach wie vor verhalten, fast höflich. Plötzlich wurde die Luft von Schreien zerrissen. In der Umzäunung sah man einen der Elefanten herumtrampeln.

»Er zertritt den Verräter«, kommentierte Sarasvati und nahm ihr Verhör wieder auf.

»Der Alchimist hat uns verraten!«

»Schweig!« zischte sein Nachbar, ein blutjunger, langaufgeschossener, magerer Kerl, der verzweifelt versuchte, dem durchdringenden Blick der Fürstin standzuhalten. Ihm ins Gesicht lachend, trat sie auf ihn zu.

»Du bildest dir doch nicht ein, daß er dir gehorcht! Wache, zieht ihn aus, stoßt ihm die Lanze zwischen die Schenkel!«

»Sarasvati!« schrie Madec und fügte, sich wieder fangend, hinzu: »Fürstin . . . habt nur Geduld! Der andere wird gleich reden.«

»Madecji, du mußt begreifen, daß ich Unverschämtheiten dieser Art nicht dulde!«, und heftig erregt befahl sie brüsk:

»Peitscht ihn bis aufs Blut, setzt die Ameisen auf ihn und werft ihn den Elefanten vor!«

Von Entsetzen erfaßt, stieß der andere Gefangene mit größter Schnelligkeit hervor:

»Auf ihren Befehl sollten wir deinen Sohn töten, Fürstin. Wir stammen aus dem Palast, Fürstin, erkennst du uns nicht? Schon unsere Eltern und Großeltern haben der Familie des Radschas treu gedient. Aber die erste Gemahlin war so unglücklich!«

»So unglücklich, daß sie den Radscha umbringen ließ . . .«, höhnte Sarasvati.

»Das wollte sie nicht, sie wollte nur deinen Sohn.«

Sarasvati warf einen beunruhigten Blick auf den Palast.

»Ich habe schon Wachen aufgestellt«, versicherte der Hauptmann leise, der ihrem Blick gefolgt war.

»Fahre fort«, befahl sie dem Gefangenen. »Rede!«

»Heute morgen hat uns der Alchimist in den Garten gerufen und erklärt, er gedenke den Radscha zu bereden, bei Anbruch der Dunkelheit allein mit seinem Sohn hierherzukommen, um der Umwandlung aller Dinge in Gold beizuwohnen. Vorsichtshalber aber sollten wir ihn jetzt schon begleiten. Wie wir nun gesehen haben, daß er deinen Gemahl tötet, haben wir uns auf ihn gestürzt und ihn umgebracht und entstellt, wie es uns die erste Gattin befahl. Dann haben wir die anderen Diener ermordet, die ihn begleitet haben. Und dann ist der *Firangi* gekommen.«

»Und du hast ihn bedroht, Lump, ich habe es wohl gesehen! Dafür sollst du sterben!«

»Fürstin!« schaltete sich Madec ein.

Aber sie hörte ihn nicht, wie besessen von einer fixen Idee.

»Und wie hieß dieser Alchimist?«

»Das wissen wir nicht.«

»Ach, das weißt du nicht! Übergebt ihn den Ameisen!«

Sie lächelte mechanisch. Wieder betrachtete sie die Leiche des Zauberers und verscheuchte die Fliegen, die in wahren Trauben an seinem Kopf hingen und ihn schon zu leeren begannen.

»Madecji!«

Er fuhr hoch.

»Du warst nicht dabei, als das alles geschah, nicht wahr?«

»Ich war gerade auf dem Weg ins Lager, da hat mich ein Junge geholt.«

»Ich weiß. Ich habe dich gehen sehen.«

Ihr Blick trübte sich; einen Augenblick lang schlug sie die Augen nieder. »Du hast das Gesicht dieses Mannes also nicht gesehen?«

»Nein.«

»Wo ist der Junge?«

Der Kleine hatte sich in einen Winkel der Terrasse verkrochen und den Kopf in den Händen versteckt.

»Komm her«, forderte Sarasvati ihn auf.

Am ganzen Leib zitternd, kam er näher. Sie nahm ihn beim Kinn und fragte fast mütterlich: »Und du, hast du es gesehen?«

»Ja . . .« stotterte das Kind.

»Woher kamst du?«

»Der Radscha hat mich heute morgen zum Elefantenkampf mitgenommen.«

»Das stimmt«, bestätigte der Hauptmann der Wache.

»Dann sage mir, wie hat dieser Zauberer ausgesehen?«

Nach einem kurzen Zögern antwortete der Junge: »Er war keiner von uns, Fürstin.«

Erstaunt zog sie die Brauen hoch.

»Keiner von uns? Wie das?«

Mutiger geworden, erklärte das Kind mit festerer Stimme:

»Sein Gesicht war bemalt wie die Krischna-Statue am Tag seines Festes.«

»Ach«, meinte Sarasvati über den Kadaver gebeugt. »Madecji, du bist ein Fremdling, ein Krieger, du fürchtest nicht, dich durch die Berührung von Leichen zu beschmutzen. Darum öffne du das Gewand des Zauberers!« Sie lächelte noch immer, wie von einer Gewißheit erleuchtet. Madec vertrieb nun seinerseits die Fliegen, ehe er am Kragen des Toten herumnestelte. Der Körper begann bereits zu riechen. Die Fäden, die den Stoff zusammenhielten, waren außerordentlich fein und fest geknüpft. Der Blick der Prinzessin, die jeder seiner Bewegungen mit den Augen folgte, lastete auf ihm. Endlich gelang es ihm, das schwere Gewebe auseinanderzuschlagen.

»Das genügt«, befand Sarasvati. »Ich weiß, was ich wissen wollte.«

Sie lachte nicht mehr. Unter dem Goldbrokat war der Körper eines Weißen zum Vorschein gekommen.

»Ein Engländer«, erklärte Madec. »Es kann nur ein Engländer sein.«

»Ein Engländer?« Sarasvati brach in Lachen aus. »Und woran erkennst du den Engländer? Woher weißt du, daß es nicht ein Landsmann von dir war? Nackt sind beide weiß, ähnlich wie du.«

Madec errötete. »Er hatte rotes Haar . . . und eine hellere Haut als ich. Sicher hatte er grüne oder blaue Augen.«

»Auch du hast blaue Augen.«

Er brachte kein Wort heraus. Die Kehle schnürte sich ihm zusammen. Sie schaute ihm direkt in die Augen. Er betrachtete sie lange und reichte ihr schließlich den Federbusch des Radschas. Damit hatte das Abenteuer wohl ein Ende. Sie wird den Federbusch nehmen, dachte er, und mich wegschicken. Und sie nahm ihn in der Tat.

»Er hat dir seine Macht übertragen!« frohlockte sie.

»Aber Fürstin, seid Ihr von Sinnen?« rief der Diwan, der in diesem Moment eintraf.

Sie musterte ihn von Kopf bis Fuß.

»Seid Ihr von Sinnen, daß Ihr so blind seid?« wiederholte er in einem etwas demütigeren Ton. »Wer sagt Euch, daß der *Firangi* ihn nicht vom Turban des Radschas abgenommen hat und selber zu den Verschwörern gehört?«

Er deutete auf den halbentkleideten Kadaver des Alchimisten.

»Schließlich ist der Mörder auch ein *Firangi!*«

Madec wollte schon den Dolch aus der Scheide ziehen, wurde aber von Sarasvatis entschiedenem »Nein!« zurückgehalten. Sie stellte sich zwischen die beiden Männer und wiederholte mit derselben gesetzten Stimme und einem durchbohrenden Blick, der bis ins Innerste drang:

»Nein!«

»So habt Ihr denn jedes Mißtrauen verloren, Fürstin?«

»Hüte dich, Diwan! Wenn du ihm noch einmal mißtraust, lasse ich auch dich den Elefanten vorwerfen!«

Der Diwan zerschmolz in Entschuldigungen.

Sonderbarerweise aber hatte der Vorfall Madecs Ansehen nicht geschadet. Eher im Gegenteil. Von einer Frau beschützt zu werden, hätte er sich allerdings nie träumen lassen. Aber war es wirklich eine Geste des Beschützens gewesen? »Wenn du ihm noch einmal mißtraust . . .«, hatte sie gesagt. Sollte es möglich sein, daß die Fürstin ihn, den mit knapper Not den englischen Armeen entronnenen kleinen Soldaten, liebte? Warum aber hätten ihn diese Worte sonst so mit Freude erfüllt? Täuschte er sich, oder spielte ihm die indische Sprache einen Streich? Ein äußerst sonderbares Gefühl durchströmte ihn: die Gewißheit, ihr gleichgestellt zu sein, und das in einem Land der endlos fortgeführten Hierarchien von Brahmanen, Unberührbaren, Kriegern, Kasten und Unterkasten. Selbst in dem Augenblick, in dem ihm Bhawani den Federbusch übergeben hatte, hatte sich Madec nur für einen Statisten in einer Tragödie gehalten, die ihn nicht weiter betraf, oder richtiger, versucht, sich einzureden, daß er nur ein Außenstehender, ein Fremder, ein *Firangi* sei. In der Übergabe des Federbusches hatte er nur ein Lebewohl des Radschas gesehen, nichts weiter. Niemals hätte er es Sarasvati zu wiederholen gewagt, und doch hatte sie, kaum war sie des Federbuschs in seiner Hand ansichtig geworden, begriffen:

»Behalte ihn, Madec. Das ist das Zeichen deiner Macht. Mein Sohn braucht deinen Schutz.«

Die Fürstin hatte das Symbol akzeptiert, ja sogar mit einer Art Freude akzeptiert, die nun auch auf ihn übersprang: Die Dame von Godh erkannte ihn als ihresgleichen an.

In der Sänfte wandte er sich um. Hinter dem Königselefanten folgte auf einem Karren in ein Leichentuch eingewickelt Bhawanis Leichnam, der, blumenübersät, so daß nicht zu erkennen war, ob es sich um einen Erwachsenen oder um ein Kind handelte, in die Stadt überführt wurde. Das Geleit gaben ihm die Palastwache und Madecs Soldaten, und die Ochsen mit den Kanonen bildeten den Abschluß des Zuges.

»Das Wasser wird knapp werden«, bemerkte Sarasvati.

Mit einer leichten Bewegung fächelte sie sich Luft zu. Als man an den Stadttoren anlangte, ging es schon stark gegen Mittag. Sie wandte sich noch einmal um, für einen letzten Blick auf das Seepalais. »Der Astrologe . . .«, murmelte sie und ihr Gesicht verzog sich. »Er hat den Astrologen nicht vorher befragt.« In diesem Augenblick glaubte Madec, sie werde in Tränen ausbrechen. Ihre Lippen zitterten unmerklich. Sie zerknitterte die Falten ihres weißen Saris, zwang sich dann aber, während in ihren Augen so etwas wie Herausforderung aufblitzte, zur Ruhe. Woher nur nahm sie eine solche Kraft? Unsicher fragte sich Madec, ob das überhaupt noch die gleiche grazile junge Frau war, für die er sich durch Berge und Wüsten gekämpft hatte? Doch, sie war es noch, auch wenn die Schultern voller geworden waren, die Lippen einen entschlosseneren Ausdruck trugen und die Linie der Brüste unter dem Bolero weicher wirkte. Wieder befiel ihn Angst und das heftige Verlangen zu fliehen, sich im gestreckten Galopp auf und davon zu machen. Aber wohin? Zum Jesuiten nach Agra? Zu dem Mann, der gesagt hatte: »Dieses Land ist ungesund«. Ja, es war ungesund. Der Mann in der schwarzen Robe hatte recht gehabt. In der vorigen Nacht hatte Madec kein Auge geschlossen, hin und her gerissen zwischen seiner Freundschaft für den Radscha und der unwiderstehlichen Gewalt, die ihn zu Sarasvati hinzog. Und jetzt am Tag war der Radscha tot, ohne sein Zutun mausetot; und er selbst, Madec, saß neben den halbnackten Hüften der Fürstin, die er seit Monaten begehrte, und die ihn plötzlich ins Vertrauen zog, mit ihm redete wie mit ihresgleichen.

»Das kann nicht von Dauer sein«, dachte er. »Aber mir fehlt der Mut zur Flucht, und so werde ich sterben.«

In Godh sterben. Die Rampe beschrieb eine scharfe Kurve. Madec erhielt einen harten Stoß.

»Schon . . .«, flüsterte er, ehe er die Augen hob.

»Was sagst du?« fragte die Fürstin, und der Klang ihrer Stimme ließ ihn erzittern. »Wir sind da«, fügte sie hinzu. »Der Augenblick, mit dem alles beginnt, ist gekommen.«

Wieder verkrampfte sich ihr Gesicht. Madec bot ihr die Hand zum Absteigen, aber sie stieß sie zurück. Dann stellte sie sich, die Augen zu den Balkonen der *Zenana* erhoben, neben den Wagen. Dahinter nahmen die Truppen und Kanonen Aufstellung. Alles wartete. Eine bedrückende Stille trat ein. Die Sonne stach, das Licht blendete, man sah schlecht. Niemand rührte sich. Auch im Palast rührte sich nichts. Instinktiv hatte sich Madec neben Sarasvati gestellt, obwohl sie seine Hand zurückgestoßen hatte. Sein Arm streifte ihren, und ihre nackte Taille berührte seine Hand. Sie zitterte nicht, schien sich ihr eher zu überlassen. Sie war nicht mehr fern und unerreichbar. An den Fenstern der *Zenana* zeichnete sich eine dünne Gestalt im Festkleid ab, das in der Sonne aufblitzte. Mit kalter Gebärde hob sie den Vorhang und fixierte die Neuankömmlinge. Ihre Züge waren nicht zu erkennen, aber bald brach sie in ein gewaltiges Gelächter aus wie eine Hyäne, und alle erkannten sie.

»Erste Gemahlin!« rief Sarasvati. »Erste Gemahlin, das ist dein Werk!« Und mit einem einzigen Ruck riß sie das Leichentuch weg, so daß die Blumenketten, die es bedeckten, mit zu Boden flogen. Ein Seufzen ging durch die Reihen, und darüber gellte ein Schrei auf, der ebensogut Entsetzen wie Ärger oder Verzweiflung ausdrücken mochte.

Den ganzen Tag vor der Bestattung war Sarasvati damit beschäftigt, Anordnungen zu erteilen und zu schulmeistern. Unter dem Vorwand, die Gegenwart der ersten Gemahlin nicht ertragen zu können, weigerte sie sich, die *Zenana* zu betreten. Alle Welt wunderte sich: Nichts einfacher als die Rivalin zu ermorden; eine Prise Diamantenpulver in ein Glas Wasser oder eine Tasse Tee gestreut oder eine gefällige Wache des Nachts in die *Zenana* eingeschleust, ein Trank mit Gift, ein Dolchstoß, und alles wäre geregelt gewesen. Wohl hätte alle Welt gewußt, woher der Tod kam, niemand aber hätte etwas dagegen gesagt: Dharma! Schließlich hatte die erste Gemahlin Sarasvatis Kind töten wollen; das Komplott war gescheitert, der Mörder hatte sich im Opfer getäuscht, Dharma, Dharma. Sie hatte also den Tod verdient. Die vierte Gattin konnte ihr doch nicht die Genugtuung der Witwen lassen, die Gnade des *Sati,* sich auf dem Scheiterhaufen des Radschas zu opfern! Entgegen allen Erwartungen aber trachtete Sarasvati ihrer Rivalin nicht nach dem Leben. Die ganze Nacht beriet sie sich am Fuße des Sonnenthrons, auf dem Bhawani immer bei Audienzen Platz genommen hatte, mit dem Astrologen. Den Diwan hatte sie zu seinen kleinen Sklavinnen geschickt, ja, ihm noch drei weitere angeboten, ausgewählt aus den schönsten Dienerinnen der *Zenana,* darunter angeblich sogar eine Jungfrau. Der Diwan, dessen sonderbare Neigungen bekannt waren, hatte sich für diesen in Zeiten der Trauer gänzlich unerwarteten Gunstbeweis überschwenglich bedankt und war mit großen Schritten keuchend durch die Galerien enteilt.

Der Astrologe hatte alles gebilligt. Seit er, von der Fürstin benachrichtigt, zurückgekehrt war, hatte er sie keinen Augenblick mehr allein gelassen und nicht aufgehört, sie mit einem Ausdruck ruhiger Ergebenheit ins Schicksal kopfschüttelnd zu betrachten. Madecs Miene dagegen verdüsterte sich zusehends. Befehle, geheime Beratungen, Einwände des Brahmanen, Geflüster, wieder Befehle, Diener, die kamen und gingen, sich vor der Fürstin verneigten und sich überstürzten, um noch ihre geheimsten Wünsche zu erraten. Madec existierte nicht mehr für Sarasvati, er fühlte es wohl. Dennoch verharrte er auf einem Kissen in einem Winkel des *Diwan-i-Am* in Betrachtung über ihre geheimnisvolle Person versunken bis zum Abend, ungewiß, ob ein solches Zurücksinken in Nichts nun das Geheimnis des Glücks war oder ob er nicht doch Lust verspürte, gegen diese Degradierung zum Objekt aufzubegehren. Noch vor Sonnenuntergang setzte die Flötenstimme der Fürstin seinem Grübeln ein Ende.

Gebeten, sich zurückzuziehen, schleppte er sich, niedergedrückt und einsam, durch die Galerien zu einem auf die Ebene hinausgehenden marmornen Gemach, wo ihn diesmal jedoch keine Sklavin erwartete, so sehr er sich auch gewünscht hätte, sein Verlangen am erstbesten Körper zu stillen und sich für immer von Sarasvatis Gleichgültigkeit zu überzeugen. Wut erfaßte ihn, aber die Müdigkeit war stärker. Er schlief fast auf der Stelle ein. Noch vor Morgengrauen wurde er am nächsten Tag von einem Diener geweckt.

»Die Bestattung, *Sahib* . . .« Wie er in die Trauerkleidung und das Trauergeleit, in dem ihm niemand auch nur die geringste Beachtung schenkte, gekommen war, und wie die Zeremonie bis zu jenem entsetzlichen Vorgang, der ihm den Magen hob, ablief, hätte er hinterher selbst nicht mehr zu sagen vermocht.

In dem weichen grauen Licht der Dämmerung war alles wie im Halbschlaf an ihm vorübergezogen, die Straßen der Stadt, der Fluß, das Verbot, dem Scheiterhaufen als unreiner *Firangi* nahe zu kommen. So war er auf einem kleinen Erdhügel stehen geblieben, von wo er das ganze Schauspiel überblicken konnte: die dichtgedrängten Reihen der Frauen, weiß und ruhig vor dem braunen Holz des Scheiterhaufens, Sarasvati, die schönste von allen, ihren Sohn an sich gepreßt, und den Brahmanen, der, unverständliche Formeln zitierend, von Zeit zu Zeit Stroh verstreute und Wasser aussprengte und dem Knaben mehrere Reisplatten gab, die dieser neben den in ein safranfarbenes Tuch eingeschlagenen Leichnam seines Vaters stellte, ehe er den Holzstoß nach Anweisung des Priesters an drei verschiedenen Stellen mit einer Fackel anzündete. Das Holz fing sofort Feuer, die Flammen griffen schnell um sich, der Stoß prasselte, ein beißender Rauch trieb zum Fluß hinunter. Niemand regte sich. Eine erstaunliche Unbeschwertheit lag über der Szene. Das ist also alles, dachte Madec träumerisch.

Plötzlich ging eine Bewegung durch die Schleier der Frauen, eine langsame, fast nicht wahrnehmbare, aber doch sehr gezielte Bewegung. Eine um die andere lösten sich die weißen Gestalten mit fast wehmutsvoller Anmut von ihrem Platz, nur Sarasvati in der ersten Reihe blieb wie ein Fels in der Brandung aufrecht und unerbittlich stehen, während sich die Frauen hinter ihr wieder zusammenschlossen und, eine einzige, geschlossene, weiße Mauer, wie zum Angriff vorrückten, wie eine geballte, unter Trauersaris verborgene Kraft, sie auf den Scheiterhaufen zu drängten. Sarasvati zitterte, und einen Augenblick glaubt Madec, schon im Begriff, sich durch die Menge zu zwängen, sie werde in die Glut stürzen. Aber nein, sie hielt dem Ansturm mit übermenschlicher Kraft stand, und eine nach der anderen kehrten die weißen Gestalten wie Besiegte auf ihren Platz zurück. Sarasvati war bleich, aber Siegerin.

Da löste sich aus der Gruppe eine schwächliche, leicht gebeugte Gestalt, die erste Gemahlin, und schritt, den Kopf mit einem Kaschmirschal bedeckt und mit allen ihren Juwelen geschmückt, ruhigen Schrittes zu einer kleinen Vertiefung im Scheiterhaufen. Man reichte ihr Wasser, das sie auf einen Zug austrank, dann kaute sie ein Betelblatt. Schließlich setzte sie sich in die Höhle und eine Holzplatte wurde vorgeschoben. Die Frauen heulten laut auf, ob vor Freude oder Entsetzen hätte Madec nicht zu sagen vermocht. Und nun begannen die Anwesenden den Scheiterhaufen nach allen Richtungen zu umschreiten, Instrumente aller Art setzten ein und erzeugten eine schreckliche Kakophonie. Von Zeit zu Zeit drückte die Luft den Rauch zu Boden, und Madec sah Sarasvati aufrecht an ihrem Platz, unerschütterlich und heiter, ihr Kind an ihren weißen Sari gedrückt. Schließlich stürzte sich ein Mann mit einem kleinen glänzenden Hammer in die Flammen, um die Schädeldecke des Radschas aufzuschlagen und seine Seele zu befreien, damit sie sich mit dem Einzigen, dem Unveränderlichen *Brahman* wiedervereinigen konnte. Das war mehr, als Madec ertragen konnte. Er wandte sich ab und hetzte, ohne anzuhalten, bis zur Zitadelle. Kaum im Palast angelangt, erreichte ihn der Befehl der Fürstin, sich bei Einbruch der Nacht am Scheiterhaufen einzufinden.

Während er auf der Bestattungsstätte umherirrte, fragte sich Madec noch immer nach dem Anlaß für dieses Rendezvous. Ein schauerlicherer Ort ließ sich nicht denken. Überall Überreste von der Zeremonie, heruntergerissene, zertrampelte Girlanden, verstreute Reiskörner, zerbrochene Opferschalen. Der Scheiterhaufen qualmte noch. Ein Geruch nach verbranntem Fleisch erfüllte die Luft, kaum überdeckt vom Sandelholzduft und dem reichlich versprengten Weihwasser. Auch der anbrechende Abend brachte keine Kühle. Madec ging zum Fluß hinunter, dessen Spiegel noch weiter gesunken war. Sogar die Ebene, über die er seine Blicke schweifen ließ, schien langsam auszutrocknen. Und er? Trocknete nicht auch er immer mehr aus durch seine Leidenschaft zu dieser kapriziösen, unberechenbaren Fürstin in einer Welt, die, wie sie, gleichzeitig sanft und grausam war? Und wozu dieses Rendezvous? Gab es nichts Dringlicheres zu tun, Männer an die Grenzen der Provinz zu schikken, die Palastwachen zu verdoppeln, um neuen Komplotten vorzubeugen, die Himmel zu befragen? Statt dessen ließ sie ihn, kaum Witwe, an die Verbrennungsstätte ihres Gatten holen!

Welch starke und doch zarte Frau! Er verstand sie nicht, liebte sie deswegen aber nicht weniger. Madec hob ein halbverkohltes Scheit auf. Wie kaltblütig sie sich heute morgen gezeigt hatte in ihrem fleckenlosen weißen Sari ohne allen Schmuck. Erstmals hatte er sie sich nackt vorstellen müssen. Aber das hatte sie ihm nicht näher gebracht. Nie jedenfalls hätte er geglaubt, sie so bald wiederzutreffen. Wahrscheinlich aber kam sie doch nicht. Wahrscheinlich beobachtete sie ihn von der Zitadelle aus, um zu sehen, wie weit sie ihn erniedrigen konnte, und lachte, lachte. Aber als er sich schon zum Gehen wenden wollte, sah er sie ganz verschleiert in einem gewöhnlichen roten Musselin, ähnlich wie ihn die Bäuerinnen trugen, herannahen. Bei ihm angelangt, nahm sie das Tuch, das ihr Gesicht verbarg, ab und breitete es auf dem Boden aus. Dann hob sie drei Lampen aus einem kleinen Korb und zündete sie an.

»Komm!«

Aber er blieb wie angewurzelt stehen. Als sie ihr Tuch abgenommen hatte, hatte sich ihr Haar, durch keinen Zopf zurückgehalten, gewaltigen Fluten gleich, bis auf die Hüften herunter ergossen. »Komm!«

»Fürstin ... Du bist allein. Fürchtest du nicht, auch du könntest sterben müssen?«

»Ich sterbe nicht.«

Ihre Stimme klang fest und zärtlich in einem.

»Streck dich aus.«

Er rührte sich noch immer nicht.

»Was willst du von mir?«

Überrascht schaute sie ihn an.

»Und du, was willst du von mir, was ich nicht von dir möchte?«

Das war vermutlich eine Falle.

»Ich kenne die Bräuche deines Landes ein wenig. Eine Witwe ist ausgestoßen; Unglück kommt über den, der sie begehrt, der ihr folgt.«

»Ich habe den *Sati* verweigert, Madec. Ich möchte ein Leben in Schönheit und Größe!«

Ihre Worte klangen wie eine Herausforderung an einen Feind, wie ein Schlachtruf, um die Männer in den Kampf zu führen. Er sah sie wieder vor sich, wie sie sich heute morgen mit ungeheurer Spannung dem Druck der Frauen entgegengestemmt hatte, die sie ins Feuer hatten drängen wollen.

»Diesen Entschluß habe ich schon beim Anblick von Bhawanis Leichnam gefaßt. Der Fluch gilt nicht mir. Er trifft nur die erste Gattin. Sie hat lediglich ihre Pflicht getan, als sie ihm in den Tod folgte. Ich dagegen habe beschlossen zu leben. Ich habe einen Sohn, und im Augenblick gibt es keinen Mann im Palast. Gut, so werde ich der Mann sein. Ich bin eine Radjputin, eine *Kshatriya*!«

»Und der Diwan? Und der Astrologe?«

»Der Diwan«, erwiderte sie lächelnd, »ist nur ein alter Weichling. Und was die Astrologen angeht, so kann nur ein *Firangi* nicht wissen, daß sie Männer des Wissens, nicht des Handelns sind.«

»Dann brauchst du also mich?«

Sie wiegte den Kopf bedächtig hin und her, und der Schmuck, den sie nach dem Morgen wieder angelegt hatte, klingelte leise.

»Dich brauchen, dich brauchen ... Ich weiß nicht, was du damit meinst«, sagte sie und bohrte ihre Augen in seine. »Es heißt schweigen, Madecji.«

Verwundert über die plötzlich durch dieses unerwartete »Madecji« geschaffene Distanz, schlug er die Augen nieder. Alles hier war Zeichen, alles sprach eine Sprache, die er nicht entziffern konnte. Wie aber um Erklärung bitten? Der Augenblick war viel zu zauberhaft, viel zu köstlich. Und doch gab es so vieles, was er zu begreifen versuchte: die Ermordung des Radschas durch einen Weißen; den *Sati* der ersten Gattin, den Versuch der Frauen, Sarasvati ins Feuer zu stoßen, und vor allem ihre Weigerung, das Geheimnis dieser bei aller Trauer doch so heiteren, ruhigen, kühlen Fürstin.

Kühl? Nein, das war sie nicht. Oder nicht mehr. Denn sie streckte ihm die Hände wie zum Gruß oder zum Gebet aneinander gelegt entgegen.

»Madec!«

»Sarasvati . . .«

»Es gibt zwei Arten der Liebe«, flüsterte sie ihm in der hereinbrechenden Nacht ins Ohr. »Die *Svakiya*-Liebe, die legitime Vereinigung, und die *Parakiya*-Liebe, die die Zustimmung der anderen nicht erhält. Unsere Liebe, Madecji, ist nicht legitim, wird darum aber doch nicht weniger schön sein.«

»*Svakiya. . . Parakiya* . . .«, wiederholte Madec und setzte sich auf die Erde. Er vermied peinlich, das Tuch, das sie ausgebreitet hatte, zu berühren. Zwar war ihm blitzhaft klargeworden, daß er nicht widerstehen konnte, aber den Augenblick wollte er hinausschieben, so lange es nur ging. Zitternd nahm er ein noch lauwarmes verkohltes Holzscheit auf.

»Sprich mir nicht von Liebe!«

Reglos antwortete sie: »Der Weg der Liebe ist sonderbar, Madec. Hast du erst einmal einen Fuß darauf gesetzt, wird der Körper von Schwäche erfaßt. Wenn du die Liebe begehrst, überlaß ihr alle deine Gedanken. Die musiktrunkene Gazelle wagt sich, dem Tod trotzend, in den Jagdpavillon, wo die *Vina* singt, und der Nachtfalter, ins Licht verliebt, opfert seinen Leib, um um die Flamme zu kreisen. Die Biene wird von der sich schließenden Blüte in der Dämmerung zur Gefangenen gemacht, und der Vogel Chakor in seiner blinden Liebe zum Monde frißt, du hast es ja selbst gesehen, glühende Kohlen.«

Bei jedem Wort klang ihre Stimme noch einschmeichelnder.

»Ein Narr«, fuhr sie fort, seine Hände, sein Gesicht, seine Haare streichelnd, »wer die Frauen flieht; er erhält nur bittere Früchte! Außerdem ist es unmöglich, *Kamale,* dem Gott der Liebe, zu widerstehen. An dem Tag, an dem die achtbaren Männer ihre Sinne zu beherrschen gelernt haben, wird das Gebirge über das Meer schwimmen! Und«, fügte sie mit einem kleinen losen Blick an, »selbst

Brahma würde nicht wagen, einer verliebten Frau Hindernisse in den Weg zu legen.«

»Was willst du damit sagen?« fragte er, sie zurückweisend. »Daß ich hier dein Gefangener bin und für dich sterben muß wie die unseligen Diener, die gefoltert wurden?«

Die Worte blieben ihm in der Kehle stecken. Im nächsten Augenblick aber schon war sein Zorn in Verzweiflung umgeschlagen. Zweifelsohne würde sie sich sofort erheben, diese überlegene, befehlsgewohnte Miene aufsetzen, die sie in letzter Zeit stets zur Schau trug, ihren Schleier zusammenraffen, ihn ein letztes Mal demütigen. Und er würde sterben, ohne sie besessen zu haben. Besessen! Aber besaß man eine solche Frau je? Hatte Bhawani sie je beherrscht, unterworfen, ihren Stolz besiegt?

Gleich wird sie gehen, sagte er sich, und die Tränen stiegen ihm in die Augen. Zu seiner großen Überraschung aber streichelte Sarasvati ihn mit zarter Hand.

»Wie sonderbar doch die Wege des Schicksals sind ... Mein Guru hat es mir wohl gesagt, damals, als er mich dem alten Radscha von Godh übergab. ›Falls er dich selber zur Gattin nehmen will, mußt du dich fügen. Doch da er alt ist, wird er bald sterben. Dann aber, am Tag der Trauer, brich die Fesseln der Konvention. Du hast die Kraft dazu, Sarasvati, du bist ganz *Vajrapani,* und du mußt sie einem Mann geben, einem Mann, den du liebst. Begehe niemals *Sati,* der gut nur für die schwachen Frauen ist. Du dagegen, du hast die Kraft in dir.‹ Damals habe ich seine Worte nicht begriffen. Ich hatte nur Augen für Bhawani und wäre ihm, wenn er gestorben wäre, auf den Scheiterhaufen gefolgt, wie die erste Gemahlin heute. Aber der Guru hatte recht, die Frauen der *Zenana* sind verweichlicht und ohne Mut. Sie wollten mich ins Feuer drängen, weil sie wußten, daß ich leben will. Leben für Gopal. Für Godh. Und für mich.«

»Wie hast du dich gegen sie halten können?« fragte er und strich ihr zärtlich übers Gesicht.

»Du mußt wissen, Madec, daß ich von fern her komme. Die Geburt der Zwillinge hätte mich fast das Leben gekostet. Die anderen, die Frauen der *Zenana,* haben mir die *Raksas* geschickt. Aber ich habe ihnen getrotzt. Meine Kinder sind gestorben, ich aber bin am Leben geblieben.«

Die *Raksas* ... Wieder ein Wort, das Madec nicht begriff. Doch er hielt sich nicht damit auf. Die Verschwörung von heute morgen beunruhigte ihn weit mehr.

»Und was wollten sie heute morgen von dir?«

»Laß gut sein«, wehrte sie ab. »Sie können mich nicht töten. Dharma! Was eintreten sollte, ist eingetreten. Was eintreten soll, tritt ein, und . . .«

»Und?«

Sie beugte sich über ihn, knöpfte einen Knopf seiner Robe nach dem anderen auf, öffnete seinen Gürtel.

». . . und was jetzt eintreten wird, wird eintreten.« Und sie brach in fröhliches Lachen aus.

»Om! Om!« wiederholte die Fürstin mehrmals, gefolgt von einer Reihe unverständlicher Silben. Madec öffnete die Augen, nahm sie behutsam unter seinen Arm, schob den roten Musselin über ihren Brüsten hoch und blickte ihr prüfend ins Gesicht. Ihre Züge waren verwandelt. Heiterer, glatter, sanfter denn je. Und ihre Stimme girrte: »Der Edelstein im Lotos, Madec!«

Mehrmals schlug sie die Wimpern langsam auf und zu und streckte sich dann für einen langen Moment am Boden aus. Der Edelstein im Lotos: diesmal hatte er begriffen . . . Und vorhin hatte sie ihm ins Ohr geflüstert: *»Maithuna.* Ich spüre, daß wir es erleben! Weißt du auch, daß wir an dem Ort, an dem ein Mann und eine Frau *Maithuna* erfahren haben, immer einen Tempel errichten?«

Er hatte gelacht und vergessen war, daß sie zwischen den Überresten des Scheiterhaufens lagen.

Er hatte die Augen zu der Stelle ihres Körpers gleiten lassen, die sie Lotos genannt hatte. Allmählich gingen die Sterne auf. Das letzte Licht des Tages war verdämmert. Vom Fluß stieg ein Hauch von Kühle auf. Er warf den Kopf zurück, taub für alle Geräusche der indischen Nacht, das Heulen umherirrender Hunde und das Gelächter der Schakale. Fest hielt er Sarasvati umfangen, einzig den Rhythmus ihres ruhigen Atems im Ohr.

Endlich erwachte sie aus ihrem Halbschlummer, schlagartig hellwach. »Rücke die Lampe näher, damit ich dich betrachten kann!«

Er errötete, an eine solche Inquisition nicht gewöhnt. Vorhin schon, als die letzten Kleidungsstücke gefallen waren und er sich über sie beugte, hatte sie ihn durch ihre plötzliche Autorität aus der Fassung gebracht: Sie hatte ihn bei den Handgelenken gefaßt und einen Augenblick lang gezwungen, so vor ihr sitzen zu bleiben, während sie ihn, ebenfalls sitzend, massiert oder gestreichelt hatte.

Die Überraschung war einem Gefühl des Zorns gewichen. So etwas hatte sich ihm gegenüber bisher noch keine Inderin herausgenommen. Allerdings hatte er sie bisher auch nur vergewaltigt oder bezahlt. In den folgenden Minuten jedoch hatte er zu verstehen geglaubt. Nicht nur hatte seine Kraft nicht abgenommen, sie war im Gegenteil sogar noch gewachsen. So etwas hatte er noch nicht erlebt. Sarasvati sprach unaufhörlich; sie unterbrach sich nur von Zeit zu Zeit, um den Knick einer Hüfte, die Haltung eines Knöchels, die Bewegungen ihrer Hand zu korrigieren. Er hatte sich ihr ganz überlassen und in ihren Gesten schon bald nicht mehr die Künste einer erfahrenen Frau, sondern das erleuchtete Werk eines wirklichen Künstlers gesehen. Und der erste Abend war ihm wieder eingefallen, an dem sie als Tänzerin aufgetreten war, und er sich gefragt hatte, wie sie diese raffinierten, akrobatischen Figuren wohl üben mochte. Nun wußte er es: bei der Liebe, ohne allen Zweifel bei der Liebe.

Die Liebe mit ihr glich tatsächlich einem Tanz, und er war ihr mühelos gefolgt, ja, hatte bald selber angefangen, zu erfinden, und liebkoste sie an den Handgelenken, den Schultern, den Knöcheln.

»Du schaust meine Füße gar nicht an«, hatte sie schließlich fast traurig geklagt, »und dabei habe ich trotz all meiner Witwenpflichten so schöne *Menhadis* auftragen lassen!«

Da hatte er seinerseits die Lampe genommen und die mit dem Pinsel aufgemalten Zeichen eines nach dem anderen betrachtet, bis er merkte, daß sie nahe daran war, schwach zu werden. Dennoch hatte sie noch gemurmelt: »Spürst du, Madec, wie sich die Schlange Kundalini in dir erhebt und bis in deinen Geist hinaufsteigt?«

Dann hatte sie zu seufzen oder zu schreien oder zu singen begonnen, er erinnerte sich nicht mehr genau. Er war müde. Müde, satt und ruhig.

Sarasvati leuchtete noch immer seinen Körper ab, verweilte ab und an bei einer Narbe und vor allem immer wieder an der Innenseite seiner Unterarme, am Handgelenk und bei den Achselhöhlen.

»Wie weiß deine Haut ist«, wunderte sie sich. »Selbst deine von der Sonne verbrannte Hand ist weißer als die Haut meiner Schenkel. Aber warum«, fügte sie unvermittelt an, »trägst du keinen Schmuck? Und warum trägst du kein Amulett von deinem Lieblingsgott?«

»Ich habe keinen Lieblingsgott«, antwortete er.

»Aber wie«, rief sie aus, »kann er dich denn ohne Amulett beschützen?«

»Lassen wir das«, wehrte er ab.

Einen kurzen Augenblick schien sie verlegen, dann fand sie ihre gelassene Heiterkeit wieder.

»Du hast recht. Wir haben Zeit genug.«

»Zeit wozu?«

»Daß du mir alles von den Schwarzen Wassern erzählst«, antwortete sie und stand auf.

Dann hob sie das rote Musselintuch auf, das leicht zerrissen war, und schlang es so um sich, daß der Riß verborgen war. Madec aber wandte den Kopf ab, um nicht zu sehen, wie sie sich anzog. Doch das Klingeln des Schmucks, das leise Rascheln des Stoffs sagten ihm, daß sie sich unaufhaltsam mit jeder Minute weiter von ihm entfernte. Schließlich hob sie die Lampe.

»Madec . . .«

Sie hatte den Mund schon geöffnet, um zu sprechen, hielt sich dann aber zurück, wandte sich leicht und ruhig um und schritt wortlos über die verkohlten Holzscheite davon.

Am Rande des Feldes glaubte Madec eine Gestalt auf sie zustürzen zu sehen und lief zu ihr, aber sie stieß ihn zurück.

»Das ist nur eine Wache.«

Mit diesem einzigen Satz war Sarasvati wieder die Dame von Godh geworden. Hocherhobenen Hauptes schritt sie wie eine Fürstin zum Palast hinauf.

Verloren irrte Madec den Rest der Nacht auf der Verbrennungsstätte umher. Mit einem Mal hörte er das Heulen der Schakale und Hunde wieder. Seufzend hob er von Zeit zu Zeit ein noch warmes Scheit auf und zerrieb es zwischen den Fingern. Rund und weiß schob sich der Mond über den Horizont herauf, aber der Halo der vergangenen Nacht war verschwunden. Madec war so zutiefst aufgewühlt, daß er von einem Augenblick zum anderen aus der größten Freude in die schwärzeste Verzweiflung stürzte. Und wieder fühlte er sich verloren in einer Welt, die sich ihm mehr und mehr entzog und mit der er doch so sehnlich zu verschmelzen hoffte, in der er sich zu vergessen wünschte, ja, in der er vielleicht sogar gern sterben wollte. Doch im nächsten Augenblick fiel ihm das Lächeln der Fürstin nach der Liebe ein, und er wollte leben, mit allen Fiebern seines Herzens leben, ohne sich doch von diesem ermattenden Widerstreit der Gefühle befreien zu können.

Gegen Morgen riß er sich endlich von dem Ort los, der ihm immer unentrinnbarer ans Herz wuchs. Er überquerte den Fluß, weckte die eingeschlummerte Wache und verlangte ein Zelt. Ehe er es betrat, wandte er sich noch einmal nach Godh um. Der Himmel blaute schon, der Mond wurde blasser und blasser, und unbestimmt zeichneten sich im heraufdämmernden Licht des Morgens die harten Kanten des *Jantar Mantar* ab. Die kleine Silhouette des Mannes auf seiner Spitze aber gewahrte er nicht: Mohan, den Brahmanen und Astrologen, der die ganze Nacht, oft mit vor Tränen blinden Augen, die Sterne befragt und immer wieder gemurmelt hatte: »Dharma, Dharma, . . . denn es muß sein!«

17. Kapitel

Godh in den Monaten Vaisakha, Jyestha, Asadha desselben Jahres
April, Mai, Juni 1764

Der Frühling verging wie ein Traum. Er war dem Ansturm der Hitze schon bald erlegen. Der Lotos verwelkte in den zu brackigen Lachen ausgetrockneten Wasserbassins, übersät von verfaulendem Samen, herbeigeweht vom Wind, einem heftigen Wind aus den Bergen, einem Wind, der Staub und Mühsal brachte, einem Wind, der wie aus Salz war, so sehr brannte er auf der Haut. Der Monsun kündigte sich an. Der gebeugte Bauer auf dem Feld, der *Sadhu* auf der Straße, die Wäscherin am Seeufer, die verweichlichten Höflinge im Palast, alle stellten sich dieselbe Frage: »Und wenn der Monsun ausbliebe . . .«

»Nein«, sagten sie sich gleich darauf, »das kann nicht sein – solange das Dharma nicht besudelt ist . . .«. Und mit ängstlich forschenden Blicken suchten sie den vogellosen Himmel ab. In den Gärten der *Zenana* schliefen die Pfauen, und die Sittiche schwiegen. Von Zeit zu Zeit griff ein unruhiges junges Mädchen zu seiner Vina und sang ein paar Zeilen aus einem *Raga* der Vormonsunzeit, von der Kobra, die sich im Rüssel des Elefanten verbirgt, und dem Tiger, der in seinem Schatten schläft, verstummte aber schon im nächsten Augenblick wieder, von Mattigkeit überwältigt.

Langsam sank auch der Palast von Godh in Schlaf, in den leichten Schlaf eines von Gefahren bedrohten Tieres. Und wenn das Dharma doch besudelt wäre . . . Und immer wieder irrten die Blicke hinüber zum *Diwan-i-Am,* wo Sarasvati, entgegen allen Sitten und Gebräuchen, ihren Sohn Gopal an den weißen Sari gedrückt, Hof hielt. Sie trug wieder Trauer, und alle Welt gab vor, von dem kurzen Zwischenspiel im roten Musselin am Abend des Scheiterhaufens nichts zu wissen. Natürlich aber hatten die bestochenen Wachen gesprochen, und ein paar kleine Münzen hatten genügt, das Schweigen der Unberührbaren an der Verbrennungsstätte zu brechen, auf das die Fürstin ohnehin nie gezählt hatte. Der Gegenschlag ließ nicht lange auf sich warten. Schon am nächsten Morgen boten ihr die Dienerinnen, als sie vom Fluß zurückkam, wo Gopal nach altem Brauch die Urne mit der Asche seines Vaters zerschlagen hatte, einen etwas bitteren *Lassi* an, den sie dennoch bis zum letzten Tropfen trank. Lächelnd verlangte sie ein zweites Glas, das sie dem Diwan anbot. Dieser erbleichte und stammelte zitternd, er müsse zu seinen Frauen, da eine von ihnen kurz vor der Entbindung stände, »und wenn es ein Sohn wird . . .« Aber ungerührt wiederholte die Fürstin: »Trink!« – und jetzt sah man, daß auch sie bleich war –, »Trink, du alter, schmutziger Fettwanst, dessen Fleisch schon jetzt so verfault ist, daß sogar die Schakale es verschmähen!«

Selbst ihre schöne Stimme verschleierte die Tragweite der Beleidigung nicht. Es war klar, daß sie soeben das Todesurteil für den Diwan verkündet hatte. »Uns«, fuhr sie schonungslos fort, »hast du ohnedies nie etwas genutzt. Die Frauen haben dich ausgelaugt. Ruh dich ein wenig aus und trink mit uns!« Gehorsam nahm der Minister schließlich das Glas, das ihm mit solcher Anmut, aber auch mit solchem Nachdruck aufgedrängt wurde. Nachdem er es zu zwei Dritteln geleert hatte, wechselte er seinerseits die Farbe und stürzte zu Madecs Füßen nieder. Minutenlang krümmte er sich, beide Hände in seinen beträchtlichen Wanst verkrallt, vor Schmerz, bis Sarasvati schließlich einer Palastwache befahl, ihr den häßlichen Anblick aus den Augen zu schaffen und seinen lästigen Unterleib zu durchbohren.

»Holt den Astrologen!« rief Madec, nicht in der Lage, sich bei dem Gedanken, daß Sarasvati dasselbe Getränk getrunken hatte, länger zurückzuhalten. »Schnell, holt den Mann des *Ayur Veda!*«

»Nicht nötig«, erklärte der Brahmane gesetzt, »ich bin schon da. Beruhige dich, Madecji. Es gibt nichts zu holen.«

»Ist nichts zu machen?«

Tiefste Verzweiflung erfaßte Madec. Von Tag zu Tag begriff er Leben und Treiben an diesem Hof weniger, gerade als hätte der Tod des Radschas den sonst so geregelten Tagesablauf gänzlich aus seiner Bahn geworfen, als ginge nun alles drunter und drüber. Und ohne zu zögern hätte er alle Diamanten Indiens für die Wiederkehr der geruhsamen Hofhaltung Bhawanis hingegeben.

»Siehst du, Madecji«, sagte der Brahmane, zu ihm tretend, »sie besitzt die Kraft.«

Alle Höflinge warfen sich vor ihr zu Boden.

»Sie hat gesiegt«, fuhr Mohan fort. »Sogar über das Gift.«

In den folgenden Wochen fragte sich Madec noch oft, wie es möglich war. Die Fürstin hatte vom selben *Lassi* getrunken wie der Diwan; beide Gläser waren aus ein und demselben Gefäß geschöpft worden. Außerdem mußte Sarasvati von dem Gift gewußt haben, denn sie hatte dem Diwan den Trank mit solch perverser Freude aufgedrängt, daß dies niemandem entgehen konnte. Ohne Zweifel war sie gewarnt worden und hatte vom Brahmanen ein Gegengift erhalten. Mehrmals machte er einen Anlauf, Licht in die Angelegenheit zu bringen, aber immer wich die Prinzessin der Frage aus. Außerdem waren sie nur selten allein. Sie empfing ihn im *Diwan-i-Am* stets nur in Gegenwart des Astrologen, mit einer glatten, ruhigen Freundlichkeit, als hätte es die Nacht beim Scheiterhaufen nie gegeben. In den ersten Tagen wußte er nicht, was er davon halten sollte. Diese Frau, die er doch einmal besessen hatte, spielte die Ferne, Unerreichbare, gefiel sich darin, ihn eifersüchtig zu machen ... Im Laufe der Zeit aber merkte er, daß der Brahmane mit seinen Gedanken ganz woanders weilte und nicht auf ihre Unterhaltung hörte. Von diesem Augenblick an erschloß sich ihm ein neues Vergnügen.

Sie redeten. Und während hinter den Vorhängen die Hitze stieg und die farbigen Fenster der Galerien unter den Strahlen der Sonne zu glühen begannen, erzahlten sie sich gegenseitig von ihrem Leben. So verbrachten sie die drei Monate vor dem Monsun, mit wenigen, durch den Empfang von Gesandten oder Pflichten im Lager erzwungenen Ausnahmen, Tag für Tag in langen Gesprächen, einzig unterbrochen durch die Spiele mit Gopal oder durch Musik. Körperlich kamen sie einander nicht nahe, und als man, um die Hitze auszuschließen, die Vorhänge verdoppelte, sahen sie sich kaum noch. Dennoch hatten sie den Eindruck, einander noch nie näher gewesen zu sein. Wie in einem stillschweigend getroffenen Abkommen rührten sie mit keinem Wort an ihre Leidenschaft. Aber wenn sich ihre Blicke in dem weichen Halbdunkel des *Diwan-i-Am* trafen, leuchteten ihre Augen auf, und im Grunde waren alle Worte nur eine Fortführung des Tanzes, in dem ihre Körper auf der Bestattungsstätte miteinander verschmolzen waren. Aus den gemurmelten Sätzen sprach nur ein Verlangen, sich einander rückhaltlos mitzuteilen. Sarasvati erzählte ihm ihre Vergangenheit; Madec, für den die Erinnerung erst mit Godh begann, schüttete seine Seele aus. Wo ihm die Wörter fehlten, half die Fürstin, die meist schon erriet, was er sagen wollte, durch Fragen nach.

Am meisten interessierte sie die Welt »jenseits der Schwarzen Wasser«. Einen geschlagenen Nachmittag lang quälte sie Madec mit

Fragen über die europäischen Frauen. Und als er im Eifer der Schilderung erwähnte, ihre Haut sei weißer »als bei mir an den hellsten Stellen, weil sie die Sonne scheuen wie die Pest«, erbleichte Sarasvati vor Eifersucht. »Dann bin ich also schwarz?« fragte sie mit einem Ton, der nur ein Nein zuließ. »Nicht direkt«, antwortete Madec, der den Sturm nicht aufziehen sah. Erst als Sarasvati am ganzen Körper zu zittern anfing, begriff er seinen Fehler und versuchte, ihn wieder gutzumachen. »In meinem Land«, versicherte er schnell, »sind alle Frauen weiß, auch die häßlichsten. Bei uns hat die Hautfarbe nichts mit Schönheit zu tun. Und keine kann es an Schönheit mit dir aufnehmen, glaube mir, und wäre sie auch noch so weiß!«

»Und wäre sie auch noch so weiß!«

Mit einem lauten Auflachen wechselte Sarasvati das Thema.

»Welcher Kaste gehörst du an?«

Varna. Sie hatte *Varna,* Farbe, Dienststellung, gesagt.

»Bei uns gibt es keine Kasten«, entgegnete er. »Wir haben nur Stände.«

»Dann bist du also ein Krieger, ein *Kshatriya* wie ich«, frohlockte sie. Er wagte nicht, ihr zu widersprechen. Seit er in Indien war, hatte er wie alle Reisenden über die Tausende von Kasten nachgedacht. Er hatte gelernt, die Brahmanen zu achten, vor den Kriegern auf der Hut zu sein, die List der Händler zu fürchten und die *Shudra,* die Dienstboten, zu verachten. Anfangs hatte er sich gegen das Schicksal der Unberührbaren aufgelehnt. Es waren die ersten Inder gewesen, mit denen er in Pondicherry in Berührung gekommen war, da sie den Christen, deren Religion alle Menschen gleichstellte, ein schier unerschöpfliches Reservoir an Arbeitskräften boten. Mit der Zeit jedoch hatte sich Madec die Vorurteile der Einheimischen zu eigen gemacht. Und so fühlte er sich auch durch Sarasvatis Frage in die Enge getrieben. Er ein *Kshatriya!* In Frankreich hätte das Adliger bedeutet, und ein Adliger war er in seinem ganzen Leben noch nicht gewesen. Ja, mehr noch, er hatte die Schwertträger stets aus tiefstem Herzensgrund gehaßt. In den Stand eines *Kshatriya* konnte er nur in einem fremden Land gelangen: Nur ein Fremder konnte von einer Gesellschaft seinen Verdiensten entsprechend eingestuft werden. Denn wie es in Frankreich mit seiner grobschlächtigen Einteilung Bettler und Blaublütige, Bürger und Kirchenmänner gab, so wurden die Menschen auch in Indien nach ihrer *Jati,* nach ihrer Geburt, unterteilt. Nur daß man hier viel feinere Unterschiede machte und noch einen Reiskaufmann vom Betelhändler unterschied und erst recht den Latrinenfeger vom Wäscher oder den Verbrenner von Exkrementen vom Hüter der abgeschnipselten Fingernägel des Radschas. Welchen Platz aber nahm er, René Madec aus Quimper-Corentin, in dieser Hierarchie ein? In Indien? Oder auch in Frankreich? Und an diesem Punkt seiner Überlegungen angelangt, begriff er, daß er in Europa ebenso ein Fremder war wie in Indien, ja, mehr noch. Er hatte mehr Zeit in Asien zugebracht als in seinem Vaterland, von dem er nur zwei Städte kannte und genaugenommen nichts wußte. Warum also legte er solchen Wert darauf, als Franzose zu gelten und nicht mit den Rotröcken verwechselt zu werden?

»Was hast du dort unten in der Regenzeit gemacht?« erkundigte sich Sarasvati, wie stets ihn mitten aus seinen Betrachtungen reißend. Mit erstaunlicher Hartnäckigkeit kam sie immer wieder auf diese Frage zurück, unfähig zu begreifen, daß es in Europa vier Jahreszeiten gab. »Hat euer Jahr denn kein Ende?« forschte sie ungläubig. »Doch«, erwiderte Madec geduldig, »aber es endet nicht mit der Regenzeit. Bei uns regnet es das ganze Jahr, und viele Monate lang ist es kalt, so kalt, wie es bei euch nie wird, und dunkel.«

Erschreckt riß sie die Augen auf. Selbst der Brahmane hörte zu.

»Wann aber beginnt dann euer Jahr?«

»In einer sehr kalten und sehr langen Nacht, in der wir die Geburt unseres Gottes feiern. An diesem Tag erfüllt uns die Gewißheit, daß die Sonne am Himmel wieder höher steigen und unserem Leben Wärme bringen wird.«

»Ein einziger Gott!« warf Sarasvati ein. »Ein einziger Gott, der nur ein einziges Mal gelebt hat. Wie trist doch euer Leben sein muß. Sind dir da nicht unsere Götter mit ihren vielen *Avataren* lieber?«

Und mit entschlossener Miene schloß sie dieses Kapitel ab:

»Nein, ich mag deine sonderbare Welt nicht, die die *Sadhus* foltert und keine Narren Gottes kennt! Nein«, wiederholte sie endgültig, denn die Geschichte des *Sadhu* Christi hatte sie stark beeindruckt, »ich mag sie nicht. Höre dir lieber unsere Geschichten an.«

Meist aber erzählte sie ihm nicht die Abenteuer ihrer Götter, sondern Geschichten aus dem *Ozean, in dem die Flüsse aller Geschichten münden,* Geschichten, wie sie die fahrenden Märchenerzähler erzählten, von der Suche nach der Goldenen Stadt oder dem heiligen See mit dem Lotus aus Kristall. Dann trat auch Gopal zu ihnen, und mitgerissen lauschten sie den Abenteuern des Helden in märchenhaften, im tiefsten Dschungel verborgenen Städten, von Ungeheuern, gefangengehaltenen Prinzessinnen, fernen Königen, gefährlichen

Inseln, und manchmal fügte Madec auch eigenes hinzu, denn die Geschichten auf den Schiffen waren seltsam ähnlich gewesen. Wenn dann bei Anbruch der Dämmerung Musikfetzen aus der *Zenana* herüberwehten, erhob sich Sarasvati und ließ, ganz Herrscherin, zehn Dienerinnen kommen, Sorbet, Zuckerwerk und *Chapati* auftragen und beendete schließlich die Geselligkeit mit den Worten: »Morgen bei Tagesanbruch werde ich zu Krischna, dem Tiefblauen, beten.« Und auf dem Weg ins Lager hinunter, wo ihn die Sorgen seiner Truppe erwarteten, da Wasser und Reis schon knapp zu werden begannen, fragte sich Madec jedesmal, wie lange dieses seltsame Glück noch dauern konnte.

Eines Morgens, Ende Mai oder Anfang Juni, empfing ihn die Fürstin mit den Worten: »Hast du gesehen? Der Himmel färbt sich bleiern, gerade als käme der Monsun.«

»Dafür ist es noch zu früh, Fürstin«, schaltete sich Mohan ein.

»Zu früh! So bleibt unseren Feinden Zeit, den Krieg . . .«

»Aber wer redet denn von Krieg?« fiel ihr Madec ins Wort. »Nur ein Narr greift vor dem Monsun an!«

»Nun, Bhawanis Bruder ist ein Narr!« versetzte Sarasvati auflachend. »Was seine Freunde, die Engländer, angeht . . .«

». . . so mögen sie wohl verrückt sein«, unterbrach Madec sie, »aber solche Narren sind sie nun doch nicht.«

»Nur daß«, schnitt ihm nun ihrerseits die Prinzessin mit zärtlicher Stimme das Wort ab, »zwei halbe Narren allemal noch einen ganzen geben.«

Ironische Sinnsprüche dieser Art im Verein mit ihrer Schönheit reizten Madec mehr und mehr. Aber er schwieg, um es nicht an Respekt fehlen zu lassen.

»Eigentlich hätte ich ihren Angriff schon früher erwartet«, begann Sarasvati wieder und fuhr an Mohan gewandt fort: »Für den Monsun ist es zu früh, für den Krieg zu spät.«

Madec trat ans Fenster und schob den Vorhang beiseite. Der Himmel war grau in grau, ja, selbst die ausgetrocknete Ebene von Godh schien grau. Der Wasserspiegel des Sees war gesunken und hatte Schlamm am Ufer zurückgelassen. Plötzlich fuhr er hoch:

»Besuch, Fürstin!«

»Feinde?« rief sie, bemüht, das Zittern, das sie befallen hatte, zu unterdrücken.

»Ich weiß nicht«, entgegnete Madec, während er den Horizont absuchte. Die Staubwolke auf den Vorbergen im Süden ließ etwa auf ein Dutzend Reiter schließen. Doch das mochte eine List sein, wenn er persönlich auch nicht an einen Angriff glaubte, da seine Männer alle Engpässe bewachten.

Sarasvati eilte ans Fenster, und als sie einen der Wachsoldaten von den Stadttoren aus Leibeskräften auf den Palast zurennen sah, ohne zu gestikulieren, seufzte sie erleichtert auf: »Es ist nur eine Gesandtschaft«, und klopfte die Falten ihres Rockes zurecht.

»Sieh dich dennoch vor, Fürstin«, mahnte Madec. »Erinnere dich an den Alchimisten.«

Der Brahmane hüllte sich noch immer in Schweigen. Wenige Augenblicke später trat der Hauptmann der Wache ein.

»Binnen kurzem«, meldete er, »wird eine Gesandtschaft eintreffen, Fürstin.«

»Und wer schickt sie?«

»Sie tragen die schwarze Fahne mit den Goldfransen.«

Sarasvati wandte sich dem Brahmanen zu.

»Und wer führt die schwarze Standarte mit den goldenen Fransen, Mohan?«

»Nein!« rief Madec dazwischen. »Nein!«

Der Brahmane lächelte.

»Du fürchtest seine Fahne also mehr als seine Armee? So viel ich weiß, zählt er nicht zu unseren Feinden. Und selbst, wenn er sich dazu rechnet, sind es im Augenblick doch nur seine Gesandten.«

Auch der Brahmane aber hatte vermieden, den schicksalhaften Namen auszusprechen. Um sein Zittern zu verbergen, schob Madec ein Betelblatt in den Mund, eine Gewohnheit, die er seit seinen täglichen Besuchen im Palast angenommen hatte.

Er spürte Mohans Blick auf sich ruhen. Im Grunde hatte der Astrologe recht; schließlich gehörte Sombre nicht zu seinen Feinden. Früher hatten sie sogar gemeinsam gegen die Engländer gekämpft. In Bengalen freilich, auf dem Schlachtfeld von Baksar . . . Daß Sombre ihn damals beim Zweikampf erkannt haben könnte, beschäftigte ihn am heftigsten. Er versuchte, ruhig zu bleiben und vernünftig zu überlegen. Im Laufe der Jahre mußten Sombre alias Sumroo so viele Gesichter über den Weg gelaufen sein, daß er sich an das Alltagsgesicht eines durchgebrannten Schiffsjungen gewiß nicht mehr erinnerte. Was aber, wenn er Godh mit Krieg überziehen wollte? ›Dann werde ich ihn töten‹, beschloß Madec, ›und wenn ich hinterher selber sterben muß. Solange ich jedenfalls lebe, soll Godh nichts geschehen.‹

Nach der offiziellen Ankündigung der Gesandtschaft berief Sarasvati eine Stunde später den *Durbar,* die Versammlung aller Adligen Godhs, ein. Verwandte, Verbündete, Vasallen des früheren Radschas, alle wurden für den folgenden Morgen in den *Diwan-i-Am* gebeten und erschienen mit erstaunlicher Willfährigkeit, die einzig Sarasvati nicht zu überraschen schien. Überhaupt leitete sie die Staatsgeschäfte, als hätte sie von Jugend an nichts anderes getan. Madecs Soldaten waren auf ihr Geheiß in den Palast umgezogen, um der Gesandtschaft Platz zu machen, die vor dem üblichen Empfang nicht in der Zitadelle aufgenommen werden konnte. So hatte Madec die Nacht im Palast zugebracht, ohne ein Auge zu schließen. Bis nach Mitternacht hatte Unruhe geherrscht, und als endlich Stille eingekehrt war, hatte ihn die Nähe der Prinzessin nicht zur Ruhe kommen lassen. Schließlich doch noch eingenickt, wurde er von einem grinsenden Diener aus dem Schlaf gerissen: Sarasvati wünsche ihn noch vor dem *Durbar* zu sehen. Wütend gehorchte er.

Als er den *Diwan-i-Am* mit trotzigen Schritten betrat, entdeckte er Sarasvati in die Betrachtung der Stadt versunken am Fenster.

»Komm und sieh!« forderte sie ihn auf.

Die Gesandten hatten sich bereits versammelt, aber ihnen galt ihre Aufmerksamkeit nicht. Sie deutete vielmehr auf einen der Palasthöfe.

»Das ist Bhawanis *Durbar,* der mich umbringen wollte und vielleicht auch den Alchimisten bewaffnet hat. Schau sie dir an, die kleinen ihres Giftes beraubten Schlangen! Und nun«, frohlockte sie, »tanzen alle nach meiner Pfeife!«

»Sieh dich vor, daß sie dich nicht beißen!«

»Diese durch den allzu langen Frieden verweichlichten Männer? Schau sie dir nur an. Ihr Fett sprengt jede Rüstung und ihr schwabbeliger Arm zittert, wenn es das Schwert ziehen heißt. Bis hin zu den Elefanten hat hier alles den Krieg verlernt!«

»Du willst also Krieg?« fragte Madec und legte seine Hand auf ihre. Sie zog sie nicht zurück. Aber Madec fühlte sich unsicher, was diese Geste für eine Inderin bedeuten mochte.

»Krieg? . . . Was eintreten sollte, ist eingetreten. Was eintreten soll . . .«

». . . wird eintreten, und was eintritt, tritt ein? Als du es mir neulich sagtest, Fürstin, hielt ich es für eine Verheißung des Glücks!«

»Du bist zu ungeduldig, Madec«, tadelte sie, »viel zu ungeduldig! Mit dem Glück verhält es sich wie mit den Diamanten. Es kostet Zeit, sie zu schleifen. Sind sie aber erst einmal geschliffen, vermag nichts mehr sie zu schneiden – außer sie selber. Und so kann etwas Geduld auch künftigen Freuden nicht schaden.«

»Geduld! Was hat Krieg mit Geduld zu tun?«

»Wer redet denn von Krieg?«

Sie ließ den Bambusvorhang fallen und schritt wie eine Königin zu den Kissen. Ja, das war das Wort, wie eine Königin. Sie herrschte.

Dennoch fühlte sich Madec wieder besänftigt. Immerhin hatte sie ihm eine kleine Hoffnung gemacht, die ihn, obwohl es ihn fast verdroß, neu belebte und die schlaflose Nacht vergessen ließ.

»Bleibe beim *Durbar* hier!«

Wortlos deutete er auf seine weiße Haut.

»Das stimmt«, antwortete sie mit einem kleinen Lachen, »ich hätte es fast vergessen, *Firangi!* Versteck dich hinter dem Tapetenbehang.«

Madec jedoch war überzeugt, daß sie nichts vergessen hatte, sondern nur prüfen wollte, wie weit sein Verlangen ging, sich in die Staatsgeschäfte einzumischen, seinen Machteinfluß auf sie zu gebrauchen, um an der anderen Macht, die ihr von Tag zu Tag mehr ans Herz wuchs, der Macht über Godh, teilzuhaben.

Schon zerriß die Musik der Wache die Luft. Es war Zeit, sich zu verstecken. Langsam schob sich die Elefantenparade die Rampe herauf. Madec verschwand hinter dem Tapetenbehang. Schließlich ertönte die Stimme der Fürstin unter den Säulen.

»Willkommen im Palast von Godh!«

Dann folgten die üblichen Höflichkeitsfloskeln, der Austausch von Geschenken. Das Schloß eines Geschenkkastens schnappte auf, und lachend rief Sarasvati:

»Aber das kann nicht gut für mich sein . . . Solch einen Edelstein kann nur ein Gatte seiner Gattin nach der Geburt des ersten Kindes schenken.«

»Wer weiß, edelste Fürstin«, erwiderte der Gesandte, »ob unser Herr dich nicht auf eine ähnliche Weise verehrt?«

»Erkläre dich näher«, forderte Sarasvati trocken. »Wer ist dein Herr? Sumroo, nicht wahr? Und was will er von mir?«

»Die Fremden sind im Anmarsch auf deine Provinz.«

»Welche Fremden?« schnitt sie ihm, mit jedem Wort hörbar schärfer werdend, die Rede ab.

»Die *Firangis* im Roten Rock.«

Der Gesandte legte eine lange Pause ein. Als die erwartete Wirkung ausblieb, fuhr er schließlich fort.

»Die Dürre hat ihren Anmarsch verzögert und sie viele Menschenleben gekostet. Aber sie verfügen noch immer über Tausende von Soldaten und Kanonen.«

»Die Gebirgsbewohner werden sie zurückwerfen.«

»Nein, sehr geehrte Fürstin, denn in ihren Reihen marschieren auch Tausende von indischen Sepoys mit, angeführt vom leiblichen Bruder des verstorbenen, sehr geehrten Radschas von Godh . . .«

»Das alles ist mir bekannt! Komm zur Sache, Gesandter. Sage mir endlich, was dein Herr von mir will!«

Madec hörte den Gesandten förmlich nach Luft schnappen. Er kannte Sarasvatis Taktik, wenn sie einen ungelegenen oder allzu umständlichen Besucher vor sich hatte. Auf ein kaum wahrnehmbares Zeichen hin stellten die Diener das Fächeln ein, was der Unglückliche nicht sogleich bemerkte. Er wurde verwirrt, trocknete sich die Stirn.

Dann begannen die Diener erneut zu fächeln, aber auf eine so unregelmäßige, kapriziöse Weise, daß der Gast in seiner Irritation beschloß, nur um dem Ort seiner Pein auf schnellstem Wege zu entrinnen, seine Botschaft auszuspucken oder hinunterzuschlucken.

»Sumroo«, stieß er denn auch eilig hervor, »hat alle Länder des Westens in seiner Gewalt. Er ist der offiziell anerkannte Herr der meisten Gebiete, die anderen sind ihm von den Radschas als *Jaghire* anvertraut. Sein Herrschaftsbereich erstreckt sich bis nach Agra. Die Trockenheit war günstig für seine Truppen. Denn wo der Bauer stirbt, gewinnt der Soldat an Boden, Fürstin!«

»Dann hat er also die Engländer zurückgehalten!«

»Die Engländer kommen auf Umwegen von Norden.«

Demnach haben sie wohl denselben Weg eingeschlagen wie ich, dachte Madec hinter dem Tapetenbehang. Vermutlich stehen sie jetzt am Rand der Wüste und kommen bei der Dürre nicht weiter.

»Mein Herr hat von der Verschwörung gegen deinen Gemahl gehört.«

»Neuigkeiten sprechen sich in diesem Land offensichtlich schnell herum.«

»Mach dich nicht lustig, Fürstin. Sein Vorschlag ist durchaus ernst gemeint. Du bist nur eine Frau und wirst binnen kurzem einer gewaltigen Armee gegenüberstehen.«

»Vor dem Monsun greift niemand an.«

»Das stimmt. Aber nach dem Regen.«

Ein langes Schweigen trat ein.

»Ich bin nicht so bar aller Waffen, wie du glaubst, und auch nicht so allein.«

Madec zitterte. Aber der Gesandte ging nicht darauf ein.

»Mein Herr ist mächtig. Der Mogul hat ihn ›Mond von Indien‹ genannt.«

»Ach«, entfuhr es Sarasvati beeindruckt. »Der Mogul . . . Der Kaiser irrt nicht mehr umher?«

»Sumroo hat versprochen, ihn auf den Thron in Delhi zurückzubringen. Aber laßt mich auf den Anlaß meines Besuches zurückkommen, sehr geehrte Fürstin.«

Seine Stimme verriet Madec, daß der Gesandte durch das willkürliche Fächeln am Ende seiner Geduld war. Dennoch fuhr er hartnäkkig fort: »Du bist Witwe. Hierzulande bringen Frauen, die ihren Gatten verloren haben, Unglück. Dennoch begehrt mein Herr, dich zur Frau zu nehmen. Und du wirst mächtig, reich, geehrt sein.«

Nach einem Augenblick der Verblüffung brach Sarasvati in schallendes Gelächter aus.

»Sumroo!« rief sie. »Aber er ist doch ein *Firangi!*«

Diese Worte fuhren Madec wie ein Dolch durchs Herz. Das folgende vernahm er nur noch wie durch einen Nebel.

»Ein Fremder!« wiederholte sie. »Der Mond von Indien«, fuhr sie fort, »schön und gut, aber doch einer dieser Räuber und Gauner, die Indien durchschweifen, seit der Großmogul nur noch ein Schatten seiner selbst ist! Sumroo . . . Und weißt du auch, du, der du nur ein Gesandter bist, daß der Mörder des Radschas ebenfalls ein *Firangi* war, ein Mann mit weißer Haut wie dein Herr, der dich schickt? Wer sagt mir, daß nicht Sumroo es war, der seine Hand bewaffnet hat? Hast du Beweise?«

Über den *Durbar* senkte sich erschrecktes Schweigen. Ohne Zweifel trug Sarasvatis Gesicht wieder jenen wilden, grausamen, schrecklichen Ausdruck, den er seit der Verbrennung zwei-, dreimal gesehen hatte.

»Du bist Witwe, Fürstin«, beharrte der Gesandte, nachdem er sich von seiner Verblüffung wieder erholt hatte. »Deine Provinz ist schwach, trotz ihrer Edelsteine.«

»Dann nimm diesen zurück!« rief Sarasvati, schlug den Deckel des Kästchens zu und warf es zu Boden.

»Ich habe einen Sohn!« fügte sie an. »Er wird mich verteidigen.«

»Überleg dir deine Worte wohl, sehr geehrte Fürstin. Dein Sohn ist noch sehr jung.«

Madec spürte, wie ein Mann langsam am Tapetenvorhang entlang schritt. Vorsichtig hob er einen Zipfel des Stoffes und erkannte den Brahmanen, der seine Hände auf sonderbare Weise zusammenlegte und verschränkte. Madec sah, wie Sarasvati die Hände Mohans beobachtete.

Mit einem Mal erklärte sie, mit einem verführerischen Lächeln an den Gesandten gewandt: »Solche Entscheidungen werden nicht an einem einzigen Tag gefällt.«

»Dann darf ich wiederkommen . . . Wann?«

»Warten wir das Ende der Regenzeit ab. Beim Schwert!«

»Gut«, willigte der Gesandte ein und verneigte sich lange. Dann traten der Reihe nach die Männer seines Gefolges vor, um sich mit kriecherischer Ehrerbietung vor ihr niederzuwerfen. Nur einer wirkte etwas steif, wie ein *Firangi.* Und in der Tat bestätigte sich Madecs Vermutung, als der Mann den Kopf wieder hob. Doch dann entglitt der schwere Vorhang seiner Hand! Diese Züge kannte er, auch wenn der Mann gealtert war und eines seiner Augen leblos schien. Kein Zweifel, das war Visage.

Um mit ihm sprechen zu können, mußte Madec das Fest am Abend mit Tänzerinnen und Musikanten abwarten. In vollem Schmuck stiegen die Frauen aus der *Zenana* herunter, darunter die zweite Gattin, die fröhlich die Finger in alle Speisen steckte. Madec hatte keine Mühe, sich in den Garten zurückzuziehen, wo sich Visage unter den Galerien in melancholischer Betrachtung eines dünnen Wasserstrahls erging, gerade als ob er auf Madec wartete. Zögernd, mit sich und der Welt uneins, ja, verbittert, unsicher auch, was er dem andern erzählen sollte und was dieser ohnehin erriet, trat er auf Visage zu, der ebenfalls wenig Lust zu vertraulichen Gesprächen verspürte, und so fiel schon die Begrüßung reichlich steif aus. Visage hatte ein Auge verloren – in Bengalen, wie er noch anfügte. Aber das Wort Baksar fiel nicht.

»Und Dieu?« fragte Madec.

»Ist auch da unten bei *ihm* . . . als erster Kanonier. Er hat Dutzende vorzüglicher Kanonen gegossen.«

Nachdenklich pflückte Madec eine vertrocknete Blume im Beet. Falls der Jesuit, so seine Überlegung, zu Sombre gestoßen war, hatte er ohne Zweifel seinen Namen erwähnt, vielleicht sogar, daß er nach Godh gegangen war. Visage mußte das wissen. Also beschloß er, ihn direkt zu fragen.

»Wer hat dir gesagt, daß ich hier bin?«

»Ich habe es nicht gewußt. Niemand hat es gewußt. Sombres Bankiersspitzel haben nur von der Ermordung des Radschas und natürlich vom Komplott gegen die Fürstin berichtet.«

»Er sucht also eine Frau, die Gift verträgt?«

»Nun, die Geschichte hat einen großen Wirbel gemacht. Manche Inder halten sie sogar für eine Göttin!«

»Göttin . . .«

Madec fühlte sich niedergeschlagen. Godh war also nicht dieser einsame Winkel abseits der großen Welt, für den er es bisher gehalten hatte.

»Erst an der Stadtgrenze haben wir von den Bauern erfahren, daß hier *Firangis* lagern. Da habe ich natürlich sofort an dich gedacht.«

»Warum?« unterbrach ihn Madec.

»Weil ich wußte, daß du hierher zurückkehren würdest.«

Er legte ihm die Hand auf die Schulter wie ehedem auf dem Schiff. Madec fühlte sich einen Augenblick lang versucht, diese Berührung, die ihm hier so unpassend erschien, zurückzuweisen und die Hand abzuschütteln. Beide waren sie nach indischer Art gekleidet, und allein die Erinnerung an die Vergangenheit ließ die Roben wie eine Verkleidung erscheinen. Auch der Stoff widerstrebte europäischen Gesten und verschob sich zu lächerlichen Falten. Dann aber gewann doch sein Gefühl die Oberhand.

»Ich bin älter geworden, Visage. Die Dinge haben sich geändert.«

»Ich weiß. Ich auch. Der Turban verbirgt mein graues Haar.«

Die Hitze wurde von Minute zu Minute drückender. Madec wollte nur noch ins Lager zurückkehren, ein Glas Arrak hinunterstürzen und schlafen. Vorher aber mußte er eines noch in Erfahrung bringen, und wenn er sich dazu selbst entdecken mußte, mochte ihm das auch noch so schwerfallen.

Aber Visage half ihm aus der Verlegenheit.

»Sombre geht es nicht gut, Madec!«

»Was heißt das?«

»Niemand außer mir weiß es. Was der Gesandte sagte, stimmt zwar. Er ist reich und mächtig, aber ich muß ihm Tinkturen mischen, damit sein Haar, der Stolz der europäischen Truppen, noch so schwarz erscheint wie ehedem. Er ist immerhin fast fünfzig, Madec, und verbraucht, verbraucht von den Frauen, vom Alkohol, auch vom Opium. Denn im Gegensatz zu den Indern hat er es nicht verstanden, sich zu beherrschen. In den Nächten wälzt er sich schlaflos auf seinem Lager. Auch die Pulver der Gurus, die ich in den tiefsten

Dschungeln aufgespürt habe, helfen nicht, helfen nicht lange, ein paar Tage, und richten letztlich mehr Schaden als Nutzen an. Mit einem Wort, Sombre ist verloren.«

»Wieviel Zeit bleibt ihm noch?« fragte Madec, schlagartig zu neuem Leben erwacht.

»Schwer zu sagen«, entgegnete Visage. »Er besitzt eine erstaunliche Widerstandskraft. Und die Inder kennen sonderbare Drogen. Um ehrlich zu sein, weiß ich nicht genau, was ihm fehlt. Ich sehe nur, wie sein Körper verfällt.«

»Warum will er dann diese Heirat?«

»Er hat die Krankheit der Mächtigen, Madec, die Krankheit alternder Befehlshaber. Er möchte seine Legende überleben. Die Niederlage in Bengalen hat ihm schwer zu schaffen gemacht. Er braucht eine Frau.«

»Hat er keinen Sohn?«

»Doch, einen Mischling, den er aber haßt, weil er ihn für einen Schwächling hält. Er braucht eine Frau; sein weibliches Gegenstück, sein indisches Spiegelbild, schön, anmutig, mit dem Federbusch. Und sie . . . sie sagen, sie trägt die Kraft in sich!«

»Die Inder sind verrückt!«

Das glaubte er zwar selbst nicht, aber sein ganzes Wesen lehnte sich auf gegen Worte wie »Kraft« oder »Göttin«. Sie nahmen ihm Sarasvati endgültiger als ihre ganze Geringschätzung. Das ist sie nicht, wollte er schreien, denn sie ist aus Fleisch und Blut, und ich habe sie in den Armen gehalten, geliebt. Man liebt nicht die Kraft. Man umarmt keine Göttin. Doch in diesem Augenblick fielen ihm die indischen Märchen ein, in denen arme Menschen ohne Scheu mit den Gottheiten schlafen. Und ein fast unerträglicher Schmerz durchbohrte ihn. Hatte er nicht selber bis vor kurzem Sarasvati jahrelang genauso vergöttert, zur Heiligen, zum unerreichbaren Idol gemacht? Sollte die Liebe nichts anderes als ein raffiniertes Blendwerk sein?

»Hör mir gut zu, Madec«, hob Visage wieder an. »Ich weiß, daß du mich lange nicht begreifen wirst. Wir sagen einander so wenig . . .«

»Komm zu Ende, komm doch endlich zu Ende!« schrie Madec.

»Er wird sie nicht anrühren. Aber er muß sie heiraten. Das ist ihre einzige Chance. Und deine.«

Madec sprang mit einem Satz auf.

»Nein, Visage, nie!«

Der andere schien nicht erstaunt.

»Nimm dich in acht, Madec, Sombre ist hinterhältig. Er hat die Weigerung der Prinzessin vorhergesehen, und da er sie nicht mit Gewalt nehmen will, wird er dafür sorgen, daß sie von sich aus zu ihm kommt. Der Gesandte hat gelogen. Überleg es dir gut; du kannst deine Sepoytruppen behalten, wenn du willst, niemand soll davon erfahren.«

»Jae«, zischte Madec, *»jae, jae!«*

In seiner Wut hatte er Hindi gesprochen: *Jae:* Hinaus!; der schlimmste Schimpf, den ein Mann einem anderen antun konnte. Visage faßte es auch so auf, blieb aber hartnäckig.

»Sieh dich vor«, wiederholte er. »Die Engländer haben die Wüste im Norden schon überquert und werden noch vor dem Monsun angreifen.«

Grußlos hatte sich Madec abgewandt. Er verbrachte eine schreckliche Nacht, warf sich seine Härte Visage gegenüber vor. Aber er hatte diese Anspielungen auf seine Verbindung mit der Prinzessin, so versteckt sie auch vorgebracht worden waren, nicht ertragen können. Die gemeinsame Zeit auf dem Schiff und hier in Godh fiel ihm wieder ein. Nein, Visage hatte nicht gelogen. Er hatte auf seine liebevolle väterliche Art aus Freundschaft gehandelt. Er beschloß, die Fürstin gleich am Morgen bei der Eröffnung der Audienz aufzusuchen. Aber gerade, wie um ihn auf die Folter zu spannen, schob Sarasvati an diesem Tag die Empfangszeit hinaus. Zwei hartnäckig gesenkte Lanzen versperrten ihm den Zugang zum *Diwan-i-Am.* Endlich wurde er vorgelassen. Ohne Umschweife kam er nach der üblichen Begrüßung sofort auf die Kriegsdrohung zu sprechen.

»Ich werde eine Patrouille an die Grenzen führen, Fürstin, an die Nordgrenzen.«

»Aber nach allem, was der Gesandte sagte, greift der Feind erst nach dem Regen an! Und der hat noch nicht einmal eingesetzt!«

Automatisch warf Sarasvati einen Blick zum Himmel.

»Laß mich ziehen«, bat er, ohne sich weiter auf Argumente einzulassen. Die Patrouille war schlicht ein Gebot der Vernunft – Visages Worte hatten ihn doch stark beunruhigt – und außerdem war ihm daran gelegen, die Unabhängigkeit seiner Truppen zu demonstrieren.

Sarasvati lächelte nicht mehr. »Etwas Grausameres könntet Ihr der, die Euch liebt, nicht antun, als sie beim Herannahen des Monsuns zu verlassen.«

Nach all den Tagen, all den Wochen ohne ein Wort der Liebe, nun, nach der Ankündigung seines Aufbruchs endlich die Erklärung, auf die er so sehnlich gewartet hatte. Eine starke Versuchung zu bleiben, griff nach ihm, aber gleich darauf fing er sich wieder.

»Hast du mich nicht deinerseits verlassen?«

»Nein.«

Was gab es darauf zu sagen?

»Ich gehe für dich, für Godh, für seine Ruhe. Außerdem bleibe ich nur wenige Tage fort. Noch vor den ersten Stürmen bin ich zurück.«

Sie schwieg.

»Noch vor dem Regen bin ich zurück«, wiederholte Madec.

Sie schaute zum Himmel hinauf, der noch bleierner wirkte. Flügelschlagend zog ein Reiherpaar durch die Wolken.

»Hast du die Vögel gesehen?« murmelte sie nur.

»Ja.«

Irgend etwas schien in ihr vorzugehen, das spürte er, wenn er auch nicht hätte sagen können, was es war. Eine fremde Anmut strahlte plötzlich von ihr aus, eine poetische Aura umgab sie, die irgend etwas mit der Zeit zu tun haben mußte. Er suchte ihre strahlenden Augen.

Ihre Augen. Ihr Profil mit der leicht gekrümmten Nase, dem funkensprühenden Diamanten. Der reine Bogen ihrer Brauen und vor allem ihre dunkle, so feinkörnige Haut: Ganz Indien hatte sich in ihr verdichtet, in ihr Gestalt angenommen, in ihr, die er zu halten glaubte, und die sich ihm doch stets entzog.

»Ich muß aufbrechen, Sarasvati.«

Der Klang ihres Namens aus seinem Mund ließ sie erzittern. Sie liebt mich also, dachte Madec, bereit, sein Vorhaben endgültig aufzugeben, als sie antwortete: »Dharma! Dann brich auf . . .«

»Und was wirst du in dieser Zeit tun?«

Sie nahm eine Pistazie aus einer Silberplatte und schälte langsam den Kern heraus.

»Musik. Das ist die Jahreszeit für Musik.«

»Ich bin schnell zurück.«

»Dann geh schnell. Wenn du zurückkommst . . .«

Er wagte noch nicht daran zu glauben. Sie war wieder menschlich geworden; menschlich einzig für ihn oder vielleicht auch für den Brahmanen, der fieberhaft seinen *Dhoti* faltete. Offensichtlich setzt der Monsun auch ihm zu, dachte Madec. Es wurde Zeit, daß es endlich regnete!

Schon am ersten Tag nach Madecs Fortgang barsten die Wolken nach einem gewaltigen Donnerschlag, und gleich bei den ersten schweren Tropfen rief Sarasvati:

»Hebt die Vorhänge! Ich möchte den Monsun sehen ...« Und Gopal neben ihr klatschte in die Hände: »Der Monsun, der Monsun!«

»Ich wußte doch, daß er nicht mehr lange auf sich warten läßt«, murmelte die Fürstin. »Ich wußte es doch ...«

Es war nur ein gewaltiger Platzregen, der bald wieder aufhörte und einen blankgeputzten Himmel zurückließ. Dennoch hatte er die ganze Erde erfrischt; mit einem Schlag schien die Ebene von Godh wieder grüner. Der Staub war weggespült. Und summend wie ein Bienenkorb erwachte der Palast aus der verzweifelten Lethargie des Todkranken zu neuem Leben.

Der Monsun kam also wirklich. Eine Woche noch, und sie konnten sich, wenn Madec zurück war, einen Augenblick des Glücks gönnen. Des ganz besonderen Glücks der Regentage, der langen Liebesnachmittage, während der Wolkenbruch die Flüsse füllte und allenthalben draußen die Frösche quakten. Ein starker Geruch nach feuchter Erde drang durch die Fenster herein.

»Hebt die Vorhänge«, rief Sarasvati wieder. »Wie erfrischend ist die Luft. Ich möchte das Licht sehen!« Wo mochte Madecji jetzt sein? Was, wenn der Feind doch schon an den Grenzen stand? Sie seufzte. Nicht einmal ein Bild besaß sie von ihm, keine farbige Miniatur, über der sie hätte weinen können, während eine Musikantin einen *Raga* von der Sehnsucht der Liebe sang. Sie besaß nichts vom *Firangi.* Und er nichts von ihr. Keinen ausgetauschten Edelstein, kein Zeichen. Nichts. Und dennoch war sie es gewesen, die diese Distanz, dieses aus Erwartung und Entfernung geknüpfte Band gewollt hatte, gewissermaßen als Zeichen höchster Freiheit, die freilich schwer zu leben war. Sie setzte sich auf den Kissen auf und befahl, die Wasserpfeife zu bringen. Rauchen, sich betäuben. Vergessen. Sie hatte zu viel von den anderen verlangt, von Madec und vor allem von sich selbst. Warum nicht ganz einfach leben? Das Glück beim Schopf pakken; die Liebe und auch das Verlangen. Die ersten Züge an der Wasserpfeife beruhigten sie.

›Regengedanken‹, sagte sie sich lächelnd, und eine einschmeichelnde, wohltätig entspannende Euphorie erfaßte sie. Sie schloß die Augen.

Ein plötzliches Flüstern ließ sie hochfahren.

»Fürstin! Fürstin ...«

»Laß mich.«

»Es ist Mohini!«

»Ich will keine Frauen sehen.«

»Fürstin! Sie kommt von ihrem ersten Bad und möchte dich sprechen!« Widerstrebend schlug Sarasvati die Lider auf. Mohini nach dem rituellen Bad nach der Geburt ihres ersten Sohnes! Ihr Gemahl war möglicherweise einer der Giftmischer gewesen. Aber wie auch immer. Es war unmöglich, sie nicht zu empfangen, auch wenn die Vergangenheit ein abgeschlossenes Kapitel für sie war, das seit der Nacht des Scheiterhaufens endgültig hinter ihr lag, das mit dem Fleisch des Radschas in den Flammen aufgegangen war und sich mit seiner Asche in die unermeßlichen Weiten der Welt zerstreut hatte.

»Laß sie eintreten!« seufzte Sarasvati.

Anfangs hüllte sich Mohini in Schweigen. Irgend etwas schien sie zu bedrücken, etwas, was ihr nicht über die Lippen wollte, aus Angst oder vielleicht auch aus Scham.

Auffordernd flüsterte Sarasvati: »Mohini ...«

Aber Mohini antwortete nicht, hielt die Augen auf den Boden gesenkt, verkrampft und verängstigt.

»Mohini!«

Diesmal hatte die Fürstin fast geschrien. Wenn es nicht mit Sanftmut ging, dann eben mit Kraft, und an Kraft fehlte es ihr nicht. Sie hatte richtig geraten. Mohini hob den Kopf.

»Ich habe einen Sohn.«

»Ich weiß und glaubte dich überglücklich, während du den Tränen nahe scheinst. Was quält dich also?«

»Fürstin ...«

Und wirklich brach Mohini in Tränen aus. Sie war sichtlich gealtert. Immer mehr weiße Fäden durchzogen ihre langen Zöpfe. Die letzte Schwangerschaft hatte sie stark mitgenommen. Sie war merklich abgemagert, die Backenknochen traten deutlich hervor.

»Sprich.«

Sarasvati bot ihr das Beteldöschen an, aber Mohini lehnte ab. »Ich habe dich seit dem *Holi*-Fest nicht mehr gesehen.«

»Ich weiß. Magst du Sorbet?«

Mohini wischte sich die Tränen ab und schüttelte wieder den Kopf. »Die Leute sagen, daß du nicht mehr die alte bist. Daß du die *Vajra* hast ... sie sprechen von dir wie von Kali, Parvati oder Lakshmi. Wie von einer Göttin.«

Sie unterbrach sich kurz und fuhr dann sanft fort:

»Aber das bist du nicht.«

Sarasvati lächelte.

»Das bist du nicht, das bist du nicht. Das weiß ich am besten! Der Palast ist verrückt geworden!«

»Das macht der Monsun«, erwiderte Sarasvati und hob den Wandbehang, um in den Garten hinauszuschauen.

»Der Monsun . . .«

Mohini blickte sich um.

»Kann ich reden?«

»Sprich ohne Furcht. Gerüchte können mich nicht schrecken. Ich habe das Gift besiegt, vergiß das nicht.«

»Und der *Firangi* . . .«

Sarasvati ließ das Beteldöschen zuschnappen.

»Was weißt du von ihm?«

»Nichts . . . Er ist fortgegangen, nicht wahr?«

»Was geht euch alle mein Schicksal an?« fuhr Sarasvati auf. »Der Monsun ist gekommen, oder nicht? Die Welt nimmt also ihren gewohnten Lauf! So, was? Was habt ihr also mit dem *Firangi* zu schaffen?«

»Ein Regen macht noch keinen Monsun, Sarasvati.«

»Dieser Regen WIRD der Monsun! Geh! oder nein, bleib! Ich langweile mich . . .« Ab und an hatte sie dem Leben in der *Zenana* mit all seinen Intimitäten unter den Frauen und dem Kindergeschwätz doch nachgetrauert.

Mohini kämpfte mit den Tränen.

»Nein. Du bist wirklich nicht mehr die Alte. Du bist nicht mehr die Alte.«

Plötzlich besänftigt, raffte Sarasvati ihre Röcke zusammen und erhob sich von den Kissen.

»Komm mit in den Garten . . . Warum sollte ich schweigen, Mohini, warum schweigen?«

Ihre Musseline schleppten über den feuchten Marmor. Der Guß war zu kurz gewesen, um die Becken zu füllen oder den Druck im Reservoir, das sie speiste, zu verstärken. Dennoch glänzten da und dort schon Lachen. Sogar Vogelgesang war zu hören, und aus einem Winkel der Beete tauchten die Pfauen auf.

»Andererseits, wozu reden«, hob Sarasvati wieder an, »wozu reden? Nur ein Verletzter versteht den Zustand eines Verletzten. Nur ein Juwelier kennt den Wert eines Edelsteins.«

Mohinis Züge entspannten sich. Das war das Ritual, das vertrauliche Gespräche einzuleiten pflegte. Wenn die Zeremonie von vorne begann, hatte sich Sarasvati doch nicht geändert, war sie doch nicht die harte Frau, als die sie geschildert wurde und der sie soeben selbst begegnet zu sein glaubte. Wenn ihr die Prinzessin das Herz ausschüttete, liebte sie sie noch.

»Ja«, versetzte sie, »aber die Verwundeten brauchen Medizin und die Diamanten eine Fassung!«

Ohne auf sie zu hören, fuhr Sarasvati indessen fort: »Der Kukkuck, der singt, scheint mir *seinen* Namen zu rufen. Madecjis Namen ... und meine Nägel wetzen sich ab über dem Zählen der Tage und Stunden. In der Nacht flieht mich der Schlaf! Blick um dich: überall Wasser; die Erde wird wieder grün und die Wolken türmen sich wieder auf, schwarz und gelb, die verrückten Monsunwolken. Er aber ist fortgegangen, ohne meinen Schleier zu heben, ohne ein zärtliches Wort zu sagen ... Er hat die Barke der Liebe vom Ufer losgemacht und mich dann auf dem Ozean der Einsamkeit allein gelassen!« – »Dieses Lied hast du schon für einen anderen Monsun gesungen.«

»Solche Worte, Mohini, verbiete ich dir! In all meinen früheren Leben habe ich nur für ihn meine Jungfräulichkeit bewahrt!«

»Hast du denn alles über Bord geworfen, Tradition, Familie, Achtung vor den Menschen?«

»Ich habe meinen Sohn ...«

»Aber was wird dein Sohn sagen, falls du ihm eines Tages ... einen Bastardbruder schenkst?«

»Schweig! Ich dachte mir gleich, daß du nur gekommen bist, um mich mit Vorwürfen zu überhäufen, mein Leben auf andere Weise zu vergiften! Aber du täuschst dich, wenn du glaubst, diese Liebe in weniger Zeit zerbrechen zu können, als man braucht, eine Jasminblüte zu pflücken! Wisse, daß mir, seines Anblicks beraubt, alles zum Ekel ist und hüte deine Zunge! Ohne ihn ist die Welt nur *Maya,* Illusion und Traum! Ich hatte mich in den Ozean des Todes gestürzt, und er hat mich unter seinen Schutz genommen.«

An einem der Becken blieb sie stehen und betrachtete lange ihr Spiegelbild. Sorgfältig ordnete sie die Perlenketten auf ihrem Bolero und das Edelsteingehänge auf ihrer Stirn, um mit einer fahrigen Geste kopfschüttelnd alles wieder durcheinanderzubringen.

»Perlen und Edelsteine sind falsch. Ihr Glanz ist falsch, aller Schmuck ist falsch. Einzig die Kraft der Liebe ist wahr!«

»Und dein Rang?«

»Ich bin adlig und aus guter Familie. Hast du in der *Zenana* nicht vom *Durbar* erzählen hören? Alle, ich sage dir, alle Adligen Godhs sind gekommen und haben mir den Huldigungseid geleistet. Außerdem beschützt mich Mohan! Der Brahmane gibt mir recht ... Und jetzt geh! Geh, denn du mißfällst mir, Mohini. Einen Sohn geboren zu haben, gibt dir noch nicht das Recht, unverschämt zu sein. Geh!«

Aber Mohini rührte sich nicht.

»Nein, ich bin nicht gekommen, um mir deine Zornesausbrüche anzuhören. Der Monsun kommt wieder, nicht wahr, Dharma! Und wenn es stimmt, daß du Göttin bist ...«

Sie ist verbittert, dachte Sarasvati, verbittert und eifersüchtig wie die anderen. Was kann ich dafür? Die Sorge verdüstert ihr Herz wie die Flecken die Schönheit des Mondes.

»Ich habe Angst«, bestätigte Mohini. »Ich schlafe schlecht.«

»Die Nächte vor dem Monsun sind stets unruhig.«

»Du denkst immer nur an deine Qualen! Aber ich will es dir ohne Umschweife erzählen. Ich habe ... Ich habe eine Vision gehabt.«

»Einen Traum?«

»Ich weiß nicht recht ... Ich habe heute nacht sonderbare Dinge geschaut; auch dich, leibhaftig, wie du jetzt vor mir stehst.«

»So etwas kommt vor. Manchmal besitzen wir die Kraft, Dinge, die nicht oder nicht mehr sind, stofflich erscheinen zu lassen.«

»Du warst«, fuhr Mohini unbeirrbar fort, »im Entbindungszimmer, halb nackt, wie in Wehen, auf dem *Charpoy* ausgestreckt.«

»Die Mutterschaft verwirrt dir die Sinne!«

Ohne sie zu beachten, fuhr Mohini mit verdrehten Augen fort: »Stöhnend lagst du da, deine drei Kinder neben dir ... alle tot.«

»Aber Mohini, das waren Zwillinge! Sprich nicht mehr davon!«

»Deine drei Kinder waren tot, sage ich dir doch. Auch Gopal. Ich habe dich so deutlich gesehen wie jetzt! Ein Mann streckte die Arme nach dir aus, und du hast dich erhoben. An dem offenen Schädel und dem safranfarbigen *Dhoti* habe ich auch ihn erkannt.« – »Bhawani ...«

Sarasvati schwankte und mußte sich an eine Säule lehnen. Aber unbarmherzig hob Mohini mit vorquellenden Augen wieder an.

»Sein Bauch war aufgeschlitzt, und er hat deine Hand genommen und in die offene Wunde gelegt: ›Räche mich, räche mich am *Firangi!*‹«

»Dem Alchimisten ...«

»Glaubst du?«

Mohini brach in Lachen aus, ein trockenes, wildes, hämisches Gelächter. »Glaubst du wirklich? Dann sagte er noch, der Radscha, der dich früher nicht drei Stunden allein lassen konnte, ohne daß du ein großes Wehgeschrei begannst! Er sagte noch: ›Godh wird sterben, wird sterben. Der *Firangi* . . . Dein Sohn . . .‹ Dann hat er dir ein Schwert gereicht, einen Elefanten im Hof bezeichnet. Und du hast die Waffe ergriffen! Nun habe ich dich gewarnt, Prinzessin. Alles war voll Blut, er, das Bett, du. Und dann . . .«

»Madecji?«

Das Wort blieb ihr in der Kehle stecken.

»Der *Firangi* stand hinter dem Radscha. Er kehrte dir den Rücken. Auch er troff vor Blut und«, Mohini triumphierte, »brach zusammen. Du siehst, Sarasvati, der erste Regen macht noch keinen Monsun!«

Im gleichen Augenblick grollte der Donner, und aus einem schweren Himmel klatschten große Tropfen auf die Alleen.

»Da siehst du, wie du dich täuschst«, rief Sarasvati, sich vor ihr hoch aufrichtend. »Du täuschst dich, du samt deinen erfundenen Erscheinungen! Albernes Weibergeschwätz! Kehre in deine *Zenana* zurück!« Auch Mohini reckte sich, wandte sich dann aber müde ab. Durch den lauten Wortwechsel angelockt, kamen neugierige Domestiken angelaufen. Aber Mohini bahnte sich nur wortlos einen Weg.

Sie ist alt geworden, dachte Sarasvati. Es ist Zeit für sie, mit dem Kinderkriegen aufzuhören; es ist zu viel für ihren Körper, und jetzt ist sie wütend, weil die letzte Geburt sie den Rest ihrer Schönheit gekostet hat. Die *Zenana* ist schlecht für die Frauen, schlecht, schlimmer als Gift.

Und wieder stieg Freude in ihr auf, daß sie sich aus ihr befreit hatte.

Bald wird er zurück sein . . . Madecji!

Und an die zehn Mal murmelte sie seinen Namen, während der Regen stärker einsetzte als der erste.

Zehn Tage später kehrte Madec von den Grenzen im Norden zurück. Seine Ankunft blieb bis zum letzten Augenblick unbemerkt, nicht, weil Sarasvati ihn nicht erwartet hätte, sondern weil der Sturm die Sicht benahm. Aus den weit geöffneten Schleusen des Himmels ergossen sich unablässig, nur durch Donnergrollen unterbrochen, lange, schwere Wolkenbrüche, so daß man höchstens zehn Schritt weit sah. Die Mauern des Palastes begannen schon zu schimmeln, ein fader Geruch durchdrang alles. Die Triebe schossen aus dem Boden; selbst die Felsenflanken der Zitadelle begrünten sich. Die Wellensittiche zwitscherten wieder, der Kuckuck rief und die Spatzen schimpften. Die Affen der Hügel waren zu neuem Treiben erwacht und auch die Schlangen, die leichtsinnige Schläfer unter den Bäumen angeblich töteten. Die meisten Menschen jedoch waren glücklich. Die verdurstete Erde gewann ihre Kraft zurück, der Regen versprach reichlich auszufallen. Alle packten sie ihr kleines Glück beim Schopf, und das Prasseln der Güsse gab den Takt zu ihren flüchtigen Vergnügungen. Das war der Monsun.

Über die farbigen Fenster des Palastes und die kleinen in die Dekken eingelassenen Silberspiegel legte sich eine leichte Schmutzschicht, und die Augen darauf gerichtet, verlor sich Sarasvati stundenlang in endlosen Träumereien, bis ihr Blick selbst jenen matten Glanz annahm. Sie, die sonst so sehr auf sich achtete, wurde nachlässig, was sie nur um so schöner machte, schön wie die Monsunregen, dachte der Brahmane, der sie nicht aus den Augen ließ. Und eine unsägliche Traurigkeit beschlich ihn, die von Tag zu Tag wuchs.

Godh war in den Schlaf der Regenzeit verfallen. In dieser Jahreszeit kamen keine Kaufleute durch die Stadt, und die Juweliere arbeiteten langsamer. Mit den Reisenden aber blieben die Neuigkeiten aus, und so waren mit der Hitze auch die beunruhigenden Gerüchte des Sommers gestorben. »In diesem Jahr ist die Kriegsgefahr vorüber«, sagten die alten Diamantenschleifer, und sie mußten es wissen, denn nur sie vermochten die Kriege vorherzusehen. Das Gesprächsthema gab nun der Fluß ab, der gewaltig gestiegen war. In den Bergen mußte es stark geregnet haben. In den unteren Vierteln standen manche Häuser schon nach knapp vierzehn Tagen Monsun mit der Grundmauer fast im Wasser, was die Leute etwas beunruhigte, und in der Wasserpforte reichten die Fluten bereits bis in die halbe Höhe des Bogens. In vergangenen Nächten hatte man es in den Bergen manchmal laut grollen hören, was nichts Gutes bedeuten konnte. Aber niemand wagte sich hinaus. Und die Alten sagten: »Die *Firangis* halten Wache, wozu also während des Regens hinausgehen? Außerdem ist der Fluß von Godh seit Menschengedenken nicht über die Ufer getreten. Dharma! Wir haben uns über die Trockenheit beklagt. Sollen wir jetzt über zu viel Wasser jammern?« Und »Dharma!« wiederholten die anderen und ließen sich vom Takt der Wolkenbrüche in den Schlaf wiegen.

An einem stürmischen Nachmittag rauchte Sarasvati die Wasserpfeife, die Musikanten spielten einen Monsunraga, als aus den Innenhöfen Lärmen und Waffenklirren drangen und sie aus ihrer süßen Melancholie riß. Mit einem Schlag war sie hellwach. Diese gleichzeitig entschiedene und sanfte Stimme hätte sie unter Tausenden erkannt: Das konnte nur er sein. Endlich! Sie gebot den Musikanten Einhalt.

»Holt den *Firangi!*«

Aber er ließ sie warten. Er forderte ein Bad, saubere Kleidung, ein reichliches Mahl. Endlich erschien er wohlduftend, aber etwas müde in einem neuen Brokatgewand mit einer von der Feuchtigkeit rosig angehauchten Haut, was Sarasvati entzückte.

»Weit und breit keine Seele an der Nordgrenze«, erklärte er kurz angebunden.

Das Lächeln der Fürstin vertiefte sich.

»So können wir unverzüglich zum Seepalast aufbrechen, haben wir doch, wie mir scheint, eine Ruhepause dringend nötig.«

»Aber ich bin müde, Fürstin!« wandte er ein, und beide brachen in Lachen aus.

»Laßt die Elefanten anschirren!« gebot Sarasvati. »Und du, Brahmane, wachst in meiner Abwesenheit über den Palast ... Ich vertraue dir Gopal an!«

»Nimmst du ihn nicht mit?«

»Er würde sich doch nur langweilen«, lächelte sie. »Wache du über ihn.« Dann fügte sie flüsternd an: »Wir haben unsere Boten, nicht wahr?«

Mohan, der bedrückt wirkte, wollte noch etwas erwidern, aber sie hatte sich in ihrer freudigen Ungeduld schon abgewandt.

»Die Musikanten nehmen wir mit«, ordnete sie an, »und die Dienerinnen, und schnell, bringt die Saris, die Salben herbei ...« Entzückt genoß Madec ihr fieberhaftes Treiben und die Wonnen, die es verhieß. Plötzlich aber fuhr er auf:

»Und meine Männer?«

»Deine Männer?« fragte sie erstaunt. »Brauchst du sie denn? Wir wollen doch zum Lustschloß!«

»Ich trenne mich nicht gern von ihnen.«

»Nach der beschwerlichen Patrouille aber kannst du sie nicht gleich in ein Lager schicken ...«

»Dennoch möchte ich sie in meiner Nähe wissen.«

Sie dachte einen Augenblick nach.

»Einige *Koss* vom Palast am Rande des Dschungels gibt es eine

Karawanserei für Reisende, die in dieser Jahreszeit leersteht. Dort werde ich sie einquartieren lassen!«

Noch immer leicht beunruhigt, stimmte er zu. Und drei Stunden später stampften die Elefanten unter strömendem Regen durch die schlammige Ebene. Von Zeit zu Zeit hielt Sarasvati ihr Gesicht aus der Sänfte und bot es, Götternamen murmelnd, dem Regen dar. Madec dämmerte in einer Art Halbschlaf vor sich hin.

Im Palast angelangt, führte ihn Sarasvati in einen Teil, den er noch nicht kannte, ein großes, auf einen Palmengarten hinausgehendes Marmorgemach, von dem aus man, wenn die schweren Monsunwolken für einen kurzen Augenblick aufrissen und eine müde Sonne freigaben, die Zitadelle, die Stadt und im Hintergrund die schwarzen Berge des Nordens sah. Der Wasserspiegel des Sees war beträchtlich gestiegen, und die Windstöße trieben die schlammigen Wogen zu Madecs Besorgnis manchmal bis zu den Beeten des Gartens herauf.

»Das ist nur ein künstlicher See«, beruhigte ihn Sarasvati, »bei dessen Anlage für alle Eventualitäten vorgesorgt wurde. So wird das Hochwasser durch Kanäle auf die weiter unten liegenden Felder abgeleitet.«

Vage deutete sie auf das gegenüberliegende Ufer in Richtung Godh.

»Aber was geht uns der Regen an!« fuhr sie leicht ungeduldig fort. »Wir sind keine Bauern. Also komm! Das ist die Stunde der Liebe!«

Und sie rief die Musikanten.

Seit ihrer Ankunft diente alles zum Vorwand für die Liebe. Vor allem die Stunde. Zum Himmel blickend, forderte sie ihn auf: »Der Regen hört auf, komm!« Oder ein Kuckuck, der auf dem feuchten Marmor einen Pistazienkern stibitzte und trotz ihres Lockens *»Kokkilah, kokkilah,* komm auf meine Hand!« davonflog, so daß sie lachend rief: »Na gut, Madec, dann komm du!« Oder Saravögel am Himmel, die sich vor dem Regen flüchteten und ihr die Worte eingaben: »Siehst du sie, Madec? Sie fliegen stets zu zweit! Und genauso treu werde ich dir sein und du mir!« Und schon stieg die Lust wieder, während die Musikanten einen *Raga* anstimmten. In den ersten Stunden hatte sich Madec durch ihre Anwesenheit so sehr geniert gefühlt, daß er Sarasvati bat, sie wegzuschicken.

»Oh!« rief sie zutiefst unglücklich aus, »ohne Musik gibt es doch keine Liebe!«

Und er begriff, daß er auch hier wieder einen unbekannten Bereich betrat, an den er sich gewöhnen mußte, wollte er sie nicht ein für allemal verlieren. Er nahm ihr Gesicht in beide Hände, strich ihr zärtlich über den Nasenrücken und verweilte einen Augenblick an der Stelle, wo der Diamant im Nasenflügel saß. Diese Stelle hatte er ganz besonders ins Herz geschlossen, schien ihm hier doch Indien, ganz Indien, mit der geliebten Haut verschmolzen, so daß man nicht mehr zu sagen vermochte, ob der Edelstein ein natürlicher Auswuchs des Gesichtes oder das Gesicht seine Fassung war. Diese Frau ist ein Diamant, dachte er und versenkte seine Augen lange in das Wasser des Steins, gerade als enthielte er den innersten Kern der Geliebten.

Dann hob erneut der Tanz der Liebe an, ein Tanz, in dem er nun Meister war, bald die Hände, bald die Füße faßte und den von ihr geflüsterten Regeln folgend die Geographie ihres Körpers erforschte, um das Ballett, wenn der *Raga* erstarb, in ihrem »Haus des *Kama«*, wie sie sich bildhaft ausdrückte, zu beenden. Dann folgten Stunden, in denen sie sich, ab und an eine Kleinigkeit naschend, müßig unterhielten, während sich die Musikanten ihrerseits erholten oder die Dienerinnen neckten. Am zweiten Tag – vor oder nach der Liebe, er vermochte es nicht zu sagen, in seinem Kopf ging alles drunter und drüber, er verdächtigte Sarasvati, ein Stärkungsmittel ins Essen zu mischen – erhob er sich, um auf den See hinauszuschauen. Das Prasseln des Regens hatte aufgehört, und er hoffte, in Momenten der Aufhellung einen Blick auf die Zitadelle erhaschen zu können, die sich in der Ferne so magisch ausnahm. Zu seinem maßlosen Erstaunen jedoch war der See verschwunden. Er glaubte zu träumen und rieb sich die Augen, statt der Wasserfläche aber erstreckte sich vor ihm eine kaum absehbare Fläche voll fetter, grüner Pflanzen, die selbst noch über die Boote hinwegwucherten. Er drehte sich um.

»Sarasvati . . .«

Doch sie schlief. Schon am Vorabend war sie in einen tiefen Schlaf gesunken, während ihn ihre Nähe keine Ruhe finden ließ. Trotz seines Schreckens aber wollte er sie nicht wecken, gehörte sie ihm in diesen Augenblicken doch einmal ganz, war sie endlich einmal nicht mehr Indien, sondern eine Frau, seine Frau.

Außerdem beunruhigten ihn die so plötzlich aus dem See aufgetauchten Pflanzen in Wirklichkeit gar nicht so sehr. Gewiß würde Sarasvati ihm, sobald sie erwachte, eine einleuchtende Erklärung dafür geben und seine Angst, wie immer, durch ein Lächeln zerstreuen. Nicht loswerden dagegen konnte er das Gefühl, daß dieses sonderbare Phänomen etwas anderes ankündigte, etwas, was er schon seit seiner Ankunft in Godh am *Holi-Fest* zu spüren vermeinte, etwas, was mit dem Tod des Radschas und des Alchimisten in Zusammenhang stand und sich hinter einem Scheinfrieden verbarg. Gewiß, er war an der Nordgrenze auf keine Menschenseele gestoßen, auf keinen *Sadhu,* keinen Kaufmann. Und die Pässe glichen derzeit sumpfigen Wüsten am Ende der Welt. Wasser und wieder Wasser ohne Ende; dahinjagende Wolken, die der Reihe nach platzten und den Horizont nach fünfzig Schritt verhüllten. Mehrmals hatte er die Patrouille angehalten und sich gesagt: Aber sie sind da, sie sind dennoch da, ich spüre es. Die Soldaten hatten ihn schon für verrückt gehalten. Bei diesem Regen wagte niemand, eine Invasionsarmee hierher zu führen ... Aber die Engländer hatten ausgezeichnete Zelte und vorbildliche Disziplin. Andererseits jedoch waren auch Inder mit von der Partie. Und das Pulver mußte ebenfalls vor der Nässe geschützt werden. Was aber, wenn sie einen Schlupfwinkel kannten? Wenn sie zum Beispiel in den wilden Bhils Verbündete gefunden hatten, jenem sonderbaren Stamm, der von jeglicher Kultur, einschließlich der indischen, unberührt war? Aber nein, nein und noch mal nein, wiederholte er sich, ich bin nicht bei Verstand, der Monsun raubt mir jede Vernunft!

Endlich erwachte Sarasvati.

»Der See«, murmelte er und trug sie in den Garten hinaus. »Der See ... ist verschwunden ...«

Er riß die Augen auf. Der See war zurückgekehrt, freilich nur zur Hälfte. Noch immer duckten sich ganze Bänke fetter grüner Pflanzen unter den peitschenden Böen des Monsuns, aber die Landschaft änderte sich von Minute zu Minute; die Boote, soeben noch völlig eingewuchert, waren dem grünen Gefängnis wieder entkommen und wiegten sich auf dem See, als wollten sie sich über ihn lustig machen.

»Wasserhyazinthen«, erklärte Sarasvati lächelnd.

Der Regen setzte mit doppelter Kraft wieder ein, und im Handumdrehen waren sie durchnäßt. Lachend liefen sie unter die Galerie zurück.

Scheinbar besorgt schlug er ihre feuchten Musseline zurück.

»Du erkältest dich!«

Und prompt erwiderte sie: »Du dich auch«, und öffnete seinen Gürtel.

Und wieder verlangte sie die Musikanten.

Diesmal spielten sie einen *Raga,* bei dem die *Tanpura* dezent und zurückhaltend der *Vina* und den Liebenden den Takt angab. *Raga,* dachte Madec, *Raga:* Stimmung, Farbe, Leidenschaft. Ja, die Musik durchdringt Körper und Seele, bei mir wie bei ihr.

»Nada Brahma«, erklärte Sarasvati nach der Liebe und verlangte eine andere Melodie, *Shanta rasa,* Frieden, Ruhe. *»Nada Brahma,* der Ton ist Gott! Durch ihn erlangst du göttliche Glückseligkeit wie durch die Liebe. Selbst wenn wir leiden, weil der Geliebte in der Ferne weilt und Sehnsucht unsere Seele erfüllt, wenn wir voller *Shringara* sind! Du ahnst nicht, wie traurig ich war, als du zu den Grenzen rittest. *Shringara, rasa adi,* das erste der Gefühle, die uns die Musik vermittelt, das erste, denn die Liebe ist die ursprüngliche Kraft.«

Noch stundenlang hätte sie über Musik sprechen können, aber er unterbrach sie.

»Ich habe dich nie mehr tanzen sehen.«

»Tanzen? Warum?«

»Weil ich dich so zum ersten Mal gesehen habe.«

»Ich habe schon lange nicht mehr getanzt«, entgegnete sie kopfschüttelnd.

Er wollte schon sagen: »Dann tanz doch einmal für mich«, aber ihre plötzliche Trauer ließ ihn innehalten. Zum ersten Mal, seit sie im Wasserpalast waren, entzog sie sich ihm. Aber sie mußte seinen Wunsch gespürt haben, denn sie rechtfertigte sich.

»Ich habe nicht mehr getanzt, seit die ... Zwillinge gestorben sind. Heute liegt meine Kraft woanders, richtet sich auf anderes. Und außerdem wollen wir nicht an Godh denken, an nichts denken ... Gib mir die Wasserpfeife.«

Schweigend rauchte sie. Wenn sie ihm von Zeit zu Zeit das Rohr reichte, fanden sich ihre Lippen.

»Die Liebe selbst ist ein Tanz, Madec. Ein Tanz für zwei.«

»Ich weiß.«

»Seit du dich damals so edel und mutig aufs Pferd schwangst, um uns zu verlassen, auf das gar nicht so leicht zu bändigende Vollblut, das man dir schenkte ..., seitdem liebe ich dich.«

Sie vermied es, Bhawanis Namen auszusprechen. Und dennoch stand er mit einem Mal zwischen ihnen. Um die Erinnerung zu bannen, legte Madec die Wasserpfeife beiseite und schloß Sarasvati in seine Arme. Sie lachte auf. Und dieses Lachen hatte, ähnlich wie am ersten Tag, etwas Beunruhigendes und Unwiderstehliches. Da begriff er, daß sich ihm selbst in diesem Augenblick ein Teil der Fürstin noch immer entzog, daß er sie nie ganz besitzen würde und daß er sie, wäre sie damals gegenwärtig, erreichbar gewesen, nie gesucht hätte.

Die ganze Nacht wiegte der Regen ihren Schlaf, der erst bei Morgengrauen nachließ. Der Himmel aber blieb verhangen, so sehr sie ihn auch nach blauen Flecken absuchten. Die Lust begann sie durch ihr Übermaß zu ermatten. Sie hatten sich aneinander gesättigt, Sarasvati vor allem, die insgeheim schon den kleinen Freuden des Palastes und des Machtspieles nachtrauerte. Bei Sonnenuntergang endlich klarte es auf. Nach und nach lösten sich die Berge aus dem eintönigen Grau, und schließlich wurde selbst die Straße herunter nach Godh sichtbar. Da jedoch erstarrten beide vor Überraschung – die Straße war nicht leer. Fahnen flatterten im Wind, und wie eine riesige Raupe wälzten sich aus den Bergen durch die Ebene bis zu den Toren von Godh Kavallerie, Kanonen, Kriegselefanten. Und diese ganze ungeheure Riesenschlange war überwiegend rot, unbestreitbar rot, schrecklich rot.

»Die Engländer«, flüsterte Madec.

»Engländer«, wiederholte Sarasvati. *»Engländer.«*

Sie drückte Madecs Arm und starrte ihn mit einem Ausdruck unbeschreiblicher Wildheit an. Eine unerhörte innere Erregung schien sie zu erfassen, die sie nicht zu bezwingen vermochte.

Da ertönte ein schreckliches, langes Grollen, aber nicht wie von Kanonen oder vom Donner – um sie herum, unter ihren Füßen, über ihren Häuptern erbebten Erde und Bäume. Rot trat die Sonne zwischen den Wolken vor.

»Schau!« schrie Madec.

Und ohne zu zittern, fixierte sie die Szene mit hartem Gesicht und kalten Augen und sagte nur: »Dharma!«

Vor ihren Augen trat der Fluß von Godh über seine Ufer und spülte die englischen Marschkolonnen samt ihren Kanonen wie Strohhalme von der Straße. Dann erlag Godh dem Ansturm der schrecklichen Woge, die es mit einem brüllenden Donnern unter sich begrub. Neue Wolken zogen auf und verdeckten die Sonne.

»Die Zitadelle wird standhalten«, sagte Sarasvati mit bewundernswerter Kaltblütigkeit.

»Wir müssen nach Godh«, drängte Madec.

Aber Sarasvati versetzte ruhig: »Nein. Die Nacht bricht herein, die Erde kann noch einmal erbeben und der Regen stärker werden. Mögen die Schakale von Rotröcken im Schlamm umkommen. Sie hat nur die gerechte Strafe ereilt. Die Zitadelle aber wird standhalten. Und wir sind hier in Sicherheit.«

»Aber Godh?« fragte Madec noch einmal.

»Godh hat schon anderes Unheil erlebt. Sein Volk ist in der Vergangenheit mehrmals umgekommen. Dharma! Diesmal ist es der Monsun.«

Die Erde erzitterte leicht.

»Und das Erdbeben«, warf Madec ein.

»Dharma. Außerdem, was vermag ich mit meinen schwachen Händen, wenn sich die Erde öffnet und Wasser ausspeit? Diese Stadt hat ohnehin zu lange im Glück gelebt. Es mußte ein Unglück geschehen, damit sie wiedergeboren wird. Kali hat sie geschlagen, und Kali hat recht.«

Diener kamen mit Lampen herbeigestürzt. Ihre geröteten Augen verrieten, daß sie das Grollen der Erde aus dem Schlaf gerissen hatte.

»Es ist nichts«, beruhigte Sarasvati sie. »Macht uns etwas zu essen.«

Eine der Dienerinnen aber, eine stark verrunzelte Alte, die gewöhnlich die Speisen brachte, hielt sie zurück, um ihr etwas zuzuflüstern.

»Was sagst du ihr da?« schrie Madec.

»Ich habe ihr Anordnungen für die Mahlzeit erteilt«, antwortete Sarasvati gleichmütig.

Aber Madec packte die Dienerin beim Arm:

»Wiederhole mir, was dir die Fürstin gesagt hat!«

Doch die Alte wehrte sich mit erstaunlicher Kraft.

»Laß ihren Arm los«, schrie nun Sarasvati ihrerseits. »Was hast du denn plötzlich?«

»Du heißt sie Aufputschmittel in die Speisen tun!«

»Dummkopf, der du bist, so an dir zu zweifeln! Außerdem ist das wohl nicht der Augenblick für Verdächtigungen! Iß lieber, denn wir werden morgen unsere ganze Kraft brauchen! Die Stadt wird vor Leichen überquellen.«

Sie hatte die letzten Worte mit ruhiger Gelassenheit gesprochen, aber mit demselben wilden Ausdruck in den Augen, der sie von nun an nicht mehr verlassen sollte. Schon wenig später wurde das Mahl aufgetragen, rote Bohnen, *Chapatis* und Reis, das sie schweigend verzehrten. Erstaunt entdeckte Madec, wie hungrig er war. Nach dem Essen trat er in den Garten hinaus, um nach dem Wetter zu schauen. Von Zeit zu Zeit tauchte der Mond für einen kurzen Augenblick zwischen den ruhelos am Himmel dahinjagenden Wolken auf, und am Ufer duckten sich noch immer die fetten Pflanzen unter den Böen des Windes. Schläfrig kehrte er ins Zimmer zurück. Sarasvati war schon eingeschlafen, und auch er fiel, kaum hatte er sich auf dem zweiten *Charpoy* ausgestreckt, in einen unruhigen Halbschlaf. Einige Male wähnte er sich in den Armen der Fürstin, die ihn heftig an sich drückte, ihre Musseline hob, die Beine öffnete und auf dem Höhepunkt der Liebe: *kali, kali* rief. Kali? fragte er. Aber das ist doch diese schreckliche bluttriefende Göttin. Nein, du bist nicht Kali! Und er suchte in ihren Schleiern das weiche Fleisch ihrer Brüste. Mehrmals glaubte er den Höhepunkt der Lust zu erreichen, einer noch zerreißenderen Lust, einer noch intensiveren, so viel quälenderen Lust als früher, der auch nicht der gewohnte Frieden folgte, sondern ein unruhiger, betäubter Zustand zwischen Schlafen und Wachen.

Der nächste Tag war grau in grau, aber nicht so stürmisch wie die voraufgegangenen. Blinzelnd trat Madec in den Garten hinaus, noch schwankend und mit seiner belegten Zunge beschäftigt, als Sarasvati schon vollständig angekleidet herausgelaufen kam.

»Schnell, Madec! Wir müssen los«, rief sie und flüsternd fügte sie hinzu: »Die Krokodile werden schon eingeschlafen sein.«

Erst nach kurzem Überlegen begriff er den Nachsatz. Ja, die Krokodile, die sich an den Toten gütlich taten, ehe die Epidemie kam, die gewiß nicht lange würde auf sich warten lassen. Prüfend zog er die Luft durch die Nase. Aber sie roch noch frisch wie nach dem Regen. Ihm wurde schwach. Er mußte sich an eine Säule lehnen.

»Das hat nichts zu bedeuten«, sagte Sarasvati lächelnd. »Trink einen Schluck Tee.«

Sie reichte ihm ein noch dampfendes Glas, das er auf einen Zug leerte. Tatsächlich fühlte er sich gleich darauf wohler, und im nämlichen Augenblick fielen ihm seine Soldaten ein.

»Meine Männer!« rief er besorgt.

»Deine Männer«, beschwichtigte sie ihn, »sind in der Karawanserei in Sicherheit.«

Und wieder fühlte er sich sogleich beruhigt und schämte sich seiner Ängstlichkeit. Er kannte sich heute morgen selber nicht mehr. Daran mußte die schreckliche Nacht schuld sein.

»Ich habe einen schlechten Geschmack im Mund . . .«

»Wie manchmal nach starken Gefühlswallungen«, erwiderte Sarasvati mit dem Anflug eines Lächelns, um fast hart hinzuzufügen: »Aber jetzt wird es für uns Zeit.«

Madec beeilte sich mit der Toilette, und schon wenige Augenblicke später stand er, die Falten seines Gewandes zurechtstreichend, auf dem marmornen Anlegesteg. Hinter dem Nebel tauchte Godh auf, ein Anblick des Schreckens. Außer der Zitadelle war von der Stadt wenig übriggeblieben. Die meisten der leichtgebauten Häuser, die zum Teil nur aus getrockneten Ziegeln bestanden hatten, waren von dem wütenden Fluß mitgerissen worden.

»Godh ist tot«, erklärte Madec mit bebender Stimme.

»Nein!« widersprach Sarasvati. »Es lebt. Denn sein Herz schlägt noch, die Zitadelle steht. Und Städte wie Reiche werden von den Kriegern erbaut. Die Krieger aber befinden sich mit ihren Frauen in der Zitadelle in Sicherheit!«

Langsam, durch Hyazinthenbänke immer wieder zum Ausweichen gezwungen, durchteilte die Piroge das Wasser. Sarasvati hatte kein Auge mehr für den hinter ihr liegenden Palast. Nur einmal kreuzten sich ihre Blicke kurz mit denen Madecs. Da wußte er, daß sie mit ihrem ganzen Wesen schon in Godh, vielleicht sogar noch weiter fort war, und schlug die Lider nieder.

Die Fortsetzung des Weges auf den Elefanten erwies sich als äußerst schwieriges Unterfangen. Die Ebene von Godh war nur noch ein einziger riesiger, schlammiger See, aus dem Mauerreste und da und dort Schießscharten der nur teilweise eingestürzten Stadtmauer herausragten. In der Mitte dieser Wasserwüste war eine noch stärker verschlammte Strömung zu unterscheiden, die Bäume, Balken, unförmige Gebilde und, aus der Ferne schon ahnte man es, Dutzende von Kadavern mitriß, zwischen denen sich lange Wasserschlangen tummelten.

Bei der Stadtmauer kamen die Elefanten endgültig zum Stillstand. An den von den Fluten hinterlassenen Spuren jedoch erkannte man, daß das Wasser schnell gefallen sein mußte, ja, so schnell, daß die plötzliche Überschwemmung der Stadt eher als Folge des Erdbebens als der übermäßigen Regenfälle erschien. Dennoch schien es noch immer unmöglich, den reißenden Strom zu durchqueren.

»Vorwärts!« befahl Sarasvati dessenungeachtet.

»Nein!« schrie Madec dagegen. »Bist du wahnsinnig geworden?«

Doch nach kurzem Zögern trabte das Tier schon in die Fluten, und die anderen folgten, von den Wogen, die sich an ihren Leibern brachen und sie durchnäßten, fast mitgerissen.

Sarasvati zuckte mit keiner Wimper. Aus ihrem Haar rieselte eine schlammige Brühe, der weiße Sari klebte ihr am Leib.

»Du frierst«, sagte Madec, schlug ihren Turban auseinander und legte ihr das Musselintuch um die Schultern.

Aber sie fand kein Zeichen des Dankes für ihn. Und wieder lief ein Zittern durch den Elefanten. Dann jedoch erstieg er mit letzter Anstrengung das Ufer, vielmehr das neue Ufer, denn der Fluß hatte sich mitten durch die eingestürzten Häuser ein anderes, tiefes Bett gesucht. »Hier stand einmal der Basar«, meinte Madec.

»Wir werden einen anderen bauen«, erklärte Sarasvati kurz, »wie ich überhaupt die ganze Stadt wieder aufbauen werde.«

Godh, das rosarote Godh von einst, bot einen traurigen Anblick. Die Straßen, in denen das Wasser schon bald wieder abgelaufen war, waren mit Steinblöcken und Mauerresten übersät und durch die ehemalige Hauptstraße, die relativ glimpflich davongekommen war, lief eine lange, tiefe Spalte, die die Elefanten zurückschrecken ließ. Der *Jantar Mantar,* dessen geometrisches Gebilde dem Ansturm der Wogen getrotzt hatten, bot, halb unter schlammigen Fluten begraben, ein groteskes Bild, und die höher gelegenen, von der Überschwemmung verschonten reichen Kaufmannshäuser waren durch gewaltige, vom Burgberg heruntergestürzte Felsbrocken zermalmt worden. Das schlimmste aber war der Geruch des Todes, ein allgegenwärtiger, süßlicher, Übelkeit erregender Geruch, vor dem es kein Entrinnen gab. Hatten sie sich bis dahin geweigert, die Leichen, die ihren Weg säumten, zur Kenntnis zu nehmen, so war es in dem viel dünner bebauten Viertel der Reichen unter dem Steilhang unmöglich, sie länger zu übersehen. Und da, mit einem Mal gingen Madec die Augen auf.

»Rotröcke . . .«, rief er erschauernd. Sie waren also schon in die Stadt eingedrungen.

Selbst an den Felsenzacken des Burgbergs hingen Kadaver von Bogenschützen, Lanzenträgern, Rotröcken, das Gewehr in der erstarrten Faust. Auf den Mauern des Palastes oben aber rührte sich nichts. Es herrschte eine unheimliche Stille.

»Sie hatten also schon angegriffen!« murmelte Madec.

Aber wieder hörte Sarasvati ihn nicht oder wollte ihn nicht hören. Ihr Gesicht war hart, verschlossen.

Mühselig klommen die Elefanten den steilen Burgberg hinauf, ständig durch Felsblöcke oder vom Palast heruntergestürzte Marmorgesimse behindert. Immer wieder rutschten sie auf der feuchten Erde aus. Je höher sie kamen, desto stärker machte sich der Wind bemerkbar.

»Du frierst«, wiederholte Madec, als er Sarasvati zittern sah, und legte seine Hand auf die ihre.

Diesmal dankte sie ihm mit einem weichen, unendlich zärtlichen Blick – dem letzten, wie er sich später erinnerte. Dann waren sie an den zerrütteten, eingestürzten Pforten des Palastes angelangt, und wieder war alles mit Leichen übersät.

»Gopal!« murmelte Sarasvati und schritt entschlossen auf die zerstörten Tore zu.

Endlich hatte sie begriffen. Und ein Blick auf den ersten Hof genügte, den Verdacht zur Gewißheit werden zu lassen. Die Goldbrokatturbane der über den Marmorboden verstreuten Leichen wiesen sie unmißverständlich als Palastwachen aus. Und wieder Blut, überall Blut, zermalmte Knochen, gespaltene Schädel, abgehackte oder zerfetzte Gliedmaßen. Das konnten nicht die Auswirkungen eines Erdbebens sein, denn abgesehen von einigen abgebrochenen Gesimsen und heruntergestürzten Vorbauten war der Marmorpalast erhalten geblieben.

»Nein«, rief sie und ergriff ein kleines Goldamulett an ihrem Hals, »nein, das darf nicht sein!«

Aber bei jedem Schritt türmten sich die Leichen höher. Nun waren es Frauen, Dienerinnen mit zerrauften Haaren, geöffneten Röcken. Und Kinder, zahllose Kinder, ältere und jüngere. Madec hätte nie gedacht, daß der Palast so viel Leben, so viel Jugend beherbergte. Nachträglich wunderte er sich, daß er nie Schreien und Toben gehört hatte. Wo hatten sie gelebt, gespielt, wo waren sie groß geworden? Nie hatte er die Kleinen bemerkt. Aber wie oft spielte sich in Indien das Schicksal eines Menschen, Leben, Tod, Empfängnis, Schlaf, Liebe, zwischen zwei Korridoren auf einer Fläche ab, nicht größer als eine auf dem Boden ausgebreitete Matte; glücklich schon, wer ein Dach über dem Kopf besaß! Was mochten sich die Kleinen mit dem tragisch zärtlichen Ausdruck, die nun mit weit aufgerissenen Augen zu den Silberspiegeln an der Decke hinaufstarrten, vom Leben erwartet haben? Tränen traten ihm in die Augen.

»Gopal!« schrie Sarasvati wieder und begann zu laufen. »Nein, nicht Gopal!«

Im *Diwan-i-Am* vertrat ihr eine weiße Gestalt den Weg.

»Ich habe dich schon erwartet!« Es war Mohan, der Brahmane, ebenso befremdlich selbstsicher wie die Fürstin selbst. »Mich wollten sie nicht töten«, fügte er zur Erklärung an.

»Und das Kind?« fragte sie schnell.

Wortlos schüttelte er den Kopf.

»Das Kind!«

Mohan rührte sich nicht. Da fiel Madecs Blick auf ein kleines weißes, mit Blumen bedecktes Bündel, um das herum Räucherstäbchen brannten – inmitten des wilden blutigen Durcheinanders des Palastes gleichsam eine winzige Oase der Ordnung und Schönheit, die einzige Erinnerung an die sanften, heiteren Szenen von ehedem.

Im gleichen Augenblick stürzte sich Sarasvati auf das Bündel.

»Gopal!« heulte sie.

»Nein!« mahnte Mohan kopfschüttelnd. »Dharma! Schau ihn dir nicht an.«

Über den kleinen Körper gebeugt, versuchte sie, die Tücher beiseite zu schieben, wandte dann aber das Gesicht ab. Eine tiefe Stille senkte sich über den Raum, bis sie anfing, leise zu schluchzen.

Bald schon aber erhob sie sich wieder mit roten, doch trockenen Augen. »Wir müssen dem Brauch Genüge tun, Mohan. Richte einen Scheiterhaufen auf. Madecji!«

Er hielt die Augen gesenkt, und da sie begriff, was in ihm vorging, fuhr sie sanfter fort:

»Du mußt ihm helfen . . .«

Dann befahl sie Mohan: »Erzähle, was geschehen ist! Was ist mit den Frauen? Mit der *Zenana?*«

»Wozu?« fragte der Brahmane. »Wozu sollte das gut sein?«

Aber mit einem wilden Aufleuchten ihrer Augen erwiderte sie: »Um meinen Haß zu nähren, Mohan, meinen Haß! Ich möchte alles wissen, hörst du, alles!«

Ihr Haar hatte sich gelöst, ihr ganzer Körper war das Inbild unbeschreiblicher Wut, und Madec war überrascht, wie sehr sie in diesem Augenblick jener vor Liebe glühenden Frau glich, die er in den Armen gehalten hatte.

»Wie du willst.«

Und der Brahmane berichtete, wie die Inder, angeführt vom Bruder des Radschas, am hellichten Nachmittag überraschend von Norden her angegriffen hatten und wie sie zu Hunderten und Aberhunderten trotz beträchtlicher Verluste über die rutschigen Mauern und Wälle geklettert und dem Kanonenfeuer der Palastwache trotzend, als wollten sie lieber sterben als umkehren, eingedrungen waren.

Madec, insgeheim glücklich, seine Männer bewahrt zu wissen, bezweifelte, ob sie bei dieser archaischen Kriegführung der Radschas viel hätten ausrichten können. »Godh ist tot«, murmelte er wieder, »Godh ist tot«, und er spürte nur noch ein Verlangen: schnellstmöglich aufzubrechen, in den Kampf zu ziehen, die Ehre der Stadt zu rächen. Sarasvati zu rächen. Die Engländer niederzumachen.

»Nachdem sie die Palastwache niedergemetzelt hatten«, fuhr der Brahmane fort, »sind sie hierher gekommen. Ich konnte nichts tun . . . Aber er hat nicht gelitten.«

»Weiter!« befahl Sarasvati.

»Da haben die Frauen der *Zenana* begriffen, was sie erwartet. Wohl haben sich die Adligen, die sich im Palast befanden, bis zum letzten Mann in den Kampf geworfen, aber du weißt selbst, wie wenig sie zum Krieg taugten!«

»Weiter!« schrie die Fürstin ungeduldig.

»Sie haben einen großen Scheiterhaufen aufgeschichtet und angezündet und sich mit ihren Kindern hineingestürzt.«

»Mohini«, murmelte Sarasvati.

»Alle, Fürstin, alle ohne Ausnahme, auch die kleine Parvati.«

»Für die Rotröcke nichts als eine leere Geste«, erwiderte Sarasvati in kalter Wut. »Sie wollen unseren Tod. Aber ich lebe, Brahmane, ich lebe!«

»Dann sind sie in die Ebene hinuntergestiegen«, fuhr Mohan fort, als hätte er sie nicht gehört, »und stürzten sich in wahnsinniger Gier auf die Kaufleute, die Edelsteine. Doch dann kam das Erdbeben.«

»Kali!« schrie Sarasvati, »Kali!«

Der Brahmane schüttelte den Kopf.

Aber schon lief sie, gefolgt von Madec, in den Hof der Palastwache hinaus bis zu einer kleinen Remise, vor der sie sich zu ihm umwandte.

»Gib mir deinen Dolch, Madec!«

»Bist du wahnsinnig geworden?« fragte er.

»Keine Angst«, erklärte sie, »ich hänge am Leben! Gib mir deinen Dolch, oder ich nehme mir einen von den Wachen.«

»Du wirst dich nicht durch die Berührung einer Leiche beflecken!«

»Meinst du?«

Ihr Ton klang so überzeugend, daß er ihr seine Waffe hinstreckte. Dann öffnete sie die Tür der Remise und lockte:

»Komm, mein hübsches Hirschlein, komm . . .«

Und nach einigem Zögern tauchte das Tier tatsächlich auf und folgte Sarasvati, die von Zeit zu Zeit stehen blieb, um es am Hals zu kraulen, durch die Flucht von Gängen bis in einen kleinen Hof, eine

Art Patio, der von mehreren Heiligtümern eingeschlossen war. Im ersten erkannte Madec eine monumentale Krischnastatue, aber zielstrebig schritt Sarasvati daran vorbei auf den kleinsten Tempel zu. Als sie die Flügeltüren aufstieß, zeichnete sich eine grausige, auf dem leblosen Körper eines Gottes tanzende, von ihrem mörderischen Treiben offensichtlich berauschte Gestalt ab, die mit ihrer weit herausgestreckten rosaroten Zunge Blut leckte und in ihren vielen Händen ganze Girlanden abgeschlagener Köpfe hielt. Vor dieser schrecklichen Göttin machte Sarasvati halt, riß sich das Goldamulett vom Hals, zertrat es, kraulte den Damhirsch noch einmal und stieß ihm dann plötzlich den Dolch in die Kehle. Das Blut spritzte auf ihren Sari, aber sie lachte nur, lachte aus vollem Hals.

»Siehst du, Madec, von jetzt an gehöre ich Kali, nur noch Kali!«

Das klang wie eine Herausforderung. Madec kamen Zweifel an ihrem Verstand. Schon einmal hatte er eine vor Schmerz wahnsinnige Frau gesehen, die glaubte, ihre Verzweiflung durch den Tod beschwichtigen zu können, jene Verrückte in Pondicherry, die, Sombres Namen schreiend, im heiligen See vor dem Tempel ein kleines Mädchen erwürgt hatte. Aber Sarasvati war nicht toll. Sie trat auf ihn zu, nahm ihn sanft beim Arm und führte ihn, sorgsam den halb vertrockneten Blutlachen ausweichend, durch die Gänge zurück in den *Diwan-i-Am*.

Dann ging alles sehr schnell. Während Mohan im Garten die Vorbereitungen für den Scheiterhaufen traf, suchte Sarasvati ihre Saris und den Schmuck zusammen, von dem nichts fehlte. Offensichtlich war der Feind nach dem Blutbad von dem Erdbeben überrascht und in die Flucht geschlagen worden. Ein Teil hatte sich wohl auch in Panik zu den Fenstern hinausgestürzt. Das waren die Kadaver, die sie von unten in den Felsen hatten hängen sehen.

»Mich aber«, erklärte der Brahmane, »wollten sie nicht töten, da sie glaubten, sich so im künftigen Leben freikaufen zu können. Unglück über sie!«

Madec, der sich daran gemacht hatte, alle Winkel des Palastes zu durchsuchen, entdeckte in einer Art Keller zu seiner Überraschung an die fünfzig Personen, Wachen, aber auch einige Dienerinnen aus der *Zenana,* die beschlossen hatten, hier den Tod abzuwarten. Er hatte die größte Mühe, sie zu überreden, herauszukommen, und sie zu überzeugen, daß die Gefahr wirklich vorüber war. Völlig verängstigt kamen sie schließlich herausgekrochen und übernahmen es, die

Toten im Haupthof zusammenzutragen. Die Verbrennung jedoch erwies sich als außerordentlich kompliziert, da die Toten verschiedenen Kasten angehörten und nicht miteinander verbrannt werden durften.

Doch Sarasvati, die von Stund an in ihren Befehlen das ganze Unglück vergessen zu haben schien, machte kurzen Prozeß.

»Werft sie alle auf einen Haufen, beim Schwert!«

Entgeistert starrte der Brahmane sie an. Schließlich erwiderte er: »Ich gehorche, Fürstin, aber es ist nicht gut, denn es verstößt gegen das Dharma.«

»Verstößt gegen das Dharma!« wiederholte Sarasvati, in Lachen ausbrechend. »Bei den *Firangis* macht der Tod alle gleich!«

Madec lag die Bemerkung auf der Zunge, daß das so nicht ganz der Wahrheit entsprach, und Reich und Arm auf dem Friedhof nicht dieselbe Erde, geschweige denn derselbe Stein bedeckte, aber in Anbetracht der Umstände wären ihm solche Erwägungen kleinlich erschienen, und so machte er sich lieber daran, mit den anderen Holz zusammenzutragen. Zwei Stunden später qualmten zwei Scheiterhaufen im Innenhof, ein kleiner für Gopal und ein zweiter riesiger für die anderen. Der kleine Scheiterhaufen war noch nicht heruntergebrannt, da befahl Sarasvati schon:

»Ladet die Sachen auf!«

»Fürstin«, seufzte der Brahmane, »wohin willst du?«

»Diese verfluchte Stadt verlassen«, erwiderte sie unbewegt. »Komm mit, wenn du willst.«

»Und der *Firangi?*«

»Der *Firangi* folgt mir.«

Fassungslos starrte Madec sie an.

»Und meine Männer?«

»Die lassen wir holen!«

»Nein«, erklärte er, mit einem Mal fest entschlossen. »Ich folge dir nicht. Ich weiß nicht, wohin du willst, aber ich folge dir nicht.«

»Und warum nicht?«

Madec antwortete nicht. Sie wiederholte ihre Frage:

»Und warum nicht, Madecji? Ich flehe dich an!«

»An einem Tag der Trauer wie diesem schweigt man besser.«

»Brechen wir auf. Reden können wir unterwegs.«

Aber zu ihrer großen Überraschung kletterte Madec auf den zweiten Elefanten. Sie sagte nichts, und schweigend ritten sie zur Stadt hinunter. Sarasvati war nicht zu bewegen, zurückzuschauen. Madec dagegen suchte noch ein letztes Mal das Bild von der Zitadelle. Der Himmel war nun fast gänzlich wolkenfrei. Da sah er den Brahmanen auf dem Sims des *Diwan-i-Am* stehen.

»Mohan!«

Sarasvati riß es herum. Aber es war zu spät. Der Brahmane hatte sich schon den Steilhang hinuntergestürzt.

»Dharma«, kommentierte sie lediglich, mit den Gedanken offensichtlich schon wieder anderswo. Das war alles.

Über der Stadt hing ein starker Leichengeruch. Das Wasser war in den wenigen Stunden merklich gefallen, und es zeigte sich, daß das Erdbeben in der Tat weit mehr Schaden angerichtet hatte als die Überschwemmung. Ab und an stießen sie auf einen herumstreunenden Hund oder eine Kuh, die wie durch ein Wunder verschont geblieben waren; sonst aber blieben als einzige Lebewesen wahre Trauben von Geiern.

Schon nach einer halben Meile befahl Sarasvati dem Elefantentreiber anzuhalten und sein Tier neben das Madecs zu treiben.

»Ich begleite dich zu deinen Männern.«

»Nein«, erwiderte er ohne ein Wort der Erklärung oder Abmilderung, so schwer es ihm auch fiel. Wie aber hätte er ihr angesichts des allgegenwärtigen Todes auch erklären sollen, daß er ihr nicht folgen konnte, weil er leben wollte, sie ihn aber verschlang und er an ihrer Leidenschaft sterben mußte, bliebe er bei ihr. Wie ein Blitz durchzuckte ihn die Erkenntnis, daß ihre Kraft für jeden, der sie, wie er, liebte und sie voll und ganz besitzen wollte, unerträglich war. Sie herrschte, er aber konnte diese unangefochtene Herrschaft nicht mehr lange dulden. Er fühlte, wie er zum Sklaven wurde. Und mit einem Schlag stieg der Trotz seiner Kindheit in ihm wieder hoch. Er mußte ein letztes Joch abschütteln, das schlimmste von allen, da es das Joch der Liebe war. Jetzt oder nie. Noch einen Schritt weiter an ihrer Seite und es war um ihn geschehen.

»Komm, Madecji«, sagte sie, die Augen gierig auf die Hügel im Osten gerichtet. Ihre Lippen zitterten, aber nicht vor Leidenschaft. Diesen Blick, dieses Leuchten, das die Gesichter erhellte, kannte er. Es war der Hunger nach Unbekanntem, der Durst nach Abenteuer, der auch ihn erfüllte. Aber er kannte sich zu gut, um nicht zu wissen, daß sie sich nie mehr trennen würden, wenn er auch nur den ersten dieser Hügel mit ihr erklomm.

Indessen – wie unbeschreiblich schön sie war! Wie gut es tun mußte, sich ihr ganz zu überlassen, an ihr, mit ihr, durch sie zu sterben. Aber er riß sich los von diesem Gedanken. Nein, sie war die Sirene der alten Sagen, die Verführerin der Meere und der verbotenen Wälder. Der Tod an der Liebe hatte nichts Erhabenes, nur Narren bildeten sich das ein. Wer sich unter das Joch einer Frau begab, verdiente Hohn und Spott und Schlimmeres. Es blieb nur eines – diese Frau verachten. Hassen, sie fliehen. Es gab keine andere Rettung. Und zwar schnell. Auf der Stelle. Sie nicht mehr sehen, diese gurrende Stimme nie mehr hören, die Madecji, Madecji wie einen Zauberspruch wiederholte.

»Schweig«, schrie er, Wut vortäuschend. »Das ist eine Stätte des Todes.«

»Komm mit mir ... wir werden uns rächen. Ich werde die Engländer besiegen!«

Sie versuchte zu lächeln, aber er sah wohl, daß ihr Herz nicht bei der Sache war. Ihr ganzer Blick sprach nur von Rache.

»So werde ich Sumroos Angebot annehmen müssen!«

Zu seiner eigenen Überraschung erwiderte er ruhig:

»Eines Tages hättest du es ohnehin getan, denn die Macht ist das einzige, was dich fesselt!«

»Du bist ein *Firangi,* Madecji. Bilde dir nicht ein, in meinem Herzen lesen zu können.«

»Dein ganzes Sinnen und Trachten«, wiederholte er unbeeindruckt, »ist darauf gerichtet, zu herrschen und zu verführen. Und offensichtlich besitzt du die Kraft, die *Vajra.* Aber auch ich besitze sie. Und ich werde dir nicht folgen.«

Eine Träne lief über Sarasvatis Gesicht.

»Es stimmt, auch du besitzt die Kraft. Ich glaubte, dich dennoch halten zu können, und habe dir sogar Drogen gegeben.«

»Ich ahnte es«, triumphierte Madec, »du kennst nur Verachtung für die *Firangis.«*

Sie wischte sich die Tränen mit einem Zipfel ihres Saris ab und richtete sich in ihrer Sänfte auf.

»Nein, Madecji«, erwiderte sie, wieder ganz Königin, »du warst kein *Firangi* für mich, und ich habe dich nicht wie einen Fremdling geliebt. Aber es gibt auf der Erde, das sehe ich jetzt, zwei Rassen von Menschen, die einander fremder sind als die Inder und die Männer von den Schwarzen Wassern! Ja, zwei unverträgliche Rassen: Männer und Frauen!«

»Als Mann und Frau aber haben wir uns geliebt – und wie geliebt!« schrie Madec, erneut von dem qualvollen Verlangen durchdrungen, ihr nicht länger zu widerstehen, sich ihr endlich wieder hinzugeben, sich auf ewig zu ihrem einzigen Sklaven, zu ihrem dienenden Ritter, zu ihrem Geschöpf zu machen. Statt dessen jedoch wandte er den Kopf ab und befahl dem Elefantentreiber mit ausdrucksloser Stimme weiterzureiten.

»Schnell, schnell . . .«

Und schon bald war sie seinen Blicken entschwunden. »Möge sie leben und sich rächen!« dachte er. »Sie besitzt die Kraft, sie wird das Gebirge überwinden, und selbst der Monsun wird ihr nichts anhaben.«

Anfangs mußte er sich noch gewaltsam zurückhalten, um nicht kehrtzumachen und ihr nachzusetzen, denn die Worte, die er sich unaufhörlich wiederholte, überzeugten ihn selber nicht. Nach und nach aber kehrte Frieden in seiner Seele ein. Er war allein und frei. Noch einmal befiel ihn Angst um sie, er dachte an die Räuber, das Hochwasser. »Aber nein«, sagte er sich, »sie hat ja eine Eskorte von Dienern. Und die *Vajra* . . .«

Als er am Steilufer des Sees anlangte, hatte es gänzlich aufgeklart. Der Palast funkelte in der Nachmittagssonne wie ein von Wasser eingefaßter Edelstein. Blitzartig fiel ihm die Szene im Pfauenzimmer und das Versprechen des Radschas wieder ein. Seine Worte kamen ihm wieder in den Sinn. Ja, er mußte die Ehre Godhs rächen. Die Engländer vernichten, die *Firangis* im roten Rock, wie Sarasvati sagte.

»Sarasvati . . .« Er stammelte ihren Namen. Auch sie war aufgebrochen, um Rache zu nehmen – aber auch, um Macht auszuüben. Eine mystische Macht, die er ablehnte, seit er Zeuge geworden war, wie sie nach all dem Blut, das geflossen war, mit eigenen Händen das Blut des armen Damhirsches vergossen und es Kali dargebracht hatte. Das hieß der Vernichtung ihres Volkes, dem Blut ihres Kindes, ihrer Gefährtinnen aus der *Zenana* und dem der Adligen und Soldaten aus dem Palast eine noch allgemeinere, umfassendere Zerstörung, eine neue Katastrophe hinzufügen wollen. Hatte sie nicht selber gesagt: »Kali, von jetzt an gehöre ich dir!« Wo aber blieb da noch Raum für die Liebe, für Teilen, Hingabe, Selbstvergessen? In ihrem Namen, im Namen der Frau, die sie gewesen war, hatte er beschlossen, sie zu verlassen. Alles war ganz einfach, logisch, nahezu natürlich verlaufen. Sie glaubte, daß Blut die Erde regenerieren würde, und in ihren Augen hatte dieses wilde Licht aufgeleuchtet, das er – nun brauchte er es sich nicht mehr zu verhehlen – nur einmal in seinem Leben gesehen hatte, bei Sombre. Er aber, Madec, gehörte nicht zu diesen Menschen. Sehr wohl, ihre Wege hatten sich gekreuzt und wieder getrennt. Noch hätte er sie einholen und sagen können: ›Vergib mir. Ich will nur dich, Godh rächen und will den Tod der Engländer . . .‹ Aber während er eine Sache verteidigen wollte, ging es ihr darüber hinaus um Blut, Vernichtung, darum, einen heimlichen, unersättlichen Machthunger zu stillen, um den ewigen Tanz der mordenden Kali.

In Gedanken irrte er durch die Gänge. Der Traum der letzten Nacht ging ihm wieder durch den Kopf, die Halluzinationen in seinem drogenumnebelten Schlaf. Sie hatte ihm Drogen gegeben, sie hatte es selbst gestanden, »denn ich glaubte, dich halten zu können . . .« Also hatte sie ihn doch geliebt. Sie hatte ihn geliebt, und diese Gewißheit machte ihn glücklich. So wurde die Abwesenheit, die Ferne, endlich zur Fülle. Mühelos fand er den Weg in das Zimmer, in dem sie sich so lange geliebt hatten, und überließ sich seinen Träumen.

Er war nun ganz ruhig geworden. Und während er durch die Zimmer des Palastes streifte, um ihn sich für immer einzuprägen, hörte Sarasvati mehr und mehr auf, das Maß aller Dinge zu sein. Sie war eine andere geworden. *Eine andere,* und auch er brach an diesem Tag zu einem neuen Leben auf, um endlich etwas aufzubauen. Die Zeit dafür war reif.

Wie damals blendete ihn das Pfauenzimmer durch seine Pracht und seinen Reichtum. Mühelos öffnete sich das Versteck unter dem Pfauenfuß. Strahlend lag der große Diamant inmitten Dutzender und Aberdutzender von Edelsteinen. Madec nahm sein Eigentum heraus, ohne die anderen Steine auch nur anzurühren, und stieß die Tür wieder zu.

»Das unsichtbare Leben der Steine«, murmelte er leise und schloß die Hand um den gewaltigen Diamanten. »Hier in meiner Hand halte ich die Rache von Godh, Soldaten, Waffen, Kanonen, den Tod der Engländer, Torrebenn! und den Ruhm . . .«

Dritter Teil

Chandernagore

18. Kapitel

Godh – Agra
Monsun 1764

Ohne zu murren folgten die Soldaten Madecs Elefanten über Berg und Tal, kämpften sich halb verhungert, in vor Nässe modrigen Uniformen unter dem nicht nachlassenden Regen durch den rötlichen Schlamm der menschenleeren Einöden des Gebirges, in der sich selbst noch die Tiere verkrochen zu haben schienen, froh, dem Untergang Godhs entronnen zu sein. Madec döste, vom sanften Schaukeln seines kleinen Elefanten eingewiegt und dem Trommeln der Tropfen auf dem Baldachin eingeschläfert, vor sich hin. Hoch oben im Gebirge träumte er einen typischen Seemannstraum: seinen Seesack absetzen, dem Herumirren ein Ende machen, ein ruhiges Leben führen, Anker werfen, seßhaft werden. Erst Quimper, dann Godh und nun Agra, dachte er. Ich werde Krieg führen, aber ohne Leidenschaft. Ich werde reich und weise sein, und er schlummerte ein, sicher, daß ein so fest gefaßter Entschluß den Sieg über seine frühere Tollheit davontragen mußte.

Eines Morgens begann der Elefantentreiber, vor Hunger und Entbehrungen vollständig ausgemergelt, zu husten und am ganzen Leib zu zittern. Er wies alle Nahrung von sich und am Abend, noch ehe man haltgemacht hatte, fiel er bewußtlos vom Elefanten, der einen seltsamen sanften Ton ausstieß. Die Agonie währte die ganze Nacht hindurch, und Madec nahm den Sterbenden in seine Arme und versuchte, ihn nach indischem Brauch durch Massieren zu wärmen. Bei Tagesanbruch jedoch wurde der Mann unruhig und murmelte: »Wohlstand sei mit dir, Madecji. Nimm das«, und er gab ihm ein kleines Amulett, das er fest in der Hand gehalten hatte. »Nimm es, Madecji. Und möge die Weisheit dich beschützen.«

Es war ein kleiner, stark abgegriffener Ganesch mit einem langen, grob ziselierten Rüssel, der Gott der Räuber, Schriftsteller und Betrüger, und Madec steckte ihn ein, obwohl er mit der Trennung von Sarasvati dem Abenteuer für immer entsagt hatte.

Mit dem letzten Atemzug des Elefantentreibers ertönte der Morgenruf, mit dem die Brahmanen in ganz Indien das Licht begrüßen. Also mußten Menschen in der Nähe sein, womöglich sogar ein Dorf. Erleichtert schickte Madec Männer aus, einen neuen Elefantentreiber zu holen. Sie brachten einen langen, mageren Mann, der im Ruf stand, in der Elefantenwissenschaft erfahren zu sein. Ehrerbietig warf er sich vor Madec zu Boden und konnte sich vor »hochwohlgeborener Herr« nicht lassen, bis ihm Madec mißmutig das Wort abschnitt:

»Mein Elefantentreiber ist gestorben. Was hältst du von diesem Tier?«

»Bei seinem Alter kann man noch nichts Genaueres sagen, sehr geehrter Herr; so viel aber steht jetzt schon fest, er wird einmal ein königliches Tier!«

»Bei seinem Alter? Ist er noch so jung?«

»Zwölf bis dreizehn, vermute ich. Seht Euch nur diese gewölbte Brust an, er wird ein mächtiges Tier werden, ein Elefant der ersten Kaste.«

Madec war sprachlos, das Kastenwesen selbst auf Tiere übertragen zu sehen. Skeptisch lächelte er.

»Und woran siehst du das?«

»In erster Linie an seinem runden, lebendigen und guten Auge, wohlgeborener Herr *Firangi.* Dann an diesen rosaroten und weißen Flecken auf seinen Ohren. An seinem langen, aber doch nicht aufschleifenden Schwanz und vor allem an der Farbe seiner Haut.«

Aber selbst bei eingehender Betrachtung erschien Madec das Tier grau wie die anderen auch.

»Offensichtlich erkennst du den Wert der Geschenke nicht, die man dir macht, *Firangi!*« In seiner unverhohlenen Verachtung ließ der Elefantenexperte jede Form der Höflichkeit fallen.

»Hüte deine Zunge, mein Freund!« brauste Madec auf und fuchtelte dem anderen mit dem Säbel unter der Nase herum. Mit einem Mal dröhnten ihm die Ohren, und er glaubte, die Erde wieder unter den Füßen wanken zu spüren. Aber es ging vorüber, und sanfter forderte er den anderen auf: »Also, sprich.«

»Ohne Zweifel«, hob dieser an, »ist dieser Elefant ein Geschenk der Götter! Abgesehen von den Qualitäten eines königlichen Tieres besitzt er an jedem Fuß sechzehn Nägel, was für seinen Besitzer Wohlstand bedeutet.«

»Glück?« fragte Madec, der ihn nicht genau verstanden hatte.

»Nein, Wohlstand«, wiederholte der andere, »wenn es letztlich wohl auch auf dasselbe hinausläuft, was immer die verrückten *Sadhus* behaupten mögen!«

Er untersuchte das Tier genauer, tätschelte ihm die Flanken: »Viel zu schlecht ernährt für einen weißen Elefanten!«

»Wieso weiß?«

»Weil er hell ist, geehrter Herr«, antwortete der Elefantenexperte.

Selbst hier auf diese schreckliche, typisch indische Neigung zu stoßen, über Kleinigkeiten zu streiten, alles zu teilen, zu unterteilen, in kleinste Teile zu zerstückeln, diese vor allem bei Kaufleuten verbreitete Leidenschaft, die er bei den langen Gesprächen in der Vormonsunzeit zu seinem Entsetzen aber auch bei Sarasvati entdeckt hatte, nahm ihm schier die Luft; außerdem fühlte er sich nicht wohl. Wieder stieg ein Schwindelgefühl in ihm auf, gefolgt von einem stechenden Schmerz in der Seite.

»Also gut, meinetwegen auch weiß«, schrie er mit einer Stimme, die seine Soldaten aufschrecken ließ. »Kannst du dieses Tier richtig ernähren?«

»Wenn Ihr mir das erforderliche Geld gebt«, erwiderte der Treiber. »Zunächst braucht das Tier ausgelassene Butter mit Kuhmilch, Sesamöl, Zucker, gehacktem Knoblauch, damit es wieder zu Kräften kommt. Das alles kostet dich nicht viel, sehr geehrter Herr, dann aber . . .«

»Was dann?«

»Nun, Herr, du kannst einem weißen Elefanten nicht das gleiche Futter wie einem gewöhnlichen Tier geben, mag es selbst ein königlicher Elefant sein. Du kannst ihm nur das süßeste Zuckerrohr, die markreichsten Bananenstauden, die goldgelbsten Weizenkuchen und Rosen- und Jasminwasser zum Trinken geben!«

Wieder brummte Madec der Kopf. Die Worte des anderen drangen kaum in sein Bewußtsein. Er war nur müde, unbeschreiblich müde. Er mußte auf schnellstem Wege nach Agra, zum Jesuiten, auf ein Lager, um sich auszuruhen.

»Das alles soll er bekommen«, willigte er ein. »Aber brechen wir endlich auf!«

»Nicht so schnell, nicht so schnell«, jammerte der Elefantentreiber entsetzt. »Das Tier muß sich doch erst an mich gewöhnen. Es hat seinen Herrn verloren und ist traurig!«

Schulterzuckend erwiderte Madec: »Also gut, aber beeile dich!«

Erstaunlich, wie sich der Mann um ein Tier bemühte, das seinem Vorgänger so wenig Glück gebracht hatte. Wahrscheinlich tat er dies seiner hohen Kaste wegen. Hatte man nicht in Godh die weißen Elefanten eine Reinkarnation Airavatas, des ersten aus der Eischale des Brahmas hervorgegangenen Elefanten der Welt, genannt? »Dieser Elefant«, hatte Sarasvati gesagt, »trägt das ganze Universum«, und hinzugefügt, »der weiße Elefant gleicht der kosmischen Milch«. Er war damals über den Vergleich in Lachen ausgebrochen, und sie hatte sich, wie stets, wenn er ihr nicht folgen konnte, verschlossen. Hinterher hatte er ihr stundenlang schmeicheln und sie necken müssen, bis sie . . . Er unterbrach sich. Erinnerungen an Godh . . . wozu sollten sie gut sein? Je näher er Agra kam, desto schädlicher erschienen sie seinem Vorhaben, ein geordnetes, von Seelenfrieden erfülltes Leben zu führen.

Während Arjun, wie sich der Mann nannte, eine gute Stunde lang den Elefanten von allen Seiten umstrich, ihn zärtlich tätschelte, ihm mit sanfter Stimme sonderbare Silben ins Ohr raunte und ihn überall untersuchte, ließ Madec, immer wieder von Schmerzen durchzuckt, den Leichnam des früheren Elefantentreibers, der ihn in seinem Tod noch gesegnet hatte, gegen ein paar Münzen im Dorf verbrennen.

Endlich konnte man aufbrechen und in die Ebene von Agra hinunterziehen, die sich flach wie ein Brett vor ihnen ausdehnte, eine Welt der Straßen und unübersehbaren Weiten, ein freies, offenes, luftiges Land, das, wie Madec erleichtert feststellte, so gar nicht an Godh erinnerte.

Als er wieder erwachte, sah er wie durch einen Nebel eine unförmige rote Masse vor Augen und fragte sich, wo er war. Mit dem Bewußtsein aber kehrten auch die Schmerzen im Magen wieder.

»Und wohin jetzt, Herr?« fragte der Elefantentreiber.

Nur langsam orientierte sich Madec. Offensichtlich waren sie vor den Stadttoren von Agra angelangt.

»Kennst du die Stadt?«

»Ein wenig, Herr. Durch dieses Tor kommt man auf den Markt.«

»Dann bring mich zu den Männern im schwarzen Rock!«

»Den *Firangi*-Priestern? Aber ich weiß nicht, wo sie wohnen.«

»Wie?« rief Madec. »Sind sie in Agra nicht bekannt?«

»Doch Herr, aber ich weiß nicht, wo sie wohnen«, wiederholte der Treiber.

»Dann steig ab und erkundige dich! Und bringe auch gleich genügend Männer mit, um uns einen Weg durch die Menge zu bahnen. Beeile dich!«

Wieder zerrissen ihn die Schmerzen. Im Handumdrehen hatte sich um den Elefanten und die Soldaten eine Meute von Bettlern gesammelt, die so zudringlich wurde, daß man sie verjagen mußte. Seit seinem Abenteuer in Benares hatte Madec seinen Männern das Austeilen von Almosen strikt verboten. Außerdem hätten sie nicht viel zu verschenken gehabt.

Es war schon Nachmittag. Den ganzen Tag über hatte es nicht geregnet, und die Sonne ließ die roten Mauern Agras noch heller erglänzen.

Arjun kam und kam nicht zurück, und zunehmend beunruhigt, fragte sich Madec: Was, wenn er sich aus dem Staub gemacht hat? Wie dieses Tier lenken, das ich nicht kenne? Er betrachtete seinen weißen Elefanten, in dem er noch heute morgen nur ein etwas kurzbeiniges, müdes, armes Wesen gesehen hatte, bereits mit den Augen eines Inders. Mit einemmal erschien er ihm außerordentlich kostbar. Ein Königstier! Wenn das kein gutes Omen war!

Endlich tauchte im Tor eine lange, dünne, schwarze Gestalt auf, gefolgt von ihrem indischen Gegenstück, einem nicht minder langen und dünnen, aber weit geschmeidigeren Mann – Pater Wendel und Arjun.

Mit einem triumphierenden Lächeln begrüßte ihn der Jesuit.

»Guten Tag, mein Sohn! Du bist also doch nach Agra zurückgekehrt . . .«

»Guten Tag, Pfaffe!«

Trotz der Beleidigung fuhr der andere lächelnd fort:

»Ich meine natürlich zu deinem geliebten Taj Mahal, denn die Stadt hast du ja neulich gar nicht betreten . . .«

»Nein, zu dir natürlich!« fauchte Madec, »denn ich brauche dich, und du weißt es genau. Du aber, Halunke«, fuhr er fort, »brauchst mich noch mehr, sonst hättest du mir ›neulich‹, wie du sagst, nicht solche Versprechungen gemacht. Jetzt bin ich also gekommen, Schwein von einem Jesuiten, um dich beim Wort zu nehmen, und du sollst es mir halten oder dein Leben lang bereuen!«

Trotz der bohrenden Schmerzen in den Eingeweiden stieß er diese Unverschämtheiten mit Nachdruck hervor, der seinen Eindruck auf den Pater nicht verfehlte. Als das geübte Auge des landeskundigen Jesuiten zudem in Madecs Reittier einen Königselefanten, mehr noch, einen weißen Elefanten erkannte, verschwand das süffisante Lächeln von seinen dünnen Lippen und mit der Andeutung einer Verbeugung säuselte er:

»Seid willkommen in der Stadt Agra, lieber Madec, möge Gott Euch beschützen! Kann ich zu Euch auf den Elefanten steigen?«

»Treiber, laß den Elefanten niederknien!«

Arjun gehorchte, aber es bedurfte dreier Soldaten, um den ungelenken Priester in die Sänfte hinaufzuheben. Um sich nicht vor der Ankunft auf Gespräche einzulassen, wandte sich Madec um. Dabei entdeckte er, leichter und anmutiger denn je, im steigenden Abendnebel die himmelwärts strebenden Kuppeln des Taj Mahal und sah nun bestätigt, was der Jesuit schon geahnt hatte: Sie hatten ihren Zauber auf ihn verloren und bedeuteten ihm nichts mehr, nur noch die melancholische Erinnerung an einen schmerzlich verflogenen Traum.

Die Durchquerung Agras stellte sich als reichlich problematisch heraus. Die Stadt war über einer Reihe von Schluchten errichtet, deren willkürlicher Verlauf die Straßenführung bestimmte, und das Ziegel- und Steinpflaster war oft aufgerissen und von Schlammlöchern überzogen. Die Elendsgestalten aber, die Arjun als Herolde und Wegebahner aufgetrieben hatte, erwiesen sich als überflüssig. In dieser toten Jahreszeit waren die Straßen wie leergefegt. Alle Welt hatte sich während des Monsuns zu Hause verkrochen. Dennoch vermied man die gewundenen Gassen des Marktes, in denen der Elefant trotz seiner Kleinheit Gefahr lief, steckenzubleiben. Statt dessen zog man durch eine der drei Hauptstraßen, die die Mogulkaiser auf dem Höhepunkt ihrer Macht für ihre Triumphzüge hatten durchbrechen lassen. Heute aber bot diese Prachtstraße ein trauriges Zeugnis für die Vergänglichkeit irdischer Größe. So weit der Blick reichte, nur altes Gemäuer, Schutt und Ruinengewirr. Wohl stieß das Auge gelegentlich auf einen erhaltenen, von zarten Arabesken überzogenen Wandpfeiler, sonst aber war das Ganze eine von Blöcken übersäte, lianenüberwucherte Marmorwüste. Hatte man in Godh nicht die Zeit gehabt, auch die Steine mit Tod und Vernichtung zu überziehen, so schien hier eine noch grausamere Gottheit am Werk gewesen zu sein und das Bild der Größe und Macht bis ins Herz hinein zerstört zu haben. Und während ihm der Schmerz immer regelmäßiger und schärfer die Seiten zerschnitt, bemächtigte sich Madecs ein ganz neues Gefühl von der Nichtigkeit der Macht und der Eitelkeit allen Ehrgeizes.

Der Ruhm! Aber konnte er denn je darauf verzichten? Strebte er wirklich nicht mehr nach Ehre und Ehrungen, erhoffte er sich tatsächlich nur noch die ganz gewöhnlichen Freuden eines klugen, maßvollen Lebens? Beneidete er diejenigen, die ihn übertrafen, in der Tat nicht mehr?

Den zum Beispiel, der diese prächtige Stadt in seiner Zerstörungswut vor vier Jahren von seinen Jat-Horden in einen wilden Steinhaufen hatte verwandeln lassen und dafür den unvergleichlichen Beinamen »Mond von Indien« erhalten hatte?

Laut aufseufzend schob er diese unangenehme Erinnerung von sich. Wenn nur dieses schreckliche Ziehen in seinen Eingeweiden nicht gewesen wäre. Er zitterte vor Anstrengung, den Schmerz zu unterdrücken. Der Jesuit, dem nichts verborgen blieb, unterdrückte nur mit Mühe seine Freude. Scheinbar gelassen hieß er den Treiber vor einem Gebäude anhalten, das man ohne das hohe Steinkreuz, das es krönte, für eine Bastion oder Festung hätte halten können, und sagte zu Madec:

»Vertraut mir doch, lieber Madec, ehe wir in den heiligen Bereich eindringen, an, was Ihr Euch von Eurem untertänigsten Diener erwartet.«

»Mich verheiraten, mein Priesterlein, ganz wie ausgemacht.«

Kaum war die eisenvergitterte Holztür hinter ihnen ins Schloß gefallen, wollte Pater Wendel Madec in die Kapelle ziehen, um der göttlichen Vorsehung Dank zu sagen. Madec jedoch weigerte sich rundheraus und verlangte statt dessen nach einem Bad.

»Ein Bad!« rief der Jesuit erbleichend, »aber die indischen Gewohnheiten sind samt und sonders Fallstricke des Teufels, mein Sohn!«

»Spann jetzt nicht auch noch den Teufel vor deinen Karren!« entgegnete Madec.

Aber Wendel gab sich nicht geschlagen.

»Öl und Parfüm sind Werke des Bösen, um böse Lust zu wecken!«

»So laß doch endlich den Bösen in Frieden und richte mir ein Bad!« befahl Madec ungeduldig. »Ich will nicht ewig wie ein stinkender Hund herumlaufen!«

»Ich habe keine Wanne«, protestierte Wendel.

»Du lügst«, schrie Madec, der endgültig die Geduld verlor. »Denn auch du badest und parfümierst dich. Du stinkst nicht wie die Europäer in Indien.«

Der Jesuit errötete leicht, versuchte sich aber, wie immer, wenn man ihm auf die Schliche gekommen war, in keiner Weise zu rechtfertigen.

»Folgt mir, mein Sohn«, sagte er nur und führte Madec durch eine Reihe grauer Höfe, von denen einer trübsinniger war als der andere, ohne Marmor oder Brunnen, ohne Garten oder andere Verschönerungen.

»Hier ist das Kolleg«, erklärte er, »und da geht es zur Bibliothek.« Er deutete auf einen von großen Rissen durchzogenen, schimmeligen Bau. Dann weckte er mit ein paar Hindiworten drei unter einem Gewölbe eingeschlafene junge Männer, die diensteifrig näher traten. Madec wunderte sich über ihre helle Haut, wie er sie bisher nur in Pondicherry und Kalkutta angetroffen hatte, wo die Rassenmischung durch unerlaubte Landgänge der Seeleute stark gefördert wurde.

»Sind das Mischlinge?« fragte er.

»Nein, mein Lieber«, erwiderte der Priester, »das sind Franzosen oder *Frantcis,* wie man hier sagt. Ich unterweise sie in den Lehren Christi, und dafür unterhalten sie die Missionsstation.«

»An die Arbeit!« befahl er ihnen. Und an Madec gewandt, fuhr er fort: »Schaut Euch nur diese Kirche an . . . Ehedem war sie von einem Turm mit drei großen Glocken gekrönt, die der Mogul Jehangir um 1620 der Mission gestiftet hatte. Damals war der Kaiser nämlich drauf und dran, zum Christentum überzutreten. Er umgab sich mit Europäern, Ärzten, Kaufleuten, Architekten . . . Doch dann starb er, und als er die letzte Ölung verlangte, weigerten sich die Eunuchen, die Mission zu verständigen. So ist er als Heide gestorben.«

»Als Hindu?«

»Aber nicht doch, mein Sohn! Als Muselmann, als Muselmann! Das ist nicht ganz so schlimm, haben die Moslems doch auch nur einen Gott und erkennen Christus als einen ihrer Propheten an; dennoch aber gehören sie zu den Verdammten! Doch das solltet Ihr, da Ihr schon so lange in Indien weilt, eigentlich selber wissen«, fügte er nach einer kleinen Pause sarkastisch hinzu.

»Jehangirs Sohn nun«, fuhr er in seinem Bericht fort, »haßte uns Christen und zerstörte unsere beiden anderen Missionsstationen in Delhi und Lahore. Und auch hier seht Ihr Ruinen und Verwüstung. Der Turm der Kapelle wurde umgestürzt, die Glocken gestohlen, mit Ausnahme der großen, die die Jats vor vier Jahren bei der Plünderung der Stadt mitgenommen haben.«

»Die Jats – alias Sombre«, warf Madec spöttisch ein.

»Sombre wird eine Glocke stets nur christlich verwenden, mein Sohn.«

»Christlich? Sombre mit seinen Ausschweifungen, seinen Eunuchen und all den Frauen, die er reihenweise heiratet?«

»Sombre wird bald auf Gottes Wege zurückfinden.«

»Vorausgesetzt, daß er nicht vorher stirbt!«

Ein sonderbares Lächeln huschte über Wendels Gesicht.

»Überlassen wir das der göttlichen Vorsehung, mein Sohn, die Wege Gottes sind unerforschlich!«

»Bei Gott, ein wahres Wort!«

»Seit Monaten«, fuhr der Jesuit fort, »bemühe ich mich, ihn zu unserer Herde zurückzuführen, und ich schmeichle mir, nahe am Ziel zu sein.«

Im letzten Hof angelangt, machte Pater Wendel vor einem kleinen Raum halt, der nach indischer Art durch einen leichten Bambusvorhang von der Außenwelt abgetrennt war. Er hob den Vorhang und winkte Madec einzutreten, der sich jedoch erst über sein weiteres Schicksal Gewißheit verschaffen wollte. Trotz der Müdigkeit, die ihn fast übermannte, pflanzte er sich auf der Schwelle auf und erklärte ohne Umschweife:

»Du wirst mich also verheiraten, Pfaffe.«

Die Augen des anderen leuchteten auf.

»Und mit wem?«

»Spiel nicht den Unschuldigen. Ich will, was du mir versprochen hast, eine junge Christin, schön und mit guter Mitgift.«

»Eine nicht gerade bescheidene Forderung, mein Sohn.«

»Laß deine gottverdammten Ausflüchte und Winkelzüge«, unterbrach ihn Madec. »Schauen wir, daß wir zu einem Abschluß kommen!«

Der Pater hüstelte. Die Diener brachten ein dampfendes Becken und einige Krüge mit frischem Wasser. Ohne lange zu fragen, griff Madec nach einem und trank ihn in großen Schlucken leer.

»Also, Jesuit«, rief er, »beeile dich, denn ich bin zum Umfallen müde!«

»Versprecht mir zuerst«, erwiderte der Priester, »daß es Euch mit Euren Heiratsabsichten ernst ist und Ihr Euch nicht mit irgendeiner List tragt und mir nur Sand in die Augen streuen wollt.«

»Es ist mir ernst!« versetzte Madec. »Also rede!«

Der Pater runzelte die Stirn und schwieg, wie um nachzudenken. Madecs Neugier auf die Folter zu spannen, bereitete ihm ein ungeahntes Vergnügen. Endlich hob er an:

»Zur Zeit des Moguls Jehangir haben sich, wie ich dir schon sagte, an die fünfzig christliche Familien hier niedergelassen. Unsere Gemeinde setzte große Hoffnungen . . .«

»Zur Sache, Jesuit!« fiel ihm Madec ins Wort. »Das alles hast du mir schon erzählt. Die *Frantcis*. Und weiter?«

»Nun, unter den rund zwanzig Familien, die davon übrigblieben, befindet sich eine, die sich trotz der schlechten Zeiten einen gewissen Wohlstand bewahrt hat. Von allen Kindern ist ihnen nur eine einzige Tochter geblieben, die sie noch nicht verheiratet haben, weil sie einen guten Katholiken europäischer Abstammung für sie wollen.«

»Und ist sie jung und hübsch?«

»Gewiß, mein Sohn. Doch das ist nicht der springende Punkt. Wenn Ihr zugreifen wollt, heißt es schnell sein, damit sie Euch keiner wegschnappt!«

»Und welche Garantien gibst du mir?«

»Die Familie des jungen Mädchens wird vom Mogul protegiert.«

Madec brach in Gelächer aus.

»Von einem Flüchtling!«

»Das wird er nicht immer bleiben, Madec! Der Hof wird bereits wieder aufgebaut. Er hat neue Unterstützung erhalten. Die Marathen, ein Volk des Dekkhan, wollen den Mogul in Delhi wieder auf dem Thron sehen. Ja, es geht sogar das Gerücht, daß er schon dorthin unterwegs sein soll.«

»Und du glaubst, daß die Engländer da einfach zuschauen werden?«

»Die Engländer haben noch alle Hände voll damit zu tun, sich in Bengalen zu behaupten. Die Franzosen haben nur eine Chance, Indien zurückzugewinnen: wenn sie den Mogul wieder einsetzen. Dazu aber brauchen wir einen Kriegsherrn. Wenn Ihr nun diese Ehe schließt, wenn Euer künftiger Schwiegervater Euch die Unterstützung der Bankiers von Indien einbringt und wenn es Euch gelingt, an den Mogul heranzukommen, könnt Ihr Euch alle Hoffnungen machen, Madec!«

»Die Engländer werden da nicht tatenlos zusehen.«

Der Jesuit zitterte leicht. Er schien erschöpft.

»Aber ich sage Euch doch, daß sie anderes zu tun haben, anderswo gebunden sind.«

»In Godh zum Beispiel.«

»Gott sei ihrer Seele gnädig, mein Sohn.«

Wendel wußte also. Er hätte es sich denken können. Wer aber

hatte es ihm hinterbracht? Sombre oder seine Emissäre. Möglicherweise hatte er es von allem Anfang an gewußt, seit dem Frühjahr, seit Agra, vielleicht sogar schon seit Benares . . . Ohne Zweifel! Truppenbewegungen solchen Umfangs konnten nicht unbemerkt bleiben.

Madec mußte an Sombres Gesandtschaft denken. Wie hatte er nur so naiv sein können, ihr nicht mehr Beachtung zu schenken? Wenn Sombre in seiner Wut über Sarasvatis Ablehnung den Angriff auf Godh, den Mord an Gopal selber eingefädelt hatte? Er war hinterhältiger, teuflischer als der Jesuit. In seinem Kopf begann sich alles zu drehen. Er warf dem Pater einen fragenden Blick zu, der ihn seit der Erwähnung der Engländer mit abweisender Miene fixiert hatte. Es war klar, aus ihm war über diesen Punkt nichts mehr herauszubringen. Also mußte er die Angelegenheit möglichst schnell zu einem Ende bringen.

»Und gegen wen soll ich Krieg führen, Jesuit?«

»Ich denke, wir reden vom Heiraten!«

»Krieg und Heirat scheinen, wenn man dir glauben darf, in diesem Land ein und dasselbe zu sein.«

»So seid Ihr also wirklich entschlossen, mein Sohn, Ordnung in Euer Leben zu bringen?«

Bei dem Beichtstuhlton des Paters lief Madec ein Schauder über den Rücken. Aber ein neuer Schwächeanfall hinderte ihn, Wendel hinauszuwerfen. So fuhr der Priester ungehindert fort: »Ihr müßt also trachten, zu Reichtum zu gelangen, mein Sohn, um Eurer neuen Familie Ehre zu machen; eine Hochzeit kommt in diesen Breiten sehr teuer, noch weit teurer als in Europa. Ihr könntet bei einem Radscha oder Maharadscha in der Umgebung in den Dienst treten und die Steuereintreibung übernehmen. Ich werde Euch nach der Regenzeit höchstpersönlich einen Posten suchen. Und wenn Ihr dann erst verheiratet seid . . .«

»Mach dich nicht über mich lustig, Jesuit«, unterbrach ihn Madec. »Im Augenblick bin ich nichts und habe nichts außer meinem Talent zum Kriegführen. Glaubst du, daß mir der Vater das Mädchen, das er so sehr liebt, allein auf mein Wort und mein hübsches Gesicht hin geben wird?«

»Dieser Mann ist mir treu ergeben. Er befolgt alle meine Ratschläge. Bin ich nicht der gute Hirte von Agra?« fragte der Pater mit der beleidigten Miene einer verärgerten alten Jungfer. »Und außerdem«, fuhr er fort, »kann er als Kaufmann selber nur hoffen, daß ein guter Kriegsherr . . .«

»Die Kaufleute«, fiel ihm Madec ins Wort, »schlagen sich stets auf die Seite des Stärkeren. Sie werden sich mit den Engländern verständigen!«

»Nicht doch, Madec, wenn der Mogul wieder an die Macht kommt!«

»An Sombre glaubst du wohl nicht mehr? Da hättest du doch deinen Kriegsherrn!«

»Der Feind ist stark, mein Sohn. Wir brauchen große Armeen. Da ist einmal Sombre, das stimmt; dann ist da Salvador de Bourbon, ein *Frantci* wie der Vater dieses heiratsfähigen Mädchens, Sproß eines Abenteurers, der vor zwei Jahrhunderten ins Land kam, ja, ein Bourbone, sage ich dir, ein Bourbone wie unser guter König! Und dann werdet Ihr da sein, Madec . . .«

Er hatte sich nicht verrechnet. Trotz aller Müdigkeit errötete Madec vor Freude.

»Fassen wir zusammen«, erwiderte er, bestrebt, nicht zu zeigen, wie geschmeichelt er sich fühlte. »Um eine Frau zu nehmen, muß ich reich sein und anschließend für die Sache des Moguls kämpfen.«

»Beunruhigt Euch deshalb noch nicht. Werdet nur erst einmal reich, mein Sohn, dann bekommt Ihr das Mädchen, dann den Rang und schließlich den Ruhm. Und Frankreich . . .«

Vollständig erschöpft, ließ sich Madec auf das Lager fallen.

»Dann heirate ich, Jesuit, dann heirate ich. Vor allem aber zeigt mir das Mädchen.«

Der Pater brauchte nicht mehr zu antworten. Madec war schon eingeschlafen.

»Ich wußte es doch«, murmelte der Jesuit und verließ den Schlafenden, ohne ihn zu segnen.

Madec schlief ohne Unterbrechung fünfzehn Stunden lang. Aber sein Schlaf war von sonderbaren Visionen gequält: Corentin, sein Elefant, tollte mit makellos weißer Haut in den Gärten von Godh herum; Pater Wendel teilte nackt und lächelnd den Bettlern Agras einen höchst obszönen Segen aus, und Sarasvati erschien ihm im Hochzeitskleid.

Beherrscht wurden all diese beunruhigenden Phantasien durch den Großmogul in Gestalt eines großen, lächerlich herausstaffierten Drachens, der sich in regelmäßigen Abständen zu ihm herabbeugte, um ihm mit hohler Stimme zu erklären: ›Ich übergebe dir meine Schützlinge!‹ und schon wieder erschienen in wildem Durcheinander Pater Wendel, der schöne Corentin und Sarasvati, nach der er die Arme ausstreckte. Aber sie entwand sich ihm, und er stürzte zu Boden, doch der Mogul hob ihn auf: ›Ich übergebe dir meine Schützlinge . . .‹, und damit fing alles wieder von vorne an. Endlich riß ihn das laute Prasseln eines Wolkenbruchs aus dem unruhigen Schlaf. Zu seinem Entsetzen konstatierte er, daß er europäisch roch, das heißt, äußerst schlecht. In seiner Müdigkeit war er am Vorabend wie er ging und stand eingeschlafen. Er erhob sich, um das Bad nachzuholen, aber Becken wie Wasserkrüge waren verschwunden. So riß er sich sein schmutziges Gewand vom Leib und trat nackt in den Regen hinaus. Schon nach wenigen Augenblicken fühlte er sich herrlich erfrischt. Als er um sich blickte, gewahrte er im Hof vertraute Gestalten: seine Soldaten. Befriedigt kehrte er ins Zimmer zurück.

»Ich muß etwas anderes anziehen«, sagte er halblaut vor sich hin und bückte sich, um den Diamanten aus der rechten Tasche zu nehmen.

Doch seine Finger griffen ins Leere. Der Diamant war nicht mehr da! Aufgeregt wühlte er die Tasche noch einmal durch, schüttelte das Gewand, faßte in die linke Tasche und – fand ihn!

»Dieses Schwein von einem Jesuiten«, knirschte er, »hat mich im Schlaf durchsucht!«

Er riß das Laken von der Matratze, schlang es sich um die Hüften, packte Pistole und Schwert und lief, ohne einen Gedanken an seinen sonderbaren Aufzug zu verschwenden, hinaus. Seine Soldaten, im ersten Moment sprachlos vor Verblüffung, errieten sein Vorhaben.

»Du suchst den Jesuiten?« fragte einer. »Der ist im Beichtstuhl.«

»In der Kapelle?«

»Ja.«

Und im Sturmschritt überquerte Madec den Hof, ungehindert durch das kurze Lendentuch, denn seit Godh hatte sich sein Körper an alle möglichen Stoffe und Falten und Knoten gewöhnt und er hatte die indische Art, sich ohne jeden Zwang zu kleiden, erlernt. Ja, an jenem Abend, an dem Sarasvati für ihn ihre Schleier gelüftet hatte, hatte er den Fortfall der Schneiderkunst geradezu als beglückende Befreiung erfahren, und so wäre es ihm nie in den Sinn gekommen, sich halbnackt mit einem Musselintuch um die Hüften lächerlich vorzukommen.

An der wurmstichigen Kapellentür angelangt, drang er denn auch ohne Bedenken in den heiligen Ort ein und versteckte sich unbemerkt hinter einem Pfeiler.

Vor dem Beichtstuhl kniete ein ziemlich hellhäutiger Mann mit feingeschnittenen Zügen von gut fünfzig Jahren, offensichtlich ein *Frantci,* der den geschmückten Fingern nach sehr reich sein mußte.

»Das bleibt dennoch recht ärgerlich«, sagte er auf Hindi. »Ich mag so große Steine nun einmal nicht. Man müßte ihn auseinanderschneiden . . .«

»Aber nicht doch«, rief Wendel und wurde vor Ärger ein wenig laut.

»Aber wer sagt mir denn, daß er ihn mir um diesen Preis verkauft? Zudem kommt er aus dieser verdammten Stadt und wird mir Unglück bringen! Soll der Radscha von Godh nicht ermordet worden sein?«

»Und du«, schrie Madec, hinter der Säule vortretend den Jesuiten an, »wirst es gleich auch sein, wenn du nicht auf der Stelle herauskommst!«

Als sich nichts rührte, half er mit einem Schuß in die Decke nach. Da tauchte Wendel bleich, aber beherrscht in der Tür des Beichtstuhls auf.

»Ihr, Madec«, sagte er tadelnd, »halbnackt in diesem heiligen Ort!«

»Schweig, Spion«, brüllte Madec, »Spion des Teufels!«

Der Kaufmann, halb ohnmächtig vor Angst, warf sich stammelnd vor Madec zu Boden.

»Mach, daß du mir aus den Augen kommst!«

Das ließ sich dieser nicht zweimal sagen. Als seine eiligen Schritte auf dem feuchten Pflaster verhallt waren, ging der Jesuit entgegen seiner Gewohnheit als erster zum Angriff über.

»So hat dich die Fürstin von Godh also belohnt«, höhnte er. Und gewahrend, daß Madec vor Schwindel taumelte, hakte er nach: »Sie hat dich aber recht schlecht entlohnt . . . mit einem weichen Diamanten!«

Madec begriff nicht.

»Einem falschen, wenn dir das lieber ist«, fuhr der Jesuit fort. Trotz seiner Schwäche stürzte Madec auf den Priester los. Ihn nur nicht töten, sagte er sich, nicht töten. Ich brauche ihn noch.

»Ich verstehe das Hindi so gut wie du, Pfaffe!« donnerte er und fuchtelte ihm mit dem blanken Säbel unter der Nase herum. »Dein Kaufmann wollte meinen Stein nicht, weil er zu schön ist! Er wollte ihn zerkleinern!«

Wendel zuckte mit keiner Wimper.

Der ganzen Angelegenheit müde, kam Madec auf sein Anliegen zurück. »Du wirst mich schnellstens verheiraten!«

Doch der Pater widersetzte sich. »Der Hochzeit geht stets eine Verlobung voraus.«

»Dann verlobe mich.«

»Das geht nicht. Ihr müßt noch warten.«

»Wir haben schon zu lange gewartet!«

»Ich bin mir deiner christlichen Gefühle nicht sicher.«

Warum aber wollte der Pater ihn hinhalten, Zeit gewinnen? Weil er krank war? Er konnte nicht umhin, es sich einzugestehen. Krank . . . Hatte Wendel es ihm nicht bei ihrer Trennung vor den Mauern von Agra vorhergesagt?

Die Spitze seines Säbels war nach wie vor auf die Soutane des Jesuiten gerichtet. Madec spürte, wie ihn die im Schlaf gesammelten Kräfte zu verlassen drohten. Mit letzter Anstrengung riß er sich zusammen.

»So wisse denn, Jesuit, daß ich diesen Stein mit dem Schwert gewonnen habe und daß dir die Durchsuchung meiner Taschen nur eines gebracht hat: das Wissen, daß ich nicht arm bin, daß ich dein heiratsfähiges Mädchen auf der Stelle kaufen kann. Deshalb gehst du noch diese Minute zu ihrem Vater!«

Aber Wendel rührte sich nicht von der Stelle.

»Geh, sage ich dir!«

Mit einem Ruck schlitzte ihm Madec die Soutane auf, unter der ein weißer, magerer, aber außerordentlich gepflegter und wohlduftender Bauch zum Vorschein kam. Ein kleiner Stoß und die Säbelspitze zog einen langen Schnitt durch die gut geölte Haut. Blut sikkerte heraus.

»Herr! Für dich erdulde ich das Martyrium!« heulte Wendel auf.

»Ich habe dich kaum geritzt. Da hast du schon andere Martyrien erduldet . . . Also, los. Geh jetzt, wenn du nicht aufgespießt werden willst.«

Der Vorschlag schien dem Jesuiten nicht zu gefallen. Zitternd bat er: »Laß mich nur schnell die Soutane wechseln.«

»Ich denke nicht daran!« erwiderte Madec. »Geh endlich!«

Die Vorstellung, wie der Pater mit zerschlitzter Soutane durch Agra liefe, versetzte ihn trotz seiner Schmerzen in beste Laune. Es bereitete ihm ein unbändiges Vergnügen, sich auszumalen, wie der Jesuit seinen nackten Bauch zudecken und seine Wunde betasten würde. –

Zwei Stunden später traf der Priester dann in Begleitung eines anderen *Frantcis* wieder ein, eines etwa sechzigjährigen Mannes, auf dessen Gesicht ein leicht trauriger Ausdruck lag, was Madec auf die bevorstehende Trennung von seiner Tochter zurückführte. Man begab sich in die Bibliothek, wo der Pater widerstandslos mit seiner schönsten Schrift den Heiratsvertrag aufsetzte, worin der Sieur Barbette, gegenwärtig Getreide-, Seide- und Tuchhändler in der Stadt Agra, dem Sieur René Madec, wohnhaft bei den Jesuiten, sobald ihm seine Vermögenslage den Erwerb eines geeigneten Hauses in unten genannter Stadt erlaubte, seine Tochter Marie-Anne, geboren zu Delhi, zur Frau versprach. Des weiteren verpflichtete sich der Vater der Verlobten, seiner Tochter eine Mitgift von zehn Lak Rupien mitzugeben, wogegen der Sieur Madec, Abenteurer seines Zeichens, einen echten, weißblauen Diamanten von stattlicher Größe aus den Ateliers von Godh zum Pfand setzte, rückerstattbar nach Vollzug der Eheschließung. Als Datum wurde der nächste Monsun festgesetzt, was dem Sieur Barbette genügend Zeit für die Vorbereitung einer so wichtigen Zeremonie und Madec für die Beschaffung des für eine solche Verbindung und Rangerhöhung erforderlichen Vermögens beließ.

Dann schritt man zur Unterzeichnung des Pergamentes in dreifacher Ausfertigung: Barbette in Hindischrift, Wendel mit lateinischen Buchstaben und Madec mit einem Kreuz. Wohl hatte ihm sein Vater, der Freimaurerlehrer, ehedem schreiben und lesen gelehrt, aber Godh hatte die Erinnerung daran vollständig ausgelöscht.

»Ich werde Euch wohl einmal das Alphabet beibringen müssen, lieber Madec«, erklärte der verblüffte Priester herablassend.

Barbette schien zufrieden, wiewohl noch immer etwas melancholisch. Das Mädchen mußte wohl ganz besonders charmant sein, wenn dem Vater die Trennung so schwerfiel. Schon bei der Tür fragte er:

»Wie alt ist die Versprochene?«

»Zwölf Jahre, Madecji«, antwortete Barbette.

Ein tödliches Schweigen trat ein.

Mit vor Bestürzung zitternden Händen schaltete sich Wendel ein.

»Das ist das in Indien übliche Heiratsalter . . .«

Madec zeigte keine Regung.

»Also gut. Nächsten Monsun wird sie dreizehn sein. Wann kann ich sie sehen?«

Der Jesuit und Barbette tauschten einen bestürzten Blick.

»Aber Madec... Ihr wißt doch...«

»Was gibt es jetzt schon wieder, Pfaffe?«

»Nach indischem Brauch bekommt der Verlobte die Braut erst bei der Hochzeit zu sehen... Daran vermag auch das christliche Gesetz nichts zu ändern.«

Madec, nur noch von dem einem Wunsch beseelt, sich endlich hinlegen zu können, schlurfte seufzend in den Hof hinaus.

»Also gut. Ich werde warten. Vielmals Euer untertäniger Diener, Seigneur Barbette, und bewahrt meinen Diamanten gut auf! Und du, Jesuit, laß mir ein Bett in deiner Bibliothek aufschlagen. Deine Kammer ist mir zu klein, ich bin Besseres gewohnt!«

Während der Jesuit die erforderlichen Anordnungen traf, befahl Madec seinen Soldaten, seine Tür Tag und Nacht nicht aus den Augen zu lassen. Er fühlte sich krank und elend. Die Prophezeiung des Paters war also eingetroffen. Ich bin alt und krank, dachte er, ehe er einschlief. Godh hat mich umgebracht.

Es war eine recht sonderbare Krankheit. Seine Haut färbte sich gelb, er schlief viel; beim Erwachen Erbrechen und Durchfall. Niemand hätte mehr viel für sein Leben gegeben. Manchmal delirierte er auf bretonisch, französisch und hindi, aber den Sinn seiner Worte konnte man nicht erfassen. Auffallend war nur, daß das Wort *Maya, Maya* immer wiederkehrte. Pater Wendel pflegte ihn aufopferungsvoll. Tagelang bereitete er in der Abgeschiedenheit seiner Kapelle sonderbare Pülverchen und bittere Tränke zu oder lief auf der Suche nach seltenen Pflanzen landauf, landab. Gelegentlich hatte er auch mysteriöse Verabredungen im Basar, von wo er kleine braune Säckchen mitbrachte, die er sorgfältig in den Falten seiner Soutane verbarg. Mit nahezu väterlicher Zärtlichkeit flößte er dem armen Madec abwechselnd Heiltränke, Elixiere und wohlschmeckende Erquikkungstränke ein; nichts ließ er unversucht. Eines Morgens aber erreichte das Fieber einen Punkt, von dem es gemeinhin keine Rückkehr mehr gibt. Da beschloß Wendel, Tag und Nacht beim Kranken zu wachen. Er wandte kein Auge von dem ausgezehrten Gesicht, wischte ihm von Zeit zu Zeit den Schweiß von der Stirn, bettete den Kopf hoch und tat alles, was in seinen Kräften stand. Erstaunlich war nur, daß er nie betete. Nach mehreren Tagen und Nächten tauchte Madec endlich aus der Bewußtlosigkeit wieder auf. Das Fieber war mit einem Schlag verschwunden. Es war am Ende der Regenzeit, das Licht wurde schon wieder blauer. Zum ersten Mal seit langer Zeit waren Madecs Augen, als er sie aufschlug, nicht mehr vor Fieber blind. Angesichts der von Balken durchzogenen, gekalkten Decke, der Bücherrücken und der schmucklosen Holztäfelung wähnte er sich im ersten Augenblick zurück in Europa. Doch seine Nase belehrte ihn schnell eines Besseren. Seine durch das lange Fasten äußerst geschärften Sinne nahmen den sich überall einschleichenden, alles durchdringenden Geruch Indiens deutlicher wahr denn je: den Duft der im Regen aufgeschossenen, fetten Lianen, den Weihrauchdunst der im Zimmer abgebrannten Räucherstäbchen, die aus der Kirche herüberwehenden, alles einhüllenden Nardeschwaden und die ewigen, unsterblichen Ausdünstungen der Gewürze und Exkremente unter den ersten wärmenden Sonnenstrahlen nach dem Monsun, giftig, schädlich, überwältigend wie die Liebe.

Da wußte er, daß er dem Tod noch einmal entkommen war. Und während die Strahlen der Herbstsonne durch den Bambusvorhang drangen, erstand er, von der Vergangenheit reingewaschen, leicht wie der Himmel vor dem Fenster, zu einem neuen Leben. Die Krankheit, deren Wurzeln weit über seine Ankunft im Kloster zurückreichten, war sein Sturm gewesen, sein Monsun, sein Abstieg zur Hölle. Sie wurde zur wahren Reise, wirklicher als die Tausenden und Abertausenden von Meilen auf den Ozeanen der Welt und durch die Dschungel und über die Berge Indiens. Aus dem Fieberdelirium, in dem er sich mehrmals hatte sterben sehen, und zwar auf die schmachvollste Weise, in einem Bett, hatte er immerhin das Bewußtsein herübergerettet, einem noch größeren Übel entronnen zu sein: Sarasvati, die er sich von nun an nur noch unter den Zügen der Königin Maya, der Herrscherin der Illusion, vorstellen konnte, ebenso ungreifbar wie die Dame von Godh in jener behexten Vormonsunzeit, die heißer gebrannt hatte als das hitzigste Fieber. Ja, er war der Hölle noch einmal entronnen, der bluttrinkenden Kali, der roten Tafelrunde des Todes und aller Dämonen Indiens, der Todesdämonen, *Raksas* und *Dakinis.* Die Zeit der Wiedergeburt war angebrochen. Von seinem Körper befreit, schwebte sein Geist über dem Urmeer, bereit, sich erneut zur Welt der Sinne, zum weichen blauen Himmel, zum Duft, emporzuschwingen ...

»Maya«, murmelte er noch einmal. Wendel beugte sich über ihn.

»Nun seid Ihr bald genesen, mein Sohn ...«

»Die Waffen rufen mich ... Jesuit.«

»Geduldet Euch, mein Sohn. Erst müßt Ihr wieder zu Kräften kommen.«

Wendels Stimme klang zärtlich, ohne jeden Anflug von Scheinheiligkeit.

»Die Betten soll der Teufel holen«, erklärte Madec. »Wo ist mein Elefant?«

»Dein Tier ist in den besten Händen«, antwortete der Pater. »Es ist schon ein ganzes Stück gewachsen.«

»Ich nehme es mit in den Krieg.«

»Nicht so schnell, Madec!«

Madec deutete auf den Bambusvorhang, der sich leicht im Septemberwind bewegte.

»Der Regen hat aufgehört.«

»Aber wer redet denn von Krieg, mein Sohn? In Indien herrscht Ruhe und Frieden. In zwei Monaten beginnt die Ernte; dann ist es Zeit, an die Steuereintreibung für einen Radscha zu denken. Fürs erste jedoch müßt Ihr Euch wieder erholen!«

»Ich langweile mich aber bei dir.«

Der Jesuit legte die Hand auf das Laken:

»Ich könnte Euch allerlei nützliche Dinge beibringen. Habt Ihr nicht Lust, lesen und schreiben zu lernen, mein lieber Sohn? Glaubt Ihr, der Ruhm verträgt sich mit Unwissenheit?«

»Der Ruhm . . .«

Madec stieß einen langen Seufzer aus. Die Unterhaltung hatte ihn erschöpft. Der Ruhm . . . Vielleicht hatte der Jesuit recht. Und vielleicht brauchte er in der Tat noch Ruhe.

Eine Woche später, als Pater Wendel mit dem Unterricht beginnen wollte, zeigte sich, daß sich die durch das jahrelange Umherziehen in Indien bedingte Vergeßlichkeit in kürzester Zeit beseitigen ließ, ja, daß die Krankheit in Madec einen geradezu wütenden Wissensdurst geweckt hatte. So führte ihn der Jesuit in die arabische Schrift ein, deren Zeichen Madec an gewundene Pfade und lange Reisen erinnerten. Indessen machte seine Genesung gewaltige Fortschritte, und eines schönen Morgens mitten in einer Lektion fegte er Bücher, Feder und Pergament vom Bett und erklärte, auf der Stelle Luft zu brauchen und in den Krieg ziehen zu wollen.

»Den Krieg?« fragte der Jesuit. »Aber wer redet denn von Krieg? Es handelt sich nur um das Eintreiben von Steuern. Und ich werde Euch einen Radscha suchen!«

»Dazu brauche ich dich nicht! Krieg oder Steuern ist für mich alles eins: Elefanten, Musketen, Kanonen! Ich breche auf.«

Der Jesuit war zutiefst enttäuscht. Madecs Schwäche während der

Krankheit hatte ihn aufrichtig gerührt. Später hatte ihm sein Wissensdurst und seine schnelle Auffassungsgabe das unauslöschliche Vergnügen verschafft, ihn ganz nach Gutdünken lenken zu können, und darüber hinaus gezeigt, daß die Beute, die ihm da ins Netz gegangen war, weit kostbarer war als vermutet. So hatte er geglaubt, seinen Einfluß noch ausbauen und festigen zu können. Und nun hatte Madec mit einer einzigen Geste all diese tollen Hoffnungen zunichte gemacht. Verzweifelt versuchte der Pater, ihn zurückzuhalten. In seiner Aufregung duzte er ihn sogar.

»Du bist noch krank, Madec. Du brauchst mich noch, mich und die Pflanzenabsude, mit denen ich dich geheilt habe.«

»Auf die Zubereitung von Heilmitteln verstehen sich die Inder auch«, erwiderte Madec, erhob sich noch schwankend und ging, ohne den Pater eines Blickes zu würdigen, zu seinen Soldaten in den Hof hinaus.

Eine Woche später hatte er Pulver und Proviant gekauft, seine Truppe wieder in Schwung und seine Kanonen auf Hochglanz gebracht. Von einem Kaufmann der Stadt hatte er von einem Radscha erfahren, der dringend eine Armee zum Eintreiben seiner schon seit zwei Jahren ausstehenden Steuern suchte, und einen Boten zu ihm entsandt. Der Jesuit, wütend, so an die Wand gespielt zu werden, verwünschte sich, weil er mit seinen Heilkünsten nicht sparsamer umgegangen war.

Gut drei Wochen vergingen für Madec in einer fast unerträglichen Spannung, bis der Bote endlich die Zusage brachte. Über die dazwischenliegenden Provinzen und die dort zu erwartenden Zustände befragt, berichtete der Mann unter anderem, die Fürstin von Godh sei im Königreich Dig eingetroffen und habe ihr Lager vor der Hauptstadt, in der auch Sombre residiere, aufgeschlagen. Dieser solle seinen Heiratsantrag erneuert und die Dame von Godh ihm nicht mehr die kalte Schulter gezeigt haben. Ja, man munkle sogar, sie habe beschlossen, zum Christentum überzutreten, um sich mit Sombre, den man nur noch den ›Mond von Indien‹ nenne, wieder verheiraten zu können.

19. Kapitel

Die dunklen Nächte des Monats Bhadrapade im Jahr 4865
des Weltalters Kalizuga
Dig
September 1764

Schon wogte aus der Stadt wie das Dröhnen der Brandung das Getöse der Hörner, Trommeln und Tamburine heran, das überall in Indien die Ankunft eines Mächtigen ankündigte. Ein kleines Weilchen noch, und sie, Sarasvati, zog ihrerseits in Dig ein, der Hauptstadt der Jats, der bis zum Himalaja berühmten Bauernsoldaten, der Löwenmenschen. Ein Wort genügte, und die Stadt mit ihren Dutzenden von Bastionen, Türmen, Halbmonden, Burggräben und Schießscharten, mit ihrer schreckerregenden, viele *Koss* langen Mauer war auch die ihre.

Dennoch hatte Sarasvati in der Einsamkeit ihres Zeltes inmitten von Teppichen und Kissen, von der Reise erschöpft, Angst. Noch lag alles in ihrer Hand. Was aber, wenn Sombre eintrat, der »Mond von Indien«? Zum hundertsten Mal an diesem Morgen griff sie zum Spiegel. Ihre einzige Verteidigung, ihre einzige Waffe war ihre Schönheit. Sie atmete auf. Alles war in bester Ordnung. Trotz der beschwerlichen Reise, der Nächte im Zelt, trotz des endlosen Regens, war es ihr geglückt, auch ohne Dienerin, die sie zu schmükken verstand, und ohne Masseuse ihre Schönheit zu bewahren. Ein wahres Wunder fürwahr, letztlich aber doch nur ein trügerischer Schein, auf den sie selbst freilich nicht hereinfiel. Der Spiegel zeigte ihr die sich ankündigenden Sprünge und Risse im vollendeten Bild. Was die anderen, die sie bewunderten, sie schön nannten, nicht ahnten, sie wußte es: Es war eine Schönheit auf Zeit. Bald würde der Sprung für jedermann sichtbar werden, dann war es Schluß mit der Liebe, mit den tausend verspielten Freuden am Nachmittag, Schluß mit dem ungeduldigen Warten auf die Sonne, den Frühling, den Monsun, den klaren, hellen Herbst. Es gab nur noch die Nächte des Hasses, nur noch das Warten auf Blut, seinen Geruch, das Warten auf den Anblick aufgeschlitzter, durchbohrter Leiber: Dieser Blutrausch hatte sie nach Dig getrieben. Er beherrschte sie ebenso sehr wie ehedem die Leidenschaft zum *Firangi,* der sie verlassen hatte, der

Narr, ohne die künftigen Freuden auch nur gekostet zu haben, die Liebe inmitten von Toten, die Wollust nach dem Blutvergießen. Allein der Gedanke daran trieb ihr die Tränen in die Augen. Sie straffte sich. Die Musik war zu einem ohrenbetäubenden Lärm angeschwollen. Ein Diener hob die Türplane und meldete:

»Er wird gleich eintreffen, Fürstin.«

»Dann laß ihn warten. Er soll wissen, daß ich keine Besiegte bin.«

Noch einen Augenblick der Ruhe und der Sammlung, ehe die Vergangenheit endgültig versank. Wieder kamen ihr Tränen. Wie dumm! Sagten die Leute nicht, daß sie die *Vajra* besaß? Von Sombre aber wurde es auch behauptet. So würde Zorn gegen Zorn stehen. Ein leichtes Zittern befiel sie. Sombre, der tötete, wie ein anderer das Glas hob, der vor nichts zurückschreckte, der Scharen liebestoller Sklavinnen durch ganz Indien schleppte. Einen Augenblick kamen ihr Zweifel an ihrer eigenen Kraft. Was, wenn nur Madec sie ihr verliehen hatte? Madec, der nur traurig zu sein brauchte, damit sie sich ganz klein fühlte, Madec, der dem Zauber widerstanden, der sie verlassen hatte . . .

Die Musik, vor dem Zelt angelangt, zerriß ihr die Ohren. Aber nein, mochte sie heute auch ohne Land, ohne Mann, ohne Kind dastehen, sie besaß die *Vajra* doch, denn sie hatte über alles triumphiert: über die Witwenschaft, die verbotene Liebe und über die Trennung von Madec. Sich hoheitsvoll aufrichtend, erteilte sie das Zeichen, Sombre vorzulassen.

Schon im nächsten Augenblick stand er mit gespreizten Beinen und hocherhobenen Hauptes im vollen Schmuck des Kriegers vor ihr, eine gewaltige Gestalt im Halbdunkel des Zeltes vor dem hellen Licht des Tages. Keiner rührte sich, keiner sprach ein Wort. Schließlich schloß Sombre die Beine und verneigte sich mit zum Gruß zusammengelegten Händen:

»*Namaste,* Fürstin.«

Entgegen indischem Brauch hatte er das »sehr geehrte« ausgelassen, was Sarasvati als Zeichen der Schwäche deutete.

»*Namaste,* sehr geehrter Herr Sumroo«, entgegnete sie boshaft.

Als er die Stirn hob, musterte sie ihn ohne jede Scheu. Der »Mond von Indien« war alt, unbestreitbar alt. Er mochte zwischen fünfzig und sechzig sein, und der dichte, schwarze, aber schlecht gefärbte Bart vermochte nicht darüber hinwegzutäuschen, daß sich die Sucht, die verlorene Jugend auf Weiberleibern wiederzusuchen, zu rächen begann. »Mich soll er nicht besitzen«, dachte sie, »auch wenn ich ihn heirate.« Im übrigen machte er keine schlechte Figur, wenn er nach indischem Geschmack auch etwas zu muskulös und zu wenig fett war. Vor allem aber zogen seine sonderbar langen Hände ihren Blick auf sich, Hände, die schon vielen Menschen das Leben genommen haben mochten. Sie sah sie förmlich vor Blut triefend vor sich.

Da Sombre beharrlich schwieg, wiewohl seine fetten Lippen ständig leicht zitterten, beschloß sie als erste zu sprechen.

»Dank, sehr geehrter Sumroo«, begann sie im Gefühl, sich ohnehin im Vorteil zu befinden, »dank, daß Ihr meiner Bitte gefolgt seid. Ich bin nur eine schwache, umherirrende Frau ohne Schutz . . . Dank, daß Ihr mich, arm und ohne Eskorte wie ich bin, aufnehmt.«

Die langen, fürs Blutvergießen wie geschaffenen Hände zitterten.

»Fürstin, Ihr seid schön. Eure Schönheit öffnet Euch überall Tür und Tor.«

»Doch Schönheit genügt nicht, wie Ihr selber wißt«, fuhr sie mit hartem Ton fort. »Die Schönheit vergeht wie alles auf dieser Welt. Und deshalb zählt allein die Kraft. Nehmt Platz.«

Er folgte ihrer Aufforderung. Sie wollte ihn auf dem Boden haben, auf gleicher Höhe mit sich. Dennoch blieb er auch im Sitzen ein Riese.

»Die Kraft, Fürstin?« erwiderte er. »Die Leute behaupten, Ihr besäßet sie.«

Sie brach in ihr schönstes, unwiderstehlichstes Lachen aus, das sie sonst der Liebe vorbehielt. Sombres Lippen verzerrten sich zu einer schrecklichen Grimasse.

Für diesen Mann, sagte sie sich, muß die Liebe dem Zerstückeln eines Kadavers gleichkommen. Sie muß ihm ebensoviel Ekel wie Freude bereiten. Er saugt den Frauen das Blut aus, er vergißt sich in ihren Wunden.

Dieser Gedanke war ihr so neu, daß er sie fast erschreckte. Wie sehr mußte sie sich verändert haben, wenn sie die Seele dieses Mannes so durchschaute. »Ich muß ihm gleichen«, dachte sie und lächelte über die Entdeckung.

»Ich habe gewichtige Gründe, Euch aufzusuchen«, hob Sombre trocken wieder an. »Erspart mit lange Reden. Mein Angebot aus der Zeit vor dem Monsun gilt noch immer. Ich will Euch heiraten!«

»Ihr seid ein *Firangi,* sehr geehrter Sumroo, und habt eine weiße Haut«, erwiderte sie, wenn es auch zu ihrem Leidwesen leicht übertrieben war.

Etwas aus dem Konzept gebracht, antwortete er: »Gewiß,

gewiß . . . Aber ich weiß, wer Ihr seid und woher Ihr kommt. Wenn Ihr nicht die *Vajra* besäßet . . .«

»Was wollt Ihr damit sagen?«

Ihre Stimme klang plötzlich hart.

»Nichts. Reden wir nicht davon. Du sollst nur wissen«, fuhr er, unvermutet auf *du* umschaltend, fort, »daß ich die Vorurteile von deinesgleichen nicht teile. Ich bin ein Mann von den Schwarzen Wassern, und das ist wohl auch der Grund, weshalb du mich aufsuchst. Denn im Moment bist du es, die zu mir kommt.«

Dieser unvermittelte Übergang von der höflichen Form zum schmucklosen Du gab Sarasvati das Gefühl, als hätte er sie nackt ausgezogen. Mechanisch ließ sie, die seit Wochen ihr Gesicht unverhüllt dem Wind dargeboten hatte, die Schleier herunter.

»Im *Moment?* Was willst du damit andeuten, Sumroo?«

Als hätte er sie nicht gehört, fuhr er fort: »Ich liebe das Geschachere nicht, Fürstin. Hier mein Angebot: Tun wir uns zusammen! Ich biete dir Männer, Kriegserfahrung, Gewehre und Kanonen für deine Rache an den Engländern, den *Firangis* im roten Rock, und du gibst mir dafür die *Vajra.*«

»Die *Vajra.* Dann hast du also davon gehört und glaubst diesem albernen Gerede, du Sumroo, der Fremdling, den man den ›Mond von Indien‹ nennt!«

Er warf ihr einen niederschmetternden Blick zu, aber sie senkte die Augen nicht. Ein Lächeln unterdrückend, sagte sie: »Also sprich, Sumroo.«

»Glaub mir«, entgegnete er, »ich weiß schon, wer du bist, und ich brauche dich. Jahr für Jahr breiten sich die Engländer weiter aus, verderben einen Fürsten nach dem anderen und dringen schließlich bis in die entferntesten Winkel Indiens vor.«

»Da erzählst du mir nichts Neues.«

»Ich halte dir auch nur dein Unglück vor Augen, damit du siehst, was die Deinen erwartet, und daß sie dich brauchen!«

»Also fahre fort.«

»Clive, der Sieger von Plassey, der den Engländern vor nun acht Jahren Bengalen erschlossen hat, ist zurückgekehrt, und zwar mit absoluten Vollmachten. Das heißt, er kann machen, was er will und wo er will, ohne auf die Befehle von jenseits der Schwarzen Wasser, also ohne auf die Ankunft der Schiffe warten zu müssen. Verstehst du, Fürstin?«

»Ich verstehe, nur scheint es mir ein bißchen spät, um aufzuwachen. Die Rotröcke haben sich schon seit langem in Bengalen eingenistet. Wir werden wohl oder übel für unsere Fehler zahlen müssen. Dharma!«

»Hast du nicht schon genug bezahlt, Fürstin?«

»Sprich nicht so mit mir, Sumroo«, brauste sie auf, »oder mein Fluch soll dich treffen!«

Für einen Moment schlug er die Augen nieder. Dann fuhr er fort: »Du kennst doch den Spruch, Fürstin: Hundert Tore führen ins Königreich Bengalen, aber keins hinaus.«

»Die Rotröcke hingegen gehen nach Belieben ein und aus!«

»Weil wir ihnen keinen Riegel vorgeschoben haben!« keuchte er. »Und das wird auch so bleiben, solange der Mogul so schwach ist. Ist er aber erst einmal wieder zu Macht gelangt . . . Mit mir. Mit dir. Dann will ich auch die Pforten Bengalens schließen. Mit dir!«

»Mit mir?«

»Ja, mit dir. Denn du bist schön und stark, ja, zu schön und zu stark für dieses Indien, das in allen Fugen kracht. Kein Mann außer mir wollte etwas von dir, weil dich alle fürchten.«

»Fürchten?«

Sie war ehrlich überrascht. Das also war die *Vajra?*

»Ja, fürchten. Aber ich habe dir schon gesagt, ich teile die Vorurteile der Menschen hier nicht. Denn auch ich flöße Furcht ein. Und ich besitze das Wissen der *Firangis,* Fürstin. Ich kenne den Mogul; der Krieg ist mein Freund. Ich bin in ganz Indien bekannt.«

»Ja, aber du bist hier nicht der einzige *Firangi.*«

Sombre erbleichte. Einen Augenblick lang glaubte sie, er würde aufspringen. Aber er krallte nur seine Hände um den Säbelknauf.

»Vergiß sie!«

Sie antwortete nicht.

»Vergiß sie. Das sind Galgenstricke, Taugenichtse, armselige Abenteurer, die sich dem erstbesten, der daherkommt, verkaufen.«

»Nein.«

»Er hat dich verlassen, nicht wahr? Weil du verarmt bist, hat er dich sitzenlassen; er hat es mit der Angst bekommen, und so kommt es, daß du jetzt vor meinen Toren stehst!«

Sarasvati schüttelte den Kopf.

»Nein.«

Sie zog einen ihrer Schleier vors Gesicht, wie um anzudeuten, daß er entlassen sei, und so sah er nicht, daß sie weinte.

»Ich biete dir Rache.«

»An ihm will ich mich nicht rächen.«

»Ich gebe dir die Macht.«

»Mach mir nichts vor. Von der wirst du dich nie trennen.«

Erschöpft nahm er den Helm ab und legte ihn neben sich auf den Teppich. Sie hob einen Zipfel ihres Schleiers. Die Tränen waren schnell versiegt. Er hatte nichts von ihrer Rührung bemerkt. Dieser letzte Sieg über sich selbst gab ihr ihre Selbstsicherheit zurück. Wieder musterte sie Sombre. Er war alt und sehr müde. Unter dem Helm war eine durch tiefe Runzeln zerfurchte Stirn und sich lichtendes, durch die Färbung stark angegriffenes Haar zum Vorschein gekommen. Und als hätte er ihre Gedanken gelesen, sagte er:

»Ich habe dir nichts zu verbergen, Fürstin. Ich bin nicht mehr jung. Du bist sehr schön, aber die Zeit der Frauen ist für mich vorbei. Ich erwarte mir nichts mehr von ihnen.«

»Du sollst mindestens zweihundert besitzen, ohne die zu zählen, die du von Zeit zu Zeit kaufst . . . Darunter gibt es ohne Zweifel jüngere und hübschere als mich. Fruchtbarere auch, denn sicher weißt du, daß mein Schoß schon seit Jahren vertrocknet ist. Was also erwartest du von mir, was dir die anderen Frauen nicht auch geben können?«

»Du bist keine Frau!«

Sarasvati brach in Lachen aus, in ein noch perfideres Lachen als vorher, ein kleines, perlendes Lachen, das sie sich für die ganz großen Nachmittage aufgespart hatte, wenn Bhawani oder Madec, hingerissen von ihren Einfällen, ihrem Körper unerhörte Wonnen schenkten, deren Raffinesse sie stundenlang beglückte. Gespannt schaute sie Sombre ins Gesicht, aber die erwartete Grimasse blieb aus. »Und was bin ich dann, wenn ich keine Frau bin?« begann sie wieder.

»In dir steckt etwas von einem Mann.«

Sie war sich nicht sicher, ob sie den Sinn seiner Worte richtig erfaßte. Zwar sprach Sombre perfekt Hindi, besser sogar noch als Madec, und ohne jeden Akzent. Seit dem Sommer mit dem anderen *Firangi* aber mißtraute sie den Männern von den Schwarzen Wassern. Aus ihren Worten sprach oft, auch wenn man sie zu verstehen glaubte, eine unbekannte Welt, in die sie auf Madecs weißer Haut so verzweifelt einzudringen versucht hatte, und die er ihr doch stets verweigert hatte. Sie hob ihre Schleier einen um den anderen. Sombre hatte sie gerührt. Er durchschaute sie so gut. Dennoch stand fest, besitzen sollte er sie nie und nimmer.

Er ahnte es wohl, denn den Kopf hebend, fragte er, als hätte sie laut gesprochen:

»Heiratest du mich?‹›

»Ich bin arm, elend, unfruchtbar.«

»Und wenn!«

»Und die Heirat mit mir wird dir die *Vajra* nicht bringen.«

»Aber ich werde dich das Kriegshandwerk lehren, und gemeinsam werden wir die Engländer aus Indien vertreiben.«

»Ich bin Hindu!«

»Das kommt mir eben gelegen, denn durch die Hände der Deinen geht hier das Geld.«

»Ich selbst aber besitze nichts und kenne auch keine Bankiers.«

»Das ist mir einerlei. Du bist Hindu, du besitzt die *Vajra,* und du wirst meine Frau sein. Das genügt, um Geld von ihnen für einen großen Krieg zu bekommen.«

»Und dein Gott? Was wird dein Gott dazu sagen?«

»Ein großer Kriegsheld kennt nur einen Kult, den der eigenen Person!«

Er hatte sich plötzlich entspannt.

»Andere sind ehrfürchtiger als du.«

»Meinetwegen auch Gott, wenn du willst! Gott, der Herr, der die Reiche verteilt!«

Wieder verzerrte diese Grimasse sein Gesicht. Er frohlockte, und schlagartig ging ihr auf: Mit diesem Mann mußte man Macht reden. Bei ihm nahm die Macht die Stelle der Liebe ein. Wenn er sich noch immer Hunderte von Frauen hielt, so zweifelsohne nur aus Großtuerei, denn im Grunde schien er verbraucht. Einzig die Sorge um seinen Ruhm vermochte ihn aufzurütteln und die Langeweile zu vertreiben, die sich mehr und mehr seiner bemächtigte.

»Aber da ist noch ein letzter Punkt«, wandte Sarasvati ein. »Man kommt als Hindu zur Welt, Sumroo, man wird es nicht. Wenn ich dich heirate, muß ich also die Religion wechseln.«

»Weiche meiner Frage nicht aus, Fürstin«, mahnte er. »Heiratest du mich?«

»Wenn du mich nach dem christlichen Ritus zur Frau nimmst«, antwortete sie, »werde ich dein sein.«

Verständnislos starrte er sie an. Seine Gesandtschaft hatte ihm zwar das sonderbare Verhalten der Dame von Godh ausführlich geschildert, und bei einer Inderin machte er sich ohnehin stets auf alles gefaßt; ein solcher Vorschlag aber überwältigte ihn denn doch.

Der *Firangi* von Godh war also gar nicht der ausschweifende Jüngling, als den man ihn hinstellte, denn hätte er sonst eine Dame von hoher Kaste zu einer Religion bekehrt oder fast bekehrt, die die Gleichheit predigte? Noch dazu eine Frau, die er, Sombre, nur mit größter Mühe in Schach halten konnte! Zum Glück hatte dieser Madec, wie man ihn nannte, nach Godhs Untergang das Weite gesucht und befand sich jetzt bei Pater Wendel in guten Händen. Man mußte ihn mit irgendeiner untergeordneten Aufgabe abspeisen. Oder am besten gleich ganz verschwinden lassen. Sombre zog die Stirn in Falten, so daß seine Augen fast gänzlich hinter den buschigen Brauen verschwanden. Die Geschichte mit dem *Firangi* paßte ihm gar nicht. Die Berichte über ihn hatten höchst widersprüchlich gelautet; stets jedoch hatte er sich bemüht, sie als unbedeutend abzutun. Gleichzeitig aber konnte er den sonderbaren Eindruck nicht loswerden, ihn schon irgendwo einmal gesehen zu haben. Doch was immer er sich selber auch einzureden versuchte, insgeheim war er überzeugt, daß dieser junge Mann seit einem Jahr mehr Macht besaß, als man annahm. Die *Vajra?* Nein, die wohl nicht – die besaß nur sie; ein Blick genügte, um das zu erkennen. Jedenfalls aber würde er, da der Bruch von ihm ausgegangen war, ihrer Verbindung nichts in den Weg legen, ja, ihr, da die Dame ihn noch immer zu lieben schien, wohl eher seinen Segen geben, froh, von der lästigen Liaison endlich befreit zu sein. Vermutlich war der Kerl eben doch nur ein Abenteurer ohne Format. Erstaunlich nur, daß sich die schöne, von einem ganzen Volk bewunderte Fürstin an einen solchen Halunken weggeworfen hatte.

Während er Sarasvati, die lächelnd und unbeweglich inmitten ihrer Kissen thronte, betrachtete, wollte ihm ein Gedanke nicht aus dem Kopf: Erst vor einer Woche hatte Wendel durch seinen letzten Kurier noch versichert, die Fürstin sei eine glühende Götzendienerin, eine gefährliche Heidin, die nur Blut und Wollust zu reizen vermöchten. Was das Blut anging, so traf die Beschreibung wohl zu, das hatte er an ihren Augen gesehen, an dem Aufleuchten bei der Erwähnung der Engländer.

Was die Fleischeslust betraf, so verstand Wendel nichts davon, es sei denn, Männer waren im Spiel. Aber wozu überhaupt einen Gedanken darauf verschwenden. Er war müde und fühlte sich zudem unbehaglich. Alles an dieser Frau brachte ihn aus dem Konzept. Weiß Gott, ob er im Bett überhaupt die Kraft besaß, ihr die Ehre zu erweisen. Das wichtigste aber fürs erste war, daß sie sein Angebot annahm. Und sie nahm es an. Er wollte die Bestätigung noch einmal aus ihrem Mund hören.

»Du willigst also ein, mich zu heiraten?«

»Ja. Nach dem christlichen Ritus.«

»Aber ich habe keinen Priester, der dich taufen könnte, und möchte dich bald zur Frau nehmen. Die Zeit des Krieges naht.«

»Taufen . . .?«

Er hatte das Wort durch eine Kombination von ›Wasser vergießen‹ und ›initiieren‹ übersetzt, und dunkel erinnerte sie sich, daß Madec einmal etwas von einem solchen Brauch erzählt hatte.

»Aber kann ich dich nicht auch so heiraten?«

»Nein.«

Wieder runzelte Sombre die Stirn, hin und her gerissen zwischen dem Wunsch, die Sache möglichst schnell hinter sich zu bringen, und sei es mit einem Schwindel und der Angst, bei der Vorliebe der Inder für Riten dadurch womöglich alles zu verderben. Gewiß, nichts war einfacher, als den nur zwanzig Meilen entfernten Pater Wendel hierher zu holen, aber der Jesuit würde seine üblichen Sperenzchen machen und alles aushorchen und ausspionieren und nach Kräften intrigieren. Dennoch blieb ihm keine andere Wahl. Er mußte ihn eben einschüchtern.

»Wenn du willst, Fürstin, sind wir in drei Tagen Mann und Frau!«

Wieder verzerrte diese Grimasse sein Gesicht, wenn auch dezenter, weniger schrecklich.

Er war schon im Begriff, sich zu erheben, da fragte sie: »Aber sage mir noch, welchen Titel führt deine erste Gemahlin?«

»Keinen. Man nennt sie Begum in der Mogulsprache. Im übrigen ist sie die einzige Frau, die ich geheiratet habe, eine sanfte, unterwürfige Frau, eine richtige Muselmanin.«

»Du wechselst die Religion je nach Gattin?«

»Was gilt das dir?«

»Nichts. Aber ich will meinen Titel führen.«

Seine langen Hände verkrampften sich, streckten sich ohne zu zittern auf sie zu, und Sarasvati glaubte schon, er würde sich auf sie stürzen, sie schlagen, packen, würgen. Aber nichts geschah. Wie am Morgen von Bhawanis Ermordung sammelte sie mit äußerster Ruhe ihre ganze Kraft, und Sombre zog seine Hände zurück, faltete sie, schlug die Augen nieder.

»Weiter will ich nichts von dir, Sumroo. Verstehst du: NICHTS. Sonst ist alles klar. Du bist der Verbündete des Moguls; deine Truppen ... *unsere* Truppen werden für ihn in den Krieg ziehen. Ich will nur einen Titel, der mir Achtung an seinem Hof verschafft. Und in ganz Indien. Und darüber hinaus auch bei den *Firangis!*«

»Schwöre mir, daß du die Wahrheit sprichst!«

»Ich habe weder Eltern noch Gemahl, noch Kinder, ja nicht einmal einen Gott ... Worauf soll ich also schwören?«

»Schwöre es mir beim Leben des *Firangi,* deines Geliebten!«

Diesmal zuckte sie nicht zusammen.

»Vielleicht ist auch er schon tot ...«

»Nein. Er lebt.«

»Er lebt ... Gut, dann möge er sterben, wenn ich lüge.«

Sombres Blick bohrte sich in ihren. Der *Firangi* hatte sie verlassen; wenn sie seinen Tod wünschte, konnte sie lügen, soviel sie wollte. Aber in ihren Augen brannte nur eine ungewöhnlich heftige Glut, die ihn bloß noch mehr verwirrte. »Im Bett«, sagte er sich, »werde ich mehr herausfinden«, obwohl er sich dessen nicht so sicher war. Er erhob sich und verneigte sich zum Abschied.

»In drei Tagen«, sagte er, sich wieder aufrichtend, »wirst du meine Frau sein, Fürstin Sarasvati!«

Dann entfernte er sich mit weit ausholenden Schritten im hellen Licht des Mittags.

Drei Tage lang blieb Sarasvati in ihrem Zelt, den Kopf schwer vor Tränen, die sie nicht weinte. Sie wartete auf den Mann in der schwarzen Kutte, ohne den die Hochzeit angeblich nicht stattfinden konnte. Aber auch am dritten Tag blieb die Straße leer. Die Zeit zwischen den immer seltener werdenden Wolkenbrüchen am Morgen dehnte sich zu einer wahren Ewigkeit.

Der Monsun geht seinem Ende zu, dachte Sarasvati an diesem dritten Abend, und ein schales Gefühl vager Trauer erfüllte sie. Sie sah sich, noch immer ein bißchen verloren, zwischen zwei Männern und zwei Göttern schwanken. Zwei Göttern, denn diese verschwommene Christusfigur aus Madecs Erzählungen, von der sie nur noch wußte, daß ein armes Kind zum *Sadhu* geworden, später gekreuzigt worden war, konnte ja nur ein Köder sein, ein Köder wie auf der Jagd, mit dem man das Wild in die Falle lockte: diesmal die Engländer. Sie hatte sehr wohl begriffen, daß zwischen Sombre und den *Firangis* im Grunde kein Unterschied bestand, außer dem natürlich, daß die einen Sieger und der andere der Besiegte war. Genau wie die Engländer aber wollte Sombre Indien, ganz Indien, an sich reißen, von der Zone ewigen Schnees bis zu den Kokoswäldern, nur daß er vielleicht wegen seines allzu selbstsüchtigen Traums von Alleinherrschaft gescheitert war, während die Rotröcke Indien wie die Termiten auffraßen, in Scharen, ohne Laut, mit heimlicher, zäher, nie entmutigter Freßsucht. Das war auch der Grund, weshalb sie sich für Sombre entschieden hatte, für seine Kanonen, seine Soldaten, ja, sogar für seinen Glauben, um den Feind auf seinem eigenen Terrain mit seinen eigenen Waffen zu schlagen, und warum sie aus dem letzten ihr noch verbliebenen Gefühl, ihrer Leidenschaft für Kali, Kali die Schwarze, beschlossen hatte, Christin zu werden. Natürlich war ihr bewußt, daß sie sich dazu für eine barbarische Zeremonie hergeben, unreine Gesten vollführen und Worte sagen mußte, die sie nicht meinte, all das aber nichts zu bedeuten hatte. Im gleichen Augenblick, in dem sie sich dem *Firangi*-Priester auslieferte, weihte sie ihre Verbindung in Wirklichkeit Kali. Das Opfer des Damhirsches auf dem Altar von Godh war nur das Vorspiel gewesen. Manchmal freilich, viel zu oft noch, erwachte sie mitten in der Nacht, den Namen Krischnas, des göttlichen Hirten, auf den Lippen. Und war er in ihren Träumen auch nicht mehr der Tiefblaue, sondern so hell wie der *Firangi* Madec, so war er doch, traumhaft und nebelhaft und selbst in der Ferne von unabweisbarer Gegenwart, eine schemenhafte Erinnerung an ein Glück, die durch die Heirat für immer zerstreut werden mußte.

An diesem Punkt angelangt, wurde Sarasvati in ihren bitteren Überlegungen durch die Ankunft eines Gefolges aus der Stadt unterbrochen. Ein Gesandter Sombres, ein einäugiger, nicht mehr junger *Firangi* von angenehmer Erscheinung, bat sie, die Ankunft des Priesters in den Mauern von Dig abzuwarten. Und da der Ausdruck ruhiger Besonnenheit des Mannes der Prinzessin gefiel, fragte sie ihn, ohne auf seine Botschaft einzugehen: »Wie heißt du?«

»Man nennt mich Visage.«

»Visage«, wiederholte sie träumerisch. Aus den schwierigen Silben klang ihr die Musik der *Firangi*-Sprache entgegen. »Visage ... Und was machst du an Sumroos Hof?«

»Ich bin Arzt von Beruf, Fürstin.«

»Warum aber kommst du dann als Bote hierher?«

»Auch bei Euch, Fürstin, sind die Ärzte manchmal Berater oder Vertraute.«

Berater und Vertraute. Mohan fiel ihr ein, Mohan, der mit Godh untergegangen war, wenn auch aus freien Stücken. Er war ihr nicht gefolgt. Er hatte es vorgezogen zu sterben. Vielleicht, weil er sie auf seine Weise geliebt hatte und sie einem Schicksal überlassen mußte, das er, der sanfte, zärtliche Brahmane, ablehnte. Mohan, der Verschwiegene, der Friedfertige.

»Offenbar kennst du die Gepflogenheiten Indiens«, hob sie wieder an. »Setze dich. Dein Herr wünscht also, daß ich in seine Stadt einziehe? Aber weiß er denn nicht, daß eine ehrbare Frau sich dem Haus ihres künftigen Herrn nie vor der Hochzeit nähert?«

Visage hatte diese Schwierigkeit vorausgesehen und erwiderte lächelnd: »Verzeiht, sehr geehrte Fürstin, aber das ist keine gewöhnliche Hochzeit.«

Sein Lächeln gefiel ihr. Dieses von einer leicht traurigen Zärtlichkeit geprägte Gesicht war ihr auf Anhieb sympathisch. Irgendwie kam es ihr bekannt vor, als hätte sie es schon einmal gesehen.

»Mein Herr«, fuhr er fort, »hält es für wenig liebenswürdig, dich noch länger vor den Toren auf den Priester warten zu lassen, hatte er dir doch für heute die Hochzeit versprochen.«

Sie brach in Lachen aus, das ihn noch mehr verwirrte als ihre Schönheit. »Wahrhaftig, eine wohlgesetzte Rede!« rief sie. »Melde deinem Herrn gleichwohl, daß ich, nachdem ich schon den ganzen Monsun in einem Zelt zugebracht, auch die wenigen verbleibenden Nächte nicht scheue.«

»Fürstin . . .«, versetzte Visage mit einem geradezu flehenden Ton, der Sarasvati auffahren ließ, »Fürstin . . . Ihr dürft nicht ablehnen.«

»Und warum nicht?«

»Ich bin sein Arzt und Vertrauter. Lehnt nicht ab.«

»So erkläre mir den Grund«, erwiderte sie, weich gestimmt durch einen Erinnerungsfetzen, der wie eine nächtliche Landschaft im Licht eines Monsunblitzes aufgeleuchtet und Madec, Bhawani und diesen einäugigen *Firangi* zusammen gezeigt hatte.

»Er ist ungeduldig . . .«, antwortete Visage. »Er ist nicht mehr der Jüngste.«

Diese Andeutung genügte. Vom ersten Augenblick an hatte sich zwischen ihnen ein sonderbares Einvernehmen eingestellt, das sich ständig vertiefte.

»Er wird dich in Frieden lassen«, fuhr Visage fort. »Aber er muß dich in seiner Stadt wissen, in seinem Palast, in seiner Nähe, schon fast als seine . . .«

»Ich weiß«, unterbrach ihn Sarasvati. »Und der Mann in der schwarzen Kutte?«

»Verspätet sich, weil die Wege teilweise überschwemmt sein sollen.«

»Der Regen hat aber aufgehört.«

»Ja. Aber die Wildbäche aus den Bergen ...«

»Nun gut«, unterbrach sie ihn erneut. »Ich glaube dir, weil ich glaube, daß du ein reines Herz hast. Ich werde also morgen bei Tagesanbruch in Sumroos Stadt einziehen. Aber ich möchte ein Geleit, Musikanten, Tänzerinnen, Elefanten.«

»Alles steht bereit.«

»Bist du sicher?«

»Absolut.«

Wieder lachte sie. Dann fügte sie hinzu:

»Für mich allein vier Elefanten von hoher Kaste zusätzlich zu den anderen.«

Verständnislos starrte er sie an. Entzückt über die Wirkung ihrer Worte, kniff sie die Augen zusammen und ließ leise ihre Armreifen klirren.

»Ja. Einen Elefanten für mich und drei Elefanten mit leerer Sänfte. Verstehst du: *leer,* absolut leer. Im übrigen der übliche Zug. Das ist die einzige Bedingung, die ich für meinen Einzug in Dig stelle.«

Visage begriff, daß sie nicht scherzte. In ihren Augen strahlte eine Wildheit auf, wie er sie noch nie bei ihr gesehen hatte. Aber hatte er die Dame von Godh denn wirklich gekannt? Von seinem ersten Aufenthalt, bei dem er vollauf mit den Palästen, der Jagd und den ihm zur Verfügung gestellten Sklavinnen beschäftigt gewesen war, hatte er sie nur als ein sehr schönes, von der Mutterschaft kaum gezeichnetes junges Mädchen in Erinnerung. An ihrer Schönheit hatte sich nichts geändert, nur hatte sie sich mittlerweile verfeinert, durch eine innere Glut gewissermaßen präzisiert, verschärft. Sie hatte alles Weiche, Liebliche verloren, eine Entwicklung, die sich im übrigen schon vor ein paar Monaten, als er sie als Begleiter der Gesandtschaft zum letzten Mal gesehen hatte, angekündigt hatte. Und nun war ihre Schönheit rein und hart wie ein gefaßter Edelstein, nein, weit edler und reiner noch, und degradierte all ihre Juwelen zu wertlosem Plunder. Er wandte die Augen ab und erhob sich, um sie zu grüßen. Sarasvati erriet seine innere Bewegung.

»Wir haben uns verstanden«, sagte sie einfach.

»Ohne Zweifel, sehr geehrte Fürstin«, antwortete er, ehe er in der Nacht verschwand.

Sie hob die Lampe, um dieser leicht gebeugten Gestalt, die sie in einer anderen Existenz gekannt haben mußte, nachzuschauen, solange sie zu sehen war. Vielleicht war es im Leben vor diesem gewesen, in dem von Godh. Zwischen Madec und Sombre war sie gestorben; einzig der Haß ließ sie wiedererstehen. In der folgenden Nacht träumte sie jedoch, daß die auseinandergesprungenen Trümmer der Zeit durch geheimnisvollere Bande verbunden seien, und sie mußte denken, daß ein neckender Gott sich vielleicht damit amüsierte, die Menschen auf ihre eigenen Spuren im Kreis laufen zu lassen.

Trotz der späten Stunde schlief Sombre noch nicht. Seit Jahren litt er nun schon an Schlaflosigkeit, vor allem wenn Visage nicht da war, um ihm die diversen Pülverchen zu mischen. Welcher Art diese Krankheit war, wußte niemand, auch Visage nicht, obwohl er ihn unermüdlich beobachtete, und Sombre beschlich manchmal der Verdacht, es sei gar keine Krankheit des Körpers, sondern die Folge langer seelischer Ausschweifungen, eine Art Hypertrophie des Zorns und der Begierde. War nicht sein ganzes Leben brutale Kraft, Wille, Maßlosigkeit, Wüten und Toben, Begehrlichkeit gewesen? Am Abend seines Lebens nun versagte sich ihm die Ruhe nach der Raserei und den Zornesausbrüchen; seine Qual dauerte bis zum Morgengrauen, wo er oft nur für eine knappe Stunde in erquickenden Schlaf fiel.

Er griff zur Wasserpfeife. Aber seit er Opium nahm, war ihm dieses Vergnügen schal geworden, zu einer mechanischen Geste. Im Palast der tausend Brunnen herrschte Ruhe. Einzig das unaufhörliche Murmeln der Wasserkaskaden war zu hören, derentwegen Sombre sich vom Radscha der Jats ausgerechnet diesen Palast erbeten hatte. Badan Singh hatte ihm den Palast gern abgetreten, brachte er den größten Teil seiner Zeit doch ohnehin mit einem jungen Brahmanen in einer alten, vom Regen mitgenommenen Remise mit nicht enden wollenden astrologischen und chemischen Experimenten zu und ließ Sombre bei der Führung der Staatsgeschäfte im Krieg wie bei der Schwängerung seiner *Zenana* völlig freie Hand. Im letztgenannten Punkt jedoch hatte sich Sombre seit Monaten, wie an dem Rückgang der Fruchtbarkeit in der *Zenana* abzulesen, als recht träge erwiesen. Und genau das beunruhigte ihn nun. Sarasvatis Schönheit hatte so gar nichts Sinnliches an sich, da in ihr eine unberechenbare innere Kraft die Frau oder zumindest das Bild, das sich Sombre von einer Frau machte, vernichtet hatte. Und so lähmte ihn schon jetzt die

Angst, dieser königlichen Frau, diesem Ausbund von Intelligenz, Lebhaftigkeit, Hinterlist und Haß gegenüber zu versagen.

Schritte hallten auf dem Marmor der Galerie wider. Automatisch griff er zu Dolch und Pistole, eine alte Gewohnheit des an Verrat gewöhnten Kriegers. Aber es war nur Visage, der sich über die auf ihn gerichteten Waffen nicht wunderte. Nach einer Minute etwa, wenn Sombre sich überzeugt hatte, daß sein Arzt nichts gegen ihn im Schilde führte, pflegte er sie wegzustecken, während er die meisten anderen Besucher die ganze Unterhaltung über damit bedrohte. Ja, gelegentlich konnte es sogar vorkommen, daß er in einer Zornesaufwallung auf den einen oder anderen allzu unverschämten oder starrköpfigen Gast tatsächlich abdrückte. Dabei war Sombre keineswegs allein. In einem durch einen Tapetenbehang verborgenen Zimmer wachte Tag und Nacht ein gutes Dutzend Diener und Bewaffneter, um beim geringsten Alarm hervorzustürzen. Aber sein Mißtrauen gegen die Menschheit war ins Grenzenlose gewachsen. Wie anders dagegen, mußte Visage denken, die Frau, von der er gerade kam, und die nichts mehr auf der Welt fürchtete, weder Komplott noch Folter, noch die Niedergeschlagenheit der Nacht.

»Also?« fragte Sombre. »Sie kommt morgen?«

»Ja.«

Er sprang auf, als fiele ihm ein Stein vom Herzen.

»Sie kommt!«

Aber er wagte noch nicht, es zu glauben.

»Sie kommt«, wiederholte er. »Sie kommt! Morgen! Morgen bei Tagesanbruch, wie ich es befohlen habe?«

»Ja.«

Aber der gleichzeitig abgespannte und begeisterte Ausdruck auf Visages sonst stets gleichmütigem Gesicht stimmte ihn erneut mißtrauisch.

»Verbirg mir nichts, Teufelsdoktor!«

»Sie kommt, ich sage es dir doch.«

»Das Geleit steht bereit. Ein Befehl, und die Bajaderen, die Musikanten, die Elefanten brechen auf!«

Seine Freude riß ihn fort. Visage hielt es für klüger, ihn sofort zu unterbrechen.

»Du brauchst drei Elefanten mehr und von hoher Kaste.«

»Wie?« platzte Sombre los. »Wie? Aber ich hatte dir doch verboten, ihren Launen nachzugeben! Was will sie denn überhaupt mit diesen drei Elefanten?«

Nach einem kurzen Zögern brachte Visage auch noch den anderen Teil ihrer Forderung vor.

»Drei Elefanten, Sombre, und drei Sänften, die leer bleiben sollen, absolut leer.«

Zu seinem großen Erstaunen antwortete Sombre nicht, ob aus Wut oder Verblüffung, war nicht zu erkennen.

»Drei leere Sänften ... Wozu?« fragte er nur, und seine Stimme klang mit einem Mal gebrochen.

»Ich weiß es nicht. Aber das ist ihre Bedingung. Andernfalls kommt sie nicht.«

»Diese Frau ist wahnsinnig, und ich muß noch verrückter sein, sie heiraten zu wollen! Überwache sie gut, Visage, sie ist zu allem imstande. Ich muß meine Spione verdoppeln, ihr Frauen als Aufpasserinnen geben ...« Sein Zorn verrauchte allmählich.

»Visage ... dir kann ich es ja sagen ... gib mir irgendwelche Pulver, die die Manneskraft stärken! Indische oder europäische ... vielleicht doch lieber indische, denn diese Affen wissen alles über die Liebe. Aber mach sie mir schnell, wenn du mir den Schlummertrunk gemischt hast ...«

Er begann zu stottern. Das war das Zeichen, daß der kritische Augenblick gekommen war, in dem es hieß, ihn schnell zu beruhigen, in den Scheinschlaf der Drogen zu wiegen. Oft war ihm in diesen Augenblicken eine ungewöhnliche Klarsicht eigen, bei der sich, wie bei der Sehergabe, Erinnerungen und Überlegungen mit verblüffender Schnelligkeit kreuzten.

»Leere Sänften, leere Sänften ... Das habe ich schon einmal gehört. Ein alter Maharadscha ... Er hatte im Krieg seine fünf Söhne verloren. Und bei allen Prozessionen zu seinen Lebzeiten zogen stets fünf Elefanten mit fünf leeren Sänften mit.« Er unterbrach sich und zog die Augenbrauen hoch.

»Aber diese hier ... hat doch nur ihren Mann und einen Sohn verloren.«

»Und Zwillinge!«

»Aber auch das macht nicht drei, sondern vier!« donnerte er.

Visage antwortete nicht, er war mit der Zubereitung von Sombres Pulvern beschäftigt. Die Diener, die den Ritus schon kannten, kamen mit Becher und Kanne.

»Indien«, sagte er schließlich, »ist sonderbar, Sombre, versuche nicht, die Hintergedanken dieser Frau zu erraten. Sie hat viel gelitten und leidet immer noch. All ihre Einfälle sind nur verschiedene Arten, sich über den Schmerz hinwegzutäuschen. Binnen kurzem wird sie eine Christin sein, und Frieden wird in ihr Herz einkehren.«

»Nicht drei, sondern vier«, murmelte Sombre noch einmal, während er den Becher zum Munde führte.

Doch ehe er in Schlaf versank, fuhr er ein letztes Mal auf, als hätte er Sarasvatis Wunsch endlich begriffen.

»Um so schlimmer«, brummte er. »Gib ihr, was sie will, Visage.«

Gräßlich wie ein Blitz hatte ihn die Erkenntnis durchzuckt, daß die dritte leere Sänfte ebenfalls für einen Toten des Unglücks von Godh bestimmt war, aber daß dieser Tote keine Leiche, sondern ihre erloschene Leidenschaft war, die Liebe, die sie Madec in die Arme getrieben hatte.

Unter dem Gellen von Trompeten und Hörnern machte sich der Zug bei Tagesanbruch auf den Weg. Die Erde war trocken, der Himmel klar, der Boden, soweit das Auge reichte, von Grün überzogen. Die ersten Ernten kündigten sich an. Es war Markttag. Zusammengekauert hockten die Bäuerinnen vor ihren bunten Gemüse-, Gewürz- und Körnerbergen. Bei der Ankunft der Prozession, als sie der drei Elefanten mit leerer Sänfte, gefolgt von der schönen, göttergleichen Prinzessin ansichtig wurden, ging etwas wie ein Erschauern durch ihre Reihen. Plötzlich erbleichend, legten sie die Hände wie sonst nur bei den Schreckensgöttinnen Durga oder Kali zu einem erschreckten *Namaste* zusammen. Und überall breitete sich um den Zug eine sonderbar freudige Hektik aus, die Sarasvati an die religiöse Erregung der Menge bei Mond- oder Sonnenfinsternissen erinnerte, wenn sich das Volk in die Flüsse stürzte, um den Dämon anzuflehen, das bedrohte Gestirn nicht zu verschlingen. Dabei war an dem Festzug, abgesehen von den leeren Sänften, nichts Außergewöhnliches. Wie stets bei solchen Anlässen wurde händevoll Kandiszucker verteilt und aus großen Flakons Rosenwasser verspritzt.

Von ihrer Sänfte aus betrachtete Sarasvati die Stadt, ein nahezu unentrinnbares Gewirr von Mauern, Palästen und Tempeln, so daß man nicht hätte sagen können, ob man eine Festung, eine heilige Stätte oder einen Ort der Lustbarkeit betrat. ›Mir soll es recht sein‹, dachte sie, ›gilt mir hinfort doch ein Ort so viel wie der andere.‹ Auch daß der Radscha der Jats vermutlich zu ihrem Empfang kommen würde, hatte sie nur mit einem gleichgültigen Lächeln zur Kenntnis genommen. Ihr stand der Sinn nicht nach höfischem Zeremoniell mit *Diwan,* Astrologen und einem auf einem sonnenförmigen Sitz thronenden Radscha, denn wie Bhawani bezeichnete sich der Herr von Dig als Enkel des göttlichen Gestirns, nach dem auch sein Hauptpalast Suraj Bhavan benannt war.

Beim Einzug in die Palaststadt trat ein Führer an Sarasvatis Elefanten heran, um ihr die verschiedenen Gebäude zu erklären. Sie war erstaunt, auch hier Marmorpavillons, widergespiegelt in langgezogenen Wasserbecken, Gärten und Parks mit einem Netz von Kanälen, leichte, durchbrochene Balkone, kurzum die ganze Poesie Godhs mit all seinen zu Stein geronnenen beschwingten Träumen wiederzufinden. Die Welt mußte entgegen allem, was ihr Madec erzählt hatte, doch recht klein sein; anders vermochte sie sich eine solch einzigartige Gleichartigkeit nicht zu erklären.

Der Führer deutete gerade auf den Fischpalast, einen reichlich wunderlichen Bau, als der Zeremonienmeister vor den leeren Sänften plötzlich den Zug anhielt, offensichtlich ratlos, was zu tun sei. Amüsiert wandte sich Sarasvati um und entdeckte an der Ecke des letzten Gartens inmitten konsternierter Kulis eine lange, schwarze, über die ausgestreuten Blumen schwebende Gestalt, einen *Firangi,* der wild gestikulierend aus seiner Sänfte sprang.

Mit einem Blick begriff Sarasvati, daß dieses groteske, von Schritt zu Schritt häßlicher werdende, lächerliche Wesen der Priester war, den man aber offensichtlich nicht unterschätzen durfte.

Pater Wendel kochte vor Wut. Er war überzeugt, daß Sombre sich über ihn lustig machte und nur nach Dig hatte holen lassen, um Christus zu verhöhnen und seinen Priester zu zwingen, einer heidnischen Hochzeit beizuwohnen. Mit empörter Miene und weitausgreifenden Schritten überholte er Sarasvati und stürzte sich unverzüglich in den Palast der tausend Brunnen. Schon in der ersten Galerie stieß er auf Visage.

»Wo ist Sombre?«

Visage konnte sich das Lachen nicht verkneifen. Der Priester, staubbedeckt und kotbespritzt, drückte seine heiligen Gerätschaften ans Herz, als sollte er im nächsten Augenblick das Martyrium erleiden.

»Wir haben schon nicht mehr mit Euch gerechnet!«

»Ich wurde aufgehalten!« fauchte er. »Die Straßen waren mit Heiden überschwemmt. Die und ihre Pilgerfahrt zum Teufel!«

»Krischna? Was können wir dafür, mein Vater, daß Sombre sein Domizil nur wenige Meilen von Vrindavan aufgeschlagen hat?«

»Die Pest über Krischna und Vrindavan!«

»Fluche nicht, mein Vater . . .«

Wendel lief dunkelrot an.

»Ihr wollt sie nach dem heidnischen Ritus verheiraten, ich habe Euch durchschaut!«

»Aber gewiß nicht!« beruhigte ihn Visage. »Und ich rate Euch, mäßigt Euren Zorn. Sombre verflucht Euch ohnehin seit zwei Tagen. Die Fürstin hat er nur aus Verzweiflung über Eure Verspätung geholt.«

»Er wollte ohne mich auskommen!«

»Aber gewiß nicht, mein Vater . . .«

Visage unterbrach sich für einen Augenblick und fuhr dann fort: »Er hat nur solche Angst, sie könnte ihm noch entwischen.«

Die Vorstellung von Sombres Ängsten nötigte Wendel die Andeutung eines Lächelns ab.

»Gut. Dann will ich mich jetzt von der Reise erfrischen!«

»Das wirst du gefälligst bleiben lassen!« donnerte Sombre mit schrecklicher Stimme, der mit einem Mal in seinem schreckerregenden Kriegskostüm, das ihm auch bei feierlichen Anlässen diente, wie aus dem Boden gewachsen vor ihm stand. Zitternd warf sich Wendel vor ihm zu Boden.

»Herr Sumroo . . .«

»Steh auf, Wurm von einem Priester, gemeine Kobra, stinkendes Wildschwein!«

Wie entzückt über die Beleidigung, wie belebt durch die Demütigung, raffte Wendel seine schmutzigen Röcke zusammen.

Sombre hatte den Jesuiten bei den Schultern gepackt und schüttelte ihn. »Auf der Stelle taufst du sie und dann traust du uns! Heraus mit deinem Viatikum!«

»Und wo?«

»Dort!«

Er deutete auf das Ende der Galerie, wo sich ein winziger, nur mit dem Grün von Pflanzen geschmückter Patio aus schwarzem Marmor befand, ein außerordentlich nüchterner Raum, dessen Arkaden entfernt an die einer Kirche erinnerten. Mit ein bißchen Phantasie konnte man sich im Garten eines Klosters oder einer romanischen Kapelle wähnen.

»Ja, ja«, stimmte Wendel zu. »Aber du mußt erst beichten, mein Sohn.«

Schon das Wort beichten hatte ihm seine salbungsvolle Redeweise zurückgegeben.

»Ich und beichten!«

Sombre brach in sein altes Lachen aus, das man schon lange nicht mehr gehört hatte, ein brüllendes Gelächter, das von Gewölbe zu Gewölbe widerhallte.

»Ich und beichten! Und du, der Pater Wendel, willst mich nach meinen Sünden ausfragen! Ausgerechnet du, der du die Röcke von allen Lumpen in Indien hebst! Das dürfte wohl auch der Grund für deine Verspätung sein, und du wagst es zu bitten, dich erfrischen zu dürfen! Wovon denn zu erfrischen, Jesuit, Geier, verkommener Schakal!«

Der Jesuit gab nach. Eine halbe Stunde später rieselte das Wasser über den goldfarbenen Hals der Dame von Godh, die von nun an nur noch die Fürstin Sarasvati genannt werden sollte. Dann nahm der Pater vor einem Kreuz aus Sandelholz und dem Bild der heiligen Jungfrau, das ein indischer Künstler nach seinem Meßbuch kopiert hatte, ihre vor Edelsteinen schwere Hand und legte sie auf die Sombres, der starr und wild in seinem Kriegskostüm dasaß. Im letzten Augenblick hatte er noch einen Diamanten an den Helm gesteckt und eine Kette aus schwarzen Perlen umgelegt, die Sarasvati einen Schauder über den Rücken jagte. Sie glaubte, darin ein Zeichen ihrer Göttin Kali zu erkennen, an die im übrigen alles erinnerte, vom schwarzen Marmor des Raums bis zur schwarzen, durch die purpurfarbene Stola kaum aufgehellte Soutane des Priesters. Nur mühsam unterdrückte sie ein Lächeln hinter ihren Schleiern. Die Schmucklosigkeit der Zeremonie, die Hast, das Unbeteiligtsein aller Anwesenden standen in einem starken Gegensatz zu der Glut der Hinduhochzeiten. Aber all das paßte zur Strenge ihrer Aufgabe. Nicht, daß sie durch die Heirat mit Sombre auf den Luxus hätte verzichten wollen. Weit entfernt davon. Pracht und Gold waren für sie von der Macht nicht zu trennen. Sie suchte vielmehr eine unerbittliche Klarheit und Einfachheit der Seele, die sie für das Erbteil der *Firangis* hielt, und die sie etwa in dem einfachen Tausch von Goldringen zum Zeichen ihrer unauflöslichen Vereinigung sah oder in der vollendeten Logik des von beiden geleisteten Treueschwurs, der bei den Hindus nur von der Frau gefordert wurde. Es gab keinen Gang um den heimischen Herd, keine nicht enden wollenden *Mantras.* Nein, drei Worte, zwei kaum wahrnehmbare Gesten, und sie war diesem Mann angetraut. Im guten wie im bösen, wie sie zu verstehen geglaubt hatte. Und sie war sich sicher, daß es für sie zum Guten und für ihn zum Schlechten war.

Sie holte tief Luft. Das war vorüber. Wie wunderbar, daß die Trauung an diesem geometrisch kahlen Ort stattgefunden hatte, fern von den feuchten Bäuchen, den bemoosten, von allzu vielen Dämonen und Geistern bewohnten Eingeweiden der indischen Tempel. Sie mußte ihren namenlosen Schmerz unter den freien Himmel hinaustragen, ihre doppelte Rache für den Verlust von Madec und das Leben ihres Sohnes. Visage, der sie gleichzeitig so ruhig und abwesend sah und deutlich ihre gebändigte, geballte Kraft empfand, dachte beunruhigt an die Pülverchen, die er seinem Herrn verordnet hatte. Was vermochte die Medizin bei einem zu schnell gealterten Mann, der sich in den Kopf gesetzt hatte, eine Frau, der keiner gewachsen war, zu begehren und, schlimmer noch, sie zu beherrschen. Sombre dagegen überließ sich wie ein junger Fant jubelnd seiner Narrheit und gönnte in seinem Überschwang sogar der Madonna des Jesuiten einen Blick. Schon im Begriff, ihn wegzuschicken, befahl er Wendel:

»Schick mir deinen Künstler, damit er mir eine Jungfrau mit Kind malt, die meiner Frau gleicht.«

Aber er wagte nicht, die Fürstin bei den Haaren und den Handgelenken zu fassen, wie es seine Gewohnheit war, um anzudeuten, daß die Neuangekommene seine Gunst länger genießen würde als üblich. Statt dessen folgte er Sarasvati, die voranschritt, als kenne sie den Palast bis in den letzten Winkel, leicht gebeugt mit qualvoll hochgezogenen Brauen.

In der Nacht darauf fand ihn Visage zur festgesetzten Stunde allein in seinem Zimmer mit leeren Augen und zitternden Händen. Auf dem eigens für die Gelegenheit vorbereiteten Doppelsofa war nicht der Schatten einer Falte zu entdecken, und in der Luft lag nicht der geringste Hauch von weiblichem Parfüm.

20. Kapitel

Panipat
Juni 1765

Corentin, von Arjun großzügig mit Bananenmark und Zuckerrohr traktiert, war, wie von Pater Wendel schon angekündigt, zu einem prächtigen, munteren, manchmal etwas allzu mutwilligen Tier herangewachsen. Packt ihn der Übermut einmal gar zu sehr, so dachte Madec, wird ihm der Krieg das schon noch abgewöhnen, und die folgenden Monate sollten ihm recht geben. Hatte sich der Elefant bei den ersten Märschen noch ein bißchen gesträubt und beim ersten Gefecht, durchs Schlachtengetümmel erschreckt, Reißaus genommen und auf seiner Flucht einige unselige Sepoys zu Boden getrampelt, so gewöhnte er sich, von Arjun mit unvergleichlicher Liebe und unerhörter Geduld gelenkt, mit der Zeit recht gut an den Krieg, ja, wurde schließlich, da er im Grunde ein sehr gelehriges Tier war, ein so ausgezeichneter Kriegselefant, daß sich ihn die indischen Soldaten zu ihrem Maskottchen auserkoren.

Auch Madec selbst machte eine Wandlung durch. Als sich der von seinem künftigen Schwiegervater empfohlene Fürst in den Ebenen des Nordens, Herrscher über ein fruchtbares Land zwischen Delhi und dem Himalaja mit überwiegend muslimischer Bevölkerung, entgegen den Versprechungen als Nabob statt als Radscha, und weit schlimmer noch, als ein Mann entpuppte, der gar nicht in der Lage war, eine Armee zu bezahlen, beschloß er, ihm trotz seiner majestätischen Erscheinung und seiner selbst für indische Verhältnisse außergewöhnlichen Verfeinerung sofort den Rücken zu kehren.

Doch dieser Fürst hatte sich früher als Wesir des Moguls durch die Enthauptung mehrerer hoher Würdenträger des Kaisers sowie des Moguls selbst einen Namen gemacht, und den Nachfolger offensichtlich ebensowenig nach seinem Geschmack befunden und durch die gleichzeitig glimpflichere und elegantere Methode der Blendung abgesetzt. Der dritte aber, durch das Schicksal seiner Vorgänger gewitzt und auf die Erhaltung von Leib und Leben bedacht, hatte ihm seinerseits nach dem Leben getrachtet und so zur Flucht nach Norden getrieben. Diese Vorgeschichte aber ließ es Madec geraten erscheinen, sein Lager nicht einfach abzubrechen, sondern das Terrain vorher vorsichtshalber durch Verhandlungen zu sondieren, die sich als schwierig und langwierig erwiesen. Immerhin räumte der Wesir seine Zahlungsunfähigkeit ein, und da er im Augenblick nicht der Grausamkeit, sondern der Poesie oblag und ganz damit ausgefüllt war, zu seinen zweiundzwanzig Sprachen zwei weitere dazuzulernen, verzichtete er großmütig darauf, diesen völlig unbedeutenden *Firangi* pfählen zu lassen, und erteilte ihm, des ermüdenden Geschwätzes von Sold und Verpflegung leid, die Erlaubnis zum Abzug.

Entgegen seinen früheren Gewohnheiten aber stürzte sich Madec diesmal – ohne Zweifel die einschneidendste Veränderung, die sich mit ihm vollzogen hatte – nicht ins Abenteuer, sondern besann sich auf das Angebot der Rohillas vor einem Monat, sie gegen die Mahratten, eine Horde aus dem Westen, zu unterstützen, die sich unter Ausnutzung der Ohnmacht der Moguls weitere Lehen anzueignen suchten. Seit Monaten schon hatten sich die Rohillas in die Belagerung einer drei- oder vierfach umwallten Mahratten-Festung verbissen, die allem Anschein nach zu Recht im Rufe der Uneinnehmbarkeit stand. Madec jedoch hatte die schwachen Punkte des Forts bald herausgefunden, die völlig regellose Berennung der Inder durch einen geordneten Angriff ersetzt und die Festung durch den methodischen Einsatz der Artillerie binnen acht Tagen zu Fall gebracht.

Die Rohillas, maßlos in ihrem Überschwang wie alle Inder, bereiteten Madec einen triumphalen Empfang und boten ihm, wie erhofft, einen beträchtlichen Sold von über zehntausend Rupien, dazu Sepoys, so viele er nur wollte, und sämtliche Erleichterungen zur Bildung einer Armee nach europäischem Vorbild. Darüber hinaus stellten sie ihm für das Eintreiben der Steuern bei den neu unterworfenen Völkern einen nicht unbeträchtlichen Anteil in Aussicht.

Nach einem weiteren spektakulär kurzen Feldzug, der seinem Herrn mehr als erträumt und ihm selbst außer Ruhm und Ehre fünfzigtausend Rupien in Gold, Steinen, Schmuck und Geld eintrug, beeilte er sich, die sogenannten Weltbankiers aufzusuchen, die Erben der von Sombre massakrierten Brüder Djagarset, und binnen weniger Monate war sein Name allem, was reich und mächtig war in Indien, bekannt. Alle Welt wunderte sich über den unglaublich schnellen Aufstieg eines aus dem Nichts aufgetauchten *Firangis,* der sein Vermögen nicht wie die meisten seiner Art durch eine elende Kombination von Handel und Betrug ergaunerte, sondern nach Art der Inder durch Mut im Krieg erwarb.

In der Tat brannte in Madec seit seiner Krankheit ein ganz neues Feuer. Zwar war er sichtlich gealtert daraus hervorgegangen, aber ein gewisses Unbehagen in seinem Gewissen hatte ihn – wenn auch auf sonderbare Weise – erneuert. Wohl geisterten Godh und seine Fürstin gelegentlich noch durch seine nächtlichen Träume, im wachen Zustand jedoch verlor er kaum mehr einen Gedanken an sie. Sein Sinnen und Trachten galt von nun an fast ausschließlich Geld und Ruhm, denn er hatte sehr wohl begriffen, daß das eine ohne das andere in Indien undenkbar war. Ja oft, wenn ihn der Anführer der Rohillas durch seine Behandlung beim Teilen der Beute merken ließ, daß sein Goldhunger gefährlich gewachsen war, erwiderte er mit dem Ausdruck gekränkten Stolzes, daß in seinem Land die Männer nur eine Sorge kennten, die Größe, und daß sie dort so wenig wie in Indien ohne Vermögen zu erlangen sei. Unter seinem Land verstand er zu diesem Zeitpunkt Frankreich und nicht mehr die Bretagne, deren Existenz er zu vergessen trachtete, hatte er im vergangenen Sommer doch Sarasvati zu viel davon erzählt, nicht zuletzt, um als verbindendes Element zwischen ihnen hervorzuheben, daß sie beide einem besiegten Volk angehörten und die wilden Bretonen die fremden Eindringlinge ebenso verabscheuten wie die Hindus die Muselmanen.

Gegenwärtig aber kamen ihm solche Erinnerungen nicht gelegen, und er tat alles, um sie zu vertreiben. Wie im vergangenen Jahr kündigte sich ein heißer, dürrer Sommer an, und er fühlte sich ausgetrocknet wie die Erde, die schon allenthalben aufzureißen begann. An den Abenden, die bereits keine Kühlung mehr brachten, sagte er sich, daß seine Seele im selben Maße austrocknete, in dem sein Vermögen wuchs. Um so besser, dachte er, Dharma, während die Hitze zuschlug und die Erde rotgelb färbte; in der Regenzeit wird meine Hochzeit sein, ein großes, prächtiges Fest, denn auch ich bin gewachsen, größer geworden und für Herrlichkeit und Pracht bestimmt.

Bei Hof, gleichviel ob bei den bescheidenen Zusammenkünften unbedeutender Provinzadliger oder beim gewaltigen *Durbar* eines reichen Nabobs, tat er nichts lieber als die tägliche Ausübung der Macht zu beobachten und nichts faszinierte ihn so sehr wie die Verteilung der Titel. Binnen wenigen Monaten hatte er trotz der Schwierigkeit der persischen Wörter die Landessprache, das im Militärlager bei Delhi entstandene Urdu, erlernt und darüber hinaus den Aufbau des Reiches in all seinen Feinheiten erfaßt.

Das Grundprinzip war einfach. Die Gesamtheit aller indischen Länder gehörte dem Kaiser. Aufgrund der außerordentlichen Ausdehnung seiner Domäne aber hatte der Mogulsouverän die Steuererhebung *Zamindars* oder anderen verdienten Offizieren anvertraut, und zwar gegen eine gewisse Beteiligung, die gleichzeitig als Sold diente. Mit der Zeit und dem Zerfall des Reiches jedoch waren die meisten dieser Adligen unabhängig und ihre Pfründe, der *Jaghir,* mehr oder weniger zu ihrem Eigentum geworden. Sie begannen, sie sich gegenseitig streitig zu machen und zu diesem Zweck Armeen wie die Madecs anzuheuern. Dennoch besaß die Mogulhierarchie, vor allem im Norden Indiens, den die Abkömmlinge der Invasionsarmee noch immer besetzt hielten, nach wie vor ein unerhörtes Ansehen, und obwohl die Macht des Kaisers von Jahr zu Jahr abnahm, setzte man seinen ganzen Ehrgeiz darein, einen Titel von ihm zu ergattern. So gab es keinen Fürsten, der sich nicht rühmen konnte, der Bruder oder Vetter der Sonne oder des Mondes und somit auch berechtigt zu sein, sich zumindest »Ruhm des Firmaments« oder »Säule der Tugend« zu nennen. Madecs Ehrgeiz aber zielte höher. Er träumte von einem Rang, der ihn aus der Masse der gemeinen Höflinge heraushob, ihn vom Odium des durch Raub und Plünderung reichgewordenen Kavalleristen befreite. Denn was war Steuereintreiben anderes als Raub? Kaum waren die Ernten eingebracht, stürzte sich die Armee mordend und brandschatzend in die Dörfer, um beim geringsten Verdacht einer Revolte oder Lüge mit Musketen auf Bauern zu feuern, die zu ihrer Verteidigung, zur Verteidigung des Lebensnotwendigen, nur Steine hatten. In diesem Jahr war die Ernte nach einem großartigen Monsun sehr gut ausgefallen. Keine Insekten, wenig Diebe und kein offener Krieg. So hatten die Bauern allenthalben schon begonnen, die Götter zu lobpreisen, als Madec mit seinen Kanonen anrückte und Blut und Tod über ihre Lehmhütten brachte, gleichgültig gegenüber allem, dem Geschrei der Frauen wie den erdrosselten Kindern oder den Ruinen, die er hinterließ, so sehr erschien ihm seit Godh Blutvergießen als unumstößliches Gesetz des Lebens, eine Art Dharma, dem sich niemand entziehen konnte; und so sehr – auch das muß hinzugefügt werden – war seitdem sein unstillbarer Durst nach Ruhm und Gold gewachsen. Warum sollte er nicht zum *Rusindar, Mansebdar* oder sogar zum *Omrah,* dem Herrn des Moguls, gesalbt werden und auf großem

Fuße leben mit Sänften, Elefanten, Frauen, Zuckerwerk und Gewürzen in Hülle und Fülle, kurzum das Luxusleben eines Narren führen und Schätze über Schätze anhäufen?

Jedesmal, wenn er – wegen neuer Kanonen, Proviantbeschaffung oder Transaktionen mit den Bankiers – in einer Stadt des Nordens zu tun hatte, kam er halb krank vor Prunksucht zurück. Sein ganz besonderes Interesse aber erregten Lucknow, der Mittelpunkt des berühmten Königsreichs Audh, das seit Monaten Ziel der englischen Habgier war, und das schöne, sanfte Lahore mit seinem goldenen Tempel, über dessen zahllose, vor Gewürzen, Edelsteinen und Edelhölzern überfließende Märkte, durchsichtige Brunnen, glänzende Fayencen und wilde Krieger, die Sikhs, die sich nie von ihrem Säbel trennten, er so aufregende Berichte gehört hatte, daß er vor Begierde brannte, es kennenzulernen. Außerdem sollte Martin-Lion in dieser Gegend halb offiziell, halb inoffiziell ein Handelsnetz mit solch einträglichem Profit aufgezogen haben, daß er sich angeblich mit der Absicht trug, sich für immer dort niederzulassen, sobald dauerhafter Frieden in Indien eingekehrt war. Mittlerweile aber konnte sich Madec ein Leben ohne indischen Luxus, Parfüme, Süßigkeiten, Gewürze und die Verführung seiner verschleierten Frauen ebensowenig vorstellen wie Martin.

Träumerisch wiederholte er sich die Titel der Mogulherren, *Omrah do Hazari,* Herr über zweitausend Pferde, *Omrah panch Hazari,* Herr über fünftausend Pferde; und selbst *Omrah duazdeh Hazari,* Herr über zwölftausend Pferde, warum nicht. . .Welch gute Idee damals, auf den Vorschlag des Jesuiten zurückzukommen. Bald schon, nach der Hochzeit, konnte er an den Mogul herantreten, und womöglich boten sich ihm dann noch andere, noch bombastischere Titel wie *Nabob,* Herr, *Bahadur,* Stetskampfbereiter Krieger oder diese geheimnisvollen Würden des Hofes von Delhi mit ihrer Poesie wie »Palme der Krieger«, »Kanal der Gnaden«, »Löwe des Kriegs«; oder schließlich gar der höchste Titel unter den höchsten, *Khan,* Fürst, unübertrefflich in seiner Einfachheit, den Madec nicht einmal in seinen kühnsten Phantasien zu übersetzen wagte.

Aber während Madec in Träumereien über künftigen Ruhm versank, fraßen sich die englischen Termiten Monat für Monat ebenso unauffällig wie unaufhaltsam tiefer nach Bengalen hinein und unternahmen – ein Zeichen, daß sich die Armee König Georgs keineswegs mit dem Erreichten zu begnügen gedachte – eine Reihe ähnlicher Expeditionen wie die nach Godh, die übrigens bestmöglich vertuscht worden war, obwohl sie nur eine der banalsten Episoden im englischen Vormarsch darstellte.

Im April 1765 schrieb Madec dem Sieur Barbette, er wäre überglücklich, wollte er nun die Vorbereitungen für die bevorstehende Hochzeit treffen, worauf ihm Barbette unverzüglich versicherte, darüber wachen zu wollen, daß die Zeremonie mit dem erforderlichen Pomp ausgerichtet werde.

Da aber tauchte eine unvorhergesehene Schwierigkeit auf. Der Führer der Rohillas hatte Angst. Angst vor den Engländern, Angst vor den Mahratten, ja sogar Angst vor seinen afghanischen Verbündeten und drang, als er von Madecs Absicht, in Agra zu heiraten, erfuhr, in ihn, nicht fortzugehen. Madec tobte. Er konnte sich seine Hochzeit ohne den Taj Mahal, der ihm das Wesen der Liebe erschlossen hatte, nicht vorstellen. Nicht, daß er sich von seiner Verbindung mit der Tochter des Sieur Barbette irgendwelche Gefühle erwartete. Immerhin aber war es die Frau, mit der er künftig das Lager teilen sollte. Letztlich aber mußte er nachgeben, wollte er nicht seinen großzügigen Herrn und mit ihm die Grundlage seines wachsenden Ruhmes verlieren. So schickte er einen Kurier zu Sieur Barbette, er möge ihm ein Stück des Weges bis nach Panipat entgegenkommen, da ihm die unruhigen Zeiten nicht gestatteten, sich nach Agra zu begeben. Panipat, eine kleine Stadt nördlich von Delhi, an der Karawanenstraße gelegen, die die Hauptstadt des Moguls mit den märchenhaften Städten des Punjab, Lahore, Amritsar, und ihren fruchtbaren Ebenen sowie mit dem nicht minder gesegneten Tal von Kaschmir am Rande des Himalaja verband, war keine schlechte Wahl. Konnte es sich auch an Pracht nicht mit Agra und an Raffinesse und Schönheit nicht mit den Radjputenstädten messen, so versprach es doch, die Aufmerksamkeit des Großmoguls auf die Hochzeit zu lenken; hier hatte sein berühmter Vorfahre Babar vor genau zweihundertvierzig Jahren den entscheidenden Sieg errungen, der den Mogulkaisern die Herrschaft über Indien eintrug, und der Mogul selbst hatte hier erst vor sechs Jahren eine neue Hinduinvasion zurückgeschlagen. Dazu kam, daß in Madec neuerdings eine Idee keimte, deren Samen wohl Pater Wendel in den langen Unterhaltungen während seiner Genesung gelegt haben mochte. Der Jesuit hatte ihm damals viel von den Mogulkaisern erzählt und mit besonderer Vorliebe von Akbar, der ihn mehr als die anderen zu faszinieren schien. Dieser des Lesens und Schreibens unkundige, dank seines erstaunlichen Gedächtnisses aber keineswegs ungebildete Kaiser kam nach einem von Kriegen erfüllten Leben zu der Erkenntnis, daß die so mühselig erkämpfte Einheit Indiens nur zu erhalten war, wenn sich die verfeindeten hinduistischen und muslimischen Gemeinschaften vereinten. Als geeignetes Mittel dazu erschien ihm eine neue, durch das sanfte Band der Evangelien zusammengehaltene Religion, die die Wahrheiten der feindlichen Brüder verknüpfen sollte.

Doch der alte Kaiser war gescheitert, und sein Nachfolger, Aurangzeb, hatte sein ganzes Werk zunichte gemacht, ja, in seinem blinden islamischen Glaubenseifer sogar die ältesten Tempel von Benares niedergerissen. Aufgrund seiner Beobachtungen über den Niedergang des Mogulreiches, die er im Laufe der letzten Monate auf seinen Reisen gesammelt hatte, war Madec zu dem Schluß gelangt, Akbar habe wohl recht gehabt. Vermutlich war die Vereinigung der drei Religionen und ihrer Gläubigen wirklich das einzige Mittel, Indien zu heilen, vermutlich auch heute noch der Zusammenschluß von Mohammedanern, Hindus und *Firangis* unter dem Halbmond des Moguls die einzige Möglichkeit, das Land vor dem englischen Monstrum zu erretten.

Durch die Wahl von Panipat wollte Madec also auch seine Verbundenheit mit dem vereinigten, dem einigen Indien, einem Indien der Neuzeit, einem in seiner unendlichen Vielfalt endlich zur Ruhe gekommenen Indien zum Ausdruck bringen, wie er durch diese Heirat selber die verlorene Einheit seines Seins wiederzufinden hoffte. Mit seinen dreißig Jahren durch die Massaker von Godh gebrochen, durch seine Leidenschaft für Sarasvati ausgelaugt, wenn auch noch manchmal von Begierde zerrissen, hoffte er nur noch auf die heitere Ruhe eines einfachen und lukrativen Projektes.

Mit solchen Gedanken brach er, gefolgt von seiner Armee sowie dem Führer der Rohillas, nach Panipat auf.

In Panipat hatte Madec für seine Verlobte und ihre Familie eine Art Palais aus Galerien und Gärten gemietet, das in der Glanzzeit des Mogulreiches einem hohen Höfling gehört hatte und später in den Besitz eines reichen Bankiers übergegangen war, der es mit aufwendigem Luxus ausgestattet hatte. Er selbst blieb bis zur Hochzeit sowohl aus Sparsamkeit als auch zur Unterstreichung seines Soldatenstandes im Lager bei seiner Armee vor den Toren der Stadt, was seine Wirkung nicht verfehlte.

In den Tagen vor der Hochzeit waren alle Straßen nach Panipat verstopft. Aus allen Windrichtungen gackerte Geflügel heran, wurden Herden von Zicklein und Schafen herbeigetrieben, Büffel mit prallvollen Reissäcken und Kamele, die unter den Gemüsebergen, den Zuckerbroten, Öl- oder Ghikannen, den verschiedenen Mehlsorten, den saftigen Mangofrüchten, den Gewürzen, Stoffen und Parfümen fast zusammenbrachen. Den Abschluß des Zuges bildeten Dutzende von Köchen und zahllose Dienerinnen, und aus einem Umkreis von zehn Meilen kamen Horden Unberührbarer zum Entladen der Tiere herbei. Und dazwischen schaukelten, auf Elefantenrükken oder in geschlossenen Sänften, eine Unmenge geladener Gäste: Bankiers aus Lucknow, Juweliere aus Lahore, Edelleute aus der Provinz, Seiden- und Kanonenhändler. Alle eilten trotz der Hitze strahlend vor Vorfreude zum Fest, zum großen indischen Fest, ohne das das Leben hierzulande sinnlos erschienen wäre und das man beim geringsten Anlaß zu feiern verstand.

Vater Barbette hatte seine Sache gut gemacht. Schon vor sechs Uhr morgens wurde Madec durch das teuflische Getöse der eigens aus Lucknow gerufenen Musikanten aus dem Schlaf gerissen, und er war entzückt, der Einsamkeit der Morgenstunde zu entgehen, hatte er doch gefürchtet, in einem Sommer, der dem voraufgegangenen allzu sehr glich, könnte ihn die Erinnerung an eine andere Frau beschleichen und ihm den ganzen Tag verderben. Aus Angst vor diesen alten Phantomen hatte er auch noch das letzte, was die alte Zeit heraufbeschwören konnte, verkauft und seine europäischen Zelte durch einen gewaltigen Pavillon aus blauweißem Zelttuch mit Goldfransen, ähnlich dem der Mogulgeneräle, ersetzt, um sein neues Leben im Zeichen des Kaisers zu beginnen. Innen hatte er das Prachtzelt mit Seidensofas aus dem Punjab, Teppichen aus Kaschmir, Kupfergegenständen aus Lucknow ausgestattet, damit ihn nichts, absolut nichts an das Hinduland oder die Künstler von Godh erinnern konnte. Er wollte ein anderer sein, ein neuer Mensch, und er pries die unendliche Vielfalt indischer Erzeugnisse, die es ihm so leicht machte, den verfluchten Tagen zu entrinnen.

Nach einem kurzen wohlduftenden Bad streifte er eine lange, extra für diesen Tag gewebte Goldbrokattunika über, ohne diesmal jedoch die Erinnerung an die Vergangenheit abstreifen zu können. Alle Teile seines Körpers, die Sarasvati besonders geliebt hatte, brannten, da er sie mit beißenden Minzessenzen eingerieben hatte; Zunge und Augen hatte er wie Bhawani gesäubert; seinen Turban mit einem großen Amethysten geschmückt, der ihn als Träger einer heiligen Macht ausweisen sollte; und das erfrischende Bad hatte er wie allmorgendlich genau nach Sarasvatis Anweisungen zubereiten lassen.

Ein Diener riß ihn aus seinen Überlegungen.

»Madecji, deine Frauen sind da!«

Seine Frauen ... Er hatte sie ganz vergessen.

»Bring sie herein!«

Im Zelteingang tauchten vier Silhouetten auf, die älteste, in einen Sari gekleidet, warf sich zu Boden, die drei anderen, jüngeren, wie aufgescheucht, wagten nicht, sich zu rühren.

»Kommt näher!«

Die vier Silhouetten nahmen Gestalt und Gesicht an. Die erste, eine Frau von gut fünfzig Jahren, die er nur ihrer Erfahrung wegen ausgewählt hatte, würdigte er keines Blickes. Die drei anderen, durch ihre Pluderhosen auf den ersten Blick als Mohammedanerinnen kenntlich, waren knapp über zwanzig. Zwei hatte er bei der Steuereintreibung von einem zahlungsunfähigen Landadligen als Bakschisch bekommen und die dritte, die jüngste, für die er eine echte Zuneigung empfand aufgrund ihrer erstaunlichen, von fern an Sarasvati erinnernden Liebeskünste, als Bajadere aus einem Freudenhaus in Lucknow gekauft und in einem Anfall von Selbstverspottung, um sich seine Illusionen über die Liebe auszutreiben, Mumtaz Mahal, die Auserwählte des Harems, genannt, so wie der Kaiser Shahjahan seine geliebte Gemahlin, die unter den Kuppeln des Taj ruhte.

»Mumtaz Mahal, die Schöne der Schönsten«, scherzte er gut gelaunt, »was hältst du von meiner Versprochenen?«

Verstört schlug Mumtaz die Augen nieder; diese unverhohlene Bevorzugung ihres Herrn verwirrte sie. Und schon schaltete sich die Matrone ein.

»Madecji ... Die ist zu jung, um dir zu antworten! Glaube einer erfahrenen Frau! Die Tochter Barbettes wird dir schöne Kinder schenken. Alles ist für die Mutterschaft bereit: Flaumig, was flaumig sein soll, geschwellt, was geschwellt sein soll, und hübsch geschlossen, was du öffnen wirst.«

Die beiden anderen Frauen stimmten hinter ihren Schleiern zu.

Madec betrachtete sie mißtrauisch. Seit einer Woche beunruhigte ihn die Idee, eine Dreizehnjährige zu heiraten, die er nie gesehen hatte. Dem Jesuiten hatte es vor zehn Monaten gar so sehr geeilt. So hatte er, als er von dieser Sitte erfuhr, sogleich seine Frauen zu seiner Verlobten geschickt, um den Kontrakt, sollten sich körperliche Schwächen oder irgendwelche Fehler herausstellen, rechtzeitig für null und nichtig erklären zu lassen, denn nach der Hochzeitsnacht war nichts mehr zu machen, da die Frau als Handelsware jeden Wert verloren hatte.

»Ehe ich ihr Kinder mache«, donnerte Madec, »muß sie mir gefallen. Also sage mir, Matrone, ist es ein Mädchen ohne Fehl und Tadel?«

»Das ist sie.«

»Und ihr Gesicht?«

»Sie ist erst dreizehn!«

»Auch bei einer Dreizehnjährigen zeigt sich, ob sie schön wird oder häßlich!«

Mumtaz hatte die Augen hinter ihrem Schleier noch immer niedergeschlagen.

»Es ist eine *Hastini«,* erklärte die Matrone plötzlich.

»Hastini, Hastini«, murmelte Madec und versuchte sich zu erinnern.

»Ja, eine *Hastini«,* bestätigte die Matrone und rezitierte die alten Verse: »Seidenweich fällt die glänzende Pracht ihrer Locken herab, ihr Blick könnte selbst den Gott der Liebe verwirren und die Schäfermädchen erröten lassen, und wie der Leib dieser liebreichen Frau einer Liane aus Gold gleicht, so ihre festen runden Brüste zwei Purpurgefäßen . . .«

Jetzt fiel es ihm wieder ein. Eines Abends hatte ihn Bhawani gefragt: »Kennst du unsere Liebesregeln, Madecji?«, und auf sein Kopfschütteln hinzugefügt: »Wie schade! Sie bilden zusammen mit unseren Göttern wohl unseren größten Schatz. Denn siehst du, die Einsamkeit ist schlecht für den Menschen, treibt sie ihn doch, ständig nach seiner anderen Hälfte zu streben, die er in einem anderen Leben verloren hat. Deshalb suchen wir die Frau, die sie uns zurückbringen soll.

Und dafür gibt es Regeln. Du mußt nämlich wissen, Madec, daß es vier Arten von Frauen gibt: die Lotos-Frau, die *Padmini,* die *Chitrini* oder geschickte Frau. Die *Hastini* oder Elefanten-Frau. Und schließlich die *Shankhini,* die niedrigste, die Forellen-Frau. Auf zehn Millionen Frauen kommt, so sagen uns die Dichter, eine *Padmini,* auf zehntausend eine *Chitrini,* auf tausend eine *Hastini* und die *Shankhini* findet sich überall . . . Ich überlasse es dir, zu erraten, in welche Gruppe

Sarasvati gehört!« Und lachend hatte er das Zeichen zum Zubettgehen gegeben.

So war Barbettes Tochter also eine *Hastini,* eine Frau dritter Klasse. Dafür hatte die Beschreibung der Matrone reichlich schmeichelhaft geklungen, sie hätte ebensogut auf Sarasvati zutreffen können. Das alles aber war ohnehin nur Narretei. Im Grunde zählte nur, daß das Mädchen nicht aus Eis, sondern gelehrig, lebendig, einfallsreich war. Und das konnte sie unter Mumtaz' kundiger Mithilfe werden.

»Und was habt Ihr beiden anderen dem hinzuzufügen?« fragte er.

»Was die Matrone gesagt hat, stimmt, Herr!«

Schon bereute er seine Frage. Die beiden waren dumme Dinger aus dem Norden, die nichts von den Regeln der Liebe verstanden. Warum hatte er sich ihrer nicht schon lange entledigt? Wahrscheinlich nur, weil sich die Macht eines Anführers nach der Größe seines Harems bemaß, denn in Wirklichkeit hatte er seit einem halben Jahr aus einem Grund, den er sich selbst nicht einzugestehen wagte, mehr Geld als Frauen besessen. Seufzend beschloß er, sie zu behalten; schließlich hatten sie ihm trotz einer gewissen Ungeschicklichkeit manchen Abend in der Vormonsunzeit versüßt.

»Geht jetzt, ihr drei! Geht! Und du, Mumtaz, bleibst!« Endlich hob sie die Augen, ließ jedoch den Mund nach wie vor durch einen Zipfel ihres Schleiers verdeckt, eine Geste der Schamhaftigkeit, die Madec bei einer ehemaligen, offensichtlich zum Teil recht schändlich behandelten Prostituierten erstaunte.

»Nun, Mumtaz . . . und was die Liebe angeht, wie wird sie sich für die Liebe eignen?«

»Das kann ich nicht wissen, Madecji . . . Bis jetzt ist sie völlig unerfahren. Du wirst sie ihr beibringen müssen!«

Genau wie bei Sarasvati klangen die Worte aus ihrem Mund zärtlich und süß wie eine fremde Musik, die die verwirrenden Wonnen der Liebe anklingen ließ.

»Sie ist sehr hell«, fuhr sie fort. »Die Leute hier werden sie sehr schätzen. Und sonst hat dir die Matrone die Wahrheit gesagt. Aber sie ist erst dreizehn, und wie das bei Töchtern der *Firangis* manchmal der Fall sein kann, noch nicht völlig fertig: Die Knochen stehen noch etwas vor, die Schenkel sind noch ein bißchen leer, du verstehst? Diese Mädchen erlangen ihre volle Gestalt erst mit sechzehn oder siebzehn. Du wirst ihr Kamelstutenmilch, *Lukums,* geben müssen . . . Aber das weißt du ja selbst, Herr, schließlich bist du selber ein *Firangi.*«

Als hätte er sie mißverstanden, sagte er: »Sie ist noch nicht fertig? Dann, Mumtaz, müssen wir sie fertigmachen, hast du Lust?«

Sie errötete vor Freude: »Ja, Herr.«

»Wie es der Brauch will, werde ich nicht vor zehn Tagen in ihrem Bett sein. Und dann sollst du bei mir sein, willst du?«

»Ja, Herr.«

»Dann geh jetzt! Wir werden uns wiedersehen . . .«

Sie wollte sich vor ihm niederwerfen, aber er hielt sie zurück.

»Geh.«

Sie entfernte sich mit einem weichen, schwebenden Gang, der ihn wiederum an die Fürstin von Godh erinnerte. Trotz der unerträglichen Hitze schaute er ihr einen Augenblick durch die Zeltöffnung nach. Schweiß perlte auf seiner Stirn. Er rief einen Diener.

»Schau nach, ob Corentin bereit ist!«

Dann ging er ins Lager. Der Staub begann schon langsam zu steigen, ein sicheres Zeichen großer Hitze. Mumtaz war verschwunden. Er selbst mußte ins Palais aufbrechen, wo der Jesuit seinen Segen erteilen sollte. Er war bereit; alles war in Ordnung.

Erst in diesem Augenblick fiel ihm auf, daß er nun doch vergessen hatte, Mumtaz die wichtigste Frage zu stellen, die ihn nun schon seit einer Woche quälte: Wie sah das Gesicht dieser Marie-Anne Barbette, dieses dreizehnjährigen Mädchens, das er heiraten sollte, aus?

Wenig später ritt Madec in die Stadt ein, die Seele geweitet vor Freude, ganz gespannte Erwartung, endlich noch seine letzten Befürchtungen ausräumen zu können. Corentins helle Haut war von den Sepoys sorgfältig mit einem Strohwisch abgerieben und überall dort, wo sie nicht mit golddurchwirkten Decken verhängt war, aufs feinste bemalt worden. So war sein Kopf von den Ohren bis zum äußersten Ende des Rüssels mit Girlanden riesiger Blumen, Pfauenfedern, kabbalistischen Zeichen für Liebe und Wohlstand, überzogen und die Farben Rosa, Blau und Weiß aufs harmonischste auf den Ton von Madecs Tunika abgestimmt. Unter Corentins Augen war ein goldgefaßter Amethyst angebracht und am Ende seiner langen Stoßzähne baumelten zwei Yakschwänze, die Madec um teueres Geld aus den Bergen der Tatarei hatte kommen lassen. So prächtig aufgeputzt, hatte Corentin wirklich das Aussehen eines Königselefanten. Bei seinem Anblick wähnte man sich an den Anfang der Welt zurückversetzt, in die Zeiten, da Ganesch, der Zerbrecher von Hindernissen, auf dem Rücken einer Ratte durch die neuen Himmel tollte, ja, in eine noch frühere Zeit, in der der Schöpfer des Alls durch seine Zaubergesänge einen milchhäutigen Dickhäuter wie diesen aus einer Eischale hervorgezaubert hatte. Ja, Corentin war schön, von göttlicher Schönheit, und Madec, unübertrefflich auch er, mit demselben Amethyst auf der Stirn, demselben Goldbrokat, derselben hellen Haut der hohen Kaste, vom Himmel gesegnet, frohgemut und tapfer, mit einem Wort, königlich wie sein Reittier, das er auch bald verheiraten mußte. Die Stunde war einzigartig, der Himmel trotz der aufsteigenden Hitze noch blau. Von Straße zu Straße begleiteten die feinen Fayencen der Karawansereien den Zug, dessen Trommeln, Hörner und kleine Violinen nun immer lauter ertönten. Schon begannen die Frauen zu tanzen, und ohne jeden Gedanken an die Vergangenheit überließ sich Madec wie berauscht dem Augenblick, den er als Triumph, als glorreiches Vorspiel für seinen Marsch zum Mogul empfand und auskostete.

Der Strom der Gäste nahm kein Ende. In einem Umkreis von zehn Meilen leerte sich das Land. Im Einvernehmen mit Madec hatte Barbette zehntausend Gäste und dies für jeden der zehn Tage geladen. Wahrlich, kein billiger Spaß, aber Ehrgeiz kostet nun einmal Geld, dachte Madec, der die Auslagen durch die Feldzüge nach dem Monsun leicht wieder hereinzubringen hoffte. Und schließlich sollte die Welt ruhig sehen, was ein *Firangi* wert war, die Engländer und alle diejenigen, die ihn in der Vergangenheit gedemütigt hatten. Aber was er sich auch vorzumachen versuchte, in Wirklichkeit wußte er nur zu gut, wer diese Welt war.

Als Corentin endlich vor dem Palais Barbette stehenblieb, hätte Madec es auf den ersten Blick kaum wiedererkannt. Das ganze Gebäude, zumindest die Straßenfront, war mit langen, goldfarbenen Baldachinen verhängt, der Boden mit Blumen bestreut. Weihrauchschwaden schlugen ihm entgegen, Vater Barbette stand zu seinem Empfang auf der Schwelle bereit, und auf einer Galerie spendete Pater Wendel schon den Segen.

»Guten Tag, mein Sohn!« rief er ihm mit ungewohnt kräftiger Stimme entgegen.

»Guten Tag, Jesuit!« erwiderte Madec und verkniff sich, dem Ort und der Stunde zuliebe, den üblichen Schwall von Beschimpfungen, der ihm beim Anblick des Paters stets auf der Zunge lag.

»Folgt mir, Madec«, fuhr der Geistliche fort, zu Madecs Erstaunen ohne den geringsten Versuch, ihm die Beichte abzunehmen, »folgt mir, ich bringe Euch zu Eurer Verlobten.«

Er führte ihn von der in Sonne gebadeten Galerie durch einen schmalen, lichtlosen Gang in einen düsteren Saal, in dem ein paar Männer auf ebener Erde hockten, die sich bei ihrem Eintritt erhoben.

»Und die Braut?« fragte Madec, »wo ist die Braut?«

Wendel deutete im Halbdunkel auf eine mit Muscharabien verzierte Trennwand im Hintergrund des Raumes. »Hier.«

Doch sosehr Madec auch die Augen aufriß, zwischen den Kerzen waren nur einige verschleierte Gestalten zu erkennen.

»Nun, da feststeht, daß ich sie heirate, bestehe ich darauf, sie zu sehen.«

»Nicht vor der Hochzeitsnacht, mein Sohn.«

»Ich denke, es ist eine christliche Hochzeit!«

»Wie ich Euch prophezeite, gehört Ihr nun zu den Großen des Landes und habt Euch seinen Bräuchen zu fügen. Sich dagegen aufzulehnen, hieße sich selbst erniedrigen.«

»Mich selbst erniedrigen? Hast nicht du mir weisgemacht, ich bekäme sie am Tage der Hochzeit zu Gesicht? Jetzt aber soll ich weitere zehn Tage warten! Du hast mich hinters Licht geführt, Jesuit!«

Madec war immer lauter geworden, er schrie nun fast. Hinter der Trennwand war Bewegung in die Gestalten und Kerzenflammen gekommen. Barbette legte ihm die Hand auf den Mund.

»Es ist deine Schuld, wenn du dich um die Bräuche dieses Landes nicht gekümmert hast.«

»Ich bin neu im Norden. Und in der Ehe. Ich bin ein Mann des Krieges, kein Mitgiftjäger!«

»Meine Tochter hat keinen Makel, ich bitte dich, es mir auf mein Wort zu glauben. Ihr die Frauen zu schicken, war dein gutes Recht. Jetzt auf deinem Wunsch zu beharren aber hieße mich beleidigen, und ich beschwöre dich zu schweigen.«

Madec hatte Barbette noch nie mit solcher Entschiedenheit sprechen hören. Gewöhnlich hielt er sich traurig und bescheiden im Hintergrund, was seinen Worten nun um so mehr Gewicht verlieh.

»Sehr wohl, Schwiegervater«, lenkte er ein, »schreiten wir zur Trauung.« Und auf der Stelle begann Pater Wendel mit den Gebeten; von der anderen Seite der Trennwand antwortete einer sanften Musik gleich das Plätschern der lateinischen Worte, aus dem Madec die Stimme seiner Versprochenen herauszuhören versuchte, in der Hoffnung, sie möchte schön sein, hätte er doch selbst bei der schönsten Frau kein kreischendes Organ ertragen. Ein Rippenstoß des Paters riß ihn aus seiner Versunkenheit.

»Madec, so kommt doch, Madec, es ist soweit!«

Etwas steif in seinem neuen Brokatgewand, schritt er auf die Trennwand aus Sandelholz zu. Der Jesuit nahm den oberen Teil ab, und schon im nächsten Augenblick hatte sich Madec auf die Zehenspitzen erhoben, erhaschte aber, ehe ihn der Pater zurückzog, unter den zitternden Schatten der Kerzen nur einen knappen Blick auf eine kleine, in rotgoldenen Schleiern verlorene Gestalt.

»Aber Madec! Erniedrigt Euch nicht, ich bitte Euch! Streckt Eure Hand über die Trennwand und schlagt bei der Gnade unseres Herrn die Augen nieder!«

Leicht zitternd fügte sich Madec. Auf der anderen Seite hatte die Stimme einer alten Frau dieselbe Ermahnung auf Hindi gemurmelt. Eine andere, noch heftiger zitternde Hand ergriff die seine, während Wendel die Antworten psalmodierte. Das Fleisch fühlte sich so sanft und weich an, daß man die Knochen durchspürte, und die Haut sehr glatt und dadurch etwas fad. Das war nicht abstoßend, aber auch nicht begeisternd.

»Nun müßt Ihr antworten, Madec«, flüsterte Wendel erschöpft.

»Antworten . . . was antworten?«

Er hatte wie der Jesuit französisch gesprochen.

»Das Gelübde wird auf Hindi ausgetauscht. Ich frage Euch, ob Ihr sie zur Frau nehmen wollt.«

Er lächelte. »Aber ja, aber ja.«

Der Jesuit wiederholte seine Frage zur Trennwand gewendet. Madec spürte, wie sich die Hand in seiner plötzlich verkrampfte, und er hörte eine schwache, aber schon weibliche Stimme auf Hindi antworten: »Ja.« Wendel schwang den Weihwasserwedel, verströmte eine Flut lateinischer Wörter, nahm dann die beiden Hände und trennte sie mit autoritärer Geste. Die Trauung war vollzogen.

Immerhin hat sie eine hübsche Stimme, sagte sich Madec, als er halbwegs zufrieden den Gang zurückging.

Von den folgenden Tagen bewahrte Madec nur eine wirre Erinnerung, so sehr glich einer dem anderen an Maßlosigkeit und Ausschweifung. Nach Beendigung der Zeremonie führte er Barbette sowie sämtliche männlichen Angehörigen der Familie in sein Lager, wo er sie dem Brauch entsprechend bewirtete. Alles, was Indien an auserlesenen Gerichten bot, wurde in Hülle und Fülle aufgetischt: brennende Curryspeisen, abgelöscht mit Pinten von Kräuterlassi; Berge von *Chapatis* und Safranreis; Töpfe voller Mangokonfitüre, dick, klebrig und süß wie der Monsunregen; in Öl und Essig eingemachte grüne Zitronen; stark nach frischem Ingwer duftender und sehr heiß servierter Gewürztee, im Sommer ein wahrer Segen; dann wieder die verschiedensten Sorbets, über deren erquickende Kühle sich alle nicht genug wundern konnten, und immer wieder *Chatnis,* bei denen der Spaß darin bestand, die Gewürze herauszuschmecken: griechisches Heu, weißer Kümmel, Anis, Piment, Tamarinde, roter Zucker, Koriander, frische Minze, Muskatnuß, Masala, Nelken, Senf, Mohn, schwarzer Kümmel, Betel, Arekanuß, Gelbwurz, Safran ... Zehn Tage lang wurde rückhaltlos geschlemmt, wurden alle Wonnen des Gaumens und des Bauches geboten. Wie Feuerwerke explodierten sie nacheinander, schädlich, unmoralisch, göttlich. Ganze Nachmittage gingen in der zuckrigen Süße des Sirupgebäcks unter, eines zu Blumen geformten, vor Honig tropfenden Pfannengebäcks, das dem Gaumen und der Zunge schmeichelte wie zärtlichste Daunen, wie Liebkosungen. Dann folgten in einem wilden Durcheinander Curryspeisen, die selbst die verborgensten Schleimhäute zerrissen, und der schon an Schlimmes gewöhnte Magen schrie laut auf vor Schmerz, der durch sein gleichzeitiges Aufflackern von Wollust an die Liebe erinnerte. Bis spät in die Nacht hinein wurde süßsalziges Gebäck von den Dienerinnen gereicht, vor Aphrodisiaka strotzende Kuchen, berauschender Rum, Palmwein und vor allem, entzückende Freiheit in den Ländern des Nordens, solange nur kein Schwein dabei war, Bratspieße mit Fleisch. Madec, der in Godh gebratenes Geflügel gelegentlich schmerzlich vermißt hatte, hielt sich in diesen Tagen schadlos. Zehn Tage lang duftete ganz Panipat wie eine Fleischbraterei. Die Köche des Landes, gewissenhafte Hüter der alten Mogultraditionen, bereiteten es auf vielerlei Weise zu: als marinierte, gefüllte Rebhühner; ganze, in Lehmöfen gebackene Zicklein; Ochsen am Spieß, und die Feuer gingen Tag und Nacht nicht aus. Und nach jedem Schmaus, den letzten zerkauten Betelblättern, dem letzten roten Speichelauswurf, furzte und rülpste man, ehe man sich, höchste, aber nur den nahen Verwandten der Eheleute gestattete Glückseligkeit, über einen feinen Probiertiegel, in dem das aufgehäufte Silber glänzte, beugte und – unvergleichlicher, sublimer Genuß – den Körper mit einem Schwapp von sämtlichen verschlungenen Gewürzen wieder leerte. Und wieder furzte und rülpste man; und dann dachte man an die Frauen. Jongleure, halbnackte Tänzerinnen, Hahnenkämpfe – alles wurde aufgeboten, um das Verlangen zu schärfen. Trotzdem hieß es warten. Wenn auch einige der geladenen Gäste, weil sie es nicht mehr aushielten, plötzlich zwischen zwei Gelagen verschwanden, so wurden im großen und ganzen doch die Regeln der Schicklichkeit befolgt. Wohl sah Madec im Morgengrauen so manche Dienerin mit einem gleichzeitig schmerzlichen und freudig erfüllten Ausdruck auf dem Gesicht, der keinen Zweifel zuließ. Manchmal hörte man Schreie, Klagen, gab es zerrissene Saris, ja und ab und zu sollten auch Tiere vergewaltigt worden sein, aber wen kümmerte das. Alle Welt lebte wie betäubt, gedankenlos in den Tag hinein, und die Melodien der Sänger, das Gelärme der Trommeln und Violen, die Auftritte der Tänzerinnen übertönten und verdeckten alles. Von Zeit zu Zeit setzte sich unter niederregnendem Reis ein langer Zug in Bewegung, um das Fest an die Fenster der Frauen im Palais Barbette zu tragen, wo sie mit der Kleinen zusammen eingesperrt waren. Und stets waren Soldaten, Musik, Elefanten und allen voran Corentin mit von der Partie, stets aufs beste gelaunt, da er zu Ehren des Festes mit *Lukums* gestopft wurde. Dann wurde der Jungvermählten ein Ständchen gebracht, um ihr zu helfen, auch ihrerseits dem Verlangen Raum zu schaffen, und danach zog man befriedigt wieder ab. Womit aber, fragte sich Madec, durch diese täglichen Paraden neugierig gemacht, vertrieb sie sich den Rest des Tages?

Um seine Neugier zu befriedigen, ließ er eines Abends Mumtaz holen. Am ganzen Leibe zitternd betrat sie sein Zelt.

»Das ist nicht gut, Madec. Du mußt bis zur letzten Nacht enthaltsam bleiben.«

»Ich will dich auch nur etwas fragen.«

»Mich etwas fragen?«

»Ich will wissen, was die Frauen bis zur Hochzeitsnacht machen.«

Sie lächelte.

»Das weiß ich nicht. Ich komme aus einem Freudenhaus. Ich bin niemals verheiratet worden.«

»Aber du hast doch sicher schon einmal eine Hochzeit miterlebt.«

»Ja. Doch da gibt es nicht viel zu erzählen. Sie sind eingesperrt, räkeln sich auf den Sofas, essen und trinken, schmücken sich, schminken die Neuvermählte, reiben sie mit Parfümen ein, flüstern ihr gute Ratschläge ins Ohr . . . Abends ziehen sie sie aus, baden sie, singen alte Lieder, betrachten sie, spielen mit ihr wie mit einer Puppe, erzählen von ihrer Hochzeitsnacht, ihren Kindbetten. Der Kleinen wird die Zeit nicht lang, Madec, sie weiß gut, daß dies ihre letzten glücklichen Stunden sind!«

»Glücklich sein, heißt für eine Frau einem Mann zu gehören, Mumtaz!«

»Meinst du?« fragte sie zweifelnd. »Im Moment wird sie verwöhnt, man hat nur für sie Augen. Danach . . .«

»Sie wird glücklich werden mit mir. Ich werde ihr Kinder machen. Geh jetzt.« Sie legte die Hände zu *Namaste* zusammen.

»Bis auf bald.«

Und so verging Madec die Zeit mit pausenlosen Genüssen inmitten einer freudig erregten Menge, die nicht müde wurde zu feiern, inmitten von Musikanten und Tänzerinnen, die von früh bis spät tanzten und musizierten trotz Hitze und Staub. Jeden Abend fand ein Ball statt und jeden Abend ein Feuerwerk, und frische Tänzerinnen lösten diejenigen ab, die zusammenbrachen. Am letzten Tag schließlich lud er nach altem Brauch der Großen alle Armen der Gegend zu Gast, über zehntausend Menschen, von denen er sich bei Sonnenuntergang trennte, um sich ins Stadtpalais zu begeben. Barbette erwartete ihn bereits auf der Schwelle.

»Morgen, wenn alles gutgeht, erhältst du deinen Diamanten zurück.«

»Natürlich geht alles gut, Schwiegervater«, antwortete er und durchquerte, gefolgt von seinen Dienern und Koffern und der schönen Mumtaz, deren Anwesenheit höchstes Erstaunen hervorrief, die Eingangsgalerie. Ein Diener geleitete ihn zu einem großen dunklen Raum mit einer offenen, auf Gärten hinausgehenden Galerie.

»Hier ist es, Herr«, sagte er und blieb vor einer verzierten Tür stehen.

»Geh hinein«, tuschelte ihm Mumtaz zu. »Ich folge dir.«

Madec stieß die Tür auf. Anfangs wie blind, entdeckte er, nachdem sich seine Augen ans Halbdunkel gewöhnt hatten, am Ende eines großen Raumes ein kleines Häuflein aus rotgoldenen Schleiern, in dem er die ihm Angetraute wiederzuerkennen glaubte. Doch sie war nicht allein. Neben ihr hatten sich drei alte Frauen aufgepflanzt, die sie mit Reis berieselten. Nicht genug damit, das Zimmer war auf der gegenüberliegenden Seite durch ein riesiges Holzgitter vom anstoßenden, mindestens ebenso großen Raum getrennt, in dem sich ein gutes Dutzend Frauen, von Dienerinnen befächelt, die Zeit mit Pistazienknacken vertrieb.

Madec näherte sich dem kleinen roten Häufchen.

»Das ist deine Frau«, sagte eine der Alten mit meckernder Stimme und trat ihm hochnäsig in den Weg.

Madec schob sie mit einem Stoß beiseite.

»Geh!«

»Gehen!« empörte sie sich. »Wo ich ihre Tante bin und die arme Kleine, die vor drei Jahren ihre Mutter verloren hat, vorbereitet habe! . . . Ja, für *dich* vorbereitet habe . . .«

»Aber ich brauche weder dich noch deine . . .«

Er hielt die Schimpfwörter, die sich ihm auf die Zunge drängten, zurück und deutete wortlos auf ihre Gefährtinnen.

»Geht, ich bitte euch!«

Doch sie rührten sich nicht vom Fleck. Dafür drückten sich Trauben verschleierter Gestalten atemlos ans Gitterwerk.

»Muß man euch bitten oder drohen?«

Seine Hand schloß sich um die Scheide des Schwerts.

»Hast du nicht auch eine Begleiterin dabei?« murrte die eine.

»Schweig, Alte«, donnerte er. »Dieses Mädchen gehört mir, und auch von der hier zu meinen Füßen bin ich von nun an der Herr. Ich rate dir gut, mach, daß du mir aus den Augen kommst!«

Diesmal wirkte sein Befehl. Nur die Älteste zischte, ehe auch sie sich zum Gehen wandte: »Ich wünsche dir Glück.«

Soviel aber wußte er, so wenig ihm sonst auch über die Heirat auf indisch bekannt war: Vor der Hochzeitsnacht wurde aus Angst vor dem Zorn der Götter kein Wunsch geäußert. Und mochte diese frankoindische Hochzeit zwischen einem hellhäutigen, unchristlichen *Firangi* und einer getauften, tiefgläubigen Inderin auch äußerst verwirrend sein und niemand mehr wissen, wo die katholischen Riten aufhörten und die Sitten der Ungläubigen begannen und heidnischer Aberglauben sich einschlich, der schreckliche Blick der Alten ließ an der Bedeutung ihres Wunsches keinen Zweifel. Um so mehr labte sich Madec an ihrer Enttäuschung und Wut, von diesem einzigartigen Schauspiel, dem sie womöglich schon seit Monaten entgegenfieberte, ausgeschlossen zu werden. Aus dem anstoßenden Raum wurden nach dem Eintritt der drei Hexen Getuschel, Verwünschungen und Stimmengewirr laut. Dann folgte etwas wie ein mächtiges Flügelrauschen, und widerstrebend und langsam verließen die Frauen eine um die andere den Raum. Madec seufzte auf vor Erleichterung. Wiewohl von Godh her an die ständige Anwesenheit von Dienern oder Musikanten, an das Kommen und Gehen des Gefolges und der Kammerfrauen gewöhnt, wünschte er an diesem Abend doch mit seiner jungen Frau allein zu sein; allein, das heißt mit der diskreten, zärtlichen Mumtaz als Helferin.

»Komm, Kleine, komm«, murmelte sie gerade dem kleinen roten Häuflein zu. »Komm aufs Sofa.«

Das Mädchen erhob sich mit einem Ruck. Es war nicht groß.

»Ich bin es, die Dienerin des Herrn Madec«, fuhr Mumtaz fort. »Ich war schon mit der Matrone hier. Da hast du wohl gemerkt, daß ich behutsam bin . . .«

»Ja«, murmelte das Mädchen, plötzlich viel sicherer.

»Was haben dir die Alten gegeben?«

»Noch nichts.«

»Dann trink das hier.«

Sie reichte ihr ein kleines Fläschchen, das das Mädchen mit langen Zügen leerte, ohne seine Schleier zu heben. Als sie fertig war, hatte Madec das Gefühl, hinter dem Stoff vor beobachtet zu werden. Er fühlte sich unbehaglich und ein bißchen müde. Langsam, sehr langsam leerte er das andere Fläschchen, das Mumtaz ihm gegeben hatte. Es eilte ihm nicht. Als sich Mumtaz dann in einen Winkel des Zimmers zurückziehen wollte, bat er: »Komm und fächle mich.«

Aber sie erwiderte entschieden: »Nein, Madecji, heute nicht. Ein andermal«, und streckte sich auf einem *Charpoy* aus, das die Alten zweifelsohne für sich vorgesehen hatten.

Stille senkte sich über den Raum, und Madec hob die Schleier, einen nach dem anderen.

Als er am nächsten Morgen erwachte, hatte sich die Kleine schon erhoben. Es war noch heißer als tags zuvor, aber die schwere, feuchte Luft kündigte den Sturm an. Er begriff sofort, warum ihn Marie-Anne bereits verlassen hatte. Vor dem Einschlafen hatte er erklärt, noch vor dem Monsun nach Norden zurückkehren zu wollen. »Schon die ersten Wolkenbrüche machen die Straßen unpassierbar, und ich möchte dich für die feuchte Jahreszeit doch in einer ruhigen Stadt unterbringen, wo du deinen Frieden hast.« Zweifelsohne war sie aufgestanden, um ihre Vorbereitungen zu treffen und sich von ihrem Vater zu verabschieden, den dringende Geschäfte nach Lucknow riefen.

Mumtaz schlummerte noch auf dem *Charpoy,* den Hals auf das lange Haar gelegt wie Sarasvati. Auf Zehenspitzen näherte er sich ihr. Auch ihre Haut mit ihrem gleichzeitig durchsichtigen und goldfarbenen matten Schimmer schien wie die Sarasvatis nicht unter der Hitze zu leiden. Er seufzte. Seit dem Erwachen ging ihm eine sonderbare Geschichte im Kopf um, eine Predigt, die er vor Jahren in der Kirche von Quimper gehört hatte. Eine Predigt! Ihm, Madec, der nur

Beleidigungen für die Priester kannte, der fluchte, seit langem aufgehört hatte, zu beten und bei den Wegkreuzungen Ganesch anrief, überzeugt, daß ihm der Elefantengott alle Wege öffnen würde, die durch den Dschungel ebenso wie die des Geistes. Ausgerechnet er erinnerte sich an eine Predigt, und das in einem Augenblick, in dem sich ihm durch seine Verheiratung eine glänzende Laufbahn eröffnete. Die Predigt selbst hatte er allerdings genaugenommen vergessen; geblieben war ihm nur eine Geschichte von orientalischen Frauen, ein exotisches Märchen aus Tausendundeiner Nacht, wenn man so wollte, mit Hirten, Brunnen und Patriarchen auf der Suche nach Honigflüssen. Der Held der Geschichte, ein gewisser Jakob, begehrte Rahel zum Weib, eine Tochter Labans, für die er sieben Jahre dienen mußte. Nachdem nun die Zeit vorbei war, wurde die Hochzeit gefeiert. Doch in der Hochzeitsnacht schlüpfte an Stelle der schönen Rahel ihre ältere, weit weniger schöne Schwester Lea in sein Bett, und Jakob schlief mit ihr, ohne den Betrug zu merken. So hatte Madec in dieser Nacht geglaubt, Rahel zu heiraten. Dank Mumtaz' Trank hatte ihn die Leidenschaft mehrmals hingerissen wie schon seit langem nicht mehr, und die Kleine, zart und einfallsreich, hatte, ebenfalls durch das Elixier befeuert, die ganze Nacht hindurch mitgehalten.

Schließlich, als die Dämmerung durch die Fenster drang, hatte er seine Gemahlin betrachtet. Da hatte sich Mumtaz, so glaubte er sich zu erinnern, einer unruhigen Hündin gleich von seinem Lager geschlichen, und Marie-Anne hatte sie beide sanft und ruhig ins Auge gefaßt. Sie hatte eine glatte Haut, war noch jung und frisch. Nein, sie war nicht häßlich. Genau wie Vater Barbette es versichert hatte, war kein Makel an ihr. Auch ihr Gesicht hatte nichts, was einen den Blick abwenden ließ.

Aber Marie-Anne hatte wie Jakobs Lea Augen ohne Glanz, und die Matrone hatte sie zu Recht als *Hastini* bezeichnet. Marie-Anne war durch und durch *Hastini,* und nun begriff Madec auch Mumtaz' Mitleid, zu der er vor langer Zeit einmal von seiner Liebe in Godh erzählt hatte. *Hastini,* eine Frau dritter Klasse, die letzte vor der *Sankhini;* eine von tausend, wie die Regeln des *Kama,* die von der Matrone zitierten heiligen Schriften der Liebe, besagten.

Wie großzügig der alte Meister, der die Regeln aufgestellt hatte, doch mit den *Hastini*-Frauen gewesen war! Eine von hundert, eine von zehn, eine von zwei! Vor allem für den, der von Sarasvati, der Vollendeten, Sarasvati, der *Padmini,* der Lotos-Frau, kam, einer von zehn Millionen, einer einzigen unvergleichlichen in Galaxien von Frauen! Die sanfte, zärtliche, kleine reizende Marie-Anne war trotz ihrer scharfgeschnittenen Züge, ihrer sehr hellen, wenn auch schon leicht honigfarbenen Haut, ihres fülligen, schweren Zopfes, ihrer üppigen Brust, ihres zarten *Yoni,* ja, trotz ihrer ganzen Jugend nur ein fader *Lukum.* Durchschnittlich, durchschnittlich, zum Verzweifeln durchschnittlich.

Mumtaz erwachte lächelnd. Sie schien glücklich zu sein.

»Bist zu zufrieden, Madecji?«

Er zwang sich, seine Traurigkeit zu verjagen.

»Ja, schöne Mumtaz.«

Doch sie durchschaute ihn, auch darin Sarasvati ähnlich.

»Sie wird dir schöne Kinder schenken.«

»Ohne Zweifel.«

»Ich werde dir wieder ein Elixier mischen.«

»Reden wir nicht mehr davon. Die Hauptsache ist, sie ist sanft und gelehrig.«

»Und das ist sie.«

Sie unterbrach sich, um ihren Zopf zu flechten, und wiederholte dann: »Sie wird dir schöne Kinder schenken.«

»Schöne Kinder«, echote Madec, »schöne Kinder . . .«

Schlagartig ging ihm auf, daß er nichts so sehr bedauerte, wie kein Kind von Sarasvati zu besitzen, keine Erinnerung an die Vereinigung ihrer Körper.

»Ja, ein Kind . . .«, bestätigte er noch einmal. »Ich hoffe, daß sie nicht unfruchtbar ist.«

Während sich Mumtaz schweigend anzog, rief er die Diener für die Morgentoilette. Er wollte sich nicht verspäten. Von jetzt an war er der Herr dieses dem Mogul so nahestehenden Mädchens. Jetzt stand ihm Großes bevor. Als erstes ließ er Barbette das sorgfältig zusammengelegte Laken vom Sofa schicken, gegen das ihm sein Diamant, unbeschädigt und rein wie eh und je, ausgehändigt wurde.

Schon am nächsten Tag zog er, gefolgt von seiner Armee und den Rohillas-Soldaten, nach Norden. Müde und gesättigt, wie sie waren, maulten sie über die langen Märsche. Aber der Regen hing am Himmel, und Madec wollte Marie-Anne noch vorher in einer alten Karawanserei der Stadt Bareilly unterbringen. Dort wartete auch er das Ende der Regenzeit in einer Trägheit ab, die man bei ihm nicht gewohnt war. Kaum begann sich jedoch der Himmel aufzuklaren, bereitete er seinen Aufbruch nach Lucknow vor, wo er mit seinem

Schwiegervater eine Reihe von Bankgeschäften tätigen und neue Kanonen kaufen wollte. Alles klappte, so wie es die Astrologen prophezeit hatten. Die Monsunzeit war wieder ebenso regenreich gewesen wie die voraufgegangene. Doch da platzten zwei Neuigkeiten in sein Leben, die ihn halb betäubt zurückließen. Die eine überbrachte Mumtaz, die atemlos durch die Galerien des Hauses gelaufen kam, um ihm zu melden, daß Marie-Anne schwanger war, die andere, in der gleichen Viertelstunde, ein Bote aus dem Süden. Er berichtete von neuen, weitaus größeren und mörderischeren Angriffen der Engländer als bisher. Wie schon früher bedienten sich die Briten kleiner ehrgeiziger Radschas, die sie bis an die Zähne bewaffneten. Das Gros ihrer Truppen aber rekrutierten sie unter den mit den Steuern unzufriedenen Bauern. Dazu Kanonen, Musketen, Säbel und Bajonette, und auf ging's in den Krieg. Den Rest erledigte die in Indien übliche Grausamkeit.

»Mein Auftraggeber bittet dich zu kommen«, schloß er seinen Bericht.

»Ich bin hier und bleibe hier. Wer aber hat dich überhaupt geschickt?«

»Der Maharadscha Badan Singh.«

»Den kenne ich nicht«, erwiderte Madec. Doch nach einem Augenblick der Überlegung fügte er an: »Aus dem Land der Jats . . . Gibt es dort nicht auch *Firangis?*«

»Ja, Madecji.«

Von einer plötzlichen Wut erfaßt, packte Madec den Boten am Kragen. »Warum hast du mir das nicht gleich gesagt, du alter Schakal? Du wagst wohl nicht, seinen Namen auszusprechen. Wen fürchtest du mehr, ihn oder mich?«

»Du täuschst dich, Madecji. Nicht der, den du meinst, hat mich geschickt.«

»Wer dann, wenn du es gnädigst sagen möchtest!« brüllte Madec.

»Eine Frau«, murmelte der Gesandte. »Mein Gebieter ist eine Frau, die man Sarasvati nennt.«

Madecs Arme fielen herunter und mit ihnen der Bote, den er so lange geschüttelt hatte, bis er ihm die erwarteten Silben abgerungen hatte. Er verschob seine Abreise auf der Stelle und schloß sich drei Tage lang mit dem Boten in einem abgelegenen Gemach der Karawanserei ein, um von ihm alles über die Lage Indiens in Erfahrung zu bringen.

21. Kapitel

Irgendwo auf See zwischen Madras und Kalkutta
Januar 1772

Seufzend steckte Warren Hastings die Feder ins Tintenfaß zurück und warf einen kurzen Blick durch die Luke auf das Meer. Gestern vor Madras noch tiefblau, war es, während er seine Sendschreiben verfaßte, zusehends lichter geworden und kündigte nun mit seinem leicht schlammigen Blau den Ganges an.

Kalkutta, dachte Hastings und fühlte über dem sanften Schaukeln des Schiffs ein Gefühl des Glücks in sich aufsteigen. Kalkutta. Endlich wieder Kalkutta, nach all den sorgenvollen, quälenden Jahren. Kalkutta, und eine Frau, die auf ihn wartete. Nicht gerade die schönste der Welt, schließlich sollte man von Gott auch nicht das Unmögliche verlangen, aber die reizendste, feinsinnigste, und vor allem eine Frau, die dem Bild entsprach, das er sich seit seiner Rückkehr aus England vom Glück machte, dieser neuen Vorstellung, die er aus seinem nebligen Londoner Exil mitgebracht hatte.

Im Grunde kam ihm dieses Lebensgefühl altvertraut vor. Wie nannte man es gleich? Warren wollte das Wort nicht einfallen, ein Adjektiv, das bis vor kurzem nur für eine gewisse Art von Literatur üblich war, ein abgeschmacktes, wunderliches Geschreibsel für Schwachköpfe und einsame Damen.

Einen Moment lang dachte er angestrengt nach, lächelte. *Romantisch,* ja, das war es. Romantisch. Wie die Welt, so wandelten sich die Wörter. Romantisch, das war ohne Zweifel die Bezeichnung der kommenden Zeit, der Ära des Herzens. Nur das britische Genie vermochte die Synthese von Schönheit, Reichtum, Tugend und Weltherrschaft zustande zu bringen. An diesem Abend fühlte sich Warren prophetisch beflügelt.

In zwei Tagen sollte das Schiff in Kalkutta anlegen. Warren las den letzten Satz seines Briefes noch einmal durch. Er war an einen Freund gerichtet, der ihm während seines Englandaufenthaltes hilfreich unter die Arme gegriffen hatte. Wenn er sich seine damalige Misere vorstellte, erschien ihm sein jetziges Glück geradezu unwirklich.

Gewiß, bei der *East India Company* brachte man es nicht ohne weiteres zu Geld und Vermögen, auch wenn ein Clive sich die Taschen mit Diamanten vollgestopft hatte. Daneben aber gab es das unabsehbare Heer von Agenten wie ihn, die ihr bißchen Vermögen für die Aussteuer einer Schwester oder Nichte hinlegen und dann jeden zweiten Tag antichambrieren mußten, um wieder nach Indien zu dürfen. Kaum hatte er damals den Fuß auf den Londoner Kai gesetzt, war ihm aufgegangen, in welchen Illusionen er sich gewiegt hatte, wie wenig Westminster mit Kolonialbeamten seines Schlages anzufangen wußte.

Das eisige Schweigen, die versteckte Ironie, für die sich seine Landsleute so begabt zeigten und derer er sich selber bei Gelegenheit bediente, hatten ihn schon bald belehrt, daß ihn sein unentschlossenes Pendeln zwischen Ganges und Themse hoffnungslos deklassierte. Und sein Plan, in Oxford einen Lehrstuhl für Persisch einzurichten, sein einziges selbstloses Vorhaben, hatte nur trockenes Gelächter ausgelöst und war bestenfalls als Witz, als verstiegene Idee eines adeligen Exzentrikers aufgefaßt worden. Während er zunehmend vor verschlossenen Türen stand, wurde seine eigene Behausung immer kleiner, bis er eines Tages auf dem Dachboden landete und sich schon auf dem Strohsack neben Londoner Hafenarbeitern sah.

Und so ging es vier endlose, elende Jahre, in denen er auf die Rückkehr der *Indiamen* lauerte, bis er sich schließlich überwand und seinen einzigen Gönner, Sykes, um Hilfe anging, der vor einem Brandbrief nicht zurückscheute:

»Er muß unbedingt wieder nach Indien, sonst endet er am Bettelstab«, schrieb dieser an Clive – und das war keine Übertreibung. So ging Hastings 1769 nach Madras, ins zweitwichtigste englische Kontor, wo man ihm die untergeordnete Stellung eines *Export Ware Housekeeper* anbot. Er hatte nicht einmal das Geld, sich seine Kolonialausrüstung zu kaufen, doch er jubelte innerlich. Madras sollte ihm als Steigbügel zur Macht dienen.

Und so kam es auch. Und jetzt Kalkutta. Welche Freude. Zwei Jahre Indien hatten ihm seine Lebenslust wiedergegeben. Gleich nach der Abreise von London hatte er diese charmante Marian kennengelernt, die mit ihrem Gatten auf demselben Schiff reiste. Als er erkrankt war, hatte sie ihn mit einer einfühlsamen Sinnlichkeit gepflegt, die Wonnen ohne Ende verhieß. Was verschlug es, daß sie verheiratet war. Er hatte sie ihrem Mann abgekauft, hatte die Scheidung bezahlt und eine hübsche Summe für die beiden Kinder und das Einverständnis des Herrn Imhoff hingelegt, das dieser so ungern gar nicht erteilt hatte. Nachdem dieser noch ein paar Miniaturen gemalt und zwei, drei Automaten für indische Fürsten gebastelt hatte, war er, wie abgemacht, in seine ferne deutsche Provinz heimgekehrt, wo er wegen Unverträglichkeit des Temperaments den kirchlichen Segen für die Trennung zu erwirken hoffte, damit alles seine Ordnung bekam. Denn wenn man sich auch in Indien befand und ein neues Zeitalter heraufdämmerte, schickte es sich für den höchsten Beamten der *East India Company* doch nicht, unerlaubte, ja sündhafte Beziehungen zu einer Frau zu unterhalten. Tugend und Wohlanständigkeit, darauf kam es an. Hatte man ihn nicht zum Präsidenten des Bengalischen Rates ernannt, damit er die Ostindienkompanie von ihren räudigen Schafen reinigte? Die Tugend hatte ihn an die Macht gebracht, und auf sie wollte er auch weiterhin setzen. Westminsters Weisungen waren eindeutig: Als Musterbild des *true born Englishman* sollte Hastings seine Landsleute von der indischen Tollheit kurieren, alles so englisch wie möglich machen, vernünftig, maßvoll, etwas kühl, manchmal ein bißchen schrullig; ein ruhiges, leidenschaftsloses Indien aufbauen, ein Indien wie das Mutterland, mit schmucken Pferden und geräumigen, säulenverzierten Palais, mit *terrace-parties* vor Mogulgärten und Hunden mit Stammbaum zur Rebhuhnjagd, mit Gentlemen in Elefantensänften und Teetassen, die niemals leer wurden.

Ein melancholisches Indien schließlich für empfindsame Gemüter, das sich auf köstliche Stiche bannen ließ, mit schattigen Dschungeln und leicht bukolisch anmutenden Bauern à la Gainsborough. Und, *last not least,* eine neue Hauptstadt nach dem Vorbild Londons: Kalkutta . . .

Pax britannica. Zu seinen Füßen würden sich alle Könige Asiens verneigen . . . Er griff nach der Teekanne. Kalt. Auf sein Klingeln trat ein Bursche ein und verschwand wortlos mit dem Tablett. Jedermann hier wußte, daß er Tee brauchte, und zwar schnellstens, um nachdenken zu können.

Ein Gefühl der Unruhe stieg in Warren auf. Seit seiner einsamen Londoner Zeit an die Erforschung seines Gewissens gewöhnt, mußte er sich eingestehen, daß ihn eine jünglingshafte Liebe erfüllte, aber nicht zu einer Frau, und hieße sie auch Marian, sondern zu Bengalen. Marian hatte er nur flüchtig begehrt, konnte er sich ihrer Hingabe doch sicher sein, sobald es die Regeln der Galanterie erlaubten. Aber hatte sie ihn nicht gerade dadurch angezogen, trotz ihrer verblühenden Schönheit? Durch diese Ungezwungenheit, diese Mischung aus Zärtlichkeit und leiser Melancholie, vor allem diese unbekümmerte Leichtigkeit? Mochte ihr stets bereiter, warmer Körper auch bald Übersättigung wecken wie übersüßes Zuckerwerk, ihr so gar nicht lastendes, gefügiges Wesen tat wohl: diese sinnliche Ergebenheit, in die sich ein Schimmer von Trauer mischte, vielleicht ein Anzeichen, daß sie ihn wirklich liebte, ihn, ihren Herrn und Käufer. Welch dunkle, wirre Vergangenheit mochte sich hinter all dem verbergen? Warren wollte es nicht wissen. Sie hatte ihm erzählt, daß sie in ihrer Jugend nach Madras gekommen war. Er hätte nachbohren können, hatte es aber halb aus Angst, halb aus Gleichgültigkeit unterlassen. Zwischen ihnen konnte es ohnedies nur Freundschaft geben.

Mit Bengalen dagegen war das anders. Bengalen war verräterisch, geheimnisvoll, uneinnehmbar. Sein Lächeln, seine Unterwürfigkeit – nichts als Fassade, ständige Lüge. Mit Bengalen verband Warren Liebe, mehr noch, Leidenschaft. Er beendete rasch seinen Brief und unterschrieb. Sinnlos, sich seinen Gefühlen zu überlassen. Die Dämmerung war hereingebrochen, das Meer, auf dem das Schiff in gleichmäßigem Rhythmus dahinsegelte, nicht mehr auszumachen. In Kalkutta, der Handelsstadt, war das verfeinerte Europa mit seiner Aufklärung fern. Dort würde nur noch von Zahlen die Rede sein. Oder vom Krieg. Richtig, der Krieg. Warren hatte die Akten noch nicht angerührt. Es wurde Zeit, sie durchzugehen. Sein Bursche zündete wie gewohnt die Kerzen auf dem Schreibtisch an.

Krieg drohte an zwei Fronten. Im Norden suchten die Mahratten um jeden Preis auf den Trümmern des Mogulreiches ein großes Hindu-Königreich zu errichten. Aber auch der Süden war in Bewegung geraten. Ein muslimischer Abenteurer, Haidar Ali, hatte Mysore erobert und bedrohte nun Madras sowie das von den Mahratten schon genug beunruhigte Bombay. Warrens Miene verfinsterte sich. Trotz allem war es unwahrscheinlich, daß sich diese beiden Parteien verbündeten, dazu waren die Feindseligkeiten zwischen den rivalisierenden Religionen zu groß. Doch ein Name konnte Indien zusammenschweißen, die Spaltung überwinden, auf der das britische Empire wuchs und gedieh: Frankreich.

Zufällig war er in zwei verschiedenen Berichten auf denselben Mann gestoßen, der offenbar bei den Mahratten ebenso zu Hause war wie beim Sultan von Mysore. Ein verdammt geschickter Bursche, der sich überall einzuschleichen verstand. Und er trug einen französischen Namen.

Mit geübtem Griff hob Warren die beiden Papierstöße auf, legte sie nebeneinander und stützte den Kopf in die Hände. Das Ganze war recht ungewöhnlich. Und das erstaunlichste war, daß man ihm nichts gemeldet hatte, daß er auf den Zufall oder sein vorzügliches Gedächtnis angewiesen war. Er las die Berichte der Spitzel aufmerksamer. Sie waren eindeutig, sehr genau. Nichts fehlte, außer – eine schwerwiegende Lücke – der genauen Beschreibung dieses berühmten Franzosen.

Frankreich! Warren fröstelte. Konnte man mit diesen federgeschmückten Gecken denn nie fertig werden, die keine Ahnung vom Geschäftsleben hatten und außer der Anmut ihrer Frauen und der Schönheit ihrer Sprache nichts besaßen, was sie empfehlen konnte? Unglaublich, daß sie nach dem Siebenjährigen Krieg noch immer nicht begreifen wollten, daß sie für den Krieg in der Fremde so wenig taugten wie für die Seefahrt, und am allerwenigsten für den Handel. Im Frieden von Paris hatte man ihnen aus purem Entgegenkommen ihre fünf lächerlichen Kontore belassen, und jetzt hatten sie dieses alberne Pondicherry wiederaufgebaut, um von hier aus womöglich im Dekkhan zu operieren!

Obwohl Hastings die französischen Unternehmungen letztlich für Hirngespinste hielt, wollte er sich dennoch die Namen der Drahtzieher aufschreiben. Er nahm ein frisches Blatt, tauchte die Feder ein, blätterte in den Akten, konnte aber zu seinem Ärger den Namen nicht mehr entdecken, stieß unruhig gegen die Teetasse, daß das Porzellan klirrte.

»Ah!«

Tatsächlich ein französischer Name, der sogar eine vage Erinnerung in ihm weckte, die sich jedoch nicht präzisieren wollte.

»Saint-Lubin . . .«, skandierte er mehrmals. Wie hieß es noch in dem vor ihm liegenden Bericht? »Recht gut gewachsen.« Und relativ jung. Das wurde mindestens dreimal betont. Der Informant mußte für die Schönheit des Genannten empfänglich gewesen sein. Auch das ließ in Warren eine Erinnerung aufsteigen. Nur hatten die Franzosen leider keinen Mangel an schönen jungen Männern. Dieser hier allerdings mußte wohl besondere Reize besitzen. Vor allem aber mußte er ein närrischer Kerl, ein jugendlicher Draufgänger sein. Merkte der Spitzel nicht an, daß er »mit der Karawane« nach Mysore gekommen war, mit anderen Worten, durch die Wüsten Persiens und Arabiens, durch das gefährliche Afghanistan, die verräterischen Steppen Asiens? Für einen schönen jungen Mann, der obendrein in den Versailler Amtsstuben ein und aus zu gehen schien, ein ungewöhnliches Abenteuer.

Allerdings hatten die Minister Ludwigs XV. in einer Anwandlung von Vernunft ihre traurige Indienkompanie aufgelöst und ihre ehrgeizigen Seefahrerpläne aufgegeben ... Die Franzosen, dachte Hastings, lieben das Meer nicht, und zu Recht, denn das Meer liebt sie auch nicht. Sie sind nicht für die Seefahrt geschaffen. Jetzt kommen sie also mit der Karawane nach Indien, wie zu des seligen Marco Polo Zeiten!

Ein Lachen überkam ihn. Er griff nach der Liste. Und an zweiter Stelle? Ohne die Akten einzusehen, schrieb er »Sombre«.

»Immer noch am Leben, das alte Ungeheuer, trotz seiner Heirat ...«

Er wußte nichts über die neue Gattin, blätterte erneut in den Pergamenten.

Die Fürstin Sarasvati ... »Erzkatholisch wie ihr Gatte, war zum Zeitpunkt ihrer Eheschließung sehr gefürchtet und angeblich von Groll gegen unser Volk beseelt. Offenbar aber vollbrachte sie nichts Außergewöhnliches, sondern begnügte sich damit, trotz ihres römisch-katholischen Glaubens von Zeit zu Zeit abgelegene Tempel aufzusuchen, in denen den heidnischen Gottheiten nachts Opfer dargebracht werden.«

Zu seiner großen Enttäuschung fand Warren weder einen Hinweis auf etwaige Kinder noch auf Alter, Aussehen oder den Grund des fürstlichen Grolls.

»Die Spitzel werden auch immer nachlässiger«, knurrte er, »ich werde wohl etwas mehr Ordnung hineinbringen müssen. Die Kompanie setzt die Inder nicht richtig ein. Ah, Ram, Ram ... Höchste Zeit, daß ich ihn wiedersehe, falls ihn nicht die Hungersnot letztes Jahr dahingerafft hat.«

Im tiefsten Inneren freilich bezweifelte Hastings, daß Bankiers oder Bankierssöhne jemals an Hungersnöten zugrunde gehen könnten. Doch wenn auch eine geheimnisvolle Schutzmacht die Reichen bis ins ferne Indien vor dem schlimmsten Unheil zu bewahren schien, man mußte mit allem rechnen. Pest und Cholera machten auch nicht immer vor Geldleuten halt. Hoffentlich lebte sein Lieblingsspion noch, an den er nur eine köstliche Erinnerung bewahrt hatte, die an seinen eng um die Hüften geschlungenen *Dhoti* und an seinen wiegenden, unverhohlen zur Wollust einladenden Gang. Trotz aller guten Vorsätze beunruhigte ihn dieses Bild. Auf jeden Fall aber würde ihm der hübsche Bengali alles über die Fürstin Sarasvati mitteilen können. Gleich bei seiner Ankunft wollte er sich mit ihm treffen.

Bei diesem Gedanken stieg das alte Glücksgefühl wieder in ihm hoch. Der Kali-Tempel fiel ihm ein, die Verkleidungen am frühen Morgen, der Gang über den Markt, vorbei an den nacktbäuchigen, vor ihren Gemüsestapeln hockenden Inderinnen, das an der Sonne gerinnende Ziegenblut inmitten Bergen welkender Blumen und Weihrauchschwaden. Schlagartig begriff er, woher seine unerschöpfliche Leidenschaft für Bengalen kam. Ihm ging auf, daß sein Ziel, es englisch zu machen, nur ein intellektueller Vorwand war, Ausgeburt eines kranken, allzu aktiven Europäerhirns. In Wirklichkeit riefen ihn alle seine Sinne dorthin, seine Sinne, die hinsiechten unter der allzu langen Unterdrückung, Kasteiung, Verleugnung. Im tiefsten Herzensgrund erhoffte er sich von Bengalen eine Explosion aller Sinne. Sie Gefühl zu nennen, war Selbstbetrug. Fieber, Delirium, Sinnenrausch, das war es, was er suchte. Mochte danach kommen, was da wollte, Auspeitschung oder Tod; der Ausgang kümmerte ihn wenig, wenn er nur endlich in Tollheit schwelgen, sich in Orgien wälzen konnte. Das einzige, was er von den Franzosen fürchtete, das mußte er sich eingestehen, war, daß sie ihn daran hindern könnten.

Blieben noch zwei Namen für seine Liste. Chevalier, natürlich, der Direktor des Kontors von Chandernagore, ein uralter Bekannter, unbedeutend wie die meisten seiner Landsleute, aber ein schreibwütiger Narr, der, in Warenballen versteckt, Sendschreiben über Sendschreiben nach Frankreich schickte, nicht ahnend, daß bestochene Hafenkulis seine Post stracks den Engländern aushändigten. Im Augenblick berichtete er zwar nur Lappalien und alten Klatsch, aber nach letzten Berichten sollte er Kontakt zu einem französischen Abenteurer in Nordindien aufgenommen haben.

Nordindien ... Begehrtes Ziel der berüchtigten Mahratten ... Saint-Lubin ...

»Goddam!« entfuhr es Warren, und klirrend zerbrach die Teekanne auf dem Boden. Ausgerechnet seine Lieblingskanne: ein übles Omen. Wie oft hatte er, in endlose Träumereien versunken oder bei harten Kalkulationen, den Blick über die ätherischen Gestalten der schönen Chinesinnen gleiten lassen.

»Goddam!« fluchte er erneut, stieß die Scherben mit dem Fuß beiseite und zertrat sie zornig unter dem Absatz.

Dann nahm er den Faden seiner Überlegungen wieder auf. Das Landesinnere ... Ein weiterer Fluch entrang sich ihm. Endlich fügte sich das Puzzle zum Ganzen. Diesmal würde Frankreich seine Offensive also vom Landesinneren aus vortragen. Saint-Lubin und Chevalier waren nur Kontaktpersonen, Gesandte, Spione, und Sombre sollte die Truppen stellen. Sombre, und vielleicht dieser französische Abenteurer in seiner Nähe.

Warren las noch einmal die kurze Notiz über ihn durch. Etwa fünfunddreißig Jahre alt, mit einer *Frantci* verheiratet, sollte er als Steuereintreiber ein beachtliches Vermögen zusammengekratzt haben. Das klang nicht außergewöhnlich, und auch sein Verrat an den Rohillas fiel nicht aus dem Rahmen des Gewohnten. Längere Zeit nicht bezahlt, war er von ihnen abgesprungen, um in die Dienste der Jats zu treten und dadurch zu Sombres Nachbarn geworden. Nun aber fragte sich, war das Absicht gewesen oder Zufall? Immerhin sollten die beiden durch eine gewisse Freundschaft verbunden sein und einander in die Hände arbeiten, wenn sie auch nie zusammentrafen.

In diesem Fall hatte der Spitzel immerhin einige interessante Einzelheiten festgehalten. Der Franzose hatte ein Kind, eine Gattin, die er liebte, einen kleinen Harem und empfing von Zeit zu Zeit den Pater Wendel.

»Wendel, sieh mal einer an!« lächelte Hastings. »Dieser gerissene Fuchs ...«

Obwohl er an Wendels Redlichkeit zweifelte, setzte er ihn nicht auf seine Liste.

Er tauchte die Feder ins Tintenfaß, um den Namen des Abenteurers niederzuschreiben. Ein barbarisch klingender Name: Madec. Sicher ein Spitzname oder ein Pseudonym, vielleicht auch ein Anagramm. Dann ging er seine Liste noch einmal durch.

Vier Namen. Zu viele, um das englische Indien zu bedrohen, oder zu wenige. Man mußte mehr in Erfahrung bringen. Mit einemmal kam sich Warren auf dem Schiff wie gelähmt vor. Mehr denn je brannte er darauf, Kalkutta wiederzusehen. Ein sonderbares Gefühl bemächtigte sich seiner. Ram! Marian war vergessen. Er klingelte und befahl sein Bett zu richten.

Vor dem Einschlafen griff er nach seiner Lieblingslektüre, der Bhagavad Gita, die er auf Sanskrit las, und schlug sie dort auf, wo er am Vorabend aufgehört hatte. »Wer wie das Meer, in das die Wasser strömen, das sich füllt und dennoch ruhig festbleibt – in wen so die Wünsche alle eintreten, der erlangt Frieden, nicht, wer Begierden frönt.«

Doch die Weisheit war an ihn verschwendet. Die ganze Nacht träumte er von Ram.

22. Kapitel

Kalkutta
12. Januar 1772

In der Mitte des Salons auf einem Taburett thronend, vertrieb sich Marian Imhoff die Zeit des Wartens auf Hastings mit ihrer Lieblingsbeschäftigung: der Dienerschaft Weisungen zu erteilen. Seit sie mit Warrens Mitteln in Kalkutta fürstlich haushalten konnte, bereitete ihr nichts größeren Genuß, ja, sie hatte, um dieses Vergnügen voll auszukosten, sogar ihre alte Abneigung gegen das Sprachenlernen aufgegeben und sich das einheimische Bengali eingeprägt.

Nachdem sie die Frauen in die Küche oder an den Fluß geschickt hatte, umgab sie an diesem Spätnachmittag ein rein männlicher Dienerflor: Sticker, Musselinflicker, Teppichklopfer, Gärtner, Verwalter, Möbelpfleger, Nippesausbesserer, selbst ein einheimischer junger Maler, der auf großen botanischen Tafeln die Sehenswürdigkeiten der indischen Pflanzenwelt in europäischer Manier festhalten sollte, standen geduldig wartend vor ihr. Einer nach dem anderen wies seine Arbeit oder Aufstellung vor, verbeugte sich tief, erwartete unruhig die Billigung der Herrin und verbeugte sich erneut, wenn sie sein Werk oder seine Rechnungsführung unbarmherzig kritisierte.

Ein leises Lächeln spielte um ihre Lippen, die in Vorfreude auf Hastings' nahe Rückkehr oder aus Vergnügen über diese ausschließlich männliche Gesellschaft feucht glänzten. Dabei ging der Dienerschar die frivole Anmut der galanten Schürzenjäger, die ihr in der guten alten Zeit in Pondicherry den Hof gemacht hatten, völlig ab. Ihr eilfertiges Hin und Her spiegelte Unterwürfigkeit nur vor, und manchmal begleitete auch ein finsterer Blick die gelehrige Willfährigkeit. Dennoch zitterten alle vor Marian – alle bis auf den jungen Maler, der ihren wenig schmeichelhaften Kommentar gelassen hinnahm:

»Dein Lotos ist noch viel zu indisch, Maler! Zu unnatürlich und verschwommen! Nicht einmal die Blütenblätter kann man zählen. Bemüh dich endlich um einen deutlicheren Pinselstrich!«

Einmal wöchentlich ließ sich Marian so die geleistete Arbeit vorführen – für die Dienerschaft ein wichtiges Ereignis, eine richtige Zeremonie. Feierlich wie ein Maharadscha in der Mitte des Raumes thronend, genoß sie den Anblick all der unter ihren flötensüßen Demütigungen gekrümmten Rücken. Welches Vergnügen, bedient zu werden, statt selbst zu dienen, welche Wonne nach den zehn leeren, tristen Jahren mit dem trübsinnigen Baron, den sie nur geheiratet hatte, weil er ihr die Rückkehr nach Indien versprach; ihrem geliebten Indien, dem sie zornig den Rücken gekehrt, nachdem sich mit Saint-Lubin das wahre Glück von ihr abgewandt hatte, nachdem er, der Herrliche, Einzigartige, sie mit einer letzten Pirouette in Madras hatte sitzenlassen. Noch heute, da ihr Leben mit Hastings in ruhigen Bahnen verlief und die Irrungen und Wirrungen des Herzens für sie nicht mehr zählten, erbebte sie in der Erinnerung. Doch warum sich nach jener Zeit zurücksehnen, wenn ihr mit der Liebe des Gouverneurs ganz Indien zu Füßen lag? Gewiß, *Liebe* war für das, was sie mit Hastings verband, ein großes Wort. Sie hatte es gleich beim ersten Kuß gemerkt. Er küßte methodisch, nach der Regel »allzuviel ist ungesund«, wie Saint-Lubin gesagt hätte. Dasselbe Maßhalten hatte sie dann etwas später auch in dem für ihn so bezeichnenden Wechsel von leiblichen Anwandlungen und Gefühlsergüssen entdeckt. Im übrigen war er ein sehr durchschnittlicher Liebhaber. Doch er zeigte eine Schwäche, in der Marian sogleich eine Chance für sich witterte: Er brauchte Bewunderung, und so verließ sie ohne Scham Mann und Kinder. Zwei mittelmäßige Jahre unter den Palmen von Madras, dann wurde Hastings zum Generalgouverneur ernannt, und ganz Indien lag ihm zu Füßen. Es gibt also doch eine höhere Fügung, dachte Marian, während sie in dem durch die Tür einfallenden Tageslicht ein ausgebessertes Stück Musselin begutachtete. Es gibt ein Schicksal, das mir jetzt am Ende meiner Irrfahrten eine feste und ruhige Bindung beschert hat.

Sie ließ das Gewebe auf die Knie sinken und schickte den Diener weg:

»Du kannst gehen. Bessere als nächstes die Moskitonetze in sämtlichen Zimmern aus. Und bring die Decken auf den Tischchen in Ordnung. Bleich sie zunächst. Geh jetzt.«

Sie seufzte. Nichts blieb sauber in diesem Kalkutta. Dabei konnte der Hafen nicht schuld sein. Sie hatte sich eigens am Stadtrand zwischen den letzten Gemüsegärten, fast schon am Saum des Dschungels, angesiedelt. Dieser ewige Schmutz, gegen den nichts zu helfen schien, war ihr ein Rätsel. Aber sie wollte alles sauber haben, makellos sauber und rein, und wenn sie stundenlang Anweisungen erteilen mußte. Sie gestand sich nicht ein, daß sie mit diesem häuslichen Vollkommenheitsstreben einem Phantom nacheiferte, das manchmal durch ihre Träume geisterte, das der großzügigen, standfesten Jeanne Carvalho. Sie redete sich lieber ein, sie achte auf Sauberkeit, um Hastings zu gefallen. Er sah darin ein Zeichen der neuen Zeit, eine Eigenschaft, durch die der weiße Mann seine Herrschaft über die ganze Erde ebenso wirksam ausdehnen würde wie mit Hilfe seiner Armeen.

Stimmengewirr ließ sie freudig aufhorchen. Dem plötzlichen Getriebe nach zu schließen, mußte eine Sänfte angekommen sein. Der Kies der Allee knirschte unter schnellen Schritten, und schon eilte Warren die Freitreppe herauf:

»My Queen!«

Er liebte Gefühlsüberschwang, wenn er sich unbeobachtet wußte.

»My heart's treasure! The deity of my religion . . .«

Die leise Ironie bemerkend, die im übrigen mehr seiner eigenen jähen Gefühlsaufwallung als ihr zu gelten schien, streckte ihm Marian lächelnd die Hand entgegen:

»Vous me flattez trop.«

Nicht aus Ziererei, sondern um sich in diesem Moment der wiedergewonnenen Intimität hinter dem elegant-distanzierten »vous« zu verbergen, hatte sie in ihrer Muttersprache geantwortet.

Warren, der Französisch vollendet beherrschte, ging auf das Spiel amüsiert ein: »Und wie befindet Ihr Euch, Madame? Bengalen scheint Euch zu bekommen. Dabei gilt es als so unzuträglich . . .«

Er ergriff ihre Hand, bedeckte sie mit Küssen.

Marian seufte:

»Unzuträglich . . . aber nein. Wenn nur die Domestiken nicht wären. Unmöglich, hier einen anständigen Haushalt zu führen . . .«

»Aber der Eure scheint doch in prächtiger Ordnung.«

Seine poetische Stimmung war verflogen. Schlagartig wechselte er zum Englischen über, ließ die einen Moment lang suchend nach ihrer Taille ausgestreckten Arme sinken und begann Gang, Salon, das halbdunkle Treppenhaus zu mustern. So war er nun einmal – rasches Vergnügen, flüchtige Empfindungen, gezügelte Ergüsse.

Noch ein letzter zärtlicher Blick auf Marian. Welch angenehme Frau, zu jeder Tages- und Nachtzeit verfügbar, immer heiter und stets zu diesem Spiel aufgelegt, dessen Heuchelei sie zu entzücken schien. Ihrerseits wohl merkend, daß Hastings' Liebesaufwallung schon wieder abgeflaut war, gab sie, ganz Fürsorge, Weisung, Tee zu servieren:

»Du hast gewiß Durst.«

Wortlos schritt er den Gang ab, so sehr hatte sie wieder einmal seinen geheimsten Wunsch erraten.

»Großartig, wie du das Haus eingerichtet hast.«

Er sprach in ehrlicher Bewunderung. Welch ein Abstand herrschte zwischen diesen Räumen und den üblichen Behausungen Kalkuttas, düsteren, schmuddeligen Löchern mit ewig kaputten Sofas neben kostbaren Möbeln, übelsten Schundbildern aus London, schläfrigen Domestiken und beleibten Ammen, die unmäßig verzogene weiße Fratzen zu beruhigen suchten.

Hier dagegen herrschte eine Ordnung, in der Warren den Abglanz seiner eigenen geheimsten Pläne zu erkennen glaubte. Schon das große Haus mit seinen weißen Kolonnaden hatte von der Uferstraße aus diesen Eindruck erweckt, dieses weder zu wuchtige noch zu leichte Bauwerk, das mit seinem ebenmäßigen, dreigeteilten Giebel, seiner strengen mittleren Säulenhalle und seiner hübschen Dachterrasse Harmonie, Anmut und Maß, kurzum, all das ausstrahlte, was Warren schätzte.

Er trat erneut auf die Freitreppe und schaute sich schweigend um.

»Welch herrlicher Garten!«

Marian errötete vor Freude.

»Ich konnte mich noch kaum darum kümmern. Nur die Terrassen sind fertig. Später soll noch ein Gewächshaus dazukommen, ein botanischer Garten mit Orangen- und Mangobäumen . . . mit Orchideen. Und vielleicht auch eine Menagerie.«

Warren nickte. Wirklich ein schöner Garten. Wie war sie nur auf die symmetrischen Beete verfallen, auf die stillen Wasserbecken und die regelmäßig zugestutzten Hecken mit ihren Raumfluchten bis zum Fluß, wo im schwindenden Licht des Tages Barken dahinglitten und der pfauenförmige Schiffsbug eines den Engländern ergebenen Radschas vorbeizog? Wie köstlich war dieser Augenblick, diese abendliche Stunde, da überall von den ländlichen Fluren Rauchfahnen von den Feuern der letzten Mahlzeit in den klaren Winterhimmel aufstiegen, sein reines Blau leicht trübend. Wie weltenfern schien der Monsun mit seinen Flutkatastrophen angesichts dieser vollkommenen, fast mathematisch strengen Landschaft. Einen Augenblick dachte Warren, Marian habe sich von der Symmetrie der

Versailler Gärten leiten lassen, doch sie konnte sie allenfalls von Stichen her kennen, die stets eine falsche Perspektive vorspiegelten. Da fiel ihm ein, daß er ihr bei der Abreise von Madras seine Sammlung von Mogulminiaturen anvertraut hatte, seinen einzigen, nie veräußerten Besitz. Offensichtlich hatte sich Marian diese Gärten, deren strikte Harmonie und unnachgiebige Strenge am Rande des Dschungels um so mehr erstaunten, als neuerdings in Europa die englischen Gärten mit ihrer künstlichen Naturnähe in Mode gekommen waren, zum Vorbild genommen, um ihn zu erfreuen. Wie mußte ihn diese Frau lieben . . . Fast wäre Warren erneut in Rührung verfallen, hätte er nicht hinter sich leises Porzellanklirren vernommen. Neben einem Diener mit Teetablett in der Tür stehend, winkte Marian dem Gouverneur mit etwas matter Geste, und schnellen Schrittes wie ein Gerichtsvollzieher drang er in den Salon ein, inspizierte, katalogisierte und überschlug im Kopf, was sie ausgegeben haben mochte, um ihm zu gefallen. Lackarbeiten, zierliche Anrichten, feines Porzellan, neue Stiche, leichte Schmuckgegenstände aus Jade, Miniaturen verschmolzen zu einer sanften, anglo-indischen Harmonie, wie er sie liebte und sich seit England erträumt hatte. Eine neue Schönheit, zugleich europäisch und exotisch, die zum Äußeren des Hauses paßte, bot sich ihm dar. Mitten im Salon war aus irgendeinem Grund neben einem Taburett ein mit Perlmutt eingelegtes Nähkästchen stehengeblieben, farbige Seidenstoffe quollen daraus hervor, verliehen dem Raum eine anmutig-nachlässige Note und nahmen ihm seine etwas trockene, abstrakte, gewissermaßen intellektuelle Strenge. Schlagartig brach die Nacht herein, schweigende Diener brachten Leuchter, und während sie Tee servierte, schlug Marian dem Gouverneur eine Schachpartie vor mit Figuren, die in Kalkutta Furore machten, elfenbeinernen Nachbildungen einer englischen Armee und eines indischen Bataillons. Radschas und Generäle stellten die Könige dar, Elefanten und Kanonen die Türme, Sepoys die Bauern. Die Partie dauerte nicht lange, denn sei es aus Müdigkeit, sei es um Hastings eine Freude zu machen, beging Marian Schnitzer um Schnitzer.

»Ihr seid schachmatt, Madame! Indien hat Euch besiegt.«

Marian lächelte. »Wollt Ihr speisen?«

Er nickte.

Nach dem kurzen Souper, der letzten Tasse Tee zogen sie sich in ein Boudoir zwischen ihren beiden Zimmer im Obergeschoß zurück.

Warren, der die Perücke abgenommen und auf einem Tischchen

abgelegt hatte, wollte sich eben im Spiegel darüber betrachten, als er Marians Blick auf sich ruhen fühlte. Sie mußte lachen, als er sich durchs schlohweiße Haar fuhr. Dünn und schmal, wie er war, glich er einem vorzeitig gealterten kleinen Bengel: Sein kräftiges, strohiges, noch sehr fülliges Haar stand ihm in Strähnen vom Kopf, als wäre er eben dem Bett entstiegen oder nach einem Pferderennen aus dem Sattel gesprungen.

Seufzend drehte er sich um:

»Du glaubst gar nicht, was ich alles machen soll. Um seine Schulden zu begleichen, will London Indien, ganz Indien. England muß seine Stellung in Europa behaupten, und Kriegführen kommt teuer. So erwartet man von mir, daß ich hier einen regelrechten Staat aufbaue, die bengalischen Bankiers ausschalte, eine Eigentumsreform durchführe, Mißstände beseitige, aber schonend vorgehe, saubere Verhältnisse schaffe ... Steuern, Zoll, Banditen, der unruhige Süden, Bombay mit seinen Sezessionsbestrebungen, dazu diese kaum bekannten Riesenländer, der nepalesische Himalaja, die Kopfabschneider am Brahmaputra, die Lamas der Tatarei, Kaschmir ...«

Er wußte wohl, daß Marian nur mit halbem Ohr zuhörte, daß sie lediglich das Indien der Kontore und Salons kannte und mit keinem Gedanken daran dachte, daß die Bewohner des Landes schreiben, denken, träumen und lieben konnten. Trotzdem fuhr er fort:

»Und dann all diese Götter, diese Millionen Götter. Erst vor vier Tagen hat mir ein Großkaufmann erzählt, nach einer jahrhundertealten Weissagung sollten eines Tages die Nachkommen des Affengottes Hanuman Indien einnehmen. Ganz Indien, verstehst du, ganz Indien ...«

Er trat ans Fenster und fixierte einen unsichtbaren Punkt im Dunkel.

»Vielleicht bin ich der Führer dieses Affenheers!«

Geistesabwesend zuckte Marian an ihrem Toilettentisch die Achseln:

»Aber du bist doch Gouverneur. Man hat dich denkbar zuvorkommend aufgenommen!«

Ohne ihr zuzuhören, fuhr er fort:

»Und vor allem bin ich allein. Allein wie Robinson Crusoe.«

Sie schreckte jäh auf:

»Du meinst, schiffbrüchig?«

»Wenn du so willst ... Erinnerst du dich an die Stelle, wo Robinson weit vom Meer entfernt das Boot baut, mit dem er die Insel verlassen will, und nicht einmal weiß, wie er es ins Wasser schaffen soll?«

Marian erinnerte sich selten an Gelesenes, aber sie nickte trotzdem.

»Auch ich baue mein Boot . . . ohne weitere Überlegung, ungeheuer weit vom erstbesten Strand entfernt, ohne zu wissen, wie ich es zu Wasser lassen soll. Und ich sage mir wie Robinson bei jedem Zweifel und jeder Schwierigkeit: ›Hat nichts zu bedeuten. Machen wir erst das Boot fertig, alles Weitere wird sich finden‹ . . .«

Er wandte sich vom Fenster ab und setzte, ihr zugekehrt, hinzu: »Mein Schiff, Marian, heißt Indien.«

Unendliche Zärtlichkeit lag in seiner Stimme. Dann wechselte er jäh den Tonfall: »Wie spät ist es?«

»Ich sehe gleich im Salon nach.«

»Komm aber schnell zurück. Ich muß morgen in aller Frühe fort.«

Mit ein paar Worten erklärte er ihr den Treff beim Bazar.

»Mit einem Spitzel? Willst du ihn nicht lieber kommen lassen?«

»Nein.«

»Weil es um den Krieg geht?«

Er schwieg.

»Um Frankreich?«

»Gewissermaßen.«

»Frankreich . . .«

Aber sie bohrte nicht weiter nach. Während sie in den Salon hinunterstieg und die Schatten der Kerzen über die weißen Wände tanzten, mußte sie an andere weiße Wände denken, in denen ihr ein anderer vor Jahren auch von Krieg und Spionage erzählt hatte. Ein merkwürdiger Gedanke schoß ihr durch den Kopf: Dieser andere hatte sein Lügengewerbe nicht aufgegeben, er lebte ganz in der Nähe. Indien, das gewaltige, blutdurstige, haßerfüllte, verräterische Indien, von dem der Gouverneur eben gesprochen hatte, schien eigens für ihn erfunden. Etwas wie Freude stieg in ihr auf, und sie wünschte sich Krieg, um von dem kleinen französischen Kontor in der Tiefe einer schönen Bucht zu träumen, von wo vielleicht all ihre Jugendfreuden wiederauferstehen würden.

Als sie wieder ins Boudoir trat, zog Hastings gerade etliche zerlesene Bände aus seinem Handkoffer. Defoe natürlich, aber auch Lukrez, Hume, Machiavelli und ein ziemlich neu aussehendes Buch.

»Diderot, Madame, ein Landsmann von Euch«, sagte er und hielt es ihr hin.

»Es ist Zeit, zu Bett zu gehen, Warren. Ich werde morgen vor Euch aufstehen und diesen Ausflug zum Bazar vorbereiten. Welch verrückte Idee!«

Endlich beugte er sich über sie und küßte sie. Sie fühlte seine rauhe, pergamentene Haut und bemerkte auf seinen Händen ein paar braune Flecken, die vor einem halben Jahr noch nicht dagewesen waren. Er war sichtlich gealtert. Nur sein Verstand war immer noch jung.

Wortlos ging sie aus dem Raum.

Erleichtert blies Warren die Kerzen aus. Sie hatte sich seine Sorgen geduldig angehört, ohne eine Gegenleistung zu fordern, hatte weder politische Indiskretionen noch das Bett mit ihm zu teilen verlangt. Er brauchte bloß seine Bücher auszupacken, und sie hatte begriffen, daß er seine Ruhe haben wollte.

Was für eine feinfühlige Frau sie doch war . . . eine weiße Sklavin. Sollte ihn plötzlich das Verlangen anwandeln, brauchte er nur zu ihr hinüberzugehen, ihr ein paar Zärtlichkeiten ins Ohr zu flüstern, sie schnell zu nehmen, ihr mit zwei Worten zu danken und entspannt, beruhigt wieder hierher zurückzukehren . . . Aber das war reine Theorie.

In vier Stunden hieß es aufstehen, und er wollte zum Stelldichein mit Ram mit klarem Kopf erscheinen. Schon vor einer Woche, gleich nach der Landung, hatte Warren im Labyrinth der Inderstadt nach ihm fahnden lassen. Die Nachforschungen waren langwierig und schwierig gewesen, aber Ram lebte. Alles übrige würde er morgen erfahren.

Im ersten Licht der Morgensonne würde in dem an den Kali-Tempel grenzenden Hof die prachtvolle Gestalt des jungen Bengalen wie ein Gott aus den indischen Schriften auftauchen. An diesem Punkt seiner Träumerei angelangt, verspürte Warren ein wohlbekanntes, aufreizendes und zugleich wohliges Gefühl und bedauerte fast, Marian entlassen zu haben. Doch da der kommende Tag hart zu werden versprach, verscheuchte er die seine Phantasie bestürmenden lasziven Bilder und fiel fast augenblicklich in bleiernen Schlaf.

Eine Stunde vor Sonnenaufgang weckte Marian den Gouverneur. Er war im Handumdrehen fertig, schlürfte ungewohnt lebhaft den glühendheißen Tee, den sie in kleinen Tassen servierte. Unten an der Freitreppe wartete bereits eine einfache alte Sänfte, während Warrens eigene deutlich sichtbar im Garten stehenbleiben sollte. So würde jedermann den Gouverneur noch in den Federn vermuten und keiner etwas von seinem Ausflug zum Bazar ahnen.

»Sieh dich vor, Warren, die Bengalen sind alle Verräter. Laß dich nicht in einen Hinterhalt locken.«

»Auf meine Leute ist Verlaß, und andere erkennen mich in diesem Aufzug nicht.«

Marian hatte ihm seinen alten Anzug, in dem er nach Indien zurückgekommen war, bereitgelegt, ein zerknittertes, an den Ellbogen fadenscheiniges Habit mit verschossenen Seidenstrümpfen. Er hatte auf Schminke verzichtet und suchte schlicht dem zu gleichen, der er einst gewesen: ein über langweilige Geschäfte vorzeitig gebeugter, sauertöpfischer Kumpan, trist und farblos wie das englische Kalkutta. Zum Spaß ahmte er den geschäftigen Gang der kleinen Unterhändler der Handelskompanie nach, ihre hochmütige und dabei sorgenvolle Miene, doch Marian lachte nicht:

»Mußt du denn wirklich selber hin? Kann es kein anderer für dich besorgen?«

»Die besten Dienste leistet man sich immer selbst, wie ihr in Frankreich sagt.«

»Und über wen willst du so viel wissen? Kann nicht ich dir weiterhelfen . . .«

»Aber Marian! Haben wir nicht abgemacht, unser gemeinsames Leben abseits vom Zeitgetriebe und den Lastern dieser Welt zu führen? Warum willst du dich plötzlich einmischen?«

»Vielleicht kenne ich diese Franzosen, von denen du sprichst.«

»Woher willst du sie denn kennen?«

»Von früher, von Frankreich. Zwar war ich noch jung, aber vielleicht habe ich doch den einen oder anderen kennengelernt.«

Hastings sah sie mit einem sonderbaren Ausdruck an und erklärte dann entschieden:

»Halt dich da raus. Im übrigen will ich mich vor allem über eine Inderin informieren. Eine gefährliche Frau . . . vielmehr, eine Frau, die früher als gefährlich galt und deren Mann mit einem Franzosen in Verbindung steht.«

Er betrachtete ihre Hände, die wie erwartet zitterten.

»Mit welchem Franzosen?«

Warren grinste ein wenig hämisch:

»Ach, der ist schon so lang in Indien, daß du ihn bestimmt nicht kennst. Eine Art Radscha, ein französischer Nabob. Hat hier Weib und Kind und ist ein Kriegsheld wie Sumroo, der Mann dieser

Inderin. Siehst du, ich hab's doch gewußt, daß du die Leute nicht kennst!«

Marian versuchte, trotz ihrer Betroffenheit nachzudenken. Der Franzose hatte geheiratet, besaß Kinder, war ein Kriegsmann. Das paßte nicht auf Saint-Lubin. Der war viel zu himmlisch, zu unwirklich und natürlich auch zu versiert, um Nachwuchs in die Welt zu setzen. Und vor allem konnte er keine Waffe halten. Er ging mit sanfter Bösartigkeit vor, ohne Blutvergießen, ungreifbar und unstofflich und schlug doch schlimmere Wunden als ein indischer Dolch.

Die Träger, nur im *Dhoti,* mit Wollflicken auf dem Rücken, traten an die Sänfte.

»Auf bald, Madame«, murmelte Hastings. »Auf bald, Gouverneur.«

Er streckte sich in der Sänfte aus und suchte, ehe er den Vorhang herunterließ, ihre Gestalt im Dunkel auszumachen, doch sie war schon verschwunden.

Die Träger setzten sich in Bewegung und schlugen, wie befohlen, den Weg zur Stadt ein. Warren atmete auf. Einen Augenblick stellte er sich Marian vor, wie sie sich vor ihrem Toilettentisch mit gleichgültiger Miene entkleidete. Eine sonderbare Idee schoß ihm durch den Kopf: Wie, wenn sie plötzlich stürbe, sie, die angeblich so Einzigartige? Dann mußte er sich eben nach einer anderen umsehen, der er sein Herz ausschütten konnte. Im Grunde hing er an niemand, und mitfühlende Frauen gab's genug, man mußte nur die richtige wählen. Ob Ram wohl auch so geduldig und gelehrig war wie sie? Schwerlich. Warren hob den Vorhang und sah die ersten Schleppkähne gangesaufwärts gleiten. An den neuen Kais lagen einige englische Schiffe vor Anker, und drüben auf der anderen Seite der Straße schimmerte das Wasser der Reisfelder blau im Morgenlicht. Ein guter Monsun, dann würde Bengalen nach der schweren Hungersnot des vergangenen Jahres vielleicht zu neuem Leben erwachen. Da und dort lagen menschliche Knochen auf der Straße verstreut. Niemand hatte sie nach der Katastrophe weggeschafft, als wären sie heilige Mahnmale der Götter zur Erinnerung an die allumfassende Zerstörung, Zeichen, die von Kalis Hoheitsgebiet zu entfernen Frevel gewesen wäre.

Lange war ihm schleierhaft geblieben, warum der Gründer der englischen Stadt am Tag, an dem der Nabob von Bengalen die Errichtung des Kontors bewilligte, der Monstergöttin ein Opfer dargebracht hatte. Mittlerweile wußte Warren, daß auch er einen Pakt mit ihr schließen mußte – auch das war uneingestandenermaßen eins der Ziele seiner Begegnung mit Ram. Ein einziges Chaos, dieses Kalkutta. Ein Chaos, das bei jedem Monsun einen ungeheuerlichen Reichtum ausstieß wie der Riesenschoß einer Muttergöttin. Der kraftvolle, monströs weibliche Name Kalis, der alles in sich vereinte, was er an Frauen fürchtete, paßte zur Stadt am Ganges. Kalkutta, die ewig menstruierende, ewig kreißende Stadt, die Flußstadt, die Sirene, die Hure, sich immer anbietend, brüllend, erfüllt von Liebesstöhnen und Todesröcheln. Er liebte diese Stadt. Obwohl mit dem heraufziehenden Morgen das Gewühl zunahm, nickte er ein. Dann und wann von einem leprakranken Bettler, einem unter lauten Klagen vorüberziehenden Leichenzug, einer Büffelherde auf dem Weg zum Markt leicht aus dem Halbschlaf gerissen, richtete er sich, den Kopf müde von fiebrigen Träumen, mit den Bewegungen eines Ertrinkenden, der sich der Strömung überläßt, mühsam in den Kissen auf. Doch sogleich umfing ihn wieder dieser schwere, wohlige Schlummer, in dem er, von den regelmäßigen Schritten der Träger gewiegt, in der verblichenen Seide der Kissen vergraben, der Begegnung mit Ram entgegendämmerte. Er hätte das alles noch lange auskosten mögen, diese Gerüche nach Seeluft und Fäulnis, die zum Vorhang hereindrangen, dieses schmutzige Gewimmel, das er hinter der Sänfte spürte, die gleichgültige Menge, die sich vor ihm öffnete und gleich wieder schloß, die schwitzenden Männer, die sich mit ihrem Elendsgewerbe abplagten und die halbnackten, unter ihren Körben gebeugten Frauen. O ja, er kannte Kalkutta in- und auswendig, seine Bauwerke, die, kaum aufgeführt, schon vermoderten, die klatschenden Segel der ablegenden Schiffe, das üppige Lianengewirr rings um die englischen Friedhöfe. Er kannte alles bis zum Gitterlabyrinth des Armenierviertels, wo mit Indien seine ewige Unwissenheit begann. Wo Ram begann.

Mit einem Ruck blieben die Träger stehen, und bewundernswert schnell verscheuchte Warren die wirren Traumgespinste, war hellwach, selbstsicher und berechnend. Ehe er aufstand, warf er noch einmal einen prüfenden Blick auf seinen Aufzug und fand alles in Ordnung. Er sprang aus der Sänfte, schlug sich in die noch halbdunklen Gassen, entdeckte mit Befriedigung das verlassene Haus seiner früheren Treffen und betrat den Gang. Alles war noch wie damals. Hinten im Hof gewahrte er die Mauerlücke und dahinter den Kali-Tempel, vor dem sich die Gestalten der Gläubigen in den ersten Sonnenstrahlen bewegten.

Und im hintersten Winkel des Ganges stand, trotz der Morgenkühle nackt bis auf den *Dhoti,* Ram.

Warren wollte ihm die Hand hinstrecken, ihn begrüßen, doch der andere schnitt ihm mit einer einzigen Geste das Wort ab:

»Nicht jetzt. Beeil dich.«

Er wirkte abweisend und etwas verstockt, ganz wie ehedem. Sein im Halbdunkel schimmernder Körper war noch ebenso schlank, fest und muskulös, nur seine Züge hatten sich verhärtet und ihren halbkindlichen Ausdruck verloren. Sein Mund kräuselte sich in einem bitteren und zugleich genießerischen Grinsen, das beunruhigte und verwirrte. Trotz seiner Jugend begann sein Haar schon zu ergrauen. Er schien um eine neue Erfahrung reicher, doch vermochte Warren nicht zu erkennen, ob es vom Bankgeschäft oder von der Sinnenlust kam.

»Beeil dich«, wiederholte Ram. »Was willst du wissen?«

»Was weißt du über die *Firangis* von Chandernagore?«

»Chandernagore! Dieses Dorf . . . Du hast mich doch nicht deshalb kommen lassen?«

Er schaute sich um und spielte nervös mit den von seinem Hals baumelnden Amuletten.

»Ich rede von allen *Firangis,* die nicht sind wie wir. Zum Beispiel von den *Frantcis* im Norden. Sie sollen große Vermögen angehäuft haben, die Bankiers kennen sie, du kennst sie auch . . .«

»Seit der Ermordung der Brüder Djagarset geht es mit der indischen Bank bergab, Sahib, das weißt du selbst besser als irgendwer! Nicht einmal die Erben der Weltbankiers bleiben verschont. Und was ist schon das Vermögen eines *Firangis* neben den Schätzen, die die Deinen über die Schwarzen Wasser mitnehmen?«

»Ich habe die Deinen stets protegiert und werde es auch weiterhin tun.«

»Die Meinen, gewiß . . . Aber was wird meine Kaste sagen?«

»Deine Kaste . . . Das ist ein ander Ding. Wir werden sehen.«

»Nimm dich in acht, Sahib! Indien ist gewalttätig.«

»Ich weiß. Aber was weißt du über die französischen *Firangis,* sag, was weißt du über sie?«

»Nichts.«

Ram schüttelte den Kopf. Er wirkte noch verschlossener als zuvor. Die steigende Sonne modellierte seine Beine. Er erschien Warren noch schöner, aber auch aufgewühlter, unergründlicher. Er hatte sich parfümiert. Warren trat näher:

»Ram . . .«

Seine Stimme klang ungewohnt weich. So sprach er nicht einmal mit Marian. Der andere schaute ohne sonderliches Erstaunen auf, und in seinem Blick las Warren eine aufkeimende Schwäche, die es unverzüglich auszunutzen galt. Er legte dem jungen Mann die Hand auf die Schulter und erschauerte. So weich, so glatt und dabei doch straff und fest konnte die Haut einer Frau niemals sein. Langsam ließ er die Hand über diesen nackten Rücken gleiten, beobachtete lustvoll, wie die Muskeln einzeln zusammenzuckten, und fürchtete sich vor dem Augenblick, da ihm der Stoff des *Dhoti* Einhalt gebieten würde. Seine Lippen zitterten.

»Ram . . .«

Der andere hob den Kopf, schloß die Augen und lehnte sich gegen Warren.

»Wer ist diese Frau, die Sumroo geheiratet hat? Deine Brüder arbeiten mit Sumroos Geld, ich weiß es. Und der andere, der *Frantci,* der in ihrer Nähe lebt, wer ist das? Sag's mir, Ram . . .«

Der junge Mann lächelte schwach und bot seinen entspannten Körper der Sonne dar. Langsam lösten sich die Falten seines *Dhotis.*

»Die Fürstin . . . Ach, die Fürstin! Komm!«

Jäh ergriff er Warrens Hand und deutete auf ein kleines Wetterdach in der Ecke. Der Gouverneur wich zurück. Er begriff nicht ganz, alles ging zu schnell, ging zu weit.

»Aber der Tempel, Ram! Man kann uns sehen!«

Das plötzliche Gefühl, daß sich jemand in seinem Rücken befand, ließ ihn erschauern. Ihm war, als wäre jemand von der Straße, vom Bazar her eingedrungen. Ram ließ ihn unvermittelt los und rannte blitzschnell über den Hof. Warren drückte sich gegen die Mauer des Ganges und tastete in seiner Tasche nach der kleinen Pistole, die er immer bei sich trug. Zu spät. Ein kurzes Handgemenge im unkrautüberwucherten Hof, das Aufblitzen eines Messers, und schon riß der andere, ein magerer und muskulöser, noch blutjunger Kerl, die Amulette von Rams Hals, sprang durch die Mauerlücke und verschwand in der Menge der Gläubigen. Kein Laut ertönte, niemand außer Warren schien etwas bemerkt zu haben. Obwohl er es für ratsam hielt, auf der Stelle zu verschwinden, drehte er sich, ehe er den Gang verließ, noch einmal wie bedauernd um und betrachtete eine Sekunde lang den Lichtfleck, in dem sich eben noch die Gestalt des jungen Bengalen abgezeichnet hatte. Alles war still. Lianen wiegten sich im Morgenwind, und hinter der Mauerlücke verbeugten sich die Gläubigen und hängten der Göttin knapp unter ihrem Halsband aus Totenschädeln Blumengewinde und Weihrauchstäbchen um. Im vollen Sonnenlicht hingestreckt aber lag der nackte Leichnam eines noch jungen Mannes. Seine Kehle war durchschnitten, und zwischen den schmalen Weichen gerann, wie bei den Kali dargebrachten Opfern, ein großes Rinnsal frischen Blutes.

Mit großen Schritten und gebeugter als sonst trat Warren zu seiner Sänfte. Ringsum wogte gleichgültig der Bazar. Er begriff nichts und war in Wahrheit mehr noch als über Rams Tod über den Akt verwirrt, den er um ein Haar begangen hätte, über den Schauer, der ihn durchzuckte, als seine Haut die des Inders streifte. Er grübelte über die Hintergründe des Verbrechens nach, doch sein nicht erfülltes Verlangen quälte ihn und benahm ihm den klaren Verstand. Erst nach der Rückkehr konnte er den Vorgang kühl überdenken. Ram war mit verblüffender Präzision ermordet worden. Nie zuvor hatte Warren dem Tod so nah ins Auge geblickt. Er kannte sein bengalisches Antlitz – all die zahllosen Inder, die man morgens steif und grau vom Straßenrand schaffte –, kannte die wächsernen Gesichter der an den Monsunepidemien gestorbenen Agenten der Handelsgesellschaft und den elenden Todeskampf der Armen bei den Londoner Docks. Doch noch nie hatte er so viel Blut gesehen. Das Bild bedrängte ihn über eine Stunde lang. Das Blut, das Blut auf Rams nacktem Körper, der in der Sonne mittlerweile sein langsames Verwesungswerk begann.

Marian schlief noch in ihrem Zimmer. Er weckte sie nicht, schlug ganz entgegen seiner Gewohnheit das Anerbieten des Dieners, Tee zu bringen, aus und verlangte statt dessen Kirschlikör. Dann schloß er sich in sein Zimmer ein und schrieb vier volle Stunden lang. Es war nur ein Entwurf, den er auf alte Seiten aus Rechnungsbüchern und zerlesenen Verzeichnissen kritzelte, halb zerfetzte Pergamente, die er zuunterst in seinem Handkoffer immer mitführte und denen er seine geheimsten Gedanken, meist über Indien, anvertraute. Daß sie sich mit den Zahlen der *East India Company* verquickten, belustigte ihn im höchsten Grad, sah er darin doch die Begegnung von Kaufmannsehrgeiz und politischer Prophetie, von Sehergeist und Alltagsbewältigung. Doch an diesem Morgen konnte ihn nichts ablenken. Er schrieb fieberhaft in einem Zug, bis er seinen Text mit den Sätzen beendete: »... Auf die Tugend, nicht auf die Geschicklichkeit ihrer Angestellten muß die Handelskompanie die Festigkeit ihrer Besitzungen gründen. Bildung ist nicht nur für den einzelnen, sondern auch für den Staat und die Menschheit von Nutzen, öffnet sie doch durch neue Einsichten einen Weg der Verständigung mit dem Volke, das wir durch das Recht des Eroberers beherrschen ... Wir müssen sie beobachten lernen, um ein großzügigeres Empfinden für ihre natürlichen Rechte zu entwickeln und sie nach den unseren zu achten. Diese Beispiele aber müssen wir aus ihren Schriften schöpfen, die noch Bestand haben werden, wenn die britische Herrschaft in Indien längst dahin ist und die Quellen des Reichtums und der Macht, aus denen England einst schöpfte, aus dem Gedächtnis ausgelöscht sind ...«

Der Text war noch ungeschliffen und enthielt Wiederholungen und Unschärfen im Ausdruck. Wesentlich jedoch war, daß er seine erhabenen Ideen im Augenblick ihrer Geburt zu Papier gebracht hatte. Momente, in denen sich die Seele so weit über Raum und Zeit erhob, waren selten. Rams Tod gemahnte Warren an die Eitelkeit aller menschlichen Unternehmungen und an den Abgrund an Unwissenheit, der sich in Indien unter den Schritten der Engländer auftat. Kein Frieden in diesem Land, sinnierte erneut der Gouverneur von Bengalen, auch kein Gewinst, wenn wir sein Geheimnis nicht lüften können. Und er faßte seinen ersten Beschluß, den er später in die Tat umsetzen wollte, aber schon jetzt Rams Andenken widmete: baldmöglichst einen sprachkundigen Engländer mit der Übersetzung der Bhagavad Gita zu betrauen.

Kurz nach Mittag entriegelte er seine Tür und befahl einem Diener, Marian zu rufen. Er bat sie ohne Umschweife um ihre Gunst, sie willigte ein, und sie genossen miteinander einige Freuden. Warren gefiel sich in der Vorstellung, daß sie dem nahekämen, was man auf seinen Miniaturen erblickte, doch er irrte: Er wußte noch nicht, daß in Indien die Liebesübungen langanhaltend praktiziert werden wollen. Er hingegen hatte, eilig wie immer, das Vergnügen abgekürzt und sich sogleich wieder darangemacht, Britisch-Indien zu begründen.

23. Kapitel

Bharatpur
Monat Magha bis Monat Bhadrapada der Jahre 4872 bis 4873
im Weltalter Kaliyuga
Januar bis September 1772

Etwa um die gleiche Zeit erhielt Madec einen Brief, der ihn ziemlich aus der Fassung brachte, nicht zum ersten Mal übrigens; schon drei Monate zuvor hatte ihm Visage eine Botschaft von Chevalier, dem Kommandanten des Kontors in Chandernagore, überbracht.

An diesem Januarmorgen jedoch scherte sich Madec keinen Pfifferling um Frankreich. Corentin bereitete ihm Sorgen; Arjun hatte an dessen Schläfe drei Tage zuvor ein übles Omen entdeckt, einen kleinen feuchten Fleck, der anzeigte, daß die Brunstzeit wieder herannahte. Da Corentin im Vorjahr die Stallungen halb verwüstet hatte, um eine Elefantenkuh von niedriger Kaste zu decken, hatte man ihn diesmal angekettet, um ihn nicht am Ende noch wie einen tollwütigen Tiger erschießen zu müssen. Doch Corentin behagten die Fesseln nicht, er trompetete Tag und Nacht ohne Unterlaß und ließ nicht einmal Arjun an sich heran. Trotzdem wollte ihn Madec wenigstens von fern sehen, erschien es ihm doch fraglich, ob sie noch lange beisammen sein würden. Mit großen Schritten durchmaß er die Galerien seines Palastes und schlug quer durch die Gärten den Weg zu den Stallungen ein. Hier fand er Corentin, ordnungsgemäß angekettet, in der Hofmitte vor. Er trompetete nicht mehr, sondern schlenkerte leise, wie traumverloren, den Rüssel hin und her, während seine langen Stoßzähne in der Morgensonne glänzten. Ganz wie Arjun prophezeit hatte, war er zu einem Prachtexemplar herangewachsen: Seine ungewöhnliche Größe verband sich mit einer breiten, stark vorgewölbten Brust, einem schweren Rüssel, einem langen, nicht ganz bis zum Boden reichenden Schwanz, massiven Beinen, einer unverändert hellen Haut und vor allem kleinen rosigen und weißen Flecken auf Gesicht und Ohren, die ihm, dem mittlerweile Kampferprobten, noch immer eine phantasievolle Note verliehen. Dabei führte er in der Schlacht sechzig Elefanten an, Bastarde, Tiere niedriger Kaste und die anderen königlichen Dickhäuter, die Madec dank seines wachsenden Vermögens erworben oder bei der

Jagd eingefangen hatte. Corentin genoß eine in jeder Hinsicht fürstliche Behandlung, er erhielt zartes Bananenmark, goldgelbe Weizenfladen, Zuckerrohr und nach Jasmin duftendes parfümiertes Wasser. Im Kampf allerdings mußte er sich mit einfacherer Kost begnügen, was seine Tapferkeit jedoch nicht schmälerte: Stets griff er ohne Scheu vor Pfeilen und Kanonen in vorderster Linie an, während er sich im Umgang mit seinem Herrn gelehrig und seinen Kampfgenossen gegenüber sanftmütig zeigte. Ein wahres Juwel, betonte Arjun ohne Unterlaß, »ein Schmuckstück, Madecji, ein Geschenk der Götter«!

Ein Geschenk der Götter, wiederholte Madec an diesem Wintermorgen bei sich, während er Corentin betrachtete, ein Juwel, wie mein Diamant aus Godh. Doch in einen Schiffsbauch geht es nicht, dieses Schmuckstück. Und ihn mit der Karawane heimzuholen – diese Feuerprobe würde sein schöner Corentin niemals bestehen.

Schiffe und Karawanen, Karawanen und Schiffe. Der Gedanke ließ Madec seit Monaten nicht mehr los. Sechs Jahre war er erst verheiratet, doch sein Durst nach Ruhm schien gestillt. Er lebte im Überfluß, trug nur noch kostbare Brokatgewänder und Seidenturbane, schmückte sich von oben bis unten mit Diamanten und schritt, die Finger mit protzigen Ringen beschwert, hocherhobenen Hauptes unter seinem Kopfputz einher. Nachdem er die Rohillas verraten und sich den Jats verdingt hatte, residierte er in Bharatpur zwischen Agra und Dig in einem weitläufigen Palast, den er sich hatte bauen lassen. Zwei weitere Wohnsitze in der Umgebung, Ländereien ohne Zahl, ungeheure Goldrücklagen und Wechsel bei der Weltbank, dazu Diener, wohin er nur blickte, und ein riesiges, straff geführtes Privatheer vervollständigten seine Habe, kurzum, Madec besaß, was das Herz begehrte.

Doch während der ersten Monate bei den Jats hatte langsam ein Gefühl der Übersättigung von ihm Besitz ergriffen. Eine Weile hatte die Nähe Sombres und Sarasvatis seinen Ehrgeiz wachgehalten und seine Ruhmsucht angestachelt, doch nach und nach war die Hoffnung, in Indien Großes zu vollbringen, in ihm erloschen. Als ihn Sarasvatis Sendbote vor sechs Jahren zum Abfall von den Rohillas beredet hatte, hatte er noch an Widerstand gegen die Engländer unter einem wieder erstarkten Mogul geglaubt. Doch es war nicht dazu gekommen und von Sarasvati seitdem nichts mehr zu hören gewesen. Zwar überbrachte ihm Visage hin und wieder eine Aufforderung ihres Gatten zu einem Kriegszug, doch handelte es sich dabei stets um kurzfristige Zusammenschlüsse, die mehr der Plünderung als der Politik dienten. Nur das Abenteuer verband sie, während sie jede persönliche Begegnung mieden. Sombre spielte den Geheimnisvollen. Auf falbem Streitroß, schwarzgewandet, bis auf den weißen Harnisch, über den eine Kaskade schwarzer Perlen herabrieselte, tauchte er mitten im wildesten Getümmel auf dem Schlachtfeld auf, griff mit gezogenem Säbel blitzschnell und erbarmungslos an und zog sich sofort nach dem Gemetzel mit seinem wunderlichen Troß von vier Elefanten mit leeren Sänften in seinen Palast in Dig zurück. Sarasvati aber hüllte sich in Schweigen. Madec wagte nicht nach ihr zu fragen, und auch niemand anderer erwähnte je ihren Namen. Tausendmal hatte er sich die Volksweisheit vorgesagt: Indien ist langsam, langsam und träge, verräterisch und falsch wie die Kobra. Wart's ab, Madec, Sarasvati wird dir schon ein Zeichen geben, nur Geduld, die Stunde wird kommen, *deine* Stunde ... Bis ihm eines Tages aufging, daß er sich in leeren Hoffnungen wiegte. Fürstin Sarasvati, Königin des Windes, Gebieterin der Chimären, *Maya, Maya!* Sie hat mich betrogen wie immer, sie wollte mich in der Nähe haben, um sich meiner zu bedienen, wenn sich Gelegenheit dazu bote. Doch es bot sich keine Gelegenheit.

Von diesem Tag an versiegte Madecs Ehrgeiz. Die Leidenschaft, die ihn fünfzehn Jahre lang durch alle Gefahren Indiens gepeitscht hatte, wich einem nagenden Heimweh, seine Sinne schienen erschlafft, sein Verlangen erloschen. Alljährlich nach der Regenzeit zog er übers Land, trieb Steuern ein, unterwarf diesen oder jenen allzu frechen kleinen Radscha und plünderte das ausgeblutete Volk weiter aus. All das mehrte zwar mühelos seinen Reichtum, entbehrte aber jeglichen Glanzes. Er war in seinen eigenen Augen zur Mittelmäßigkeit herabgesunken, aber während er früher gegen sich selbst aufbegehrt hätte, ließ er sich jetzt gehen wie die jungen Mädchen in den *Zenanas,* die ihre Langeweile mit übersüßem Sorbet und honigtriefendem Gebäck zu übertönen suchen. Raub und Kriegsbeute interessierten ihn nicht mehr, und selbst die Frauen ließen ihn kalt. Alle Kinder, die ihm seine Gattin, die Begum, geboren hatte, waren gleich nach der Geburt gestorben, nur ein einziger, mittlerweile vierjähriger Junge war am Leben geblieben. Er hatte ihn Balthazar-René-Félix getauft – René, weil er sein Stammhalter war, Félix, damit er, wie Wendel meinte, in dieser und vor allem der anderen Welt aller Glückseligkeit teilhaftig würde, und Balthazar in Erinnerung an eine Legende, die man sich ehedem auf den Schiffen erzählt hatte: Unter den drei Weisen aus dem Morgenland sollte sich ein König namens Balthasar befunden haben, der aus Indien kam und dem Kind Weihrauch darbot. Hätte Madec die Winkel seines Herzens genauer erforscht, wäre ihm wohl aufgegangen, daß sich hinter der abwegigen Idee, seinen Sohn Balthazar zu nennen, die Absicht verbarg, in den Westen zu reisen, vielleicht sogar dorthin zurückzukehren.

Doch im Augenblick wußte er noch nicht recht, was er wollte. Nach wie vor schwängerte er regelmäßig die Begum, die ebenso regelmäßig ihre Kinder verlor. Mumtaz zeigte sich in diesem Punkt zwar glücklicher, gebar aber hartnäckig Mädchen. In der durchlässigen Abgeschiedenheit der *Zenana* begann man von einem sonderbaren Fluch zu munkeln und erzählte sich Geschichten von übelgesonnenen Dämonen, doch Madec rührte das wenig. Sein Wunsch nach Vaterschaft hatte sich erfüllt, nun galt es Balthazar nur noch zu umhegen. Für die drei Töchter, hellhäutige Mädchen mit fast grünen Augen, hinterlegte er bei den Weltbankiers eine fürstliche Mitgift aus Diamanten und Gold sowie Berge von Seide für Saris nach indischem Brauch. Gewaltsam schob er alles von sich, was an Indiens finstere Seite erinnerte, und beschränkte sich auf das, was dem Westen auffiel: den Glanz. Doch eines Tages packte ihn das Heimweh, und er verspürte den Wunsch, den Weg in umgekehrter Richtung zurückzugehen. Aber der Weg mußte kurz sein, Schiffe und Postkutschen brauchten so lang ... Zwei Jahre zuvor hatte ihm der Zufall drei bretonische Offiziere zugeführt, und ihre Namen, Drénec, Kerscao und Clémencin, hatten bewußt verdrängte Erinnerungen in ihm aufsteigen lassen, an Dieu zum Beispiel, der Sombre als erster Kanonier dienen sollte, oder an Martin-Lion, der auf den Hochebenen des Nordens nicht genug Land erwerben konnte. Während sich Madec an die Heldentaten im Dekkhan nur noch verschwommen erinnerte, bereitete es ihm keinerlei Mühe, sich mit seinen Landsleuten in der alten Muttersprache zu unterhalten. Von ihnen erfuhr er, daß Pondicherry wiederaufgebaut war und daß das französische Kontor, da der Krieg gegen die Engländer im Süden erneut aufgeflammt war, wie in seiner Glanzzeit truppenweise ehrgeizige oder mittellose Soldaten anheuerte.

Da wäre Madecs Ehrgeiz beinahe wieder erwacht, und er berauschte sich sogar an der verführerischen Idee, im unermeßlichen Völkermosaik Indiens eine bretonische Gemeinschaft zu gründen, zumal die meisten seiner Leute von der fernen Halbinsel stammten. Irgend etwas jedoch hielt ihn zurück, ein unbestimmtes Gefühl, eine wunderliche Eingebung – die von seiner Vergangenheit in Godh genährte Idee, daß Indien den weißen Mann, von den Kontoren abgesehen, nur als einzelnen aufnahm, da es ihn nur so ungefährdet in seinen Riesenmagen hinabschlingen konnte, daß es einen größeren, besser organisierten Zusammenschluß von Leuten aus dem Westen als den der *Frantcis* von Agra als ungesundes Pfropfreis erbarmungslos abstoßen würde: Denn im Weißen wohnte zu wenig Liebe und zu wenig Haß, er war engstirnig und kleinlich, kannte keine gesunde Leidenschaft und huldigte einer Tollheit, die Indiens Tollheit widersprach.

Zunächst wandte sich Madec nach Goa. Ein französisches Kontor wagte er nicht aufzusuchen, aus Angst, man könnte ihm die Rechnung für die Desertion aus der Marine und die Verpflichtung unter englischer Flagge präsentieren. Den Portugiesen gegenüber aber brachte er seinen Rückkehrwunsch nicht klar zum Ausdruck, plagte ihn doch bloß das vage Heimweh des Neureichen, der wissen will, ob seine Eltern noch leben, und ihnen das Alter erleichtern möchte. Als er sich einmal sogar ausmalte, welch prunkvollen Anblick sein Einzug mit Soldaten und Elefanten in Quimper bieten würde, wurde ihm bewußt, daß er nicht mehr wie ein Franzose oder Bretone, sondern ganz wie ein Inder dachte, und er fragte sich: Warum überhaupt heimkehren? Wegen Ruhm und Ehre? Gab's denn so etwas im Westen? In diesem kalten, grauen, nebligen Land ohne Elefanten? Und vor allem, welchen Rang würde er dort einnehmen? Wäre er nicht wieder ein halber Bettler, während ihm hier alle Möglichkeiten offenstanden? Doch Madec konnte seinen früheren Träumen neuerdings nichts mehr abgewinnen. Vor knapp vier Monaten hatte er einem gewissen Monsieur de Modave, einem arroganten alternden Beau, der sich bei ihm nach den Möglichkeiten, »sich in Indien einen Weg zu bahnen«, erkundigte, mit Genuß ein düsteres Bild vom Niedergang des Mogulreiches gemalt: »Der Kaiser, Monsieur de Modave, ist derzeit ein kläglich herumirrender Flüchtling und wird es wohl auch künftig bleiben. Das Mogulreich kommt zur Stunde einem Leichnam gleich, dessen Seele wie ein kraftloser Schatten weder Ansehen noch Einfluß genießt.« Doch zu seinem maßlosen Verdruß hatte der andere, der ihm ohnedies gründlich mißfiel, mit kurzem Auflachen entgegnet: »Könnte es nicht vielleicht sein, Monsieur Madec, daß Ihr ihm die Größe aus Ärger absprecht, weil er Euch keine Beachtung schenkte? Ich komme eben aus Frankreich und kann Euch versichern, daß die Minister in Versailles, die mir stets ein geneigtes Ohr schenken, vom Mogul große Stücke halten ...«

Obwohl Madec innerlich vor Wut kochte, suchte er auf den leichten und dabei verächtlichen Ton einzugehen: »Dann begreife ich nicht, Monsieur de Modave, was Ihr auf den Straßen Indiens, geschweige denn bei einem Bettler meines Schlages sucht. Ich kann Euch nur raten, Euch schnellstens eine Gefolgschaft zuzulegen und Euch dem Mogul anzutragen, der zweifellos schon längst auf Eure Dienste wartet!« – »Ihr, ein Bettler, Monsieur Madec? Man sagt Euch Millionen nach.« – »Und Ihr glaubt wohl, Monsieur de Modave, daß man ein solches Vermögen für ein Hirngespinst aufs Spiel setzt?« – womit die unerquickliche Unterredung beendet war.

Um dieselbe Zeit erhielt Madec den ersten Brief aus Chandernagore, in dem ihm der Ortskommandant, ein gewisser Chevalier, den Vorschlag unterbreitete, sich an die Spitze »beachtlicher Streitkräfte« zu setzen, um das Wohlgefallen eines französischen Ministers zu wecken. Sein Name wurde zwar nicht genannt, doch sollte Madecs Ruhm angeblich bis an sein Ohr gedrungen sein und ihn höchlich beeindruckt haben. Er, in Frankreich bekannt? Madec konnte sich vor Staunen kaum fassen, doch der Schluß des kurzen Schreibens brachte ihn wieder auf den Boden der Wirklichkeit zurück. Mit dem Vermerk, daß »Reichtum in Indien keinen Bestand hat«, schlug ihm der Kommandant von Chandernagore vor, sein Vermögen über die Weltbank in Form von Wechseln nach Frankreich zu transferieren. Chevalier mußte ziemlich ungeschickt sein oder ihn für einen kompletten Trottel halten, um ihm im Verlauf von knapp zehn Zeilen zwei so widersprüchliche Vorschläge zu machen. Entweder, sagte sich Madec, hebe ich auf eigene Kosten für Frankreich Truppen aus und bleibe in Indien oder ich schaffe mein Vermögen nach Europa und kehre zurück. Beides zusammen geht nicht. Er las den Brief noch einmal durch, warf ihn in eine Kassette und entgegnete ziemlich steif: »Ich sehe nicht, Monsieur, wie ich meinem Vaterland in einem so weit entfernten Lande dienen könnte. Mein derzeitiges Vermögen läßt keine Wünsche offen, doch trage ich mich mit der Absicht, die Früchte meiner Arbeit in Europa in Frieden zu genießen. Ich bitte Euch daher, den Einfluß, den Euch Eure hervorragende Stellung in Chandernagore verleiht, zu meinen Gunsten einzusetzen und mir die für meine Rückkehr nach Frankreich erforderlichen Papiere zukommen zu lassen.«

Das Schreiben bereitete ihm im Grunde wenig Spaß. Trotz gelegentlichen Überdrusses liebte er damals noch ausschließlich den Krieg und vor allem die Begutachtung der Beute und die Verhandlungen mit den Erben der unglücklichen Brüder Djagarset, mit denen Sombre gewinnbringende Geschäfte tätigte, ohne daß sie ihm den Mord an Vater und Onkel im geringsten nachzutragen schienen. Doch obwohl weder Krieg noch Geschäftsgang einen Anlaß dazu bot, wurden ihre Mienen von Jahr zu Jahr verschlossener, als triebe sie ständig eine geheime Angst um. Auf Madecs Frage nach dem Grund ihrer Befürchtungen stimmten sie das übliche Lamento über die schlechten Zeiten und den unbefriedigenden Geschäftsgang an, das Madec nicht rührte, da er es von allen reichen Indern kannte und wußte, daß nur die wirklich vom Unglück Geschlagenen, die Armen, schwiegen. So bemerkte er nicht ohne Spitze:

»Ihr Inder treibt euch doch selber ins Verderben. Dabei brauchten sich die Völker Indiens nur gegen die Rotröcke, die *Firangis,* zu vereinen, und eure Zukunft wäre gesichert!«

»Die Völker Indiens . . . sich vereinen?« fragten die Djagarsets mit verständnisloser Miene. Sie wollten diese Sprache eindeutig nicht verstehen.

»Gewiß«, entgegnete Madec. »Unter dem Mogul.«

»Der Mogul richtet sich selbst zugrunde. Außerdem ist er ein Muselman!«

»Arbeitet ihr denn nicht auch mit dem Geld der Muselmanen? Habt ihr sie nicht jahrhundertelang geduldet? Und haben nicht die Rotröcke dem Mogul die Rückkehr nach Delhi gestattet?«

»Auch er hat gesündigt, und die Väter seiner Väter! Ein Strafgericht wird über uns alle hereinbrechen. Dharma! Dharma! Kali allein kann uns retten.«

»Kali!« schnaubte Madec über der Durchsicht seiner Wechsel. »Kali! Ammengeschwätz! Und ihr als Bankiers glaubt diesen Unsinn!«

»Ja, Kali«, beharrte der ältere Djagarset. »Kali, die Erneuerin. Wie die verrinnende Zeit, die zerstört und wiedererstehen läßt, gilt es Kali zu lieben.«

»Obwohl sie nicht schön ist?«

»Trotzdem, *Firangi!*«

Sie hatten wie aus einem Mund geantwortet, ihm statt des üblichen ehrerbietigen *Madecji* dieses *Firangi* an den Kopf geworfen, das ihn wie eine Beleidigung traf.

Er empfahl sich auf der Stelle. Kali! Diese Inder waren gemeingefährliche Irre. Der Wahnsinn ging in diesem Land um wie eine ansteckende Krankheit, das hatte er schon bei Sarasvati erlebt. Was Madec einst an Indien bewundert hatte, erregte nun seinen Haß. Sein Verlangen, in den Westen zurückzukehren, verstärkte sich, und in so mancher mondlosen Nacht war ihm das Herz schwer wie in den Tagen der Kindheit. Als ihn der Radscha der Jats zum *Panchazary* ernannte und ihm eine eigene Militärkapelle aus vierzehn berittenen Trompetern und Paukenschlägern auf Elefanten bewilligte, schien sich das neue Übel ein paar Wochen lang wieder zu legen. Welch herrlicher Einzug in Quimper ... Aber Corentin? All seine Träume endeten stets bei seinem Elefanten, den er unbewußt als Vorwand benutzte, als Grund zum Bleiben vorschützte. Nicht für zehn, ja hundert *Mumtaze* hätte er ihn hergegeben! Sein Hirn war umwölkt, ausgetrocknet wie die Erde vor dem Monsun. Schicksalsergeben stellte er alles dem Dharma anheim. Vielleicht kommt mein Brief bei Chevalier nicht an, vielleicht geht er verloren, vielleicht stirbt der Bote unterwegs, vielleicht packt ihn die Pest, vielleicht beißt ihn eine Kobra oder zerreißt ihn ein Tiger. O Ganesch, Ganesch, Gott der Straßen und des Abenteuers, der du mich immer beschützt hast ...

An dem besagten Morgen nun – Madec fühlte sich wieder einmal zwischen seinen widersprüchlichen Wünschen und Gebeten hin- und hergerissen – tauchte hinter den Turbanen der Sikhs, die den Garten bewachten, die vertraute Gestalt eines *Firangis* auf. Er trug Pergamente unter dem Arm, und Madec erkannte ihn auf Anhieb: Es war Visage, der direkt aus Agra kam. Und schlagartig wünschte sich Madec trotz aller Liebe zu Corentin das Gegenteil dessen, was er von Ganesch erbeten hatte – nämlich einen Paß für Frankreich, den ihm Visage ohne allen Zweifel überbrachte.

»Laßt uns allein!« befahl Madec den Wachen, setzte aber, als sich die turbangeschmückten Sikhs gemessenen Schrittes entfernten, hinzu:

»Haltet euch in der Nähe. Überwacht den Garten.«

Seit Bhawanis Ermordung wußte Madec, daß der Tod den Mächtigen oft an den unerwartetsten Orten auflauert, besonders in den Gärten.

Visage blickte spöttisch drein:

»Du hast doch keine Angst, Madec?«

»Nicht ich, Indien. Und du weißt ja, wenn es Angst hat, wird es blutgierig.«

Visage nickte. »Ich soll dir einen Brief überbringen.«

»Ich weiß.«

Sie standen einander an einem Wasserbecken gegenüber. Als in einem der überdachten Gänge Dienerinnen auftauchten, rief Madec ihnen zu, Kissen und etwas zum Essen zu bringen, und schlug Visage vor:

»Setzen wir uns an den *Chandar.«*

Visage folgte ihm, und in schweigendem Einverständnis warteten sie auf die Rückkehr der Frauen. Die Regel, nicht zu sprechen, bevor man sich endgültig niedergelassen hat, war ihnen von allen indischen Gepflogenheiten am schwersten gefallen, und oft befremdeten sie ihre einheimischen Partner durch ihr vorschnelles, unverblümtes Wesen. Heute jedoch standen schwerwiegende Entscheidungen an, und so schoben sie, wie die Inder, den Augenblick der Unterredung hinaus.

Die Dienerinnen breiteten Teppiche und Polster aus und boten Wasserpfeifen an.

»Und wo bleibt der Betel?« fragte Madec.

»Verzeiht, Herr«, murmelte eine der Frauen.

Mit ruhigen Gesten bedienten sie sich. Gut eine Viertelstunde verstrich, und noch immer zögerten sie den Augenblick der Unterredung hinaus, als hätte ein einziges Wort alles wegzaubern können: Madecs Palast aus pastellfarbigem Marmor, den Mogulgarten mit seinen Kaskaden und Kanälen und hinter den letzten Büschen die roten Mauern Bahratpurs. Aus ständiger Kriegspraxis oder aus Ordnungsstreben hatte Madec auf den üblichen Pomp verzichtet, doch wenn sich in die Mauern seines Palastes auch weder kleine Spiegel noch Halbedelsteine eingelegt fanden, glaubte man sich dennoch in eine Traumszenerie, eine Märchenlandschaft versetzt.

Nachdem die Dienerin den Betel gebracht und Madec noch einen Augenblick seine Gärten betrachtet und die Hand zärtlich über den Marmor des *Chandars* hatte gleiten lassen, brach er das verwunschene Schweigen.

»Demnach werde ich also zurückkehren.«

Sein kurzes Auflachen erschien Visage wie Selbstironie.

»Zurückkehren? Wohin?«

»Das weißt du doch!«

Sonderbarerweise glaubte Visage, er spreche von Godh.

»Aber die Stadt ist zerstört, Madec. Kein Mensch haust mehr dort. Wo einstens die Zitadelle stand, haben sie jetzt eine Kultstätte errichtet, einen Ruhmestempel zur Erinnerung an das Opfer der Frauen, wie in Chitor.«

Diesmal lachte Madec geradeheraus und wollte gar nicht mehr aufhören zu lachen: »Visage . . . Visage, Godh! Bist du verrückt? Godh hat nie existiert! *Maya!* Indien hat existiert, aber es ist tot! Ich kehre heim, Visage, heim!«

Visage begriff immer noch nicht, wollte nicht begreifen.

»Heim . . . heim«, wiederholte er unter Madecs anhaltendem Gelächter.

»Komm, machen wir einander nichts vor«, befand Madec und entwand ihm die Pergamente. »Die Würfel sind gefallen. Zeig mir die Pässe und versuch nicht, mich zurückzuhalten.«

»Die Pässe?«

»Ja, um die ich Chevalier gebeten habe. Das da ist doch Post aus Chandernagore, oder? Die du bei Wendel abgeholt hast?«

»Ja«, entgegnete Visage mit niedergeschlagener Miene.

Wie sollte er Madec auf das vorbereiten, was ihn erwartete? In Wahrheit war ihm das Schreiben in Sombres Palast in Dig direkt ausgehändigt worden, als hätte Chevalier Wendel in seinen Plan nicht einweihen wollen. Dieses Mißtrauen dem Jesuiten gegenüber ließ auf eine wichtige Angelegenheit schließen. Unter den Dokumenten befand sich auch ein an ihn, Visage, persönlich gerichteter Brief, in dem sich die Madec unterbreiteten Vorschläge erläutert fanden. Visage wußte also, was sein Kamerad, der ihn starr fixierte und das Siegel nicht aufzubrechen wagte, gleich lesen würde.

»Du bist auf dem Holzweg, Madec«, warf er schüchtern ein. »Aus deiner Rückkehr wird nichts.«

Madec zuckte mit keiner Wimper, hüllte sich leise lächelnd in Schweigen wie die Inder, wenn sie nicht antworten wollen. Und wäre nicht seine Hautfarbe gewesen, sein trotz Sonne zu blasses Gesicht mit den finnigen Wangen und den Krähenfüßen um die Augen, hätte man ihn in der Tat für einen Inder halten können, einen Nordinder natürlich, einen Mann aus Kaschmir oder Nepal. Mit seinen Schlitzaugen und seinen vorspringenden, durch das zunehmende Alter noch schärfer herausmodellierten Backenknochen glich er den Eroberern aus der Steppe, doch der Blick seiner blauen Augen war der gleiche geblieben, ein starrer, trauriger Blick, aus dem aller Glanz zu weichen begann und der Visage wider jegliche Vernunft sagte: »Ich will heim!«

Heim! Diese wasserhellen, schwermütigen Augen gehörten dem

Westen an und verlangten nach Westen, um ein wenig Frieden zu finden, ehe sie sich für immer schlossen. Visage kannte diesen Drang, der die Menschen nach den tollsten Abenteuern zu ihren Wurzeln zurücktrieb. Doch Madec mußte bleiben, sonst war auch seine eigene Rolle in Dig ausgespielt. Leidenschaftlich stieß er hervor: »Lies den Brief, Madec, dann wirst du selber sehen, daß du nicht einfach davonlaufen kannst. Nicht kannst!«

Er hatte es fast hinausgeschrien. Beunruhigt streckten die Wachen den Kopf über die Büsche. Madec richtete sich in den Kissen auf, zupfte den Kaschmirschal, den er sich umgelegt hatte, zurecht und bemerkte, auf den Himmel deutend:

»Wie kühl es hier doch sein kann ... Aber wir haben ja auch noch Winter. Gehen wir hinein!«

Sie ließen sich im *Durbar* nieder, wo Madec sonst, wie ein Fürst auf einem niedrigen Thron inmitten eines Meers von Polstern und Teppichen unter blaugoldener Decke, dem einzigen Luxus in diesem Palast, Radschas, Gesandte und Kaufleute empfing, Nachtwachen und Siegesfeiern abhielt. Wie viele Säbelverkäufer, Kanonengießer, Spitzel, Verräter, Söldner, zahlungsunfähige Landadlige mochten hier seit fünf Jahren ein und aus gegangen sein?

Madec reichte Visage ein Kissen, hockte sich ihm gegenüber nieder, kaute langsam frischen Betel, den die Dienerinnen zusammen mit den Wasserpfeifen brachten, und erbrach schließlich mit einer blitzschnellen Bewegung wie in plötzlichem Entschluß die Siegel.

Das Schreiben enthielt viele lang vergessene Wörter wie *Vaterland, Liebe zum König, Achtung, Ehre, Nation:* Vor allem der letzte Begriff kam so oft vor, daß Madec zunächst nicht begriff, daß es sich um Frankreich handelte, das in seiner Jugend nie so benannt worden war. Chevaliers Wortwahl befremdete ihn, doch war Französisch für ihn stets eine künstliche Sprache gewesen. Als Schriftsprache war sie ihm weitgehend fremd, und fremd waren ihm erst recht so abstrakte Begriffe wie »unantastbare Rechte«, »Ambitionen«, »ewigwährendes Gedächtnis«, obgleich das Hindi, das er vollendet beherrschte, in manchem noch abstrakter war.

Zu stolz, um Visage zu befragen, ehe er den Inhalt richtig begriffen hatte, las er das Sendschreiben viermal durch.

Der letzte Vorschlag, Frankreich Geld zum Wiederaufbau der Wälle Pondicherrys zu leihen, roch nach Gaunerei. Madec sah die Wurzeln für Chevaliers – und in seinem Kielwasser Frankreichs – plötzliches Interesse an ihm, dem in Indien zu Reichtum gelangten ehemaligen Sergeanten und Deserteur, diese leidenschaftliche Anteilnahme an seinem Los, in seinem bekanntermaßen stattlichen Vermögen.

Zwei Stellen jedoch erweckten sein Interesse, eine, die ihn etwas hochtrabend als »unser Befreier und neuer Moses« apostrophierte, wobei ihm der Vergleich mit Moses ebenso gefiel wie das Wort Befreier, und eine andere, deren Sinn er nicht ganz begriff.

In einer jähen Demutsanwandlung fragte er Visage, der ungeduldig an seiner Wasserpfeife zog:

»*Revolution,* Visage ... Was ist das?«

»Schwer zu erklären ... Vor allem, wenn man, wie ich, schon lange kein Buch mehr gelesen hat. Man versteht darunter eine Umwälzung, zum Beispiel einen Umsturz, durch den ein Volk plötzlich seine Verfassung ändert.« Madec las Chevaliers Satz laut vor: »Ihr bei Eurer Stellung könnt Eure Nation durch eine Revolution aus dem Zustande der Erschlaffung reißen, in die sie sich durch eine Verkettung unseliger Umstände, deren Ursachen Ihr kennt, heute in Indien gestürzt sieht ...« Die Absicht lag auf der Hand: Er soll hinter dem Mogul für Frankreich, sein Vaterland, gegen die Engländer Krieg führen. Und woher sollte das Geld kommen? Natürlich von ihm. Die Klugheit gebot also, auf diesen Chevalier nicht zu hören. Doch ein letztes, mehrfach wiederholtes Wort erregte Madec – das Wort Ehre.

Ehre. Ehre und Geld gehörten in Indien zusammen. Kein Fürst, der sich nicht zu den niedrigsten Gemeinheiten hergab, um neue Schätze zu erwerben. Doch hier war eine andere Ehre gemeint – die Verteidigung der erhabenen Idee, die man von sich selber hegte.

Madec überlegte lang. Irgend etwas in ihm geriet in leise Schwingung, ein Teil seiner selbst, der nicht übersättigt war, ein plötzlich erwachter Rest von Unzufriedenheit.

Am Ende der zweiten Seite – nein, es war kein Traum, er hatte es deutlich gelesen – sprach Chevalier von einem jungen Franzosen, der gleichfalls als Habenichts nach Indien gekommen war: »Er erhielt nahezu stehenden Fußes ein Hauptmannspatent und den St.-Ludwigs-Orden.« Eine verrückte, wahrhaft kindische Idee schoß Madec durch den Kopf:

»Ich will auch den St.-Ludwigs-Orden. Und Hauptmann – nein, Oberst werden!«

Man wollte Geld von ihm, schön und gut. Alles hatte seinen Preis, und er würde zu neuem, noch größerem Reichtum kommen, wenn er seine Truppen hinter denen des Moguls einreihte. Endlich der Mogul! Und Frankreich! Und ihn, ihn hatten sie ausersehen: »... Ihr seid tapfer und taugt zum Heerführer; die Fürsten Hindustans reißen sich um Eure Dienste. All diese Umstände bieten Euch die einzigartige Gelegenheit, Euch für immer unsterblich zu machen und Euren Namen in den Annalen Eures Vaterlandes zu verewigen ... Bei Eurem Alter und Euren Lebensumständen sollte Euch dieser Plan schmeicheln und Euren Ehrgeiz wecken.«

Das Schlüsselwort war gefallen.

»Klingt ganz überzeugend«, meinte Madec nach Beendigung seiner Lektüre zu Visage. »Trotzdem will ich mir das in Ruhe überlegen.«

Nachdem sich Visage hochbefriedigt empfohlen hatte, trommelte Madec sofort seine Bankiers zusammen, um sich über seinen genauen Besitzstand an Gold, Edelsteinen und Wechseln ins Bild zu setzen. Außerdem verlangte er eine Schätzung seiner Liegenschaften, was einige Wochen beanspruchte und seine Entscheidung noch etwas aufschob. Er antwortete Chevalier gegen Anfang Mai und erbat zusätzliche Auskünfte, die er, wie er schrieb, zur endgültigen Beschlußfassung benötigte.

Wie alljährlich erfüllte der Monsun seine Seele mit Schwermut. Durch die farbigen Glasfenster seines Palastes schweifte sein Blick ziellos wie ein nach dem Sturm auf See treibender Kahn in die Ferne, schwer von gestaltlosen Träumen und fremdartigen Sehnsüchten. Er konnte keine Ruhe finden, wünschte die Entscheidung herbei und hoffte in seiner Unentschlossenheit, umwälzende Ereignisse wie damals in Godh oder ein Aufruhr der Elemente möchten ihm, einem Deus ex machina am stürmischen Himmel gleich, den rechten Weg weisen.

Unter diesen Umständen war die Ankunft von Saint-Frais ein großes Ereignis, eines auffallend schönen, nicht mehr ganz jungen Mannes, der eines Abends, von oben bis unten dreckbespritzt und regentriefend, an Madecs Tür klopfte. Ein unverhohlener Anflug von Verderbtheit in seinen Zügen mißfiel Madec, der sogleich die Überzeugung faßte, der andere reise unter falschem Namen. Doch er hatte dem Monsun getrotzt, und die Gebote der Gastfreundschaft mußten schon den Indern gegenüber gewahrt werden. Außerdem war er Franzose und sollte ihm vielleicht eine Botschaft überbringen.

Sowie sich der Fremde etwas erholt hatte, ließ Madec ihn kommen und fragte ihn, ob er nicht zufällig einen Brief für ihn habe. Saint-Frais schien sehr überrascht, vielleicht etwas zu überrascht. Er bezeichnete sich selbst als herumvagabundierenden Abenteurer, der nur aus Liebe zu Land und Leuten in Indien weilte, dessen Sitten und Gebräuche ihm geläufig waren und dessen Sprachen er ausnahmslos beherrschte. Madec gewann den Eindruck, Saint-Frais kenne Chevalier, wagte aber in seiner Unentschlossenheit und aus Angst vor Klatsch nicht weiter nachzufragen.

Die glühende Begeisterung seines Gastes für die Sache des Moguls deutete Madec als Zeichen anhaltender Jugendlichkeit. Saint-Frais war zweifelsohne gut und gern so alt wie er selbst, schien aber bei weitem nicht so verbraucht. In flammenden Worten verkündete er, den Kaiser von den englischen Wüterichen befreien und Indien der Barbarei der Männer aus London entreißen zu wollen. Madec billigte seine Ansichten, gab aber zu bedenken, daß viele Fürsten am Mogulhof nur goldhungrige und blutdurstige Satrapen seien. Der andere hörte sich seine Ausführungen sehr aufmerksam an und gab ihm recht, meinte aber schließlich:

»Dennoch gibt es in Indien wie in Frankreich freie Männer, die die wahre Freiheit verkörpern, die Freiheit, für die Gerechtigkeit zu kämpfen. Nur freie Menschen steigen zu wirklichem Adel auf.«

In der folgenden Unterhaltung über Verdienst und Würde äußerte Madec eine Überzeugung, die er seit Jahren hegte:

»Die Geburt hat nichts zu besagen, verzeiht, Monsieur de Saint-Frais, aber wir sind hier in Indien, wo ich Fürst bin, während ich in Quimper nur ein armer Tropf war.«

»Ihr sprecht mir aus dem Herzen, Monsieur Madec. Übrigens war ich unlängst in Frankreich, wo sich bedeutsame Änderungen anbahnen, ungewöhnliche Revolutionen, glaubt mir.«

Da war es wieder, das neue Wort. »Was für *Revolutionen?«* wollte Madec wissen.

»Kennt Ihr die Sitten und Gebräuche der Sikhs, Monsieur Madec?«

»Aber sicher. Ich habe sie mehrfach besiegt und beschäftige eine ganze Anzahl von ihnen in meiner Truppe.«

»So wißt Ihr zweifelsohne auch«, fuhr Saint-Frais fort, »daß dieses Volk dem Götzendienst abgeschworen hat? Und daß es einmal jährlich eine Nationalversammlung abhält und die Trennung der Menschen in Kasten ablehnt?«

Madec, dem der Vergleich zwischen Indien und Europa nicht

recht behagen wollte, fiel ihm ins Wort: »Sachte, sachte, Monsieur de Saint-Frais! Die Sikhs sind und bleiben Inder!«

»Gleichwohl sagt ihr Guru Nanak: ›Es gibt weder Hindus noch Muselmanen, es gibt nur einen Gott, die Höchste Wahrheit‹.«

»Seid Ihr aber ein gelehrter Mann!«

»Lacht mich nicht aus. Die gleichen Gedanken, Monsieur Madec, bewegen gegenwärtig ganz Frankreich.«

Madec schien plötzlich wütend:

»Wer bringt sie vor?«

»Diejenigen, die wie Ihr Verdienst und Würde besitzen, ohne von hoher Geburt zu sein. Diejenigen, die wie Ihr behaupten, Geburt ohne Tugend sei nichts wert.«

»Und was sagt der König dazu, Monsieur de Saint-Frais?«

»Er wird es wohl einsehen müssen.«

Madec überlegte einen Moment:

»Warum erzählt Ihr mir eigentlich von diesen Umwälzungen, Ihr, ein Mann von Stand? Solltet Ihr nicht besser darüber schweigen?«

»Wo es um die Interessen unserer Nation und ihre Größe in Indien geht, weiß jede wahrhaft adlige Seele ihre niedrigen Regungen zu bezähmen!«

Diese Worte gefielen Madec, konnten aber sein Mißtrauen nicht ausräumen. Er musterte Saint-Frais mit durchdringendem Blick, dem dieser standhielt, und bereute es wunderlicherweise bereits, ihm eine seiner persönlichsten Überzeugungen anvertraut zu haben. Sie waren, wie man in Frankreich zu sagen pflegte, nicht vom gleichen Rang, und all diese Gleichheitsbeteuerungen klangen viel zu schön, um wahr zu sein. Aber schließlich wollte der Mann nichts weiter als Gastfreundschaft, bis sich der Regen gelegt hatte. Er schien nicht gerade in Gold zu schwimmen – außer seinem Pferd führte er nur zwei Kamele und fünf Wachen mit –, wirkte aber so leicht und unbeschwert, als könnte er sich, wie die Erscheinungen der indischen Zauberer und Taschenspieler, im nächsten Augenblick in Luft auflösen.

Woher er kam, wohin er ging, deutete er kaum an, und Madec drang auch nicht weiter in ihn. Im übrigen blieb er nur fünf Tage, trommelte bei der ersten Aufheiterung sein bescheidenes Gefolge zusammen und empfahl sich.

»Ihr wollt schon aufbrechen?« fragte Madec mit gespieltem Erstaunen.

»Ja«, nickte Saint-Frais geistesabwesend.

»Habt Ihr denn keine Angst vor dem Hochwasser, den Schlangen, die jetzt auf allen Wegen herumkriechen, den morastigen Straßen?«

»Dazu fehlt mir die Zeit. Es geht um Indien und um den Mogul. Ich werde ihm meine persönlichen Dienste antragen. Meine Überzeugung treibt mich dazu. Aber Ihr seid unserem Frankreich viel zu fern gerückt, um diese neuen Ideen zu begreifen. Gehabt Euch wohl, Monsieur Madec, und nochmals Dank.«

Er zog eine Schnupftabaksdose aus der Tasche, überreichte sie Madec und schied mit einem letzten Gruß. Schon im nächsten Augenblick war er hoch zu Roß in den Straßen Bharatpurs verschwunden. Unmittelbar darauf setzte der Regen wieder ein. Er hätte noch bleiben sollen, dachte Madec, und war doch froh, seine Meditationen im stillen Kämmerlein wiederaufnehmen zu können.

Einen Augenblick lang besah er die Tabatiere, die Saint-Frais ihm geschenkt hatte. Sie mutete ihn ein wenig altmodisch an. Unter dem Bildnis einer sehr schönen braunhäutigen Frau von etwa vierzig Jahren, die mit ihrem wehmütigen Lächeln aus einer anderen Welt zu kommen schien, stand der Vorname *Jeanne,* das Datum 2. April 1759 und schließlich der Name Saint-Lubin mit einer Widmung, die Madec lächerlich vorkam: »Meinem kleinen Cupido«. Saint-Lubin – auch dieser Name war ihm nicht fremd. Er überlegte, doch sein Gedächtnis versagte. Gleich beim Eintreten hatte er dem Mann angemerkt, daß er log, zumindest seinen wahren Namen verheimlichte. Aber mußte deshalb alles, was er sagte, Lüge sein? Er mochte Gründe haben, seine Identität nicht preiszugeben. Welcher Leichtsinn, ihm diese Schnupftabaksdose zu schenken! Saint-Lubin, Pondicherry – Madec betrachtete das Bildnis der Frau, fühlte etwas Bekanntes, längst Vergessenes anklingen, das jedoch im nächsten Moment schon wieder verflogen war.

Mit einem Seufzer mußte er denken, wie ferngerückt ihm diese ganze Welt mit ihren gepuderten, perückengezierten Damen war. Wollte er wirklich dorthin zurückkehren oder jagte er nur seiner Jugend nach, jener Zeit, in der sich die Frauen Pondicherrys so gekleidet und frisiert hatten, all diese bildhübschen Damen, an die er sich nicht herangewagt hatte, da sie ihm unnahbar schienen wie Feen, Feen tropischer Bälle? Ob sie noch lebten? Und immer noch tanzten? Und die gleichen pastellfarbigen Bänder trugen wie die Frau auf der Tabatiere und diese tiefen Dekolletés? Was war aus ihnen geworden in jener fernen Welt im Wandel, von der ihm Saint-Frais erzählt hatte?

Noch lange dachte er über diesen sonderbaren Besuch nach. Einige Wochen später, als die Hauptmonsunzeit vorüber war, trafen zwei Briefe aus Chandernagore vom 24. Juni und vom 16. August 1772 ein. Die Schreiben waren noch länger und dringlicher als die voraufgegangenen und stellten ihm ausdrücklich ein Hauptmannspatent und den St.-Ludwigs-Orden in Aussicht. Doch nicht dieses unverhohlene Angebot bestimmte Madecs Entschluß, sondern ein Satz, der sich für den Rest seiner Tage unauslöschlich in sein Gedächtnis eingrub, da er ganz und gar mit seinem ureigensten Denken übereinstimmte:

»... Wer ehrgeizige Pläne hegt, ist auf Adel der Abstammung nicht angewiesen.«

So hatten im Verlauf eines einzigen Monats zwei grundverschiedene, aber gleichermaßen hochwohlgeborene Männer seinen Weg gekreuzt – Chevalier, der Kommandant von Chandernagore, und der Abenteurer Saint-Frais, die ihm die gleichen Vorträge hielten, durch die er, Madec, der ehemalige Habenichts aus der Basse-Bretagne und Schiffsjunge der französischen Ostindienkompanie, zu sich selber zurückfand. Frankreich, das ihn einst gedemütigt, hatte sich also wirklich gewandelt, und diese »Revolution«, wie Chevalier sie genannt hatte, lohnte den Einsatz seines Vermögens.

Madec faßte den Entschluß, den Radscha der Jats zu verraten, die zweihunderttausend Rupien Sold, die dieser ihm schuldete, fahrenzulassen und mit Corentin, Gold, Edelsteinen, Perlen, Pferden, Elefanten, Weib, Kind, Dienerinnen und natürlich der schönen Mumtaz im Namen des Königs von Frankreich und der Nation in die Staaten des Moguls zu ziehen – um seiner Ehre willen.

24. Kapitel

Dig
Im gleichen Monat nachts und tags darauf

Noch am Abend seiner Verhandlungen mit Madec fand Visage eine Botschaft von Sombre vor, der durch seine Spione von den Briefen aus Chandernagore erfahren hatte und nach all den zahllosen Kurieren aus Frankreich in letzter Zeit nun endlich Genaueres über die schon lange erwartete Kursänderung der französischen Indienpolitik vermutete. Visage wunderte sich nicht über seine Rückberufung, ja, nahm sie sogar mit einer gewissen Erleichterung auf, da er nicht in den Verdacht geraten wollte, hinter dem Rücken seines Herrn Intrigen anzuzetteln. Außerdem hatte Chevalier in seinem Schreiben, genau wie über Madec, auch über »Monsieur Sombre« ausführliche Informationen erbeten und, in viele Floskeln eingehüllt, Andeutungen über Spenden aus dem unermeßlich scheinenden Vermögen des »Mondes von Indien« gemacht. Wie stets wartete Visage das Ende der Nacht ab, um sich zu seinem Herrn zu begeben – eine Gewohnheit, die er um nichts in der Welt geändert hätte. Zwar ahnte er so wenig wie irgendwer sonst, wie Sombre seine schlaflosen Nächte verbrachte, mit welch blutrünstigen Phantasien und im *tête à tête* mit welchen Phantomen; aber wie alle Welt im Palast der tausend Brunnen wußte auch er, daß man in die düstere Einsamkeit des alten Kriegers besser nicht vor den ersten Strahlen des Morgenlichts einbrach, wollte man nicht einen unbeschreiblichen Wutausbruch heraufbeschwören, eine Art Tobsuchtsanfall, der ihn auf Stunden hinaus ermattet und wie bewußtlos zurückließ, ehe seine Wildheit, seine angeborene Gewalttätigkeit gieriger und wilder hervorbrach denn je und ihn erneut in den Krieg trieb. Schon der Hinweis eines Kaufmanns auf ein durch einen schlechten Monsun ausgehungerten und geschwächtes Land genügte, damit er weite Ebenen durchquerte, um mit Vergewaltigungen, Folterungen, Hinrichtungen über dieses Land herzufallen, bis die Belagerten ihre Schätze preisgaben. Dann kehrte er, etwas mißmutig über die allzu schnelle Stillung seines Gold- und Blutdurstes, unterwegs noch Mensch und Vieh nach

Kräften quälend, zurück und breitete vor Sarasvatis begeisterten Augen eine wunderlich zusammengewürfelte Beute aus: vergewaltigte Frauen, Elefanten, Tiger, Edelsteine, Kupfergefäße, Kanonen, Säbel, Gefangene, daß man nicht hätte sagen können, ob er von der Jagd oder aus der Schlacht kam.

Die Operationen, die er zusammen mit Madec unternahm, waren dagegen stets durchdacht und gut aufeinander abgestimmt, gerade als hätte Sombre ein gespaltenes Verhältnis zur Gewalt gehabt. Ganz unbestreitbar waren Plünderung und Frauenraub bei ihm ein Trieb wie Essen und Trinken, der mit zunehmendem Alter jedoch abnahm und sich in immer längeren Abständen meldete; so etwas wie ein verrauchender Zorn, der sich gegen seine Umgebung oder vielleicht sogar gegen ihn selbst und seine beginnende Impotenz richtete. Demgegenüber aber stand ein ausgesprochen politischer Instinkt, ein kluges, bedachtes Abwägen und Taktieren. So arrangierte er sich mit Madec – für ihn doch immerhin eine gewisse Konkurrenz – allein aus Gründen der Vernunft. Beide Männer achteten peinlich darauf, sich durch ihre Raubzüge nicht in die Haare zu geraten, vereinten dagegen, als wäre es das Selbstverständlichste von der Welt, ihre Kräfte gern, um einen gemeinsamen Feind aus dem Feld zu schlagen, ein allzu ungestümes, wildes Volk oder einen Eindringling, getrieben vom selben Ehrgeiz, der sie selbst beseelte, nämlich aus der Hinterlassenschaft des Mogulreichs die besten Stücke für sich herauszureißen. Einzig aus diesem Grund hatte Sombre Sarasvati vor sechs Jahren gewähren und Madec in die Nähe von Dig holen lassen. Er wollte keinen Rivalen im Norden, mächtig genug, ihm das alleinige Anrecht auf Raubzüge streitig zu machen. So ließ er ihm nach seiner Ankunft auch manchen Brocken vom Schmaus, obwohl ihn seine Hegemonie teurer zu stehen kam als angenommen. Das erstaunte ihn zwar, veranlaßte ihn aber nicht, mit Madec zusammenzutreffen. Selbst bei wichtigen Schlachten verständigten sie sich nur durch Boten. Als einer von ihnen eines Tages mit der Neuigkeit kam, Madec rede nicht mehr von Indien, er habe aufgegeben, denke an Rückkehr, schwamm er in Glückseligkeit wie seit langem nicht mehr, denn er kannte den Mann gut genug, um zu wissen, daß der in der Kunst der Erforschung unerforschlicher Herzen erfahrene Inder Madecs innerste Gedanken las.

Bei der Ankündigung des ersten Kuriers aus Chandernagore hatte sich seine Miene jedoch wieder verdüstert, und das Ansinnen des zweiten war gewiß nicht dazu angetan, seine Stimmung zu heben.

Visage zitterte, als er durch den allmählich verfallenden, totenstillen, düsteren Palast schritt. Seit ein paar Jahren wurde das Geld für Verbesserungen gespart, die Brunnen gegen Morgen auf Sombres Geheiß abgestellt und die Ungewißheit der Dunkelheit durch die schwelenden Butterlampen der Wachen noch unterstrichen. Ab und an schreckte Visage hoch, wenn ihn die Flügel eines monströsen Insektes streiften oder ein Schwarm der in Trauben unter den Gesimsen hängenden Fledermäuse aufflog. In der schauerlichen Stille und Finsternis der Nacht glich das Gewirr der Gänge und Galerien dem Schlupfwinkel blutrünstiger Gottheiten, wie Visage sie aus den großen heiligen Büchern der Inder, seiner Lieblingslektüre, kannte, jener Dämonen, die, dem Chaos des Anfangs kaum entronnen, noch ganz klebrig und giftig danach gierten, die Knochen der Menschen zu zermalmen oder ihnen mit dem Monsun die Pest zu schicken.

Während er die vielen, von Sombre an jeder Wendung und Biegung der Gänge postierten Wachen passierte, fragte er sich, wie so oft schon, was Sombre eigentlich noch am Leben hielt. Seine armseligen Pülverchen waren es gewiß nicht. Am Tag nach der offensichtlich nicht vollzogenen Hochzeit mit der Dame von Godh hätte er seinem Herrn keine zwanzig Tage mehr gegeben. Wie sich zeigte, aber hatte er sich getäuscht. Sombre überstand nicht nur den Winter und den Monsun, er zog schließlich sogar wieder auf Raub und in den Krieg aus. Und so sehr Visage Jahr für Jahr um den Monat Jyestha herum, wenn die Hitze über der Ebene brütete, den Eindruck, ja die Gewißheit hatte, seinen Herrn beim nächsten nächtlichen Besuch in Agonie anzutreffen, so unfehlbar hatte der »Mond von Indien« nun sechs Jahre lang von der Pest über die Cholera bis zum Typhus sämtlichen Epidemien getrotzt, gerade als hätte ihn der Teufel selbst unter seinen Schutz gestellt, denn obwohl er nun häufig Christus und seine Heiligen anrief, konnte es nur der Teufel sein. Sarasvatis Anwesenheit hatte Sombre neue Kraft geschenkt. Gemeinsam zogen sie in den Krieg. Und während sie sich – nicht aus Furcht, das war auf den ersten Blick zu erkennen – auf ihrem Königselefanten, begleitet von ihren drei Tieren mit leerer Sänfte, abseits hielt und beobachtete, stürzte sich Sombre wie ehedem wie ein Blitz ins Getümmel. Dann huschte ein Lächeln über ihr Gesicht; doch kam er zum Schluß im gestreckten Galopp zu ihr zurück, um, winzig auf seinem Pferd neben ihrem hochbeinigen Elefanten, von überschwenglicher Freude erfüllt, neben ihr in den Palast der tausend Brunnen zurückzureiten, wirkte sie schon wieder unbeweglich und fern.

Das Sofa aber teilten sie, soviel Visage wußte, so wenig wie am ersten Tag. Zwar sprach Sombre nicht mit seinem Arzt darüber, von Zeit zu Zeit aber ließ er durchblicken, er habe sich allmählich daran gewöhnt, die Frauen nicht mehr zu begehren. Den gewaltigen Harem mit seinen rund zweihundert Gefangenen aber behielt er seinem Ruf zuliebe dennoch bei. Ab und an ließ er die Frauen in seine verdunkelten Gemächer kommen und befahl ihnen, sich nackt zu zeigen, zu tanzen und die laszivsten Posen einzunehmen. Und manchmal lud er dazu die ungehobeltsten Gesellen ein, um sich köstlich zu amüsieren, wenn sie vor Begierde und Angst vor ihm nicht mehr aus noch ein wußten. Konnte sich der eine oder andere nicht mehr zügeln, wurde er auf der Stelle kastriert und, ob Europäer oder Eingeborener, dazu verdammt, als Eunuch die Körper der von ihm so heiß begehrten Schönen vor zudringlichen Blicken zu bewahren.

Sarasvati sollte diesen Festen angeblich hinter den von ihrem Gatten extra eingezogenen Muscharabien mit größter Aufmerksamkeit folgen, was sich jedoch nicht nachprüfen ließ, da Sombres Gemächer den gewöhnlichen Sterblichen unzugänglich blieben und seine Leibgarde umgekehrt die Räume nicht verlassen durfte.

An den letzten Wachsoldaten vorbei betrat Visage endlich das Vorzimmer. Wie gewöhnlich fragte Sombre, der ihn, an der Tür lauernd, schon hatte kommen hören, selbst nach dem Paßwort.

»Von allen Engeln im Himmel . . .«

». . . bin ich nicht der Würgeengel.«

»Komm rein!«

Schlüssel drehten sich knirschend in Schlössern, ehe sich die Tür öffnete, eine der letzten Exzentrizitäten Sombres in einem Land, das mit Ausnahme von Kisten, Gefängnissen oder Festungstoren keine metallische Verriegelung kannte. Hergestellt hatte die Schlösser sein früherer Kanonier Dieu, seit einiger Zeit Anführer seiner Leibgarde, da sein Name Sombre ebenso Schutz zu verheißen schien wie Sarasvatis Anwesenheit. Dieu seinerseits, mittlerweile über vierzig und ohne Ehrgeiz, dem Tod auf dem Schlachtfeld nachzulaufen, fand Gefallen an seiner neuen Aufgabe, zumal ihm Sombre einen bedeutenden Harem zubilligte.

Hinter der Tür wartete Sombre schon auf Visage, bereit, sich bei der kleinsten bedrohlichen Geste auf ihn zu stürzen.

Zu seiner Beruhigung streckte ihm Visage seine leeren Hände entgegen.

»Gut«, knurrte Sombre, aus der Dunkelheit vortretend.

Trotz des noch immer stechenden Blicks seiner schwarzen Augen verriet seine ganze Person die Kapitulation vor dem Alter. Die Haare waren nicht mehr gefärbt, die Augenbrauen wie Salz und Pfeffer und die tiefen Falten auf seiner Stirn in jenem wilden Ausdruck erstarrt, der seine Gegner im Krieg in die Flucht gejagt hatte. Vor allem aber war er viel magerer und dadurch noch furchterregender geworden. Eine neue Kraft, ein Wiederaufflackern der früheren Energie, wie man es manchmal im Alter beobachten kann, ließ sein innerstes Wesen ohne jede Verbrämung, seine Grausamkeit ohne jede Abmilderung scharf und unheimlich zutage treten.

Wie allabendlich schritt Visage auf das Sofa zu, um seine Tragtasche mit den Medikamenten davor auf dem Teppich abzustellen.

»Nein!« heulte Sombre auf.

Visage, schon darauf gefaßt, fuhr mit dem üblichen Ritual fort, als hätte er nichts gehört.

»Sprich!« schrie Sombre. »Und zwar sofort. Mach schnell, ich bin müde.«

Da er gewöhnlich in dem Augenblick, in dem er Müdigkeit vorschützte, sehr gefährlich wurde, beeilte sich Visage zu berichten, was er wußte.

»Der Mann in Chandernagore hat Madec aufgefordert, seine Truppen in seinen Dienst zu stellen. Geld hat Chevalier diesmal nicht verlangt, und ich glaube, daß Madec seine Entscheidung getroffen hat.«

»Ach ja«, höhnte Sombre. »Und welche Entscheidung?«

»Er wird sich wohl auf die Seite des Moguls schlagen.«

»Um so besser!« brüllte Sombre lachend. »Dann verrät er unseren gegenwärtigen Herrn, den Radscha der Jats, und wird so zu unserem Feind. Damit fallen mir nicht nur alle seine Ländereien zu, wir werden auch gegen ihn Krieg führen müssen!«

Wieder lachte er auf. Aber es war nicht mehr sein altes tiefes, brüllendes Gelächter; man vermeinte vielmehr schon das meckernde Lachen des Alters herauszuhören.

»Ich werde ihm alles abnehmen.«

»Seine Entscheidung«, warf Visage nach kurzem Zögern ein, »kann sich noch einige Monate hinziehen. Zwar habe ich gute Gründe für die Annahme, daß er dem Mogul folgen wird, sicher aber ist die Sache noch nicht.«

»Keine Angst! Sag es mir ruhig, ich verrate dich nicht.«

Visage wunderte sich über die Gedankenlosigkeit seines Herrn. Immerhin war ihm bekannt, daß der Kurier aus Chandernagore kam, und er hätte sich sagen können, ja, wissen müssen, daß Madec seine Pläne nicht einem Kaufmann wie Chevalier zuliebe umstieß. Mit einem Wort, daß hinter Chevalier mehr stehen mußte: Frankreich.

»In dem Brief ist auch von Euch die Rede, Herr«, deutete er an.

»Von mir?« wiederholte Sombre. »Aber natürlich! Schließlich bin ich der ›Mond von Indien‹!«

Visage wußte nicht, ob er die Bemerkung als Ironie oder als Zeichen beginnenden Größenwahns deuten sollte.

»Dieser Chevalier fordert Euch auf, ihm zu helfen. Eine geldliche Unterstützung, meint er, könntet Ihr ihm unbeschadet Eurer Unabhängigkeit ...«

Diesmal lachte Sombre nicht.

»Geld!« sagte er und schluckte hart. »Geld!«

Das Schlimmste befürchtend, beugte sich Visage schnell über seinen Medikamentenkoffer.

»Ja, weiß dieser elende Chevalier in seinem Schlangenloch von Chandernagore denn nicht«, donnerte er los, »daß Sombre vielleicht der reichste Fürst in Indien ist? Der reichste, aber auch der geizigste? Ich gebe nur Gott, dem wahren Gott des Jesuiten, für den Frieden meiner Seele! Ich lasse die Kirche von Agra wieder errichten, bereite mein Begräbnis vor, häufe Geld für Seelenmessen an – zehntausend Totenmessen für mich! –, den Rest aber behalte *ich.* Für meinen Sohn von meiner ersten Frau.«

Nach einem Augenblick fuhr er mit gedämpfter Stimme fort: »Und für die Fürstin. Also schweig, Teufelsdoktor, Unglücksbote, und gib mir meinen Trank!«

Entgegen jeglicher Klugheit jedoch bot ihm Visage die Stirn.

»Nein.«

Sichtlich aus dem Konzept gebracht, schaute ihn Sombre drohend von unten hervor an.

»Was willst du, Einäugiger? Daß ich dir dein anderes Auge durchbohre? Dich pfähle? An Ärzten herrscht in Indien kein Mangel. Als Blinder braucht dich niemand mehr.«

Aber Visage ließ sich nicht einschüchtern. »Der Mogul«, beharrte er, »braucht Unterstützung. Frankreich ...«

Lachend fiel ihm Sombre ins Wort: »Frankreich! Albernes Geschwätz, elender Kräutermischer, Blutsauger! Ich, Walter Rheinhardt, Deserteur aus Deutschland und allen Armeen, werde mein

Geld einem König geben, und noch dazu dem König von Frankreich, der weniger reich, weniger mächtig ist als ich! Frankreich. Ausgerechnet Frankreich! Es hat schon einmal verloren und wird wieder verlieren, denn wisse, Visage, Indien bewundert nur die Sieger. Ich selbst hätte mir bei Baksar fast mein eigenes Grab geschaufelt, hätte ich mein Heil nicht in der Flucht gesucht, mich nicht in die unermeßlichen Weiten Indiens gerettet. Nur weil ich, der ›Mond von Indien‹, kein Volk hatte, haben die Inder eines Tages meine Niederlage wieder vergessen. Und ich habe meinen Namen behalten und Indiens schönste Tochter, Trägerin der *Vajra,* zur Frau genommen. Ich bin einer der ihren, ohne von hier zu sein. Ein Freibeuter der Dschungel. Glaube mir, Visage, Frankreich braucht sich hier keine Hoffnung zu machen. Das Mogulreich ist ein mehr oder minder herrenloses Gut, ein Kadaver zum Zerstückeln. Und ich für meinen Teil gedenke am Leichenschmaus weiterhin teilzuhaben. Soll Madec dem Mogul ruhig die Gelegenheit zu einer letzten Niederlage bieten, mir kann's nur recht sein! So bleibt mir nur ein um so größerer Anteil, und ich kann mir noch mehr Seelenmessen leisten!«

»Aber in Eurem Leben zählt nicht nur Geld, Herr, sondern auch die Fürstin, und die Fürstin liebt Indien.«

Sombre erbleichte. Sich auf dem Sofa ausstreckend, befahl er: »Misch mir endlich mein Pulver.«

Visage beugte sich über seine Fläschchen.

»Was kümmert mich Indien . . .«, brummte Sombre. »Sarasvati erhält mich am Leben. Sie hat die *Vajra.*«

»Das glaubt ihr doch selber nicht. Das sind doch Ammenmärchen für die Inder.«

Aber anstatt loszubrüllen, erwiderte Sombre geradezu sanft: »Nein, Visage, ich wäre schon längst tot, trotz deiner Pulver. Aber ich lebe und werde noch lange leben. Ja, selbst gegen Rache bin ich gefeit. Die Fürstin beschützt mich. Sogar die Weltbankiers, deren Väter ich ermordet habe – Gott möge es mir vergeben –, die Djagarset, küssen mir die Füße.«

Und wie von einem plötzlichen Freudentaumel gepackt, richtete er sich auf dem Sofa auf und jubilierte: »Sie küssen mir die Füße, obwohl ich ihnen kaum Gold zum Wechseln gebe und ihren Töchtern den Bauch tätschle. Ja, ich könnte sie vor ihren Augen pfählen, und sie würden nicht wagen aufzumucken! Das macht nur die Fürstin!«

»Aber außer um in die Schlacht zu ziehen, verläßt sie kaum das

Haus. Sie schießt nicht mit Kanonen. Und Ihr wißt so gut wie ich, daß auch Sagen und Legenden neue Nahrung brauchen, sollen sie nicht vergessen werden und sterben. Sie aber macht schon seit sechs Jahren nicht mehr von sich reden und ist überdies christlich geworden.«

»Christlich!«

Sombre seufzte. Überrascht ließ Visage die Hände sinken.

»Aber Pater Wendel hat sie doch getauft!«

»O mein armer Visage, wie naiv du doch bist!«

Sombre zog ihn zu sich und knuffte ihn fast zärtlich.

»Wackerer Bader, niemand weiß es außer mir; dir aber, der du mich so gut versorgst, kann ich es wohl sagen. Kennst du die *Sannjasin?*«

»Die *Sannjasin?* Die Büßer, die in Bengalen von Stadt zu Stadt ziehen und die Menschen zur Läuterung ihres Lebens auffordern, weil das Dharma beschmutzt ist?«

»Nicht nur in Bengalen«, korrigierte ihn Sombre, »seit der Eroberung durch die Engländer in ganz Nordindien.«

»Hier habe ich aber noch keinen gesehen.«

»Weil du deine Zeit mit Lesen verbringst. Allerdings verstecken sie sich auch ...«

Jäh fuhr Sombre hoch. Auch Visage hatte das Geräusch gehört, das leise Rascheln von Stoffen hinter den Muscharabien. Sie warfen sich einen kurzen Blick zu, und schon hatte sich Sombre auf dem Sofa ausgestreckt und die Augen geschlossen, wie um seine Unruhe zu verbergen.

»Ich bin müde. Gieß mir meinen Trank ein.«

Seine Stimme klang plötzlich rauh, fast wie die eines Sterbenden.

»Beeil dich. Ich will schlafen.«

Visage war wie versteinert. Im einen Augenblick fast zum Vertrauten erhoben, wurde er im nächsten vor die Tür gesetzt. Er schaute zur Trennwand hinüber. Nichts deutete auf die Gegenwart eines Menschen hin. Mechanisch reichte er Sombre den Becher, den dieser mit langen Zügen leerte.

»Geh!« befahl er ihm. »Geh. Ich muß beten.«

»Friede Eurer Seele«, erwiderte Visage ironisch.

An seinem ganzen mageren Leib zitternd, war Sombre aufgestanden.

»Friede auch der deinigen, Teufelsbader!«

Visage zog die Tür hinter sich ins Schloß, und noch lange, während er sich durch die Gänge entfernte, hörte er die Riegel nacheinander zuschnappen. Noch nicht vor seinem Zimmer angelangt, wurde er von einer Dienerin eingeholt, die ihn auf Geheiß der Fürstin bat, ihr zu folgen.

Visage hatte Sarasvati seit Monaten nicht mehr gesehen. Das letzte Mal mochte es beim *Durbar* gewesen sein, an dem sie, von Goldbrokat umrieselt, starr wie eine Göttin an der Seite ihres Gemahls teilgenommen hatte. Sie war ihm abwesend, unzugänglich erschienen, nicht wie in Godh. Hier aber schenkte ihr auch kein Mensch Beachtung. Sie war Teil der theatralischen Aufmachung der Auftritte des »Monds von Indien«, eines der zahllosen Attribute seiner Macht. Visage hatte sich anfangs ein bißchen gewundert, daß sie so ohne weiteres mitspielte, ihre Person so kampflos aufgab, sie dann jedoch, wie die anderen auch, einfach vergessen.

Um so größer war seine Überraschung, als er ihr in dem weißen, äußerst schmucklosen Zimmer gegenüberstand. Sie erschien ihm verblüffend wenig indisch. Vielleicht, weil sie das Haar zu einem riesigen Knoten im Nacken geschlungen trug und den Schleier nach Art älterer Frauen, die den Blick der Männer nicht mehr fürchten, weiter hinaufgezogen hatte.

Gealtert aber schien sie nicht. Die Falten, die sich um Augen, Mund und Kinn eingeschlichen hatten, glichen noch immer eher Grübchen, und ihre Augen hatten denselben unerträglichen Glanz wie früher, unterstrichen noch durch die Umrandung mit *Khôl.* Einzig die tiefen, fast schwarzen großen Augenringe erinnerten an das Gewicht der Jahre und das Ausmaß ihres Unglücks, das sie jedoch hinter einem Lächeln verbarg. Abgesehen von dem Diamanten in der Nase und einer Perlenkette mit einem Medaillon trug sie an diesem Morgen keinen Schmuck. Das Medaillon barg ohne Zweifel Sombres Bild, hatte er sie doch umgekehrt als Jungfrau mit Kind malen lassen. Doch mit einemmal zitterte Visage. Das Medaillon war leer. Ehe er aber die Zeit fand, darüber nachzudenken, bemerkte Sarasvati mit einem ironischen Blick:

»Du zitterst ja, Doktor.«

»Gnädige Fürstin, es schickt sich nicht für eine Frau deines Ranges, mich in die *Zenana* zu holen.«

»Schweig, Doktor. Was kümmern dich solch leere Förmlichkeiten.«

»Was aber wird der Herr Sumroo sagen?«

»Hast du Eunuchen vor meinen Gemächern gesehen? Nein! Nicht

wahr? Weil ich frei bin! Ich entscheide selbst, was mir gefällt. Der Herr Sumroo wird also nichts sagen. Und außerdem lebe ich nicht in der *Zenana.* Weißt du überhaupt, Doktor, was das Leben in der *Zenana* ist?«

Und als du Visage, aus Angst, in eine Falle gegangen zu sein, nicht antwortete, fuhr sie, ihn durchschauend, spöttisch fort: »Nun zittere doch nicht gleich wie eine Neuvermählte!«

Er errötete.

»Rate einmal, weshalb ich dich kommen ließ.«

Er hielt ihrem schwarzen Blick stand wie kurz zuvor dem Sombres: »Der Briefe wegen, die ich erhalten habe.«

»Glaubst du?« spottete sie, um zu sehen, wie lang er die Prüfung aushalten würde. »Wenn ich nun aber krank wäre?«

Sie beugte sich vor und ihr ausgeschnittener Bolero ging vor seinen Augen auf. Er spürte, wie sie ihn belauerte.

»Trotz meiner Jahre bin ich noch immer begehrenswert, nicht wahr, noch immer schön!«

Visage wandte den Kopf ab, beschämt, alt und einäugig wie er war, einer so schönen Frau auf Gnade und Ungnade ausgeliefert zu sein. Sie spürte, wie er ihrem Charme verfiel und spielte damit. Ihr Alter gab ihr das Recht dazu. Es enthob sie der übertriebenen Zurückhaltung der jungen Inderinnen, was letztlich wohl auch der Grund war, daß sie ihn fast europäisch angemutet hatte. In Wirklichkeit aber war sie mit ihrer katzenhaften Grausamkeit, der Unbekümmertheit, mit der sie über das Schicksal eines anderen verfügte, befahl, spielte, ohne daß es ein Spiel war, nach wie vor durch und durch indisch. Ja, sie stand auf dem Höhepunkt ihres Lebens und schöpfte die Macht, die Indien den Frauen ihres Alters als Ersatz für die schwindende Schönheit bot – vorausgesetzt, sie hatten Söhne geboren und großgezogen –, ungeniert aus.

»Aber beruhige dich, Doktor«, unterbrach sie seine Gedanken. »Ich habe dich nicht holen lassen, um dich zu verführen!«

Endlich wagte Visage, ihr ins Gesicht zu schauen. Doch sofort zierte sie sich: »Was starrst du mich so an? Zählst du meine Falten? Weißt du nicht, daß nicht das Gesicht einer Frau die Begierde eines Mannes wecken soll, sondern ihre Füße?«

Sie streckte ihm ihre mit Henna bemalten Füße entgegen. Doch viel zu erstaunt, um sie zu betrachten, stotterte Visage, da sie die letzten Sätze auf französisch gesprochen hatte:

»Du sprichst meine Sprache?«

»Ja, Dieu lehrt sie mich.«

»Dieu?«

»Dieu, der oberste Kanonier«, bestätigte sie, und lächelnd fügte sie hinzu: »Aber wiewohl du schon vor Ungeduld brennst, von deinen Briefen zu reden, werden wir doch den geeigneten Augenblick abwarten. Man soll die Manguste nie drängen, die Kobra zu töten. Sie weiß schon, wann sie angreifen will.«

Sie hob den Vorhang, der sie von der *Zenana* trennte.

»Also komm!«

Visage erbleichte.

»Die Frauen bedeuten mir nichts, gnädigste Fürstin.«

»Komm!«

Das war ein Befehl. Sich ihm widersetzen, hieß, wie die aufzüngelnde Wut in ihrem Blick verriet, einen nicht wiedergutzumachenden Affront zu begehen; ihn befolgen, sich aber in eine unabsehbare Gefahr zu begeben. Er vertrat ihr den Weg.

»Was willst du von mir?«

Sie lächelte. »Feigling, Memme! Lump, der du bist«, höhnte sie. »Hältst du dich denn für so jung und schön, daß ich etwas von dir will oder dich Sombres Frauen anbieten möchte? Du hast nur ein Auge, vergiß das nicht! Oder bildest du dir ein, über eine solche Macht zu verfügen, daß ich versuche, dich durch meine Reize oder die meiner Mädchen zu becircen?«

In ihrer Wut hatte sie wieder Hindi gesprochen. Doch rasch besänftigt, zog sie ihn am Ärmel hinter den Vorhang hinaus auf einen Balkon oder richtiger auf eine lange bedeckte, mit grünen Pflanzen verzierte Galerie, die rings um einen mehrstöckigen Patio lief. Direkt unter ihnen lag die *Zenana,* entgegen indischen Gewohnheiten nicht durch Vorhänge abgeschirmt, so daß man im Licht der aufgehenden Sonne das ganze Leben und Treiben in Muße beobachten konnte.

»Das sind die Frauen«, flüsterte Sarasvati, »die Sombre sich kauft, um die Mär von seiner Kraft aufrechtzuerhalten. Schau sie dir nur an, die armen Wesen; sie haben die ganze Nacht durchgefeiert.«

In der Tat standen neben den regellos über den Raum verteilten *Charpoys* halbgeleerte Becher mit Palmwein, Backwerk, Fläschchen mit Elixieren. Die betrunkenen Eunuchen schnarchten mit vorquellenden Bäuchen, im dichten Haar der schlafenden Frauen welkten Blumenkränze. Manchmal blähten sich ihre Schleier plötzlich, und ihre Ohrringe klirrten wie ein Auftakt zu neuen Freuden. Ein Mund schob sich auf den der Nachbarin zu, als wäre er der des Herrn, und bald war die Leidenschaft wieder erwacht, schlug die Stoffe zurück, Hände, Beine suchten einander inmitten aufgeknüpfter Gürtel und zerbrochenen Schmucks, ehe sie, wenige Augenblicke später, wieder zurück aufs Lager fielen, schwer, befriedigt, gesättigt und müde von dieser Liebe im Halbschlaf.

»Und du erlaubst das?« fragte Visage.

»Ja, glaubst du denn, Doktor, daß es diese schönen Geschöpfe befriedigt, alle Jubeljahre einmal nackt vor dem armen Sumroo zu tanzen . . .«

Dem armen Sumroo. So hatte Visage seinen Herrn noch nie nennen hören. Er war wie vom Blitz getroffen. Gewöhnlich bedienten sich die Inder lieber tausend Umschreibungen, als seinen Namen auszusprechen. Sarasvati dagegen hatte das Thema, von der *Zenana* abgesehen, reichlich direkt angegangen.

»Was soll ich dazu sagen?« erwiderte er. »Ich hätte ihm schon vor sechs Jahren nicht mehr viel Zeit gegeben. Aber er hat sich gehalten. Ja, es geht ihm sogar besser. Und dennoch sind meine Pülverchen weder schlechter noch besser als zuvor.«

»Du wirst mir«, versetzte sie, »du, ein *Firangi,* doch nicht sagen wollen, daß ich die *Vajra* habe, und daß ich es bin, die ihn am Leben erhält?«

»Wohl ist die Medizin die Wissenschaft vom langen Leben, vom *Ayur Veda,* wie ihr sagt; manche Heilmittel aber sind im Grunde unseres Herzens verborgen, und wer dringt schon in alle Geheimnisse ein . . .«

»Machen wir's kurz, Doktor«, schnitt sie ihm das Wort ab. »Ich weiß, daß er seine Kräfte erschöpft hat und bald sterben wird, wenn ich ihn nicht mehr halte. Denn sieh mal, ich für meinen Teil glaube an die *Vajra* . . .«

»Was erwartest du dann von mir?«

»Daß du mir sagst«, erwiderte sie mit ungewöhnlich harter Stimme, »wann ich hoffen kann, meine Kraft zu anderem als zur Stützung dieses Alten einzusetzen.«

»Ich verstehe dich nicht.«

»Du hast doch Briefe erhalten oder nicht? Briefe aus Frankreich oder zumindest aus Chandernagore.«

»Ja.«

»Einen hast du Madec gebracht?«

»Ja.«

»Er wird sich dem Mogul anschließen?«

Sie machte kein Hehl daraus, daß sie Sombre vorhin belauscht hatte. Möglich freilich auch, daß beide unter einer Decke steckten. Jedenfalls hatte sie wohl alle Trümpfe in der Hand.

»Ich weiß es nicht«, antwortete Visage scheinbar desinteressiert.

»Nun, mag es auch zwei Wochen, drei Monate dauern – Hauptsache, er geht!«

»So wünschst also auch du sein Verderben, Fürstin?«

»Wer sagt dir denn, daß er in sein Verderben rennt?« fragte sie lachend.

»Sombre gibt kein Geld für den Krieg.«

»Natürlich nicht. Er gibt nie! Er nimmt nur!«

Eine lange Stille trat ein. Aus der *Zenana* drangen die Geräusche wiedererwachten Lebens herauf.

»Du kennst Madec gut, nicht wahr?« begann sie wieder. »Du hast ihn schon vor mir gekannt . . . Du hast ihn nach Godh begleitet.«

Nie hätte Visage geglaubt, daß sie wagen könnte, eine Begegnung heraufzubeschwören, die er selber verdrängt hatte. Seine Überraschung nutzend, fuhr Sarasvati fort:

»Ich erinnere mich kaum noch an diese Zeit, in der ich so glücklich war, so glücklich. Seit den Briefen aus Chandernagore jedoch weiß ich, daß du mit ihm warst. Alles ist mir wieder eingefallen.«

»Du hast die Briefe aber doch gar nicht gelesen, Fürstin!«

»Warum sonst aber hätte der Mann in Chandernagore dich ins Vertrauen gezogen und zu Madec geschickt, ausgerechnet dich? Indien ist groß, Visage, aber nicht groß genug, um Geheimnisse zu bewahren.«

»Worauf willst du hinaus?«

Behutsam öffnete Sarasvati einen kupfernen Kasten mit einem kleinen bemalten Holztiger, der gerade im Begriff stand, einen Mann mit Dreispitz und roter Uniform, offensichtlich einen Engländer, zu verschlingen.

»Hübsch, nicht wahr?« sagte sie. »In derselben Art gibt es noch viel größere für die Nabobs im Dekkhan. Die Idee soll vom Radscha von Benares stammen.«

»Schau«, fuhr sie fort und setzte eine Art Handgriff an der Seite in Bewegung. Der Tiger erhob sich und brüllte, während der Engländer wie ein Sterbender röchelte. »Und wenn du hier«, erläuterte sie weiter, auf den runden Mund des Soldaten deutend, »frisches Blut hineinfüllst, spuckt er bei jedem Röcheln Blut aus.«

»Ich habe dich für eine Christin gehalten, Fürstin«, versetzte Visage. »Aber du liebst das Blut. So warst du früher nicht.«

»Da hatte man auch meinen Sohn noch nicht wie ein Stück Vieh geschlachtet!« Sie lachte hart auf. »Wenn ich dich nicht bräuchte, Visage, ließe ich dich auf der Stelle pfählen . . . Armer Doktor, hast du noch immer nicht begriffen, daß ich Sombre beherrsche? Ich halte mich diskret und geduldig im Hintergrund, aber merk dir eines: Von jetzt an wirst du alle Botschaften von oder über Madec nicht meinem Gemahl, sondern mir überbringen. Ihm magst du die Wahrheit sagen oder eine Lüge, wie du willst. Von jetzt an aber bist du meine Kreatur, verstehst du, meine Kreatur . . .«

Sie schnalzte mit den Fingern und befahl den Dienerinnen, die hinter einem Wandbehang zum Vorschein kamen, das Bad zu richten.

»Ich habe es eilig, altes Einauge«, wandte sie sich wieder an Visage. »Schwöre mir auf der Stelle, daß du mir alles über die Kuriere aus Chandernagore hinterbringst.«

»Und wenn sie Madecs Niederlage melden?«

»Das laß meine Sorge sein.«

»Ich weiß nicht, Fürstin, ob du sein Glück oder Verderben wünschst.«

»Unser Leben steht in der Hand der Götter, Visage. Laß mir also mein Vergnügen. Und was Sombre angeht, so wirst du mich über jede Veränderung in seinem Gesundheitszustand benachrichtigen. Schwöre es mir!«

Visage kniete sich auf den Teppich, den Kopf nach indischem Brauch fast bis auf den Boden gesenkt, und wiederholte, die Augen auf Sarasvatis mit Ringen und Reifen geschmückte und mit Blumen aus Henna bemalte Füße gerichtet, was sie ihm vorsprach. Als er den Kopf wieder hob, hatte sie sich geradezu zärtlich über ihn gebeugt. Und in diesem Augenblick kam hinter dem leeren Medaillon, zwischen ihren Brüsten versteckt, ein altes, mit Grünspan überzogenes Amulett zum Vorschein, das sie lachend in den Bolero zurückschob.

»Das, Doktor«, erklärte sie, »ist eine andere Geschichte, die die *Firangis* nichts angeht.«

Als man das dampfende Bad hereinbrachte, zog sich Visage sofort zurück. Wie betäubt irrte er durch die Gänge, die seit dem Morgen wieder vom Plätschern der Brunnen erfüllt waren. In seinem Zimmer angelangt, fragte er sich stundenlang, warum er diesen Schwur geleistet hatte, ob aus Freundschaft zu Madec oder einem sonderbaren

Gefühl der Zuneigung für die Fürstin. Schließlich kam er zu dem Schluß, sich vollkommen richtig verhalten zu haben. Hatte ihm der Mann aus Chandernagore nicht geraten, sich »auf alles zu stützen, was Macht in Indien« besaß? Was also ging ihn die Fürstin Sarasvati an? Jedenfalls dienten ihre Ansichten Frankreichs Interessen. Und um sich gänzlich zu beruhigen, redete er sich ein, daß sie Madec nach wie vor liebte. Einzig Sombres Entsetzen über die Bespitzelung gab ihm noch zu denken und, mehr noch, das grimassierende Amulett zwischen Sarasvatis Brüsten: die monströse Kali.

25. Kapitel

Bharatpur – Delhi
Vom Monsun bis zum Winter 1772

Seit dem Tag, an dem er beschlossen hatte, dem Kaiser zu dienen, ging Madec ganz in der Erwartung eines Boten auf. Jeder Kaufmann, der durch Bharatpur kam, wurde in seinen Palast gebeten und entgegen allen Regeln der Klugheit nach dem Tun und Treiben des Moguls befragt. »Der Mogul?« riefen die Kaufleute und brachen in schallendes Gelächter aus. »Der Mogul? Nun, der Mogul ist in seinem Serail!« Und verwundert über das Interesse eines so mächtigen Mannes wie Madec am Mogul, schieden sie in den ersten Regenpausen.

Da der Kaiser ihn nicht rief, beschloß Madec schließlich – gegen seinen Stolz –, seinerseits die Initiative zu ergreifen und ihm seine Dienste selber anzutragen. In einer letzten Botschaft kam er auf Frankreich zu sprechen und erklärte deutlicher, welch große Ziele sein Land für ihn ins Auge gefaßt habe.

Das war die letzte Chance, die er sich gab, die letzte Hoffnung, doch noch, wie Chevalier sich ausdrückte, »der Held der Nation« zu werden.

»Der Held der Nation . . .« Dieser Ausdruck hatte ihm vollständig den Kopf verdreht. Vor allem die »Nation« hatte es ihm angetan, brachte sie doch Licht in einen dunklen Bereich seiner Person, aus dem er früher schon Kraft geschöpft hatte, so den Mut, einen Adligen, der ihn verhöhnt hatte, in den Schmutz zu stoßen. Irgendwie ließ ihn das Wort an die Gosse denken, in der er geboren war, verhieß dem Schmutz, zu Ruhm und Ehre aufzusteigen, versprach auch dem Volk endlich Glanz und Pracht.

Das alles hatte mit Indien sehr wenig zu tun, und so verlor die Welt um ihn ihre Wirklichkeit. Madec sah nichts, Madec roch nichts. Selbst *Janmasthami,* Krischnas Geburtsfeier, ließ ihn gleichgültig, obwohl die ganze Stadt feierte. In jedem Haus werkten geschäftige Frauen, buken Kuchen aus Reis und Milch, schütteten ganze Körbe saftiger Früchte in Kochtöpfe voller Zucker und zauberten herrliche

Delikatessen mit einem wunderbar knusprigen Zuckerguß hervor. Ganz Indien feierte die Liebe. Die jungen Leute neckten sich auf Schaukeln wie das göttliche Liebespaar, und von den Tempeln bis zu den Lehmhütten ertönten die heiligen Verse aus Krischnas Leben über seine Streiche in Brindavan, seine Liebe zu den Jungfrauen im Wasser der Flüsse und Radschas Eifersucht, wurde stadtauf, stadtab sein Sieg über die Dämonen und den Tyrannen Kansa besungen und das Opfer seiner fleischlichen Hülle am letzten Tag, um den Menschen die Wohltaten des Friedens zu schenken.

Madec aber hatte weder Auge noch Ohr dafür. Er hatte nur den Krieg im Kopf.

Ebensowenig nahm er das Treiben in seinem eigenen Palast wahr, wo die Begum Madec, wie in den anderen Häusern von Bharatpur, Fruchtkonfitüre machte und Reiskuchen buk, wenn auch zu Ehren der Jungfrau Maria, damit sie das Kind, das sie unter dem Herzen trug, behüte und beschütze. Am anderen Ende des Palastes sang Mumtaz, ebenfalls vom Fieber der Liebe erfaßt, den ganzen Tag über halblaut vor sich hin, umrandete ihre Augen mit *Khôl,* parfümierte sich, flocht sich Blumen ins Haar. Und am Abend, zur Stunde der Rückkehr ihres geliebten Herrn, nahm sie eine Lampe und ging ihm im Garten entgegen.

Die Stirn sorgenumwölkter denn je, kehrte Madec zurück. »Überall herrscht die Liebe, Madecji«, sagte sie, alles auf eine Karte setzend, um ihn endlich zum Sprechen zu bringen, »und du verdüsterst dich mehr und mehr. Soll ich die Künste der Tempelprostituierten versuchen, der *Devadasis,* ich habe im Freudenhaus genug gelernt . . .« Er stieß sie nicht zurück. Und eines Morgens, als die Sonne durch die Wolken schaute, trugen sie ihre Freuden sogar in den Garten hinaus, und in der halb schläfrigen Beseligung, die folgte, versprach er ihr, wie alle Liebenden am Ende des Monsuns mit ihr Drachen steigen zu lassen. Aber in seinem Schweigen beharrte er weiterhin.

Eines Abends endlich, als es in Bharatpur – untrügliches Zeichen vom Ende des Festes – nicht mehr nach Milchreis roch, klopfte ein zartgebauter, etwas dicklicher Mann an seine Tür, der sich als Kaufmann aus Delhi ausgab, seinem hellen Teint, seinem umsichtigen Blick, seinen verfeinerten Manieren nach aber ohne Zweifel an adliges Mitglied des Mogulhofes war. Madec führte ihn sofort ins Haus, und ohne daß sie ein Wort gewechselt hatten, zog der andere aus seinem durchnäßten Mantel einen Sack mit viertausend Rupien als

Anzahlung auf vierzigtausend sowie eine große, getriebene Stahlrolle, die ein Pergament enthielt: das Nabobspatent.

In dem beigefügten Brief erklärte der oberste Befehlshaber des Moguls, der Kaiser nehme das Angebot des *Firangi* und seines Königs an, verleihe dem Herrn Madec den Titel Nabob, der in dem Augenblick, in dem er seinen Fuß auf den Boden Delhis setze, in Kraft treten und der Welt, deren Schirm der Mogul sei, feierlich verkündet werden solle. Man erwarte ihn.

»Spätestens in zwei Monaten!« fügte der falsche Kaufmann hinzu.

»Einverstanden«, erklärte Madec.

Noch am selben Abend ließ er Mumtaz holen.

»Ich möchte es noch einmal nach Art der *Devadasis!*«

Nach beendetem Spiel wußte sie, daß er nun endlich reden würde.

»Du bist recht geschickt, Mumtaz ... Voller Einfälle. Aber schließlich bist du auch keine Inderin!«

Sie packte die Gelegenheit beim Schopf.

»Nein«, entgegnete sie stolz. »Aber die Leute des Moguls auch nicht, du wirst es ja sehen!«

Er packte sie bei den Haaren: »Und woher weißt du es?«

»Nun«, erwiderte sie, »wir Frauen haben uns aufs Beobachten verlegt. Wir werden ja nie eingeweiht ...«

Er lockerte seinen Griff.

»Und die Begum Madec?«

»Wir Frauen, Madecji, sagen einander nichts, aber auch das Schweigen hat seine Sprache.«

Durch die Seide ihrer Pumphosen streichelte er ihre Hüften.

»Mumtaz ...«, fragte er, »glaubst du, daß alle Frauen so viel erraten? Alle? Auch aus der Ferne?«

»Wie meinst du das?«

Ihre Stimme klang schon ganz schlaftrunken.

»Laß gut sein«, erwiderte er. »Schlafen wir.«

Am nächsten Morgen, eine Stunde vor Sonnenaufgang, setzte er seinen Soldaten auseinander, wie er den Abzug aus dem Territorium der Jats zu bewerkstelligen gedachte.

Das Unternehmen war schwieriger als erwartet. Während Madec das Gros seiner Armee, das etwa zwanzig Meilen entfernt lagerte, Kerscaos Befehl unterstellte, wollte er selbst zusammen mit fünfzig Fußsoldaten und ebenso vielen Reitern in Bharatpur zurückbleiben, um das Wichtigste von allem, die Sicherstellung seines Vermögens, selber in die Hand zu nehmen. In einem einzigen Tag ließ er seinen ganzen Besitz an Edelsteinen und Gold in sechs große Kisten packen und auf Corentins Rücken festbinden. Ihm folgten auf den anderen Elefanten, Kamelen und in den Ochsenkarren seine Familie und der Rest seiner Habe, Teppiche, Geschirr, Diener. Und während die Karawane den Weg zum Lager nahm, wo Kerscao sie erwartete, folgte Madec mit seinen hundert Soldaten der Straße, wo ihm, wie vermutet, tatsächlich eine Abteilung der Jats den Weg verlegte.

»Der Radscha der Jats befiehlt dir, in seinen Palast zu kommen«, donnerte der Anführer der Wache. »Er fordert eine Erklärung für deine Käufe, Verkäufe und all deine geschäftlichen Transaktionen!«

Es galt Zeit zu gewinnen, um der Karawane, Corentin, seinem Vermögen seinen Frauen den größtmöglichen Vorsprung zu verschaffen. So spann Madec umständliche Verhandlungen an, in die er viel Schmeichelhaftes für sein Gegenüber einflocht. Dieser, ein primitiver Kerl, ging ihm ahnungslos auf den Leim, bis er im Schein der bei Anbruch der Nacht angezündeten Fackeln hinter Madec einen großen Troß gewahrte, der seine Habgier weckte.

»Packt den Schakal!« schrie er.

Doch Madec hatte die Fackeln schon umgestoßen, und wie auf Kommando gaben seine Männer Feuer. In der allgemeinen Verwirrung zogen sie sich hinter den Troß zurück, um von dort die Jats unter Beschuß zu nehmen. Nach etwa einer Stunde versuchten sie einen Ausbruch, aber die Gegner nahmen die Verfolgung auf, und obwohl Madec an der Spitze der Kavallerie seine Männer zur Eile anfeuerte, kamen ihnen die Jats immer wieder nach. Schüsse fielen in der Nacht, und manchmal war das dumpfe Geräusch eines zu Boden fallenden Körpers zu hören, ehe der Galopp der Pferde wieder alles andere übertönte.

Die Nacht war klar und windstill. Und wie in schneller Reihenfolge knorrige Feigenbäume, verlassene Brunnen und die tanzenden Erd- und Himmelsgeister der Tempelfassaden an seinem Blick vorüberzogen, wähnte sich Madec in einen Kampf mit den Geschöpfen der Hölle verwickelt:

»Raksa, Raksa!« schrie er jedesmal, wenn er sich umwandte, um auf die Jats zu schießen, »du sollst mich nicht bekommen!«

»Raksa, Raksa«, wiederholten seine Soldaten, ohne zu begreifen, und brachten die letzten Hügel im Land der Jats hinter sich.

Zwei Stunden vor Tagesanbruch erreichte Madec, Sieger über die Jats wie über die Phantome der Straße, sein Lager. Die letzten Zweifel waren gewichen: Er war der Held der Nation. Frohlockend vor

Freude ließ er *la Générale* und *Aux Champs* schlagen. Seine Knabenträume wurden Wirklichkeit. Erstmals in seinem Leben fühlte er sich als Franzose, war er stolz und glücklich, Franzose zu sein. Er nahm eine Prise aus der hübschen Tabatiere, dem Geschenk von Saint-Frais, und dachte angesichts der lächelnden Dame aus Pondicherry: Bald wird Französisch-Indien wieder erstehen. Und das Lächeln der Dame erwidernd, steckte er die Dose ein, um seinem Pferd die Sporen zu geben. Es ging großen Zielen entgegen. Ein Feigling, wer da zauderte.

Die Armee rückte ohne weitere Zwischenfälle vor, gebremst nur durch die schwerfällige Karawane aus Trägern und Karren, bei deren Anblick jeden General in Europa der Schlag getroffen hätte. Gegen neun Uhr mittags langte der Zug schließlich am Rande eines Sumpfes an, hinter dem sich eine weite Ebene öffnete, das Land von Delhi. Der Verrat war geglückt.

Noch immer etwas mißtrauisch, erteilte Madec den Befehl zur Durchquerung des sumpfigen Geländes, als sich, wie von den Bergen ausgespien, nach indischer Art in wildem Durcheinander, ein unabsehbares Heer von Reitern und Fußvolk heranwälzte, das sie erdrücken zu wollen schien. Einzig das Fehlen des schwarzen Mannes auf dem falben Pferd ließ Madec den Schimmer einer Hoffnung, und er entschloß sich zum Gegenangriff.

»Raksa!« schrie er. »Der Raksa bin ich!« und trennte mit wuchtigen Säbelhieben Arme und Beine ab. Elefanten brachen unter dem Kugelregen, die Beine durchlöchert, zusammen, Pferde stürzten hintenüber zu Boden, die Jats glitten auf ihren Eingeweiden aus.

Plötzlich versagte Madec die Stimme, sein Gewand hing in Fetzen herunter, Blut rieselte ihm über den Arm. Ohne Zweifel eine Kugel. Er schloß die Augen. Als er sie ein paar Sekunden später wieder öffnete, ritt an seiner Seite Kerscao, seinerseits von einem Säbelhieb gezeichnet.

»Nicht aufgeben!« brüllte er. »Sie weichen schon zurück. Kanonenschutz für den Sumpf! Wagen und Troß in Sicherheit bringen!« Und in der Tat wichen die Jats zurück. Langsam stapften die Elefanten durch den Morast, dann folgten die Kamele, die Ochsen, das Fußvolk. Madec blieb bis zum Schluß auf der anderen Seite. Von Zeit zu Zeit feuerte der Feind noch ohne rechte Überzeugung eine Salve ab, ehe auch die Nachhut im Staub der Straßen verschwand.

Madec zählte seine Verluste: gut fünfzig Tote, zum größten Teil Sepoys. Dann warf er einen Blick auf den Sumpf. Corentin war bereits am anderen Ufer angelangt und hatte das Gold und die Edelsteine in Sicherheit gebracht. Als Madec sein Pferd in den rötlichen Schlamm trieb, durchzuckte ihn ein brennender Schmerz, augenblicklich gefolgt von einer Art Fieber. Kaum merklich war das Tier vor dem brackigen Wasser zurückgescheut, was Madec, seit seiner Verwundung leicht benommen, wie einen neuen Schock empfand.

Gleich darauf jedoch fing er sich wieder und warf einen letzten Blick auf das Land der Jats. Wieder war ein Abschnitt seines Lebens zu Ende, sein Palast von Bharatpur unwiederbringlich verloren, und mit ihm seine Gärten, sein einfaches Glück, das vielgepriesene Ende seiner Leidenschaften. Auch Dig, wo sich die Dame von Godh für immer eingeschlossen zu haben schien, lag ein für allemal hinter ihm. Auf der anderen Seite winkte das Unbekannte, Delhi, der Schauplatz künftiger Ehren, der Grundstein zu Französisch-Indien. Aber hatte nicht auch Sarasvati einmal vom Kaiser gesprochen? Doch wie stets, wenn er an einem Scheideweg ins Schwanken geriet, befahl Madec allen Gefühlsregungen energisch zu schweigen und legte die letzte halbe Meile Schlamm, die ihn noch von den Mogulstaaten trennte, entschlossen, ohne sich noch einmal umzuwenden, zurück.

26. Kapitel

Delhi
Dezember 1772

Die Ebene von Delhi bot sich dem Auge im wahrsten Sinne als das dar, was der Begriff verheißt – als endlose, völlig flache Weite. Nicht die geringste Bodenerhebung, keine noch so leichte Wölbung oder Bodenwelle, nicht der kleinste Buckel unterbrach ihre aufreizende Monotonie.

Angesichts der verblüffenden Einförmigkeit dieser rötlichgrauen Frühherbstlandschaft begann Madec fast zu bereuen, daß er Bharatpur verlassen hatte. Zwölf Tagemärsche lagen seit dem Abfall von den Jats hinter ihnen, und obwohl sich die Jahreszeit als äußerst günstig erwies und sie, weder durch Hitze noch durch Staub beeinträchtigt, unbehelligt ihres Weges ziehen konnten, verfinsterte sich seine Miene immer mehr.

Wider alle Erfahrung hatte er sich die Mogulstaaten hundertmal reicher vorgestellt als alles, was er in Indien kannte, und nun erwiesen sie sich als verödetes Gebiet, als Halbwüste. Dann und wann tauchte eine vereinzelte Baumgruppe oder ein rötlicher Tümpel auf, und gelegentlich kamen sie an ein paar strohgedeckten Lehmhütten vorbei, der einzigen Spur von Leben weit und breit, um sich gleich wieder im Niemandsland der roten Felder zu verlieren.

Immer wieder drehte sich Madec, der an der Spitze seiner Truppe ritt, nach seinen Leuten um. Welch verstiegene Idee, sich einzubilden, dieses dünne Menschenrinnsal inmitten der Unendlichkeit Indiens könnte kraft des Willens und der Tatkraft eines einzelnen namens Madec einem sterbenden Kontinent zur Wiedergeburt verhelfen! Schon seit Tagen quälten ihn Zweifel und Reue und stürzten ihn in die übelste Laune.

Am Morgen des zwölften Tages erhob sich Stimmengewirr im Heer, und im zerfließenden Morgennebel tauchten rötliche Kuppeln und zahllose Minarette auf.

»Delhi, das Rom des Orients«, murmelte der neben ihm reitende, recht belesene Kerscao.

»Mir sieht es eher nach Feldlager aus«, knurrte Madec.« Schau dir diese Wälle an. Und die Bauwerke. Wie Zelte!«

»Du wirst schon sehen, welche Wunder es birgt«, fuhr Kerscao unbeirrt fort. »Alle Reisenden rühmen den sagenhaften Markt, die prachtvollen Moscheen und das Rote Fort mit seinen hängenden Gärten, dem mit Gold und Edelsteinen verzierten Pfauenthron und seine silbergetäfelten Decken. Diese Stadt ist alt wie die Welt, denn sie besteht in Wirklichkeit aus sieben übereinandergebauten Städten . . .«

»Verschon mich mit deinen Reden, Kerscao. Mich interessiert nur der Mogul.«

Madec wandte sich nach Corentin um, den die Schlacht gegen die Jats etwas mitgenommen hatte. Traurig, wie von düsteren Vorahnungen erfüllt, trottete er dahin. Hieß es nicht, Elefanten ahnten aufgrund ihrer nahezu göttlichen Weisheit Unheil voraus?

»Diese Ebene ödet mich an«, erklärte Madec seinem ersten Offizier, »diese Stadt besagt mir nicht das Geringste.«

»Alle Mogulstädte gleichen einander. Immer dieselben Minarette und roten Wälle . . . Auch Agra ist nicht anders.« Madec richtete sich im Sattel auf: »In Agra steht immerhin das Taj Mahal!«

Sogleich bereute er diese grob vereinfachende Bemerkung. Er, der durch so viele indische Städte gekommen war, wußte, daß alle, nicht nur Agra, einen einzigartigen, ganz persönlichen Charakter besaßen. Pondicherry war in seiner tropischen Erschlaffung ebenso einmalig wie das von grandioser Verwesung gezeichnete Kalkutta, das doch an derselben Küste lag. Und die Städte des Nordens, Lucknow, Lahore, die den persischen Charme ihrer Kurtisanen atmeten, hatten nichts mit dem felsenharten Stolz der Radjputenstädte gemein.

Als der Dunst noch weiter aufriß, tauchte, kaum eine Viertelmeile entfernt, plötzlich ein gewaltiges Minarett auf. Bei seinem Anblick brach Mumtaz, die den Kopf zum Wagen herausstreckte, in Freudenjubel aus:

»Der *Qutb Minar,* Madecji, der *Qutb Minar!*«

Sie strahlte übers ganze Gesicht. Hier, wo alles muslimisch war, begann ihre Welt. Madec aber mußte denken, daß das höchste Minarett des Islams gleichzeitig ein Siegesturm war, denn hier, in Delhi, war einst das Indien der Tempel und tanzenden Gottheiten besiegt worden, wenn mittlerweile auch seinem Überwinder schon wieder seinerseits der Untergang drohte . . .

Am festgesetzten Rastplatz, einer verfallenen Karawanserei am

Straßenrand, ließ Madec den ganzen Zug haltmachen. Und während die Soldaten zum Brunnen im Hof stürmten und die Frauen aus den Wagen kletterten, froh, sich endlich die Füße vertreten zu können, stieg Madec ab und erklomm den Trümmerhaufen. Nach alter Gewohnheit, die er sich bei seinen Reisen und Kriegszügen zugelegt hatte, wollte er die neue Umgebung erst einmal von einem erhöhten Punkt aus in Augenschein nehmen.

Endlos dehnte sich das rote Land bis vor die Mauern Delhis, eine riesige, gleichfalls gelblichrote Umwallung mit gewaltigen Lücken, die nicht vom Monsun stammen konnten. Hier waren offensichtlich Kanonen und Elefanten in die Stadt eingebrochen, und niemand hatte die Schäden ausgebessert. Und auch hinter dem Wall bot sich ein trübsinniges Bild. Auf eine erhaltene Moscheekuppel kamen zehn bis zwanzig verfallene Paläste, und die Gärten um die Mausoleen wirkten verwildert. Auf einer Anhöhe über der Yamuna ragte, dem Fort von Agra zum Verwechseln ähnlich, die rote Sandsteinburg des Moguls auf, während nichts im Stadtpanorama an das Taj Mahal erinnerte, die wehmütigen, zärtlichen Träume, die Agras Pracht milderten. So etwas hatte hier keinen Raum: Delhi verkörperte einzig die Macht, eine derzeit zwar zerschlagene Macht, die aber wiederaufleben konnte. War nicht die Stadt selbst schon siebenmal wiederauferstanden?

Zu Madecs Füßen liegend bot sie ein buntgemischtes Bild: Die von Allahs Ehre kündenden Kuppeln der Moscheen ruhten auf den Kapitellen alter Hindutempel, und auf so manchem Pilaster der Kolonnaden spreizte eine himmlische Tänzerin die Beine oder ringelte sich die Schlange der Ewigkeit. Was verschlug's, daß die Staaten des Moguls in Schutt und Asche lagen? Geburt und Tod, glanzvoller Aufstieg und Niedergang gehörten zum Lauf der Welt, und stets hatte Indien die schlimmsten Katastrophen überstanden. In zwei Tagen würde er, René Madec, Nabob der Mogulstaaten, in Delhi einziehen, um Indien zu neuer Größe emporzuheben und mit ihm die einflußreichste Nation des damaligen Europa, Frankreich.

Zeitig am nächsten Morgen wurde der Oberbefehlshaber des Mogulheeres bei ihm vorstellig, ein gutaussehender Mann namens Nagef-Khan mit gepflegtem Bart und grausamem Lächeln. Er wich allen diplomatischen Fragen aus und konzentrierte sich ausschließlich auf das verwickelte Protokoll des Einzugs nach Delhi, der tags darauf beginnen sollte.

Von der Dauer war nicht weiter die Rede gewesen, und so war

Madec baß erstaunt, als sich die Zeremonie drei Tage lang hinzog. Schon nach einem halben Tag fragte er sich, ob sich Nagef-Khan nicht über ihn lustig machte.

Dabei hatte der Tag so gut begonnen. Ein frischer Wind vom Himalaja hatte den Himmel klargefegt und sich dann plötzlich gelegt, und in der staubfreien Luft stach die rote Erde der Ebene so heftig vom tiefblauen Himmel ab, daß sich Madec wieder ganz zu Hause fühlte: Wo die Farben so grell aufeinanderprallten, befand man sich eindeutig noch in Indien.

Die Nachfahren der Moguln hatten sich ihren legendären Sinn für Prunk und Pomp bewahrt, ja, ihn womöglich noch verfeinert. Sie waren zu Tausenden mit zahllosen Elefanten der höchsten Kaste und elegant herausgeputzten Luxuspferden erschienen, die zum Klang von Pauken und Trompeten leichtfüßig dahintänzelten. Unter der feierlichen Festversammlung mit ihren gold- und edelsteingeschmückten Turbanen befanden sich vollzählig auch die berühmten Würdenträger des Mogulreiches mit jeweils eigenem Gefolge, eigener Kapelle und Fahne, eigenen Soldaten im Kettenhemd und Musketieren, so daß der von Madec und Nagef-Khan angeführte Zug schier kein Ende nehmen wollte.

Während der ersten Stunden des Umzugs empfand Madec noch ein Gefühl des Triumphes. Neben der Reiterfahne des Moguls flatterten erstmals sein eigenes Panier und das weißgoldene Lilienbanner, auf das er als Regimentsabzeichen seinen geliebten Corentin hatte sticken lassen. So zogen sie durch Gärten, an Mausoleen vorbei und um die Wälle, während von allen Seiten das Volk herbeiströmte, das den Lärm der Kesselpauken und Trompeten mit seinen Hochrufen übertönte. Endlich zeigte Delhi Leben, bewies, daß es keine Wüstenei war, sondern in einer Vielzahl in Wäldchen versteckter Dorfsiedlungen eine ungeheure, brüllende, tanzende, singende Menschenmenge beherbergte.

Sie passierten halbverfallene Wälle, hinter denen sich neue Mauern aufbauten, überquerten einen Markt nach dem anderen, und mehrmals zeichnete sich im Hintergrund der Gassen mit ihrem tollen Menschentrubel die mächtige Fassade des Forts ab, auf das sie geradewegs zumarschierten. Doch jedesmal, ehe es sich ganz dem Blick darbot, schwenkten die Weihrauchfaßschwinger und Fächerträger an der Spitze des Zuges jäh nach rechts oder links ab.

So vollführten sie an einem einzigen Morgen fünf Kehrtwendungen, stießen auf immer neue Menschenmassen, neue Gärten und neue Mausoleen und hatten nach Mittag die Mauer des Mogulpalastes noch immer nicht passiert. Innerlich vor Wut schäumend, warf Madec einen Blick auf Nagef-Khan, dessen Elefant im selben Schritt, nur schwerfälliger als der seine dahintrottete und fand bestätigt, daß ihm der General nicht eben wohlgesinnt war. Die Abneigung hatte sich schon am Vortag an Corentin entzündet, der sich, besser genährt und für das Fest herausgeputzt, wieder in munterer Laune befand. Kaum hatte Nagef-Khan den Elefanten entdeckt, warf er ihm einen gehässigen Blick zu, den Corentin im übrigen erwiderte. Zu allem Überfluß begann er zu trompeten, und einen Augenblick fürchtete Madec schon, der General würde Hals über Kopf die Flucht ergreifen, doch bewahrte er glücklicherweise ruhig Blut und heuchelte Überlegenheit, während Corentin den Kopf abwandte und den Rüssel schwenkte, womit immerhin der Schein gewahrt blieb.

Dieser Haß des anderen wurde Madec im Augenblick noch stärker bewußt. Während er selbst sich in seine französische Uniform aufs Unbehaglichste eingezwängt fühlte, winkte Nagef-Khan in seinem weiten, bequemen, golddurchwirkten Seidengewand den Umstehenden huldvoll zu und schien ihn mit jeder Geste verhöhnen, ihm sein Glück vermiesen zu wollen. Jedenfalls konnte Madec dem Aufzug nichts abgewinnen, ja, er bezweifelte sogar, ob es sich wirklich um einen Triumphzug handelte. Wie Zirkuspferde in der Manege drehten sich die Elefanten endlos im Kreis, umrundeten ohne Unterlaß die rote Stadt, ohne in ihren Kern einzudringen. Hin und wieder verstummten die Trompeten, ebbten die Hochrufe ab, während sich unter die Weihrauchschwaden Düfte von gebratenem Fleisch und Fisch mischten. Doch schon drängte die Menge aufs neue heran, ergoß sich schreiend und singend in lautem Freudenjubel ein neuer Menschenstrom. Unaufhörlich überraschte Delhi, widersprach sich selbst, drehte sich um die eigene Achse, zur Freude der Moguln, denen dieser absurde Umzug im Labyrinth der Stadt zu behagen schien und die Madec stolz und spöttisch den Herrscherpalast wie einen unerreichbaren Schatz vorenthielten.

Zwei volle Tage lang ritt er wütend, frustriert, aber stumm im Kreis durch Delhi. Abends geleiteten ihn die Moguln in sein Lager zurück und postierten sich mit ihren Reittieren in nächster Nähe, als wollten sie ihm absichtlich lästig fallen und ihn bespitzeln. Er fand keinen Schlaf und schloß sich am Morgen stumpfsinnig aufs neue dem Zug an, nicht wissend, ob er in den Freudentrubel ringsum einstimmen oder sich steif und finster vor aller Augen als gedemütigtes

Opfer geben sollte. Manchmal geriet er dennoch in Wallung, bebte vor Freude, war den Tränen nah, um im nächsten Augenblick nach einem Blick auf Nagef-Khans mißgünstige Miene alle Moguln, Delhi, die zertrampelten Blumen, das Rosenwasser und die Turbane zum Teufel zu wünschen. Dann erschien ihm die Menge, die zu seinen Füßen Freudensprünge vollführte, wie ein Automat, der sich beim Nahen eines geschmückten Elefanten immer wieder von selber aufzog.

Als er am dritten Morgen, allen Regeln der Diplomatie zum Trotz, einem Wutausbruch nahe war, deutete Nagef-Khan mit weitausholender Gebärde auf eine breite Auffahrtsstraße, an der sich beidseits der Große Bazar von Delhi, der *Chawk,* der Markt aller Märkte, hinzog. Während sich in seinen Auslagen nur gewöhnliche Waren fanden, verbargen sich hinter seinem hölzernen Gitterwerk die kostbarsten Güter Asiens, die auf gefahrvollen, nur Delhis Handelsherren bekannten Pfaden durch die Steppen der Tatarei, über die Gebirgspässe Tibets, durch die Dschungel Nepals aus unerforschten Ländern herbeigeschafft wurden. Heute nun waren all diese Seiden- und Jadekönige hinter ihren wurmstichigen Muscharabien hervorgekommen und drängten sich auf den Balkonen, wo sie Madec, hoch auf Corentins Rücken vorbeireitend, aus nächster Nähe betrachten konnte.

Vergebens suchte er in den groben Zügen dieser reichen Banians den Schatten der Abenteuerleidenschaft. Seine Phantasie stieß nur auf Gewöhnlichkeit. Die Stimme Nagef-Khans riß ihn jäh aus seinen Überlegungen:

»Wir sind am Ende unseres Umzugs angelangt! Bereite dich, Nabob Madec, auf den Eintritt in die Wohnstatt des Herrn dieser Erde und Beherrschers der Welt vor, in dessen Schatten wie unter einem Sonnenschirm die gesamte Menschheit ruhen soll!« Dann leierte er mechanisch die Titel des Moguls herunter, wobei seiner leidenschaftslos klingenden Stimme wohl anzumerken war, wie gern er seinem Herrn seine erhabene Aufgabe abgenommen und der Menschheit selber den labenden Schatten gespendet hätte.

Ein Schauer der Ehrfurcht durchlief den Markt und kündigte den Festakt an, auf den die beiden vorangegangenen Tage lediglich hatten vorbereiten sollen wie die zum Auftakt der indischen Gastmähler servierten Delikatessen. Nun sollte also nach all dem Warten, das seine Sinne zum Zerreißen gespannt und seine politische Vernunft beinahe getrübt hätte, der Höhepunkt folgen. Ob er wohl dem Silber entsprach, das man zum Abschluß der Mogulorgien löffelweise kostete? Madec bezweifelte es nicht. Die Trompeten schmetterten immer lauter, die Menge schwoll an, Verkaufsstände kippten um, Schalen mit Konfitüre und Sorbet ergossen sich auf die Blumenbeete. Plötzlich tat sich vor den Elefanten ein riesiger freier Platz auf. Linkerhand stand eine Moschee, und auf einer Esplanade über der Yamuna erhob sich, wie in Agra, furchteinflößend und prachtvoll zugleich, ein gigantisches, von mindestens dreißig Fuß hohen Rundtürmen flankiertes rotes Fort.

»Reiten wir ein!« schrie Nagef-Khan, »der Großmogul erwartet dich, Nabob Madec!«

In seinem Freudentaumel bemerkte Madec weder die trockenen Wassergräben noch die rissigen Mauern. Während die Elefanten die gepflasterte Auffahrt hinauftrotteten, fielen Schatten und Schweigen auf den Zug. Vor dem Zugang zum Fort hielt man die Tiere an, deren Schmuck an dieser finsteren Stätte, an der alle Fröhlichkeit erstorben schien, sonderbar unpassend wirkte.

Hier also schlug das Herz der Mogulstaaten, hier lag das Zentrum der Macht, doch im Gegensatz zum wildbewegten, dreißig Fuß tiefer brodelnden Delhi glich das Fort einer verlassenen Stadt. Die lange überdachte Straße zum Palast säumten Arkaden, in denen sich das niedrige Volk des kaiserlichen Bazars tummelte – zerlumpte Wachen, verlauste Astrologen, Händler, die Kleinkram aller Art verhökerten und sich förmlich an ihre Buden klammerten, die zitternden Hände vor das Wenige haltend, das sie feilzubieten hatten, wie um es vor einer neuen Katastrophe zu schützen: Zu oft schon hatte der Krieg hier alles verheert. Sie glichen eher Bettlern, lebenden Toten als Kaufleuten. Welche Illusion, welcher Traum von Vermögen und Reichtum mochte sie noch in diesen zerfallenden Wällen halten? Wohl derselbe, der im Augenblick den Geist Madecs verwirrte, der, wie in Godh, dem Wunder entgegenzog, obwohl die Umgebung nichts von der Pracht verriet, die ihm Kerscao verheißen hatte. Die Werkstätten der Sticker waren ebenso verschwunden wie die der Goldschmiede, Maler, Schneider, Drechsler, Lackierer, Pantoffelmacher und Seidenweber. Hatte es sie je gegeben? An jeder Kreuzung schlug die kalte Luft gegen verlassene Fassaden. Der Reichtum war von dieser Stätte gewichen, nur einige Geier vergnügten sich auf den Dächern. Wie die verlassenen Feenpaläste der Märchen war die Residenz des Moguls leer, verödet wie die Zitadelle von Godh nicht einmal am Morgen nach dem Massaker. Und auch die

Macht war entschwunden, schlimmer noch: der Geist, auf den die Macht sich gründet.

Ein Trommelwirbel ertönte.

»*Nakharahkhana*«, verkündete Nagef-Khan.

Nachdem sie eilends das Tor der Musik durchschritten hatten, ergoß sich zugleich mit den Klängen Sonnenlicht über den Zug, der sich nach der strengen Militärarchitektur unvermittelt in einem Hof mit ungepflegten Gartenanlagen wiederfand. Im Hintergrund einer von Kanälen durchzogenen Esplanade öffnete sich ein großer Saal mit mehreren Säulenreihen und einem baufälligen roten Ziegeldach.

»*Diwan-i-Am,* Nabob Madec . . . Geh hin und entbiete dem Schatten Gottes deinen Gruß . . .«

Madec erbebte, fiebrige Erregung pochte in seinen Schläfen, wie geblendet, doch mit scheinbar sicherem Schritt ging er auf den Thron des Großmoguls zu, hielt in der Tasche die Goldrupien umklammert, die er ihm nach herrschendem Brauch aushändigen sollte.

Die Bäume waren dürr, der Rasen vergilbt, weder in den Becken noch in den Kanälen plätscherte Wasser. Ein alter Wachsoldat mit einem Stab in der Hand trat, wie ein Besessener gestikulierend, vor und verneigte sich vor einer seidenverhüllten Gestalt auf einem geflochtenen Bambusthron:

»Sei gegrüßt, König der Könige, Besieger der Erde, Herr des Universums!«

Dann fühlte sich Madec zu dem mutmaßlichen Mogul hingestoßen – mutmaßlich, weil er weder die von Kerscao verheißenen Männer mit silbernen Keulen noch den berühmten Pfauenthron erblickte, das Meisterwerk eines *Frantcis* aus dem vergangenen Jahrhundert und nach Aussage aller Reisenden das Juwel des Palastes. Die Wache bohrte ihm den Stock in den Rücken:

»Tritt vor! Verbeuge dich!«

Madec verneigte sich tief.

»Überreiche nun deinen *Nazer!*«

Wieder gehorchte er, streckte in einem Schnupftuch aus Musselin seine Goldrupien hin. Eine gepflegte Hand ergriff sie, zählte sie nach. Dann packte die Wache Madec bei den Schultern und befahl ihm, in den Garten zurückzukehren, während die Mogulwürdenträger vortraten und sich ihrerseits verneigten, so daß er das Gesicht des Kaisers, dessen Züge er über seinen tiefen Verbeugungen nicht hatte erkennen können, wieder nicht sah. Und nun stand er zwanzig Schritt vom Thron entfernt und führte die anbefohlenen Bücklinge aus, während die *Omrahs,* die Stützen des Himmels und Säulen des Reiches, hochmütig in ihren raschelnden Roben vorbeirauschten. Endlich war die Begrüßung vorüber, die Würdenträger reihten sich neben Madec ein, man brachte Kissen, und alle ließen sich nieder.

Eine Stunde lang sprach der Mogul kein Wort, sondern klatschte nur hin und wieder in die Hände, woraufhin sofort ein ebenso geschäftiges wie schmutziges Dienervolk herbeieilte und eine wunderliche Darbietung auf die andere folgte: An eine in einem Innenhof eher lächerlich wirkende Kavallerieparade, bei der die Pferdeäpfel lustig auf den Marmor rollten, und einen Augenblick sogar die Wasserfälle rauschten, wenn auch nicht gerade mit einem jasminduftenden Naß, schloß sich ein Kampf zahmer Gazellen an. Nachdem sich der Mogul eine Viertelstunde daran ergötzt hatte, ließ er geschlachtete und ausgeweidete Hammel bringen, an denen er, während die Wachen die Kadaver in alle nur erdenkliche Stellungen drehten, unermüdlich mit vollendeter Kunstfertigkeit verschiedene an seinem Gürtel hängende Messer erprobte. Und sooft er die Klinge aus dem Fleisch zog, riefen die Würdenträger im Chor:

»Wunder über Wunder! Er hat Wunder vollbracht!«

Madec konstatierte voll Unbehagen, wie der Nachmittag vorrückte, als sich der Mogul endlich zum Sprechen entschloß. Wie in jähem Widerwillen die blutigen Hammel wegschiebend, strich er die Falten seines Gewandes glatt, lehnte sich gegen seinen Bambusthron und gebot:

»Tritt herzu, Nabob!«

»Wunder! Er spricht Wunder!« riefen die Höflinge wieder um die Wette.

Der Vorgang war völlig absurd, aber, recht betrachtet, ebenso feierlich wie unsinnig. Madec trat gemessen vor, und der Mogul fuhr mit hohler Stimme, die durch den ihn bedeckenden Seidenwust halb erstickt klang, fort:

»Tritt herzu, Sonne meines Hofes, Held meines Reiches, Madec, Nabob, Madec, *Bahadur.* Stets-bereit-zum-Kampfe, Mein-Stellvertreter-im-Kriege, Madec, *Bocci,* Dritter nach meinem Großwesir!«

Madec stimmte seinen Schritt auf den Takt dieser Titel ab, so daß er am Schluß der Aufzählung beim Thron anlangte, was des Moguls Wohlgefallen fand und ihm ein Lächeln eintrug.

»Ich, Schah Allam, Nachfolger Tamerlans, König der Könige, Besieger der Erde, Herr des Universums, erhebe dich zum Nabob erster Kaste, du bist mein, empfange dein Siegel, deine neuen

Patente, nimm hin dieses Goldgewand, diesen Turban, diesen Kopfputz, diesen Gürtel ...«

Madec kam kaum dazu, den Mogul zu betrachten, doch fand er ihn ein wenig trist, nicht mehr jung, aber auch noch nicht wirklich alt. Er trug Köcher und Säbel, aber wußten sich seine überaus zarten Hände ihrer auch zu bedienen? Sie dufteten förmlich nach dem Parfüm der Frauen ... Sie wandten sich Madec mit kleinen müden Gesten zu, sehr weiche Finger berührten seine Stirn, er wollte die Augen heben, dem Mogul direkt ins Antlitz schauen, doch er fand keine Zeit, denn schon packten ihn die Diener, streiften ihm das traditionelle Goldgewand über, und dann nahm er aufatmend aus den Händen eines Würdenträgers Turban und Kopfputz in Empfang. Der Kaiser nickte, deutete auf ein Pferd: »Auch dies ist dein!«

»Wunder, er hat Wunder vollbracht«, psalmodierten die Höflinge.

Plötzlich erhob sich der Mogul, woraufhin der Gesang augenblicklich verstummte, schnallte seinen Krummsäbel ab und steckte ihn eigenhändig in Madecs Gürtel.

Nagef-Khan erbleichte, stimmte aber als erster das »Wunder ... er hat Wunder vollbracht« wieder an.

Madec ließ alles mit sich geschehen, hatte, während der Kaiser seine Offiziere gleichfalls mit Goldgewand und Juwelenkopfputz bedachte, nur seinen Plan im Sinn und wollte, kaum war der andere fertig, wider alle Sitte erneut an ihn herantreten:

»Seigneur ... Frankreich ... Die Kriegspläne ...«

Der Kaiser lächelte: »Stör mir die Verbeugungen nicht!«

»Aber ...«

»Du wirst ein andermal Zeit genug finden«, beschied ihn Nagef-Khan.

Die Zeremonie zog sich noch eine weitere Viertelstunde hin. Nachdem Madecs Offiziere in neuen Gewändern prangten und sich alle zehnmal auf den abgewetzten Teppichen verbeugt, langsam eine Runde um den verödeten Garten gedreht, sich wieder verbeugt und die Wunder-Litanei angestimmt hatten, begehrte der Kaiser einen letzten geschlachteten Hammel, dessen Fleisch er ausgiebig aufschlitzte.

Dann ließ er plötzlich den Blick auf ein anmutiges Bauwerk zu seiner Linken fallen.

»Das Serail«, flüsterte Kerscao.

Und in der Tat tauchte ein Dutzend Eunuchen auf, als hätten sie seit Stunden auf diesen Blick gewartet.

»Bereitet meine Frauen vor!«

»Wunder!« psalmodierten beifällig die Höflinge.

Da begriff Madec, daß es zu spät war. Trotzdem wagte er einzuwerfen:

»Aber ... der Krieg ... Unsere Abkommen ...«

Der andere lächelte unbestimmt, klatschte in die Hände. Die Stockträger traten auf die Franzosen zu:

»Die Audienz ist beendet. Geht jetzt.«

Man führte sie durch ein anderes Tor hinaus. Madec fühlte sich ernüchtert, und wie seine Kameraden bemerkte er jetzt, daß die Dekken keine Silbertäfelung mehr aufwiesen und daß man aus den Mauern Rubine, Topase und Smaragde, die sie einst geziert, sorgfältig herausgebrochen hatte. Nun, da das exzentrische Treiben des Moguls zu Ende war, senkte sich eine schwermütige, traurige, totenhafte Stille über den Palast. Kaum aber hatten sie das Rote Fort verlassen, setzte von allen Seiten wieder der laute, dröhnende, schwingende Festtrubel ein. Einen Augenblick fragte sich Madec, ob er nicht in eine Falle getappt war. Der Oberbefehlshaber mißfiel ihm ebenso gründlich wie seinem Corentin. Und dieser weichliche, zarte Mogul, der weder von Krieg noch von Bündnis sprechen mochte, sein stiller Palast ... Dennoch war er Nabob! Sogar erster Kaste! Dazuhin *Bahadur* und *Bocci,* König! Dritter im Reich nach dem Großwesir! In seinem Troß fanden sich eine nagelneue Sänfte und eine Militärkapelle, deren persische Weisen ihm zwar nur mäßig behagten, die aber immerhin ein Zeichen seiner Würde darstellte. Und jubelte ihm die Menge jetzt nicht begeisterter zu als vorhin?

Er warf sich in die Brust, fühlte sich beschwingt und voller Tatendrang wie in der schönen Jugendzeit. Er wollte dem Kaiser schon wieder aufhelfen, wie es Chevalier, Visage und Saint-Frais von ihm erwarteten ... Was Sarasvati wohl zu seinem neuen Titel sagen würde? Nabob erster Kaste, *Bahadur, Bocci.* .. Zum erstenmal nach sechs Jahren verspürte er Lust, sie wiederzusehen, zweifellos aus Rachegelüsten. Sie, die ihm vorgespiegelt hatte, Krieg führen zu wollen, hatte nach Weiberart nichts weiter getan als geheiratet. Ihre letzten Worte fielen ihm wieder ein: »Denk dran, Madec, daß es zwei Menschenrassen auf dieser Welt gibt, die Männer und die Frauen!« Wie wahr! Und der Krieg taugte für die Männer. Ohne es zu ahnen, hatte ihm Sarasvati zur Größe verholfen. An diesem Abend wollte Madec in seinem Zelt allein sein, um sich über das neue Gefühl klarzuwerden, das ihn erfüllte.

Endlich sah er einen Weg, dem Schicksal zu entrinnen – seiner eigenen bescheidenen Herkunft und, wesentlich wichtiger noch, der Unterordnung unter die Ereignisse. Von Stund an wollte er selbst tatkräftig ihren Gang bestimmen.

Aber nicht mehr allein. Hinter ihm stand die *Nation,* Frankreich, das sich vielleicht soeben mit Indien verlobt hatte.

Er hätte das, was er empfand, nicht zu umschreiben vermocht. War es, nach einem Lieblingswort Chevaliers, *Geschichte?* Madec wußte es nicht so recht. Diese ganze Sprache war ihm noch fremd. Doch das Gefühl war stark, intensiv, fast schmerzhaft, sinnberaubend. Inmitten seines Freudentaumels faßte Madec den jähen Entschluß, künftig alles niederzuschreiben, was er unternahm, Daten, Namen, Orte, einfach alles, auch die Vergangenheit. Im Augenblick freilich beschäftigte ihn nur eines – die Erinnerung an diesen einzigartigen Tag zu Papier zu bringen.

Er kauerte auf dem Teppich nieder und verfaßte zum erstenmal in seinem Leben einen Text, bei dem es sich weder um ein militärisches Abkommen noch um einen Wechsel handelte. Sorgfältig führte er Titel, Geschenke und die wenigen Worte auf, die der Mogul an ihn gerichtet hatte. Am Ende jedoch mußte er feststellen, daß seine Bestandsaufnahme noch nicht einmal dreißig Zeilen umfaßte und das Wichtigste, nämlich den sonderbaren Eindruck, der ihn den ganzen Tag nicht losgelassen hatte, gar nicht enthielt. Vergeblich suchte er nach Worten. Es war, als sperrte sich etwas in ihm.

Nach einer Stunde angestrengten Nachdenkens über diesen Tag mit seiner unauflöslichen Verkettung von rauschhaftem Glück und Elend schrieb er einen Satz nieder, der ihn endlich befriedigte: »Betrachte ich den Zustand der Würde, in dem ich mich gegenwärtig befinde, kann ich kaum glauben, daß es kein Traum sein soll.«

27. Kapitel

Dig – Delhi
Jahr 4873 im Weltalter Kaliyuga
Dezember 1772 bis Januar 1773

Die Kunde von Madecs Empfang in Delhi breitete sich wie ein Lauffeuer in Indien aus. Zwar hatte der Mogul schon so manchen Abenteurer ausgezeichnet, doch Madec hatte als erster *Firangi* seinen reichen Herrn verraten und allem Überfluß entsagt, um für den mehr oder minder machtlosen Kaiser Partei zu ergreifen.

Sarasvati erfuhr die Neuigkeit von Visage, der ihr getreulich Bericht erstattete. Chandernagore und selbst Frankreich schienen über Madecs Epos bewegt, versprengte *Frantcis* und portugiesische Klöster sollten den Nabob um Schutz angegangen haben. Sarasvati, die nicht weiter überrascht schien, hörte schweigend zu. Sie ging nicht auf Neuigkeiten aus, die Neuigkeiten kamen zu ihr. Seit der Unterredung während des letzten Monsuns war Visage ihrem Charme erlegen und erhoffte sich Briefe aus Chandernagore nicht ihres Inhalts wegen, sondern nur, um erneut in die Gemächer der Fürstin vordringen zu können. Dabei sprach Sarasvati fast nichts, schüttelte nur hin und wieder leise den Kopf und betrachtete durch das Fenster die Jahreszeiten.

Visage sah, wie einst Madec in Godh, nur noch sie und vergaß darüber die Wirklichkeit. Sarasvati besaß die seltsame Macht, alle an sich zu binden, sie in Illusionen zu wiegen. Doch während Visage diesen für Indien so typischen Gemütszustand ehedem voll Erstaunen aus den Augen der Sterbenden und den wirren Blicken der *Sadhus* abgelesen hatte, war er ihm nun unmerklich selber erlegen. Abgesehen von den Visiten bei Sombre – der ihn zu immer nachtschlafenderer Stunde holen ließ – und von seinen langen Ausflügen über Land, bei denen er Heilkräuter sammelte, lebte er nur noch für Sarasvati und in Erwartung des Vorwandes, sie wiederzusehen – der Briefe aus Chandernagore. Heute morgen jedoch hatte sie ihn rufen lassen, und beklommen und freudig erregt zugleich stürmte er, der alternde, einäugige, sonst so stille Mann durch die Palastgänge, während ihm seine Leidenschaft deutlich ins Gesicht geschrieben stand.

Schon beim Betreten ihrer Gemächer merkte er, daß es wohl um etwas Ernstes gehen mußte, vielleicht um Krieg. Vergeblich versuchte er sich an die im Palast umlaufenden Gerüchte zu erinnern, aber all diese Geschichten von Mord, Totschlag und Unterwerfung interessierten ihn schon lange nicht mehr. Für ihn gab es neben Sarasvati nur noch seine Pflanzenexkursionen, die Unterhaltung mit den Brahmanen über den *Ayur Veda* und die Lektüre dieser alten heiligen Schriften, die ihn nicht mehr losließen.

»Nimm dieses Kissen«, befahl Sarasvati und fuhr, nachdem er sich sichtlich nervös niedergelassen hatte, fort:

»Du hast keine Post aus Chandernagore, ich weiß. Diesmal habe ich eine Botschaft für dich.«

Sie bot ihm Betel an, und mit fahrigen Bewegungen griff er, der sonst so ruhige Hände hatte, zu.

»Visage . . . Die Jats planen einen Angriff gegen den Mogul.«

»Sie werden verlieren. Madec hat sie schon einmal besiegt«, entgegnete er gleichmütig.

»Die Jats und die Mahratten! Zweihundertfünfzigtausend Mann!«

Schlagartig wich alle Farbe aus seinem Gesicht:

»Das mußt du verhindern, Fürstin! Sumroo ist dir hörig.«

»Ich denke nicht daran!«

Sie fixierte ihn mit starrem, wildem Blick, und in einer jähen Zornesaufwallung spuckte er seinen Betel aus. Eben noch von ihr angezogen, verspürte er schlagartig eine unwiderstehliche Abneigung.

»Dann trennen sich unsere Wege, Fürstin. Wo man kaltblütig Madecs Verderben plant, kann ich nicht länger bleiben. Ich gehe.«

Er wollte aufspringen, doch sie hielt ihn mit einem einzigen Satz zurück:

»Das hoffe ich auch!«

»Wie? Womit habe ich es verdient, daß du mich so fortjagst?«

Schweigend betrachtete sie die Sittiche in der Voliere, auf die plötzlich ein Sonnenstrahl fiel, der gleich darauf wieder erlosch.

»Welche Rachepläne schmiedest du, Fürstin? Was hat Madec dir getan? Zweihundertfünfzigtausend Mann gegen Delhi! Und er hat mit den Soldaten des Moguls nicht einmal sechzigtausend Mann . . .«

»Schrei nicht so laut, Doktor! Schrei nicht so, du könntest es bereuen.« Ihre Stimme klang heiser und dumpf wie das Grollen eines in die Enge getriebenen Tieres.

»Meine Rache gilt einzig dem Tod meines Sohnes. Was schert mich Madec. Dharma! Der Angriff wird stattfinden. Sei froh, daß ich dich überhaupt einweihe.«

»Ich gehe trotzdem.«

»Nur zu, ich halte dich nicht.« Und nach einer kurzen Pause fügte sie an: »Ich werde dich nicht einmal verraten.«

Sie brach in schallendes Gelächter aus, doch er ließ sich nicht bluffen: »Du erwartest eine Gegenleistung von mir, Fürstin.«

»Ja, Sombres Pulver. Wenn du weggehst . . .«

Sarasvati schlug den Schleier zurück und streckte den Arm nach Visage aus. Lange und schwer ruhte ihre Hand auf der seinen.

»Doktor . . . Ich kenne euch, euch Männer aus dem Westen. Madec ist fern, für immer fern . . . Das Leben gefällt mir nicht mehr. Aber du gleichst ihm, Visage, du bist ihm ähnlich.«

Sie sprach jetzt Französisch.

»Du bist hellhäutig wie er, du hast Würde und Anstand und einen klaren Blick. Ich könnte längst tot sein. Was sind wir schon, Sombre und ich, in diesem sterbenden Indien? Schimmel an einem alten Kadaver! Sombre ist müde, er denkt nur noch an sein Seelenheil und überhäuft Wendel mit Rupien, damit er ihm die Absolution erteilt. Im übrigen macht Sombre diesen Kriegszug nicht mit. Er will seinerseits nichts gegen den Mogul unternehmen.«

»Und der Radscha der Jats?«

»Leiht sich für den Feldzug unsere Truppen sozusagen. Sombre dagegen bleibt hier.«

»Ich halte Madec also nicht allein die Treue!«

»Siehst du! Kein Grund, mich zu hassen.«

»Ich habe dich niemals gehaßt, Fürstin.«

»Schon gut. Du mußt rasch aufbrechen. Aber zuvor gib mir die Pulver.«

»Die Pulver? Und wer gibt sie Sombre ein?«

»Hör zu, Doktor. Entweder du bleibst und pflegst Sombre – oder du gehst und vertraust die Medizin mir an. Die Wahl steht bei dir. Aber einen mußt du verraten.«

Visage wußte nichts zu entgegnen. Noch immer hielt ihre Hand die seine, eine samtweiche Hand. Nun beugte sich Sarasvati vor und umfaßte seinen Kopf:

»Du bist einäugig, Arzt, aber trotzdem schön. Und rechtschaffen . . .« Nie zuvor hatte er ihre Haut, ihr Parfüm so nahe gefühlt. Er verspürte keine Lust mehr aufzubrechen.

»Gib mir die Pulver, Visage. Glaub mir, es ist das beste . . .«

Er erhob sich und verschwand in den Gängen. Der Kopf schwindelte ihm. Er, der über Fünfundvierzigjährige, begehrte eine zehn Jahre jüngere Frau und, das Tollste, wollte sich von ihr lossagen und gleichzeitig alles auf sich nehmen, was sie von ihm verlangte. Eine Stunde später schloß er sich mit Sarasvati in ein dunkles Kämmerchen ihres Wohntrakts, in die als unrein geltende Küche ein und erklärte ihr die Dosierung der Pulver und die Handhabung der Arzneifläschchen. Sie hatte sofort begriffen.

»Versteck den Handkoffer an einem sicheren Ort«, mahnte er, »und laß niemand anderen heran. Du verstehst, verehrteste Fürstin: Schon ein einziger Tropfen mancher Elixiere kann den Tod herbeiführen. Schmerzlos und schnell.«

»Ich verstehe. Und du, brich morgen zeitig auf. Ich laß dir ein Pferd satteln und gebe dir eine Wache mit. Fragt dich jemand, wohin du reitest, sage, du wolltest an der Grenze Kräuter sammeln.«

Visage lächelte. In wenigen Stunden mußten sie scheiden, vielleicht auf lange, vielleicht für immer. Doch er verspürte keinen Schmerz. Sie teilten ein Geheimnis, und dieses neue, schrankenlose Einverständnis tat ihm unsagbar wohl. Schon in der Tür, wandte er sich plötzlich um:

»Und Dieu?«

»Dieu? Du meinst, er will auch zu Madec?«

»Ja.«

Obwohl sie nicht überrascht schien, glaubte er sich rechtfertigen zu müssen:

»Wir waren doch beide mit Madec auf . . .«

Sarasvati legte den Finger an den Mund: »Still. Ich weiß. Dieu hat mich eure Sprache gelehrt, und Lehrer und Schüler erzählen sich mancherlei. Auch er . . .« Traumverloren ließ sie den Arm sinken.

»Auch er liebt dich, Fürstin, du sagst es. Dennoch wird er mitgehen.«

»Nein, Visage, nicht dennoch. Sondern *weil* er mich . . . liebt. Wie du. Wie . . .«

»Du selbst wünschst diesen Aufbruch, Fürstin.«

Er sprach sehr schnell und sicher, selber fast erstaunt über seine plötzliche Festigkeit. Die bevorstehende Trennung, das gemeinsame Geheimnis machten alles unendlich leicht. Sarasvati schaute ihn lange unbewegt an.

»Hol jetzt Dieu. Sag ihm, daß er mitgehen soll.«

»Das sagst du ihm besser selber, Fürstin. Ich habe ihn in letzter Zeit kaum gesehen, du hattest ihn ja ganz mit Beschlag belegt.«

Er sprach in der Vergangenheit, als wäre die Flucht schon vollzogen.

»Nein, nein. Er sitzt dort hinten über seinen Schlössern.«

Sie deutete auf einen ins Innere ihrer Gemächer führenden Gang.

»Ich will euch beide nicht mehr sehen. Brecht morgen in aller Frühe auf. Und seht zu, daß ihr am Leben bleibt.«

Ehe er den finsteren Gang betrat, suchte Visage noch einmal ihren Blick, um sich darin zu verlieren, ein letztes Mal seinen Glanz und vielleicht einen feuchten Schimmer zu erspähen. Ihr zu gehorchen, berauschte ihn, doch daß ihre Gemeinsamkeit so rasch der Vergangenheit angehören würde, hatte er nicht geahnt. Sarasvati wandte sich ab, schritt mit gesenkten Augen traumwandlerisch sicher den finsteren Gang entlang, wie auf der Suche nach einem Geheimnis, das ihr allein vorbehalten war. Am Ende des Korridors, wo Helligkeit von draußen einfiel, drehte sie sich noch einmal um. Durch ihre Schleier flutete das Sonnenlicht: »Geh jetzt! Verständige Dieu!«

Visage, der plötzlich müde und zusammengesunken wirkte, strich sich mit der Hand über sein totes Auge und sein weißes Haar und ging dann zu dem abgelegenen Raum, in dem Dieu nach ihren Worten den ganzen Tag an seinen raffinierten mechanischen Erfindungen arbeitete.

Nach Mitternacht, zu der von Visage angegebenen Stunde, glitt Sarasvati langsam durch das Labyrinth der Gänge im Inneren des Palastes. Geheimschlösser, versteckte Drehtüren und alle anderen Mechanismen gaben unter ihrem Griff nach, während sie mühelos im Dunkel weiterschritt. Sie kannte alle Hindernisse, hatte sie doch Dieu bei der Einrichtung des Geheimgangs vor gut einem Jahr genau zugesehen und sich alle Einzelheiten erklären lassen. Nachdem sie den letzten Holzbolzen ertastet hatte, glitt das Gitter der Muscharabie langsam beiseite. Auf seinem Sofa hochfahrend, packte Sombre seinen Dolch mit den zwei Klingen und ließ sich dann jäh wieder in die Kissen fallen:

»Du bist es!«

Sarasvati beugte sich zur Lampe am Boden nieder.

»Wo bleibt der Doktor?«

»Wie? Jetzt, mitten in der Nacht? Bist du so krank, Herr Sumroo?«

Es machte ihr Spaß, ihn auf die Folter zu spannen, doch er riß sie an ihrem Bolero hoch und setzte ihr die Doppelklinge an die Kehle:

»Spiel nicht die Unschuldige. Du weißt, daß Visage nicht gekommen ist. Ich will meine Pulver haben!«

»Meine *Vajra* genügt dir wohl nicht?«

»Vajra! Mach mir nichts vor!«

Er spielte noch immer mit dem Dolch. Es war der entscheidende Moment, von dem Visage gesprochen hatte, die einzige gefährliche Minute. Sie mußte ihn dazu bringen, sich die Medizin von ihr geben zu lassen, sonst war alles verloren. Sombre tobte: »Seit Monaten bestichst du meine Wachen ... Ein Wort von mir, und sie bringen dich um. Du spionierst mir nach. Warum, warum nur habe ich dich gewähren lassen ... Und jetzt nimmst du mir auch noch den Arzt.«

Er begann zu stöhnen, hielt ihr aber noch immer die Klinge gegen den Hals. Da setzte sie alles auf eine Karte:

»Schweig, Herr Sumroo!«

Obwohl sie die Stimme kaum erhoben hatte, ließ Sombre schlagartig die Hand sinken.

»Ich hab's geahnt, daß du eines Tages hier einfach eindringen würdest, es sogar erhofft, obwohl ich wußte, daß du mir Visage entführen würdest. Was hast du mit dem einäugigen Alten gemacht?«

»Der einäugige Alte ist auf und davon. Zu Madec.«

»Und ich hoffte, du kämest, um ...«

»Du hast von mir nichts zu erhoffen.«

»Ich weiß. Du bist ein kaltes, hartes Weib, ein schweigendes, haßerfülltes Ungeheuer!«

»An warmen, zärtlichen Frauen hat es dir nie gefehlt.«

»Du hast ja nie etwas von mir wissen wollen«, brüllte Sombre, »dich habe ich ja nur beim *Durbar* oder auf dem Schlachtfeld zu Gesicht bekommen! Du wolltest immer nur vom Kampf hören, und wenn dir meine Leute einmal eine andere Botschaft überbrachten, hast du sie weggeschickt. Und jeden Abend bist du dort gestanden und hast mich bespitzelt!«

»Hast du mir den Krieg etwa nicht versprochen? Ich warte noch immer auf Rache.«

»Meine Pulver ...«, ächzte er, »wo ist der Doktor ... ich will meine Pulver!«

Als sie unter ihren Schleiern Visages Handkoffer vorzog, verschlug es Sombre vor Überraschung die Sprache. Wohl wissend, daß sie die Oberhand gewonnen hatte, brach Sarasvati in Lachen aus und strich mit ihren langen braunen Fingern zärtlich über das abgewetzte Köfferchen.

»Du hast also die Pulver«, brummte Sombre schließlich. »Aber du wirst sie nicht bereiten können.«

Wieder brach sie in Lachen aus:

»Nicht bereiten! Armer, armer Sumroo. Deine Spitzel informieren dich aber schlecht. Weißt du nicht, daß ich die Sprache der *Firangis* erlernt habe? Ich lerne, was ich will, wie ich will und so schnell ich will. Ich habe die *Vajra,* Sumroo, während du längst tot sein müßtest... Aber du hast noch viel von Indien zu lernen, *Firangi* der du bist und bleibst, *Firangi,* Sumroo, *Firangi*...«

Sie summte, das Köfferchen schwenkend, das Wort vor sich hin.

»Fürstin«, keuchte er, »so paß doch auf! Die Arzneifläschchen...«

»Indien ist langsam, Sumroo, das müßtest du, der es in diesem Jahrhundert vielleicht am besten kennt, eigentlich wissen. Ich kann mir mit meiner Rache ebenso Zeit lassen wie mit deinen Pulvern, eine Minute, ein Jahr, zweihundert Jahre, was ist das schon im Angesicht der Ewigkeit!« Ihr Blick fiel unvermittelt auf Sombres gichtige Finger. Sie hatte gar nicht bemerkt, daß sich seine langen, schmalen, so recht »fürs Blutvergießen geschaffenen« Hände, wie sie bei der Hochzeit denken mußte, inzwischen in verquälte, knotige, schmerzende Klauen verwandelt hatten. Denn in der Öffentlichkeit trug er stets seine Panzerhandschuhe zur stachelstarrenden Rüstung, in die er laut Visage kaum mehr hineinkam: »Wenn er noch sechs Monate lebt, hat er es nur dir zu verdanken, Begum, dir allein...« Aber er mußte noch sechs Jahre leben. Indien rüstete sich langsam für den großen Krieg, und auch sie, Sarasvati, war noch nicht bereit, noch nicht alt genug.

»Hör mich an, Herr Sumroo.« Sie faßte ihm um den Leib, mußte sich aber aus Leibeskräften anstrengen, um ihn in den Kissen aufzurichten.

»Hör mir gut zu, Sumroo, wenn ich dir deine Pulver geben soll. Der Radscha der Jats – dein und mein Herr – will mit den Mahratten Delhi angreifen.«

»Das weiß ich längst. Laß mich zufrieden.«

»Madec ist dort, beim Mogul.«

Er zuckte spürbar zusammen: »Was habe ich mit *deinem* Madec zu schaffen? Du willst ihn wohl wieder haben?«

Sie verspürte gute Lust, ihn in die Kissen zurückzustoßen und einfach liegen zu lassen, die Arzneifläschchen zu zerschlagen und die Pulver in alle Winde zu streuen. Aber sie beherrschte sich. Zu viel stand auf dem Spiel.

»Du wirst an diesem Krieg nicht teilnehmen.«

»Und warum nicht? Elendes Weib, Hure, du hast dich den *Firangis* verkauft, und ich soll dir gehorchen!«

»Ja, ich habe mich dir verkauft! Aber du hast nichts als Gegenleistung bekommen! Armes altes Schwein, nicht einmal der letzte Unberührbare möchte mit dir zu tun haben . . .«

Er versuchte, sie durch seinen alten wilden Blick einzuschüchtern, doch es mißlang. »Die Pulver, Sarasvati!«

Zum ersten Mal nannte er sie bei ihrem Namen und nicht beim Titel. Eine ungewohnte Zärtlichkeit schwang in seiner Stimme mit, die sie sofort nutzte:

»Hör mir gut zu, wenn ich dir deinen Arzneitrank geben soll. Morgen beim *Durbar* des Radschas lehnst du ab, mit in den Krieg zu ziehen. Schütz deine schlechte Gesundheit vor und biete ihm zum Ausgleich deine Leute und Kanonen an.«

»Aber ich brauche den Kampf, Fürstin. Er ist die Würze meines Daseins.«

»Mach dir nichts vor. Die einzige Würze deines Daseins bin ich. Du hast dich nie zuvor an eine Frau gebunden, du brauchst mich.«

Sie faßte seinen Kopf, wie zuvor den Visages, mit beiden Händen. Einen Augenblick versuchte er noch Widerstand zu leisten, aber sie gab nicht nach. Am hellichten Tag hätte er sich vielleicht durchgesetzt, doch jetzt, zu so vorgerückter Stunde, war sie die Stärkere. Seine Schmerzen machten ihn schwach, was dem Sieg in ihren Augen einen etwas schalen Beigeschmack verlieh.

Vorsichtig öffnete sie Visages Handkoffer, stellte Arzneifläschchen und Dosen auf ein Tischchen und begann lächelnd zu mischen. Sie war sich ihrer Anmut voll bewußt und fühlte den schläfrigen Blick Sombres beifällig auf sich ruhen, der letztlich nichts dagegen hatte, statt von einem alten Mann von seiner Gemahlin betreut zu werden, die er sonst nur beim *Durbar* oder beim Aufzäumen seiner vier Kriegselefanten zu Gesicht bekam.

»Ich kann dir nichts abschlagen, Sarasvati, aber was bezweckst du damit? Willst du deinen ehemaligen Liebhaber umbringen?«

»Keineswegs. Ich will ihn im Gegenteil dem Mogul abspenstig machen und für die indische Sache gewinnen. Er muß in Delhi verlieren, damit die Mogulstaaten den Mahratten zufallen, die ihn, statt ihn zu verfolgen, zum General machen werden. Dann können wir Inder unser Land zurückerobern. Den ganzen Osten, in dem jetzt die Engländer sitzen. Und Bengalen.«

Wie erwartet, brach Sombre in Gelächter aus, ein langsames, zufrieden meckerndes Lachen. Sie strich ihm übers Haar, und er ließ sich schwer in ihre Arme zurücksinken, so daß sie ihn nur mit Mühe aufrecht halten konnte.

»Du bist schön, Fürstin, schön und stark. Und du besitzt Weitblick, mehr als ich ... Aber Madec hat schon härtere Kämpfe bestanden. Nach seinem Abfall marschierten hunderttausend Jats gegen ihn auf, während sein Heer kaum zweitausend Mann zählte.«

»Nichts als Gerüchte, Sumroo. Außerdem kämpfte er damals in offener Feldschlacht, während er diesmal in Delhi gefangen sitzt. Eingeschlossen, verstehst du? Weißt du, was eine Belagerung in dieser Stadt bedeutet? Ich hab's als Kind erlebt, als die Afghanen kamen ... Ich entsinne mich noch genau.«

»Dennoch ist nicht gesagt, daß er verliert, Fürstin.«

»Er wird, Sumroo, weil wir ihn wissen lassen, daß ich tot bin.«

»Tot? Wie denn das?«

»Außer für dich. Wendel ist im Palast, oder?«

»Ja«, murmelte Sombre.

»Bestell ihn für morgen früh in die Kapelle. Dort liegt eine Tote von hoher Kaste, hellhäutig und so groß wie ich. Sag ihm, man hätte mich vergiftet aufgefunden. Er solle mich sofort beerdigen, gleich bei Tagesanbruch, hörst du? Im Park vor dem Palast!«

»Und du?«

»Du versteckst mich hier. Und heiratest vor aller Augen eine andere. Ich zeige mich erst im Kampf, wenn Madec für immer für Indiens Sache gewonnen ist.«

»Und die Deinen? Die ...« Er zögerte.

»Die *Sannjasin?* Herr Sumroo, bist du kindisch geworden? Sie bereiten doch alles vor. Natürlich sind sie eingeweiht. Sie werden schon aus Angst vor Kali nichts verraten.«

»Und wie erfährt es Madec?«

»Durch den Arzt. Morgen, bevor er wegreitet, wird er meinen Leichnam sehen. Zunächst wird er natürlich schweigen, aber später wird er schon reden. Bis dahin ist Madec in Delhi eingeschlossen ...«

Strahlend richtete Sombre sich auf, der Arzneitrank war vergessen:

»Du bist stark. Aber du hast einen vergessen.«

Ein paar Sekunden lang klang seine Stimme lebhaft wie in früheren Zeiten, und seine Augen funkelten.

»Wen denn?«

»Wendel ... Er ist im Grunde seines Herzens ein Verräter, ein Schnüffler.«

»Mach ihm doch einfach Angst.«

»Das verfängt bei ihm nicht mehr. Zweifellos wird er von anderen bestochen.«

»Von wem?«

»Das weiß ich nicht. Von irgendwelchen kleinen Radschas oder vom Mogul. Vielleicht auch von den Engländern.«

Sarasvati seufzte erschöpft. Alles lief nach Plan. Nach und nach sank Sombre in die Kissen zurück. Aber ihre neue Aufgabe erdrückte sie fast. Und sie konnte sich niemand anvertrauen.

»Wendel«, murmelte sie, obwohl Sombre sie schon nicht mehr hörte. »Wenn du willst, werden wir unsere Vorsichtsmaßnahmen ergreifen. Auch ich habe meine Leute.«

Einen Augenblick lang betrachtete sie Sombre, der in einen schweren, künstlichen Schlaf gesunken war. Wie verquält sein Gesicht wirkte, mit dieser tiefen Falte in der Stirn und diesen von Begierde, Angst, Grausamkeit und wildem Stolz verzerrten Lippen. Ein jähes Triumphgefühl stieg in Sarasvati hoch: Nun befand er sich ganz in ihrer Hand, und sie hätte ihn, ohne Protest befürchten zu müssen, wie eine Ameise unter ihrem Pantoffel zertreten können. Noch einmal ließ sie das Lampenlicht über die Züge des reglos Daliegenden gleiten, doch die Zeit drängte. In vier Stunden bei Sonnenaufgang würde er wieder erwachen. Dann mußte alles bereit sein. Dann schlug die erste Stunde der Rache.

Dieu, den Visage über seinem mechanischen Bastelkram inmitten von Räderwerken, Schlössern und automatischen Vorrichtungen antraf, entgegnete auf den kurzen Lagebericht seines Kameraden ohne Umschweife:

»Wir müssen zu ihm ...«

Alle weiteren Worte erübrigten sich. Es verstand sich von selbst, daß sie nach der gemeinsamen Zeit in Dig auch die kommenden Abenteuer gemeinsam bestehen und, wie jeder vom anderen annahm, wieder ihre alte Tätigkeit ausüben würden, Visage als Wundarzt, Dieu als Kanonier. Dieselbe Frau, die sie gefangengehalten hatte, entließ sie nun wieder auf Indiens Straßen. Der Vorgang war einfach und doch auch wieder verwickelt, und außerdem fehlte ihnen zum Nachdenken die Zeit.

»Sie läßt uns Pferde satteln«, erklärte Visage. »Wir sollen bei Sonnenaufgang aufbrechen.«

»Sie«, echote Dieu und packte sein Werkzeug zusammen.

Wie abgemacht, fanden sie sich am frühen Morgen etwas nervös bei den Stallungen ein. Als sie eben ihre Pferde losbinden wollten, um an den Gärten entlangzureiten, drang plötzlich ein merkwürdiger Singsang an Visages Ohr.

»Latein«, flüsterte er, »klingt fast wie eine Messe!«

Als die Stimmen lauter anschwollen, drückte sich Visage gegen die Stallwand.

»Eine Totenmesse«, flüsterte Dieu.

Und schon tauchte hinter den Büschen ein kleiner Zug auf, an dessen Spitze sie Wendel und hinter ihm Sombre, ausnahmsweise einmal nicht in Kriegsrüstung, erkannten. Aus Visages Gesicht war alle Farbe gewichen. »Das muß ich genauer wissen«, stieß er hervor und stürmte in den Garten, wo er in einem Beet ein offenes Grab entdeckte, über dem der Jesuit geschäftig ein Kreuzeszeichen nach dem anderen schlug. In der Grube aber lag eine lange schlanke und doch volle weiße Gestalt, zweifellos eine Frau. Außer einem dicken schwarzen, unter dem Leichentuch vorquellenden Zopf nahm Visage noch eine braune, mit Ringen geschmückte Hand wahr. Ein Zittern befiel ihn, und lange konnte er den Blick nicht von Hand und Haar wenden, doch schließlich kehrte er zu dem noch immer beim Stall wartenden Dieu zurück und berichtete ihm alles.

Schweigend brachen sie auf und wechselten den ganzen Tag kein Wort. Erst bei Sonnenuntergang vertraute Visage dem Kameraden an: »Sie hat mich getäuscht, sie wollte das Gift nur, um sich umzubringen. Madec ist verloren, und sie hat es gewußt.«

Dieu schüttelte sein rotes Haar:

»Wer sagt dir, daß sie sich selbst getötet hat? Vielleicht war es Sombre?« Und er fügte hinzu: »Jedenfalls ist's gut, daß wir zu Madec unterwegs sind. Wenn er verliert, fallen wir wenigstens mit ihm.«

»Ja«, nickte Visage. »Aber ich glaube, wir sollten ihm nicht sagen, daß sie tot ist.«

Dieu pflichtete ihm bei, und wenig später überschritten sie unbehelligt die Grenze des Mogulreiches.

Um dieselbe Zeit ließ Wendel, den ein Scheiterhaufen hinter dem Palast der Tausend Brunnen stutzig gemacht hatte, von einem bestochenen Wachsoldaten das zwölf Stunden zuvor unter seinen Segenssprüchen geschlossene Grab öffnen, stieg ungeniert in die

Grube hinab, bückte sich, wühlte in der Erde und lachte höhnisch auf. Dann befahl er der Wache, die Steinplatte wieder an ihren vorigen Ort zu legen, und verschwand in größter Hast grußlos aus Dig, ohne sich weiter um Sombre und dessen Seelenheil zu kümmern. Man ließ ihn gewähren, doch als er tags darauf in Agra die Schwelle seines Klosters überschreiten wollte, trennten ihm zwei Säbelhiebe die Unterarme ab, während eine messerscharfe Klinge seine Zunge zerschnitt. Ehe ihm die Sinne schwanden, flüsterte ihm eine Stimme im blumigen Stil der heiligen Bücher Indiens die Sanskritworte zu:

»Auf daß deine Lästerzunge nichts Böses sage, noch dein Stilett es verbreite.«

Als der Jesuit vier Monate später wieder genesen war, konnte er seine Erlebnisse niemandem mitteilen, war er doch hinfort handlos und stumm.

Alles lief genau nach Sarasvatis Plan ab, ja, es kam sogar noch ein neues, unvorhergesehenes Unglück hinzu: Der Großmogul konnte seine Söldner nicht mehr bezahlen. Die Sache wurde lange nicht ruchbar, obwohl sich Madecs Truppen seit dem Triumph ihres Befehlshabers alle Schätze Indiens erhofften. Es verstrich kein Tag, an dem Madec nicht von einem Soldaten gefragt wurde, wann er endlich den Schatz verteilen wolle. Er wußte darauf keine Antwort, denn vom Schatz noch ganz abgesehen, zahlte der Mogul selbst ihm keinen Sold. Zweimal war er deshalb im Roten Fort vorstellig geworden, doch beide Male hatten ihm die Wachen bedeutet, sein Besuch sei unerwünscht. Zwei Monate lang wollte er nicht wahrhaben, daß er einem Traum aufgesessen war, daß ihn der Mogul hinters Licht geführt hatte und in Delhi einzig Not und Elend herrschten. Doch eines Morgens schlug ihm beim Verlassen seines Zeltes Aufruhrstimmung entgegen. Hunderte seiner Leute drohten davonzulaufen. Und da alle Worte nicht mehr verfingen, öffnete Madec schweren Herzens seine Truhen und machte sich zum Bazar auf, um einen Teil seiner Diamanten zu verkaufen. Die Handelsherren frohlockten, und als Madec ihr lächerliches Angebot hörte, begriff er schlagartig, warum sie am Tag seines Triumphes solches Interesse für ihn bezeigt hatten. Hinter ihren Balkongittern lauernd, hatten sie ihn, vom Ruhmeswahn benebelt, als leichte Beute ins Netz gehen und schon auf Gedeih und Verderb in ihrer Hand gesehen, doch sie hatten sich getäuscht. Zu ihrer Verblüffung packte er sie am Rockaufschlag, wetterte und tobte, feilschte und handelte bis spät in die Nacht hinein und erzielte schließlich einen halbwegs angemessenen Preis. Am nächsten Morgen war er mit der Bezahlung seiner Truppen gerade fertig, als die Grenzposten mit der Schreckensnachricht ins Lager platzten, daß Mahratten und Jats gemeinsam auf die Hauptstadt marschierten. Für Madec kam die Kunde nicht allzu überraschend, hatte er die Niederlage doch seit dem Tag, an dem die vom Alter ausgemergelten Gestalten Visages und Dieus vor dem Lager auftauchten, vorhergeahnt. Noch immer pflegte er seine alte Vorstellung, daß sich die Zeit, wie eine Schlange, in den eigenen Schwanz beißt, nur sah er darin jetzt im Gegensatz zu früher keine Verjüngungsverheißung mehr. Seit seinem Triumph oder »Zenit«, wie er sich ausdrückte, war er vom beginnenden Niedergang überzeugt. Das Leben hatte ihm das Beste gegeben, nun konnte auf dem absteigenden Ast nur noch Übles folgen.

Aber warum hatte Sombre seine beiden Freunde freigegeben? Ihre auf die ersten Umarmungen folgenden Erklärungen kamen Madec reichlich wirr vor. Zum Abschluß deuteten Dieu und Visage noch die Möglichkeit eines Bündnisses zwischen Jats und Mahratten an.

»Und Sombre?« wollte Madec wissen, »ist auch er mit von der Partie?«

»Nein.«

»Warum ist er dann nicht hier bei uns?« brüllte Madec.

»Du weißt doch, daß er krank ist«, warf Visage ein.

»Krank, krank . . . ich will mit dir allein reden.«

Kaum hatte sich Dieu mit spöttischer Miene entfernt, packte Madec den Arzt: »Sag mir die Wahrheit!«

»Die Wahrheit . . .«

». . . ist, daß sie dahintersteckt, nicht wahr, sie . . .«

»Nein, Madec, nein, glaub mir. Sarasvati hat uns im Gegenteil in das Komplott zwischen Jats und Mahratten eingeweiht, ihr ist es zu verdanken, daß wir hier sind.«

»Schau mir in die Augen, Visage, belüg mich nicht!«

Mit bitterem Lächeln entgegnete der Arzt:

»Wie soll dir denn ein Einäugiger in die Augen schauen!«

»Wie geht es ihr?« fragte Madec leise, während ihm das Blut ins Gesicht schoß.

»Gut, Madec, sehr gut.«

Dann verstummte er, und Madec wagte sein langes Schweigen nicht zu brechen. Plötzliche Angst bemächtigte sich seiner, die Gewißheit, daß hinter alledem etwas Unfaßbares lauerte, das er nicht greifen konnte. Dazu hätte er weitere Fragen stellen, den Mut, von ihr zu sprechen, aufbringen, sich an ihre goldene Haut, den Klang ihrer Stimme und all die in seiner Erinnerung verschütteten Worte erinnern müssen.

Zu viele Sorgen lasteten auf ihm, eine niederdrückende, ungeheure Aufgabe: Er mußte neue Kriegselefanten auftreiben, Kanonen gießen lassen, die Soldaten des Moguls an europäische Kampftaktiken gewöhnen. All das war schwer, erschreckend schwer, doch er verscheuchte seine Müdigkeit und machte sich ans Werk.

Von Zeit zu Zeit stieg er, wenn ihm seine Kommandopflichten Zeit dazu ließen, in die Wachstuben hinauf, blickte in die eintönige rote Ebene hinaus, die trotz Truppenbewegungen und Waffen auf die Invasion zu warten schien. Die Boten mieden neuerdings das Gebiet, als wäre es von der Pest verseucht. Seit zwei Monaten war kein Brief aus Chandernagore mehr eingetroffen, der vor einem Jahr noch so redselige Chevalier schwieg sich aus. Kein Wort mehr vom Hauptmannspatent, geschweige denn von Truppenverstärkung aus Frankreich. Die einen Moment lang zum Greifen nahe *Nation* schien nur noch ein leeres Wort. Die einzige Wirklichkeit stellte für Madec hinfort der rötliche Horizont dieser Ebene dar, an dem über kurz oder lang die zu seinem Verderben ausgehobenen Heere auftauchen mußten.

Ende Dezember, *kurz vor Weihnachten,* wie die versprengten *Frantcis* im Bazar von Delhi sagten, rückten von Süden dann unaufhaltsam die Truppen vor, überschritten in einem halben Tag die Grenze und standen am Morgen des 20. Dezembers nur noch zwei Meilen vor den Wällen. Von einem vorgeschobenen Turm aus begutachtete Madec mit Nagef-Khan die Katastrophe.

Eine Moghultruppe nach der anderen wich vor dem kraftvollen Vorstoß des Feindes, eine Stunde noch, und sie würden bis zur Stadtmauer zurückgeschlagen sein. Nur eine offene Feldschlacht konnte Delhi noch retten, doch trotz Nagef-Khans Drängen stand Madec wie angewurzelt auf seinem Turm. Während er normalerweise die Treppe hinuntergestürmt und in den Sattel gesprungen wäre, um in Windeseile seine Truppen aufzustellen und nach einer flammenden Ansprache in den verschiedenen Sprachen seiner Soldaten mit gezogenem Säbel in vorderster Linie angegriffen hätte, wirkte er völlig geistesabwesend.

»Wir müssen hinunter«, wiederholte Nagef-Khan, doch statt auf ihn zu hören, murmelte Madec nur:

»Sombre ist offenbar nicht dabei. Ich kann seine Fahne nicht entdecken . . .«, und setzte dann, scheinbar zusammenhanglos oder vielleicht auch einer nur ihm bekannten Logik folgend, mit hörbarer Genugtuung hinzu:

»Sie hat mich nicht verraten.«

»Wer? Wer hat Euch nicht verraten, Nabob Madec?«

Wieder betrachtete Madec die im Wind klatschenden Paniere des Feindes:

»Sie . . . Seine Frau. Die Fürstin.«

Da brach Nagef-Khan in schallendes Gelächter aus:

»Aus gutem Grund, Nabob Madec! Sie ist nämlich vor zwei Monaten gestorben.«

In das von allen Seiten aufsteigende Kriegsgeschrei mischte sich das Trompeten der Elefanten, Pulverdampf erfüllte die Luft, doch Madec stand noch immer wie festgebannt auf dem roten Sandsteinturm und schaute mit leerem Blick in die Weite.

»Nabob Madec!« brüllte Nagef-Khan, »wir warten auf deinen Angriffsplan!«

Madec fuhr hoch:

»Halt du die Mitte«, befahl er mit plötzlich heiserer Stimme, »und ich werde den linken Flügel nehmen.«

Mitte und rechter Flügel wurden bei den ersten Sturmangriffen des Feindes aufgerieben. Die Säbel der Mahratten wüteten, die Elefanten stampften über Leichen, die Kanonen donnerten stundenlang ohne Unterlaß, doch der in den Kornfeldern verschanzte, auf die Yamuna gestützte linke Flügel leistete unter Madecs Führung bis zum Abend Widerstand. Dann verstummten plötzlich die feindlichen Musketen, ließen die Mahratten die Säbel sinken: Delhi blieb von Plünderung verschont. In den Tiefen des Bazars schöpften die Handelsherren neue Hoffnung, und ein erleichtertes Flüstern lief durch die Stadt, pflanzte sich offenbar bis zur Festung fort, denn schon eine Stunde nach Sonnenuntergang wurde Madec zum Mogul gerufen.

Noch einmal durchmaß er im Dunkel der Nacht den Weg seines Triumphes. Delhi war gerettet, aber er fühlte sich bedrückt. Kurz zuvor hatte ihn die Nachricht erreicht, daß der Feind sein Feldlager vor den Mauern verwüstet und Zelte, Kamele, Kanonen und alles übrige mitgenommen hatte. So besaß er nur noch, was er in der Stadt in Sicherheit gebracht, seine Truhen mit Gold und Edelsteinen, Corentin, seine kostbaren Pergamente und seine Familie, darunter die Begum mit ihrem neugeborenen Kind. Der Rest war unwiederbringlich dahin. Stille breitete sich über das Fort. An den Toren tauchten verstörte Wachen auf, ergingen sich beim Namen des Nabob Madec in Demutsbezeugungen und verschwanden wieder im Dunkel. Nur der *Diwan-i-Am* war erleuchtet, und im Fackelschein, der über die Kassettendecken tanzte und die spärlichen, von den vorangegangenen Plünderungen verschonten Goldintarsien aufglänzen ließ, erblickte Madec die unter der perlenbestickten *Kalaate* zusammengesunkene Gestalt des Moguls. Zitternde Höflinge drängten sich zwischen den Säulen, und wortlos erhob sich der Mogul, faßte Madec bei den Schultern, umarmte ihn, löste mit raschem Griff die Spange seines Prunkumhangs und legte ihn seinem Besucher um. In den kaiserlichen Brokat gehüllt, stand Madec dem Herrn der Erde gegenüber, dem Herrn einer belagerten Stadt, die ihre Rettung der Tatkraft eines *Firangis* verdankte: seiner wilden Glut, in die sich eine Spur von Wahnsinn mischte, Ausfluß eines unbekannten Leidens der Seele, das dem an Tollheit sonst so fruchtbaren Indien fremd war. Der Mogul schien dieses Leiden zu erahnen, denn er wandte sich Madec erneut zu und drückte ihm mit einer sehr unbeholfen wirkenden Geste den Arm. Madec sah ihm fragend in die Augen, sehr helle, fast grüne Augen von schönem mandelförmigem Schnitt, die eine gewisse Güte ausstrahlten, vor allem aber Müdigkeit, die Ermattung des ewig Umherirrenden.

Schweigend stand Madec vor dem Mann, dem das Schicksal der Herkunft alles in die Wiege gelegt und das Leben nur Haß gebracht hatte, während es ihm, dem nach Ruhm dürstenden Namenlosen, Aufstieg und Liebe bescherte. Durch dasselbe Unglück gedemütigt und zerbrochen, reichten sie sich als Gleichgestellte die Hände, und im brüderlichen Einverständnis dieser Besiegten näherten sich die beiden gegensätzlichsten und doch komplementären Erdteile einander an.

Einen Augenblick noch ruhte Madecs Blick in diesen braunen, grüngesprenkelten Augen, die im Fackelschein feucht zu schimmern begannen, dann verneigte er sich ein letztes Mal und wandte sich zum Gehen.

Tags darauf rückten die Mahratten weiter vor und beschossen die Mauern. Gegen Mittag mußte sich Madec, von einem Splitter am Oberschenkel verletzt, aus dem Kampf zurückziehen. Seine Truppen jedoch leisteten weiterhin Widerstand, und bei Einbruch der Dämmerung waren Delhis Tore noch immer nicht gefallen. Da nahmen in der Stille abgelegener Gärten Gesandte beider Lager Friedensgespräche auf, und gegen Mitternacht war das Abkommen ausgehandelt: Mahratten und Jats verzichteten auf die Einnahme Delhis, forderten vom Mogul im Gegenzug aber die Abtretung aller neueroberten Gebiete sowie bedeutende Lehen. Gleichzeitig beließen ihm seine eigenen Vasallen nur noch einen Gürtel ausgebluteter Ländereien im unmittelbaren Umkreis der Hauptstadt. Die letzte Bedingung aber war die härteste: Unter Androhung einer Wiederaufnahme der Feindseligkeiten und der Blockierung aller Handelsstraßen forderte der Feind den sofortigen Abzug Madecs aus der Stadt. Aus seinem Serail zur Unterzeichnung des Friedensvertrages herbeizitiert, ging der Kaiser widerstandslos auf alle Forderungen ein – eine Nachricht, die Madec am nächsten Morgen in einer Karawanserei neben dem Bazar erfuhr. Während sich Mumtaz und die Begum neben seinem *Charpoy* in Jammern und Klagen ergingen und Visage einen Kräuterumschlag auf seinem zerfetzten Schenkel anbrachte, stürmte Dieu herein:

»Madec! Der Friedensvertrag ist unterzeichnet!«

»Und die Bedingungen?«

Als Dieu berichtet hatte, was er wußte, richtete sich Madec, noch etwas schwankend, mit einem Ruck der Hüften auf seinem Krankenlager auf und rief:

»Wenn dem so ist, Freunde, kehren wir nach Frankreich zurück!« Sprach's und gab Weisung, unverzüglich aufzubrechen.

In ihrem Versteck eingeschlossen, genoß Sarasvati die Nachrichten, die sie Woche um Woche empfing. Über Sombre bestimmte sie den Gang der Operationen, und alle Projekte liefen, seit der »Mond von Indien« nach ihrem angeblichen Tod eine neue, diesmal muslimische Gemahlin genommen hatte, wider Erwarten gut. Außer ihren getreuen *Sannjasin,* mit denen sie sich nachts in der Tiefe der Tempel traf, wußte niemand in Indien mehr zu sagen, wer die geheimnisvolle Sarasvati wirklich war. In den Karawanen liefen die tollsten Gerüchte um. Sombre, so hieß es, habe seine allzu herrische indische Gattin getötet und eine junge, gefügige Mohammedanerin geheiratet, doch die Dame von Godh gehe rächend in seinem Palast und sogar auf dem Schlachtfeld um. Andere wieder sahen in der neuen Gemahlin die Reinkarnation Sarasvatis, die sich, nachdem sie das Dharma durch ihre Liebschaft mit einem *Firangi* besudelt, selber entleibt. Von Zeit zu Zeit sollte sie mitten im Schlachtengetümmel auftauchen, um an den Fremden von jenseits der Schwarzen Wasser, den Nachkommen des Affengotts Hanuman und Mördern Indiens, Rache zu üben. Sombre fühlte sich durch all diese Gerüchte regelrecht verjüngt. Seit ein hochgelehrter Brahmane seine Schmerzen als rheumatische Beschwerden bedeutet hatte, fand er sie wesentlich erträglicher, wenn er auch nach wie vor ein weißes Pulver einnahm, das ihm Sarasvati in geringeren Dosen als früher allnächtlich gewissenhaft in seinen Becher mischte.

Vor allem aber stärkten ihn die Nähe der Fürstin und ihre gemeinsamen Geheimberatungen in den Stunden vor Mitternacht, in denen sie weidlich über ihre große Lüge lachten und immer neue Täuschungsmanöver ausheckten. War Sarasvati ihres nächtlichen Daseins müde, ritt Sombre mit ihr aus, und auf den gleichen falben Pferden tauchten sie Seite an Seite auf dem Schlachtfeld auf. Mit dem ersten Kanonendonner warf sie sich ins Getümmel, feuerte, ihrem Roß die Sporen gebend, wild aus ihrer Muskete und lüftete schließlich den Schleier, um vor den Augen der gleichermaßen zur Salzsäure erstarrten Freunde und Feinde unter lautem Gelächter in rasendem Galopp nach Dig zu preschen.

Hatte Sarasvati oder ihr Geist aus dem Jenseits so allen Widerstand gebrochen und war, wie der Todesengel persönlich, entschwunden, rafften Sombres Soldaten, überzeugt, ein Spielball der *Maya* zu sein, gierig die Beute an sich und kehrten leuchtenden Blicks, die Brust von der mutmaßlichen *Vajra* ihres Führers geschwellt, wieder heim. Und um die Verwirrung zu vollenden, ritt Sombre manchmal mit seiner neuen Gemahlin, einer schüchternen muslimischen Bajadere, aus, streifte ihren Schleier zurück und nötigte sie gleichfalls zu schießen. Doch obwohl die beiden Frauen in Größe, Alter, Benehmen und Schönheit grundverschieden waren, wunderte sich niemand, denn was für die Inder zählte, war das Unfaßliche, Geheimnisvolle, das sie auskosten, wachhalten, ausschmücken, aber beileibe nicht aufklären wollten.

Nie zuvor hatte Sombre so glückliche Nächte verlebt wie in Gesellschaft seiner schönen Eingeschlossenen, die er nach wie vor nicht berührte, mit der er sich aber aufs angeregteste unterhielt. Seine undurchsichtigen Eheverhältnisse trugen ihm in Indien ungeheure Popularität ein. Er galt nicht mehr als der blutdurstige Rohling, der Akbars Gebeine in alle Winde zerstreute, nicht mehr als Dieb der Pforten des Taj Mahal und vor allem nicht mehr als der alte Krieger aus dem Palast der Tausend Brunnen, sondern als Sklave oder Gebieter der Dame aus dem Jenseits und als einziger, der mit der Göttin Umgang pflog. Die Bankiers lagen ihm zu Füßen, Geld strömte ihm zu wie noch nie, und er ließ von dem stummen Jesuiten mehr Messen lesen als alle Könige Europas zusammen vom Papst. Abends kehrte er dann stets munter und beschwingt in seine Gemächer zurück, weckte Sarasvati aus ihrem langen Tagschlaf und vertraute ihr angeregt seine Hoffnungen, Schandtaten und schwärzesten Geheimnisse an. Von ihrem Charme bezaubert, war er ihr völlig hörig, und sie beherrschte ihn noch mehr als vordem Madec und selbst Bhawani.

Er weihte sie in alle umlaufenden Gerüchte, alle geheimen Meldungen der Spitzel und abgefangenen Botschaften ein, die übereinstimmend zeigten, daß Madec das Spiel verloren hatte. Wie vorherzusehen, hatte er beim Auszug aus Delhi das Angebot des Mahrattengenerals angenommen, und in einigen Monaten, spätestens einem Jahr, würde er wieder Geschmack am Geld gewinnen. Dann konnte man den entscheidenden Angriff gegen Bengalen führen und die Engländer aus Indien vertreiben. An jenem Tag wollte Sarasvati, strahlend und glücklich als würdige Verkörperung Kalis auf Erden, endlich ihr Versteck verlassen.

Eines Abends jedoch wies Sombre niedergeschlagen die Kopie eines Briefes an den Mann in Chandernagore und die Abschrift eines an die Leute jenseits der Schwarzen Wasser gerichteten Schreibens vor. Darin teilte Madec seine Absicht mit, Kerscao nach Europa zu schicken, um die Nation zur Entsendung französischer Truppen nach Indien zu bewegen. Er erläuterte die Vorteile eines solchen Schrittes, räumte gleichzeitig aber den geringen Erfolg seiner eigenen Unternehmungen ein, der ihn, wie er schrieb, in dem Entschluß bestärke, nach Frankreich zurückzukehren, um »meinen Kindern die nötige Erziehung angedeihen zu lassen und ihnen ein anständiges Auskommen zu sichern, das Los meiner armen Eltern zu lindern und in Quimper zu sterben . . .«

Sarasvati behielt von dem ganzen Satz nur ein einziges Wort. Achselzuckend meinte sie:

»Er hat also ein zweites Kind . . . Daß die Männer im Unglück immer Kinder zeugen!«

Und zu Sombre gewandt, der schweigend auf seinem Sofa lag, fügte sie hinzu:

»Er wird nicht abreisen.«

»Du wirst ihn nicht hindern, es sei denn, du bringst ihn um.«

»Ich halte ihn hier. Ohne ihn umzubringen.«

Sombre unterdrückte eine Zornesaufwallung. Solange Madec in der Ferne weilte, hatte er einen willkommenen Gesprächsstoff abgegeben, daß sich nun aber Sarasvati gar so angelegentlich mit ihrem ehemaligen Liebhaber beschäftigte, weckte seine Eifersucht. Er fühlte sich von ihrer Leidenschaft ausgeschlossen, empfand sie als unnahbar wie ehedem.

»Vergiß deine Rache nicht, Fürstin. Deine toten Kinder. Die Engländer . . . Madec taugt nicht mehr zum Krieg.«

»Ihr Männer aus dem Westen schaut doch über eure Stiefelspitzen nicht hinaus! Ich halte Madec, für *uns* und ohne ihn umzubringen.«

Spöttisch fragte er:

»Und wie willst du das anstellen?«

»Armer Sumroo . . . Kommst du noch immer nicht darauf?«

»Nein«, entgegnete er gereizt.

Diesmal brach sie in Lachen aus:

»Über den Mann aus Chandernagore . . .«

In dieser Nacht wälzte sich Sombre trotz seiner Pulver in unruhigem Schlummer.

28. Kapitel

Delhi – Narvar
Februar bis September 1773

Das Neugeborene, eine nach der Mutter Marie-Anne getaufte Tochter, weckte in Madec aufs neue den sehnlichen Wunsch, in die Heimat zurückzukehren. Dabei hatte er der kurz nach seinem Triumph in Delhi geborenen Kleinen anfangs so wenig Beachtung geschenkt, daß er das Ereignis nicht einmal in seinen Pergamenten vermerkte, und in den auf die Belagerung folgenden Wirren wurde Marie-Anne kurzerhand als verschnürtes Bündel im Marschgepäck mitgeführt. Der viel sorgfältiger umhegte Corentin dagegen genoß weiterhin seine Vorzugsbehandlung, und Madec beging jede Schurkerei, um ihm auch im kriegsverheerten Land das gewohnte frische Zuckerrohr und die leckeren Fladen zu verschaffen. Ja, er rechtfertigte sogar seinen etwas überstürzten Übertritt zu den eben noch bekriegten Mahratten in den eigenen Augen mit dem Elefanten: Welche Trauer hätte das königliche Tier über den Verkauf der massiven Goldschellen an seinen Beinen empfunden, der drohte, nachdem zwei Drittel der Schätze dahingeschmolzen waren und Madec schon die Veräußerung des Diamanten von Godh kommen sah. Glücklicherweise jedoch zahlte Sindia, der Mahrattengeneral, einen hohen Sold und stellte obendrein reiche Beute in Aussicht. Corentins munterer Trott beim Zug in Sindias Ländereien im Westen ließ Madec seine Niederlage vergessen – wie er in seiner Tochter wenig später eine weitere Quelle des Trostes fand. Seine neuerwachte Vaterliebe aber brachte ihn in Gewissensnöte, denn sie vertrug sich nicht mit seiner Leidenschaft für Corentin. Marie-Anne hatte, wie sich schon sehr bald herausstellte, nichts oder fast nichts Indisches an sich, sie war »ganz der Vater«, wie die Frauen urteilten.

Er hatte sich entschieden verändert. Vielleicht war die Niederlage daran schuld, vielleicht auch das Alter. Immerhin war er inzwischen schon siebenunddreißig und hatte kurz zuvor, wie schon damals nach Godh, einen plötzlichen Altersschub durchgemacht. In einem einzigen Monat hatte sich sein Haar stark gelichtet, und der Rest an

Schläfen und im Nacken ergraute so schnell, daß er den Turban nicht mehr abnehmen mochte. An gewittrigen Tagen machten ihm seine Narben zu schaffen, und auch die Märsche in praller Sonne vertrug er nicht mehr so gut, sondern mußte öfters stehenbleiben und nach Atem ringen, während sich sein Magen schmerzhaft zusammenkrampfte und Brechreiz in ihm aufstieg.

Und dann kam dieses Kind. Sein Erstgeborener, Balthazar, hatte ihn nie interessiert, sondern lediglich seiner Eitelkeit geschmeichelt, den landläufigen Ehrgeiz, einen Sohn zu zeugen, befriedigt. Madec war zwar der Vater dieses kleinen, dunkelhäutigen, stillen Kerlchens, das sich ständig in den Röcken der Frauen verkroch, empfand aber keine väterlichen Gefühle, und so war Marie-Anne die reinste Offenbarung für ihn. Die erste wirkliche Begegnung fand nach dem Umzug in eine vom Mahrattengeneral gestellte Behausung statt, wo Madec beinahe über ein kleines, lebhaft über den Marmor krabbelndes Etwas gestolpert wäre. Als er sich an einem Fenstergitter gerade noch auffing, robbte das in einfarbige Seide gekleidete Persönchen auf ihn zu und schaute ihn munter, neugierig, fast spöttisch aus leuchtendblauen Augen an – die damals etwa zehn Monate alte Marie-Anne.

Wie hatte er bisher nur ihre helle Haut übersehen können, diesen blassen, rosigen, leicht sommersprossigen Teint und das feine, rötlich schimmernde Haar? Ihre ganz unkindlich langen weißen Hände, die anmutigen, etwas jähen Bewegungen, dieses unendlich einfache und unverfeinerte Naturell – alles an diesem Kind war europäisch, erinnerte an die Bretagne. Von diesem Tag an liebte Madec seine Tochter abgöttisch. Kein Morgen verging, an dem er nicht die Frauen nach ihr fragte, kein Feldzug, vor dem er sie nicht küßte und mit feuchten Augen sagte: »Marie-Anne, Marie-Anne, bete zum Himmel, daß dein Vater wiederkommt, daß ihn die Kanonen nicht fressen, bete zur Heiligen Jungfrau, daß er viel Geld mitbringt, denn Mädchen, meine Kleine, mein Zuckerpüppchen, brauchen eine große Mitgift, und du sollst die reichste sein in der ganzen . . .«

Er wagte das verhaßte und ersehnte, das köstliche und unheilvolle Wort nicht auszusprechen, das Wort »Bretagne«. Und mit schuldbewußter Miene wie ein ertappter Schuljunge oder untreuer Ehemann eilte er geradewegs in den Stall und stimmte heuchlerisch ähnliche Töne an: »Wo ist denn mein wackerer Corentin, mein Allerschönster? Bald machen wir wieder einen Beutezug, damit du neue Glöckchen bekommst, und dann, Corentin, suchen wir eine Karawane, die dich nach Quimper bringt . . .« Besorgt stellte Arjun fest, daß Madec bei diesen Unterhaltungen mit dem Elefanten statt Hindi immer öfter Französisch und vor allem Bretonisch sprach. Dieser Wechsel des Wortschatzes und des Sprachrhythmus, gewissermaßen der Lautmusik, mußte Corentin durcheinanderbringen. »Du weißt doch, Madecji«, wandte er manchmal ein, »daß Elefanten, genau wie wir Menschen, ihre Gewohnheiten haben. Wenn du die Sprachen so durcheinanderwürfelst, wird Corentin dich am Ende noch für einen Fremden halten und uns nicht mehr mögen. Seit Delhi ist er nicht mehr so tapfer. Er braucht Rücksicht!«

»Er steht im besten Alter«, entgegnete Madec ärgerlich, »jetzt ist er zwanzig, und Elefanten können siebzig werden.«

»Königliche Elefanten sind anders«, erwiderte Arjun bekümmert, »vor allem die weißen.«

Madec hörte nicht hin. Eines schönen Morgens, nachdem er Boten mit Pergamenten ausgeschickt hatte, kam er mit besonders beschwingtem Schritt in den Stall und verkündete:

»Wir kehren nach Frankreich zurück.«

Arjun, der Corentin eben mit einem stark duftenden Puder eingerieben hatte, zog ihn beiseite.

»Nicht vor ihm!« Sie entfernten sich in einen entlegenen Winkel des Stalles.

»Dein Entschluß steht wohl fest, Herr Madec?« fragte Arjun.

Aus seiner ernsten Miene konnte Madec entnehmen, daß er Angst um Corentin hatte.

»Ja. Du begleitest mich bis Pondicherry.«

»Du ziehst also nicht mit der Karawane?«

»Ich lass' dir Cor . . .«

»Reden wir nicht darüber, Herr Madec. Was immer du tust, ich werde dir folgen. Bis zu den Schwarzen Wassern. Nicht weiter.«

»Das brauchst du nicht zu tun. Ich gebe dir Corentin.«

»Keiner kennt die Zukunft«, unterbrach ihn Arjun, »keiner kennt sie . . . Dharma!«

»Dharma«, wiederholte Madec und dachte an seine kleine Tochter.

»Nimm dich trotzdem in acht, Herr Madec.« Arjuns Miene hatte sich plötzlich verfinstert.

»Wovor denn? Ich habe meine Vorsichtsmaßregeln für den Zug durch den Dekkhan getroffen. Eine Eskorte erwartet uns. Heute in vier Monaten bin ich in Pondicherry.«

»Dharma!« grollte Arjun. »Daß nur nicht Ganesch, Corentins Gott und Herr, die Hindernisse vor dir auftürmt, die er dir einst aus dem Weg räumte! Königselefanten teilen die Liebe ihres Herrn mit niemand.«

»Die Liebe teilen! Was redest du da für einen Unsinn, Arjun?«

»Geh zu ihm«, beharrte Arjun, »schau ihn dir an. Und dann sieh zu, ob du die Schwarzen Wasser ohne ihn überqueren kannst.«

Ärgerlich folgte ihm Madec, täschelte Corentin flüchtig, spielte mit seinem Rüssel und redete ihm halblaut gut zu.

»Nun?« fragte er Arjun schon im Gehen.

»Dharma!« entgegnete der Elefantenführer und entfernte sich mit einem Seufzer.

Noch vor einem Jahr hätte Madec bei einem Blick auf Corentin begriffen, was Arjun so betrübte. Es hätte ihm schlaflose Nächte bereitet und ihn veranlaßt, die besten Elefantenkenner unter den Brahmanen aufzusuchen. Denn seit ungefähr zwei Wochen sickerte aus Corentins Lid eine durchsichtige, kristallhelle Flüssigkeit, fast wie Tränen, obwohl es keine Tränen waren. Daß Madec dies nicht bemerkt hatte, bestärkte Arjun in seiner Vorahnung: Die seltsame Flüssigkeit war das Zeichen, von dem die seit grauer Vorzeit unter den Elefantenführern überlieferten heiligen Verse sprachen: die sichere Ankündigung, daß dem Herrn des weißen Elefanten ob seiner allzu großen Keckheit schweres Unheil drohte.

Über den willfährigen Sombre konnte Sarasvati mühelos Verbindung zum »Mann in Chandernagore« aufnehmen. Indem sie alle Informationen der Spitzel sammelte und in einem endlosen, den in der damaligen englischen Gesellschaft so beliebten Puzzles gleichenden Spiel abwog und verglich, hatte sie sich eine recht präzise Vorstellung von diesem Monsieur Chevalier zusammengesetzt: ein ehrgeiziger, im übrigen äußerst gewandter und zungenfertiger Intrigant, der den »Interessen seiner Nation«, wie er sich auszudrücken beliebte, lediglich in dem Maße diente, als sie seinen eigenen Plänen entgegenkamen. Ihr war das einerlei, Hauptsache, er hinderte Madec daran, Indien zu verlassen und führte ihn zu ihr zurück, ergeben, willfährig, verzweifelt und zu allem bereit, ohne einen weiteren Gedanken an Europa zu verschwenden, mit einem Wort, reif für Kali. Sarasvati wußte von Chevalier, daß Madec ein Gesuch nach dem anderen an seinen Souverän jenseits der Schwarzen Wasser gerichtet hatte. Welcher Witz! Er, der sie vor sieben Jahren verlassen hatte, um in Gesellschaft der Tochter Barbettes seinem Ehrgeiz beim Mogul zu frönen, ging trotz seiner Niederlage in Delhi den König von Frankreich in einer nicht enden wollenden Flut von Sendschreiben um ein Hauptmannspatent für seine angeblichen Dienste, sprich, seine verlorenen Schlachten, an! Er ist doch immer noch der alte, dachte Sarasvati, jagt Hirngespinsten nach, statt die Liebe zu suchen, noch dazuhin Trugbildern in diesem Land im Westen!

Daß sie ihn in Indien halten könnte, stand für sie außer Zweifel. Aus den neuesten Meldungen ging hervor, daß Madecs Vaterland, dieses Frankreich, für die Vorgänge in Delhi keinerlei Interesse mehr aufbrachte. Ihren augenblicklichen Plänen kam das sehr zustatten, ging es für sie doch einzig darum, Zeit zu gewinnen. Über Bankleute in Kalkutta, die mit den Kaligläubigen in Verbindung standen, waren ihr Informationen zugespielt worden, die Warren Hastings, der Generalgouverneur, niemals hätte durchsickern lassen dürfen. Demnach sollte der französische König schwerkrank sein und an seinem Hof ein vollständiges Chaos herrschen. Zwar durfte man nach seinem Tod mit der Absetzung der jetzigen, an Indien desinteressierten Minister rechnen, doch im Augenblick schien der alte Souverän wenig geneigt, ins Totenreich abzuwandern. Ausgezeichnet, dachte Sarasvati, das gibt mir Zeit, Madec einzuschließen. Und ist er erst einmal in unserer Hand, spiegeln wir ihm neue Hoffnungen vor. Ich werde ihm weismachen, daß sein Souverän darauf brennt, die Engländer aus diesem Land zu vertreiben, und er wird sie vertreiben. Unter meiner Führung. Chevalier war dieser Gedanke, wie sich aus seinen heuchlerischen Schreiben an Sombre, natürlich zwischen den Zeilen, entnehmen ließ, nicht völlig fremd, und so konnten Sombres Mittelsmänner von ihm mühelos erwirken, was Sarasvati wünschte – daß das Geleit, mit dem Madec durch den Dekkhan nach Pondicherry ziehen wollte, im letzten Augenblick ausblieb.

Madec hatte seine Familie, seine Schätze und Corentin nach alter Gewohnheit nach Narvar vorausgeschickt, wo die große Hauptstraße nach Süden begann. Da man sie nur unter militärischer Bedekkung nehmen konnte, sollte ein von Chevalier entsandter Franzose mit seinen Truppen für den nötigen Geleitschutz sorgen. Er selbst kam einen Monat nach den Seinen in Narvar an. Er war über das Gebirge gezogen, hatte mit unsinnigem Kraftaufwand die Wege, die ihn Jahre zuvor nach Godh geführt hatten, in umgekehrter Richtung zurückgelegt.

Als die Jats von seinem Aufbruch Wind bekamen, riegelten sie, um sich für seinen Abfall zu rächen, alle Straßen nach dem Dekkhan ab. Nur ein einziger Gebirgspaß schien noch offen, den Madec zu nehmen beschloß. Obwohl zwei befestigte Plätze den Ausgang sicherten und hundert in den Bergen verteilte Soldaten den Durchzug von zwanzigtausend Mann verhindern konnten, beging Madec den Paß, neben dem sich auf der einen Seite ein Labyrinth von Spalten und Klüften auftat, während auf der anderen der Chambal donnerte. Es war reiner Wahnsinn, doch am anderen Ende winkte Europa, und so zog er unbeirrbar weiter, deckte, als er bei den befestigten Orten anlangte, seine Reiterei durch zwei unberittene Sepoy-Abteilungen und verließ das Reich der Jats fast ohne Verluste.

Diese Neuigkeit konnte Sarasvati nicht erschüttern, sondern erfreute sie im Gegenteil sogar. Sie malte sich genüßlich aus, wie sich Madec sinnlos verausgabte, um schließlich im Herzen Indiens festzusitzen, weil seine Eskorte nicht kam. Wie die Marionetten der Märchenerzähler von Godh tanzte Madec an ihren Fäden, und diese Macht über ihn, selbst aus der Ferne, erfüllte sie mit einem neuen, grenzenlosen Glücksgefühl.

Unterdessen zog Madec ungehindert seines Weges, bis sich eines Nachmittags der Dschungel lichtete und die staubige Straße seiner Jugend, die Straße nach Pondicherry, vor ihm auftauchte. Narvar war nicht mehr weit, er forcierte das Tempo, und noch am gleichen Abend schloß er in der Karawanserei, in der seine Familie abgestiegen war, Marie-Anne in die Arme und küßte sie zärtlich:

»Da bin ich wieder, meine Kleine, mein Schätzchen, und in drei Monaten segeln wir nach Frankreich . . .«

Marie-Anne begann zu krähen, Mumtaz schwieg, und die Begum strahlte vor Glück, daß endlich auch ein Quentchen von ihr dem Gatten Freude machte. Im verwahrlosten Hof der Herberge aber plärrte Corentin, während sich Arjun vor Ungeduld verzehrte, weil sein Herr den Elefanten noch nicht begrüßt hatte. Endlich riß sich Madec von den Frauen los und erschien bei den Ställen:

»Arjun!«

»Herr Madec . . .«

»Pfleg ihn gut . . .«

Er wagte den Namen des Elefanten nicht mehr auszusprechen. »Sobald die Eskorte eintrifft, brechen wir auf. Er muß bei Kräften sein, wenn du in Pondicherry . . .«

»Sag nichts mehr, Madecji«, bat Arjun und wandte das Gesicht ab.

Zwei Monate verstrichen in völliger Einsamkeit. Narvar war fast verlassen, die Eskorte kam nicht, die Straße nach Süden zog sich als Staubband ins Nichts. Anfangs ging Madec täglich auf Hirsch- und Pantherjagd. Corentin lebte im Dschungel regelrecht auf, und manchmal stießen sie auf verlassene Tempel mit sonderbaren, bemoosten Statuen, perversen tanzenden Göttern und leeren Gräbern.

Madec betrachtete sie zerstreut mit dem leeren, gleichgültigen Blick des Abreisenden, doch als die Regenzeit einsetzte und die Eskorte noch immer ausblieb, gab er die Jagd auf und erkundete die Umgebung der Stadt. Wer hatte all die Völkerstämme vertrieben, die einst hier hausten, das ganze bunte Menschengewimmel, das auf den Straßen umherzog? Oder spiegelte ihm seine Erinnerung diese Massen nur vor, war er ein Spielball der Maya? Stundenlang streifte er durch den Dschungel. Die Lianen wirkten jung und saftig, wie von jäher Fruchtbarkeit emporgetrieben. Offenbar war das Land verwüstet worden, von den Banditen zweifelsohne.

Immer wieder ließ er den Blick nach Süden schweifen, wo sich am Horizont die von den Räubern unsicher gemachten Gebirge und Pässe abzeichneten. Rastlos durchstreifte er die Wälder rings um Narvar, das, in einer großen feuchten Senke gelegen, selbst im Regen die Anmut der hübschen und bizarren, im Monsun schlafenden Mogulstädtchen ausstrahlte, Madec aber trotzdem schon bald auf die Nerven ging. Im Dschungel, den er nach und nach in- und auswendig kannte, lag so mancher verlassene Palast. Unter dem Lianengewucher konnten plötzlich marmorne Wasserbecken auftauchen, und wenn er die darüber gebreitete faulige Pflanzenschicht mit einem Säbelhieb durchtrennte, entdeckte er am Grunde des stehenden Wassers Mosaiken aus Karneol und Jade. Von einem unbekannten Unglück verfolgt, waren die Besitzer verschwunden, Schimmel überzog die Mauern, Modergeruch erfüllte die Gänge, ein geheimer Fluch schien auf allem zu lasten. So zog Madec täglich engere Kreise um das wie durch einen Zauberbann entvölkerte Narvar. Als er eines Morgens wie gewohnt zu Corentin ging, begriff er, daß die Eskorte nicht kommen würde. Chevalier hatte ihn betrogen.

29. Kapitel

Kalkutta
Mai bis Juni 1775

Gerade im Begriff, seinen Namenszug unter einen Hinrichtungsbefehl zu setzen, fuhr Warren Hastings plötzlich hoch. Obwohl er den Inhalt auswendig konnte, hielt er die Augen auf das Pergament gesenkt. Im übrigen las er nicht; der Stille seines Gouverneursbüros unvermittelt entrissen, lauschte er beunruhigt. Es war die Stunde der Siesta, der Augenblick, in dem ganz Kalkutta, gesättigt von dem zur heißesten Tageszeit eingenommenen Mahl, in Schlaf sank. Einzig die Armen, die Inder, zogen noch durch die neu erbauten Straßen, um von Zeit zu Zeit die Klage des Bettlers oder den Schrei des Händlers auszustoßen. Auch der Hafen war in Betäubung erstarrt. Alle, Matrosen, Kalfaterer, Zimmerleute, Treidler, Segelmacher oder Kapitän, hatten im Schatten eines Feigenbaums oder in der Dunkelheit einer Spelunke Kühle gesucht.

An diesem Nachmittag aber lebte der Hafen, und nun war auch das englische Viertel erwacht. Wie sonst nur gegen sechs Uhr abends war Pferdegetrappel der Phaetons und die kurzen Befehle an Sänftenträger zu hören. Warren trat ans Fenster und hob den Vorhang. Außer ein paar offensichtlich höchlich belustigten Damen am Gitter des Parks entdeckte er vier Sänften und einen Phaeton und – zu seinem Ungemach – Sir Francis, seinen wichtigsten Mitarbeiter und schlimmsten Rivalen.

Warren zuckte die Schultern. Es mißfiel ihm zutiefst, in der Einsamkeit seiner Arbeit gestört zu werden. Er liebte die Einsamkeit, denn sie vermittelte ihm das Gefühl, Herr über das Schicksal Indiens zu sein, was leider freilich nur Einbildung war, mußte er doch drei Mitgliedern des Bengalischen Rates, Monson, Clavering und diesem eingebildeten adligen Affen, der gleich hereinplatzen würde, um sich wichtig zu machen, Rechenschaft ablegen. Er ermahnte sich, Ruhe zu bewahren, und versenkte sich zu seiner Entspannung in das einzige Bild, das den Raum schmückte: das Porträt des Königs von Frankreich, ein Relikt aus der Zeit seines Vorgängers Clive, der die reichen indischen Bankiers, als die Inder damals nur Augen für den französischen Rivalen hatten, gern unter das Bildnis seines angeblichen Souveräns führte, um ihnen irgendwelche Handelszugeständnisse abzunötigen.

»Sir Francis!« meldete die Ordonnanz, »mit einer Botschaft.«

»Führ ihn herein!« erwiderte Warren unbeweglich.

Sein Besucher hatte noch nicht Platz genommen, als er ihm schon den Wind aus den Segeln nahm.

»Sagt nichts, Sir Francis, laßt mich raten, was Euch zu mir führt ... Der König von Frankreich ist gestorben, nicht wahr?«

»Das stimmt«, entgegnete der andere, plötzlich blaß geworden, mit matter Stimme. »Woher aber konntet Ihr das wissen? Das Schiff mit der Neuigkeit ist gerade erst eingetroffen.«

Warren spielte den Überlegenen. Doch Sir Francis hatte sich schnell wieder gefangen. Mit festerer Stimme fuhr er fort, und ein Lächeln spielte um seine Lippen. »Für Euch«, er schluckte, »für uns eine betrübliche Wendung!«

Trotz der Hitze des Nachmittags schlossen sich die beiden Männer mehrere Stunden lang im Büro des Gouverneurs ein. Sir Francis war ein reichlich sonderbarer Mann. Seit seinem Aufenthalt in Paris 1765, wo er offensichtlich eine stattliche Anzahl von Frauen erobert hatte, trug er den Spitznamen *Le Bel Anglais,* der ihm sogar übers Meer gefolgt war. Auch in Kalkutta flogen die Frauen ausnahmslos auf ihn. Während sie auf den Tee warteten, versuchte Warren herauszufinden, was Francis wohl so anziehend machte. Gewiß, er war groß und wohlproportioniert, er hatte regelmäßige Züge. Aber, mochte es nun vom Übermaß des Weingenusses oder von seinen Ausschweifungen kommen, sein Gesicht wirkte leicht aufgedunsen, und wenn er mit seinen fünfunddreißig Jahren im großen und ganzen auch noch jung erschien, fand Warren die Lobeshymnen der Damen beim Tee über »seine vollendet schönen Hände« oder »seine entzückenden Ohren« doch grotesk. Die Damen hatten keine Ahnung von männlicher Schönheit – von Schönheit, wie sie ein Ram besessen hatte.

Ram. Warren war böse auf sich, daß er nichts zur Aufklärung seines Mordes getan, daß er den Mörder nicht bestraft hatte. Er war nie mehr ins armenische Viertel oder zum Kali-Tempel zurückgekehrt. Zu seiner Rechtfertigung wiederholte er sich immer wieder, seine Aufgabe liege anderswo, er brauche nicht in die Geheimnisse Indiens einzudringen, um Paläste zu bauen, Rasen anzulegen, weiße

Giebel und Säulenreihen zu schaffen. In der Tat hatte die Stadt in den letzten drei Jahren ihr Gesicht verändert. Sie hatte einen Anschein von Ordnung angenommen. Die englischen Einwohner besuchten wie die Adligen in Kent oder Surrey Pferderennen, *terrace-parties.* Sie hatten sich eingewöhnt, aufs schönste auch an die Korruption gewöhnt, an eine ungreifbarere, weit elegantere, weit scheinheiligere Korruption, daß Hastings nicht zu sagen vermochte, ob das, was da unter seinen Augen entstand, ein englisches Indien oder ein indisches England war. Sein Traum von Reinheit jedenfalls löst sich zusehends in Schall und Rauch auf. In den beiden ersten Jahren hatte ihn seine Aufgabe vollständig mit Beschlag belegt. Von Marian darin unterstützt, hatte er aus seinen Überlegungen alles ausgeklammert, was nicht in den Bereich der reinen Vernunft fiel. Vor ein paar Monaten aber waren die drei neuen Ratsmitglieder in Kalkutta eingetroffen, in denen er auf Anhieb erklärte Feinde erkannte. Ihre Eifersucht sprang ins Auge. Das »Triumvirat«, wie er sie nannte, hatte es sich zum Ziel gesetzt, das wenige, was er aufgebaut hatte, zu zerstören, um danach seinen Platz einzunehmen. Von den drei war Sir Francis der erbittertste Gegner, der eleganteste, der hinterhältigste, der gefährlichste. Welche Neuigkeit er auch bringen mochte, Warren mußte ihm demonstrieren, daß er durchaus Herr der Lage war. Er war zum Kampf bereit.

Endlich wurde das lastende Schweigen durch den Eintritt des Dieners, der ein Teetablett trug, beendet. Francis freilich konnte seine Enttäuschung kaum verhehlen. Wie viele Briten in Kalkutta vertrug er nur Alkohol. Warren machte sich offen über ihn lustig.

»Oh, Sir Francis, ich weiß wohl, daß Ihr um diese Stunde den Cognac liebt. Ich bin untröstlich, Euch nicht das kleinste Gläschen offerieren zu können . ... nicht einmal Kirschlikör . . . Ich habe nicht wie Ihr die Wonnen von Paris gekostet, *le luxe, la mollesse,* wie Voltaire sagt. Ich bin ein Barbar, Sir Francis!«

»Ein Barbar, Ihr sagt es, Gouverneur!«

Auf einen so prompten Ausfall war Warren nicht gefaßt.

Doch er steckte ihn, ohne mit der Wimper zu zucken, ein. Er beugte sich über die Teekanne, belustigte sich damit, das Getränk lange ziehen zu lassen, goß dann umsichtig eine blauweiße Porzellantasse voll und reichte sie seinem Gegenüber.

Sir Francis wagte nicht abzulehnen. Warren wartete, bis er den Tee gekostet hatte, schlürfte dann seinerseits genießerisch das brennend heiße Getränk und ließ sich endlich zu einer Antwort herab.

»Ihr scheint recht düster.«

»Das ist jeder, der nicht blind für diese Zeiten ist.«

Wieder führte Warren die Tasse zum Mund, zog langsam den Duft durch die Nase, obwohl er in Wirklichkeit vor Neugier brannte. Langsam! wiederholte er sich, die Langsamkeit und Gleichgültigkeit Indiens, die große Weisheit dieses Landes, ist meine einzige Waffe gegen diesen *griffin,* der es nicht erwarten kann, mich zu stürzen. Endlich ergriff er wieder das Wort.

»Riecht nur, wie der Tee duftet, Sir Francis. Ein wahres Wunder. Eine neue Sorte, die unsere Agenten an den Hängen des Himalaja angebaut haben. Ein geglücktes Experiment, seid Ihr nicht meiner Ansicht? O diese schönen Hänge in Assam, Siliguri, Darjeeling . . .«

»Ein Land für Wilde!« fiel ihm Francis ins Wort. »Ihr seid nie dort gewesen.«

»Gewiß, aber ich kenne die Berichte unserer Reisenden und die Stiche, die sie für mich von den Landschaften gemacht haben.«

»Für England und Bengalen wäre es besser, der Gouverneur beschäftigte sich weniger mit Stichen!«

Endlich gab sich Francis eine Blöße.

»Und noch vor einem Augenblick habt ihr mich einen Barbaren geschimpft, seht Ihr? Trinken wir diesen Tee auf die Gesundheit König Georgs und auf den Tod des Vielgeliebten!«

Er deutete auf das Porträt Ludwigs XV.

»Spreizt Euch nicht so mit Eurer Bildung, Gouverneur. Trotz all Eurer Stiche, Eurer Übersetzungen indischer Werke, Eurer Projekte für eine Asien-Akademie, seid und bleibt Ihr ein Barbar.«

Warren krampfte die Hände zusammen.

»Gewiß«, fuhr der andere fort, »Ihr habt auch die Steuern, das Rechtswesen, die Zölle reformiert; der *Regulation Act* . . . die Finanzen der Kompanie gesäubert. Eine aufsehenerregende Geschichte! Aber doch nur, um Euch Euer Reich zusammenzuzimmern! Ihr beherrscht alles, Hastings, gebt es nur zu, die Akzise, die indischen Gesetze, den Opium- und den Salzhandel. Mir scheint, Ihr vertraut allzu sehr auf Euch selbst. Die absolute Macht könnte Euch zum Verderben gereichen. Darum hört unseren Rat.«

»Kommt zur Sache, Sir Francis.«

»Ihr habt indische Radschas gefoltert, die sich in Eure Pläne nicht fügen wollten. Ihr habt sie eingesperrt und selbst . . .«

»Einen von ihnen zum Tode verurteilt. Was also mehr?«

»Das wagt Ihr, ohne Zittern zuzugeben?«

Müde erhob sich Hastings und stellte sich vor Francis.

»Ihr seid also gekommen, um mich für Nandkumar um Gnade zu bitten? Für den Urkundenfälscher, den Verräter Nandkumar, der mich und Englisch-Indien verderben wollte? Das ist es, was Ihr wollt, nicht wahr? Der Tod des Königs von Frankreich diente Euch nur als Vorwand für Euren Besuch!«

Aber Francis ließ sich nicht aus der Ruhe bringen.

»Das wird sich zeigen. Eines aber solltet Ihr bedenken, Hastings: Nandkumar ist Maharadscha und Brahmane. Brahmane, versteht Ihr? Und Ihr wollt ihn hängen! Ihr, der Ihr die Gesetze Indiens so gut kennt, müßt doch wissen, daß die Eingeborenen darin eine nicht wiedergutzumachende Beschmutzung des Dharmas sehen werden, die uns teuer zu stehen kommen könnte. Bengalen ruht seit dem Tod des Nabobs von Audh auf wackligen Beinen, Gouverneur. Dort drunten sind eine Menge Franzosen mit ihren *Partis,* wie sie ihre Armeen nennen. Gefährliche Führer wie Sombre . . .«

»Der schon mit einem Fuß im Grab steht«, warf Warren ein.

»Und seine Frau . . .«

»Von der man nicht einmal weiß, ob es sie noch gibt. Sie wäre nicht das erste Märchen, das Sombre uns auftischte. Und mit sechzig ist er kein besonderer Krieger mehr.«

»Aber er ist nicht allein. Ja, er steht nicht einmal an der Spitze dieser Bewegung, die von Audh gegen uns ausgeht. Dort hat ein Franzose eine große Armee zusammengezogen, der für die indische Sache, die Rückeroberung Bengalens, Feuer und Flamme zu sein scheint.«

Warren nahm wieder Platz. Die Hitze machte ihm zu schaffen. Die kurzen trockenen Sätze von Francis, sein Bestreben, ihm eine Lektion zu erteilen, erbitterten ihn aufs äußerste. Um so mehr, als er gut unterrichtet schien. Sollte er gar schon über ein persönliches Spitzelnetz verfügen? Das war wenig wahrscheinlich bei einem Neuankömmling. Warrens Unruhe wuchs. Seit Rams Tod hatte er sich immer weniger für Spione interessiert. Ja, er unterhielt fast keinen Nachrichtendienst mehr. Er baute, organisierte, dehnte die englischen Eroberungen aus. An die Basare, die Weltbankiers, die Herren der Ware, verschwendete er kaum noch einen Gedanken. Die indische Literatur war seine einzige Leidenschaft. Die Übersetzung der heiligen Gesetze Manus war beendet, die der *Bhagavad Gita* in bestem Zug. Aber das war nicht ganz richtig; er mußte die Spionage wieder aufnehmen. Er hatte sie einmal geliebt, er konnte sie wieder lieben und wie die religiösen Schriften Asiens *sublim* finden, wie er momentan alles nannte, was in seinen Augen vollendete Schönheit besaß. Er beschloß, das Gespräch zu einem schnellen Abschluß zu bringen.

»Ihr sagtet, Ihr hättet Neuigkeiten, Sir Francis?«

Er deutete auf ein großes Pergament, das Francis seit seinem Eintritt in seinen Händen mißhandelte.

»Das stimmt«, antworete Francis und lächelte zum ersten Mal.

Er überreichte Warren einen Packen Blätter, von einer gestochenen Schrift überzogen wie alles, was aus den Londoner Büros kam. Es war die Zusammenfassung der von allen Agenten der Krone eingegangenen Nachrichten aus sämtlichen Auslandskanzleien, amerikanischen Häfen und Asienkontoren. Einen Teil der Nachrichten kannte er bereits, da sie von hier stammten, und so wandte er sich, ehe er sich an die Lektüre der sentenziösen Ratschläge und Direktiven des fernen Westminster machte, das sich gelegentlich auch zu Befehlen verstieg, noch einmal an Sir Francis:

»Das Dumme an der Geschichte ist nur, daß wir aufgrund der langsamen Verbindung ein Jahr alte Befehle ausführen müssen. Nun war ich für meinen Teil jedoch stets geneigt, die Politik mit der Navigation zu vergleichen. Ich bin hier lediglich ein Matrose, und London ist mein Kapitän. Was aber würde aus einem Matrosen, der einen Sturm kommen sieht und entdeckt, daß sein Kapitän plötzlich mit Stummheit geschlagen ist, wenn er beschließt, den Sturm einfach zu ignorieren?«

»Philosophiert nur immer zu, mein lieber Hastings«, rief Sir Francis mit einem jovialen Lachen. »Nach der Lektüre des Berichtes wird es Euch schnell vergehen!«

Warren trat ans Fenster, um den Brief zu lesen. Nach einer Viertelstunde war er in Schweiß gebadet. Weiß vor Wut nahm er wieder am Schreibtisch Platz. Sir Francis, der die Blässe für ein Zeichen von Angst hielt, sah die Regierung von Bengalen schon auf sich zukommen. Hastings dachte methodisch nach. Der Verfasser des Berichtes, ein nach London zurückgekehrter ehemaliger Angestellter der Handelsgesellschaft, bot keine Angriffsfläche. Er war ein eifriges, schlichtes Gemüt, das seine Berichte nach Art einer Handelsbilanz außerordentlich übersichtlich abfaßte. Im Grunde gefiel das dem Gouverneur, der darin Geist von seinem Geist aus der Zeit wiedererkannte, ehe ihn das Fieber der Macht in seinen Bann geschlagen hatte. Diesmal jedoch bekam er am eigenen Leib zu spüren, wie grausam übertriebene Klarheit sein konnte. Über den Tod König Ludwigs XV. ließ sich Westminster nicht weiter aus. Über seinen Nachfolger Ludwig XVI. stand kaum mehr zu lesen. Lediglich eine Tatsache wurde hervorgehoben: die Schwäche des jungen Souveräns für die Seefahrt. Seine Minister, schlagartig von der Nützlichkeit des Welthandels überzeugt, hatten mit einemmal wieder Großes mit den Kolonien im Sinn. Beweis dafür die beträchtlichen Vorschüsse, die einem gewissen Chevalier Pallebot de Saint-Lubin, auch unter dem Namen Saint-Frais bekannt, Indien- und Abenteuerexperte in einem, bewilligt worden waren. Nach dreijähriger hartnäckiger Belagerung der Versailler Vorzimmer hatte er enorme Gelder erhalten, um zusammen mit den wilden Mahratten, der größten Gefahr für die britische Souveränität, einen Feldzug im Herzen Indiens zu führen. Seine Rückkehr stand unmittelbar nach Eingang des Schreibens zu erwarten.

»Goddam!« fluchte Hastings. Er hatte begriffen. Wie lange mochte die Abfassung des Berichtes schon zurückliegen? Ein halbes Jahr, zehn Monate vielleicht, solange eben das Schiff bis Kalkutta unterwegs war. Er las weiter.

»Offensichtlich stellt das Einvernehmen der Franzosen mit dem Volk der Mahratten ein bedeutendes Hindernis für unsere Herrschaft in Indien dar, zumal der Nabob von Audh, Shuja-ud-daulah, der die Ansprüche indischer Fürsten auf unsere Besitzungen in Bengalen unterdrückte, an der Schwelle des Todes steht. Nun befindet sich bei ihm aber eine Anzahl französischer Soldaten und Abenteurer, bereit, die indische Rebellion gegen uns anzuführen, ja, selbst in Bengalen einzufallen; darunter ein gewisser Madec, der hitzigste und gefährlichste von allen. Aufgrund seiner außerordentlichen Neigungen zu den heidnischen Kulten, der erstaunlich engen Beziehung zum gefürchteten Sombre dürfte aller Wahrscheinlichkeit nach er der Mann sein, der die Angriffe der fanatischen Rebellen gegen unsere Souveränität in Bengalen führen wird. Folglich . . .«

Warren ließ das Blatt sinken.

»Madec, nicht wahr . . . Ihr seid bei Madec?« fragte Francis, der ihn nicht aus dem Auge gelassen hatte, triumphierend.

»Sein Name, Sir Francis, ist mir genauso bekannt wie der Sombres! Madec ist ein kleiner Ehrgeizling, wie man sie heute oft findet. In Frankreich übrigens häufiger als in unserem lieben England! Ein Habenichts, der Sohn eines niederbretonischen Schankwirts, kurz, die übliche Kanaille der französischen Schiffe. Vor drei Jahren hielt er sich für den Herrn der Welt, nur weil ihn der Mogul empfing! Zwei Monate später hat er in einer Schlacht für den Großen Monarchen alles verloren, Vermögen und Sold.«

»Mittlerweile jedoch hat er sich von dem Schlag wieder erholt«, warf Francis ein.

Hastings schien erstaunt. Sein Gegner war unbestreitbar gut informiert. »Sich wieder erholt . . .«, knurrte er. »Das sagt sich leicht. Er ist ins Königreich Audh gegangen, wie die anderen, wo sich die schönsten Huren und die besten Freudenhäuser finden.«

»Der Mogul hat ihn nicht fallenlassen. Er hat ihm einen *Jaghir* gegeben.«

»Mag sein, er hat das Glück der Abenteurer.«

»London nennt ihn gefährlich.«

»Wir wollen uns doch nichts vormachen, Sir Francis. Ihr wißt so gut wie ich, da ihr ähnlich unterrichtet scheint, daß ihm Frankreich seit drei Jahren das Hauptmannspatent, das er ungestüm fordert, vorenthält. Ihr seht also, daß die französische Regierung vor diesem Bettler ohne Religion und sittlichen Halt ebenso wenig Achtung hat wie wir.«

»Der Bericht . . .«

»Aber ja, der Bericht, Sir Francis! Wir werden ihm wohl gehorchen und diesen Madec, der uns als so groß hingestellt wird, vernichten!«

Nach einer kleinen Pause fuhr er mit einem bedeutungsvollen Blick auf das prächtige Gewand seines Gesprächspartners fort: »Schließlich steht das Abenteuer unter dem Gesetz von Größe und Verfall. Und auch wir, Ihr wie ich, sind, wiewohl adlig, in dieses Abenteuer verwickelt. Wer sich heute für stark hält, wird sich schon morgen schwach finden.«

»Das trifft genauso gut auf Euch zu, Gouverneur.«

»Natürlich. Und deshalb werde ich Madec auch vernichten.«

»Den Schluß zu ziehen«, höhnte Francis, »ist einfach, Gouverneur, ihn in die Tat umzusetzen, fällt schon schwerer. Es wird Euch leichter fallen, einen Brahmanen an den Galgen zu bringen, als dieses Madec habhaft zu werden. Er steht nicht allein da, wißt Ihr. Und er ist reich: die Unterstützung von Sombre, seine eigenen Ländereien, seine *Jaghire,* die ihm der Mogul auf Betreiben des verstorbenen Shuja-uddaulah überlassen hat – alles in allem angeblich eine Million französischer Pfund; dazu kommen Kanonen so viel er will und die Restbestände der französischen *partis* d'Aumont, de Cressy, La Sauvagère, La Martinière, . . .«

»Nichts als Abschaum der Gesellschaft von Pondicherry, der nur im Königreich Audh bleibt, weil er nicht herauszukommen und sich von den Reizen der muslimischen Huren zu lösen weiß. Wir werden sie vernichten. Sie sind in Indien eingeschlossen.«

Wiewohl selber nicht davon überzeugt, konnte er nicht umhin, Francis zu widersprechen.

»Ihr habt Recht«, erwiderte dieser mit einem kleinen Lachen. »Eingesperrt. Und von wem, wenn ich fragen darf?«

»Bengalen ist der Riegel Indiens.«

»Nein, Gouverneur, dieser Riegel ist eine Frau. Sombres Frau.«

»Die Fürstin! So glaubt also auch Ihr an diesen Reinkarnationsklatsch, Sir Francis! An die Geschichte vom Phantom einer Frau, gekommen, um die Plünderung einer Stadt an den Grenzen zu Radjputana durch uns zu rächen! Sombre hat eine Inderin geheiratet, die gestorben ist, und vor kurzem eine muslimische Bajadere zur Frau genommen, die er in den Krieg mitschleppt. Das ist einer seiner letzten närrischen Einfälle vor seinem Tod. Laßt ihn in Frieden. Madec hat nichts damit zu tun.«

»Die Inder erzählen sich aber etwas anderes.«

»Unsere Stärke, Sir Francis«, versetzte Warren gereizt, »liegt in der Vernunft. Der aus Europa gekommenen Vernunft, die im übrigen bei uns Engländern das Herz nicht ausschließt. Lassen wir nicht diese haltlosen Ängste über uns Herr werden. Bewahren wir uns kaltes Blut. Ich kenne Indien und die Inder schon länger als Ihr. Sie werden mit der Angst im Bauch geboren . . .«

»Die Angst . . . Angst haben auch wir, Gouverneur. Lest den Bericht zu Ende.«

Hastig überflog Warren die letzten Zeilen. Nichts von Belang. Ihm wurde eine strengere Überwachung Chandernagores und seines rührigen Kommandanten empfohlen. Und schließlich die Notwendigkeit der Loyalität zur britischen Krone unterstrichen. Jeder Wille zur Unabhängigkeit werde genau wie in Amerika aufs strengste unterdrückt.

»Ich sehe nicht, was uns Angst machen könnte«, versetzte er und betrachtete die vollen, allzu roten Lippen Sir Francis', seine weißen, ungewöhnlich zarten Hände. Ihm hatte das Leben alles gegeben. Er war nicht wie so viele andere von der Not getrieben nach Indien gekommen. Ja, hieß es nicht, die gut dotierte Stelle als Ratsmitglied sei ihm von König Georg persönlich, gewissermaßen als Schweigegeld, zugeschanzt worden, nachdem ein Minister ihn als Junius, den gemeinen Pamphletisten, entlarvt hatte, der seit Monaten den Souverän in anonymen Blättern verleumdete? Der Denunziant aus England hatte seine Gewohnheiten wohl kaum aufgegeben. Zu dumm, daß er nicht schon früher daran gedacht hatte. Warren nahm sich vor, ihn besser bespitzeln zu lassen. Schließlich besaß Francis wie jeder Mensch einen schwachen Punkt. Und dieser schwache Punkt war seine Ähnlichkeit mit dem französischen König, die ihn vollständig entlarvte. Wieder schweifte Warrens Blick über das Porträt. Die Lust, ohne Zweifel die Lust, das war es. Francis, der sie so heftig verdammte, durfte sie in Wirklichkeit nur allzu gut kennen.

Warren öffnete die Tür einen Spalt breit, um frischen Tee zu bestellen. Francis, der nicht wußte, daß diese Geste beim Gouverneur neuerwachte Energie anzeigte, betrachtete ihn von oben herab.

»Also, Gouverneur«, hob er selbstsicher wieder an, »was werden wir mit diesem Madec machen?«

»Einen Stamm gegen seine Staaten loslassen. Die Rohillas zum Beispiel, die er früher verraten hat.«

»Und wenn Madec siegt?«

»Er wird verlieren.«

Hastings hatte denselben trockenen Ton angeschlagen wie bei Francis' Ankunft. Und obwohl er sich keineswegs so sicher war, wiederholte er noch einmal noch nachdrücklicher: »Er wird verlieren.«

»Und diese Frau, die Fürstin . . . Meint Ihr nicht, wir sollten uns besser über sie informieren?«

»Warum nicht? Das kostet nichts.«

Auch diese Behauptung war einfach aus der Luft gegriffen. Der einzige Mensch, der ihn hätte informieren können, der Jesuit in Agra, hatte auf seine Kontaktversuche nach seiner Ankunft in Kalkutta nicht geantwortet. Möglicherweise lebte er gar nicht mehr. Aber auch hier mußte er das Abenteuer wagen. Plötzlich warf sich Warren in die Brust. Jetzt, da er wußte, wo er Francis packen konnte, stürzte er sich kopfüber in den Kampf, freudig erregt wie seit Rams Tod nicht mehr.

»Und Nandkumar, Gouverneur?« fragte Francis, nachdem der Tee gekommen war.

»Wird hingerichtet.«

»Habt Ihr auch alles erwogen, alle Risiken, die sich nach der Lektüre des Berichtes aus London ergeben?«

»Habt keine Sorge, Sir Francis, ich erwäge alles. Nandkumar ist ein Lump. Er behauptet, ich sei von der Gemahlin des Nabobs von Bengalen gekauft worden und habe sie dann meinerseits verführt, um die Provinz besser halten zu können, und was weiß ich noch alles! Als Beweis hat er Fälschungen vorgelegt. Nein, Sir Francis, solche Angriffe auf unsere Souveränität an diesem Ort können wir nicht dulden. Nandkumar wird hingerichtet.«

»Er ist ein Maharadscha!«

»Kuli oder Maharadscha, mir ist das einerlei.«

»Ihr hättet diese Fürstin recht gut verführen können, Gouverneur. Ich bin für die Reize der Dunklen nicht besonders aufgeschlossen, aber schließlich bleibt ein Mann ein Mann, nicht wahr?«

Warren zuckte die Schulern.

»Noch etwas Tee?«

»Nein, danke.«

Offensichtlich brannte Sir Francis darauf, nach Hause zu seinem Bad und seinem Cognac zurückzukehren. Dennoch fügte er mit einem giftigen Blick an:

»Es gehen Gerüchte um, Ihr hättet die Richter von Nandkumar gekauft. Warum vollstreckt Ihr die Hinrichtung nach englischem Gesetz, wo Ihr doch das indische kennt? Ihr habt die Pandits von Benares bestochen, Euch ihre heiligen Gesetze zu enthüllen, die sie sonst höchstens unter der Folter preisgeben.«

Der Gouverneur erhob sich und flüsterte ihm ins Ohr: »Soll ganz Kalkutta erfahren, daß Junius in seinen Mauern wütet?«

Francis fuhr hoch. Nun war es an ihm zu erbleichen.

Laut fuhr Warren fort: »In diesem Fall, mein lieber Sir Francis, seid Ihr wohl einverstanden, Eure ausgezeichneten Vorschläge morgen auf einer Sitzung des Rates auch den anderen Mitgliedern zu unterbreiten.«

Schon wieder ganz joviale Ungezwungenheit, antwortete Francis, sich erhebend: »Gut, Gouverneur. Arbeitet nicht zu viel. Warum wollt Ihr nicht auch einmal bei unseren Geselligkeiten mit von der Partie sein? Mrs. Imhoff schmachtet danach, einmal nicht allein zu kommen.«

»Oh, Mrs. Imhoff . . .«

Warren hatte schon wieder am Schreibtisch Platz genommen und sich einem Stoß Akten zugewendet. Der andere lächelte verächtlich, grüßte und ging.

»Das ist es . . . die Lust«, murmelte der Gouverneur. »Ich muß Marian fragen. Sie wird Bescheid wissen.«

Und er schrieb ihr ein Billett, um sich bei Anbruch der Kühle anzukündigen. Dann rief er einen Boten, einen Bengali mit sonderbar hohlen Augen und einem ungewöhnlichen Geruch, wie man ihn in den Läden des Basars antreffen konnte. Aber Warren achtete nicht weiter darauf und drückte ihm sein galantes Billett in die fiebrigen Hände.

Wie angekündigt verließ Warren zur »Stunde der Kühle« den Regierungssitz, wobei »Kühle« ein sehr hochtrabender Ausdruck für eine recht unbedeutende Temperaturschwankung war, denn es war Mai und die Hundstage schienen kein Ende nehmen zu wollen. Das *good english weather,* die Freude der Damen in den drei Wintermonaten, lag nun schon längere Zeit zurück.

Auf dem Weg zu Marian drängte sich Warren die Erinnerung an das alte Kalkutta auf, seine schmutzigen Kais, seine unordentlichen, baufälligen Häuser, gerade gut genug für nachdenkliche Buchhalter, an Birnagore, das einem Jutedepot hatte weichen müssen. Eine leicht melancholische Stimmung befiel ihn. Mittlerweile war der Reichtum eingezogen, und bald würde Kalkutta die Weltstadt sein, von der er geträumt hatte. Schon die nächsten Schiffe würden an den Küsten Bengalens solche Mengen von Briten ausspeien, daß die Ausländer der Umgebung, die Holländer, Portugiesen, Dänen und selbst die Franzosen von Chandernagore sich hinfort ein für allemal verdammt sehen würden, im Schatten Englands zu leben.

Die Franzosen . . . Trotz des Berichtes und seiner Befürchtungen war Warren geneigt, an seiner Überzeugung festzuhalten. Kalkutta und Bengalen würden an sich selber zugrunde gehen. Eines Tages brachen alle Reiche unter dem Gewicht ihrer eigenen Größe zusammen, das war ein Gesetz der Geschichte. Dennoch hatte er sich in den Kopf gesetzt, allen Widerständen zum Trotz das englische Indien aufzubauen, mochte es durch den heimlichen Makel bei seiner Geburt in näherer oder fernerer Zukunft auch unfehlbar dem Untergang geweiht sein. Um sich davon zu überzeugen, genügte ein Blick auf die Menschen in seiner Umgebung. Francis ausgenommen, die Gier und die Roheit in Person, wenn auch besser getarnt durch Puder, Perücke und die Maske der Salonkomödien als ehedem. Dennoch waren die vollgefressenen, versoffenen Visagen unübersehbar dieselben wie in Londons Tavernen; nichts trennte sie von Hogarths Karikaturen. Nur daß man hier mehr Laster, mehr Verderbtheit fand, daß man hier den Teufel in seiner listigsten Gestalt antraf. Kies knirschte unter den Schritten der Träger. Erleichtert seufzte Hastings auf – an der Schwelle dieses Hauses wenigstens machte die Verderbtheit halt, obwohl auch er und Marian einander durch ihre glühenden Liebesbeteuerungen belogen. Doch das zählte nicht. Alles in allem hatten sie eine angenehme Art des Nebeneinanderherlebens gefunden, wie ein altes Ehepaar, miteinander nachsichtig, und viele gute Gewohnheiten entwickelt.

Als die Sänfte haltmachte, sprang Warren ungewöhnlich leichtfüßig heraus. Das Gefühl, heute als Inquisitor aufzutreten, beschwingte ihn. Mit großen Sprüngen eilte er die Stufen hinauf. Wo war sie? Er tappte den dunklen Gang entlang. Sie erwartete ihn nicht. Das erste Mal seit seiner Ernennung. Die Benachrichtigung ... konnte es sein, daß sie die Benachrichtigung nicht erhalten hatte?

Da fiel ihm der Inder, der Bote wieder ein. Seine starren Augen, sein sonderbarer Geruch ... Daß er nicht früher darauf gekommen war, daß er nicht, wie er es sonst stets tat, zwei Männer geschickt hatte! Dieser Bote war offensichtlich gerade aus einer Opiumstube gekommen und ohne Zweifel mit der halben Rupie des Gouverneurs unverzüglich wieder dorthin zurückgekehrt.

Im Haus herrschte Stille. Die Diener waren, wie immer, wenn die Herrschaft nicht in der Nähe war, um sie herumzukommandieren, an den unmöglichsten Orten eingeschlafen: unter einem Sessel zusammengerollt, an den Fuß einer Säule gelehnt, auf der Treppe zusammengekauert. Sie rührten sich nicht, auch als er näher kam. Man hätte sich auf einem Schlachtfeld oder auf dem Schauplatz einer Epidemie wähnen können. Dennoch mußte Marian zu Hause sein. Auf einer Kredenz hatte er ihren Schirm und eine hübsche Tasche gesehen, ohne die sie nie ausging.

Plötzlich befiel ihn ein Zittern. Unangekündigt einzudringen war der schlimmste Fehler, den ein galanter Mann begehen konnte, wollte er nicht unter Umständen unliebsame Überraschungen erleben. Dennoch stand Warren im nächsten Augenblick im ersten Stock, das Auge ans Schlüsselloch von Marians Boudoir gepreßt, und genoß das seit Birnagore kaum noch gekostete Vergnügen zu sehen, ohne gesehen zu werden.

Doch was er da sah und hörte, öffnete ihm die Augen über den wahren Charakter seiner Mätresse und über die Wirklichkeit um und in sich so brutal, daß sich diese Nacht wie ein schmerzlicher Riß durch sein Leben zog und es in ein »Vorher« und »Nachher« zerschnitt.

Zähneknirschend muß er mit ansehen, wie Marian, nur notdürftig mit einem Atlasunterkleid bedeckt, vor einem tibetanischen Kupferbecken mit Dutzenden von Perlen saß, die nicht er ihr geschenkt hatte, die nur illegal erworben worden oder der *Nazer* eines Inders sein konnten. Fieberhaft arbeitete sein Hirn. Der einzige zugelassene Perlenhändler in Kalkutta war ein Freund von Sir Francis. Also war Marian, wissentlich oder unwissentlich, in eine Korruptionsaffäre verwickelt, durch die er, Hastings, der Gouverneur, gestürzt werden sollte.

Er stieß die Tür auf. »Madame . . .«

»Hastings!«

Hastings, nicht Warren. Schlagartig begriff er, daß Welten sie trennten, daß er sich ungeheuere Illusionen über ihre Reinheit gemacht hatte.

»Woher habt Ihr diese Perlen?« fragte er in trockenem Befehlston.

»Das ist meine Sache!« erwiderte sie nicht minder hart.

»Welcher Radscha hat Euch bestochen?« bohrt er weiter. Und als sie nur in Lachen ausbrach, befahl er: »Antwortet! Ich habe es Euch bei meiner Ernennung zum Gouverneur von Bengalen gesagt: Keine Affären, Madame, keine Spekulationen, keine Intrigen. Caesars Frau muß über jeden Verdacht . . .«

Sie ließ ihn nicht ausreden. Mit einem wilden Blick, wie er ihn noch nie bei ihr gesehen hatte, erklärte sie: »Aber Monsieur, ich bin nicht Eure Frau!«

Warren wandte sich ab. Seine Züge verzerrten sich, als wollte er in Tränen ausbrechen. *Grasping!* Marian war also wie alle Frauen Kalkuttas, ein habgieriges Weib mit langen Zähnen und krummen Fingern. Francis hatte Recht. Er verbrachte zu viel Zeit mit Regierungsgeschäften. Zu viel Zeit mit der Literatur, den Gärten, der Schönheit, dem Sublimen . . . Schimären, nichts als Schimären. Die Korruption hatte sich überall eingenistet, das Übel war allgegenwärtig.

Doch im nächsten Augenblick begriff er, welchen Nutzen er selber aus der Affäre ziehen konnte. Marian, auf die eine oder andere Weise offensichtlich von Francis gekauft, konnte ihn dafür gewiß nur um so besser über ihn unterrichten. »Und so werde ich den Herrn«, dachte er, »in seiner eigenen Falle fangen und Englisch-Indien doch nach meinen Vorstellungen aufbauen. Es soll mein Werk sein und meinen Stempel tragen!« Und deutlich spürte er, daß ein neuer Abschnitt seines Lebens anbrach, daß die Neugier, die von Großmut getragene Leidenschaft für Indien, die ihn zu Rams Lebzeiten beseelt hatte, ein für allemal vorüber war, daß ein neues Spiel begann, daß die Zeit zu erobern gekommen war, die Zeit, *sich seinen Zielen zuliebe die Hände schmutzig zu machen.* Diese Überlegungen beruhigten ihn nach und nach, und erstaunt entdeckte er, welche Gemeinheit in ihm selber steckte. Ruhig ging er zu Marian, nahm sie in seine Arme, bat sie um Verzeihung, küßte ihr die Hände, führte sie zum Bett, löste das Band ihres Unterkleids, streichelte und küßte sie und murmelte die rituellen Worte, *my queen, Marian, sweet Marian, beloved, mon adorée.* Und sie ließ ihn gewähren.

»Madame haben mir verziehen?« fragte er, als er die Decke über ihren nackten Körper zog.

»Seit langem seid Ihr nicht mehr so feurig gewesen, Gouverneur . . .«

Sie war, wie Warren nicht ohne Stolz konstatierte, über und über rosig angehaucht, wovon er auf der Stelle zu profitieren gedachte. Nach zwei, drei Sätzen hatte er das Gespräch auf Sir Francis gebracht, den *Bel Anglais,* den charmanten Mann, den Verführer, über den sie nur allzu gern redete. Sie pries die Mischung aus Heiterkeit, Esprit und Gefühl an ihm, rühmte die Feste in seinem Bungalow, seine Gedichte und sein Tagebuch und enthüllte ganz nebenbei seine Schwäche für immer jüngere Mädchen, »aber nur weiße«.

»Dann wird ihm in dieser Stadt«, warf Warren ein, »das Wild bald ausgegangen sein.«

»Aber Gouverneur!« erwiderte sie. »Danach bleibt ihm doch immer noch Chandernagore!«

»Chandernagore?« wiederholte er verblüfft. »Wie das?«

»Weil Chevalier die Engländer zu seinen Festen einlädt. Sie haben zu viele Frauen, nicht genügend Männer.«

So harmlos war der Grund in Wirklichkeit wohl nicht. Zu dumm, daß ihm in den letzten Monaten immer mehr Schreiben des Franzosen durch die Lappen gegangen waren. Chevalier mußte herausgefunden haben, daß er bespitzelt wurde, und hatte sich neue Wege für seinen Briefwechsel mit Versailles einfallen lassen.

»Chandernagore . . .«, schwärmte Marian, »wir werden hingehen, Warren, nicht wahr?«

»Das wird sich zeigen«, beendete er die Unterhaltung etwas abrupt und zog sich an.

Wie durch und durch französisch sie doch noch immer ist, dachte Hastings beim Verlassen des Zimmers. Ein sonderbarer Abend . . . ein sonderbarer Tag. Innerhalb weniger Stunden hatte ihm das

Geschick alle Faktoren gezeigt, die seinen Aufstieg bedrohten: Sir Francis, Madec, die Fürstin, Marians Korruption, die Schliche und Kniffe Chevaliers und des Agenten Saint-Lubin. Fünf Faktoren von unterschiedlichem Gewicht, allesamt aber irgendwie mit dem so plötzlichen wiedererwachten Interesse Frankreichs an Indien und seinen Schätzen und der kleinen französischen Faktorei am Ganges verknüpft. Er tat gut daran, sich einen Schlachtplan zurechtzulegen. Als erstes galt es, den lästigen Nandkumar zu beseitigen und dafür zu sorgen, daß Bengalen ruhig blieb; als zweites den Fall des Sieur Madec zu lösen und als drittes schließlich die Ankunft des Agenten Saint-Lubin in Chandernagore abzuwarten.

Anfang Juni – die Hitze stieg unaufhörlich – suchte der Sheriff den Maharadscha und Brahmanen Nandkumar im Gefängnis auf, um ihm seine auf den nächsten Tag angesetzte Hinrichtung anzukündigen. Nandkumar nahm die Nachricht ohne die geringste Regung auf und bat nur, Hastings Feinde Clavering, Monson und vor allem Sir Francis zu grüßen. Das »Triumvirat« hatte ihn als Werkzeug zur Vernichtung des Gouverneurs mißbraucht – in der Hoffnung, durch seine Hinrichtung einen Aufstand der Inder auszulösen und so die Rückberufung des Gouverneurs ins grüne England zu erzwingen.

Und in der Tat strömte ganz Indisch-Kalkutta herbei. Eine unabsehbare Menge bedeckte den Platz, aufgerüttelt durch das Gerücht, daß die Götter das Erhängen eines Brahmanen niemals gestatten würden. Hunderte erwürgter Hühner, Dutzende erstochener Ziegen türmten sich auf den Altären der Kali-Tempel, ganze Stadtviertel waren in Weihrauch eingehüllt. Und nun erwartete die versammelte Menge jeden Augenblick die allmächtige Göttin in ihrer ganzen Schrecklichkeit, von Raksas und allen Dämonen des Universums begleitet, aus den Wolken der Vormonsunzeit herabsteigen zu sehen, um den Brahmanen vor einem schimpflichen Tod zu bewahren und in die ewige Glückseligkeit des Himalaja zu entführen. Aber der Anblick des Brahmanen, der sich in seiner Sänfte, Zeichen seines Ranges, gelassen zum Galgen tragen ließ, einzig darum besorgt, Männer seiner Kaste um sich zu haben, damit seine Totenfeier auch nach den Riten der Zweimalgeborenen begangen werde, belehrte sie eines Besseren. Als sich die Henker mit gewohnter Geschicklichkeit ihrer Aufgabe entledigten, wurde das Volk von Entsetzen gepackt. Und nachdem die Bengalis den Leichnam des Brahmanen, einen

Augenblick in atemloses Schweigen erstarrt, am Ende des Strickes hatten baumeln sehen, ging ein gewaltiger Schrei durch die Menge und in einem lebensbedrohenden Gedränge stürzten alle zum Ganges, um im heiligen Wasser die furchtbare Beschmutzung, Zeuge eines solch schrecklichen Verbrechens gewesen zu sein, abzuwaschen.

Warren Hastings lauerte hinter den Vorhängen seines Büros auf den Aufruhr. Aber er brach nicht aus. Dennoch gelang es ihm nicht, sich wieder über die Arbeit zu machen. Gegen Abend traf von einem besonders eifrigen Agenten eine Nachricht ein, die ihn eigentlich hätte beruhigen müssen: die Exekution des Brahmanen habe die Inder gelehrt, daß es gefährlich sei, die Person des Gouverneurs anzugreifen. Dennoch wurde Warren seiner Unruhe nicht Herr. Er hätte sich selbst davon überzeugen müssen. Im Basar. Doch das wäre Wahnsinn gewesen.

Am nächsten Tag raubte ihm ein anderer Besuch, die Rückkehr des nach Agra entsandten Spions, jegliche Arbeitslust. Die erste Frage des Gouverneurs galt Madec:

»Sind die Rohillas bereit, ihn anzugreifen?«

»Alles ist vorbereitet, Gouverneur.«

»Gut. Und wo hält er sich auf?«

»An der Grenze seiner Staaten zu Agra. Er hat alle französischen *Partis* um sich versammelt und schickt sich an, mit Hilfe des Generalissimus Nagef-Khan und Sumroos alle aufständischen Vasallen des Moguls zu ihm zurückzuführen.«

»Einschließlich der Mahratten?«

»Ja, sehr geehrter Gouverneur.«

»Und warum hat sich Wendel so lange in Schweigen gehüllt?«

Das Gesicht des Bengali drückte Entsetzen aus.

»Weil der Mann in der schwarzen Kutte nicht mehr sprechen kann.«

Und er erzählte, was er in der Kirche von Agra gesehen hatte. In dem neuen, mit Sombres Geldern aufs prächtigste wieder aufgebauten Heiligtum hatte der Jesuit die Messe gelesen, das heißt, die Lippen bewegt, die lateinischen Worte aber hatte ein junger *Frantci* hinter ihm psalmodiert. Noch schlimmer jedoch war, daß er anstelle von Unterarmen zwei große Eisenhaken mit Fingergliedern hatte, deren metallisches Klicken seinen Segen und die Austeilung der heiligen Hostie begleiteten. Manchmal jedoch verfingen sich die Haken in seinem Chorhemd, die Zeremonie stockte, Wendel grunzte und ein

Chorknabe kam herbeigestürzt, um ihn zu befreien. Den Bekehrungen aber, versicherte der Bengali, täte das keinen Abbruch. Die Leute von Agra, die ihn für einen Heiligen hielten, kämen im Gegenteil zuhauf, um der ungewöhnlichen Zeremonie beizuwohnen, von der sie sich großes Glück in ihren künftigen Leben versprächen.

»Und wer, zum Teufel«, donnerte Hastings, »hat ihn so zugerichtet?«

»Das weiß man nicht«, antwortete der Spion. »Manche behaupten das Phantom der Fürstin Sarasvati.«

»Scher dich zum Teufel«, schrie Warren, der das Gefühl nicht loswerden konnte, daß sich die Drohungen unheimlich verdichteten.

»Ich werde sie vernichten«, wiederholte er den ganzen Tag über. »Alle, ohne Ausnahme.«

Dann vertiefte er sich wieder in seine Akten. Und als er abends, als sich endlich ein Hauch von Kühle über Kalkutta senkte, das Fenster öffnete, irrten seine Blicke über den Ganges hinüber in Richtung Chandernagore.

30. Kapitel

Fatehpur Sikri
Juli 1775

Gegen Mitte Juli desselben Jahres, knapp einen Monat nach Nandkumars Hinrichtung, marschierte das Heer der Rohillas auf die Staaten des Nabobs Madec los. Da die Erinnerung an Madecs Verrat bei diesem wilden und habgierigen Volk afghanischer Herkunft noch sehr lebendig war, hatten Warren Hastings' Spitzel es leicht manipulieren können. Der Monsun ließ auf sich warten, die Inder sahen die schlimmsten Katastrophen voraus. Auch Madecs Untertanen gerieten in Panik: Wer war dieser *Firangi,* den Shujaud-Daulah über sie gesetzt hatte? Zwar lief überall das Gerücht um, Madecji sei Indiens letzte Rettung, er sammle alle ehedem aufständischen Vasallen unter dem Banner des Moguls und treffe sich dann und wann mit der geheimnisvollen Dame von Godh. Doch wenn er auch die Götter Indiens verehrte und angeblich stets einen abgegriffenen alten Ganesch aus Kupfer bei sich trug, kam er doch von jenseits der Schwarzen Wasser. Sollte man diesem Mann mit der allzu hellen Haut die Steuern zahlen, durfte man vergessen, daß er ein *Firangi* war? Dharma! Der Monsun ließ auf sich warten, über kurz oder lang stand die Sühne bevor.

Madec, der in der Ebene von Delhi das Mahrattenheer mit den Resten der Mogulstreitkräfte zu verschmelzen suchte, nahm die Nachricht vom Einfall der Rohillas mit größter Gelassenheit auf. Die Aussicht auf eine weitere belanglose Schlacht konnte den Seelenfrieden, der ihn seit Narvar erfüllte, nicht trüben. Seine Begierden waren erloschen und mit ihnen die ungeduldige, leidenschaftliche Tollheit seiner Jugend und jener reifen Jahre, in denen er kein anderes Bestreben gekannt hatte, als Gold und Diamanten anzuhäufen. Nur seine vergötterte Tochter Marie-Anne hielt in ihm die alten Gefühle wach. Als er sie vor dem Aufbruch zum Feldzug wie gewohnt küßte, faßte ihn Mumtaz am Ärmel seines Waffenrocks:

»Nimm mich mit, Herr!«

»Bist du von Sinnen? Eine Frau in der Schlacht!«

»Die anderen Führer haben doch auch ihren Harem bei sich. Nimm mich mit!« Sie fiel auf die Knie und umfaßte seine Füße: »Das Leben ist so kurz, Madecji!« Tränenüberströmt schaute sie zu ihm auf. Sie war berückend in ihrer reifen, langsam verblühenden Schönheit, doch der glanzlose Blick ihrer grünen Augen sprach von der Langeweile der *Zenana* mit ihren ewig gleichen Gesten und Verrichtungen, den ewig gleichen Worten und Gedanken.

Madec faßte sie bei den Händen und zog sie empor.

»Du kommst mit. Aber nur dieses eine Mal. Und paß auf, daß die anderen Frauen nach deiner Rückkehr nicht eifersüchtig werden.«

Sie tauschten einen langen Blick, und Mumtaz' Augen leuchteten auf wie an jenem Tag, an dem Madec sie aus dem Freudenhaus geholt hatte.

Da von Sombre diesmal keine Weisungen eingingen, machte sich Madec mit größter Zuversicht zu diesem, wie ihm schien, rein privaten Unternehmen auf.

Er hatte nicht aufzuklären versucht, wer seinen Abzug aus Narvar verhindert hatte, denn im Grunde wußte er es nur zu gut: Sie, Sarasvati, der er, ohne es sich einzugestehen, wie ein Ritter diente. Sombres Botschaften waren die nahezu göttlichen Befehle dieser lebenden Halbtoten, halb Unterirdischen und halb Irdischen, deren Geliebter Madec in einer früheren Existenz gewesen sein mochte. Dergleichen sollte den Menschen nach den heiligen Texten zuweilen widerfahren, und schon führten die Marionettenspieler an den staubigen Wegkreuzungen vor vielen Zuschauern lange Geschichten über die Dame von Godh auf, in denen sie bald als himmlische Tänzerin zu Füßen Vishnus, bald als schreckenerregende Kali auftrat. Ja, er war ihr Ritter, und wie in den alten bretonischen Sagen schlug ihm die Ehrerbietung entgegen, die den Rittern gebührt: Er merkte es am Platz, den man ihm bei den Festmahlen zuwies, an der Achtung der Radschas, wenn er auf Corentins Rücken in ihre Städte einzog, am Geflüster bei den *Durbars* . . .

Zwar hatte er sein altes Leben wieder aufgenommen, kämpfte, trieb Steuern ein, tätigte Bankgeschäfte; zwar sammelte er die in Indien verstreuten Franzosen, ließ Hunderte von Kanonen gießen und organisierte mit Nagef-Khan ein riesiges, auf europäische Kampftaktiken eingeübtes Mogulheer. Doch er war nicht der Gründer eines Weltreichs, wie wohl jeder Neuling aus Europa vermutet hätte, sondern ein gehorsamer Sklave, der nichts weiter begehrte als zu dienen. Er schrieb nicht mehr um sein Hauptmannspatent nach

Versailles, er hatte sich in einer Falle verfangen wie ein Schmetterling im Gitterwerk einer Muscharabie, und als Gefangener einer Frau oder Göttin oder dieses unheilschwangeren Landes zog er rastlos durch Ebenen und Dschungel zum höheren Ruhme seiner idealen Geliebten, deren Dank ihm nicht sicher war.

Gegen Ende Juli erreichte Madec den Ort, an dem die Rohillas Stellung bezogen hatten, einen Höhenrücken mit den Ruinen der zweihundert Jahre früher von Kaiser Akbar erbauten vollkommenen Stadt Fatehpur Sikri, deren Name ihm als gutes Omen erschien: Stadt des Sieges ...

In der ersten Nacht nahm Madec Mumtaz zu sich ins Zelt. Ihr Wunsch, ihm zu folgen, hatte ihn erschüttert, war ihm doch aufgegangen, daß er sie behandelt hatte wie ein Mogul seine Haremsfrauen – komm, bleib bei mir, wie lieblich du doch bist, aber jetzt geh, ich bitte dich, laß mich allein, ich habe zu tun! Ja, er hatte zu tun gehabt, von seinem Ehrgeiz getrieben, aber auch benommen durch die leidvollen Erfahrungen auf seiner langen Flucht vor der anderen, der Unersetzlichen, Verfluchten.

Sarasvati, Mumtaz: Die fügsame Mohammedanerin, die ihm all seine Leidenstage versüßte, war zwar üppiger, ruhiger, entspannter, erinnerte ihn aber dennoch an die Fürstin von Godh: die gleiche Liebeskunst, das gleiche Verhalten beim Liebesspiel, das sie wie einen Tanz übten, das zärtliche Geflüster und vor allem die ungewöhnliche Gabe, die Poesie aller Stadien zu erfassen und über die Lust des Augenblicks hinaus fortzuspinnen. Auch Mumtaz verkörperte Indien, das Indien der nördlichen Ebenen mit seinen hellhäutigeren Bewohnern und seinen weniger herrschgewaltigen Frauen, das verliebte Indien der Mogulpaläste, das Indien der weiten Wüsten Asiens mit ihren endlosen Karawanen und jasminduftenden Städten, der Serails voll scheuer Mädchen und der schmucklosen, hitzeglühenden Moscheen unter bleierner Sonne.

Als er langsam ihre Schleier löste, senkte Mumtaz die Augen nicht. Seine Hand verweilte auf ihrem Leib. Vielleicht hätte er sich enger an sie gebunden, wenn sie ihm statt der drei Töchter Söhne geboren hätte, doch seine Liebe wäre dieselbe geblieben, denn er liebte sie wirklich, auch wenn seine Leidenschaft für immer erloschen war. »Mumtaz ...«

»Madecji ... Bist du mir böse, weil ich mit dir reiten wollte?«

»Warum sollte mich die Lust reuen?« entgegnete er mit einem Lächeln.

»Ich habe gelernt zu schweigen, Madecji, und mich den Launen der Männer zu fügen, aber du bist nicht nur ein . . .«

Sie stockte und suchte nach Worten. Noch immer lächelnd, schob Madec die Seidenkissen unter ihrem Rücken zurecht.

»Oh! Madecji, ich finde das passende Wort nicht und möchte dich auch nicht kränken. Aber du bist mir auch ein Bruder und Freund, mehr als ein Freund . . . ich weiß es nicht recht auszudrücken . . .«

Madec löste den letzten Schleier von ihren Hüften:

»Für die großen Dinge fehlen uns die Worte, Mumtaz. Unsere Zunge ist wie gelähmt, unser Kopf schwindelt, wir fühlen uns dümmer als Idioten. Aber wie geschickt sind wir doch beide, Mumtaz, die großen Dinge zu tun!«

Er hatte diesen Satz, eine von Sarasvatis Zauberformeln, in einem Atemzug gesprochen. Mumtaz schien einen Augenblick in Träumerei zu versinken und sagte dann:

»Beim Liebesspiel, Madecji, sind wir uns ebenbürtig, denn wir entfalten die gleiche Kraft, und ich habe dich vieles gelehrt. Kaum aber habe ich den *Charpoy* verlassen, bin ich eine Gefangene.«

»Gefangene? Du kannst doch tun und lassen, was du willst.«

»Und dennoch eine Gefangene. Deine Gefangene. Gefangen durch die Kinder, die ich von dir habe, gefangen durch das Warten auf dich, Madecji . . . gefangen durch dich!«

»Ich hatte so viel zu tun, Mumtaz.«

Ihr Ausdruck wurde plötzlich hart:

»Dann solltest du damit aufhören, Madec. Denk daran: Das Leben ist kurz!«

Madec wurde blaß. Sie hatte in demselben königlichen Ton gesprochen wie Sarasvati, wenn sie sich ihrer Sache sicher war. Und Sarasvati hatte sich niemals geirrt. Besaßen Indiens Frauen die Gabe, die Geheimnisse der Welt zu ergründen? Stimmte die alte Legende, die sich die *Frantcis* von Agra erzählten: daß Brahma, der angebliche Ahnherr der Inder, in Wirklichkeit Abraham war? Als sie, seine unehelichen Söhne, ihr Erbteil von ihm forderten, hatte der Erzvater schon alles vergeben. Nur Rachels Mitgift, ein Bündel von Zaubergeheimnissen und Weissagungen, war noch übrig, und sie nahmen es mit und zogen gen Osten und genossen als einziges Volk auf Erden die Gnade, die großen Geheimnisse des Universums zu entschleiern.

Er beugte sich zu Mumtaz nieder, deren Haar über ihren Körper flutete, und schob auch diesen letzten Schleier weg.

»Wie wahr, Mumtaz. Aber wollen wir nun zu den Taten übergehen?«

Sie lachte, doch ihr Lachen klang abgerissener und nervöser als gewohnt. Dann grub sie die Nägel in seine Schultern und forderte ihn mit kaum merklichen Gesten auf, sie in der »Sesam-und-Reis-Stellung« zu nehmen, die laut Überlieferung große Leidenschaft anzeigte. Als sie die Lampe zu seinem Gesicht emporhob, sah sie, daß im Taumel der Lust hinter seinen geschlossenen Lidern wie am Tag ihrer ersten Begegnung ein anderes Frauengesicht fortlebte. Wie kurz ist das Leben, dachte sie und kämpfte die Tränen nieder.

Fatehpurs Stadtmauer war abgetragen, seit zweihundert Jahren stand die Stadt leer. Über dem Höhenrücken mit den mehrstöckigen Kuppelbauten, den leeren Wasserbecken und Hallen lastete eine drückende Hitze. Von langen Märschen und dem Wassermangel erschöpft, scheuten die Rohillas vor dem entscheidenden Angriff zurück, beide Lager waren in eine todesähnliche Siesta gesunken.

Da Madec nicht recht wußte, was er anfangen sollte – Mumtaz schlummerte, die Kanonenrohre zeigten auf den Feind, überall herrschte Ruhe –, beschloß er, in den Ruinen herumzustreifen. Er wanderte von Terrasse zu Terrasse, störte Papageien und Affen auf, und hin und wieder verschwand eine Schlange zwischen den Steinen. Fatehpur war tot, doch hatte es jemals gelebt, konnte man auf seine Wiedergeburt hoffen? Nach zwölf Jahren war das Wasser versiegt, und die Residenzstadt des Kaisers mit ihren geradlinig geführten Straßen, ihren abstrakt abgezirkelten Palästen, all ihren so spürbar dem planenden Verstand entsprungenen Wundern einer launischen Zisterne wegen ins Nichts versunken.

Und doch hatte das Hirn dieses genialen kaiserlichen Baumeisters dem ausgetrockneten Höhenrücken seine Visionen aufgeprägt. Auf dem dürren Boden erhob sich Akbars steinerner Traum mit seinen Bibliotheken und Moscheen, mit Gärten, Terrassen und einer Sternwarte, ein Traum, der die schönsten Leistungen der Kunst von Bagdad bis Ceylon und vom glücklichen Arabien bis zu den fernen Städten des gelben Asiens vereinte, der Angkors Pracht mit Samarkands Tollheit vermählte. Akbar hatte seinen Traum in Stein verewigt, und Madec, der sonst Bauwerke nie betrachtete, vielleicht, weil er selbst ein ewig Umherziehender, ein Mann der staubigen Straßen war, verbrachte in der Idealen Stadt, deren kristalline Erstarrung auf ihn überzugreifen schien, einen seltsamen Nachmittag.

Er überquerte zahllose Höfe, stieg zum Ruhealtar hinauf, an dem Akbar das Wasser der Unsterblichkeit getrunken hatte, schritt über Stege und Brücken. Seine Phantasie bevölkerte die zur Ebene hin geöffneten Galerien mit den Spielen der *Liebe am Nachmittag,* und mit Wohlgefallen betrachtete er das kreuzförmige Schachbrett, auf dem Akbar zur Zeit seiner Größe statt Figuren nackte Sklaven hin und her geschoben hatte. Doch jeder Ausblick ging auf die Wüste hinaus, und in seinem trockenen Mund verspürte er den Geschmack des Nichts. Mit dem hereinbrechenden Abend näherten sich Leoparden und Schakale, und als er bei Sonnenuntergang das Portal der Moschee erreichte, konnte er im schwindenden Licht gerade noch die Inschrift entziffern:

»Jesus, der Sohn Marias – Friede sei mit ihm! –, hat gesagt: Die Welt ist eine Brücke, geht darüber, aber baut darauf kein Haus. Wer eine Stunde lang hofft, hofft für die Ewigkeit. Die Welt ist eine Stunde. Verbringt sie im Gebet, denn was folgt, ist unbekannt . . .«

Da fiel Madec in der toten Stadt auf die Knie, und er wußte selbst nicht, ob er zu Christus oder zum Propheten, zu Kali oder seinem geliebten Ganesch betete. Ja, die Welt ist eine Brücke, wiederholte er, während die Stadt im Dunkel versank. Ihr Götter, wer ihr auch seid, gebt mir ein Schiff, daß ich nach Frankreich zurückkehre, und mein Grab soll dort meine Wohnstatt sein.

Als er nach Sonnenuntergang ins Lager zurückkam, war er zu seinem eigenen Erstaunen nicht mehr der sklavisch ergebene Ritter, der darauf brannte, die Rohillas zu schlagen. Warum hatte er nicht um den Sieg gebetet? Hatte er Sarasvati vergessen?

Die Hitze war noch drückender geworden, doch in der Nacht brauten sich schwere Wolken zusammen, und gegen Morgen brach endlich das Unwetter los.

Und in diesem Moment griffen die Rohillas an.

Binnen einer Viertelstunde hatte der Wolkenbruch alles – Pulvervorräte, Lunten, die Zündblättchen in den Zündpfannen der Gewehre – völlig durchnäßt. Der auf Madecs Lager niederprasselnde Hagel der Speere und Pfeile ließ nur eine Wahl – sofortige Flucht, um dem Feind nach dem Regen womöglich in den Rücken zu fallen. Madec ließ zum Rückzug blasen.

»Blankziehen!« rief er Dieu zu, der wie wild herumhantierte. »Offiziere aufsitzen, Sepoys, vorwärts marsch! Wir geben Rückendeckung! Arjun, bring Corentin!«

Schon begann das Handgemenge. Madec konnte gerade noch

neben Mumtaz aufspringen, die man bereits auf den Elefanten gehoben hatte. Ihr Haar war vom Schlaf noch ganz zerzaust.

»Madecji . . .«

Sie wagte nicht, sich an ihn zu drücken, um ihn in seinen Bewegungen nicht zu behindern. Obwohl sie keine Waffe trug, saß sie hochaufgerichtet in der Sänfte, als wollte auch sie gleich losschlagen.

Madecs Heer zog sich in die tote Stadt zurück. Es goß in Strömen, und in der Finsternis setzte auf den glitschigen Steinen, einem gespenstischen Versteckspiel gleich, der Nahkampf ein. Die Säbel der Franzosen vermochten nichts gegen die Dolche, Keulen und Eisenhaken des Feindes. Im Labyrinth der Lustpavillons verfolgten sich die Kämpfenden, Blut färbte die Pfützen, und statt mit nackten Sklaven war Akbars Schachbrett mit Leichen übersät, als hätte ein mißgünstiger Gott aus Zorn, weil er beim Spiel verloren, die Figuren mit einem Handstreich umgeworfen.

Es galt, so schnell wie möglich Agra zu erreichen, und so ließ Madec Corentin durch Arjun in Kriegstrab versetzen und trieb die Infanterie zum eiligen Rückzug an. Sie hatten Fatehpur schon hinter sich gelassen, als Corentin plötzlich stockte. Im heraufdämmernden Morgen war ein anderer Kriegselefant aufgetaucht. Madec sah sich um: Weit und breit kein Feind. Sie hatten demnach die Verfolgung aufgegeben und Lager gemacht. Mit einem Mal begann der führerlose, mit einem Rohillawimpel geschmückte fremde Elefant zu trompeten. Die Tiere stierten einander an.

»Abspringen!« schrie Arjun, »man hat ihn für den Kampf aufgeputscht, er stinkt nur so nach Arrak!«

Madec packte Mumtaz:

»Komm! Spring nach mir!«

»Niemals!«

»Spring!«

Er war bereits unten gelandet und drängte, über und über mit Dreck bespritzt, noch einmal:

»Spring! Ich fange dich auf!«

Doch im selben Augenblick stürzte sich der feindliche Elefant auf Corentin und rammte ihm zweimal die Stoßzähne in die Seite. Arjun suchte Corentin zur Flucht zu bewegen, aber der Kampfinstinkt des Elefanten behielt die Oberhand, obwohl ihn der andere mit heftigen Stößen attackierte.

»Madec!« schrie Dieu, der auf einem Pferd heranpreschte, »sitz hinter mir auf! Wir müssen weiter, sie verfolgen uns!«

Aber Madec hatte nur Augen für Mumtaz.

In der Sänfte stehend, schwankte sie bei jedem Stoß hin und her. Als der fremde Elefant kurz verschnaufte und Corentin sein Gleichgewicht wiederfand, schaute sie mit strahlendem Lächeln auf Dieu, Madec und das Pferd herab, beugte sich, als wäre es das Natürlichste von der Welt, über den Rand der Sänfte und ließ sich fallen. Im selben Moment griff der fremde Elefant wieder an und begrub sie in einem Schlammregen unter seinen Füßen.

»Fort, Madec!« brüllte Dieu, »laß Corentin! Er ist verloren . . . Und sie auch!«

Da geschah etwas höchst Sonderbares. Wie zuvor Mumtaz, neigte sich nun auch Corentin zur Seite und ließ sich, genau wie sie, mit zerfetzten und blutenden Flanken in den aufgewühlten Dreck fallen. Er war tot. Mit neuer Wucht setzte der Regen ein.

»Arjun . . .« keuchte Madec, dann gab Dieu dem Pferd die Sporen.

Erst kurz vor Agra kam Madec wieder zu sich und begriff, daß er alles verloren hatte – Lager, Sepoys, Kanonen, Zugochsen, Kriegselefanten, Corentin und natürlich Arjun, der, wie jeder Elefantenführer, der auf sich hält, mit seinem Schutzbefohlenen untergegangen war.

Aber Mumtaz, grübelte er, warum Mumtaz? Sie hatte ihn unter Tränen angefleht, sie mitzunehmen. Warum?

Als sie Agra schon fast erreicht hatten, leuchtete in der aus den Wolken hervorbrechenden Sonne das Mausoleum der anderen Mumtaz auf, das *Taj Mahal.* Keine Frau Indiens kam an Ruhm der dort begrabenen, sagenumwobenen Dame gleich – keine, außer Sarasvati. Und schlagartig begriff Madec, warum ihm seine schöne Favoritin in den Krieg gefolgt war. Sie, die Fügsame, Zärtliche, Bescheidene, hatte sich an seiner Seite auszeichnen wollen wie die andere, Unnahbare, gespenstisch auf den Schlachtfeldern Umherschweifende, die ihn nicht zur Ruhe kommen ließ. Und er erkannte, wie sehr Mumtaz ihn geliebt hatte. Fatehpur Sikri, Stadt der Niederlage. Er hatte alles verloren, und die Gelegenheit, die einstige Gefangene des Freudenhauses mit seiner Gegenliebe zu beglücken, für immer versäumt.

31. Kapitel

Chandernagore
Winter 1776

Die Kunde von der Katastrophe bei Fatehpur verbreitete sich, genau wie die Nachricht von Madecs Triumph in Delhi vor drei Jahren, mit Windeseile in ganz Indien. Kein Nabob, kein Maharadscha, der noch einen Deut für den *Firangi* gegeben hätte, zumindest für seinen politischen Kredit. Und allem Anschein nach hatten sie recht. Bei einem feierlichen *Durbar* verhöhnte Nagef-Khan ihn in aller Öffentlichkeit mit den Worten:

»Sehr geehrter Nabob, es ist wenig rühmlich für einen Führer wie dich, sich von so armseligen Kriegern wie den Rohillas schlagen zu lassen!«

Statt einer Antwort zog Madec den Säbel. Sofort stürzten sich, wie vom Generalissimus vorhergesehen, die Moguloffiziere auf ihn, aber Madec winselte nicht um Gnade. Er bewahrte angesichts ihrer Schwerter und Pistolen ruhig Blut, denn er erwartete sich nichts mehr vom Leben. Der Diamant von Godh, an sicherem Ort aufbewahrt, ernährte im Notfall hundert Familien drei Generationen lang. Für seine Töchter von Mumtaz, in zwei, drei Jahren mannbar, war gut vorgesorgt, und Marie-Anne und Balthazar wuchsen in Frieden in Barri in einem gut bewachten Haus heran. Eine solche Gelassenheit verwirrte Nagef-Khan. Er unterdrückte seinen Ärger, daß er Madec nicht in die Knie hatte zwingen können, und fand sich damit ab, weiterhin mit ihm rechnen zu müssen. Von den Engländern geschürt, züngelte der Krieg an allen Ecken und Enden auf. Auch das ehedem friedliche Reich der Jats wurde von der Flamme erfaßt. Und als die Mohammedaner die Hindus angriffen, war es um den religiösen Frieden geschehen. Der Großmogul, allein schon aufgrund seines Titels zur Unterstützung seiner Glaubensbrüder verpflichtet, setzte seine Armee unter Madecs und Nagef-Khans Kommando in Marsch. Die Hindus wurden unbarmherzig verfolgt, und ohnmächtig mußte Madec zusehen, wie Menschen gefoltert wurden, die zu denselben Göttern beteten wie die Dame von Godh. Ohnmächtig, vielleicht auch gleichgültig, ins Schicksal ergeben. Die Grausamkeit der Moguls machte vor nichts halt, weder vor den Pilgern auf der Straße noch vor den Brunnen, die mitten im Sommer vergiftet wurden. Das Schlimmste aber für Madec kam mit der Belagerung von Dig.

Sombre hatte die Stadt schon verlassen, um seinen Verfall zu verbergen. Sein Gesundheitszustand hatte sich nicht verschlechtert, aber wie eine an der Sonne getrocknete Frucht plötzlich zusammengeschrumpft, wagte er sein Kriegskostüm nicht mehr zu tragen, das ihm geradezu lächerlich um den Leib schlotterte. Er hatte sich in den Norden nach Sirdannah zurückgezogen, unweit von Delhi, überzeugt, daß die Zeit der Söldnerheere mit seinem Leben ihrem Ende zuging. Dieses Land, das er selbst erobert hatte, hatte ihm der Mogul als *Jaghir* überlassen. Und nun suchte er hier sichere Grenzen, ein unabhängiges Leben, mit einem Wort ein Nest. Sarasvati folgte ihm in geradezu freudiger Erregung. Sie hatte die Komödie der Gemeinsamkeit und Heimlichkeit satt. Vier Jahre mehr oder weniger eingesperrt zu sein, hatte sie erschöpft.

Ihr Wiederauftauchen oder ihre Wiedergeburt erwies sich als relativ unproblematisch. Das Fürstentum Sirdannah lag fern der großen Straßen, und die Soldaten wie die Frauen der *Zenana* sahen durch ihr Erscheinen nur die Legende bestätigt: Die Dame von Godh hatte sich nach ihrem Tod reinkarniert. So ergaben sich keinerlei Schwierigkeiten. Sarasvatis einzige Sorge war, der Mond von Indien könne, von nostalgischen Erinnerungen ergriffen, in den Krieg ziehen wollen. Doch diese Befürchtung erwies sich als unbegründet. Wie das Alter manchmal spielt, hatten sich seine Vorlieben grundlegend geändert. Mit einem Mal interessierte er sich für die Haltung von Kühen, den Anbau von Baumwolle, Zuckerrohr, Tabak, Dinge, die ihn bis dahin gänzlich kalt gelassen hatten, und natürlich für sein Seelenheil.

Im übrigen hatte er zum normalen Lebensrhythmus zurückgefunden, schlief in der Nacht, war tagsüber wach. Manchmal überwältigte ihn eine sonderbare Lethargie schon am Nachmittag, und er schlief vierzehn Stunden in einem Zug so tief, daß jeder Betrachter hätte Verdacht schöpfen müssen. Einige Diener tuschelten denn auch etwas von der sonderbaren Hindufrau mit dem schwarzen Blick, die ihn keine Sekunde lang aus den Augen ließ und ihm tagtäglich seinen Trank bereitete. Doch das Gerücht hatte ein kurzes Leben. Eine Woche später fand man die Geschwätzigen auf eine Weise erdrosselt, die den Stempel der Kalidiener trug. Seitdem herrschte im Palast von Sirdannah Schweigen. Niemand wunderte sich mehr, worüber auch immer, weder über den Einfluß der Fürstin auf den Herrn Sumroo, noch über ihre Macht über die Frauen und den einzigen Sohn des Herrn, den sie wie einen Hund herumkommandierte. Noch über ihre Lektüre unreiner Bücher von jenseits der Schwarzen Wasser. Auch nicht über die sonderbaren Besucher, die vornehmlich an jenen Nachmittagen erschienen, an denen Sombre so plötzlich auf seinem Sofa zusammensank. Teils waren es nur einfache Boten aus dem Osten, aus Bengalen, wo die Engländer herrschten, teils, wenn auch viel seltener, *Firangis* aus der Gegend zwischen Delhi und dem Süden, die angeblich gut sein sollten, obwohl auch sie aus einem Land jenseits der Schwarzen Wasser stammten. Bei ihrem Besuch machte Sombre ein Auge auf, verstand sich zu einigen Höflichkeiten und erzählte zwischen zwei Zügen aus der Wasserpfeife von seinen Feldzügen an den Grenzen von Kaschmir oder sprach über sein fernes Deutschland. Unfehlbar empfahl er dem Gast: »Kehrt dorthin zurück und geht nach Trarbach, wo ich geboren bin. Unter dem Schloß findet Ihr eine Silbermine. Warum wollt ihr hier vermodern? In Indien gibt es nichts mehr zu gewinnen!«

Dann sank er wieder in Schlaf, und die schöne Hindufrau geleitete den Gast, Heimlichkeiten mit ihm tauschend, hinaus.

Eines Abends brachte ein Moguladliger die Nachricht von Digs Fall nach Sirdannah. Der Bote frohlockte. Sombre richtete sich auf dem Sofa nicht einmal auf.

»Und wer hat das Kommando geführt?« fragte Sarasvati.

»Nagef-Khan, gnädige Fürstin und . . .«

»Madec ohne Zweifel. Zum Plündern taugt er also noch, wenn schon zu nichts anderem mehr. Warum kehrt er nicht endlich in sein Land zurück?«

»Ist es unverschämt, Fürstin«, fragte der Mogul mit einer Verbeugung, »dich daran zu erinnern, daß du das besser weißt als ich? So viele *Firangis* kommen durch Sirdannah. Und die Neuigkeiten aus Bengalen . . .«

»Schweig!« befahl Sarasvati, »und geh.«

Ja, sie wußte alles über Madec und wünschte sich nichts sehnlicher, als daß er ginge. Wie idiotisch von ihm, noch an den Mogul zu glauben, ihm bei so nutzlosen Operationen wie der Belagerung Digs zu folgen. Eine leichte Beute gewiß, aber auch geringer Ruhm. Denn wo blieb Indien bei alledem? Indien und seine Götter, das er kränken, mit Füßen treten ließ? Ihr Gefangener fing an, ihr lästig zu fallen. Seit Fatehpur hatte er angebissen, bildete sich allen Ernstes ein, Indien retten zu können, schickte Brief über Brief an seinen Souverän jenseits der Schwarzen Wasser, laut dem Bericht des bengalischen Boten nicht nur, um ein Hauptmannspatent zu fordern, sondern auch um grandiose Strategien zu entwerfen. So sein *Grand Projet,* im Industal eine französische Kolonie zu gründen, um den Mogul bei der Rückeroberung Bengalens zu unterstützen. Den besiegten Engländern wollte er dann im Süden, im Dekkhan, dem unfruchtbarsten Teil Indiens, einen Platz einräumen. Wie um alles in der Welt aber konnte sich Madec nur in ein so total absurdes Projekt verrennen? Der Mogul war ein Nichts, das wußte er doch. Und die Engländer dachten nicht daran, sich mit den Dschungeln des Dekkhan abspeisen zu lassen. Und was sollten die Hindus zur Wiedererrichtung der Muslimmacht sagen?

Offensichtlich war Madec dem Wahnsinn verfallen. Zumindest der Briefwut. Er konnte selber nicht glauben, was er in den endlosen Sendschreiben, mit denen er den Mann in Chandernagore bombardierte, alles zusammenschrieb. Sie kannte den Inhalt durch Boten von Chevalier. Augenscheinlich versuchte er nur, vor seinem Versagen davonzulaufen. Mach, daß er geht, Kali, betete sie, laß ihn gehen. Manchmal fragte sie sich, warum sie seine Abreise so sehnlich wünschte, und mußte sich eingestehen: aus Scham, daß sie an ihn geglaubt hatte – und vielleicht noch aus einem anderen, sehr undurchsichtigen Grund, den sie lieber nicht wissen wollte.

Es war Winter, die beste Jahreszeit zum Reisen. Immer wieder hob Sarasvati die verwitterte Plane des Ochsenkarrens, der sie nach Bengalen brachte, und wunderte sich über all die Ebenen, lieblichen Flüsse und majestätischen Ströme. Erstmals in ihrem Leben deckten sich ihre Träume von Größe mit der Wirklichkeit. Ja, Indien war wirklich unermeßlich, fruchtbar, selbstherrlich. Im Westen die großen Wüsten mit ihren Karawanen, im Süden das Bergland des Dekkhan, im Norden die mongolischen Steppen und der Himalaja und schließlich im Osten Bengalen, das allen den Kopf verdrehte mit der kleinen Stadt der französischen *Firangis,* dem Ziel ihrer unsinnigen Reise, Chandernagore.

Die Ochsen kamen nur langsam voran. Ab Benares wollte sie den schnelleren Flußweg nehmen. Ja, in den ersten Tagen hatte sie sich immer wieder gefragt, ob ihr Entschluß nicht reiner Wahnsinn war.

Nach den letzten Nachrichten hatten die Franzosen einen neuen Plan zur Schwächung der englischen Macht in Bengalen ausgeheckt: Der Gouverneur oder sein Stellvertreter sollte kompromittiert und dadurch eine Art Machtvakuum in Kalkutta geschaffen werden, das die Franzosen und die zum Kampf entschlossenen Inder nutzen konnten. »Seit Monaten«, hatte Chevalier in seinem Brief angefügt, »besucht eine wachsende Anzahl von Engländern unsere Feste in Chandernagore. Ein Mitglied des Rates von Kalkutta hat sich in eine sechzehnjährige Französin verliebt, die zu allem Überfluß noch verheiratet ist, und ist drauf und dran, einen nicht wiedergutzumachenden Schritt zu begehen, vielleicht schon beim Neujahrsfest, zu dem auch der Gouverneur sein Erscheinen zugesagt hat.« Zum Schluß versicherte Chevalier noch, er würde sich glücklich preisen, sich mit dem König oder der Königin von Sirdannah über das Projekt unterhalten zu können, und fügte an: »Die Fürstin, deren Schönheit in ganz Indien berühmt ist, habe ich bisher zu meinem Leidwesen noch nie gesehen.«

Bis nach Benares fragte sich Sarasvati, was sie zu dieser Reise veranlaßt habe. Erst nach dem rituellen Bad im Ganges begann sie klarer zu sehen.

Vom Heck des Bootes aus, das sie nach Chandernagore bringen sollte, betrachtete sie die für sie neuartigen Schiffe mit ihrem sonderbar runden Rumpf, den vier, fünf, sechs Segeln, die schon die Welt der *Firangis* ankündigten. Gewiß, überall gab es noch die Frauen, die ihren Sari im Fluß wuschen, die Färber und Walker, die den Safran und die Indigopflanzen wässerten. Aber sie konnten es sich nicht verhehlen: »Die Welt wandelt sich, Sarasvati, wie du dich.« Und so hing sie, während sie den Ganges hinabglitten, ihren Gedanken nach, des Abends begleitet von einem zweiten Strom, den Hunderten und Aberhunderten von Lichtern, die in den Dörfern zu Ehren des Lichterfestes Diwali noch in den armseligsten Hütten angezündet wurden. Diwali, das Fest der Hoffnung. Sarasvati vermochte es nicht zu fassen, daß Menschen trotz all der Geißeln, die über Indien gekommen waren, noch Hoffnung haben, ans Glück glauben, zu Lakschmi, der Göttin der Fruchtbarkeit, beten konnten. Doch angesichts der nicht abreißenden Lichterkette kamen ihr Zweifel. Sollte womöglich sie sich getäuscht haben, sie, die ihr Leben seit ihrer Ehe mit Sombre ganz auf die Rache gegründet hatte? Sollte ihr Herz zusammengeschrumpft sein wie Sumroos Körper? In ihrer Verunsicherung fiel ihr eine Legende ein, die sie seit Jahren vergessen hatte.

Parvati, die Tochter des Berges und der Göttlichen Mutter, von ihren beiden Söhnen bedrängt, sie auf ihre Knie zu heben, beschied sie: »Beide kann ich Euch nicht nehmen. Darum lauft um die Wette um die Welt, und wer zuerst zurückkommt, soll auf meinem Schoß sitzen.« Sofort gab der Gott des Krieges seinem feurigen Pferd die Sporen, doch der Gott der Weisheit umrundete dreimal seine Mutter und setzte sich dann auf ihre Knie, denn da seine Mutter die Liebe war, hatte er auch das All umrundet.

Was aber, wenn die Liebe wirklich stärker war? Der bohrende Zweifel war unerträglich.

Doch sie hatte nun einmal beschlossen, nach Sombres Tod den Krieg wieder aufzunehmen, und so mußte sie sich von der Notwendigkeit des Hasses überzeugen, mußte die letzten Anwandlungen von Zärtlichkeit mit der Wurzel ausreißen, mußte das allzu bleiche Gesicht des *Firangis* Madec durch seine Welt in Chandernagore für immer verdrängen.

Und nachdem die indische Barke mit dem Vierecksegel eines schönen Winternachmittags an dem schlammigen, von entwurzelten Feigenstämmen und abgebrochenen Lianen übersäten Ufer in Chandernagore angelegt hatte, betrat Sarasvati die fremde Welt, eine Welt aus etwa zwanzig Europäerhäusern mit erstaunlich großen, geraden Fenstern, die so gar nichts Biegsames, gar nichts Geschmeidiges an sich hatten. Auch Chevalier, der Verfasser der eleganten Briefe, mißfiel ihr gründlich. Nicht, weil er schmutzig gewesen wäre. Im Gegenteil, er war nur allzu gepflegt, nur allzu parfümiert für einen *Firangi* und skrupellosen Intriganten der übelsten Sorte. Und ebenso war sein Begleiter, ein jüngerer, zierlicher, früher zweifelsohne einmal schöner Mann, wenn er auch nicht die Niederträchtigkeit des anderen besaß, doch gleichfalls von Lüge und Laster gezeichnet.

Chevalier, der Mohrenfürstin, wie er sie hinfort verächtlich nennen sollte, kaum ansichtig, sprudelte über vor liebenswürdigen Floskeln und Komplimenten. »O Madame, Madame, Ihr, die Ihr unsere Sprache fließend sprechen sollt . . .«

Doch sie machte den Mund nicht auf, angeekelt von allem, was sie sah und hörte. Chevalier, der ihre Enttäuschung wohl gespürt haben mußte, fuhr fort: »Wie Ihr wißt, sind wir seit unserer Niederlage nicht reich. Ich selbst habe meine letzten Heller in die Restaurierung des Palais und des Parks gesteckt, aber Ihr könnt Euch vorstellen, daß es nicht leicht war . . .«

In der Tat, dachte Sarasvati. Wie konnte man eine solch barbarische Wüstenei mit ein paar vereinzelten moosüberzogenen, zum Teil umgestürzten Marmorfiguren, die – Gipfel des Schreckens! – unbewegliche, nackte, weiße Frauen, richtiger Phantome, darstellten, überhaupt Park nennen? Auch das Innere des Gebäudes, das ihr Chevalier nicht ohne Stolz zeigte, fand nicht ihren Beifall. Nicht nur, weil der verblühte Beau mit den wohlgeformten Schenkeln die Gelegenheit nutzte, sie zu streifen, was sie ihm freilich gleich beim ersten Mal austrieb, indem sie ihm, wie aus Versehen, einen spitzen Stein, den sie stets bei sich trug, ins Handgelenk rammte, daß es blutete – die ganze Ausstattung erfüllte sie mit unbeschreiblicher Wut. Allenthalben auf dem öden weißen Putz der Mauern fanden sich Mogulminiaturen, Szenen der geheiligten Liebe, zur Belustigung der *Firangis* zur Schau gestellt. Fürsten wie Bhawani, die zur Jagd aufbrachen und ihre Geliebte umarmten, halbnackte Frauen bei der Toilette oder die Augen zu den Saravögeln am Himmel erhoben ... Sie selber fühlte sich entblößt, vor diesen bleichen Männern, die nichts begriffen, alles beschmutzten, wie ausgezogen. Seit sie Gorette betreten hatte, hatte sie das unabweisbare Gefühl, unrein, schmutzig, entsetzlich unglücklich zu sein. Sie verspürte nur einen Wunsch, zum Ganges hinunter zu laufen und diese schreckliche Berührung wieder abzuwaschen. Bis zum Festabend aber mußte sie ausharren.

»Wann findet Euer Fest statt?« fragte sie den Kommandanten.

»In zwei Tagen, Fürstin, und glaubt mir, es wird Euch gefallen.«

»Und wo?«

Chevalier führte sie in den Salon.

»Falls Euch an meiner Anwesenheit gelegen ist«, fauchte sie, »sorgt dafür, daß ich sehen kann, ohne gesehen zu werden. Als indische Fürstin habe ich an einem solchen Ort nichts verloren.«

»Aber das ist ein europäisches Haus, geehrte Fürstin. Wir haben keine ...«

»Muscharabien«, fiel sie ihm ungeduldig ins Wort, »das habe ich wohl gesehen. Aber ich bin eine Kshatrija-Fürstin, keine von diesen Bengalinnen, mit denen Ihr Eure elenden Gäste beglückt. Also sorgt dafür, oder Ihr habt mich gesehen.«

Am Tag des Festes wartete Sarasvati hinter dem Gitter aus Sandelholz, das Chevalier ihren Wünschen gemäß hatte einziehen lassen, auf die Ankunft des europäischen Diebesgesindels, Franzosen wie Engländer, das ihr Indien stehlen wollte.

Stolz führte Chevalier seine englischen Gäste an einen Tisch, der sich unter der Fülle der Schüsseln und Platten bog.

»Wir haben alles aufgeboten, was Euer Herz begehrt: Suppe, am Spieß gebratenes Geflügel, Reis und Cari, Hammelpastete, Lamm, Reispudding, Torte, frische Butter, Käse, Wein aus Bordeaux, Cognac und natürlich den Likör der vollkommenen Liebe!«

Dann nahmen die Gäste um einen langen Tisch Platz, ein höchst sonderbarer, ihr aus der Lektüre bekannter Brauch, der sie in der Praxis jedoch gänzlich absurd anmutete. Wozu und warum sich zum Essen auf vier Holzbeine hissen, wenn es auf der Erde zusammengekauert so viel einfacher ging? Das Besteck der *Firangis,* daneben vergleichsweise uninteressant, mochte hingehen. Weit mehr stieß sie wieder die Verteilung der Geschlechter ab, die, anstatt getrennt zu sein, paarweise nebeneinander saßen. Schlimmer aber noch schien ihr, daß das Liebesspiel schon von allem Anfang an begann, während alle noch kauten. Überraschend schnell erhob man sich dann vom Tisch und begann zu tanzen, zu einer sehr hohen, viel zu schnellen Musik, die an der Oberfläche der Dinge blieb, ohne die magische Vereinigung von Augenblick und Ewigkeit auch nur anzustreben.

Sarasvati konnte nicht mehr. All das war so profan, so widerwärtig profan, so ohne jede Anmut, dreist und zudringlich zugleich, und so ahnungslos, hoffnungslos im Weltlichen befangen. Madec war nicht so. Er war stets mit den dunklen Kräften der Welt vertraut gewesen. Ihr Blick bohrte sich in die Gesichter, unter der dicken Puderschicht und dem falschen Haar weißer denn je. Die einzige Ausnahme bildeten zwei oder drei junge Mädchen, vor allem eins, beneidenswert hell und rosig unter der Fülle der goldenen Locken. Das also war die berühmte »Blondheit«. Sonderbar nur, daß sie so wenig Schmuck trug. Keinen Diamanten in der Nase, kaum einen Armreif, eine einzige Perlenkette. Vermutlich war die Frau arm. Und dann das Kleid, an der Brust viel zu eng, um die Hüften zu weit, dazu der verdeckte Bauch. Nein, aus einer so verrückten Welt konnte Madec nicht kommen. Solche Frauen konnte er nie begehrt haben. Enttäuscht, wütend, sich einer solchen Lappalie wegen die Seele beschmutzt zu haben, wollte sich Sarasvati schon vom Gitter abwenden, als ein unauffällig gekleideter, melancholischer Mann ihren Blick auf sich zog. Mit verrutschter, schlecht gepuderter Perücke schaute er aus einer Ecke des Salons unbeteiligt dem Getriebe zu. Ab und an warf er einen Blick auf die junge Blondine, die seit einer Stunde mit einem prächtig gekleideten *Firangi* tanzte, vielleicht weil er eifersüchtig war. Seiner ganzen eher gebeugten Haltung und niedergeschlagenen Miene nach hielt ihn Sarasvati für einen Franzosen.

Die Prinzessin hatte richtig beobachtet: Der einsame Mann war traurig. Im übrigen aber hatte sie sich getäuscht. Er war kein Franzose, sondern ihr schlimmster Feind, der Generalgouverneur von Bengalen, und seine Trauer kam nicht von der Niederlage seiner Landsleute. Im Gegenteil. Um Warren Hastings politische Pläne war es sogar recht gut bestellt. Was Indien anging, konnte er durchaus zufrieden sein. Die Säuberung der bengalischen Verwaltung war durchgeführt, die Agenten waren zur Ordnung gerufen, die *Indiamen* brachten immer reichere Ladung nach England, ohne daß man den Gouverneur der Korruption zeihen konnte; Clavering, einer seiner persönlichen Feinde, ein Mitglied des »Triumvirats«, war gestorben, und die Inder, Zeichen seiner außergewöhnlichen Macht, nannten ihn einen Zauberer, der seinen Feinden den Tod wünschen kann. Im indischen Viertel war er hoch geachtet, ja wurde gelegentlich wie ein berühmter Guru gegrüßt, und – Krönung seiner Bemühungen – selbst die Gründung seiner *Asiatic Society,* der Asien-Akademie zur Erforschung der unbekannten Kulturen Indiens und später vielleicht auch Birmas, Ceylons, Asiens, war geglückt. Und schließlich und endlich hatten die deutschen Gerichte auch die Ehe Imhoff annulliert, so daß er Marian nun bald heiraten und der Welt alle Garantien der Ehrbarkeit bieten konnte. Dennoch hatte sich Marian geweigert, mit nach Goretty oder Gorette, wie die Franzosen sagten, zu kommen. »Aber, *my queen,* vor anderthalb Jahren habt Ihr mich doch regelrecht bestürmt!«

Sie hatte nur den Kopf geschüttelt, und sich fast schmollend zum Frisiertisch zurückgezogen, um ihr Haar zu kämmen.

»Seid Ihr krank?« hatte Warren besorgt gefragt. »My *heart's treasure,* Euch geht es nicht gut. Indien hat Euch erschöpft. Obwohl ich Euch alle Launen von den Augen ablese und mit Perlen und Diamanten überhäufe, ohne der Gefahr für mein Werk und meine Ehre zu achten . . .«

»Ehre!« hatte sie, die Bürste aus der Hand legend, wiederholt und sich, wie seit einigen Wochen häufig, wieder in unendliche Träumereien vor dem Spiegel verloren.

Der Grund für Warrens Traurigkeit aber lag woanders. Es war ihm geglückt, einen seiner Männer in Francis' Haus einzuschleusen und eine Kopie des berühmten Tagebuchs zu erhalten. Zunächst hatte ihn dieser Fang mit Triumph erfüllt. Zu seiner Zufriedenheit las er, daß Sir Francis sich in eine sehr schöne junge Französin aus Chandernagore verliebt hatte, die mit einem gewissen Grand, einem Freund Chevaliers, verheiratet war. »Die Liebe«, schrieb Francis, »überwindet jedes Hindernis. Heute nacht wird in Goretty der Teufel los sein. Ich gebe alle Frauen Kalkuttas für die Kleine auf. Natürlich werden sie weinen, und ganz besonders die reiche Frau des Tyrannen. Aber was kümmert es mich, wenn sie sich die Augen ausheult. Soll sie sich mit ihren Diamanten und Perlen trösten!« Bei der ersten Lektüre hatte ihn nur das Wort Tyrann beleidigt. Bei der zweiten jedoch begriff er, daß es um seine Mätresse ging, und die wirrsten Gedanken schossen ihm durch den Kopf. Er versuchte sie zurückzudrängen, was ihm über der Arbeit auch gelang. Auf der Fahrt nach Chandernagore jedoch, die er im übrigen antrat, ohne Marian aufzusuchen, konnte er sich die Enthüllungen des Tagebuchs nicht länger verhehlen. Sie waren zu eindeutig. Marian war die Mätresse des *Bel Anglais* gewesen oder wäre es doch brennend gern geworden. Sie hatte ihn geliebt. Auf welche Weise aber? Wie oft? Ein heftiger Schmerz durchzuckte ihn. Es war das erste Mal, daß er über Marian nachdachte.

Warum aber war er allen Fragen über ihre Person bis jetzt aus dem Weg gegangen? Weil er sich scheute, sie mit einer gefährlichen Aura umgeben zu müssen. Nicht weil er eifersüchtig war. In diesem Fall hätte er ihre Vergangenheit durchwühlt, nur noch an sie gedacht, sie überwachen lassen, und darüber die Politik vergessen: mit einem Wort, er hätte sie geliebt. Marian lieben? Nein, das war lächerlich, viel zu wenig *romantisch.* Eine mittelalterliche, raffgierige Frau, eine kluge Haushälterin und aufmerksame Leserin des *English Gardiner* lieben? Nein, das war undenkbar.

Eine Meile vor Chandernagore gelang es Warren, sich einen heroischen Entschluß abzuringen. Er wollte die Augen vor der Vergangenheit verschließen und das Abenteuer zu Ende führen. Er hatte Marian Imhoff nun einmal gekauft und würde sie jetzt mitsamt ihrer Vergangenheit, ihren Liebschaften, ihrer Korruption auch heiraten. Bei ihr war es wohl die letzte Liebe gewesen. Also war es am besten, die Affäre jetzt zu den Akten zu legen. Vielleicht stellte sich mit dem Alter noch eine wahre Liebe zwischen ihnen ein.

Fast erleichtert seufzte Warren auf. Im übrigen sollte ihm bald die schönste Rache zuteil werden, die sich ein beleidigter Liebhaber nur wünschen konnte. Noch an diesem Abend würde er Zeuge werden, wie sein Rivale in sein Verderben rannte.

Das Fest ging seinem Ende entgegen. Alle Welt hatte, fast bis zum Überdruß, gegessen, getrunken, getanzt. Mit Ausnahme des einsamen, melancholischen Mannes, um den eine Zeitlang der alternde Jüngling herumgestrichen war, bis er, auf einen erstaunten Blick des anderen hin, wie ein ertappter Junge verschwunden war. In einer anderen Ecke des Raumes, wo die junge Blondine in den Armen ihres Kavaliers lag, war plötzlich ein *Firangi* mit rotem Gesicht und bekümmerter Miene aufgetaucht und hatte ein paar Worte hervorgestoßen, um mit dem Ausdruck äußerster Wut ebenso schnell zu verschwinden, wie er gekommen war.

Sarasvati begann sich zu langweilen. Die Vergnügungen aus den Ländern jenseits der Schwarzen Wasser hatten sie mehr als enttäuscht. Sie versuchte sich zu sammeln und nachzudenken. Die Götter, wo blieben bei den Festen der *Firangis* die Götter? Wieder fiel ihr die Geschichte von Parvati und ihren beiden Söhnen ein. Nein, dachte sie, das Glück liegt nicht in der Weisheit, nicht für mich, meinem Namen zum Trotz. Ich ziehe den Gott des Krieges vor! Die Liebe hat mich seit der Monsunnacht im Seepalais geflohen.

Da leuchtete ihr plötzlich der aufdringliche Jüngling ins Gesicht.

»Bist du verrückt geworden, Elender, hierherzukommen!« rief sie vor Verblüffung auf Hindi. »Nimm deine Lampe weg, man wird mich sehen!«

Und ohne den geringsten Akzent antwortete er in ihrer Sprache lächelnd: »Komm mit mir, Dame von Godh. Du kannst viel für uns tun.«

Er zog die Überraschte in ein kleines Zimmer, in dem es schrecklich nach Fleisch roch. Sarasvatis Gesicht verzog sich vor Ekel.

»Um dich zu rächen, genügt es, wenn du den Mann dort, den Gou . . .« Außerstande, länger an sich zu halten, fiel ihm Sarasvati brüsk ins Wort: »Die Dame von Godh ist ein Phantom, *Firangi.* Niemand kennt sie. Du willst mir nur schmeicheln, denn du bist einer von denen, die stehlen und sich verkaufen. Geh! Ihr *Firangis* seid nur gekommen, um uns zu beschmutzen. Geh!«

»Und der *Firangi* Madec«, schleuderte er ihr ins Gesicht, ehe er sich zum Gehen wandte, »der *Firangi* Madec, der sich, kaum hat er von deiner Ankunft hier gehört, auf den Weg machte, beschmutzt auch er dich?«

Wütend rief sie ihre Wache.

»Wir brechen auf. Holt einen Ochsenkarren, eine Sänfte, einen Elefanten, Pferde oder was auch immer. Wir gehen!«

Und um sich noch ein letztes Mal mit Haß vollzupumpen, mit Haß für die kommenden Jahre, für den großen Krieg, kehrte sie noch einmal an das Trenngitter zurück. Die Musik war verstummt, der Ball beendet. Nun begann ein anderer Tanz, den sie sehr wohl kannte, ein Tanz, der zwischen den verschiedenen Rassen so verschieden nicht war. Die schöne Blondine hatte die Augen zur Decke gedreht, während ihr Kavalier sich zu ihren Füßen in Küssen verströmte.

Sarasvati zitterte. Ihr Blick hatte sich plötzlich getrübt. Madec ... Narr, der er war, sich, von den Engländern gesucht und gejagt, nach Chandernagore aufzumachen. Doch ob er nun von der Hand der Rotröcke starb oder in seine unreine Welt zurückkehrte, sie konnte nichts mehr für ihn tun. Sie riß sich vom Gitter los, um zu gehen. Rückwärts schreitend, stolperte sie fast über eine Lampe am Boden, die ihr vorher nicht aufgefallen war. Als sie sich bückte, um sie aufzuheben, entdeckte sie, daß sie nicht allein war. Noch ein anderer war Zaungast des Festes gewesen. Verblüfft über den Eindringling, war auch er herumgefahren, und einen Augenblick lang starrten sie einander an, ohne zu begreifen. Sarasvati aber ließ den Mann nicht aus den Augen. Sie musterte sein widerspenstiges weißes Haar, das sich unter der Perücke vorgeschoben hatte, seine vollen, zitternden Lippen, die tiefe Falte, die seine Stirn zerteilte. Endlich löste sie ihre Augen aus den seinen und zog wortlos ihre großen Schleier vor. Engländer, Franzosen, Gouverneure oder Intrigant ... was kam es noch darauf an. Chandernagore war ein für allemal abgetan.

Warren Hastings aber konnte die Augen dieser Frau für den Rest seines Lebens nicht vergessen. Noch nie, auch bei seinen erbittertsten Feinden nicht, hatte er soviel Haß gesehen und nie hätte er geglaubt, daß Haß so schön sein könnte.

32. Kapitel

Karawanserei an der Straße nach Benares
Mondhelle Nächte des Monats Magha im Jahr 4877 des Weltalters
Kaliyuga

Das helle gelbe Winterlicht fiel durch das Spitzbogenfenster ein, hinter dessen Gitter Madec umrißhaft einen Pfau wahrnahm. Langsam und gemessen stolzierte er auf dem weißgetünchten Sims entlang, machte mit abgezirkelten Bewegungen kehrt und schritt in die andere Richtung. Madec starrte ihn wie gebannt an. Er fühlte sich entsetzlich benommen und verspürte einen üblen Geschmack im Mund, der ihn entfernt an etwas erinnerte. Plötzlich ertönte lautes Flügelschlagen, und der Vogel, des eintönigen Hin- und Herlaufens offenbar müde, hüpfte vom Sims. Madec fröstelte, begann aber trotz seines schmerzenden Kopfes seine Umgebung genauer in Augenschein zu nehmen. Offensichtlich befand er sich weder in seinem Palast noch in seinem Kriegszelt, sondern in einem kahlen, schmucklosen Raum mit gestampftem Boden, weißen Wänden, dem vergitterten Spitzbogenfenster und einem derben *Charpoy,* auf dem er ausgestreckt lag. Und schlagartig fiel ihm wieder ein, wo er sich befand: In der Karawanserei. Nachdem bei dem Gewaltritt nach Chandernagore zwei Pferde bester afghanischer Rasse unter seinen Peitschenhieben zusammengebrochen waren, hatte sein Begleiter, ein kleiner Wachsoldat, geschrien: »Halt, Madecji, wir müssen die Straße nach Benares nehmen! Dort liegt eine große Karawanserei, wo wir sicher neue Pferde bekommen!« Das hatte ihm eingeleuchtet, denn auf der großen Ost-West-Straße kamen alle möglichen Kaufmannszüge durch.

Sie waren mitten in der Nacht in der Karawanserei angelangt. In den Laubengängen rings um ein Gärtchen hatten ranzig riechende Lampen gebrannt, es war kalt, der Hof der Herberge wirkte wie ausgestorben. Da sich Madec mit einem Schlag todmüde und einem jener Schwindelanfälle nahe fühlte, die ihn seit seiner Niederlage in Delhi immer häufiger befielen, begehrte er statt der Pferde nur ein *Charpoy,* und sein kleiner Reisegefährte hatte lächelnd genickt:

»Ruh dich nur aus, Madecji, du hast's nötig . . .« Erneut durchforschte Madec sein Gedächtnis, doch außer dem Satz »ruh dich nur aus, Madecji« wollte ihm nichts mehr einfallen. Er sah sich wieder schwankend vor dem *Charpoy* stehen. Der Inder hatte ihm einen großen Becher gereicht und gesagt: »Du bist krank, Madecji . . . ruh dich aus . . . Hier, trink das.« Und er hatte getrunken.

»Arrak tut gut«, hatte der Kleine erklärt, und er hatte noch antworten wollen, daß das kein Arrak war, daß sich unter der Süße ein anderer, bitterer Geschmack verbarg, der Geschmack seiner letzten Nacht im Palast im See, nur noch stärker, noch bitterer. Doch dann hatte er sich plötzlich völlig benommen gefühlt und die Worte nicht mehr über die Lippen gebracht. Wie in der Nacht der Katastrophe in Godh war er eingeschlafen. Ohne Zweifel hatte ihm der Kleine ein Betäubungsmittel eingeflößt. Wo war er überhaupt? Natürlich weg! Auf und davon, um seinen Auftraggebern, Dieu und Visage, die frohe Botschaft zu überbringen. Vor allem Visage war mit seinem Aufbruch ganz und gar nicht einverstanden gewesen: »Bleib hier, Madec, renn nicht hinter dieser Wahnsinnigen drein! Bleib hier, Sombre hat dich belogen, er hat dir nur weisgemacht, sie sei aufgebrochen, damit er dich um so sicherer ins Verderben stürzen kann. Seit Jahren ist er auf dich eifersüchtig! Und in Bengalen wimmelt's von Engländern, sie haben eine Prämie auf deinen Kopf ausgesetzt! Die Fürstin und Sombre stecken unter einer Decke, sie ist eine Dämonin, und er ist am Ende und möchte dich zuvor in die Grube fahren sehen . . .«

»Ich muß sie finden«, hatte Madec wiederholt, »sie darf nicht nach Chandernagore gehen! Ich werde sie auf den rechten Weg zurückführen!«

»Was kannst denn du schon gegen diese Frau ausrichten! Und deine *Parti,* deine Soldaten, die das ganze Jahr keinen Sold bekommen haben, das Gerangel der Offiziere?«

»Darum geht es ja gerade!«

Visage hatte wütend gegrinst und ihm einen Blick zugeworfen, der zu besagen schien: Geh nur, du wirst schon sehen! Dann mußte er wohl zu seinen Kisten mit den indischen Kräutern und den anderen Quacksalbereien und Mixturen gerannt sein und der Wache zehn Goldstücke unter die Nase gehalten haben.

Das Nachdenken bereitete ihm noch erhebliche Mühe. Wie lange hatte er wohl geschlafen? Zehn, zwölf Stunden? Und wann war Sarasvati aufgebrochen? Nach Sombres Botschaft vor drei Wochen, mit dem Ochsenfuhrwerk. Im Eiltempo zu Pferde hätte er sie noch einholen können, aber mittlerweile war sie gewiß längst in Chandernagore. Zu ärgerlich! Mit äußerster Anstrengung erhob er sich und begab sich in den Hof der Karawanserei, wo ein in Anbetracht der herrschenden Notzeiten erstaunlich beleibter Mann, offenbar der Besitzer, seine Wasserpfeife rauchte und den Himmel betrachtete. Belustigt schaute er Madec an:

»Hast aber lange geschlafen, Herr ... Wir haben schon um dein Leben gebangt!«

»Um mein Leben ...« stammelte Madec, noch ganz benommen.

»Ja, wir haben einen Ayur-Veda-Gelehrten geholt, aber der hat uns versichert, du hättest nur zu viel Opiumlikör getrunken ... Man soll das Zeug nicht so hinuntergießen.«

»Wo ist meine Wache?«

Lachend erklärte der Dicke:

»Abgehauen. Hielt dich für tot und wollte anderswo sein Glück versuchen.« Madec, der allmählich wieder zu sich kam, trat in eine der Galerien und befühlte seinen Rocksaum, in den er einige Edelsteine und Goldstücke eingenäht hatte. Sie waren noch da. Demnach steckte also tatsächlich Visage hinter dem Ganzen. Wieder im Hof, rief er dem Besitzer zu:

»Wie lang habe ich denn geschlafen?«

»Drei Tage, Herr, drei geschlagene Tage. Drei Tage auf deinem *Charpoy* ... Wie ein Toter!«

»Unmöglich!«

»Wenn ich dir's sage! Aber du kannst beruhigt sein, Herr, du bist nicht der erste *Firangi,* den sie aufs Kreuz gelegt haben.«

Madec stieß die Wasserpfeife grob beiseite:

»Ein Pferd her! Ich brauche auf der Stelle ein Pferd!«

Der Besitzer der Karawanserei erhob sich:

»Bist du von Sinnen? Schau dich doch bloß hier um! Weit und breit kein einziger Gast! Dabei ist das hier der beste Platz zwischen Benares und Delhi, und wir haben Winter, die günstigste Reisezeit. Der Krieg ruiniert das ganze Geschäft, die Kaufleute verstecken sich, Herr *Firangi,* sie lassen sich nicht mehr blicken!«

Madec packte ihn am Rockaufschlag und riß seinen kleinen Dolch heraus:

»Beschaff mir ein Pferd oder einen Elefanten ...«

Doch der andere ließ sich nicht einschüchtern:

»Unmöglich, Herr, und wenn du mich umbringst. Außerdem kommst du in Benares nicht weiter, die Engländer lassen keinen anderen *Firangi* durch. Sie verbreiten Angst und Schrecken. Deshalb will ja auch kein Mensch mehr reisen, nicht einmal mehr die Saddhus.«

Madec zögerte einen Augenblick. In Indien rückte kaum einer etwas Wertvolles ohne Drohung heraus, die als eine Art Ritual zur Selbstdarstellung gehörte. Doch wenn dieser traurige Geschäftemacher da selbst angesichts seines gezückten Dolches versicherte, daß kein Tier mehr zu haben sei, mußte es wohl stimmen. Er lockerte also seinen Griff und schaute in die rote Ebene hinaus. Plötzlich hob er erneut den Dolch:

»Und dort im Osten, du Schakal? Ist das vielleicht kein Reisender?«

Er stieß den feisten Wirt zum Vorbau, wo in einer großen Staubwolke ein grauer Elefant mit einer eleganten Sänfte eben den Hof betrat. Der Elefantenführer, ein kleiner Bengale, sprang ab und hielt seinem Passagier eine Art Leiter hin. Eine Frau in wehenden Gewändern stieg herunter und schritt mit hocherhobenem Kopf auf die Galerien zu. Ein feiner blauer Musselinschleier verhüllte ihr Gesicht, zwei müde Wachen auf einem Kamel folgten. Madec ließ den Herbergsbesitzer los, der ihm noch nachrief: »Probier doch dein Glück bei denen, Herr *Firangi!*«, stürzte auf die Frau zu, packte sie beim Handgelenk und hob ihren Schleier. Die unnachahmliche Kopfhaltung hatte ihn nicht getrogen: Vor ihm stand Sarasvati.

Wie oft hatte er sich, wenn ihn nach den Liebesspielen mit Mumtaz leise Trauer erfüllte oder auch mitten im wildesten Kampfgetümmel die Wiederbegegnung mit Sarasvati ausgemalt, wie hatte er sie erträumt und aus tiefstem Herzen herbeigesehnt! Daß sie einander freilich im schäbigen Hof einer Karawanserei inmitten von Küchendünsten und müden Tieren wiederfinden würden, hätte er niemals gedacht. In seinen Träumen war er stets auf einem Thron aus Gold und Silber, manchmal sogar aus reinem Diamant gesessen, dem sie sich unterwürfig, in Tränen aufgelöst mit flehenden Gebärden nahte. Oder er hatte sich in der Rolle des Retters gesehen, der sie aus einer brennenden Stadt trug, von einem Kanonenschlund wegriß oder einem Unhold entführte – zweifellos eine Maske, hinter der sich Sombre verbarg. Stets jedoch lag die Dame von Godh unendlich dankbar vor ihm auf den Knien, und aus seinem Palast schwärmten nach allen Seiten die Boten aus, um die erstaunliche Nachricht ganz Indien zu verkünden. Diese Träume hielten ihn seit ihrer Trennung aufrecht, spornten ihn an, ließen ihn Staub und Wunden, Niederlagen und Demütigungen vergessen und immer wahnhafteren Ruhmesideen nachjagen. Und selbst hinter der Flut von Briefen, Denkschriften und Berichten über sein *Grand Projet,* hinter dieser Schreibwut, die er seit dem Unglück von Fatehpur Sikri entfaltete, stand, wie er sich jetzt eingestand, vielleicht nur ein verstiegener Traum: Sarasvati zu blenden, sie zur Bewunderung und Unterwerfung zu zwingen, mit einem Wort, sie zu *besitzen.* Und nun stand sie vor ihm, aufrecht wie immer und nicht im mindesten unterwürfig, dafür so nah, so spürbar gegenwärtig, so menschlich, fast wie eine Schwester. Obwohl sie außer ihren silbernen Armreifen und einem Golddiadem keinen Schmuck trug und ihr Sari von der langen Reise verstaubt war, wirkte sie fürstlich wie eh und je.

»Madecji«, sagte sie schlicht.

Ihre Stimme klang wie einst, und er, er warf sich vor ihr nieder.

»Madecji«, wiederholte Sarasvati, »steh auf, komm . . .«

Er folgte ihr. Da war sie, wie er sie kannte, hoheitsvoll und unbeugsam, aber zu ihm so sanft, so liebend, Paradieswonnen verheißend, für ihn allein. Und wie damals im Palast im See versank die Welt ringsum, existierten nur noch sie.

Maya, maya, wiederholte Madec wie beschwörend bei sich, *Maya,* Göttin des schönen Wahns. Doch es war die wirkliche Sarasvati, die sich über ein Kupferbecken beugte, ihr ein wenig müdes Gesicht wusch, ihre Armreifen schüttelte, sich zum Spiegel hinneigte. Wie sie in der schmutzigen Karawanserei einen halbwegs sauberen Winkel fand, wo sie einen annehmbaren Teppich, wo Weihrauch und Blumen zum Entblättern herzauberte, wie sie sich in dem Raum mit den kahlen Wänden wiederfanden, hätte er später so wenig zu sagen vermocht, wie er sich der Worte entsann, die sie miteinander tauschten. Aber sagten sie sich denn anderes als komm hierher, gib mir deine Hand, komm, komm . . . Er versuchte, nicht nachzudenken. Er war sich sicher, daß es an dieser letzten Ironie des Zufalls und der Straßen nichts zu begreifen gab.

Denn wie Sarasvati, wußte auch Madec, daß dies ihre letzte Begegnung war. Als der Mittag kam und das Gefieder des Pfaus, der als einziger Schmuck dieses verlassenen Ortes wieder den Fenstersims entlangschritt, in sanfterem Blau erglänzte, eröffneten Madec und Sarasvati auf dem abgenutzten Teppich in der Karawanserei den Schlußakt ihres gemeinsamen Spiels. Keine Musik ertönte, und es gab keine Dienerinnen, die die Kissen ordneten und die Wasserpfeifen reichten, doch sie merkten es nicht einmal.

Er war in der Liebe erfahrener als früher, sie hatte sie ein wenig verlernt. Doch mit Phra, Phat, Sut, Plat vollzogen sie alle Wendungen von zarten Küssen über Bisse bis zu Tigerklaue und Pfauenfuß, gebrochener Wolke, Koralle und Juwel. Sarasvati entdeckte am massiger gewordenen Körper des Geliebten neue Narben, während er bei ihr vordem nicht vorhandene Pölsterchen und Falten fand, doch sie lachten darüber und ließen sich von der Freude tragen, die sie mehr beflügelte als alle Regeln des Liebeskanons. Aber schließlich ging auch dieser Tag zu Ende, und Sarasvati begriff, daß ihr Liebhaber todmüde, vielleicht krank, jedenfalls erschöpft war. Sie holte die kleine Lampe, die neben der Tür brannte, und hielt sie über sein Gesicht.

Sein ergrautes Haar hatte sich gelichtet und die Stirn freigegeben, was seinen Blick noch durchdringender und klarer erscheinen ließ. Aber er war krank, sie hatte recht gesehen. Wie beiläufig stellte sie die Frage, die ihre Geschichte für immer beschließen sollte:

»Du kehrst über die Schwarzen Wasser zurück?«

Es war kaum eine Frage, eher eine ruhige Feststellung mit einem kleinen höflichen Zweifel im Ton.

»Ja«, entgegnete er fest, und damit war alles gesagt.

»Ja«, wiederholte sie und strich ihm das zerzauste Haar glatt.

»Und du? Wirst du Krieg führen?«

Sie hatte schon ihre Knoten gedreht und einen Sari aus roter Seide angelegt wie am Abend in Godh, als sie ihm auf der Verbrennungsstätte erschienen war. Aber sie wirkte strenger, gestraffter, fast tragisch in ihrem Ernst. Er wollte ihre Hände fassen, die Hennamuster noch einmal betrachten, ihr zureden, sie vielleicht trösten, doch sie kam ihm zuvor und legte die Finger auf die Lippen:

»Dharma, Madecji.«

Wie sollte sie ihm das Unmögliche sagen – daß sie nicht aufhören würde, ihn zu lieben, daß sie das Wasser seiner Augen in ihren Händen hätte bewahren mögen wie die Diamanten der Juweliere von Godh? Doch bedurfte es der Worte, hatten sie einander nicht wenige Augenblicke zuvor alles gesagt? So sonderbar die Welt auch sein mochte, aus der Madec kam, seine Liebe war mit der Zeit nicht verblaßt, war nicht mißfarben geworden, wie das Hindusprichwort sagte. Kali indessen, die Gebieterin über alles, trennte sie, trug sie anderen Himmeln, anderen Existenzen entgegen. Ihr galt es sich zu unterwerfen, und sie, sie würde es können. Aber er, der aus diesem verfluchten Land des Hochmuts kam, würde er es jemals lernen, er,

Madec, der Stolze, der Träumer, der hinter Dingen dreinjagte, die es nicht gab? Wie um ihm Mut zu machen, sagte sie:

»Die Liebe ist ein Fährmann, Madecji, und wir überqueren den unergründlichen Ozean der Zeiten . . . Dharma.«

Er schaute sie erstaunt an, wurde ein wenig blaß und lächelte.

»Dharma.«

Dann schliefen sie ein. Diesmal erwachte er zuerst. Er sei schon vor zwei Stunden aufgebrochen, erzählte der Wirt Sarasvati, als sie, die Liebesbisse unter langen Schals verbergend, die Straße nach Sirdannah nahm.

33. Kapitel

Rückkehr nach Pondicherry
April 1777 bis Januar 1778

Bei der Rückkehr in seine Länder fand Madec ein wildes Chaos vor. Die Europäer seiner *Parti* waren sich in die Haare geraten; Liebesabenteuer, übermäßiger Arrakgenuß und das unzuträgliche Klima hatten sie zu den übelsten Exzessen aufgestachelt. Sepoys waren ermordet, Konkubinen erdrosselt und in einer durchzechten Nacht über zehn Kanonen in die Yamuna versenkt worden. In der Truppe, die keinen Sold erhalten hatte, weil in diesem Jahr der Monsun fast ausgeblieben und keine Steuern eingegangen waren, schwelte die Revolte, und so wagte Madec seinen Entschluß nicht bekanntzugeben. Er tat, als erwarte er Post aus Chandernagore, sprach vom *Grand Projet,* dessen Verwirklichung angeblich nur noch von einem Schreiben aus Versailles abhing, begann aber insgeheim seinen Besitz zu veräußern, langsam und sachte auf indische Art, um möglichst viel herauszuschlagen.

Nagef-Khan indessen bereitete dieser gemächlichen Geschäftsabwicklung ein Ende. Er marschierte an der Grenze auf und drohte mit Invasion, falls Madec nicht binnen Monatsfrist abgezogen wäre. Zum allgemeinen Erstaunen tätigte Madec widerstandslos in drei Tagen den Verkauf seiner Güter und gab seinen Soldaten seine Abdankung bekannt. In Anbetracht der vor ihm liegenden langen und gefahrvollen Reise entschloß er sich zum Verkauf des Diamanten von Godh, hinterlegte den riesigen Erlös als Mitgift für Mumtaz' Töchter bei einem Bankier und erteilte diesem Weisung, die Mädchen möglichst rasch unter die Haube zu bringen. Der Bankier, ein Muslim, ließ es an Eifer nicht fehlen, nahm die drei kurzerhand in seinen Harem auf und strich die Mitgift ein. Madec erfuhr nichts mehr davon. Er war, nachdem er seine *Parti* Dieu und Visage übergeben hatte, Anfang April 1777 bereits aufgebrochen. Beim Abschied von den alten Kameraden war keine Träne geflossen. Sie trennten sich wie Verschwörer, die ein Geheimnis teilen und sich sicher sind, einander eines Tages wieder zu begegnen.

Diesmal hatte Madec eine starke, mit Kanonen bewaffnete Truppe in den Dekkhan vorausgeschickt; die ihm den Weg öffnen und beim Durchzug Geleitschutz geben sollte. Als am 15. April die Nachricht einlief, die Eskorte sichere die Straßen, setzte er sich in Marsch. Einen unmittelbar vor dem Aufbruch eintreffenden Brief Chevaliers mit der Aufforderung: »Monsieur Madec, nehmt Euer *Grand Projet* wieder auf, der König von Frankreich wird Euch dafür segnen«, zerknüllte er kurzerhand. Der Mogul war allzu lange hingehalten worden, um ihm noch Gehör zu schenken, und außerdem stand zwischen dem Kaiser und ihm der mißgünstige Nagef-Khan.

Die Reise dauerte acht lange Monate, und um den Dschungel ringsum nicht zu sehen und die Straße durch den Dekkhan, die ihn jetzt ebenso unerbittlich Meile um Meile von Sarasvati entfernte, wie sie ihn einst zu ihr geführt hatte, suchte Madec so oft wie möglich die Gesellschaft Marie-Annes. Die Begum hatte nur Augen für die Lasttiere mit ihren Saris und Juwelen, murmelte Gebete oder fragte die Soldaten der Eskorte über dieses Frankreich aus, das sie zu fürchten schien. Kam dann die abendliche Marschpause, verließ Madec seine Männer, um Marie-Anne im Zelt Märchen zu erzählen, in die er Sagen aus Godh und geschickt verfremdete Teile seiner eigenen Geschichte einflocht. Marie-Anne konnte nicht genug bekommen, und während so Abend auf Abend und Geschichte auf Geschichte folgte, verließ Madec fast unmerklich dieses Indien, in dem er sich so lange abgekapselt hatte, und erreichte Anfang Februar 1778 wohlbehalten mit Weib und Kindern und noch immer unermeßlich reich Pondicherry.

Wenige Wochen später traf der Sondergesandte des Königs von Frankreich, Monsieur de Montigny, mit dem Auftrag, Madecs *Grand Projet* ins Werk zu setzen, in Delhi ein. Beim Empfang am Mogulhof beschlossen er und der Kaiser, Madec, dessen Abreise sie lebhaft beklagten, dringend zur Rückkehr aufzufordern. »Monsieur«, schrieb Montigny in einem eilends aufgesetzten Brief, »mit Bedauern nehme ich Euren übereilten Abzug nach Pondicherry zur Kenntnis, ist er doch zu einem Zeitpunkt erfolgt, da Euch das Wohlwollen des Ministers und die Gnade des Königs winkten . . . Doch Ihr braucht nur zurückzukehren, um Eure berechtigten Hoffnungen auf militärische Beförderung erfüllt zu sehen.« Da sich aber Franzosen und Engländer in Indien aufs neue bekriegten und dem Boten des Monsieur de Montigny unterwegs die Kehle durchgeschnitten wurde, gelangte der Brief nie in Madecs Hände. Im übrigen hätte er wohl auch an seinem Entschluß nichts geändert, denn die Leute von Pondicherry hatten seinen alten Wunsch bereits erfüllt und ihn zum Hauptmann ernannt, wenn auch nur – und dies verletzte seine Eitelkeit nicht wenig – über sechzehn Dragoner. Denn wieder einmal herrschte in Pondicherry Belagerungszustand.

Obwohl seit seiner Rückkehr in die Stadt Pulverdampf in der Luft lag, hatte er sich zwei Monate lang in aller Ruhe feiern lassen, auch wenn er Ruhm und Ehren, mit denen man ihn überhäufte, ziemlich gleichgültig gegenüberzustehen schien. Er galt als reich, und da er mit dem Geld nicht geizte, lag alle Welt zu seinen Füßen. Doch die Bewunderung all dieser gepuderten Abenteurer, die der Anblick einer Kobra schreckte und die sich in keinen Dschungel wagten, ging ihm schon bald auf die Nerven, und er wartete nur noch auf ein Segelschiff zur Rückkehr in die Bretagne, deren Zauber er vor Marie-Anne erstehen ließ, wie ihm einst die Matrosen von Quimper an den tangbewachsenen Kais die Wunder Indiens verheißen hatten. Aber als dann die Zeit der günstigen Winde anbrach, kam die Nachricht vom Fall Chandernagores – ein Vergeltungsschlag der Engländer, deren Haß der amerikanische Unabhängigkeitskrieg erneut geschürt hatte.

Das Fest war aus, und noch ehe Madec seine alten Erinnerungen so recht hatte auffrischen können, herrschte in der Stadt der Belagerungszustand. So brachte der Nabob die Begum und seine Kinder in einem Kloster in Sicherheit, vergrub seine Schätze und stellte sich gewohntermaßen wieder aufs Kriegführen ein, das sich mit Hinterhalten, Kanonaden, Laufgräben und Erdarbeiten von Juli bis Oktober, vier Monate lang, hinzog.

Bei den Seegefechten, die sich gleichzeitig vor der Küste abspielten, erwarben sich die französischen Offiziere, wie schon zwanzig Jahre zuvor, keine Lorbeeren. Schon bei der ersten Schlacht befand der Admiral, für Pondicherry nichts ausrichten zu können, und segelte unverzüglich nach Mauritius, wo sich, wie man ihm versichert hatte, die hübschesten Kreolinnen der Welt befanden. Von der zweitausendköpfigen Bevölkerung der belagerten Stadt waren bald nur noch achthundert Franzosen übrig, während die Engländer zehntausend Mann unter denselben Befehlshabern aufboten, die bei Baksar Bengalen erobert hatten.

Die von Juli bis Oktober anhaltenden Kämpfe trugen Madec den Ruf eines Helden ein. Gleichzeitig jedoch wurde er belächelt, und sein exotisch anmutendes, halb indisches, halb bretonisches Gebaren, seine Flüche mit ihrem Gemisch aus keltischen Brocken und Hindi trugen ihm bei den hochwohlgeborenen französischen Herrschaften, die Kuriositäten zu schätzen wußten, große Beliebtheit ein. Versuchte er indessen, eine Meile vor der Stadt einen Laufgraben zu nehmen, erklärten ihn dieselben Leute lauthals für verrückt. Als er dennoch siegreich von diesem Unternehmen zurückkehrte, wußte niemand so recht, ob man ihn nun verspotten oder ob seiner Großtaten bewundern sollte. Einzig ein junger Offizier namens Barras, der sich ebenso durch Tapferkeit wie durch galante Abenteuer hervortat, zollte dem Nabob, wie ihn nun alle nannten, warme Sympathie und grenzenlose Bewunderung. Kühnheit und Elan, wie sie Madec entfaltete, könnten, so meinte Barras, das sterbende Europa wieder aufrichten, seine modernen Kampftaktiken sogar die Weltherrschaft sichern. Madec jedoch, den diese Zukunftsmusik sehr fremd anmutete, hörte kaum zu. Sein einziger Wunsch war ein Schiff nach Frankreich, und um ihn zu erfüllen, galt es Pondicherry zu retten oder zumindest eine ehrenvolle Kapitulation zu erreichen.

Als im Oktober die Regenzeit nahte, befanden sich in Pondicherry nur noch vierhundert Soldaten. Entsatz auf dem Seeweg war nicht in Sicht, während die Engländer nach dem Verlust von sechstausend Mann Verstärkung aus ganz Indien erhielten. Der Heroismus der Belagerten flaute jäh ab: Warum sich noch länger auf die Verteidigung von fünfhundert Häusern an einem grauen Strand versteifen, denen doch, wie ihren Vorgängern, unweigerlich die Zerstörung bevorstand? Nichts konnte die einstige Größe wieder zum Leben erwecken, aller Glanz war seit der letzten Belagerung unwiederbringlich dahin, das Kontor der Lüste würde nicht wiederauferstehen, Pondicherry war für Frankreich eine sinnlose Stadt. Nur die Inderstadt konnte überleben, die die Kaufleute nach jeder Belagerung wieder aus der Asche gehoben hatten. Sie würde auch diesmal wieder aufleben, denn ein Gedanke, schlimmer noch als der drohende Sieg der Engländer, drängte sich auf: Eines Tages würde Indien Pondicherry ebenso verschlingen wie die alten portugiesischen Kontore und die Reste der dänischen Niederlassungen. Und vielleicht würde es in ferner Zukunft sogar England schlucken.

Diesen letzten Gedanken teilte Madec mit Warren Hastings: Auch der Gouverneur, der von seinem fernen Büro in Kalkutta die Belagerung leitete, war von der Sinnlosigkeit der europäischen Unternehmungen in Indien, zumindest auf lange Sicht, überzeugt. Doch da das Leben inzwischen weitergehen mußte, war die Kapitulation Pondicherrys für die Engländer wie für die Franzosen eine Notwendigkeit.

Am 18. Oktober 1778 ergab sich die Stadt, nachdem beide Seiten zwei Tage lang miteinander verhandelt hatten und für Madec eine Sonderklausel vereinbart worden war. Zunächst wollten die Engländer sein Vermögen, über das sie bestens informiert schienen, beschlagnahmen, doch die Franzosen, eingedenk, daß der Nabob sie gerettet hatte, forderten, ihn unbehelligt nach Frankreich abreisen zu lassen – eine Aussicht, die die Briten außerordentlich erleichterte. Nach weiteren Geheimberatungen sicherten sie dem Hauptmann Madec freies Geleit zu, und am 18. Oktober zogen die französischen Truppen, alles in allem vierhundertdreiundneunzig Mann, durch das Villenour-Tor, wo Madec siebzehn Jahre zuvor Jeanne Carvalho mit dem erwürgten Mädchen in den Armen und Sombres Namen auf den Lippen angetroffen hatte, mit Glanz und Gloria aus. Zwanzigtausend Engländer präsentierten die Waffen und rührten sich, als die französische Parade beendet war, nicht vom Fleck, da sie nach dieser vermeintlichen Vorhut den Rest der Truppen erwarteten. Sie konnten nicht glauben, daß dies die ganze französische Armee gewesen sein sollte, und durchsuchten die Stadt, entdeckten aber nur ein paar ausgehungerte Dirnen, vom vielen Beten erschöpfte Kapuziner und rund zwanzig Bürger, die nichts sehnlicher wünschten, als ihre Zelte abzubrechen. So starb die Faktorei der Lüste zum dritten Mal.

Mitte Dezember nahm dann endlich ein französisches Segelschiff, die *Brisson,* alle Heimkehrwilligen an Bord. Als einer der ersten betrat Madec die Brücke. Er führte acht Kisten mit, die die Engländer von der Zollinspektion ausnahmen. Rings um Madec drängten sich weinende und verzweifelte Flüchtlinge, die den Blick nicht von dem wenden konnten, was von Pondicherry noch übriggeblieben war.

Madec für seinen Teil drehte sich auf der Brücke nicht mehr um, sondern stieg geradewegs in seine Kajüte hinunter, schloß die Tür ab, drückte Marie-Anne an sich und begann, ihr ein Märchen zu erzählen.

Epilog

Europa
1778–1784

Kaum nach Frankreich zurückgekehrt, wurde Madec in Versailles empfangen, geadelt, und in ganz Quimper gefeiert. Er erwarb zahlreiche Besitzungen, verkaufte seine letzten Diamanten, um sich ein Landhaus zu bauen, verkehrte in den höchsten Gesellschaftskreisen und zeugte eine zweite Tochter. Das Volk, das ihn den Nabob nannte, liebte ihn und verfaßte Lieder über seine Abenteuer. Dann und wann erhielt er Nachrichten aus Indien, die er jedoch nur ungern öffnete, da sie stets Unglücksbotschaften zu enthalten pflegten. Eine der letzten trug die Unterschrift Visages, der ihm mit der lapidaren Erklärung: »Dieu ist tot, die *Parti* beim Teufel«, seinen Entschluß mitteilte, unter die Korsaren zu gehen.

Madecs Gesundheitszustand verschlechterte sich rapid, und von 1783 an verließ er das Haus fast nur noch zu langen Spazierritten, um auf den Sandstränden der Halbinsel die kräftige Seeluft zu genießen. Als er im zeitigen Frühjahr des Jahres 1784 von einem dieser Ausritte nicht zur gewohnten Stunde zurückkehrte, wunderte sich zunächst niemand: Die Zeit der Tag- und Nachtgleiche nahte, die Luft war lau wie in den mildesten Jahreszeiten in Indien, und im strahlenden Sonnenschein erblühte ringsum in blendendem Gelb der Ginster. Was konnte es für einen Kranken Besseres geben, als die Seeluft am Ende der verwunschenen Halbinsel zu atmen, wo sich dem Volksmund zufolge die durch das Leben getrennten Liebenden wiederfanden, um ins Paradies der Seligen überzusetzen?

Als Madec abends noch immer nicht heimgekehrt war und man sich zu beunruhigen begann, kam die Kunde, daß ihn ein Bauer am Morgen in einem Hohlweg gefunden hatte, wo er offenbar eine Böschung hinuntergestürzt und halbtot liegengeblieben war. Sein Pferd war verschwunden, ein kupfernes Amulett in Gestalt eines Untiers, das ihm bei dem Unfall aus der Hand geglitten sein mußte, hatte der Bauer für Teufelswerk gehalten und unter lauten Verwünschungen in einen Brunnen geworfen. Man brachte den noch Lebenden nach Quimper zurück, wo er im Fieberdelirium in einer sonderbaren Sprache redete, die nur seine Gemahlin, die Begum, verstand. Das Pferd blieb unauffindbar, doch wollten es Bauern an der Spitze der Halbinsel gesehen haben; andere behaupteten, es sei in die Wogen galoppiert und in der Brandung verschwunden. Der mit den Ermittlungen betraute Landgerichtsbeamte glaubte von all diesen Geschichten kein Wort, erklärte sie für baren Unsinn und eine Ausgeburt der unbelehrbaren Dummheit der Bauern von Penmarch, die als wahre Halbwilde allenfalls für die Kolonien taugten.

In seinem Herrschaftshaus in Quimper fiel Madec in Agonie, die sich bis fast zum Sommer hinzog. Von seinem Bett aus konnte er in den Garten schauen, und in den seltenen Momenten klaren Bewußtseins wandte er kein Auge von den Blumen, deren Erblühen und Vergehen er Woche für Woche verfolgte. Schloß er nach einem Blick ins Grüne die Lider, zogen wie damals, als er bei Wendel krank lag, die wirren Bilder seines Abenteuers in Godh durch seine Träume, und ihm schien, als habe er seit dem Tag der Katastrophe nicht mehr gelebt. Die zarten Türmchen der untergegangenen Stadt verschwammen oder dehnten sich ins Unendliche aus, dann wieder beugte sich die Fürstin über ihn, und aus ihrem Gesicht strahlte dieselbe Freude wie am Abend nach Bhawanis Verbrennung oder in den Nächten im Lustschloß im See. Gepeinigt wachte Madec auf, bat seine Frau um Wasser, murmelte Gebete, in denen er Christus und Ganesch durcheinandermengte, und schrie wie unter unerträglichen Qualen. Nach den Apothekern von Quimper holte man Ärzte aus Brest und Lorient, dann Geistliche, deren Gebete der Nabob in tiefer Bewußtlosigkeit über sich ergehen ließ. Danach versuchte man es wieder mit den Ärzten und einem angeblich unvergleichlichen Heilkünstler aus Rennes, der sich jedoch gleichfalls machtlos zeigte. Madecs narbenbedeckter Körper verblüffte die Ärzte: Wie konnte ein durch die Gefahren Indiens gestählter Mann, der so viele Blessuren überstanden hatte, durch einen einfachen Sturz vom Pferd, noch dazuhin einen ohne erkennbare Verletzung, so schwer zu Schaden kommen?

Sooft sie das Krankenzimmer betraten, warf sich die Begum vor ihnen nieder, flehte sie in einem sonderbaren, kaum verständlichen Kauderwelsch aus Bretonisch, Französisch und Hindi an, ihren Gatten zu retten, und versprach ihnen die ihr noch verbliebenen Juwelen. Sie beruhigten sie zwar stets, wußten sich aber in Wahrheit keinen Rat. Sie ahnten lediglich, daß das Leben aus diesem Manne wich, nicht, weil er eine tödliche Verletzung davongetragen hatte, sondern weil er nicht mehr gegen den Tod ankämpfen wollte; Kampfgeist und Lebenswille hatten den Nabob verlassen, sein Ende stand unmittelbar bevor.

Die feine Gesellschaft Quimpers jedoch, die an ihrem Helden nach wie vor hing, bestürmte die Ärzte mit Fragen. Und wie auf Absprache erzählten alle das gleiche Märchen: Beim Sturz vom Pferd hätten sich des Nabobs alte Wunden wieder geöffnet und seither nicht mehr schließen wollen. Diese Auskunft machte in Quimper und seinen Vororten die Runde und ging als neues Couplet in die Lieder der Töpfer und Wäscherinnen über den *Mann aus der Ferne* ein. Ohne Grausamkeit warteten sie gespannt auf seinen Tod, während der erste Frühlingsregen auf die Stadt fiel. Über kurz oder lang mußte ihr Held in die Kalte Hölle, in das Totenreich der Kelten mit seinen stehenden Wassern und dichten Nebeln, eingehen, und mit seinem Ende würde sich auch der Kreis ihrer Lieder schließen.

An einem Junimorgen, als vor dem Fenster die letzten Kamelien verblühten, tauchte der Nabob plötzlich aus seiner Bewußtlosigkeit auf. Die Begum, die Tag und Nacht an seinem Krankenlager wachte, bemerkte, daß er die Augen geöffnet hielt. Er betrachtete die Blüten und sagte sehr sanft und langsam:

»Dort unten blühten Blumen, und große Säulengänge öffneten sich zu den Gärten hin.«

Er sprach Hindi, mit jenem geheimnisvollen und feierlichen Ton in der Stimme, den er anzuschlagen pflegte, wenn er Märchen für Marie-Anne erfand.

»Es gab einen See«, fuhr er fort, »und Blumen trieben auf dem Wasser. Die Landschaft veränderte sich von einer Minute zur anderen . . .«

Er deutete auf den Kamelienstrauch, der seine Blütenblätter in den Frühsommerwind streute.

»Ich weiß«, sagte die Begum, »es gab einen See. Man hat mir davon erzählt.«

Madec hörte sie nicht:

»Schau, wie die Blüten dahintreiben im Monsun. Gleich wird der Regen fallen. Ruf die Musikanten, sie sollen den Nachmittags-Raga spielen, den Raga vor dem Regen.«

Seine Hände, die monatelang reglos gelegen hatten, wanderten unruhig über die Bettdecke. Ein Blütenblatt wirbelte im Wind und landete auf dem Fensterbrett.

»Die Blüte«, sagte er mit leiser Stimme, »treibt ab wie ein Kahn . . .«

Einen Augenblick schöpfte die Begum Hoffnung. Das Kamelienblatt glitt langsam, wie von einer unsichtbaren Strömung getragen, auf dem Granitsims dahin. Lächelnd erhob sie sich, ging ans Fenster und faßte mit ihren braunen Fingern zart das Blütenblatt:

»Da ist sie, Madecji, die Blüte wie ein Kahn.«

Er schien unendlich fern.

»Die Liebe geht seltsame Wege«, murmelte er und schloß vor der Kalten Hölle die Augen.

Anhang

Was aus ihnen wurde

Die *Begum Madec* überlebte den Nabob um sechsundfünfzig Jahre. Während der Französischen Revolution blieb sie dank des ungeheueren Ansehens ihres verstorbenen Gatten, der nach offizieller Lesart in Indien ein Riesenvermögen den höheren Interessen der Nation geopfert hatte, im großen und ganzen unbehelligt. Ihre Tochter Marie-Anne starb noch vor ihrem zwanzigsten Lebensjahr, ihre Jüngste, Marie-Henriette, heiratete in den bretonischen Adel.

Balthazar, der das Herrenhaus in Pratanraz erbte, wo er neunzigjährig starb, und eine Enkelin des französischen Seemanns Y. J. de Kerguelen Trémarec, des Entdeckers der Kerguelengruppe im Indischen Ozean, heiratete, bekleidete das Amt des Bürgermeisters und des Generalschatzmeisters der *Association bretonne.*

Noch vor wenigen Jahren lebte in der Gegend von Quimper die Erinnerung an den Nabob, den *Mann aus der Ferne* (an den *vzo bell*), in den Volksliedern fort.

Warren Hastings sah sich noch im Jahr von Madecs Rückkehr in Kalkutta zunehmend übler Nachrede und Verleumdungen ausgesetzt, zu denen Sir Francis kräftig beitrug. Nachdem er seinen Widersacher im Duell schwer verletzt und zur Rückkehr nach England gezwungen hatte, setzte der Gouverneur die Eroberung Indiens fort. Er nahm Benares, ließ den dortigen Radscha festnehmen und seine Schätze an die englischen Soldaten verteilen und sperrte die Begums des Königreichs Audh, die den Briten den Tribut verweigerten, kurzerhand ein.

Als er 1785 schließlich nach England zurückbeordert wurde, strengten Sir Francis, der Schriftsteller Sheridan und andere einen aufsehenerregenden Korruptionsprozeß gegen ihn an, der sich sieben Jahre lang hinzog und über England hinaus viel Staub aufwirbelte. Hastings wurde zwar freigesprochen, büßte aber über dem Verfahren einen Gutteil seines Vermögens ein. Seinen Lebensabend verbrachte er auf dem Stammsitz seiner Familie, Daylesford, den er zurückgekauft hatte und wo er indische Pflanzen züchtete, Araberpferde hielt und Gedichte im Stil der Romantik verfaßte. Nachdem er die Ehrendoktorwürde der Universität Oxford erhalten hatte, starb er sechsundachtzigjährig in den Armen Marians.

Sir Francis begann unmittelbar nach der Begegnung in Chandernagore ein Liebesverhältnis zu Madame Grand, wurde jedoch gleich zu Beginn dieses galanten Abenteuers aufgrund einer Denunziation in flagranti ertappt, vom Gatten der jungen Frau vor Gericht gestellt und um sechzigtausend Rupien Wiedergutmachung erleichtert. Kurz darauf fand der Gouverneur einen Vorwand, ihn zu entfernen: Eine Provokation seitens Francis im Rat konterte Hastings mit Angriffen auf sein Privatleben und schob ihn nach dem bereits erwähnten Duell nach England ab. Sir Francis nahm Madame Grand mit, die jedoch aus »Gründen der Schicklichkeit« auf einem anderen Schiff reiste. Unterwegs knüpfte die junge Frau im Handumdrehen ein neues Verhältnis an und verschwand aus Sir Francis' Leben (s. *Madame Grand*). Nach seiner Rückkehr in die Heimat beteiligte sich Francis sehr aktiv am Kesseltreiben gegen Hastings, gründete eine Gesellschaft der Freunde des Volkes, heiratete mit vierundsiebzig in zweiter Ehe eine Zweiundzwanzigjährige, schrieb weiterhin Streitschriften und machte der Damenwelt den Hof. Sir Francis starb 1818, im selben Jahr wie Hastings, an Krebs, nachdem man ihn zwei Jahre zuvor als den geheimnisvollen Junius den Verfasser anonymer Schmähschriften gegen König Georg III., entlarvt hatte.

Madame Grand heiratete nach einem bewegten Liebes- und Wanderleben 1802 Talleyrand, der sie vier Jahre zuvor vor einer Spionageanklage bewahrt hatte. Als Princesse de Talleyrand galt sie als strahlendste und dümmste Schönheit Europas zur Zeit Napoleons.

Saint-Lubin gab aus ungeklärten Gründen sein Ränkespiel in Indien im nämlichem Moment auf, in dem Warren Hastings ihn bespitzeln ließ. Gegen 1780 tauchte er auf Malta und anschließend in Marseille auf, wo er während einer Erkrankung den Hafenkommissar »aufgeputzt wie eine Wöchnerin« auf seinem Zimmer empfing. Als er mit einem ansehnlichen Gefolge von jungen Afrikanern und Portugiesen aus bester Familie in Paris eintraf, wurde er aufgrund der Klage eines Kapitäns, den er im Verlauf seiner Abenteuer bedroht und seiner Freiheit beraubt hatte, unverzüglich in die Bastille geworfen. Hier erkrankte er an Skorbut und wurde ins Gefängnis Charenton verlegt, aus dem er jedoch entweichen konnte. Anschließend übte er in Köln und Trier den Beruf eines Perückenmachers aus, schickte weiterhin außerordentlich klare Denkschriften über Indien nach Versailles und tauchte dann spurlos unter.

Dieu trat in die Flotte Suffrens ein und starb auf See.

Visage verließ, wie er Madec angekündigt hatte, die *Parti* und befuhr als Korsar die Meere zwischen Surat und Bombay. 1788 meldete Pater Wendel ohne Angabe näherer Umstände seinen Tod.

Der Jesuit seinerzeit starb siebzigjährig im Frühjahr 1803. Seine Aktivitäten sind sehr undurchsichtig, doch arbeitete er mit Sicherheit für die Engländer und tätigte bedeutende Handelsgeschäfte in den Königreichen des Nordens, die kurz zuvor unter britische Herrschaft gekommen waren.

Besonderes Glück im Leben hatte *Martin-Lion:* Seit langem im Dienste der Engländer, zog er im Norden ein einträgliches Versicherungssystem für den Gütertransport auf. Er ließ sich in Lucknow ein riesiges Palais, Constantia, erbauen, das unter dem Namen La Martinière noch heute steht, und unterhielt einen ansehnlichen Harem. Bei seinem Tod im Jahr 1800 hinterließ er seinen Frauen sowie Kalkutta, Lucknow und seiner Vaterstadt Lyon ungewöhnlich hohe Summen. Die englische Staatsbürgerschaft jedoch lehnte er zeitlebens ab. Sein Palais wurde in ein College umgewandelt, in dem Rudyard Kipling die Kindheit seines *Kim* spielen läßt.

Sarasvati. Nachdem Sombre an einer Erkältung gestorben war und ihr sein Vermögen und seine Truppen hinterlassen hatte, führte die Fürstin als Schrecken Indiens Krieg um Krieg, warb ein Heer nach dem anderen an und nahm sich zahlreiche Liebhaber, was die Phantasie späterer Romanschriftsteller nicht wenig beflügelte. In Wirklichkeit ist bis heute ungeklärt, ob es sich bei der Frau, vor der die englischen Gouverneure zitterten und die ein Freund Stendhals nach einer Begegnung im Jahre 1840 als »verhutzelt wie eine gedörrte Frucht«, von Geiz verzehrt und trotz engstirnigster Bigotterie als überaus grausam schilderte, tatsächlich um die ehemalige Fürstin von Godh oder aber um die muslimische Bajadere handelte, die Sombre kurz vor seinem Tod geehelicht hatte, um die Massen hinters Licht zu führen. Die Sache ist äußerst schwierig, da so gut wie keine historischen Quellen vorliegen. Jedenfalls aber starb die Fürstin oder ihre Doppelgängerin hundertjährig als steinreiche Greisin, für die in der Peterskirche in Rom ein Totenamt gehalten wurde.

Rund fünfzehn Jahre später brach der Aufstand der Sepoys aus. Diese brutal niedergeschlagene Woge des Widerstands gegen die englischen Besatzer weckte das Nationalgefühl der Inder, die 1947 schließlich die Unabhängigkeit ihres Landes erreichten.

Ursprung, Quellen und Dokumente

oder wie das Epos von René Madec, Schiffsjunge aus Quimper, der im XVIII. Jahrhundert ein Seigneur in Indien wurde, entstanden ist

Er war arm, und er wollte Reichtum. Er war ein Bettler, doch der Ehrgeiz trieb ihn voran. Er war Bretone, in Quimper-Corentin geboren. Als Sechzehnjähriger war er im Jahre 1752 aufgebrochen, um in Indien sein Glück zu machen. Nach siebenundzwanzig Jahren kehrte er zurück in die Heimat, steinreich und mit dem Titel eines Nabob ausgezeichnet. Er hieß René Madec. Als der König von Frankreich von seinen harten Kämpfen, die er in Indien ausgefochten hatte, erfuhr, entschloß er sich, ihn zu adeln, und so wurde er René de Madec.

So kann man das außergewöhnliche und abenteuerliche Leben dieses Mannes zusammenfassen, der es in der Hand hatte, zwischen 1772 und 1778 die französische Kolonialherrschaft in Indien wiederherzustellen. Sein Name wird in Dokumenten aus dieser Zeit, in Memoiren und in Spionageberichten immer wieder erwähnt. Das englische Militär bezeichnet ihn darin als Staatsfeind Nummer eins, vor dem sich alle fürchten, bis hin zum mächtigsten Mann, dem Gouverneur von Bengalen, Warren Hastings, dessen Agenten eine wahre Treibjagd nach ihm veranstalten. Doch er entkommt ihnen, und er, der zwei Jahrzehnte zuvor illegal nach Pondicherry gekommen war, wird bei seiner Abreise als Held gefeiert, nachdem er die Handelsniederlassung verteidigt hat und, als die Stadt gefallen war, im Kapitulationsabkommen eine Sonderklausel für sich und seinen freien Abzug ausgehandelt hatte. Um in seinem Leben Legende und historische Begebenheiten auseinanderhalten zu können, muß man seine Lebenserinnerungen, etwa 100 handgeschriebene Seiten, die in der Nationalbibliothek in Paris aufbewahrt werden, einsehen. Dabei wird man feststellen, daß Madec einen Menschentypus repräsentiert, der im 18. Jahrhundert recht alltäglich war: Er war ein Abenteurer, und diese Bezeichnung hat nicht zwangsläufig etwas Abwertendes.

Der Beginn seiner »Les Mémoires du guerrier« (Die Lebenserinnerungen des Kriegers) ruft uns die Romane von Daniel Defoe ins Gedächtnis: »Ich wurde in Quimper geboren, als Sohn von François Madec und Corentine Mélin, die vom Glück nicht sehr begünstigt waren. Mein Vater und meine Mutter hatten mehrere Kinder, denen sie eine ihrem Stand und ihren Mitteln entsprechende Erziehung zuteil werden ließen. Ich hatte gerade das 12. Lebensjahr erreicht, da dachten sie daran, mich zur See zu schicken . . .«

Madec beschließt also, Seemann zu werden. Für die Anwerber der französischen Ostindien-Kompanie, die sich an den Kais von Quimper herumtrieben, war er von da an die ideale Beute. Madec hörte sie von einer wahren Wunderwelt sprechen: »Mehrere junge Burschen meines Alters ließen sich anheuern, und ich folgte ihrem Beispiel, ohne meine Eltern um Rat zu fragen.« Er musterte in Lorient an. Doch sehr bald stellte er fest, daß er nicht zur Seefahrt geeignet war. Aber es war zu spät. Im 18. Jahrhundert entschied sich das Schicksal eines Mannes bereits mit dreizehn, vierzehn Jahren. Jeder Landaufenthalt, den er zwischen seinen Reisen, die zu den Antillen, nach Brasilien und Pondicherry führten, war für ihn unerträglich geworden. Er verhielt sich wie ein Hitzkopf. Dreißig Jahre später analysiert er in seinen Lebenserinnerungen seine Jugend sehr scharfblickend: »Als ich älter wurde, fand ich immer weniger Gefallen an der Laufbahn, die ich eingeschlagen hatte [Seefahrt]. Ich fühlte, daß ich zu etwas Besserem geboren war. Und wenn ich weitergemacht habe, war es nur in der Hoffnung, mir so einen Weg zum Glück zu öffnen und den alten Beruf möglichst bald aufzugeben. Ich zog in Erwägung, nach Indien zurückzukehren, obwohl ich an der Seefahrt wenig Gefallen fand, denn dieser Beruf war wegen der Strenge zur Unterordnung ganz entgegen meinem Charakter.«

Warum Indien? Als er seine endgültige Abreise schildert, gibt Madec selbst eine nicht wenig romantische Erklärung: »Ich bin von einer unbekannten Macht fortgerissen worden.« In Wirklichkeit zog es ihn dorthin, wie viele Heißsporne in dieser Epoche, gleich welcher Herkunft sie waren, so auch später den jungen Barras, um dort ihren Energieüberschuß abzureagieren. Der Boden Indiens bedeutete für sie Freiheit und Glanz – *Le champ de la gloire,* wie es im Jahr 1735 der Librettist von »Galantes Indien« bezeichnet. Wenn auch Madec keine intellektuellen Träume dieser Art hatte, so besaß er dafür den Vorteil, gesehen zu haben, wie das Land aussieht. Auf einer seiner Reisen hatte sein Schiff vor Pondicherry angelegt. Es war nur ein kurzer Aufenthalt gewesen, doch Madec hatte ausreichend Zeit gehabt, um am Triumph des Generalgouverneurs Dupleix teilzuhaben, dessen Sieg über einen Nabob aus dem Dekkhan mit prunkvollen Elefantenumzügen gefeiert wurde. Das war zweifellos ausschlaggebend, um in ihm einen ehrgeizigen Wunsch zu wecken.

Die Dinge gingen jedoch nicht so schnell voran, wie er es sich gewünscht hatte. Sechs Jahre lang tritt er auf der Stelle. Seine Position ist nicht gut definiert, und er leidet darunter. Er meldet sich als Freiwilliger zu den Soldaten, doch bleibt weiterhin der Marine unterstellt. Er ist auf gut Glück den Launen seiner Chefs ausgeliefert, registriert deren Schlamperei und begreift, daß die Armee für ihn nur eine Notlösung sein kann. Er erhält seinen Sold nicht ausbezahlt, keine Schuhe, wird schlecht verpflegt. Die Abberufung von Dupleix (1754) scheint das Ende aller seiner Hoffnungen anzukündigen, denn das bedeutete Frieden mit den Engländern und kein Bedarf mehr an Soldaten. Er irrt zwei Jahre lang zwischen der Insel Bourbon, der Ile de

France und Madagaskar umher und weiß nicht, was aus ihm werden soll. Indien weist ihn ab, und er will nicht nach Frankreich zurückkehren: »Ich verzweifelte an meinem Leben.«

Da flackert der französisch-britische Krieg erneut auf. Madec bricht mit einem Geschwader auf, doch er bleibt Zuschauer. Jetzt beherrscht ihn nur noch ein Gedanke: »Diese verfluchte Navigation zu verlassen und sich sogar von Europa loszusagen.« Zu allem Unglück schickt Marschall Lally, der die militärischen Operationen der Franzosen leitet, das Geschwader, zu dem Madec gehört, zurück. Das ist zuviel. Madec setzt alles auf eine Karte, und am Abend vor der Abreise springt er vom Schiff. Er schwimmt vier Stunden zwischen Brandung und Haifischen. Er ist gerettet, aber Deserteur. Freunde aus Pondicherry helfen ihm aus der Klemme, indem sie ihm Aufnahme in das Regiment des Chevalier Du Pouët verschaffen. Es scheint, als hätten sich die Männer gut verstanden. Madec wird Unteroffizier, und er gewinnt an Verantwortungsfreudigkeit. Während er die gewohnten Mängel der französischen Armee beklagt – fehlende Koordination, übertriebenes Gefallen am schneidigen Auftreten auf Kosten der Leistung –, lernt er Indien kennen. Ein erfolgloser Feldzug weit an der Grenze Bengalens isoliert ihn, meilenweit von Pondicherry entfernt, von seiner Hundertschaft, darunter auch sein Freund Martin-Lion. Er muß zu Fuß durch den Dekkhan zurück. Von Zeit zu Zeit macht er halt bei kleinen indischen Landjunkern, die ihn um Hilfe bitten. Darin erkennt er schließlich eine Möglichkeit, sich in Indien einen Weg zu bahnen: sein Schwert und seine Kanonen an einen Radjah oder einen Nabob zu vermieten. Auf diese Weise hatten sich schon einige Söldner einen Namen gemacht. Sombre, alias Walter Rheinhardt, zum Beispiel, ein deutscher Abenteurer, der in die Dienste eines sehr reichen Nabob aus dem Norden getreten war, dem er half, Steuern einzutreiben und den Vormarsch der Engländer abzuwehren.

Zweifellos war Madec durch ihre Angebote in Versuchung geführt worden. Doch er kehrt trotzdem nach Pondicherry zurück. Zu diesem Zeitpunkt glaubt er noch, sich legal in der französischen Armee auszeichnen zu können. Er glaubt an seine Befehlshaber, er glaubt an Lally. Als er in Pondicherry angekommen war, mußte er feststellen, daß diejenigen, die ihn bisher protegiert hatten, tot waren. Er dringt zu Lally vor, der ihn zur Kavallerie versetzt. Doch die Engländer stehen vor den Toren der Stadt. Pondicherry fällt Anfang 1761, und Madecs Truppe wird trotz ihres Widerstands von den Engländern gefangengenommen. Die britischen Soldaten stellen ihn vor die Wahl, entweder im Kerker den Hungertod zu sterben oder sich ihren Truppen anzuschließen. Er ist fünfundzwanzig Jahre alt, und er liebt das Leben. Er wählt die zweite Möglichkeit und schwört sich insgeheim, bei der ersten Gelegenheit zu desertieren. Er soll unter der Flagge des Feindes in einer Sondereinheit kämpfen. Da erlebt er eine Überraschung. Sein Kommandeur ist Martin-Lion, der für sein Teil keine Skrupel hatte, sich in den Dienst des Feindes zu stellen.

Es ist die Zeit, wo die Engländer große Pläne mit Bengalen, dem Tor zu Indien, haben. Falls England es halten kann, würde es früher oder später Indien besitzen. Aber der Widerstand der indischen Prinzen wird organisiert. Einer von ihnen, Kassem Ali Khan, bedroht, unterstützt von Sombre, die Engländer. Es kommt zu einer Schlacht bei Buxar, die die Engländer gewinnen, nicht zuletzt auf Grund des Einsatzes von Madec. Dieser hält nun den Zeitpunkt für gekommen, um seinen Dienst unter der britischen Krone zu quittieren; er schließt sich der Masse der kleinen Truppen an, den »partis«, die sich mit ihren Waffen bei den Herrschern Indiens verdingen.

Hier beginnt sein Aufstieg. Madec ist ehrgeizig. Er lenkt die Aufmerksamkeit der einflußreichen Nabobs aus dem Norden auf sich, kommt Sombre näher und verschafft sich Zutritt in den Kreis der Inder französischer Abstammung, die zur Zeit des Glanzes am Hof des Großmoguls in Delhi lebten. Durch Plünderungen, Guerillakriege und das Eintreiben der Steuern für einige Radjahs und Nabobs wird er reich. Er legt sein Vermögen beim renommiertesten Bankhaus Indiens an, das der Familie Djagarset gehört, die sich »Banquiers Mondiaux« nennen. Er ist jetzt reich genug, um um die Hand einer dieser Inder-Französinnen, Marie Anne Barbette, anzuhalten. Er, der sonst mit Beschreibungen sehr zurückhaltend ist, läßt sich recht selbstgefällig über die Zeremonien anläßlich dieser Hochzeit aus, beschreibt jeden Tag, zählt die Feierlichkeiten auf und offenbart auch intime Beweggründe zu dieser Verbindung: »Des turbulenten Lebens müde ... Um Ordnung in meine Verhältnisse zu bringen ...« Dann bedauert er in zwei kurzen Zeilen den Brauch, der ihm bis zur Hochzeitsnacht das Gesicht seiner Frau verbarg, und er beschreibt seine Enttäuschung: »Man findet eine Lea anstelle einer Rahel, obgleich man vor der Verlobung Frauen geschickt hat, um die Verlobte zu sehen, damit sie dann ein getreues Porträt von ihr abgeben können ...«

Mit einer Hochzeit kann man in Indien das Volk beeindrucken. Der gute Ruf von Madec verbreitet sich. Fortan wird er ständig von diversen Prinzen, die sich um die Reste des Mogulreiches streiten, um Unterstützung gebeten: Marhatten, Radjpouten, Djatten. Alle Sprachen des Norden Indiens sind ihm geläufig, wie auch die Sitten und Bräuche der unterschiedlichsten Völker. Zwischen 1765 und 1771 hat er den Höhepunkt seines Glücks erreicht. Sein »parti«, der sehr straff organisiert und vorwiegend Bretonen als Unterführer hat, zählt neben dem von Sombre zu den mächtigsten Indiens. Allein schon ihre Anwesenheit verhinderte das Vordringen der Engländer nach Bengalen.

Doch Madec will zurück in die Bretagne. Er schreibt mehrere Briefe in seine Heimat, die uns noch erhalten sind. Er erscheint müde, aber auch bestrebt, sein Vermögen, das er erworben hat, zu bewahren. Wir sind jetzt in der Zeit, wo Westminster Warren Hastings an die Spitze des Rats von Bengalen setzt, mit dem Auftrag, die englische Ostindien-Kompanie wieder aufzubauen und in Bengalen eine ausgedehnte und dauerhafte territoriale Niederlassung zu begründen. Madec wird nun mehrmals von einem gewissen Chevalier, Kommandant der Handelsniederlassung Chandernagor, um Unterstützung gebeten. Dieser schlägt ihm ein »großes Projekt« vor: Wiederherstellung der französischen Macht in Indien mit Hilfe seines »parti«. Madec lehnt ab, zögert. Die Briefe von Chevalier sind von Mal zu Mal überzeugender. Sagt er ihm doch, daß der Verdienst eine niedere Herkunft aufwiege, daß die »Nation« ihn brauche, daß Versailles und der König an seiner Person interessiert wären. Madec gibt nach.

Wie Chevalier ihm geraten hat, verrät er seine gegenwärtigen Herren, die Djatten, um zum Großmogul überzulaufen, obwohl er von dessen extremer Schwäche weiß. Die Djatten verfolgten ihn, doch er kann sie in einer außergewöhnlichen Schlacht besiegen. Der Großmogul empfängt ihn und ernennt ihn zum *Nabob de Première Classe* und *Soleil de sa Cour.* Am Abend dieses Triumphs ist Madec wie trunken: »Ich konnte kaum glauben, daß es kein Traum war«, schreibt er. Er tritt in den Dienst des Großmoguls, doch es gelingt ihm nicht, Delhi zu verteidigen. Er wird geschlagen. Die Gegner des Herrschers verlangen seinen Rückzug, und er muß dem Befehl nachkommen. Seine Soldaten hatten ihren Sold nicht erhalten, und er opfert dafür den Großteil seines Vermögens. Der Heroismus für Frankreich kommt ihn teuer zu stehen. Er muß wieder das Leben eines Söldners führen, doch er gibt sich nicht geschlagen.

Steuereinzug, Guerillakriege, Siege und schwere Niederlagen, wie die von Fatehpur. Indien ist wie nie zuvor zerrissen, während in Kalkutta Hastings Intrigen spinnt, die die benachbarten Prinzen aus Bengalen zur Aufgabe bringen sollen. Er läßt die Aktivitäten von Sombre und Madec durch mehrere Agenten, zu denen ganz offensichtlich auch der Jesuit Wendel gehört, ausspionieren. Alle französischen Abenteurer in Indien nehmen Kontakt mit Madec auf und treten seinem »parti« bei: Der Comte de Modave, Autor weithin bekannter Bücher über Indien, der Madec als einen jähzornigen, ungestümen und herrschsüchtigen Mann beschreibt; Dieu, ein ehemaliger Kanonier der Ostindien-Kompanie, und Visage, ehemaliger Wundarzt und Barbier. Währenddessen schickt Madec einen Bericht nach dem anderen nach Versailles. An der Seite des Großmoguls, der seine Macht wieder zurückgewinnen will, träumt er davon, ein französisches Kolonialreich zu schaffen: Während die Inder Bengalen zurückbekämen, sollten sich die Franzosen im Industal niederlassen und die Engländer müßten sich mit den brachliegenden Gebieten des Dekkhan begnügen. Der Zeitpunkt gibt Hoffnung: Man schreibt das Jahr 1775. Ludwig XV. ist tot, und sein Nachfolger, so wird erzählt, soll den überseeischen Problemen sehr aufgeschlossen gegenüberstehen.

Doch Madec irrt sich. Niemand aus Versailles unterrichtet sich unverzüglich über die Lage, seine Berichte und Vorschläge bleiben ohne Reaktion. Der Großmogul wird ungeduldig. Mißgunst und Intrigen leben an seinem Hof wieder auf, wobei sich sein Oberbefehlshaber, Nagef-Khan, besonders hervortut. Madec wird die Sache leid. Diesmal will er endgültig zurückkehren, diesmal mit der Begum, seiner Ehefrau, und den beiden Kindern, die sie ihm geboren hatte, Balthazar und Marie-Anne.

22. April 1777. Chevalier schreibt ihm und bittet ihn, seinen Plan wieder aufzugreifen. Die französische Diplomatie ist endlich aufgewacht und hat einen Gesandten geschickt. Einer der hervorragendsten Spione des Jahrhunderts, Saint-Lubin, ein großer Kenner Indiens, veranlaßte den Führer der Marhatten, ein Abkommen mit Ludwig XVI. zu unterzeichnen. Doch Madec hat bereits seinen Entschluß gefaßt. Verbittert und ausgelaugt übergibt er seinen »parti« Dieu und Visage und kehrt nach Pondicherry zurück.

Zwei- oder dreimal packt ihn das Verlangen, nach Indien zurückzukehren, um seinen unvollendeten Plan wieder aufzugreifen. Doch sein Gesundheitszustand hindert ihn daran. Er schreibt seine Lebenserinnerungen, zweifellos nach Notizen, die er sich in Indien gemacht hatte, und beugt sich den Zwängen des gesellschaftlichen Lebens, die ihm seine Stellung auferlegt. Weiterhin bleibt er an den Nachrichten aus Übersee interessiert. Sie sind schlecht! So schreibt ihm eines Tages Visage: Der »parti« ist erledigt.

Die Umstände seines Todes sind nicht ganz geklärt. Sicher war er verbraucht und litt vielleicht an einer Tropenkrankheit. Der Aussage eines seiner Nachkommen zufolge soll er vom Pferd gestürzt sein (er liebte den Reitsport – eine der wenigen Zerstreuungen seit seiner Rückkehr). Ein weiteres Gerücht besagt, alte Wunden, die er sich in Indien zugezogen hatte, seien plötzlich wieder aufgebrochen. Nach einem langen Todeskampf stirbt er gegen Ende des Frühjahrs 1784. Er ist in der Nähe von Quimper in Pratanraz begraben, nicht weit von seinem Landhaus, das er erbauen ließ: »Hier ruht René Madec, geboren und gestorben in Quimper, Colonel und Chevalier de Saint-Louis in Frankreich und Nabob in Asien.«

Sie lebten in Indien zwischen 1750 und 1778

Ananda Rangapille: Betelnußhändler
Warren Hastings: Britischer Gouverneur von Bengalen 1772–1785
Marian de Chapuset: Verehelichte Mme. Imhoff und spätere Mrs. Hastings
Sir Francis: Mitglied des Rats von Bengalen
Mme. Grand: Seine Geliebte
Sombre (alias Walter Rheinhardt): Der größte europäische Abenteurer dieser Zeit (deutscher Abstammung)
Saint-Lubin: Doppelagent
Chevalier: Kommandant von Chandernagor
Dieu: Kanonier
Visage: Wundarzt und Barbier
Martin-Lion: Französischer Abenteurer, der zur Gegenseite wechselt
Wendel: Jesuit
Die Banquiers Mondiaux: Indische Finanzleute
Marie-Anne Barbette, genannt Begum Madec, und ihre Kinder Balthazar René und Marie-Anne
Die Frantcis d' von Agra: Französische Einwanderer, die sich seit Anfang des 17. Jahrhunderts in Indien angesiedelt haben
Nagef-Khan: Oberbefehlshaber des Großmoguls

Pondicherry

Zur Person *Jeanne Carvalho* bin ich durch eine Frau, Jeanne Pinnevidic, inspiriert worden, auf deren Spur ich in den Verbrecherannalen von Pondicherry gestoßen bin. Sie lieh Geld an alle Mitarbeiter der Handelskompanie und wurde nach der Abreise eines ihrer Liebhaber wahnsinnig. (Siehe auch das Buch *Quand les Bretons peuplaient les mers,* S. 247 und 248.) Ich habe Jeanne Carvalho auch einige Merkmale vom Mme. *Dupleix,* der Frau des Generalgouverneurs, verliehen. Für die Beschreibung von Pondicherry benutzte ich das persönliche Tagebuch von *Ananda Rangapillai,* das in der Nationalbibliothek in Paris aufbewahrt und teilweise aus der tamilischen Sprache ins Französische übersetzt ist.

Weitere Quellen:

– Briefe von Dupleix und die seiner Frau
– die Archive von Pondicherry: Konten, Speisekarten, Inventarlisten, Beschreibung von Mobiliar und Bekleidung, Briefe von Einwohnern, Einzelheiten, Notizen über das gesellschaftliche Leben.

Kalkutta

Alle Details beruhen auf verschiedenen französischen und englischen Memoiren dieser Epoche. Außerdem habe ich viel nach englischen und indischen Stichen der Jahre um 1770 gearbeitet, vor allem nach denen des Victoria and Albert Museum in London.

Godh

Die Stadt hat existiert. Madec war zudem ihrem Radscha sehr verbunden. Ich habe sie – da sie nicht mehr ist – in eine Stadt radjpoutischer Prägung verwandelt. Ihr Aussehen ist mir beim Besuch verschiedener Städte des Rajasthan, wie Udaipur, Amber, Jaipur, Chittor, Gwalior, vermittelt worden.

Alle wirklichen Städte sind so getreu wie nur möglich, so wie sie zum damaligen Zeitpunkt ausgesehen haben, dargestellt (so Dig, Delhi, Panipat, Madras, Bharapur). *Bhawani* hat die Mentalität der Radschas dieser Epoche (außer der Freiheit, die er der *Zenana* einräumt). Er kommt unter fast denselben Umständen ums Leben, die sich bei der Ermordung eines Radschas der Djatten abgespielt haben, den Madec gut gekannt hat und von dem er viel in seinen Memoiren spricht: Er lebte an seinem Hof, als sich die Tragödie ereignete, und war in die Intrigen, Komplotte und Kämpfe sehr eng verwickelt, die dessen Erbfolge begleitet haben (da *Gopal*, der Sohn des Radschas, zum Zeitpunkt des Todes seines Vaters noch minderjährig war und weil ein feindseliger Bruder den Thron heftig begehrte).

Die Idee zu *Sarasvati* gab mir eine historische Persönlichkeit, die Prinzessin *Mira Bai* (16. Jahrh.), eine radjpoutische Tänzerin und Dichterin, deren Schönheit alle ihre Zeitgenossen faszinierte. Ihre Gedichte werden heute noch gelesen. Fünf Jahre nach ihrer Hochzeit war sie Witwe geworden, und sie weigerte sich, sich dem Gesetz des *Zenana* zu beugen. Sie fuhr weiter fort zu singen und zu tanzen und den Gott Krishna zu verehren. Und sie überstand einen Giftanschlag ihrer Schwiegerfamilie, die dieses Auftreten verbitterte. Außerdem besitzt *Sarasvati* die seelische Kraft und den festen Charakter, die allen radjpoutischen Prinzessinnen eigen sind.

Der Großmogul

Ich habe den Bericht von *Madec* und die Memoiren des *Comte de Modave* benutzt, der auch vom Herrscher empfangen worden war, und der sehr genau das Fort und die Stadt Delhi beschrieben hat, sowie auch die Person des – sehr heruntergekommenen – Moguls. Zusätzliche Einzelheiten zum Empfang lieferte mir der (frühere) Bericht von Bernier (*Voyage dans les Etats du Moghol.* Neuaufl. Fayard 1981).

Bibliographie

Neben den Archiven, Reiseberichten und Memoiren aus der Zeit will ich nicht im einzelnen auf die zu Rate gezogene Fachliteratur eingehen, in der ich die historischen, religiösen und soziologischen Details nachgeschlagen habe und die auch als Grundlage für meine Kartei dienten.

Ich werde lediglich die von mir durchgearbeiteten Dokumente aus der Epoche nachstehend anführen. Unter Dokumente der Epoche verstehe ich alle Augenzeugenberichte der Zeitgenossen Madecs, wobei ich mich auch, wenn gewährleistet war, daß sich nichts geändert hat, auf frühere oder geringfügig spätere Texte beziehe.

Eine Ausnahme macht ein modernes Werk, dessen außergewöhnliche Dokumentation mir alle Einzelheiten aus dem wirtschaftlichen Bereich geliefert hat: *Le temps du Monde* von Fernand Braudel. Es war mir von E. Le Roy Ladurie empfohlen worden. Der gesamte Teil über das Bankwesen, Bengalen und die Berichte über den Krieg und den Handel ist auf diese Studie aufgebaut.

Reiseberichte

Bernier, *Voyage dans les Etats du Grand Moghol*
Chardin, *Voyage en Perse et autres lieux de l'Orient*
Tavernier, *Recueil de plusieurs relations*
Challes, *Journal d'un voyage aux Indes*
Abbé Prevost, *Histoire générale des voyages*
Raynal, *Histoire philosophique et politique des établissements et du commerce des Européens dans les Deux Indes*
Hodges W., *Travels in India during the years 1780, 1781*
Le Gentil, *Voyage dans les mers de l'Inde 1779*
1782, 1783
Sonnezat, *Voyage aux Indes Orientales, 1782*
Rennel, *Description, histoire et géographie de l'Hindoustan*
Abbé Dubois, *Moeurs, institutions et cérémonies des peuples des peuples de l'Inde (1825)*
Jacquemont (Briefpartner und Freund Stendhals), *Voyage dans l'Inde 1841–1844*

Memoiren

Außer denen von Madec:
Voyage en Inde des Comte de Modave (1773–1776)
Mémoires des Colonel Lawrence (mit der Geschichte des Krieges in Indien zwischen Briten und Franzosen, 1766)

Journal von Bussy (1932)
Mémoires von Barras
Mémoires sur l'Hindoustan von JB Gentil (Er war aus nächster Nähe in die Abenteuer Madecs verwickelt und überliefert von ihm einen wertvollen Augenzeugenbericht)
Lettres von Warren Hastings.

Für die Landschaftsbeschreibung des Indiens gegen Ende des 18. Jahrhunderts benutzte ich die Kupferstichsammlung von Daniell, die in der Nationalbibliothek in Paris aufbewahrt wird.

Indische Märchen und Tradition

Der Teil, der die indischen Erzähler, die Volksbräuche, die Details der Schönheitspflege usw. behandelt, entstand mit der Unterstützung und den Ratschlägen des Kurators des Museums für Volkskunst und Volksbräuche in Udaipur (Rajasthan).